MARCUS SCHÜTZ

MEILEN WEIT

EIN FANTASTISCHES ABENTEUER

www.spica-verlag.de

Vorwort

Lange nachdem ich meine Recherchen zu den unterirdischen Bauten der Tempelritter aus dem Mittelalter in Berlin Tempelhof mit dem Verein *Berliner Unterwelten e.V.* durchdiskutiert hatte, fläzte ich mich schreibgrübelnd wie üblich auf meinem Wohnzimmerperser, den ich vor Jahren in einer orientalischen Kaschemme erfeilscht hatte. Plötzlich erfüllte er eine Funktion, von der ich bisher nur zu träumen gewagt hatte: Er hob sich vom Fußboden ab, flatterte durch die offene Balkontür, streifte die Tempelhofer Kirche, passierte die Wiener Hofburg, schwenkte bei heftigem Wind nach Südosten über die blauen Weiten des Schwarzen Meeres, kratzte an der Kuppel der Hagia Sophia in Istanbul, gellte mir das Kriegsgemetzel der Ruinenstadt Babylon furchteinflößend entgegen und setzte mich schließlich bei ungünstiger Thermik in einem fernen Land ab. Weiter zog ich mit dem Kamel durch die Wüste Thar und entdeckte in einer alten Karawanserei aus *Tausendundeiner Nacht* einen duftenden Gewürzladen. Bei einem Gläschen Tee kam ich mit dem Giftmischer ins palavern. Ich legte ihm meine Probleme mit der Suche nach Sophia auf den kleinen, runden Marmortisch, dessen Intarsien aus Lapislazuli, Karneol und Onyx unter der Wirkung des Masala-Tees lebendig zu werden schienen. Aufknospende Blüten rankten

sich die Tischbeine entlang und griffen nach meinen Beinkleidern. Mit einer heftigen Handbewegung wollte ich meinen Gastgeber über das absurde Benehmen seiner Intarsien aufmerksam machen, doch der hatte sich schon längst in ein Hinterzimmer zurückgezogen.
Immer noch damit beschäftigt, die Rankenattacke abzuwehren, trat er plötzlich hinter dem feingewebten Vorhang hervor und überreichte mir ein Beutelchen mit einem grauen, wohlriechenden Pulver darin. »Das wird Ihnen helfen, die Dinge mit frischen Augen zu sehen.« Dankend nahm ich den Beutel entgegen, zahlte mit ein paar Münzen und verließ den alten Mann. Auf dem Beutel stand in schwarzen Lettern: »Brain-Spices«.
Nun, liebe Leser, sehet, was Teppich und Pulver unseren Protagonisten Sophia, Lukas, Marek und Max angetan haben.

Der Autor, anno Domini 2018

Personen

Sophia .... entdeckt in Berlin-Tempelhof eine unterirdische Kapelle der Tempelritter aus dem 13. Jahrhundert.

Lukas .... Bruder von Sophia

Karsten und Johanna .... Eltern von Sophia und Lukas

Max Steinbein .... Onkel von Sophia und Lukas, Bruder von Johanna

Marek........................ polnischer Urlaubsfreund von Lukas und Sophia

Kaisea .... Freundin von Lukas

Le Comte de Saint Germain .... Graf unbekannter Herkunft, Wanderer durch die Zeiten, Alchimist († 1784)

Die Tempelritter .... Jacques de Molay († 1314), Hugo von Payens († 1136), Bertrand de Blanchefort († 1169), Hermannus von Tempelhove (um† 1260)

Siegfried von Feuchtwangen.... Großmeister des Deutschen Ordens auf Marienburg († 1311)

Prof. Weise .... Kurator am Bode-Museum, Berlin

Schulz .... Kriminalkommissar, Berlin

Prof. Prekop .... Forensiker, Berlin

Maximilian von Wolfsburg-Lothringen......... Großmeister des Ordens vom Goldenen Vlies, Gründer der PEPÖ

Franzi......................... Frau von Maximilian

König Fernan VI............... König von Spanien, Großmeister des Ordens vom Goldenen Vlies

Cecilia .... Frau von Fernan VI.

Knut.......................... rechte Hand von Maximilian, Killer

Michael Fischer .... Kriminalrat, Landeskriminalamt Wien, Österreich

Ömür Doğan .... Kurator am Topkapı-Palast, Istanbul, Türkei

Munshiram Singh .... Maharadscha von Jaipur, Rajasthan, Indien

Iban Al Hasir .... Chefastrologe von Jantar Matar, Jaipur, Indien

Buddhimatta .... Reinkarnation von Sophia in Varanasi, Indien

Hatletal .... Edelsteinschleifer, Upper West Side, New York City, USA

Ali Taherkhani................ stellvertretender Kulturminister am Ershad, Ministerium für Kultur und islamische Führung in Teheran, Iran

Dr. Michael Marbitz .... Entomologe und Biomechaniker am Department of Integrative Biology, UC Berkeley, Kalifornien, USA

Müller .... Agent des BND, Chausseestraße, Berlin

Smith .... Agent des SIS, Vauxhall Cross, London, UK

Hinweis

Diese Geschichte ist reine Fiktion, ein modernes Märchen, und keine der genannten Personen, lebend oder tot, hat in Wirklichkeit etwas mit den im Buch beschriebenen Ereignissen zu tun oder war daran beteiligt. Die darin benutzten Namen, dargestellten Charaktere und Vorfälle sind die Arbeit der Fantasie des Autors.

I

KLAFTERTIEF

Für die Kinder meiner Schwestern

Prolog

Dunkel lag die Kajüte und still. Kein Auf und Ab durch tobende See. Kein Ächzen und Krachen im Gebälk. Stille – Totenstille fast. Dann, aus endloser Ferne erahntes, fast sphärisches Glockenläuten. Mitternacht.

Dreizehn Kerzen entflammten wie von Zauberhand auf zwei wuchtigen Kandelabern. Sie erhellten die gewaltige, völlig verstaubte Eichentafel und erflackerten sechs um die Tafel gruppierte Männergestalten. Vier von ihnen trugen schmutzigweiße Mäntel mit einem roten Tatzenkreuz auf der Schulter. Einer hatte ein schwarzes Kreuz. Der Sechste war in einen wunderschönen, golddurchwirkten, mit funkelnden Steinen besetzten Kaftan gehüllt. Dieser Edelmann bestach durch seine Schönheit und vergleichsweise Jugend im Kreis der greisen Herren.

Der bärtige greise Mann an der Stirnseite nickte bedächtig mit dem Kopf. Plötzlich aufbrausend wandte er sich an seine Mitbrüder: »Morgen ist Freitag der Dreizehnte und Vollmond. Die Konstellation der Gestirne ist günstig wie nie! Wir verlassen die Fische und betreten ein neues Weltenjahr[1].«

---

1 Weltenjahr: Platonisches Jahr, Zyklus der Präzession. Dauert etwa 25.800 Jahre und wird entsprechend dem Lauf durch die Sternbilder in Weltmonate eingeteilt.

Ferien

Endlich Sommerferien! Die Zeugnisse waren verteilt, es war doch besser gekommen als erwartet, und draußen lockte die strahlende Sonne unter dem azurblauen Firmament. »Sommerferien!«, schien auch die Schulklingel zu raunen, die für Sophia das letzte Mal in der siebten Klasse läutete. Schnell verabschiedete sie sich von ihren Freundinnen. In ein paar Wochen würde Sophia sie wiedersehen und dann könnten sie sich von ihren Ferienerlebnissen berichten. Doch nun schnell aufs Fahrrad geschwungen und ab nach Hause.

Die Sonne brannte ungewöhnlich heiß auf Sophias Schultern. Um die Mittagszeit waren die Straßen fast leer. Eifrig strampelte sie sich durch die Gassen, sie wollte heute schnell nach Hause. Zusammen mit ihrem Bruder Lukas musste sie noch alles für die Reise zusammenpacken. Denn morgen früh im Morgengrauen wollten die Eltern mit den beiden zu einem Bauernhof in der Nähe von Malbork[2] in Polen aufbrechen.

Lukas war fast zwei Jahre älter als Sophia. Seine weißblonden Haare hatte er hinten zu einem Pferdeschwanz zusammengebunden. Er hatte kräftige Arme und Beine, denn Sport war sein Lieblingsfach. Vor allem im Wasser fühlte er sich pudel-

2 Malbork, dt. *Marienburg*: Stadt im Norden Polens, Sitz des Deutschen Ritterordens von 1309–1457

wohl. Zweimal die Woche ging er zum Schwimmen und hatte sogar ein paar Wettbewerbe in seiner Altersklasse gewonnen. »Hast du meine Schwimmflossen gesehen?«, fragte er Sophia genervt. Schnorchel und Taucherbrille hatte er längst zusammen mit Taschenmesser, Kompass und Skatkarten auf sein Bett geschmissen. Sophia versteckte hin und wieder seine Sachen, was ihn natürlich gewaltig nervte, und schon begann wieder der übliche Streit.

»Ich hab deine Flossen nicht angefasst. Ich will mir doch keine Fußpilze holen«, leugnete Sophia und wandte sich ihrem Bücherregal zu. Sie suchte nach einem spannenden Geisterbuch, Unterhaltung vielleicht für einen verregneten Abend. Sophia war viel schmächtiger als Lukas. Sie hatte große blaue Augen und hüllte sich in eine Blässe, die nicht ihrer Vornehmheit, sondern wohl eher einer gewissen Blutarmut entsprang. Sie war kein Raufbold wie ihr Bruder, sondern genau das Gegenteil. Ihre spindeldürren Arme und Beine gaben ihr fast ein zerbrechliches Aussehen. Sie musste eben noch wachsen. Dafür hatte Sophia einen ausgeprägten Humor. Immer umspielte ein keckes Lächeln ihren großen Mund und das nicht nur im geselligen Beisammensein mit Freunden und Familie, sondern auch bei ihrer Lieblingsbeschäftigung: Sophia war eine Leseratte! Sie konnte stundenlang bäuchlings auf dem Bett oder in aller Ruhe wie eine durchgebogene Bohnenstange rücklings auf dem Sofa liegen und lesen. Und wenn es der Lesestoff hergab, prustete sie plötzlich los und ihr Gekicher tönte durch das ganze Haus.

Den Kopf leicht nach links geneigt, ließ sie ihre Augen von Buchrücken zu Buchrücken wandern und entschied sich schließlich für *Das Vermächtnis des Jacques de Molay*. Das hatte sie erst kürzlich von ihrer Mutter zum Geburtstag bekommen und noch nicht darin gelesen.

Ankunft

Der Bauernhof lag in einer wilden Gegend. Arg zerzauste Wälder, in denen nicht jeder Baum im rechten Winkel ausgerichtet war, säumten die Zufahrt. Dicke Eichen mit ausladenden Kronen standen auf Wiesen voll bunter Blumen: Dunkelroter Klatschmohn, knallblaue Kornblumen, meterhohe Königskerzen, Löwenmaul und viele, viele Blümchen, die Sophia zwar nicht benennen konnte, aber schon zu einem Blumenstrauß zusammengepflückt hatte. Ihre Mutter würde sich bestimmt darüber freuen.

Das Gehöft war als Dreiseitenhof an einem Berg angelehnt. Damit war der Hof vollständig geschlossen und nur durch die gewaltige Toreinfahrt zu betreten. Die massiven Holztüren des Tores waren mit einer grauen, von der Sonne über die Jahrhunderte ausgeblichenen und von Wind und Wetter gegerbten Farbe gestrichen. Das Mauerwerk des linken Stallgebäudes mit dem daran anschließenden Wohnhaus war alt. Als Fundament dienten riesige Felsbrocken und zwischen den Mauersteinen bröckelte der Mörtel heraus. Papa meinte, dass die geschwungene Form des Dachgiebels typisch für Wohnbauten aus dem 17. Jahrhundert sei. Das Fundament schien aber noch älter zu sein. Die deutlich später erbaute Scheune aus gut erhaltenem Fachwerk schloss den Hof auf der rechten Seite ab.

Der Bauer schien immer ein schiefes Lächeln zur Schau zu tragen, was seiner ansonsten Furcht einflößenden Gestalt den dämonischen Charakter nahm. Er war ein grauhaariger, alter Mann mit kräftigen Händen und faltigem, braungebrannten Gesicht. Das Haupthaar seiner Frau war noch nicht ergraut. Es war strohfarben und zu einem Dutt zusammengeknotet. Ihre Wangen waren prall, glatt und sogar rosig. Den beträchtlichen Körperumfang hielt ein weiter Rock mit vielen Falten zusammen. Das Reich der Bäuerin war die Küche. Ständig hörte man sie in der altmodischen großen Küche mit Schüsseln klappern. Es gab einen holzbefeuerten Backofen, in dem sie Brot und Kuchen buk.

»Cool«, sagte Sophia. »Wir sind echt im Mittelalter angekommen.«

Lukas folgte seiner Schwester in die große Küche. Mit dem Finger deutete er an die Decke. »Schau mal, Sophia, ein Kreuzgewölbe wie in einer Kirche.« Dann weckte der Kamin sein Interesse. »Wahnsinn, der Spieß ist so groß, dass man ein Schwein über dem Feuer brutzeln könnte … und hier, ein echter Hexenkessel!«

Die Bauersfrau freute sich. Es war nicht das erste Mal, dass sie Stadtkinder beherbergte. »Kommt Kinderr. Ich habe gebacken frrische Plinsen mit Johannisbeerrkonfitürren. Nehmt!«, lockte sie in gebrochenem Deutsch und reichte jedem Kind ein Stück.

»Lecker!«, schmatzte Lukas und Sophia biss vorsichtig von der Plinse ab. Das mit dem Essen stimmte schon mal. »Es wird bestimmt ein toller Urlaub und was zu entdecken wird es auch geben«, dachte sich Lukas und hatte seine Plinse schon verschlungen.

»Wenn ihrr haben Hungerr, können ihrr kommen in Küche und euch nehmen. Seht, dorrt auf Tisch liegen immerr frrisch gebackene Sachen.«

Sie rollte das r so komisch, dass machte ihren Akzent aus. Sophia und Lukas bedankten sich und waren auch schon wieder verschwunden.

Die Eltern trugen die Koffer aus dem Auto, und über eine alte Holzstiege erreichten sie die Ferienwohnung im ersten Stock. »Fasst mal mit an!«, rief die Mutter den beiden entgegen.

Lukas ließ seine Muskeln spielen, rannte zum Auto und hob einen weiteren Koffer aus dem Kofferraum.

Sophia schlenderte hinterher und zog ihren Rucksack unter dem Rücksitz hervor. Darin hatte sie ihre Schätze verstaut. Die ausgetretenen Stufen knarrten, als sie damit die Stiege betrat. »Ein abenteuerliches Haus, vielleicht sogar ein bisschen gruselig«, dachte sie. Und wirklich, auch die Eingangstür quietschte in den Angeln. Das wird im Dunkeln erst richtig lustig werden. Sophia war ein Fan von Geister- und Gruselgeschichten. Wenn sie an ihr letztes Buch zurückdachte, sträubten sich ihr immer noch die Nackenhaare. *Grube und Pendel* von Edgar Allan Poe hatte sie in einer Nacht ausgelesen. Sie hatte auch noch nicht aufhören können zu lesen, als die Ratten schon die Lederfesseln durchgenagt und den Helden zumindest vom messerscharfen Pendel befreit hatten.

Die Ferienwohnung war groß: ein Wohnzimmer mit kleinem Kamin, Sofa, großem Tisch und Stühlen, zwei Schlafzimmer, eins für die Eltern und eins für die Kinder. Das Bad war ganz modern, mit blanken Fliesen und großem Spiegel, so ganz anders als der Rest des uralten Hauses. Sophia schmiss den Rucksack auf ihr Bett und fing an ihn auszupacken. Sie hatte keine Lust, noch mehr Sachen nach oben zu schleppen. Wozu hatte sie denn einen starken Bruder und Eltern?

Lukas war wieder nach draußen gegangen. Das Auto war inzwischen entladen und er sondierte den Innenhof des Gehöfts. Zum Stall hin gab es noch einen richtigen Brunnen. Er war aus Felssteinen gemauert, mit einer Eisenwinde, von der ein Seil herabhing. Er rannte zu dem Brunnen und schaute in das tiefe dunkle Loch. Ganz unten glaubte er, das Wasser zu erkennen. Er kurbelte an der Winde, so lange, bis ein Eimer zum Vorschein kam. Es war ein Holzbottich, gefüllt mit klarem Wasser.

»Früher haben wir das Wasser getrunken«, raunte der Bauer von hinten.

Lukas zuckte zusammen, er hatte nicht bemerkt, dass sich der Bauer genähert hatte.

»Heute sind wir an die Dorfversorgung angeschlossen. Da kommt das Wasser aus dem Hahn und der Strom aus der Steckdose. Ich nutze den Brunnen noch, um die Tiere zu tränken. Manchmal verirrt sich auch eine Kröte hinein. Wirf sie aber nicht an die Wand, es ist keine verzauberte Prinzessin.« Der Alte grinste und verschwand genauso schnell, wie er gekommen war.

Lukas fand den Alten ein bisschen unheimlich. Er ließ den vollen Eimer wieder los. Der schepperte mit Karacho in die Tiefe der schmalen Öffnung und riss ein paar Steine des alten Brunnenmauerwerks mit sich. Schließlich platschte er heftig auf die Wasseroberfläche auf. Ansonsten schien es hier nicht viel Spannendes zu geben. Oder vielleicht doch? Am Berg, der sich an das Gehöft anschloss, gab es noch eine alte Tür, die aber verschlossen war. »Dahinter hatte der Bauer bestimmt seinen Keller in den Berg getrieben«, dachte Lukas und ging wieder zurück, um die anderen zu treffen.

Es war spät geworden. Die Fahrt von Berlin zu dem polnischen Dörfchen hatte doch lange gedauert und nun senkte sich die Sonne. Die Bauersfrau klopfte mit einem Holzlöffel auf eine große kupferne Pfanne. Es war Zeit für das Abendbrot. Ein Esszimmer, das sich an die mittelalterliche Küche anschloss, wurde geöffnet und die Familie trat ein. Der abgewetzte Holztisch war reichhaltig gedeckt: ein dicker Schinken, duftende Leberwurst, Ziegenkäse, bestimmt selbstgemacht, und ein Brotlaib so groß wie ein Autoreifen.

Die Alte stellte einen Krug mit Saft auf den Tisch. »Na, wollen prrobieren? Frrische Johannisbeermost, den hab' ich gemacht errst gesterrn.«

Sophias große Augen und die Sehschlitze über den roten Apfelbäckchen der Bäuerin trafen sich. Sophia hob den Becher, damit die Alte ihr eingießen konnte. Auch Lukas konnte nicht widerstehen.

»Lecker!« Sophia setzte den Becher ab.

Lukas fing an zu grinsen. »Jetzt hast Du einen fetten Schnurrbart.«

Aber Sophia musste auch lachen, denn Lukas sah nicht anders aus als sie selbst. Er schien es jedoch gar nicht zu bemerken. Die Bäuerin schnitt dicke Scheiben von dem Brotlaib ab und reichte sie herum. Papa bekam ein Bier und Mama wollte auch den leckeren Most kosten.

»Morrgen kommt meine Enkel Marrek. Ist vierzehn Jahrre alt und wirrd mit euch spielen«, sagte die Bäuerin an die Kinder gewandt. »Err ist ein ganz nettes Junge, ihrr werrdet schon sehen und gut miteinanderr kommen aus.« Sie erhob sich von ihrem Schemel und fing an, das Schlachtfeld vom Abendbrottisch wegzuräumen.

Auch Papa stand auf. »Na, dann können wir doch morgen Abend gleich eine Nachtwanderung machen«, schlug er vor.

»Heute sind wir aber geschafft von der langen Fahrt und sollten nicht mehr so lange machen.« Er versuchte, den Schmelzkäse von seinen Schneidezähnen zu lecken und verzog dabei komisch den Mund wie eine Giraffe, die ein abgepflücktes Akazienblatt in ihr Maul zieht.

Lukas schmunzelte, als er seinem Vater ins Gesicht schaute. »Ja, ja. Aber ich muss Sophia noch den Brunnen zeigen, der ist supertief, bestimmt zwanzig Meter!« Er zog seine Schwester zur Ermunterung am Rockzipfel.

»Na klar. Aber beeilt euch, es wird bald dunkel«, antwortete die Mutter.

Nachricht

Lukas stürmte mit Sophia auf den Hof. Sie rannten zum Brunnen. »Ein echt geiler alter Brunnen. Megaeisenrad, da ist der Eimer dran befestigt.« Lukas beugte sich über den Rand. »Man kann den Grund nicht erkennen!«

Sophia tat es ihm gleich. Auch sie konnte den Grund nicht sehen, aber das mochte auch am diffusen Licht der Abenddämmerung liegen. In der Mitte baumelte das Seil, an dem der Eimer befestigt war. Das alte Mauerwerk sah unheimlich aus.

»Zieh mal hoch, ich will einmal sehen, wie lang das Seil ist«, forderte Sophia ihren Bruder auf.

Lukas machte sich an dem Eisenrad zu schaffen und kurbelte den Eimer hoch. Immer wieder stieß der Eimer an die Brunnenwand und Wasser schwappte zurück in die Tiefe. Endlich war der Eimer in Sicht und bald hatte es Lukas geschafft. Er hievte den Eimer über die Brunnenmauer und erfrischte sich mit dem klaren Wasser.

»Sieh mal!«, rief Sophia aufgeregt und zeigte in den Bottich. »Da glänzt was, sieht aus wie 'ne Bombe. Ist bestimmt im Zweiten Weltkrieg in den Brunnen gefallen und nicht explodiert.«

Lukas schaute genauer in den Eimer und erblickte eine Metallkapsel auf dem Eimergrund. »Das ist viel zu klein für eine Bombe.« Schon hatte er in den Eimer gegriffen.

»Nicht, wenn die jetzt explodiert«, protestierte Sophia ängstlich.

Doch da hatte Lukas die Kapsel schon herausgezogen und betrachtete sie aufmerksam von allen Seiten. Es waren zwei längliche Hälften, die in der Mitte irgendwie miteinander verbunden waren. Sie war total von Grünspan überzogen und schimmerte auf der einen Seite etwas kupferfarben, als wäre sie nur zur Hälfte vom Wasser bedeckt gewesen. »Die kommt nicht aus dem Wasser, sieh mal, wie das hier verfärbt ist. Ich glaube, als ich vorhin den Eimer in den Brunnen fallen lassen habe, ist er mehrmals gegen die Brunnenwand geschlagen und hat Steine mit in die Tiefe gerissen. Wahrscheinlich war das Ding da irgendwie eingemauert.«

»Es sieht jedenfalls wirklich uralt aus. Und sie explodiert jetzt wirklich nicht?«

Lukas schüttelte die Kapsel in der Hand. »Nee, die ist hohl … Hör mal, da klappert drinnen was!« Er reichte Sophia die Kapsel und auch sie schüttelte nun vorsichtig den Behälter. Tatsächlich, irgendetwas Leichtes musste in der Kapsel sein.

Lukas wollte es unbedingt wissen. »Kein Wort zu den Eltern!«, bestimmte er.

Er ließ den Eimer wieder in den Brunnen fallen und Sophia und Lukas rannten mit ihrer Entdeckung in ihr Zimmer. Lukas suchte sein Taschenmesser und kratzte die Naht der beiden Kapselhälften frei. Er versuchte, die Hälften gegeneinander zu verdrehen, aber nichts passierte. Dann schlug er mit der Naht auf die Tischkante und drehte dabei die Kapsel um ihre eigene Längsachse. Grünspan fiel zu Boden. Immer wieder versuchte er, die Teile gegeneinander zu drehen. Sophia zog ein Taschentuch aus ihrem Rucksack, aber auch das verschaffte nicht den nötigen Grip, die Kapsel zu öffnen.

»Wir brauchen eine Rohrzange«, schlug Lukas vor. Wieder rannten beide wie besessen auf den Hof.

Die Eltern schauten ihnen erstaunt hinterher. »Sonst zanken sich die beiden doch immer abends. Die Landluft scheint ihnen gut zu bekommen …«, bemerkte die Mutter verwundert und wendete den Kopf fragend zu ihrem Mann.

Sophia und Lukas hatten inzwischen die Scheune erreicht. Hier musste es doch so etwas wie eine Werkstatt geben. Eine Bastelkammer, in der der Bauer seinen Traktor repariert, dachte Lukas. Und wirklich, ganz rechts war die Garage, wo der Polski-Fiat des Bauern untergestellt war. Sie schlichen sich hinein und Lukas hatte schnell die Werkbank entdeckt. Er spannte die Kapsel in den Spannbock ein, ergriff die zweite Hälfte mit einer Rohrzange und fing nun an, heftig an der Kapsel herumzuhebeln. Endlich bewegten sich die Kapselteile. Er schraubte sie mit der Hand vollständig auf und heraus fiel ein uraltes vergilbtes Pergament. »Oh … cool, eine Schatzkarte!« Lukas rollte das alte Pergament aus.

»Das ist altdeutsche Schrift«, fachsimpelte Sophia. »Komm, lass uns das mal umschreiben.«

Sie rannten zurück in ihr Zimmer und ließen sich am Tisch nieder. Wieder drehten die Eltern nur verdutzt die Köpfe. Sophia holte Papier und Bleistift aus dem Rucksack und schrieb:

ZMCDQ IQDTX TMFTN CDQTH MCTDG SMDHF
DCHBG MZBGL ZQHDM ATQFT HDQIK ZESDQ
SHDET HQCAZ OGNLD SCDMT DFCHQ XDHFM

»Aber das ist kein Deutsch!«, sagte sie enttäuscht.

Auch Lukas schaute auf das Blatt. »Das ist auch kein Spanisch oder Englisch, das kenne ich aus der Schule. Und rückwärts lesen kann man es auch nicht.«

»Wirklich komisch ist, dass alle Wörter fünf Buchstaben haben. Das ist eine alte Geheimschrift!« Sophia gähnte. Draußen war es mittlerweile dunkel geworden. »Luki, lass uns schlafen gehen. In den russischen Märchen heißt es auch immer: Der Morgen ist klüger als der Abend!«

Und wieder wunderten sich die Eltern. Die Kinder waren von alleine ins Bad gestiefelt und putzten sich die Zähne. Die lange Autofahrt musste sie wohl doch ganz schön mitgenommen haben, dass sie von allein schlafen gingen. Alle wünschten sich eine gute Nacht und dann war es schnell ruhig im Zimmer der Kinder.

Johanna, die Mutter von Sophia und Lukas, freute sich über die gemeinsame Zeit. Sie war Ärztin und zu Hause kam sie oft übermüdet aus dem Krankenhaus. Viel Zeit blieb ihr dann nicht mehr, sich um die Kinder zu kümmern. In der wenigen Zeit, die sie mit den Kindern hatte, wollte sie diesen Mangel als besonders gute, ja gütige Mutter wettmachen. Daher neigte sie dazu, ihren Kindern jeden Lausbubenstreich zu verzeihen, ganz gleich wie derb er ausgefallen sein mochte. Die Ausgewogenheit zwischen Lob und Tadel blieb da manchmal auf der Strecke.

Nichtsdestoweniger brauchte sie dann und wann auch etwas Zeit für sich und die hatte sie eigentlich nur im Urlaub. Johanna las sehr gerne. Sie war ein Fan von Umberto Eco. Er interessierte sich für die Bedeutung von Zeichen. Diesmal hatte sie *Das Foucaultsche Pendel* mitgenommen, ein Achthundert-Seiten-Werk, das sie bereits in Berlin begonnen hatte. Drei Mailänder Verlagsdirektoren, die auf ein Dokument der

Tempelritter aus dem vierzehnten Jahrhundert stoßen, fangen an, es zu deuten und infolgedessen die gesamte europäische Geschichte des letzten Jahrtausends neu zu schreiben. Philosophisch, spannend, wie so oft bei Eco. Als Ärztin für Radiologie ging es Johanna nicht anders als Eco: Auch sie suchte auf den MRT-Aufnahmen ihrer Patienten nach Zeichen, die auf eine Krankheit und deren Ausmaß hindeuteten. »Haben wir nicht alle mit Zeichen und Symbolen zu tun?«, dachte sie und vertiefte sich wieder in ihr Buch.

Königreich Jerusalem

Auch Sophia hatte es sich im Bett gemütlich gemacht. Aber sie war noch nicht so müde, wie sie vorgegeben hatte. Aus ihrem Rucksack packte sie ihr Buch und die kleine Buchtaschenlampe aus. Sie legte das Kopfkissen unter ihren Bauch, legte das Buch aufs Bett, klickte die Lampe an das Buch und stütze ihren Kopf auf den Ellenbogen ab. *Das Vermächtnis des Jacques de Molay* war eine Tempelrittergeschichte, die sich zwischen dem zwölften und dem vierzehnten Jahrhundert abspielte. Schnell wurde Sophia vom Lesestoff mitgerissen und glaubte bald, sich fast selbst im Heiligen Land zu befinden.

Das Buch begann anno Domini 1100: *Die Sonne schleuderte ihre Hitzestrahlen auf das karge Land. Über die Ruinen der Heiligen Stadt, dort, wo einst der legendäre Tempel Salomos gestanden hatten, wehte ein heißer Wind. Hugos Speichel war zu einem rötlichen Brei geworden. Der Wüstensand knirschte zwischen seinen Zähnen und auch die Nasenlöcher waren rotverkrustet vom feinen Sand. »Durst«, hämmerte es durch seinen Kopf und von innen an seine Schläfen. Er schob sich einen Kiesel in den Mund, um den Speichelfluss anzuregen. Das löschte den Durst nicht, aber es nahm dem Durst den Durst. Neben ihm ließ sich Gottfried von Bouillon das Hirn von der Sonne aus-*

trocknen. Auch er lutschte inzwischen an einem Kiesel, um den Durst zu vertreiben.

»Was sollen wir in diesem gottverdammten Land?«

»Nicht gottverdammt, Hugo, es ist das Land des Herrn, das Land unseres Herrn Jesu Christ, der dort auf diesem Berg hingerichtet wurde.« Gottfried wies mit seiner sonnenverbrannten Hand in die Ferne.

»Golgatha!«, entwich es Hugos verklebtem Mund.

Golgatha, der Berg, die Schädelstätte, dort hatten die Römer im Auftrag der Juden ihren Gott ans Kreuz genagelt und es hatte eintausend Jahre gebraucht, bis die Christen diesen Flecken wieder zurückerobert hatten.

»Ob die Sonne vor tausend Jahren auch so unerträglich heiß war?«, fragte Hugo.

»Muss sie wohl, sonst hätte Simon IHM nicht beim Kreuzschleppen helfen müssen«, meinte Gottfried.

»Ich dachte, seine Wunden hätten IHN so geschwächt. Die Kreuzigung geschah doch im Frühling, zum Passahfest, und nicht im Hochsommer, wie jetzt«, entgegnete Hugo.

Gottfried schmunzelte über die Schlagfertigkeit seines Novizen, doch dann verfing sich sein Blick in der Ferne. Er hielt seine Hand über die Augen, um den Berg besser erkennen zu können. Die Luft flimmerte und er meinte, eine Gestalt zu erkennen, die ein Kreuz hinter sich herschleppte. Hitze, Durst, Hunger hatten schon öfter seine Gedanken verwirrt und Zauberbilder in die heiße Luft gespiegelt, die das Kriegführen fern der Heimat dramatisch erschwerten. Seit vier Jahren kämpften sie nun schon gegen die Muslime, um den heiligen Ort dem Christentum zurückzuringen. Wie schön, grün und angenehm war es in der Champagne gewesen! War der hitzige Kampf in diesem unwirtlichen Gebiet wirklich mit all seinen Entbehrungen, Entsagungen und vor allem blutigen Verlusten nötig gewesen?

Ja! Nach vier Jahren hatte es das Kreuzfahrerheer geschafft. Jerusalem gehörte Europa! Und das sollte auch so bleiben. Wie viele Pilger standen schon bereit, um den Salbungsstein in der Grabeskirche zu berühren, dessen Hüter er geworden war? Und wie viele Krieger würden noch nötig sein, um den Pilgern ihr Seelenheil zu garantieren?

»Wie schnell die Fantasie mit einem durchgeht, wenn der Kopf langsam austrocknet«, dachte Gottfried. Aber er konnte den Blick nicht abwenden. Die Gestalt schien näherzukommen. »Ich glaube, da kommt einer dieser verdammten Sarazenen, die sich hier breitgemacht haben wie die Schmeißfliegen, auf einem drei Tage alten Kadaver.« Gottfried deutete wieder in Richtung des Berges.

Hugo folgte seinem Blick. »Ja, es ist ein Mann auf einem Hengst. In einer schwarzen Gallabea und mit einem schwarzen Turban auf dem Kopf.«

»Wenn der keinen Krummsäbel unter dem Kittel trägt, lasse ich mich hier und jetzt ans Kreuz nageln!«, lechzte Gottfried und griff mit der Rechten in die Innentasche seines Gewandes. Er holte eine Phiole hervor und öffnete sie.

Der Reiter preschte unterdessen heran. Ein Pferd konnten sie jetzt gut gebrauchen. Gottfried stellte sich mit der vorgestreckten Flasche und einem Hauch von Wüstenwind im Rücken Pferd und Reiter in den Weg. Das Pferd scheute, warf den Reiter ab, und schneller als diesem bewusst wurde, lag er rücklings auf dem Boden. Gottfried zückte sein Schwert und mit nur einem Hieb hatte er dem Fremden die Kehle durchtrennt. Nach kurzem Röcheln und Glucksen verschied der Mann, ohne auch nur ein Wort gesprochen zu haben. Sie hätten seine Sprache sowieso nicht verstanden.

Noch bevor sich Hugo dem Toten zuwenden konnte, fragte er verdutzt seinen Meister: »Wie habt ihr das Pferd zum Scheuen gebracht? Es kam ja herangeprescht, als wollte es uns dem Boden gleichmachen!«

»Löwenpisse!«, antwortete Gottfried knapp. Als sich der fragende Ausdruck in Hugos Gesicht nicht lösen wollte, setzte sein Meister nach. »Der Raubtiergestank hat das Pferd in Angst und Schrecken versetzt. Das war der einzige Vorteil, den wir in der augenscheinlich unterlegenen Situation hatten. Und es hat funktioniert!«, fügte er stolz hinzu. Dann bückte sich Gottfried über den Toten, um ihn eingehender zu untersuchen. »Sieh dir nur seine roten Augen mit den geweiteten Pupillen an«, sagte Gottfried.

Hugo blickte dem Toten in die gebrochenen Augen und erkannte die rote Umrandung und die kräftige rote Äderung im gelblichen Augapfel.

»Ein Assassine. Ein Auftragsmörder von Hassan-i Sabbah, dem Alten vom Berge, der seine Krieger mit grünem Honig füttert, um sie willig zu machen!«, erkannte Gottfried. Er hob die Gallabea an und entdeckte einen wunderschön verzierten Dolch in der Hand des Toten. Außerdem fanden sie einen Köcher, den der Mann unter dem Gewand über seinen Rücken geschultert hatte.

Gottfried nahm ihm beides ab und öffnete das Behältnis. Es enthielt ein uraltes, mit hebräischen Schriftzeichen beschriebenes Pergament. »Wo hat er das her? Das ist nicht seine Sprache und wahrscheinlich auch nicht sein Jahrhundert. Juden gibt es hier schon lange nicht mehr!«, verwunderte sich Hugo und steckte beides ein. Hugo hatte inzwischen den Araberhengst eingefangen. Ein stattliches Tier, es sollte sie zuerst einmal in die Stadt zurückbringen, schließlich mussten sie endlich ihren Durst löschen.

Zurück in Jerusalem breitete Gottfried die Schriftrolle aus. Als Mann Gottes, nicht umsonst hatten seine Eltern ihm diesen

Namen in die Wiege gelegt, erkannte Gottfried göttliche Vorsehung. Diese Schrift, auch wenn er sie noch nicht lesen konnte, barg ein unausgesprochenes Geheimnis! Davon war er fest überzeugt. Nach seinem erfolgreichen Kreuzzug von Antiochia nach Jerusalem hatte er ein Papier in die Hand bekommen, das hoffentlich die letzten vier Jahre harten Kampfes rechtfertigte. In diesem Moment stand sein Entschluss fest: »Ihr müsst sofort nach Frankreich zurückkehren, Hugo. Die Sarazenen machen uns hier die Hölle heiß. Immer wieder kreuzen sie durch unser Territorium und machen den Pilgern das Leben schwer. Der Krieger, den wir niedergestreckt haben, ist der beste Beweis. Ich brauche Waffen, Pferde und vor allem kriegserprobte, mutige Männer, sonst können wir den Posten hier bald aufgeben. Und wenn ihr schon dort seid, sucht Bruder Etienne Harding in der Abtei Molesme im Burgund auf. Er ist unser bester Schriftgelehrter, er wird das Pergament übersetzten können. So wie es aussieht, wird der Assassine es unter den Tempeltrümmern gefunden haben, es sind alte jüdische Aufzeichnungen. Dann geht zum Papst nach Rom und bittet um Hilfe.«

Sophia stützte sich auf die andere Hand und zog ihre Bettdecke zurück. Das Buch war spannend. Die inneren Bilder, die sie sah, leuchteten in den Farben der Wüste, bewegten sich im Tempo des Kamels, und die Gestalten, über die sie las, erschienen ihr so lebendig, als wäre sie ein Teil von ihnen. Sie kam sich vor wie Indiana Jones, der in den Tempel Salomos eindrang und erst einmal ein Knäuel giftiger Kobras besiegen musste, bevor er sich an das Aufdecken des Geheimnisses machen konnte. Sophia las weiter:

»Aus dem Tempel Salomos?«, hatte Etienne Harding gefragt. »Bereitet eine Expedition vor. Hugo, ich brauche mehr davon!«

Mal im Gefolge des Gottfried von Saint-Omer, mal unter dem Grafen der Champagne war Hugo in den nächsten Jahren im-

mer wieder nach Jerusalem aufgebrochen. Und dann, im geheimen Raum unter den Pferdeställen des Tempels, war es soweit. Hugo von Payenes hielt die Pergamente in der Hand. Römische und hebräische Pergamente vom Verhör Christi durch Pilatus und die Eschaimin, jüdische Spione, die Jesus zu Lebzeiten ausspioniert hatten. Schriften, die nicht in den Kanon des Neuen Testamentes aufgenommen worden waren, Schriften, die man einfach weggelassen hatte, Schriften, die zu einem ganz neuen Verständnis der jüdischen und christlichen Geschichte, zu einem ganz neuen Glauben führen mussten. Wer sollte dieses Wissen schützen? Sie waren nicht nur Männer Gottes, nein, Hugo hatte schon im Ersten Kreuzzug gekämpft. Sie waren Gotteskrieger! Warum sollten sie nicht auch das Wissen schützen? Es wurde Zeit, der Sache einen Namen zu geben. Und die Gotteskrieger lebten in einer Zeit ausgeprägten Mystizismus.

Die magische Zahl Neun der Griechen entflammte ihre Gemüter. War sie doch auch die katholische Dreifaltigkeit mit sich selbst multipliziert. Besessen von der Magie der Zahlen scharten Hugo und Gottfried weitere sieben Ritter um sich, oder versuchten es zumindest, denn allein würden sie es nicht schaffen. Hugo und Gottfried fanden nur fünf weitere Mitstreiter, denn die Kreuzfahrer waren schon längst wieder nach Europa zurückgekehrt. Sieben adlige Brüder unter der Hitze des Heiligen Landes. Mystizismus hin oder her, schließlich obsiegte der Pragmatismus. Tollkühn schrieb Hugo noch die Namen Gudfried und Roland mit auf seine Bulle, die schließlich als Templergründung in die Geschichte eingehen sollte. Mit den erfundenen zwei Extrarittern glaubte Hugo, die magische Zahl Neun erfüllt zu haben. Was er nicht wusste, noch nicht wusste, war, dass nicht die Neun, sondern in Wirklichkeit die Sieben die magische Zahl war, die er auf diese Weise ungewollt erfüllt hatte.

Die sieben Ritter stellten sich im Kreis auf. Sie reichten einen Dolch mit prächtig glitzernden Karfunkelsteinen am Griff von Mann zu Mann, ritzten sich am linken Unterarm ein, dann vereinten sie ihr Blut im Wüstensand. Nur Hugo und Gottfried wussten, wem sie vor achtzehn Jahren diesen Dolch abgenommen hatten. Dann sprach Hugo das Gelübde: »... die Arme Ritterschaft Christi vom salomonischen Tempel verpflichten sich zu Armut, Keuschheit und Gehorsam. Jeder setzt sein Schwert für seinen Bruder ein. Beschützt die Pilger aus unserer Heimat auf ihrem Weg von Jaffa zur heiligen Grabeskirche in Jerusalem vor den gottlosen Sarazenen. Nehmt Schwert und Schild und euer Gelübde, spürt die Peiniger auf und befreit uns von diesen.«

Hugo wurde der erste Großmeister der Tempelritter, einem der drei Ritterorden[3] *aus dem Heiligen Land, die ab dem zwölften Jahrhundert neben den Johannitern aus Jerusalem und dem Deutschen Ritterorden aus Akkon existierten.*

Auch wenn Sophia nicht alles von dem verstand, worum es den Tempelrittern ging, las sie das spannende Buch weiter. Draußen zog ein Unwetter auf. Sie kroch tiefer unter die Bettdecke und irgendwann konnte sie nicht mehr mit Sicherheit sagen, ob sie wachte oder träumte. Sophia erfuhr zum ersten Mal Genaueres über die Templer. Für die Mitglieder dieses Ordens hatte es zwei wesentliche Schätze der Erkenntnis gegeben und beide waren verschollen: Zum einen waren das die Tafeln mit den zehn Geboten, die Moses von Gott erhalten hatte und die von den Juden in der sogenannten Bundeslade aufbewahrt wurden. Zum anderen gab es den Abendmahlsbe-

---

3 Ritterorden: Es gab drei Ritterorden im Heiligen Land: Johanniterorden (1070 als Spitalbruderschaft gegründet), Tempelritterorden (1118/19 von französischen Rittern gegründet), Deutscher Ritterorden (1190 als Krankenpflegeorden gegründet)

cher von Jesus aus wunderschönem Jaspis, den Heiligen Gral der Christen. Dies war auch der Kelch, mit dem der Ratsherr Joseph von Arimathäa das Blut Christi bei der Kreuzigung aufgefangen haben soll. Beide waren verschwunden und der Legende nach mit unsagbarer Kraft und Weisheit ausgestattet.

Im Buch wurde die Frage, ob die Templer nun die Bundeslade oder den Heiligen Gral gefunden hatten, bisher nicht eindeutig beantwortet. Sophia folgte den Rittern beim Weiterlesen durch die Wüste und dort fanden sie beides. Nun hatten die Sieben nicht nur die Grabeskirche in Jerusalem, sondern auch noch die beiden größten Schätze der Menschheit zu bewachen, den Heiligen Gral und die Bundeslade.

Lukas schlief indes unruhig. Hinter den geschlossenen Lidern bewegten sich seine Augen schnell hin und her. Er träumte.

Es war neblig und Lukas trat an den Brunnen heran. Ein altes Männchen mit grauem Spitzbart und dunkler Kutte streckte ihm eine knöcherne Hand entgegen. In der Hand hielt der Alte eine goldglänzende Kapsel, die von innen heraus zu leuchten schien. Er reichte sie Lukas. Als Lukas nach der Kapsel griff, erlosch das Leuchten und der Alte zerfiel zu Staub. Er hatte noch den Mund bewegt, aber Lukas hatte nicht verstanden, was der alte Mann ihm sagen wollte.

Das Unwetter hatte sich vorerst verzogen und der helle Mond lugte von Zeit zu Zeit durch das Fenster. Sophia schaute zu ihrem Bruder hinüber, der sich im Schlaf wälzte. Sein Gesicht sah im Mondlicht ganz blass aus. Doch sie bemerkte es kaum. Ihr Buch war so spannend. Der Arm, auf dem sie sich abgestützt hatte, um besser lesen zu können, war eingeschlafen. Sie schüttelte ihn kurz aus und suchte sich eine neue, bequemere Position. Dann las sie weiter.

Marienburg

Karsten, der Vater von Sophia und Lukas, saß am Fenster. Er war nur mit seiner Kordlatzhose bekleidet. Karsten liebte diese Hose. Sie war praktisch und hatte viele Taschen. Er starrte hinaus. Die vorbeiziehenden Wolken ließen den hellen Mond immer wieder aufflackern. Nur noch ein paar Tage, dann musste Vollmond sein. Karsten griff sich in seinen aschblonden Kinnbart, den schon einige silberne Fäden durchzogen. Doch obgleich er die Vierzig schon weit überschritten hatte, war sein Gesicht glatt und von gesunder Farbe.

Er tapste zum Bett, in dem Johanna in ihr Buch versunken lag. Sie blickte zu ihm auf.

»Mir tun die Knochen weh. Ich glaube, morgen regnet es. Lass uns doch in die Stadt gehen. Ich hätte Lust, mir die Burg anzuschauen.«

Karsten, eher ein Naturbursche, war gerade froh gewesen, der Stadt im Urlaub entkommen zu sein. Aber sollte das Wetter wirklich umschlagen, und Johannas Gefühl täuschte sie nur selten, dann war er für alte Gemäuer auch zu haben. »Hm«, brummte er zustimmend und öffnete die beiden Knöpfe am Latz seiner Hose. Wie von selbst glitt die Hose an seinen Beinen herunter, und, Mann wie er war, kroch er zu seiner Frau ins Bett und knipste das Licht aus.

Der Regen trommelte auf die Schindeln des Dachs. Das Geräusch hatte Lukas aufgeweckt. Es war noch früh, aber draußen wurde es schon hell. Sophia schlief noch. Er ging zum Tisch, auf dem immer noch das geheimnisvolle Pergament und die Kapsel lagen. Mit den Schriftzeichen konnte er nichts anfangen. »Der Morgen ist doch nicht klüger als der Abend«, dachte er. Er untersuchte noch einmal die Metallkapsel, aber es war nichts Auffälliges daran festzustellen. Es gab keine Gravuren und außer dem Pergament schien sie nichts weiter enthalten zu haben. Er legte sie zurück auf den Tisch. Vielleicht verbarg sich noch etwas unter dem Grünspan, aber er glaubte nicht wirklich daran.

Lukas bibberte. Durch das Regenwetter war es deutlich kühler geworden, das spürte man besonders in diesen alten Mauern. Neben dem Tisch stand ein Ölradiator. Lukas reichte über den Tisch zum Schalter des Radiators, um diesen einzuschalten. Dabei glitt das Pergament im Luftzug seiner Armbewegung auf die Heizung. Lukas ahnte davon nichts und schlüpfte noch einmal unter seine Bettdecke, um sich aufzuwärmen.

Als Sophia aufwachte, war es schon mollig warm im Kinderzimmer. Sie streckte sich unter ihrer Bettdecke und schlug sie dann zurück. »Luki, bist du schon wach? … Ich hab gestern so ein spannendes Buch über die Tempelritter gelesen. … Hast du schon die Geheimschrift entziffert?«

»Hör doch mal auf zu nerven, Sophia! Nur im Märchen ist der Morgen klüger als der Abend!«, antwortete Lukas, der natürlich noch immer keine Ahnung hatte, wie man die Schrift entziffern könnte.

Sophia stand auf und ging zum Tisch, um sich das Pergament nochmals anzusehen. Sie wollte sichergehen, dass alles echt wäre und nicht nur ein dummer Jungenstreich. Als sie das Pergament auf dem Ölradiator entdeckte, fluchte sie gleich los: »Mensch, Luki, kannst du nicht aufpassen? Du hast das Pergament auf die heiße Heizung gelegt.«

»Hab ich nicht!«

»Das ist doch ein uraltes Papier. Das zerfällt noch zu Staub, bevor wir überhaupt wissen, worum es geht!«, dozierte Sophia unbeirrt weiter und rettete das Pergament vor der Zerstörung. Doch als sie es jetzt näher betrachtete, entdeckte sie etwas Merkwürdiges. Unter den Schriftzeichen, die sie gestern zu entziffern versucht hatten, schien es eine weitere Zeile zu geben:

Pauperes Commilitones Christis Templique Salomois

Als das Papier jedoch abkühlte, verschwand die Schrift wieder.

»Cool! Luki, komm mal her. Das ist ein echtes Geheimdokument!«

Lukas stand auf und kam an den Tisch geschlendert.

»Siehst du?«

»Klar seh ich! Das gleiche Wirrwarr wie gestern. Keiner kann das lesen.«

»Nein, das meine ich nicht! Schau genau hin!« Sophia nahm Lukas das Pergament aus der Hand und legte es wieder auf die Heizung. Schon nach wenigen Sekunden tauchte der Schriftzug, den Sophia zuvor entdeckt hatte, wie aus dem Nichts wieder auf. Sophia nahm einen Stift und schrieb unter die Buchstabenfolge von gestern:

Pauperes Commilitones Christis Templique Salomois

»Das sieht schon eher wie ein Satz aus. Ist wahrscheinlich Latein.«

»Ja, wir sollten mal Mami fragen. Die kann doch Latein. Komm, lass uns zum Frühstück gehen!«

»Mami, ich habe gestern ein ganz spannendes Buch über die Tempelritter gelesen. Du weißt schon, *Das Vermächtnis des*

Molay oder so ähnlich. Das Buch, das du mir zum Geburtstag geschenkt hast. Da kam so ein Satz drinnen vor, den ich nicht verstanden hab. Wahrscheinlich Latein oder so«, log Sophia am Frühstückstisch.

»Und was genau stand dort?« Johanna freute sich über die Wissbegier ihrer Tochter.

Sophia senkte die Stimme. »Da stand: *Pauperes Commilitones Christis Templique Salomois*«, zitierte sie geheimnisvoll.

Johanna lachte. »Dann lesen wir also fast die gleichen Bücher! Das heißt: Arme Ritter Christi und des Tempels von Salomon. So nannten sich damals die Tempelritter und Jacques de Molay war ihr letzter Großmeister!«

Sophia verstand überhaupt nichts mehr. Was hatte denn dieses Pergament mit ihrem Buch zu tun?

»Na, das trifft sich ja gut. Ich dachte, weil heute das Wetter so schlecht ist, sollten wir auf die andere Seite der Nogat nach Malbork fahren und uns die Marienburg anschauen. Die gehörte dem Deutschen Ritterorden. Der war sozusagen das deutsche Gegenstück zu den ursprünglich französischen Tempelrittern.«

»Das hört sich super an. Gibt's da auch Ritterrüstungen, Waffen und eine Folterkammer?«, fragte Lukas begeistert.

»Es ist eine große Burg, aber ich war auch noch nicht drin. Es gibt bestimmt einiges zu sehen.«

Die Kinder waren verzückt und nach dem deftigen Frühstück fuhr die Familie im Auto über die Brücke nach Malbork.

Gleich hinter der Brücke am Ufer der Nogat erhob sich Malbork: Marienburg, die Burg des Deutschen Ritterordens aus dem dreizehnten Jahrhundert. Ein gewaltiges Bauwerk. Rote Klinker auf grauen Felssteinen, so weit das Auge reichte.

»Cool!«, stießen Lukas und Sophia fast gleichzeitig aus.

»Wirklich wahr. Der größte Haufen Backstein, den ich je gesehen habe!«, bemerkte Vater Karsten ebenfalls verblüfft.

Zwei wuchtige Wehrtürme in der Stadtmauer schlossen das Areal zum Fluss hin ab. Schießscharten deuteten an, dass diese Burg-Kloster-Schlossanlage zu Wehrzwecken gebaut worden war. Am Fuß der beiden Eingänge waren zwischen den Wehrtürmen hohe Stufen eingelassen, die das Bauwerk wahrscheinlich vor Hochwasser schützen sollten. Offenbar waren sie seit Jahrhunderten nicht benutzt worden. Hinter der Mauer streckte die eigentliche Burg ihre roten Ziegel hoch in den Himmel. An den vier Ecken gab es verspielte turmähnliche Giebel mit Fenstern am sonst fast fensterlosen Koloss. Aus der Mitte der Burg ragte ein gewaltiger Hungerturm mit Zinnen empor.

»Da rechts am Dach sind lauter Ritterskulpturen angebracht. Mit Rüstung und Schwert. In der Burg gibt es bestimmt eine Sammlung mit geilen Ritterrüstungen!«, posaunte Lukas begeistert im Auto.

Um zum Parkplatz zu gelangen, mussten sie die gesamte Anlage umfahren und erhielten dadurch erst eine wirkliche Vorstellung von den gewaltigen Ausmaßen der Marienburg. Die Burg war noch einmal von einem Wassergraben umgeben und nur über eine Zugbrücke zu erreichen. Eigentlich befand sich hinter der Außenmauer nicht *eine* Burg, sondern ein gewaltiger Gebäudekomplex aus Vorburg, Mittelschloss mit Hochmeisterpalast, Hochschloss mit Marienkirche und dem Pfaffenturm. Alles wirkte wie eine im Mittelalter angewachsene Stadt, die sich hoch über die Flusslandschaft der Nogat erhob und den Ankommenden zum Knirps degradierte. Nachdem die Familie das Auto geparkt und Karsten die Eintrittskarten gekauft hatte, ging gleich eine deutschsprachige Führung los. Monoton wie ein Leierkasten leierte der Führer recht belangloses Zeug in die Touristengruppe, aber Lukas war trotzdem ganz gespannt auf das, was es zu sehen geben sollte.

»… in der ersten Hälfte des dreizehnten Jahrhunderts gelangten die Kreuzritter an den Mittellauf der Nogat, um die Heiden zum Christentum zu bekehren. Ende des dreizehnten Jahrhunderts wurde mit dem Bau des Konventhauses, der Kapelle, des Innenhofs und der Vorburg begonnen. 1309 verlegte der Hochmeister des Ordens sein Amt von Venedig nach Marienburg. Damit wurde die Burg zur Hauptstadt einer der mächtigsten Staaten an der Südküste der Ostsee …«

Sie passierten den Schlafsaal der Mönche mit Holzpritschen und die große Tafel im Speisesaal. Und dann kamen sie endlich in die Waffenkammer: Kanonen, Eisenkugeln, Armbrüste, Musketen, Hellebarden, Morgensterne, alles was das Herz begehrte. Lukas freute sich wie ein Schneekönig.

Im nächsten Raum waren verschiedene Rüstungen ausgestellt. »Damit könnte man mal unserer Klassenlehrerin in den Arsch treten!« Lukas grinste und zeigte Sophia die spitz auslaufenden Eisenschuhe an einer Rüstung. »Die hätte ich auch gerne.« Er stand jetzt vor einer Prunkrüstung mit Messingintarsien und einem wirklich böse aussehenden Helm.

Sophia war an den Rüstungen nicht so interessiert. Der nächste Raum machte sie schon eher neugierig. Dort wurde die berühmte Bernsteinsammlung der Marienburg gezeigt. Das Gold der Ostsee. Wunderschöne Schmuckstücke funkelten in den Vitrinen.

»… Michael Crichton war übrigens hier, bevor er sein *Jurassic Park* geschrieben hat. Sehen sie, hier wurde eine Mücke vom Harz eingeschlossen und blieb uns so erhalten. Eine Mücke, die vorher vielleicht Blut von einem Saurier getrunken hatte. Wissenschaftler der Universität von Berkeley in Kalifornien haben tatsächlich Blut aus dem Magen der Mücke extrahiert und die DNA der Dinos aufschlüsseln können. Leider ist der Schritt von der DNA zum Lebewesen noch nicht reproduzierbar und was passieren könnte, wenn die Wissenschaft soweit wäre, wurde uns ja eindrucksvoll in *Jurassic Park* gezeigt«, fachsimpelte der Führer. »Folgen Sie mir nun in die Marienkirche.«

Eine riesige Kirche mit gotischen Fenstern und Spitzbögen tat sich vor der Gruppe auf. Durch die vielen bunten Fenster drang mit einem Mal funkelndes Sonnenlicht in den hohen Raum und überzog die roten Backsteine mit einem Hauch von Mystik. Das kurzzeitige Aufleuchten des Kircheninnenraumes kam Sophia wie eine Begrüßung vor. Dann zogen die Wolken wieder vor die Sonne und brachten weiteren Regen.

Ein imposanter Altar und ein wuchtiges, mit Totenköpfen verziertes Taufbecken bestimmten den Altarraum. Neben der Sakristei waren Grabplatten eingelassen. Sophia versuchte zu buchstabieren: FEVCHTVANGEN. Die Buchstaben erinnerten sie sofort an das Pergament. »Das ist die Grabplatte von Siegfried von Feuchtwangen, der den Ordenssitz der Kreuzritter von Venedig hierher verlegt hat«, ging der Führer auf Sophias Interesse ein.

»Aber da steht gar nicht Feuchtwangen«, protestierte Sophia, »sondern FEV…«, versuchte sie zu buchstabieren.

»Im Mittelalter hatte das Alphabet nur 22 Buchstaben: I und J waren ein Buchstabe und U, V und W wurden als V geschrieben. Die Aussprache hing davon ab, ob ein Vokal oder Konsonant folgte«, erklärte der Führer. »Aha«, war alles, was Sophia etwas verdattert herausbrachte. Sie mochte es nicht, wenn andere klüger waren als sie selbst.

Durch einen langen Gang mit Kreuzritterskulpturen gelangten sie endlich ins Museumsrestaurant. Lukas knurrte der Magen und auch die Eltern schienen nach der langen Führung ganz schön Hunger zu haben. Sie setzten sich an einen der abgewetzten Tische und der Kellner brachte die Karte. Hier wurde deftiges Mittelalteressen serviert.

Johanna las die Karte vor: »Brotsuppe mit Bier, Honig und Mandeln. Elchbraten …«

»Ich nehme den Elch!«, bestimmte Lukas begeistert.

»Gibt es keine Spaghetti mit Tomatensoße?«, fragte Sophia.

Als alle Fragen geklärt waren, gab Johanna die Bestellung auf. Der Kellner brachte allen eine Schüssel und einen Dolch. Eine Gabel gab es nicht. »Sie dürfen auch mit den Fingern essen«, grinste er.

»Das ist genau das Richtige für die Kinder«, dachte Johanna und freute sich, dass der erste Ausflug in den Ferien ein gelungenes Erlebnis nicht nur für die Kinder geworden war. Wie gerne hätte sie selbst als Kind mit den Händen im Essen herumgewühlt. Doch schon der Gedanke daran ließ die schrille Stimme ihrer Mutter unter ihrer Schädeldecke schmerzhaft wieder auferstehen: »Nimm den Ellenbogen vom Tisch!« Sie sah das erzürnte Gesicht ihrer Mutter förmlich vor sich. Wie sich ihre Lippen spitz falteten, als sie ihr immer und immer wieder wutentbrannt entgegenschnaubte: »Wie oft soll ich dir noch sagen, dass die Serviette auf den Schoß gehört?« Nun sah Johanna ihrer eigenen Tochter zu:

Sophia versuchte, die Spaghetti um den Dolch zu wickeln und half dabei mit dem linken Zeigefinger nach. Schließlich legte sie den Kopf in den Nacken, hob den spaghettibepackten Dolch mit der rechten Hand an und führte die Dolchspitze mit Daumen und Zeigefinger der Linken über den nach oben gerichteten, geöffneten Mund. Wie ein Fisch, der sein geöffnetes Maul aus dem Wasser erhebt, um nach einer Fliege zu schnappen, schnappte auch Sophia zu, als sich der tomatensoßenbesudelte Spaghettibatzen vom Dolch löste und in ihren weit geöffneten Schlund sackte. Nicht alle Spaghetti trafen allerdings die Öffnung. Teile der Pasta rutschten auf ihrer Tomatenbahn über Kinn und Hals nach unten und fanden ihren Weg in den Ausschnitt von Sophias T-Shirt, um schließlich ein Weilchen in der Nabelgegend zu verweilen. Unweigerlich suppte das Rot der Soße von innen nach außen und färbte das helle Kleidungsstück bunt. Johanna lachte kurz in sich hinein, als sie daran dachte, dass hier wohl selbst der zwanghafte Serviettengebrauch ihrer Mutter jämmerlich versagt hätte.

Entschlüsselung

Es war bereits Nachmittag, als die Familie wieder im Bauernhof ankam. Das Wetter war wirklich zu schlecht, um sich draußen aufzuhalten, und Lukas und Sophia mussten sich irgendwie im Zimmer beschäftigen.

Sophia nahm das Pergament in die Hand. »Was wissen wir? Das Papier stammt von den Tempelrittern. Die Schrift sieht alt aus und ist wahrscheinlich auch von den Rittern. Es ist weder Deutsch, Latein, Englisch, Spanisch noch Russisch, und jedes Wort besteht aus fünf Buchstaben. Es ist also eine Geheimschrift. Ein verschlüsselter Text. Schauen wir uns die Buchstaben an. Luki, nimm doch bitte mal ein Blatt Papier und schreib das Alphabet auf! Wir zählen mal die Buchstaben.«

Lukas holte einen Stift aus seiner Federtasche, zog einen Block hervor und begann, das Alphabet senkrecht aufzuschreiben.

»Ich lese die Buchstaben vor und du machst auf dem Papier Striche. Dann wissen wir, wie häufig jeder Buchstabe vorkommt. Vielleicht bringt uns das weiter. Also: ZMCDQ …«

Lukas machte fleißig die Striche hinter den Buchstaben.

»So, wie sieht das Ergebnis aus?«, fragte Sophia, nachdem sie geendet hatte.

»Am häufigsten kommt D vor: vierzehnmal. Und H, Q und T je neunmal. Das macht doch gar keinen Sinn!«, jammerte Lukas, dem das Schreiben schon wieder zu viel wurde.

»Bleib doch mal ruhig«, besänftigte Sophia. »Nehmen wir mal an, die haben für jeden Buchstaben im Alphabet einen anderen aufgeschrieben. Welche Buchstaben sind denn bei uns am häufigsten?«

»Was weiß ich? Es gibt viele Worte mit ei, au in der Mitte und er oder en am Ende.«

»Das stimmt! Also müsste E am häufigsten und I, U, R und N am zweithäufigsten sein!«

»Dann müsste also das D für E stehen und H, Q, T für I, U, R und N. Halt, da fehlt noch ein Buchstabe …« Lukas schaute auf den Zettel. »… Ja, M kam noch achtmal vor.«

»Gut, also D auf jeden Fall für E und H, M, Q, T für I, U, R und N. Moment, da fällt mir gerade was auf: D – E, H – I, M – U, nee, das stimmt nicht. Was haben wir noch? Nochmal: D – E, H – I, M – N, Q – R und T – U! Klar, immer der nächste Buchstabe im Alphabet!« Sophia schaute aufgeregt auf das Pergament. »Luki, schreib! ZMCDQ wird zu ANDER. Ja, das hört sich schon mal irgendwie Deutsch an! Weiter!«

Lukas schrieb gehorsam auf, was Sophia diktierte. »Und? Wie sieht's aus?«, fragte Sophia.

Lukas schob ihr seinen Zettel mit fragendem Blick zu und Sophia las:

ANDER JREUY UNGUO DERUI NDUEH TNEIG EDICH NACHM ARIEN BURGU IERJL AFTER TIEFU IRDBA PHOME TDENU EGDIR YEIGN

Enttäuscht blickte sie auf. »Irgendwas stimmt da noch nicht – aber es sieht schon viel besser aus als vorher. Die

Fünferunterteilung ist wahrscheinlich nur zur Verwirrung. Guck mal, hier macht es doch schon Sinn: Die drei Wörter in der Mitte NACHM ARIEN BURGU heißen bestimmt: nach Marienburg. Ja, das geht sogar weiter: An der … neige dich nach Marienburg … aber der Rest? Wir müssen uns irgendwo verzählt haben.« Sophia überprüfte noch einmal Buchstabe für Buchstabe, konnte aber keinen Fehler finden. Da schepperte draußen die Kupferpfanne. Die Bäuerin rief zum Abendbrot.

Am erneut reich gedeckten Tisch saß an diesem Abend ein schwarzhaariger Junge.

»Das ist mein Enkel Marrek!«, begrüßte die Bäuerin stolz die Urlauberfamilie.

Strahlend blaue Augen musterten neugierig die beiden blonden Kinder aus Deutschland.

Sophia lächelte Marek zu und reichte ihm die Hand. »Guten Tag, Marek. Wir haben beschlossen, die nächsten drei Wochen deine Großeltern etwas zu ärgern, machst du mit?«

Marek, der auf eine deutsche Schule geht und alles verstand, grinste sofort, nahm Sophias Hand in seine und drückte sie kräftig. »Endlich jemand, der mich unterstützt – ich arbeite schon so viele Sommerferien daran!«

Das Eis war gebrochen. Dann berichtete Lukas begeistert vom Ausflug in die Burg und von der Waffenkammer mit den glänzenden Rüstungen. Die beiden Jungen schienen sich von Anfang an zu verstehen, was wiederum die Stimmung auch der Eltern von Sophia und Lukas und der Großeltern von Marek hob. Verstohlen beobachteten sie die so schnell groß gewordenen Kinder am Tisch aufmerksam aus den Augenwinkeln. Das Geplapper erreichte bald eine enorme Lautstärke, ohne dass sich jemand beschwert hätte. Im Gegenteil, alle waren froh und glücklich.

Marek beugte sich über den Tisch, um sich intensiver mit seinen neuen Freunden austauschen zu können. Er hatte seine beste Verschwörermiene aufgesetzt und verkündete: »Es gibt da noch ein Geheimnis um Malbork. Es soll einen Schatz geben, den bis heute niemand entdeckt hat!«

Sophia und Lukas schauten sich tief in die Augen. Sie ahnten, dass sie den Schlüssel zum Schatz bereits in den Händen hielten. Sollten sie Marek einweihen?

Nach dem Essen quatschten die Drei noch ausgiebig miteinander. Das geheime Pergament zeigten sie Marek allerdings nicht. Sophia wollte erst darüber schlafen und die Entscheidung am Morgen treffen. Schließlich hieß es doch: *Morgenstund hat Gold im Mund.*

Das schlechte Wetter machte alle früh müde. Auch die drei neuen Freunde zogen sich in ihre Betten zurück. Nur Sophia hatte noch eine Verabredung. Sie musste ihr Buch weiterlesen. Vielleicht fand sie dort den Schlüssel für das geheime Dokument.

Schnell hatte sie es sich im Bett bequem gemacht und folgte schon wieder den spannenden Geschichten der Templer, die an verschiedenen Orten in ganz Europa spielten. Doch plötzlich endete das Buch kurz nach dem 13. Oktober 1307, als alle Tempelritter von Spanien bis England in einer düsteren Nacht-und-Nebel-Aktion von Inquisition und dem französischen König festgenommen wurden. Es müssen an die eintausend Festnahmen gewesen sein, weshalb jener Freitag als Schwarzer Freitag in die Geschichte einging. Sieben Jahre später wurde nach langer Folterung der letzte Großmeister der Tempelritter, Jacques de Molay in Paris auf dem Scheiterhaufen verbrannt. In der Minute seines Todes verfluchte Molay die Königsfamilie bis ins dreizehnte Glied. Den König von Frankreich selbst ließ er wissen, er werde ihm binnen Jahresfrist vor dem göttlichen Gericht gegenüberstehen. Wie vorausgesagt, starb Philipp der Schöne vor Ablauf eines Jahres. Der nach ihm dreizehnte König von Frankreich, Ludwig XVI., wurde während der Französischen Revolution zum Tode verurteilt und mit der Köpfmaschine des Arztes Joseph-Ignace Guillotin enthauptet – die Monarchie in Frankreich existierte nicht mehr. Und noch etwas: Der Templerorden wurde in Frankreich, Spanien und England vollkommen zerschlagen. Von dem berühmten Schatz – sei es nun Gold, Weisheit oder die Templerflotte selbst – fehlt bis heute jede Spur!

Sophias Wangen glühten feuerrot. Das Buch über die Templer war so spannend gewesen, dass sie es fast in einem Zug ausgelesen hatte. Tiefe Finsternis umhüllte das Bauernhaus. Es musste schon sehr spät sein. Schnell legte sie das Buch beiseite, knipste die Taschenlampe aus und schob das Kissen wieder unter ihren Kopf. Es dauerte nicht lange, bis sie leise grunzend in festen Schlaf fiel.

Das Regenwetter ließ in der Nacht nach. Es wurde windig und die dunklen Wolken zogen schnell am aufgehenden Mond vorbei. Dieser war schon fast kreisrund, es fehlte nur noch ein winziges Stückchen bis zum Vollmond. Die vor dem silberweißen Mond vorbeiziehenden Wolken fabrizierten gespenstische Schattengestalten. Der Vorhang vor dem Fenster wechselte ständig seine Farbe, je nachdem, ob ein Wolkenfetzen gerade den Mond verdeckte oder nicht. Der Wind fuhr in das Dach des alten Bauernhauses und das Holz ächzte in seiner Verankerung. Sophia wälzte sich im Bett und träumte.

Wie ein Engel flog sie durch die Kapelle von Malbork. Sie schwebte dicht an den Wänden vorbei und hoch in das Mittelschiff der Kirche hinein. An den Kapitellen der Säulen warteten grässliche Totenköpfe mit einem Grinsen darauf, dass Sophia an ihnen vorbeiflöge. Sie rollten mit den tiefen Augenhöhlen und kicherten durch ihre klapprigen Gebissknochen. Plötzlich stand Sophia vor der Grabplatte mit der Aufschrift FEVCHTVANGEN. Die Platte hob sich aus den Angeln. Sophia starrte erschrocken auf den Hohlraum, der sich vor ihr auftat. Doch dann trat sie in eine verstaubte Bibliothek mit vielen alten Büchern, die kreuz und quer auf einem Tisch lagen. An den Wänden waren die Regale bis an die Decke des Kreuzgewölbes hochgezogen. Auf einem Stuhl vor dem Schreibtisch saß ein grauhaariger Mönch. Intuitiv erkannte Sophia Siegfried von Feuchtwangen. Er blätterte in einer alten Schrift und sah auf, als Sophia eintrat. Der alte Mann blickte Sophia mit blassblauen Augen an, sein zerknittertes Gesicht faltete sich zu einem Lächeln. Er winkte Sophia zu sich und zeigte mit seinem knöchernen Finger in das Buch, das er las. Dort stand geschrieben: *Das Alphabet hat zweiundzwanzig Buchstaben.*

Der Wind drückte das Fenster auf und blies ins Kinderzimmer. Sophia erwachte. »Zweiundzwanzig Buchstaben! Das muss es sein!«, dachte sie. Verschlafen und aufgeregt zugleich ging sie zum Fenster und verriegelte es. Wieder im Bett schlief sie endlich ein.

Als Sophia am nächsten Morgen erwachte, konnte sie es gar nicht erwarten, mit Lukas ans Werk zu gehen. Sie war fest davon überzeugt, den Schlüssel zur Geheimschrift gefunden zu haben. Schläfrig und noch im Schlafanzug schlich sie zu Lukas ans Bett und zog an der Bettdecke.

»Sophia, du Nervensäge!«, schimpfte Lukas vorwurfsvoll. Er hatte noch tief geschlafen und war über das dreiste Weckmanöver seiner Schwester erbost.

Sophia schreckte zurück. Sie war so aufgeregt und konnte die Überreaktion ihres Bruders auf seine Erweckung gar nicht verstehen. »Ich glaube, ich habe die Lösung«, flüsterte sie vorsichtig.

»Was denn für ’ne Lösung?« Es brauchte ein bisschen, bis Lukas völlig wach wurde.

»Na, das Alphabet!«, prustete Sophia heraus.

»Was denn für ein Alphabet?« Lukas schien gar nichts zu verstehen.

»Es hat nur zweiundzwanzig Buchstaben, nicht sechsundzwanzig wie heute!«

Langsam ahnte Lukas, worauf seine Schwester hinaus wollte.

»I und J war I, nur ein Buchstabe. Also kommt nach I nicht J sondern K und U, V und W war nur ein Buchstabe der als V geschrieben wurde. Und nach X kommt nicht Y, sondern Z! Komm, versuchen wir’s!«

Lukas erhob sich aus seinem Bett. Beide gingen zum Tisch, auf dem ihre Aufzeichnungen lagen. Lukas nahm das Papier und überflog nochmals die Buchstabenfolge.

»Also: Aus J mach K. U, V oder W wurden als V geschrieben und nach Bedarf ausgesprochen und aus Y mach Z«, lautete Sophias Anweisung.

Lukas schrieb:

ANDER KREUZ VNGVO DERVI NDVEH TNEIG EDICH NACHM ARIEN BVRGV IERKL AFTER TIEFV IRDBA PHOME TDENV EGDIR ZEIGN

Sophia nahm das Papier in die Hand und versuchte angestrengt zu lesen. Und dann hatte sie es: »*An der Kreuzung, wo der Wind weht, neige dich nach Marienburg, vier Klafter tief wird Baphomet den Weg dir zeign.*«

Verdutzt schaute Lukas Sophia an. Sie war immer noch stolz, die Geheimschrift entziffert zu haben. Über den Sinn der Nachricht hatte sie allerdings noch gar nicht nachgedacht. Lukas vertiefte sich in die Anweisung, schien aber ihre Bedeutung überhaupt nicht erfassen zu können.

Sophia bemerkte das verwunderte Gesicht ihres Bruders und dann fiel es ihr ebenfalls auf: »Was ist denn Klafter, wer ist denn Baphomet und was soll das heißen: an der Kreuzung wo der Wind weht?«

»Klafter kenn ich«, sagte Lukas. »Weißt du noch, in dem Märchen *König Drosselbart*, als die Prinzessin die Töpferwaren auf dem Markt verkaufen soll und sich so blöde anstellt, dass der Husar mit seinem Pferd alles zu Klump reitet? Da wünscht sich die Prinzessin zwei Klafter tief unter die Erde. Das heißt, sie wollte auf der Stelle tot sein und im Grab liegen. Denn der Sarg wird immer zwei Klafter tief unter der Erde verbuddelt. Und so ein Grabloch ist bestimmt drei Meter tief, also sind vier Klafter circa sechs Meter!«

Wieder saßen alle am Frühstückstisch und wieder befragte Sophia ihre Mutter. »Das Buch über die Inquisition, von dem ich dir gestern erzählt habe … das ich gerade lese, da kommt so ein Baphomet vor. Weißt du, wer das ist?«

Johanna schöpfte immer noch keinen Verdacht. Im Gegenteil, der Wissensdurst ihrer Tochter begeisterte sie zunehmend. Und wieder konnte Johanna antworten, was sie durch Umberto Ecos Buch gelernt hatte: »Die Tempelritter waren ein ganz elitärer Haufen. Anders als die anderen Mönche hatten sie diverse Sonderrechte. Viele Adlige wurden bei den Templern aufgenommen, und zur Aufnahme soll es besondere Rituale gegeben haben. So mussten die Neuen zum Beispiel auf das Christuskreuz spucken oder pinkeln. Sie sollten auch die Gottheit der Tempelritter anbeten, was nach der Bibel verboten ist, denn es gibt nur einen Gott. Der Gott der Templer war eine zwei- oder dreigesichtige Figur mit Zickenbart und hieß Baphomet. Das erinnert übrigens an die heidnischen Kulturen hier im Ostseeraum, die auch einen Gott mit drei Gesichtern anbeteten, der Triglaw heißt.« Baphomet war also die eigene Gottheit der Templer!

Karsten wurde das alles zu mystisch. Draußen schien die Sonne wieder hell und heiß und deshalb lenkte er vom Thema ab. Er schlug den Kindern vor, heute eine große Wanderung zu unternehmen und die Gegend zu erkunden. Auch, um nicht weiter Verdacht zu erwecken und ihre Entdeckung weiterhin geheim zu halten, willigten Sophia und Lukas sofort ein. Sie forderten Marek auf mitzukommen – immerhin mussten sie ihren neuen Freund ja richtig kennenlernen. Außerdem war er schon so oft bei seinen Großeltern gewesen, dass er die Gegend wie aus dem ff kannte.

Die Landschaft zog sich grün und sanft zwischen den Flüssen Nogat und Weichsel hin. Es gab nur wenige Erhebungen, die wahrscheinlich kaum zwanzig Meter über dem Meeresspiegel lagen. Aber da das Land so flach war, fielen die kleinen Hügel besonders auf.

»Das ist eine typische Eiszeitlandschaft – wie bei uns in Mecklenburg. Die ganze Erdoberfläche wurde von den Gletschern abgeschliffen. Nur dort, wo etwas Sand im Eis war, blieb nach dem Abtauen des Eises ein Hügel stehen. Und die großen Steine, die man als Findlinge bezeichnet, wurden mit dem Eis aus Skandinavien hierher transportiert«, dozierte Karsten, der sich in dieser Landschaft am wohlsten fühlte. Er war selbst an der Ostsee geboren und als er später in Berlin zur Schule ging, schimpften ihn seine Klassenkameraden Klippenkotzer. Schnell hatte er für die Berliner einen Gegenbegriff parat: Er nannte sie Buletten. So war das Gleichgewicht in der Klasse wieder hergestellt.

Der Sommer stand in prächtiger Blüte, die Felder waren bunt von den vielen Wiesenblumen. Hoch über den Feldern, durch die Luft flatternd, schmetterten die Feldlerchen den Wanderern ihr eingängiges Lied entgegen. Eine Baumgruppe von Buchen und Eichen schob sich von rechts in das Feld eine leichte Anhöhe hinauf. Der sandige Feldweg zerschnitt sanft das Feld und von hinten wehte ein warmes Lüftchen. Blickte man sich um, konnte man in der Ferne noch das einsame Bauerngehöft erkennen, das sich etwas windschief an den Hügel anschmiegte. Als sie dem Weg folgend die Baumgruppe zur Rechten passierten, fanden sie sich auf der Anhöhe wieder. Und als wenn der kleine Wald das Lüftchen auf die Erhebung leiten würde, hatte es hier an Stärke deutlich zugenommen. Auf dem Gipfel des Hügels angekommen, öffnete sich die Landschaft erneut und gab ein prächtiges Panorama auf die majestätisch am fernen Nogatufer liegende Marienburg frei.

Karsten verweilte, zog seine Frau zu sich heran und beide genossen den wundervollen Ausblick. Vor ihnen gabelte sich der Weg. Rechts führte er in den Wald hinein und links lag unweit das Flussufer. Lukas deutete auf das Ufer: »Seht mal, da unten angeln Leute. Kommt, wir schauen, was sie gefangen haben!« Schon rannte er begeistert den Hügel hinab und hatte allen die Entscheidung abgenommen. Im letzten Sommerurlaub in Norwegen hatte er einige prächtige Dorsche aus dem Fjord gezogen.

Marek rannte Lukas hinterher. Fast gleichzeitig erreichten sie das Flussufer. Ein grauhaariger alter Mann saß in speckigen Hosen auf einem Anglerhocker und kurbelte gerade an der Angelrolle. Die Angel bog sich gewaltig durch. Marek schaute entzückt zu und fragte den Alten, was es denn hier für Fische zu fangen gäbe.

»Früher hat es hier sogar Lachse gegeben. Heute fängt man, wenn man viel Glück hat, mal einen Zander oder Aal. Ansonsten gibt's natürlich viele Flussbarsche. Die sind zwar klein, aber kann man prima am Lagerfeuer grillen. Wenn ihr Lust habt, kommt mich doch heute Abend besuchen, ich hab schon neun Barsche gefangen, und so viele kann ich gar nicht alleine essen!«

Marek übersetzte für Lukas, und die beiden freuten sich über die Aussicht auf ein Lagerfeuer. Inzwischen waren auch die Eltern und Sophia am Ufer angekommen. Die grüne Wiese stand kniehoch und wehte leicht im Wind, der aber hier in der Senke deutlich abgenommen hatte. Der Alte begrüßte den Rest der Gruppe und alle bestaunten den Wassereimer, in dem die Barsche zappelten. Marek erzählte, dass seine Großeltern nicht weit weg wohnen würden und natürlich kannte der Alte sie. Also versprach der Fischer, am Abend mit seinem Fang zum Bauernhof zu kommen.

Der Abend war lau, im Hof prasselte das Lagerfeuer. Der Fischer hatte die Fische ausgenommen und geschuppt. Lukas und Marek holten die Spieße aus dem Schuppen und spießten die Barsche zum Grillen auf. Das war ein Heidenspaß. Alle hatten sich indessen um das Feuer geschart, nur die Seite, in die der Qualm hinzog, blieb frei.

Johanna betrachtete die Bauern. Glücklich über die gute Wahl des Urlaubsortes begann sie begeistert von Marienburg zu plaudern. »Wir haben die wunderschöne Bernsteinsammlung im Schloss besichtigt …«

»Ja, die Ostsee hat ihrr eigen Gold«, bestätigte die Bäuerin. »Oben in derr Gegend von Königsberrg werrden die besten Stücke angeschwemmt. Da haben sie auch den ganzen Berrnstein fürr das neue Berrnsteinzimmer zusammengesucht. Und gibt natürrlich ein Schwarrzmarkt, weil Leute heimlich sammeln gehen, um selbst den Berrnstein zu verrkaufen. Nach dem Krieg hat man auch hierr das alte Berrnsteinzimmer verrmuten, aberr im Schloss konnte man nichts finden. Allerrdings geht immer noch das Gerrücht um, dass es ein gewaltiges Verrlies unter derr Burrg geben soll, welches man noch nicht entdecken. Kann mirr das garr nicht vorstellen, weil hierr im flachen Land das Wasser ziemlich hoch steht, und die Burrg eben nicht auf einem ausgehöhlten Felsberrg liegt.«

Lukas kostete den ersten Fisch und lauschte gespannt. Der Barsch war knusprig und hatte ein weiches feines Fleisch. Wenn man sich nicht zu dämlich anstellte, musste man kaum Gräten von einem Mundwinkel in den anderen schieben. »Und gibt es noch einen versteckten Schatz?«, fragte er schmatzend in die Runde.

Die alte Bauersfrau lächelte: »Na klarr, aberr err wurrde bis heute nicht gefunden. Jede Burrg und jedes Schloss hat ein Geheimnis. Manchmal findet man einen alten Kellerr mit verrgessenen Ölbilderrn, Schnapsflaschen oder sowas, aberr den berrühmten Goldschatz, den gibt es wohl nurr im Märrchen.« Ihre Wangen glühten rot im Schein des Lagerfeuers. Mit ihren dicken Fingern zerpflückte sie ihren Barsch und schob sich die saftigen Stücke in den Mund.

»Solch eine Geschichte haben wir vor ein paar Jahren in Ungarn erlebt.« Karsten schaute in die vom Feuer rot erleuchteten Gesichter, wartete bis alle mucksmäuschenstill an seinen Lippen hingen und begann sein Erlebnis zu erzählen: »Wir waren in Villány, einem berühmten Weinanbaugebiet südlich des Mecsek-Gebirges. Nach der Wende wurden die staatlichen und zum Teil auch die kleinen privaten Weingüter aufgelöst und an Investoren – vor allem aus dem benachbarten Österreich – verschachert. Wir trafen solch einen Österreicher, der ein Weingut von einem Arzt in Budapest gekauft hatte, der selbst keine Zeit mehr für sein geerbtes Weingut aufbringen konnte. Als die Österreicher den Weinkeller modernisieren und vergrößern wollten, entdeckten sie eine Kammer, die 1945 zum Schutz vor den Russen zugemauert und dann offenbar in Vergessenheit geraten war.« Als wollte er dadurch seiner Geschichte mehr Nachdruck verleihen, hielt Karsten inne, griff nach seinem Glas, hob es vor seine Augen und betrachtete fasziniert das durch den Wein rubinrot gefärbte Funkeln des Lagerfeuers. Genüsslich nahm er einen Schluck und fuhr fort: »In der Kammer befanden sich vierhundert Flaschen Wein aus Jahrgängen vor dem Ersten Weltkrieg und sogar noch von 1898. Unter sauerstoffarmen Bedingungen wurden alle vierhundert Flaschen vorsichtig geöffnet und getestet. Hundert Flaschen waren immer noch von herausragender Qualität und wurden sorgfältig neu verkorkt. Natürlich meldete sich die ungarische Regierung als Besitzer an. Da das Weingut aber samt Keller rechtmäßig veräußert worden war, konnte der neue Besitzer fast alle Flaschen behalten. Er musste nur drei Flaschen an das Budapester und zwei an das lokale Weinmuseum stiften. Auf einer Weinauktion in Budapest erbrachte eine Flasche über eintausend Euro. Daraufhin hatte der neue Besitzer die verbliebenen etwa neunzig Flaschen wieder in die Kammer gelegt und diese abermals vermauert, um den Schatz für schlechte Zeiten aufzubewahren.«

Auch Johanna klammerte sich an ihrem Weinglas fest und hielt es für angemessen, die zunehmende Kluft zwischen arm und reich in eine angenehmere Perspektive zu setzen. »Ihr seht, es muss nicht immer ein Schatz aus Gold und Edelsteinen sein. Außerdem macht materieller Besitz nicht glücklich, im Gegenteil, er schafft nur Neider und erschwert es, zwischen Freund und Feind zu unterscheiden. Ich kann viel mehr Kraft aus einem wilden Wald, aus gesund gebliebener und üppiger Natur schöpfen als aus einer noch so schön irisierenden Perle, die meinen Finger oder meine Ohrläppchen schmücken würde.«

»Jetzt kriegt sie wieder ihren Moralischen. Nun haben wir so was wie 'ne Schatzkarte, da werden wir auch einen Schatz finden. Und dann bin ich mal gespannt, was sie dann von Natur und Freunden faselt«, dachte Lukas, hütete sich aber, seine Gedanken laut auszusprechen.

Unterwelt

Am nächsten Morgen machten sich die drei Kinder auf, um die Gegend weiter zu erkunden. Erst mal ging es wieder über den Feldweg die Anhöhe hinauf. Heute wehte sogar ein stärkerer Wind als gestern.

Oben an der Kreuzung flogen Sophia ihre ellenlangen Haare derartig ins Gesicht, dass sie sofort wieder von dort verschwinden wollte. »Lasst uns in den Wald gehen, da windet es bestimmt nicht so. Man kann ja vor lauter Haargewusel nix mehr sehen!«, schimpfte sie.

»Klar«, bejahte Marek und wandte sich schon nach rechts.

Aber Lukas hielt plötzlich inne. Mehr zu sich selbst murmelte er den Text aus der Geheimschrift vor sich hin: »*An der Kreuzung, wo der Wind weht …*« Dann platzte der Knoten, die Erkenntnis lag auf der Hand und siegessicher trötete er in den Wind: »Hier muss es sein!«

»Na klar!«, stimmte Sophia zu und hatte es nun gar nicht mehr so eilig, in den Wald zu gehen.

Marek drehte sich fragend um. Er verstand nicht, warum die beiden ihm nicht mehr folgten, wo Sophia es doch gerade so eilig gehabt hatte, aus dem Wind herauszukommen.

Sophia rief ihn zurück. »Warte mal. Kennst du vielleicht eine Statue oder ein Denkmal, das hier ganz in der Nähe ist?«

»Nee, so was gibt's hier nicht. Hier ist höchstens ein alter kaputter Brunnen. Da, hinter der Aussichtsbank, irgendwo in der Wiese.«

»Das ist es!«, sagte Lukas enthusiastisch.

»Das ist was?«, fragte Marek verblüfft zurück.

Sophia und Lukas blickten sich in die Augen. Sophia nickte. Und sofort hob Lukas an, Marek in ihr Geheimnis einzuweihen. Immerhin sahen sechs Augen mehr als vier, und noch eine kräftige Hand konnte auch nichts schaden.

Von der Bank hatte man einen wunderschönen Blick nach Marienburg. »An der Kreuzung, wo der Wind weht, neige Dich nach Marienburg …«, dachte Sophia. Sie standen total an der richtigen Stelle! Lukas und Marek waren schon in die Wiese vorgelaufen, um nach dem verfallenen Brunnen zu suchen.

»Hier ist er!«, triumphierte Marek.

Und wirklich. Umwachsen von vielen Feldblumen stand kaum kniehoch die Felssteineinfassung des Brunnens neben einer windschiefen Kiefer: grauer, verwitterter Stein, oben abgebröckelt und von gelben und grünen Flechten überzogen. Die Drei standen im Kreis um den Brunnen herum. Lukas und Marek stützen ihre Arme auf dem Brunnenrand auf und versuchten den Grund zu entdecken – aber nichts war zu sehen. Es war nur ein tiefes schwarzes Loch. Ein Loch mitten im Feld.

»Was wir brauchen, ist 'n Seil und 'ne Taschenlampe!«, rief Lukas abenteuerlustig. Marek sah das sofort ein und schon stürmten die Jungs den Feldweg hinunter, dem Bauernhof entgegen.

»Wartet auf mich!« Sophia rannte den Jungs hinterher.

»Großmütterchen, wir brauchen ein Kletterseil!«

Die Großmutter stand wie immer in der Küche. Vor ihr stand ein Blech mit frischem Gebäck. »Nehmt euch errst mal von den leckerren Krrautpirroschki, Nehmt so viel ihrr wollen. Kletterrseil …«, überlegte sie laut in ihrem gebrochenen Deutsch. »Sowas finden ihrr bestimmt in Grroßvaters Garrage. Aber gebt Acht! Heute ist Frreitag, der Drreizehnte, und ich wollen keine Kletterrunfälle errleben.«

»Ich bin an einem Freitag, den Dreizehnten, geboren«, beschwichtigte Sophia. »Das ist mein Glückstag. Machen Sie sich keine Sorgen. Ich werde auf die Jungs schon aufpassen.«

Die Großmutter lächelte der Kleinen zu, holte Brotpapier aus einer Schublade und fing an, die Piroschki einzuwickeln. »Nehmt die mit. Ihrr haben bestimmt einen langen Ausflug vorr!«

Sophia nahm das Paket und rannte mit Lukas auf ihr Zimmer. Marek war schon an der Garagentür. Im Zimmer angekommen, schnappte sich Lukas den Rucksack und packte Taschenlampe, Kompass und sein Taschenmesser ein. Die Piroschki stopfte er ebenfalls in den Sack. Sophia steckte sich ihre Leselampe in die Tasche und schon waren die beiden wieder auf dem Hof. Marek wartete schon mit Rucksack und umgeschultertem Seil auf sie. Genauso schnell, wie die Drei auf dem Hof erschienen waren, waren sie auch schon wieder verschwunden. Die Großmutter blickte ihnen noch hinterher, lächelte gutmütig und freute sich, dass die Drei so prima miteinander auskamen.

Marek knotete das Seil an der schiefen, gerade mal mannshohen Kiefer fest und ließ das andere Ende in den Brunnen fallen. Lukas ließ es sich nicht nehmen, sein sportliches Können unter Beweis zu stellen. Noch mit dem Rucksack auf dem Rücken baumelte er schon am Seil und ließ sich langsam die Brunnenwand hinabgleiten. Erst war das Gestein trocken, dann wurde es glitschiger und schließlich war es hier und da mit Moos bewachsen. Obendrein wurde es immer dunkler und die helle Öffnung über ihm zunehmend kleiner. Schon fing er an, seinen Übermut zu bedauern. Es war doch unheimlich, so alleine in diesem Loch. Mit einem Mal stießen seine Füße ins Leere – die Brunnenwand hatte hier eine Öffnung.

Sophia beugte sich oben am Brunnen nach vorne und schrie in die Tiefe: »Alles okay Luki?«

»Ja«, tönte es nach oben, »hier geht ein Gang ab.«

Sophia schaute in das dunkle Brunnenloch und konnte gerade noch erkennen, wie ihr Bruder in der Brunnenwandung verschwand. Ein Grollen drang nach oben, dann wurde es still.

»Luki?«, rief sie nach unten. Doch Lukas hörte sie nicht mehr.

Kaum hatte Lukas den unterirdischen Gang betreten, rumpelte hinter ihm eine Felswand von oben herab und verschloss das Loch, durch das er hereingekrochen war. Die Schwärze ewiger Nacht hüllte ihn ein wie ein nasses Tuch. Er konnte seine Finger vor den Augen nicht sehen. Es versetzte ihn in Angst und Schrecken. Nichts wünschte er sich mehr, als etwas sehen zu können. Wenn doch wenigstens sein Onkel Max hier wäre, der hatte in solchen Situationen immer eine Lösung parat. Lukas bibberte schon vor Angst, als ihm jäh bewusst wurde, dass er ja immer noch den Rucksack auf dem Rücken trug. Das war seine Rettung! Im Dunkeln setzte er den Rucksack ab. Beinahe hätte er sich den Kopf am Mauerwerk gestoßen, der Gang war nicht sehr hoch. Er taste im Rucksack herum und hatte schnell die Taschenlampe zur Hand. »Es werde Licht«, dachte er und knipste die Lampe an. Der Stollen war hier aus roten Backsteinen gemauert, die nur an wenigen Stellen hervorlugten, da sie größtenteils von einem fast schwarzen Pelz überzogen waren. Weich wie Watte. »Irgendein Kellerschimmel oder so was«, dachte Lukas. Er leuchtete tiefer in den Gang hinein. Er konnte das Ende nicht erblicken, aber offenbar wurde der Gang hinten höher, so dass man irgendwann wieder stehen konnte. Der schwarzpelzige Schimmel hauchte Lukas seinen muffigen Odem entgegen. Der Moderduft stieg ihm sofort zu Kopf und vernebelte seine Sinne.

Plötzlich schwirrte eine runde, etwas abgeflachte Kapsel durch die Luft. Sie flog direkt auf Lukas zu. Im Taschenlampenlicht erkannte er nun die Farben: an der Seite blau und oben und unten knallrot. Sie landete direkt zu Lukas Füßen. Er hob sie auf und öffnete sie. Innen lag ein verpupptes Insekt. Doch noch bevor er es mit dem Finger berühren konnte, schlüpfte aus der Hülle ein Imago[4]. Es sah aus wie eine Grille oder Heuschrecke mit ellenlangen Fühlern und kurzen Flügeln, die ihren plumpen Leib bedeckten. In diesem Gang ging es nicht mit rechten Dingen zu, das war Lukas sofort klar. Und eine gewöhnliche Heuschrecke?, das war sie sicher nicht! Das Wesen, der Flugapparat musste eine Drohne, eine Konstruktion zum Ausspionieren sein. Die Augen der Drohne starrten ihn an, das konnte er fühlen. Ihre langen sensorbesetzten Fühler fuchtelten wild in der Umgebung herum. Lukas traute dem Biest nicht einen Millimeter über den Weg und so handelte er schnell, vielleicht zu schnell, aber konsequent: Mit dem Fuß trat er das Leben der Chimäre[5] tot. Augenblicklich entwich eine Kraft dem Chitinpanzer und strömte durch Lukas' Fuß hinein in seinen gesamten Körper. Leichtigkeit und Kraft wuchsen in ihm, mit jedem Schritt vergrößerte sich seine Schrittlänge, bald überwand er mit einem Schritt gleich mehrere Meter. Ein Zauber war geschehen.

---

4 Imago: erwachsenes Insekt nach der Metamorphose oder letzten Häutung

5 Chimäre: fabelhaftes Ungeheuer aus mehreren Tieren (z. B. vorne Löwe, hinten Drache); ein Wesen, das mehr ist als eins

Lukas hatte kaum Zeit gehabt, sich seiner neuen Kräfte gewahr zu werden, da flog schon die nächste Untertasse heran. Jäh erfasste sie das fatale Ende ihrer Schwester und schwirrte prompt an Lukas' Kopf vorbei. Sie wendete und verschwand schneller als sie aufgetaucht war im geheimnisvollen, unterirdischen Gang. Lukas nahm sofort die Verfolgung auf, stolperte dem knallblauroten Ungetüm hinterher. Seine Siebenmeilenkräfte in den Beinen brachten ihn fast auf die Geschwindigkeit des sonderbaren Flugkörpers, bis er plötzlich in einer großen unterirdischen Halle stand. Das Flugobjekt war verschwunden. Lukas' Kräfte waren allerdings inzwischen fast unermesslich angestiegen. Er war heißblütig, ungestüm.

Meterlange Krokodile, Alligatoren und Riesenschlangen bevölkerten den gesamten Fußboden der Halle. Sie lümmelten dort herum, als sei das ganz normal. Mit einem einzigen Gigantenschritt überquerte Lukas die gefräßig aussehenden Raubtiere und stand erneut zwischen den Säulen eines finsteren Ganges. Alles war so schnell gekommen und auch wieder verschwunden. Es war wie in einem Traum. Doch der Gang, durch den Lukas hierher gekommen war, der war kein Traum, sondern entsetzliche Realität.

Baphomet

Mittlerweile baumelten Marek und Sophia am Seil. Auf der Suche nach Lukas waren beide mutig geworden und ebenfalls in den Brunnen eingestiegen. Immer tiefer ging es hinab und Sophia konnte sich kaum noch am Seil halten. Der Strick schnitt sich tief in ihre zarten Handflächen ein, und fast wäre sie bereit gewesen loszulassen. Doch sie traute sich nicht, nach unten zu schauen. Sie hatte Angst davor, die Wasserfläche des Brunnens immer noch nicht sehen zu können. Außerdem war das Wasser vermutlich eiskalt und wer weiß, wie lange sie darin würde schwimmen können. Überdies wollte sie sich vor Marek auch nicht die Blöße geben. Also biss sie sich auf die Lippen und ließ sich langsam, Hand für Hand in die Tiefe. Sie nahm ihre ganze Kraft zusammen, obwohl nun auch schon die Arme anfingen zu zittern.

»Hier ist es!«, hörte sie endlich Marek von unten rufen. Er hatte den Eingang zum Stollen gefunden.

Es dauerte nicht lange und Sophia hing ebenfalls vor der Öffnung. Über dieser Öffnung konnte sie eine Steinfigur erkennen. »Marek, ich komm an meine Taschenlampe nicht ran. Leuchte doch mal nach hier oben!«

Marek schaute aus dem Loch heraus und leuchtete mit seiner Lampe auf die Figur. Genau in der Mitte des Eingangs war ein schwarzer Stein angebracht, in den drei Gesichter mit einem Zickenbart am Mittelgesicht eingemeißelt waren. Das Mittelgesicht schaute verschmitzt lächelnd, das linke sogar grimmig und das rechte ernst.

»Vier Klafter tief wird Baphomet den Weg dir zeign«, murmelte Sophia. »Ja, wir sind richtig.« Vorsichtig hangelte sie sich in den Gang hinein und ihre Hände konnten endlich das verdammte Seil loslassen. Sofort dachte sie an ihren Bruder. »Luki? ... Lukas!«, rief sie laut in den Stollen hinein.

Der Gang war niedrig, dunkel und totenstill. Von Lukas keine Spur. Wahrscheinlich war er schon tiefer in den Tunnel vorgedrungen.

Im Schein von Mareks Taschenlampe konnte man erkennen, dass sich der Gang in ungefähr fünf Metern Entfernung teilte. Der eine Weg führte nach links und leicht nach unten, während der rechte Gang nach oben abging. Die Gänge waren aus dunkelrotem Backstein und oben gewölbt. Wenn Marek an die Gewölbedecke leuchtete, hörte man ab und zu ein Fiepen.

»Fledermäuse!«, sagte Marek.

Sie gingen tiefer hinein.

Als sie an die Gangkreuzung kam, sah Sophia wieder einen schwarzen Stein, genau in der Mitte der Aufspaltung des Ganges.

»Marek, halt doch mal die Taschenlampe auf den Baphomet!«

Er leuchtete das Dreigesicht an. Diesmal war der Zickenbart ernst, links grinste das Gesicht und das nach rechts gewendete Antlitz sah schrecklich und furchteinflößend aus.

»Wir gehen nach links!«, bestimmte Sophia. »Baphomet wird den Weg dir zeign«, dachte sie. Kaum hatten sie den linken Gang betreten, da rauschte hinter ihnen ein schmiedeeisernes Gitter in die Tiefe und versperrte den Weg. Die beiden zuckten vor Schreck zusammen und mit einem Schlag wurde ihnen klar: Es gab kein Zurück mehr. Das hier war kein kleines nachmittägliches Tête-à-tête, sondern brutaler Ernst.

Ort des Schreckens

Lukas verspürte Hunger. Immer, wenn einem bewusst wird, dass man nichts mehr zu essen bekommt, kriegt man Hunger. Und wie er so überlegte, was als Nächstes zu tun sei, erinnerte er sich an die Bauersfrau. Er griff in den Rucksack und tastete nach den Krautpiroschki der Alten. Sie dufteten lecker aus dem Rucksack heraus. Er musste sich stärken, um zu überlegen, was er als Nächstes anstellen sollte. Sophia und Marek konnten ihm sicher nicht helfen, da sich der Zugang im Brunnen ja verschlossen hatte. Hoffentlich waren sie zu den Eltern gelaufen, um Hilfe zu holen. Die Angst steckte ihm immer noch tief in den Knochen. Aus vielen Abenteuerfilmen wusste er, dass solche Labyrinthe immer mit Menschenskeletten endeten. Nur der pfiffige Romanheld fand den richtigen Weg. Ohne Hilfe von außen würde auch er schrecklich enden, aber das wollte er weiß Gott nicht. Er stopfte sich also den zweiten Krautkuchen in den Mund, hatte die Backen voll und überlegte. Doch ihm wollte nichts Vernünftiges einfallen. Zurückgehen und mit den Krokodilen kämpfen? Nein, das kam nicht in Frage. Außerdem war der Ausgang in den Brunnen sowieso versperrt. Weitergehen und sich auf neue Abenteuer einlassen? Das war wohl seine einzige Chance, hier wieder herauszukommen.

»Ich auch!«, flüsterte eine jammervolle Stimme in Lukas' rechtes Ohr.

»Wer ist da?«, schreckte Lukas auf.

»Ich habe Hunger. Gib mir von deinen Krautwickeln, gib sie mir alle!«

Lukas drehte sich um, konnte aber niemanden sehen. Aufgeregt schwenkte er mit seiner Taschenlampe hin und her.

»Eh, du blendest mich. Gib endlich die Krautwickel!«

Die Stimme wurde immer dreister. Und mir nichts dir nichts zupfte es an Lukas' rechtem Knie. Er leuchtete an die Stelle, und da erblickte er den Ursprung der Stimme. Er traute seinen Augen nicht.

Ein nacktes Wesen, graugrün, mit riesigem Kopf, ein paar langen grauen Haarsträhnen und einem langen dünnen Schwanz, der sich gerade um Lukas' Knöchel wand.

»Glotz mich nicht so blöde an und nimm vor allem den Lichtstrahler aus meinem Gesicht!«, krächzte das kniehohe Geschöpf Lukas ärgerlich an.

Lukas traute seinen Augen immer noch nicht. Der Anblick des scheußlichen Geschöpfes hatte ihm die Stimme verschlagen. Mit halboffenem Mund saß er da, blickte zu seinem Knie herunter und wusste nicht, was er antworten sollte.

»Ribaldo. Man nennt mich Ribaldo«, schwätzte das unansehnliche Wesen süffisant an den dümmlich dreinschauenden Blondschopf gewandt. Ribaldos Schwanz zog sich um Lukas' Knöchel fest und es fing an zu schmerzen.

»Hör auf du widerliches Wesen!«, platzte Lukas unvermittelt heraus.

»Erst die Krautwickel, du alberner Menschenaffe. Der letzten Weißkäse, den ich hier angetroffen habe, der ist auch schon tot. Glaub mir, Du brauchst die Krautwickel nicht mehr. Her damit!«

Lukas’ Knöchel schmerzte und urplötzlich hackte das Wesen seine Vorderzähne in Lukas’ Kniescheibe. »Auaaah!«, schrie Lukas auf. »Hör auf, du kriegst ja deinen Krautwickel.« Er griff in seinen Rucksack und tastete nach dem vorletzten Küchlein. Er reichte es dem Widerling und sofort ließ der von Lukas ab.

»Hmmm, der duftet noch ganz frisch. Den hat die Bäuerin wohl erst heute gebacken.«

»Woher weißt du …?«

Aber das Wesen konnte gerade nicht antworten. Es hatte vom krautgefüllten Gebäck abgebissen und fing ekelhaft zu schmatzen an. Das breite Maul war von dünnen Lippen umgeben, die sich beim Essen nicht richtig schließen konnten. Lukas musste sich fast die Ohren zuhalten, so abscheulich war das Geschmatze.

»Ich bin Ribaldo und weiß alles, was hier so vor sich geht!« Kaum hatte er es gesagt, biss er wieder tief in den Krautkuchen hinein und begann aufs Neue mit seinem ekelerregenden Geschmatze.

»Hör doch mal mit deinem abartigen Geschmatze auf. Das geht voll auf die Nerven«, beklagte sich Lukas, doch Ribaldo ließ sich nicht beeindrucken.

»Ich schau ihr manchmal vom Brunnenrand aus zu«, unterbrach Ribaldo kurzzeitig sein Schmatzen.

»Wem?«

»Na, der Bäuerin, du Dummkopf! Und Dummköpfe sterben schneller«, kicherte Ribaldo. »Der Letzte liegt noch da hinten.« Lukas folgte mit dem Taschenlampenkegel der Richtung, in die er wies, und zuckte erschrocken zusammen. Gar nicht weit weg leuchtete weiß ein Skelett im Lampenlicht auf.

»Der ist von 1945. Ein Soldat, der sich verstecken wollte und auch im falschen Gang gelandet ist.« Ribaldo kicherte wieder.

»Wie im falschen Gang? Was soll das heißen?«

»Na, im Brunnen gibt es zwei Gänge. Der obere ist für die Dummköpfe und der untere ist ein Labyrinth mit vielen Fallen; aber auch der Möglichkeit, den richtigen Weg zu finden. Mach dir nicht unnötig Sorgen. Den richtigen Weg hat bis jetzt noch niemand gefunden!« Inzwischen hatte Ribaldo alles weggeputzt und zog Lukas tiefer in den Gang hinein. »Siehst du die fünf hier? Das waren Schatzsucher. Sie haben nach dem wertvollen Schatz gesucht. Das war 1644, aber auch sie mussten sterben. Sie legten zur Ablenkung ein Feuer im Hochschloss, um ungestört den Schatz finden zu können. Selbstredend mussten sie dafür mit ihrem Leben bezahlen.«

Am Fuße der weißen Knochen schimmerte etwas Goldenes in Lukas' Taschenlampenlicht. Er bückte sich und hob eine kleine Münze auf. Er hielt sie sich dicht vor die Augen, um sie besser betrachten zu können und las die Umschrift:

SIT TIBI XPE DATVS, QUEM TV REGIS ISTE DVCATVS

»Was murmelst du da bloß. Hast du noch nie einen Dukaten gesehen, Dummkopf?«

»Was, so ein kleines Ding soll ein Dukat sein?« Lukas hatte natürlich in allen möglichen Märchen von Golddukaten gelesen. Aber dass das so eine kleine Münze sein sollte, hatte er nicht gedacht. Er hatte sich immer riesige Goldstücke vorgestellt, die die Seeräuber in den großen Schatzkisten kaum wegschleppen konnten.

»Und was soll das auf Deutsch heißen?«

»Du hast ja von nix ne Ahnung! Es heißt: Dir, Christus, sei das Herzogtum gegeben, das du regierst. Und das letzte Wort in dem Satz DVCATVS hat der Münze ihren Namen gegeben und bedeutet Herzogtum. Willst du noch etwas wissen, Dummkopf?«

Lukas wusste nicht, was er fragen sollte und schüttelte erst einmal den Kopf.

»Den Dukaten kannst du übrigens behalten. Davon stirbst du noch nicht, denn er ist die Bezahlung für den Kuchen, den du mir so bereitwillig zum Essen gegeben hast. Aber das ist auch egal, denn lebendig ist hier sowieso noch keiner rausgekommen. Und so ein Dummkopf, wie du einer bist, wird es erst recht nicht schaffen. Ein Wunder, dass du immer noch lebst, ehrlich, Dummkopf!«

Großmeister

»Drei plus drei macht sechs. Drei mal sechs allhier sind achtzehn«, faselte Feuchtwangen. Dann veränderte sich seine Stimme. Sie wurde wütend. »Sechs, sechs und sechs, immer wieder sechs! Sechshundertsechsundsechzig Jahre warten, nachtein, nachtaus. So Gott will, immer nur warten.« Seine fleischige Zunge verhaspelte sich in seinem Mund und Schaum trat aus. Feuchtwangen schlug mit der Faust auf die Eichenplatte. Der Tisch erzitterte und eine deftige Staubwolke hüllte die Kandelaber ein. Das Kerzenlicht verdunkelte sich. Er hatte so kräftig mit der Faust ausgeholt, dass seine zerschlissene Mönchskutte in der Achselhöhle aufgerissen wurde. Sein silberweißes Haar wallte in langen, strähnigen Quasten auf seinen eingestaubten Umhang. Sein Bart war ähnlich lang wie das Haupthaar und gab nur die breiten Wangenknochen und die dicke Knollennase des runden Gesichtes frei.

»Bruder Siegfried, mich deucht, die Gestirne stehen günstig wie lange nicht, und ich spüre sintemal eine Kraft, wie nie zuvor«, versuchte Molay ihn zu besänftigen. »In Kürze wird der Morgenstern das Licht der Sonne kreuzen, allwo wir verlassen das Dunkel des Kampfes des Fischzeitalters und werden, so es unserem Herrn gefällt, gut zweitausend Jahre nach Geburt des

Fischers Christus vom Licht der Ganzheit des Wasserkrugzeitalters empfangen werden.«

Marek versuchte Sophia zu beruhigen. Vorsichtig streichelte er über ihre zitternden Schultern und verfing sich dabei in ihren langen blonden Haaren.

»Du hast doch selbst gesagt, Baphomet wird uns den Weg zeigen, und das tut er doch jetzt. Wir müssen weiter. Je schneller wir gehen, desto eher sind wir hier wieder raus. Außerdem halten die Batterien von meiner Taschenlampe nicht ewig.«

Sophia tastete nach ihrer kleinen Leselampe in der rechten Hosentasche. »Ich hab auch noch eine.«

Sie fügten sich in ihre bejammernswerte Lage, standen auf und erstiefelten weiter den Gang. Noch einige Male verzweigte sich das Labyrinth und immer wieder folgten sie dem lächelnden Gesicht Baphomets. Und ehe sie sich versahen, tat sich plötzlich ein gigantisches Gewölbe auf und sie standen am Ufer eines unterirdischen Sees. Kein Weg führte um das Wasser herum.

»Und nun?«, fragte Marek.

»Baphomet hat uns hierher geführt. Hier muss es irgendwie weitergehen!« Sophia riss Marek die Taschenlampe aus der Hand und strahlte Stück für Stück den See ab. »Da!«, rief sie aufgeregt. »Ein Schiff mit drei Masten!«

Mitten auf dem See ruhte ein uraltes Segelschiff, eine hölzerne Galeere. Sie sah etwa so aus, wie Kinder sie aus dem Film *Die Schatzinsel* kannten.

»Kennst Du das? *Ein Schiff mit acht Segeln und fünfzig Kanonen an Bord wird liegen am Kai …*« Sophia sang mit kräftiger Stimme den Brecht-Song aus der *Dreigroschenoper*. Irgendwie kam sie sich auch so verlassen vor wie die Seeräuber-Jenny – ganz alleine – zwar mit Marek, aber ohne ihren Bruder

Lukas hier unten in der dunklen Tiefe. Ihre Stimme bebte und die ausgezeichnete Akustik des Gewölbes trug ihr melancholisches Lied über den dunklen See. Und während sie in die Ferne starrte und Strophe für Strophe ihre Angst heraussang, war ihr plötzlich, als käme ein schwacher Lichtschein aus der Galeere. Sie hörte auf zu singen und forderte Marek auf, seine Taschenlampe auszuknipsen. »Sieh nur, da ist wirklich ein Lichtschein! Wie von einer flimmernden Kerze.«

Marek kniff die Augen zusammen, um besser sehen zu können. »Es kommt von vorne. Von da, wo wahrscheinlich die Kapitänskajüte ist. Da muss jemand sein!«

»Und, wie kommen wir da hin? Schwimmen? Ist doch kalt oder?« Sophia bückte sich und tauchte die Fingerspitzen in das Wasser. »Buuh, eiskalt!«, stellte sie fest.

Marek wurde mutig, hielt seine Hände wie einen Trichter vor den Mund und schrie: »Hol über!«

Nichts rührte sich. Das Flämmchen in der Kajüte flackerte weiter vor sich hin, ohne an Leuchtkraft zu gewinnen oder zu verlieren. Alles blieb still wie in einer Gruft.

»Das Herumstehen macht mich verrückt!«, schimpfte Sophia. »Lass uns etwas auf- und abgehen, da kommen einem die besten Ideen.« Sophia wandte sich nach links, um das kurze Stückchen Seeufer entlang zu laufen. Marek trottete artig hinterher. Als das Ufer an der Gewölbewand endete, drehte sich Sophia um und lief nervös in die entgegengesetzte Richtung am Ufer entlang. Sie grübelte vor sich hin, dachte an die letzte Segeltour mit ihren Eltern und Lukas am Gardasee. Das würde weiterhelfen, eine kleine Jolle und … hier gab es ja nicht mal einen Luftzug, geschweige denn eine ordentliche Bö, die sich kräftig im Spinnacker verfangen würde und die Gischt am Bug zum Aufspritzen brächte. Alles war hier so ruhig, dunkel und tot. Kein Leben, außer der beiden pochenden Herzen, das von Marek und ihr eigenes, und vielleicht noch das flimmernde Kerzlein in unerreichbarer Ferne.

Plötzlich stolperte sie über etwas. »Marek, die Lampe!«, verlangte sie.

Er leuchtete auf den Boden und entdeckte ein Paddel. »Wo ein Paddel ist, muss auch ein Boot sein«, war seine logische Schlussfolgerung. Er suchte das Ufer mit der Lampe ab, und dann entdeckte er es. Abgesoffen lag das Boot im eiskalten Wasser, ganz in der Nähe des Paddels, über das sie gestolpert waren. »Ich glaube, wir haben nur eine Chance. Wir müssen das Boot leerschöpfen!«

Sophia stimmte zu. Sie zogen ihre Schuhe und Strümpfe aus und krempelten die Hosen hoch. Das eiskalte Wasser umfasste ihre Fesseln wie schwere Stahltrossen. Lange würden sie das nicht aushalten. Marek fischte das Seil aus dem Wasser und versuchte, das Boot an Land zu ziehen. Es rührte sich nicht, nicht einen Zentimeter. Da das Boot völlig unter Wasser lag, machte auch das Ausschöpfen keinen Sinn.

Verzweifelt warf Sophia ihre Arme über den Kopf. »Ich habe einen riesigen Durst«, sagte sie unvermittelt. »Hast du nicht etwas zum Trinken in deinem Rucksack?«

»Nee«, kam die traurige Antwort. »Aber das Wasser ist hier so klar und frisch, das kann man bestimmt trinken.« Marek tauchte die Hände ins Wasser, formte sie zu einer Mulde und setzte zum Trinken an. »Schmeckt gar nicht schlecht und hat genau die richtige Trinktemperatur.« Marek grinste, legte gleich noch mal nach, denn auch er merkte jetzt, dass er Durst hatte. Sophia machte es ihm nach und nahm nun ebenfalls einige kräftige Schlucke aus ihrer Handmulde.

Dann gingen sie erst einmal zurück ans Ufer, um ihre Füße zu wärmen. Sie setzten sich und zogen ihre Socken und Schuhe wieder an. Noch beim Zubinden der Schnürsenkel überkam Sophia urplötzlich eine starke Müdigkeit. Ihre Glieder wurden schwer, sie sank zu Boden und konnte sich nicht mehr bewegen. Marek ging es nicht anders.

Ein Alb legte sich über sie und hüllte seinen schweren Mantel um die bewegungslosen Körper der Kinder.

Der Traum war hell und schön. Zwei Männer in weißen Umhängen hoben Sophia und Marek auf, trugen sie zum Boot und ruderten zur Galeere hinüber. Sie kletterten die Strickleiter empor zum Schiffsdeck. Ein roter Teppich lag ausgerollt und wartete auf ihre Ankunft. Er führte direkt in die Kapitänskajüte. Der Traum war so realistisch, dass Sophia sich fragte, ob sie träume oder wache.

»He, Jungfrau, was hat sie vorzutragen?«

Eine tiefe Bassstimme riss Sophia aus dem Traum. Der Mann, der vor ihr stand, sah aus wie ein Mönch mit Umhang und langen, schlohweißen Haaren. Sein Gesicht war von tiefen Falten zerfurcht und seine Haut hatte ein pergamentartiges Aussehen. Wie war sie auf das Schiff gekommen? War der Traum doch kein Traum gewesen? »Welche Jungfrau? Sprechen Sie mit mir? Ich heiße Sophia.«

»Also, Jungfrau Sophia, was führet sie zu uns, sprechet!«

»Baphomet führet mich zu euch!«, erwiderte Sophia. Sie konnte ihr Kichern nun doch nicht unterdrücken. Was war das für eine abgefahrene Sprache. Der Mann musste noch angejahrter sein, als er eh schon aussah.

»Was wisset Ihr von Baphomet?«, fragte der alte Herr erstaunt, wobei er das *Ihr* skeptisch betonte.

»Er soll ein Götzenbild gewesen sein, das die Tempelritter verehrt haben.«

»Fürtrefflich! Wahr sprechet Ihr, dieweil Ihr wisset nicht genug, verehrte Jungfrau!«, bemerkte Molay beruhigt. »Saget mir, wie Euch Baphomet hierher geführet, zu diesem schröcklichen Orte, allwo wir hausen über Jahrhunderte.«

»Wir haben eine Kapsel mit einem Geheimdokument der Tempelritter gefunden«, antwortete Sophia. »Ich habe es entschlüsselt: *An der Kreuzung, wo der Wind weht, neige dich nach Marienburg. Vier Klafter tief wird Baphomet den Weg dir zeign.* Im Brunnen haben wir einen Gang gefunden, sind dem lächelnden Baphometgesicht durch das Labyrinth gefolgt und … hier sind wir!«, fügte sie stolz hinzu.

»Sintemal ich bin beruhiget. Wohlauf, niemand ist in die Falle geschritten, gewahrte man dort ein tödliches, ganz schröckliches Ende«, nuschelte Molay in seinen Bart. »Und was wisset Ihr von den Tempelrittern, Jungfrau Sophia?«, wandte er sich wieder laut an seinen Gast.

»Die Tempelritter waren der reichste Orden im Mittelalter.«

»Wohl gesprochen! Derhalben wir zum Schutze der Pilger den Reisescheck entwickelten. So nicht gleich im ersten Walde durch des Räubers Hände sein Geldsäckel darselbst entleert und so seine Pilgerfahrt ganz nutzlos erscheinen, ja unmöglich werden sollte. Mit Gottes Gnaden gab uns der Herr die Mittel, daß Er also seine Geschöpfe warnet, daß allwo Er will und allwo Er nicht will, alldort die Reise ins gelobte Land ganz unbekümmert fortzusetzen trachten konnte.«

»Aber das viele Geld hat Philipp von Frankreich neidisch werden lassen, so dass er den Templerorden ausrotten und seinen letzten Großmeister, Jacques de Molay, auf dem Scheiterhaufen verbrennen ließ«, referierte Sophia, glücklich und stolz, gerade das rechte Buch *Das Vermächtnis des Jacques de Molay* gelesen zu haben.

Erstaunt blickte der alte Mann dem jungen Mädchen tief in die Augen. Dann schmetterte er ihr mit durchdringender Stimme entgegen: »Jacques de Molay, das bin ich!«

Sophia schaute mit offenem Mund in Mareks ebenfalls erstauntes Gesicht. Sie wusste nun wieder nicht, ob sie wachte oder träumte. Molay war verbrannt worden, wie konnte er nun leibhaftig vor ihnen stehen?

»Ihr staunet? Ihr sollet noch mehr erstaunen, Jungfrau Sophia. Wir harren Eurer seit fast siebenhundert Jahren. Dieweil Ihr achtzehn Jahre alt werdet, wartet eine große Aufgabe auf Euch, so es Ihm gefällt, und so es Ihm nicht gefällt, ist es eher sein Wille! Dieweil wir dieses Wunder wieder und immer wieder erwarten, seid Ihr es, Jungfrau Sophia, die jenes Wunder erwirken und den Bann lösen könnet, der seither auf uns lastet.«

Sophia verstand kein Wort mehr. Doch Molays Redefluss nahm kein Ende.

»Wir, das ist sintemal die Gruppe der Sechs. Darf ich zu Eurer Weisheit Schluss bekannt machen, erlauchtigste Jungfrau? Sind alldort: Hugo von Payens, der Entdecker der Schriften, die der Herr zur Gründung unseres Ordens im Heiligen Land führete, allhier Siegfried von Feuchtwangen Großmeister des Deutschen Ordens, der uns diese Unterkunft als Versteck gewährete. Des Weiteren Bertrand de Blanchefort, Großmeister auf Rennes-le-Château, sowie unser erlauchter Mann in Tempelhove, Komtur Hermannus von Tempelhove. Und meine Wenigkeit, der, wie Ihr richtig bemerktet, im Jahre des Herrn 1314 darselbst auf dem Scheiterhaufen mit Blicke nach Notre Dame verbrannte Jacques de Molay …«

Ein Mönch nach dem anderen trat hervor und verneigte sich vor Sophia, fünf alte, zerknitterte Gestalten in einstmals weißen Gewändern. Sophia nickte jedem der alten Männer mehr erstaunt als freundlich zu. Hinter der Gruppe der fünf alten Mönche entdeckte sie einen jünger aussehenden Mann, der in der Mitte seines Lebens stehen geblieben zu sein schien.

Er trug ein funkelndes Gewand, in dem er aussah wie ein König. Sein Alter war schwer zu schätzen. Das Gesicht war schon von ersten Falten gezeichnet, doch es schimmerte gesund und war kräftig. Sein Haupthaar war grau meliert, doch gerade das Grau unterstrich seine Stattlichkeit, ja seine Jugend.

»Es freut mich, Ihre Bekanntschaft zu machen. Aber, Herr Molay, wer ist der stattliche Mann hinter Ihnen? Den haben Sie mir noch nicht vorgestellt.«

Molay schmunzelte. »Er nennet sich der Graf von Saint Germain. Er behauptet, Ormus, das ist *Aqua benedetta*, besessen zu haben und derhalben nie gealtert zu sein.«

»Nun, er sieht wirklich nicht so grau aus wie ihr!«, rutschte es Sophia heraus und sie biss sich auf die Lippen. »Und was soll das sein: Ormus oder *Aqua benedetta*?«, setzte sie sachlich nach.

»Ein Wasser, das das Altern aufhalte, dieweil dieses Wunder immer und immer wieder geschiehet, sofern man von dem Wasser koste, antwortete Molay. »Es wird Euch betrüben zu hören oder nicht zu hören, nehmet es wie ihr wollet, Jungfrau Sophia. Ihr seid noch zu jung, um davon zu kosten!«

»Und was machen Sie, Herr Graf, hier unter den alten Männern?«, fragte Sophia, nun direkt an den Grafen gewandt.

Seine Antwort blieb kurz. »Anno Domini 1784 hat mich eine Flutwelle in Eckernförde fortgerissen. Ich sollte wohl noch nicht endgültig sterben und bin von den tückischen Wässern bis hierher gespült worden. Die ehrenwerten Mönche haben mich an Bord dieses Schiffes gezogen.«

»Da musste der Herr Ahasverus wohl sintemal eine kurzweilige Pause einlegen, mich daucht, allhier wohl volle zweihundert Jahre andauerte!«, schmunzelte Molay, um gleich darauf mit ernster Miene fortzufahren. »Versprechet mir nun eins: Vom heutigen Tage an bis zur Erfüllung der Aufgabe an Eurem achtzehnten Geburtstag dürfet ihr Euch eures schönen, goldenen Haares nicht mehr entledigen, derweil es mindestens drei Ellen und ein Fingerbreit lang sein muss. Sonst könnet Ihr die Aufgabe nicht bewältigen und wir werden, so es der Wille des Herrn ist, für immer verloren sein.«

Sophia verstand immer weniger. »Was denn für eine Aufgabe? Ich bin doch nur ein Teenager!«

Feuchtwangen erhob sich. »Eure Eminenz, der Ring!«

Molay griff nach dem Ring und hielt ihn Sophia vor die Augen. »Nehmet diesen Ring und bewahret ihn gut auf. Denn er ist der Schlüssel zur unterirdischen Baphomet-Kapelle in der Tempelhofer Kommende. Ihr werdet ihn an Eurem achtzehnten Geburtstag brauchen. Der Schlüsselstein am Ring ist sintemal ein Bruchstück des Bragança-Diamanten[6], so kürzlich die Ungläubigen über das Meer gebracht haben. Er hat heilende Wirkung, ist aber auch mit einem förchterlichen Fluch bekleidet: Er erhält Euer erlauchtigstes Leben, solange Ihr ihn traget. Sobald Ihr ihn ableget, werdet Ihr binnen die Sonne den Mond und der Mond die Sonne abwechselte sterben. Leget den Ring also nie ab! Nie, Jungfrau Sophia, habet Ihr verstanden?«

Sophia nickte artig, nahm den Ring und schob ihn auf den Ringfinger ihrer linken Hand. Ein Kribbeln durchzog ihren Körper von den Haarwurzeln bis zu den Zehenspitzen. Durch ihren ganzen Körper hindurch floss Vitalität, wie sie sie noch nie in ihrem Leben gespürt hatte. Jetzt hatte Sophia verstanden. Eine große Aufgabe war zu lösen! »Aber warum ich? Warum nicht Marek oder Lukas?«

---

6 Bragança-Diamant: zweitgrößter je gefundener Diamant, über dessen Echtheit und Verbleib bis heute gemunkelt wird; einst im Besitz der portugiesischen Königsfamilie Bragança

»Weil Ihr am Freitag, den dreizehnten, bei Vollmond geboren seiet. Deswegen seid ihr heute, an ebendiesem Freitag, den dreizehnten, in dieser Vollmondnacht allhier.«

»Vollmondnacht?«, fragte Marek erstaunt.

»Ja, wir können mit Euch nur bei Vollmond in der Stunde nach Mitternacht kommunizieren. Und diese Zeit ist jetzo gleich abgelaufen, dann sitzen wir allhier wieder vier Wochen versteinert in alldieser Kajüte.«

»Und wie seid ihr und dieses Schiff hierhergekommen?«, fragte Sophia neugierig.

»Fürtrefflich, dies ist eine lange Geschichte. Als Tempelritter kannten wir von Adel alle Eltern und Söhne Europas. Sie konnten darselbst Silber und Gold in einem unserer Tempel deponieren, um alsdann, etwa auf einer Reise, an einem anderen Tempel darüber zu verfügen. Wir waren, nein, wir sind die reichste Institution auf Erden, die mit Gottes Gnaden je erschaffen worden. So hatten wir Macht und Vermögen, im Wiener Ordenshaus eine Figura aus reinem Gold, eine Maschine zu erbauen, die die Strahlen der Schwarzen Sonne einzufangen in der Lage ist.«

»Schwarze Sonne?«, fragte Sophia. »Die Sonne ist doch gelb!«

»Ja, nein, Ihr werdet finden, dass …« Molay hielt kurz inne. »Ihr werdet die Lösung noch finden. Die Zeit eilet uns von dannen. Im Augenblicke müsset ihr nur wissen, daß unser Bruder Hermannus …«, Molay deutete mit einem Kopfnicken in Richtung des angesprochenen, »im Jahre des Herrn 1214 den Auftrag erhielt, im dünn besiedelten Heidenlande eine Kommende als ›Nordhauptstadt des Neuen Babylon‹ zu gründen. Eine weibliche Erscheinung offenbarte zween unserer Brüder in den Ruinen von Karthago ein lichtes Reich im Lande der Mitternacht, also in Teutschland, zu dessen Wegbereitung die Tempelritter auserwählet seien.« Molay, der sichtlich in Erklärungsnöte kam, stockte.

»Ich fand am Nordrand des Teltows eine geeignete Stelle, die ich Tempelhove nannte und bauete nicht nur die Kommende, sondern derweilen auch eine unterirdische Kapelle«, setzte Hermannus fort.

Molay, froh über die Atempause, nahm den Faden wieder auf. »Dann kam die schwierige Zeit. Die Sarrazenen kamen wie Fische in ganzen Schwärmen. Unser letzter Kreuzzug und damit das Heilige Land waren im Jahre des Herrn 1291 auf immer verloren. Niemand konnte mehr ins Heilige Land pilgern, niemanden konnten wir noch beschützen. Der Platz, an dem die Pilger gewesen, war öd und leer gelassen. Wir waren unserer Aufgabe beraubet. Kirchliche und weltliche Mächte machten uns den Garaus. Nicht einmal der Papst, dero Willen wir allein unterstanden, mochte uns noch schützen.«

»Kurz und gut, wir mussten die *Figura Baphomet* aus dem Einflussbereich von König, Papst und den vordringenden Muselmännern schützen«, setzte Hermannus fort, dessen spitzer Bauch sichtbar seine verstaubte Mönchskutte hob. »Tempelhove war der geeignete Ort und wir transportiereten die Maschine von der Wiener Blutgasse einstweilig in meine Kapelle, da war tief unter der Erde des Teltow.«

»Sintemal, die permanente Geldnot des Königs von Frankreich, Philipp des Vierten, dem sogenannten Schönen, brachte große Teile unseres Schatzes in allergrößte Gefahr«, löste Molay abermals ab, diesmal um sein Schicksal anzudeuten. »Denn der Schatz lagerte in unserer so geliebten Tempelburg auf der *Ile de la Cité* in Paris, direkt zu seinen Füßen. Schon im Jahre des Herrn 1295 hatte Philipp den Kronschatz aus unserer Burg in den Louvre umgelagert.«

Aufgeregt lauschte Sophia der Geschichte der Mönche, die allmählich zu verblassen drohten. Wirklichkeit oder Traum, alles, was sich hier abspielte, war nicht von dieser Welt.

»So jäh erwähnet worden sei, verfügeten wir über eine gewaltige Flotte. Schnell verluden wir die wichtigsten Teile unseres Schatzes auf eben diese Galeere und segelten gen Norden in Sicherheit. In Marienburg erwartete uns unser Bruder Siegfried von Feuchtwangen, der, Gott sei es gedankt, gerade den Sitz des Deutschen Ritterordens von Venedig nach Marienburg verleget hatte.« Diesmal nickte Molay in Richtung Feuchtwangen.

»Allhier in den unterirdischen Gewölben der Marienburg war der Templerschatz sicher, niemand hatte ihn, bis auf den heutigen Tag, gefunden«, setzte Feuchtwangen die Erzählung fort. »Ihr, Jungfrau Sophia und Knecht Marek, seit einstweilen die ersten an diesem geheimen Orte. Ihr habet ihn daselbst nach siebenhundert Jahren entdecket!«

»Doch dann geschah das Schröckliche: Mit der tödlichen Präzision einer Höllenmaschine machte uns Philipp den Garaus«, setzte Molay wieder ein. »Von Hispaniens Bergen bis an die Küsten Britanniens hat er alle Templer festnehmen lassen. Sieben verflixte Jahre schmachteten wir, ja litten Höllenqualen in den Löchern Schloss Gisors. Anno Domini 1314 wurde meine Wenigkeit, der Großmeister des Tempelritterordens, auf dem Scheiterhaufen zu Staube verbrannt. Jungfrau Ursula rettete damals unsere Asche und fusionierete sie in Tempelhove mit der Figura. Noch vom selbigen Tage an sind unsere Seelen eingefangen und verflixt nochmal in dieses geheime Gewölbe verbracht worden.« Molay seufzte. »Heute ist die Konstellation der Sterne ungewöhnlich wie im Jahr des Herrn 1314. Der Mars stehet dichter an der Erde als an jedem anderen Tage und die Venus weilet im Zeichen der Jungfrau. Und nach Jahr und Tag mussten wir heute handeln. Wir hofften auf eine Jungfrau, die am Freitag den dreizehnten geboren und zwischen siebzehn und siebenundzwanzig Jahren alt ist ...«

»Aber ich bin doch erst dreizehn!«, warf Sophia ein.

»Aber nicht mehr in vier, fünf Jahren, Jungfrau Sophia! Dann müsset ihr uns in Tempelhove befreien!«

Plötzlich meldete sich Bruder Hermannus zu Wort. »Im Rumpf des Schiffes befinden sich große Teile des Templerschatzes! Rührt ihn um Gottes Willen nicht an, sonst ist alles auf immer verdorben. Erst muss der Fluch gebrochen sein. Das ist, so Gott will, Eure Aufgabe, Jungfrau Sophia!«

Nach all dem Wie und Was, das diese unglaubliche Geschichte hervorbracht hatte, zweifelte Sophia immer noch an der Realität der Gestalten, die sie vor sich sah. Genau genommen hielt sie alles für Traumgespinste ihres Kopfes nach der nächtelangen Lektüre von *Das Vermächtnis des Jacques de Molay*. Doch dann fiel ihr Lukas wieder ein. »Aber wo ist mein Bruder Lukas?«, fragte sie entsetzt die verblassenden geistlichen Herren.

Feuchtwangen strich mit der Rechten durch seinen grauen Bart, um besser nachdenken zu können. »Knecht Lukas ist nicht bei uns.«

»Aber er ist doch vor uns in das Labyrinth eingedrungen!«, protestierte Sophia den Tränen nahe.

»Und siehe, hier ist er nicht! Er könnte sintemal in jene schröckliche Falle geraten sein. Er wird, mit Verlaub, den falschen Gang benutzt haben. Es gibt alldort noch einen zweeten Gang, so ist nur in zween und nicht viern Klaftern Tiefe angeleget, um Diebe und Feinde fernzuhalten. Ihr werdet ihn geschwind erretten müssen. Der Ring wird Euch dabei von fürtrefflicher Hilfe sein.«

»Gehabet Euch wohl …« Mit diesen Worten verschwamm das Bild der Templer.

Als Sophia erwachte, lag sie in völliger Dunkelheit. Sie tastete nach der Leselampe in ihrer rechten Hosentasche. Im Schein der Lampe wurde ihr bewusst, dass sie sich immer noch am Strand befand. Marek lag neben ihr und schlief.

»Marek, wach auf! Was ist passiert?«

Marek rieb sich die Augen und gähnte. Dann sah auch er, wo sie sich befanden.

»Was ist passiert, Marek?«, fragte Sophia abermals.

»Ich weiß nicht. Ich glaube, ich habe geträumt.«

»Was hast du geträumt?«

»Ich hab geträumt, dass wir auf dem Schiff waren und mit den Tempelrittern gequatscht haben.«

Auch Sophia hatte Schlaf in den Augen. Sie rieb sich mit den Fingerrücken über das Gesicht. Doch irgendetwas drückte sie am linken Auge. Sie betrachtete ihre linke Hand. Selbst im Taschenlampenlicht funkelte der große Diamant des wundersamen Rings. »Nein, Marek, wir haben nicht geträumt. Steh auf, wir haben hier nichts mehr verloren. Wir müssen Lukas befreien.«

Johanna und Karsten saßen unruhig am Abendbrottisch. Die Bäuerin versuchte sie zu beruhigen. »Ihnen is nichts passierrt. Marrek kennen die Gegend wie seine eigene Westentasche. Und Karrsten, Sie haben doch vorrgestern selbst eine Nachtwanderrung vorrgeschlagen. Das Wetterr is schön und derr Mond leuchtet so hell, da sind alle auf den Beinen.«

Doch die Worte der Bäuerin verfehlten ihre Wirkung.

»Lukas ist immer hungrig. Sie haben doch gesehen, was er so wegputzt, er ist im Wachstum …« Johanna versuchte, ihre Tränen zu unterdrücken.

»Machen Sie sich keine Sorrgen. Err hat seinen ganzen Rrucksack mit frisch gebackene Piroschki vollgestopft. Das is genug Essen fürr zwei Tage.«

Doch auch dieser Versuch der Bäuerin führte nicht zum erhofften Resultat. Johanna schaute Karsten vorwurfsvoll an. Sie war der Meinung, dass nun etwas zu unternehmen sei. Draußen war tiefe Nacht. Es war zwar nicht ganz dunkel, denn der Vollmond hatte die Landschaft in ein glänzendes Silber getaucht, aber eben auch nicht hell genug, um etwa im Wald nach den Kindern suchen zu können. Karsten wollte es dennoch versuchen.

Als die Bäuerin die Unumstößlichkeit dieses Entschlusses erkannte, änderte sie ihre Taktik. »Außerr den Krrautwickeln haben sie noch ein langes Seil und Taschenlampen mitgenommen. Sie können auch nicht so weit weg sein, denn ungefährr eine halbe Stunde, nachdem sie nach dem Frrühstück aufgebrrochen waren, sind sie schon wiederr zurrückgekommen, um das Seil zu holen. Meine Pirroschki waren gerrade ferrtig geworrden.«

»Das heißt, das Seil benötigten sie in einer Entfernung von maximal fünfzehn Minuten«, schlussfolgerte Karsten.

Mit einer Taschenlampe bewaffnet trat er hinaus. Johanna folgte ihm. Im funkelnden Vollmond eilten sie den Pfad zur Anhöhe hinauf, den Weg, den sie auch gestern am Tage genommen hatten. Kaum hatten sie die Anhöhe erreicht, kam ihnen ein Mann vom Fluss aus entgegen. Er hielt etwas Großes, Pitschnasses in den Armen. Es war der Fischer. Und er hatte Lukas aus dem Fluss gezogen.

Der Ring

Der einzige Weg, den es vom unterirdischen Ufer aus gab, war der Gang, durch den Sophia und Marek gekommen waren. Als sie die letzte Kreuzung wieder erreicht hatten, hielt Sophia inne. Sie schaute dem Baphometstein über der Kreuzung ins Gesicht und musste verwundert feststellen, dass er sie grimmig anschaute. Das war sicher kein gutes Zeichen. Und dann fiel ihr noch etwas auf. Das linke Gesicht, das zu dem Gang zeigte, aus dem sie gekommen waren, lächelte nicht mehr wie auf dem Hinweg, sondern schaute nun ernst daher. Dafür war sein rechtes Vis-à-vis voll Freude anzuschauen. Der steinerne Baphomet hatte also seine Gesichtsausdrücke vertauscht! »Wie ist das möglich?«, fragte sich Sophia. Doch sie hatte keine Zeit, weiter darüber nachzudenken. Sie musste ihren Bruder finden und Baphomet würde ihr den Weg schon zeigen. Sie folgten also dem lachenden Baphomet in den Gang, den sie vorher gemieden hatten.

Es ging leicht aufwärts. Der Gang verzweigte sich noch ein paar Mal und führte schließlich zu einer uralten steinernen Wendeltreppe. Die Stufen zogen sich ewig hin und Sophia wurde schwindlig. Als sie endlich oben angekommen war, torkelte sie spiralförmig über den erreichten Absatz. Der

Drehwurm wollte einfach nicht aufhören. Marek hingegen meisterte die Wendeltreppe ganz souverän.

Sie hatten einen kleinen fensterlosen Raum ohne Tür erreicht. Es war einfach nur ein toter Raum, eine Sackgasse. Marek fuchtelte mit seiner Taschenlampe durch die Gegend, aber Sophia beruhigte ihn, damit er den Raum systematisch absuchen konnte. Und tatsächlich, an der gegenüberliegenden Wand war in etwa anderthalb Meter Höhe eine riesige Baphomet-Plastik eingelassen. Sie grinste die beiden Kinder an. Durch den Zickenbart wirkte sie noch verschmitzter. Die beiden näherten sich der Plastik.

»Das Gesicht grinst uns an, also müssen wir geradeaus weitergehen. So war das doch bisher immer!«, verzweifelte Sophia. Doch es gab kein Geradeaus, nur diese verdammte Wand.

»Es muss einen Mechanismus geben!«, meinte Marek. »Sesam, öffne dich!«, raunte er dem Gesicht in seiner tiefsten Bassstimme entgegen. Natürlich passierte nichts. Der Baphomet grinste sie weiter ungerührt und ohne jegliche Anteilnahme an.

»Vielleicht muss man irgendwo draufdrücken, in seine Augen pieken oder so etwas«, schlug Sophia vor.

Marek steckte seine Finger abwechselnd in den grinsenden Mund und in die Augenhöhlen. Wieder nichts. Absolute Ruhe. Die Kinder wurden mit Missachtung gestraft, so kam es ihnen nach ihrer langen Wanderung durch die unterirdischen Irrgänge vor. Und dann, aus einer verzweifelten Laune heraus, wuchtete sich Marek wütend gegen Baphomet. Er stemmte sich mit ganzer Kraft gegen den Stein. Und der Stein wich zurück! Immer tiefer drückte Marek das Baphometgesicht in die Mauer. Da öffnete sich plötzlich die Wand zu seiner Rechten und gab eine weitere Treppe frei. Schmale Steinstufen führten weiter nach oben. Nach wenigen Schritten gab es wieder einen blinden Gang, wieder einen lächelnden Baphomet, und wieder drückte Marek das Gesicht in die Wand. Diesmal wich die Wand selbst zurück und eine riesige Halle tat sich auf. Sophia drehte sich um. Sie kannte den Raum. Sie standen in der Marienkirche der Marienburg. Der Stein, den sie weggeschoben hatten, war die Grabplatte von Feuchtwangen. Jene Grabplatte, die Sophia im Traum den Schlüssel zur Dechiffrierung der Geheimschrift beigebracht hatte. Das Grab hätte es eigentlich gar nicht geben dürfen, denn mit Siegfried von Feuchtwangen hatte sie gerade im Schiff gesprochen.

Sophia war erleichtert, den Ausgang gefunden zu haben. Nur von ihrem Bruder, von Lukas, gab es keine Spur. Was sollten sie jetzt tun? »Ich glaube, wir sollten nach Hause gehen und die Eltern holen. Wir müssen ihnen nichts von dem Schiff und den Templern erzählen, aber sie müssen im oberen Tunnel des Brunnens nach Lukas suchen.«

Sie fanden ein Fenster, durch das sie nach draußen gelangen konnten. Das silberne Licht des Vollmondes schlug lange Schatten, die sie auf ihrem Rückweg zum Gehöft begleiteten.

Nach einem halbstündigen Fußmarsch erreichten sie endlich den Hof. Aus dem Haus drang helles Licht und Wehklagen. In der Küche erwartete sie ein Bild des Entsetzens. Die Großmutter jammerte und schluchzte. Der Bauer und der Fischer standen bewegungslos mit offenem Mund neben ihr und starrten in Richtung Küchentisch. Mutter Johanna stand vor dem Tisch und mit dem Rücken zu den hereintretenden Kindern. Sie war die einzige Bewegung im ansonsten erstarrten Raum. Rhythmisch bewegte sich ihr Oberkörper auf und ab. Und dann erfasste Sophia die Situation. Der pitschnasse Lukas lag leblos auf dem Küchentisch. Seine Augen waren geschlossen, es war keine Atmung zu erkennen. Johanna versuchte, ihren Sohn mit einer Herzdruckmassage aus der

Schattenwelt des klinischen Todes zu entreißen. Im Wechsel zu den rhythmischen Stößen auf Lukas' Brustkorb pustete Vater Karsten seinem Sohn Luft in die Lungen. Lukas gab keinen Mucks von sich. Er blieb kalt, nass, tot.

Sophia stand fassungslos am Tisch. Gerade waren sie noch zusammen auf Entdeckungstour gegangen, und nun war ihr Bruder tot. Der heutige Tag hatte alles in Sophias Leben verändert. Nicht nur, dass ihr der geliebte Bruder entrissen worden war, sie spürte auch die Bürde, die ihr die Templritter auferlegt hatten. Sophia war erwachsener geworden, viel schneller als ihr lieb war und viel zu früh, gemessen an ihrem Alter. Sie fühlte sich plötzlich einsam und leer.

Der Rhythmus der Herzdruckmassage bewegte Lukas' Körper auf und ab. Durch die Bewegung rutschte sein Arm vom Küchentisch und etwas fiel klingend zu Boden. Marek löste sich aus seiner Erstarrung, folgte dem Klang und hob eine Goldmünze vom Küchenboden auf. Er hielt Sophia die Münze vor die Augen. Sie las etwas von DVCATVS, die Schrift mit dem vergessenen U, die Schrift der Templer und des Mittelalters, dachte sie. Die Münze war aus Lukas' Faust gefallen. Dieser Gedanke löste auch Sophia aus ihrer Erstarrung. Langsam schritt sie an die Stirnseite des Küchentischs. Nun konnte sie das weinende und um Jahre gealterte Gesicht ihrer Mutter erkennen, die sich immer noch über den leblosen Körper ihres Sohnes beugte und mit der aussichtslosen Herzdruckmassage einfach nicht aufhören wollte. Als Johanna Sophia erblickte, erkannte sie die Vergeblichkeit ihres Tuns. Fassungslos und unter herzzerreißendem Schluchzen gab sie ihren Sohn auf. Sophia war zurück, doch Trost konnte sie dadurch nicht finden. Der Verlust ihres geliebten Sohnes nagte an Körper und Seele. Ihr Weiterleben war so sinnlos geworden.

Intuitiv streckte Sophia ihre Hände aus und umfasste den Kopf ihres Bruders. Seine Haut war nass und kalt, die Augen geschlossen. Schlimmer als die kalte Haut aber war seine Gesichtsfarbe. Jedes Rot war aus seinen Wangen gewichen, graublaue Farbtöne beherrschten das tote Gesicht. Ein Schrecken ging Sophia durch Mark und Bein. Tränen stiegen ihr in die Augen und verschleierten die Sicht auf den geliebten Bruder.

Noch immer hielt sie den leblosen Kopf zwischen ihren schmalen Händen und drückte dabei unbewusst immer stärker zu. Plötzlich durchzuckte ein Schmerz ihren Ringfinger. Der Ring, den sie von den Templern geschenkt bekommen hatte, schien zu glühen, als der Bragança-Diamant Lukas' linke Schläfe berührte. Als würde ein Stromschlag durch den toten Leib grollen, bäumte sich Lukas plötzlich auf und fing an zu husten. Wasser und Schleim rannen aus seinem Mund. Dann setzte seine Atmung wieder ein. Johanna konnte es kaum fassen. Das Blau seines Gesichtes wich einer Blässe, der man ein Weiterleben noch nicht zugetraute hätte. Doch mit jedem neuen Atemzug, den sich Lukas an seinem schleimigen Auswurf vorbei in die Lungen sog, wich die Blässe Zug um Zug und Lukas' Gesicht füllte sich mit neuem Leben. »Er hat heilende Wirkung …«, hämmerten Molays Worte in Sophias Kopf, und mit einem Schlag wurde ihr bewusst, in was für eine unfassbare Geschichte sie hineingeraten war.

Der freche Bruder, der geliebte Sohn war gerettet. Immer noch schweißgebadet vor Angst umarmte Johanna ihren Mann und beide hielten sich fest umschlungen. Sie konnten das Wunder nicht begreifen.

Die Bäuerin, die sich als echtes Klageweib entpuppt hatte, erkannte plötzlich die Absurdität ihres Tuns und hörte abrupt zu Schluchzen und zu Klagen auf. Im nächsten Augenblick holte sie mit ihrer fleischigen Hand aus und erteilte Marek eine heftige Schelle. »Was habt ihrr wiederr fürr einen blödsinnigen Kokolorres angestellt? Nurr Unsinn im Kopf, du dummerr Junge. Was lerrnt ihr nur in der Schule …«, ihre Flüche wollten gar nicht mehr abreißen und in der Aufregung rollte sie das R noch heftiger.

II

AUFERSTEHUNG

Den Geheimnissen der Stadt, in der wir leben

Zwischenzeit

Sophia war zu einer jungen Frau herangewachsen. Ihr langes blondes Haar war dicht und reichte ihr bis an die Hüften. Es glänzte seidig in der funkelnden Frühjahrssonne. Ihr Gesicht glich einer glatt polierten Alabasterbüste aus hellenistischer Zeit und um ihren schlanken Hals hatte sie eine Goldkette gelegt. Als Anhänger lag eine goldene Münze auf ihrer Brust, ein Zehnrubelstück von 1906, dem Geburtsjahr ihrer Urgroßmutter. Ein Glücksbringer, den ihre Urgroßmutter aus Russland mitgebracht hatte. Sie hatte ihrer Urenkelin die Kette zum sechzehnten Geburtstag geschenkt und gefunden, dass diese gut zu ihrem Ring passe, den Sophia, wie sie sagte, in einem Verlies in Polen aufgegabelt hatte. Natürlich hatte Sophia weder ihrer Mutter noch ihrer Urgroßmutter von den Mönchen erzählt, die sie auf dem Geisterschiff angetroffen hatte – sie konnte die Geschichte ja selbst kaum glauben. Nur der Ring war und blieb ein unwiederbringlicher Beweis für diese Begegnung und so hatte sie einfach behauptet, den Schatz im Verlies gefunden zu haben. Und irgendwie stimmte es ja auch. Da niemand – rechtmäßiger Besitzer hin oder her – je einen Anspruch angemeldet hatte, widersprach ihre Mutter nicht. Schließlich gewöhnte sie sich an den Umstand, dass ihre

Tochter offenbar ein Schmuckstück trug, das viel wertvoller war als alle Stücke zusammen, die sie selbst je besessen hatte.

Nach dem Urlaub hatte sie mit Marek in regem WhatsApp-Kontakt gestanden. Die Abenteuergeschichte in Polen hatte die beiden mehr zusammengeschweißt, als sie sich selbst eingestehen wollten. Und obwohl sie sich in ihren Mails hauptsächlich über Neuigkeiten zu ihren Recherchen über die Tempelritter austauschten, war in Sophias Hinterkopf auch die Attraktivität des polnischen Jungen mit dem Wuschelkopf und seinen strahlenden Augen, mit dem sie bereits durch dick und dünn gegangen war, eingraviert. Sie vermisste ihn und keiner der Jungen aus ihrer Schule kam an seine Schönheit oder seine Klugheit heran, und sie ließ alle Annäherungsversuche der pubertierenden Schulkameraden abblitzen. Die Messlatte lag einfach viel zu hoch.

Sophias sechzehnter Geburtstag wurde in ganz anderer Hinsicht ein Höhepunkt. Nicht nur, dass sie die wunderschöne Goldkette von ihrer Urgroßmutter bekam, nein, es gab noch ein weiteres spannendes Ereignis. Der sechzehnte Geburtstag ist die Zeit, in der man das Erwachsenwerden spürt und die aufknospende Reife auch mit einem Dokument bestätigt bekommt. Auf dem Bürgeramt muss man als treuer Staatsbürger seinen Personalausweis beantragen. Zu diesem Zweck benötigt man natürlich ein Passfoto.

Endlos hatte sich Sophia ihr langes blondes Haar gekämmt und schließlich ihr Lieblingskleid angezogen, damit ihr Vater ein Porträt von ihr knipsen konnte. In Karstens Fotostudio reflektierten weiße Regenschirme das Licht von riesigen Scheinwerfern und warfen es zentriert auf den Stuhl, auf dem Sophia erhaben saß.

Karsten gab letzte Anweisungen. »Den Kopf etwas höher, … nein, mehr nach rechts! … Ja, gut … so bleiben!« Er schaltete die Softboxen hinzu, rannte mit seinem Belichtungsmesser vor Sophia auf und ab. Dann streckte er seinen Arm mit dem kleinen schwarzen Messgerät vor ihr Gesicht und las schließlich die Werte ab. Aufgeregt hastete er zum Stativ zurück, auf dem der Fotoapparat thronte. Noch einmal ein prüfender Blick durch die Linse, dann: Knips. Wieder flitzte er zu seiner Tochter. »Jetzt mal den Kopf nach links und nicht so ernst. Du darfst ruhig ein bisschen Lächeln und deine weißen Zähne zeigen.« Karsten schmunzelte seiner Tochter aufmunternd zu, zupfte noch ihr schattenmorellenfarbenes Kleid zurecht und verschwand wieder hinter dem Fotoapparat. Irgendwann war es geschafft.

Jetzt saß Sophia mit ihrer Mutter, der Geburtsurkunde und dem wirklich schönen Foto im Bürgeramt und wartete darauf, dass ihre Wartenummer aufgerufen wurde. Was dann folgte, war doch eher unspektakulär: Formular ausfüllen, im Spezialfeld unterschreiben, Foto aushändigen. Achtlos tackerte die Beamtin ihr wunderschönes Foto an das Formular. »So, jetzt gehen Sie noch zur Kasse im zweiten Stock, bezahlen die Gebühren und in vierzehn Tagen können Sie sich Ihren Personalausweis direkt am Schalter eins abholen. Eine Wartenummer brauchen Sie dafür nicht ziehen.«

»Das war alles?«, schien Sophias Gesicht noch zu fragen, als ihre Mutter sie schon aus der Amtsstube zog. Der Zauber des Erwachsenwerdens war durch die Konfrontation mit der Deutschen Bürokratie gebrochen.

»In vierzehn Tagen kannst Du dann alleine deinen Ausweis abholen«, bemerkte ihre Mutter und schon traten sie hinaus auf die Straße.

Zwei Wochen später hielt Sophia ihr erstes amtliches Dokument in der Hand. Eine Plastikkarte, auf der das Kunstfoto hinter der geriffelten Plastikbeschichtung wie eine billige, verpixelte Kopie wirkte. Sophia war enttäuscht. Sie drehte den Ausweis um. Nichts Besonderes, jeder hat ja schließlich so ein Ding. Aber als sie den Ausweis in das dafür vorgesehene Fach ihres Portemonnaies stecken wollte, hielt sie noch einmal inne. Diese Zeichnung auf der Rückseite des Ausweises erinnerte sie an etwas. »Das habe ich doch schon einmal gesehen!«, dachte sie. Sie hielt die Rückseite des Ausweises auf den Kopf gedreht und schaute einem stilisierten Zickenkopf ins Gesicht. »Baphomet!«, keuchte sie fassungslos in den Raum. »Das kann doch nicht wahr sein! Was macht der Gott der Tempelritter auf meinem Personalausweis?« Sophia war total verblüfft. »Ich dachte, Baphomet ist seit siebenhundert Jahren außer Betrieb!« Dann musste sie wieder an das Pergament aus Polen denken. »... wird Baphomet den Weg dir zeign!«

Diesmal führte der Weg Sophia in die Bibliothek, denn mit ihrem Ausweis erhielt sie endlich Zugang zu einer Erwachsenenbibliothek. Mit sechzehn reichte die Dorfbibliothek lange nicht mehr aus. Das Erlebnis mit Molay hatte nicht nur ihr Interesse an den Tempelrittern geweckt, es hatte eine wissenschaftliche Ader in ihr wachgeküsst, die sie bis dahin nicht gekannt hatte.

In der Staatsbibliothek wurde sie bald bekannt wie ein bunter Hund. Natürlich trug dazu nicht nur ihr anhaltendes Interesse für die Templer bei, sondern auch ihre außergewöhnliche Erscheinung. Fast lautlos konnte sie in den Lesesaal hineinschweben. Unbemerkt blieb sie dabei jedoch nicht. Sofort strömte sie eine Aura aus, die selbst die verknöchertste Leseratte aus dem noch so spannendsten Buch aufblicken ließ.

Sie konnte sich noch genau an die Ereignisse erinnern, damals in Polen, und auch an das, was danach geschehen war. Nach dem legendären Urlaub hatte es im Familienkreis viel zu berichten gegeben. Zu Hause im Garten saßen sie im Sommer abends oft am Lagerfeuer. Ein geselliges Ereignis, zu dem sich gern Besuch einstellte. An einem dieser Abende kam Johannas Bruder zu Besuch. Onkel Max war gerade aus Australien zurückgekehrt. Neben ein paar Flaschen australischem Shiraz, an dem sich die Erwachsenen labten, hatte er auch einen Sack voll Abenteuergeschichten mitgebracht. Max war schon über vierzig, strahlte aber immer noch eine frische Jugendlichkeit aus. Sein Humor und seine spitze, zuweilen sogar freche Zunge unterstützten das Lausbubenhafte noch. Lachfalten hatten sich tief in seine Wangen eingeschnitten, aber es war eben ein Gesicht mit Lachfalten und kein von Ernst und Trübsal gezeichnetes. Und die Krähenfüße unter seinen Augen, die sogar manchmal dunkel gefärbt waren, verrieten einerseits durchzechte Nächte, wurden aber andererseits durch seinen Frohsinn wieder wettgemacht. Vor allem machte es Spaß, seinen spannenden Geschichten zu lauschen.

»Wir fuhren in unserer kleinen Nuckelpinne den Capricorn Highway entlang vom Great Barrier Reef Richtung Emerald ins *Outback*. Diesmal wollten wir nach Edelsteinen buddeln. Wir kamen auf eine weite Ebene. Nur am Horizont lugten noch Hügel wie kleine Zähnchen eines vergangenen Gebirges heraus.«

Das Harz eines Kiefernastes hatte Feuer gefangen. Es zischte und das brennende Harz entwickelte so viel Hitze, dass sich die Feuchtigkeit im noch grünen Zweig augenblicklich zu Dampf verwandelte. Der Wasserdampf dehnte sich mit solcher Kraft aus, dass die Vakuolen[7] den Ast mit lautem Krachen auseinandersprengten. Das Funkeln der Flammen spiegelte sich in den weit geöffneten Augenpaaren der Zuhörer wider.

---

7 Vakuole: Hohlraum im Zellplasma einer Zelle

»Wir fuhren also durch das ehemalige Tal, das inzwischen mit dem erodierten Sand des Exgebirges angefüllt war«, fuhr Max unbeirrt fort. »In Rubyvale gab es eine Saphirmine, eine Attraktion für Abenteurer. Für umgerechnet hundert Euro konnten mein Begleiter und ich sie einen Vormittag lang mieten. Der Besitzer erklärte uns, auf welche Zeichen wir zu achten hätten.« Max versuchte, die raue Stimme des Minenbesitzers zu imitieren: »Vor zig Millionen Jahren war das dahinten ein Vulkan.« Mit einer großen Armbewegung machte Max den Alten nach, wie der auf die letzten spitzen Bergzacken in der weiten Ebene von Rubyvale zeigte. »Flüsse haben das Material aus dem Vulkan herausgespült und ins Tal geschwemmt«, setzte er dann mit kratziger Stimme fort. »Da die Saphire sehr klein sind, muss man nach Hinweisen suchen, wo Saphire vorkommen könnten. Siebzehn Meter tief unter der Erde gibt es Adern, die früher Flussbetten gewesen sind. Und woran erkennt man die? Na, an den runden, faustdicken, vom Wasser abgeschliffenen Steinen. Wenn du also ein altes Flussbett gefunden hast, musst du weitersuchen. Saphir ist ein Edelstein mit hoher Dichte, er sinkt also an bestimmten Stellen des Flusses schnell zu Boden. Aber es gibt hier auch *bullets*, den Eisenstein. Den sieht man leicht als Rostfleck im ockergelben Sediment. Er hat etwa die gleiche Dichte wie der Saphir. Dort, wo er sich im Flussbett abgesetzt hat, findet man manchmal Saphire. Ihr bekommt jetzt Presslufthämmer, sucht euch eine Flussader und holt in den nächsten zwei Stunden so viel Dreck hoch, wie ihr nur könnt.«

Max hustete. Durch das Verstellen der Stimme hatte sich lauter Schleim in seinem Kehlkopf angesammelt. »Gesagt, getan«, setzte er dann mit klarerer Stimme fort. »Kaum hatten uns die Presslufthämmer ordentlich durchgeschüttelt und wir die ersten Brocken aus dem Sediment gebrochen, da floss uns im stickigen Stollen schon der Schweiß aus allen Poren. Man bekam kaum Luft, doch nach zwei Stunden hatten wir eine Tonne Lehm an die Oberfläche befördert. Oben stand die Wundermaschine des Grubenbesitzers – eine riesige Blechtrommel mit Wasser. Jetzt wurde sie mit unserem Dreck befüllt. Das Wasser löste den Lehm, die Trommel schleuderte die großen Steinbrocken in hohem Bogen auf einen schon beachtlich angewachsenen Steinhaufen hinter der Maschine heraus. Nur was eine Größe zwischen drei Millimeter und vier Zentimeter hatte, wurde vom Wasser über sechs Kammern geführt und fraktioniert.«

»Was bedeutet denn fraktioniert?«, unterbrach Lukas wissbegierig. Auch wenn ihn die Schule sonst hauptsächlich annervte, wollte er es bei Dingen, die ihn interessierten, ganz genau wissen. Und Schatzsuche, das interessierte ihn!

»Fraktionieren bedeutet einfach nur das Trennen eines eigentlich flüssigen Gemisches. Da kristallines Aluminiumoxid, oder besser gesagt Saphir, eine hohe Dichte hat, setzen sich die großen Saphire aus dem Wasser in der ersten, kleinere in der zweiten und dritten Kammer ab. Der Inhalt der drei Kammern wird dann in einem Doppelsieb gewaschen und auf einem Tuch in der Sonne ausgebreitet. Aus den noch nassen Steinen sucht man die glitzernden heraus: Sternsaphire mit bronzefarbenem Glanz, tief kornblumenblaue, grüne oder mehrfarbige sogenannte *Parties*. Bedauerlicherweise sind gerade die großen Steine völlig ohne Glanz, sie haben nur die typische doppelpyramidige Kristallstruktur des Saphirs. Sie sind stark verunreinigt und können höchstens zu Schmirgelpapier verarbeitet werden. Nur die funkelnden, größeren Steine ohne Verunreinigung kann man zu Schmucksteinen schleifen lassen.« Max holte kurz Luft. »Das Gros jedoch, Hunderte kleine Saphirsplitter, taugt höchstens für die Souvenirbox.«

Während Max seine Geschichte erzählte, überlegte Sophia, wie viel Seemannsgarn er wohl dazugedichtet hatte.

Doch dann, so erinnerte sie sich, fragte Lukas: »Und was hast du gefunden?«

»Schaut hier ...« Max holte eine kleine Plastikschachtel aus der Hosentasche.

Als Sophia die funkelnden Edelsteine sah, musste auch sie staunen.

»... das hier ist ein kleiner Sternsaphir. Der große blaue hat zu viele Verunreinigungen. Echt schade, aber drei Steine habe ich schleifen lassen: diesen indigoblauen, dann einen mehrfarbigen in blau und grün, beide in Facettenschliff. Und der Dritte ist kein Saphir, sondern ein gelbbrauner Zirkon in Brillantschliff.«

Lukas war begeistert und erkundigte sich nach dem Wert der Edelsteine.

»Das sind ja nur kleine Dinger, aber die Kosten für unseren Ausflug nach Rubyvale hätten wir allemal wieder raus, wenn wir sie verkaufen täten«, grinste Onkel Max.

Wenn sie es richtig betrachtete, hatte Sophia die Geschichte sogar fasziniert, allerdings nicht so sehr wegen der Edelsteine, sondern im Hinblick auf die Vorgehensweise. Mit klarem Verstand musste man die richtigen Zeichen suchen, finden und deuten können. Die ihr aufgetragene Aufgabe, die Baphomet-Maschine zu suchen und an ihrem achtzehnten Geburtstag in Gang zu setzen, sollte sie die nächsten Jahre intensiv beschäftigen.

Die Suche

Gleich nach dem Urlaub in Polen hatte Sophia in der elterlichen Kartensammlung herumgestöbert und eine uralte Karte der *Umgebung von Berlin-Süd* von 1957 gefunden, Maßstab 1:100.000. »Je älter, desto besser«, dachte sie. Damals war noch nicht alles zugebaut und man konnte die Landschaft und die ursprüngliche Stadtstruktur besser erkennen. Sie suchte einen Berg in Tempelhof und fand ihn prompt: Schetzel-Berg, dreiundfünfzig Meter, direkt südlich vom Tempelhofer Feld und südlich des Teltow-Kanals. Dann holte sie einen neuen Stadtplan heraus und suchte die Stelle. Da! Heute hieß der Berg *die Schätzelberge*. Das erinnerte doch sofort an Schatz, dass musste es sein! Und hier, stellte sie verblüfft fest, gab es in Nord-Süd-Richtung eine Straße, die vom Flughafen zum Schätzelberg führte und den Teltow-Kanal überquerte, und diese Straße hatte den Namen Komturstraße. Es schien so, als hätte sich der Name seit über siebenhundert Jahren nicht geändert und als sei diese Straße seit eh und je ein Weg gewesen, der zur Kommende[8], der Ordensniederlassung der Tempelritter in Tempelhof geführt hätte.

8 Kommende: kleinere Niederlassung eines Ritterordens, dem ein Komtur als Schutzherr vorsteht

Sophia war immer noch Schülerin und wohnte in Woltersdorf, im südlichen Speckgürtel von Berlin. Hier gab es luftige Wälder, in denen man radeln konnte, und etliche Seen, die im Sommer zum Baden und winters zum Schlittschuhlaufen einluden. Die nahe Großstadt war ihr relativ fremd. Um Tempelhof zu erkunden, brauchte sie die Hilfe einer erwachsenen Person, aber ihre Eltern arbeiteten den ganzen Tag. Am Wochenende wollten sie zwar immer etwas mit den Kindern unternehmen, aber Lukas trainierte inzwischen für seinen Segelschein und Ausflüge an und auf den Müggelsee wurden immer häufiger. Außerdem jagte eine Regatta die nächste und Luki hatte seine Eltern schnell dazu eingespannt. Wenn Sophia die fadenscheinige Idee angebracht hätte, Tempelhof zu erkunden, wäre das wohl auf keinen goldenen Boden gefallen. Der einzige Abenteurer, den sie kannte und mit dem man Pferde stehlen konnte, war ihr Onkel. Sie musste ihn irgendwie in ihr Vorhaben einweihen, ohne allzu viel von ihrem Geheimnis preisgeben zu müssen.

Onkel Max, groß und schlank, kurz geschorene blonde Haare und strahlend blaue Augen, steckte meist in einer schwarzen Lederkluft, weil er sich ein Leben ohne Motorrad nicht vorstellen konnte. Er verachtete das Autofahren. Autos waren für ihn höchstens die Kegel einer Slalomstrecke. Im Stadtverkehr stand er an der Ampel grundsätzlich vorne. »Es ist viel zu gefährlich, den Autos hinterherzufahren. Du weißt nie, ob sie ohne ersichtlichen Grund stehenbleiben, vielleicht weil sie gerade einen Parkplatz entdeckt haben, ausgerechnet jetzt mal wenden müssen oder ihr Handy justament geklingelt hat. Hinterherfahren ist für einen Motorradfahrer gefährlich. Bei einer Notbremsung blockiert möglicherweise das Vorderrad und dann küsst du den Asphalt. Alles schon da gewesen. Hat man aber Slalom und Ampeln gut genommen, ist man als Erster am Ziel und kann direkt vor der Eingangstür parken, während für den Autofahrer die nervtötende Suche nach einem Parkplatz und das Füttern des Parkplatzautomaten anfängt. Nee, darauf hab' ich keinen Bock!«, meinte Max.

Auf dieses Motorradabenteuer musste sich Sophia einlassen, wenn sie Tempelhof mit Max erkunden wollte. Schließlich weihte Sophia Onkel Max soweit wie nötig in ihr Vorhaben ein.

»Worauf man Acht geben müsste, wenn man am Rande des Teltow nach einem unterirdischen Bauwerk sucht, sind Findlinge«, meinte Max.

Berlin liegt im Berlin-Warschauer Urstromtal. Die Höhenzüge wie die Moränenplatte Teltow sind durch die Eiszeit entstanden. Das Eis aus Skandinavien hobelte die Erdoberfläche ab und transportierte Mergel und Felsbrocken im Eis nach Süden. Dabei wurden die Felssteine rund geschliffen. Nach Abtauen des Eises blieben Sande und runde Steine in allen Größen übrig. Diese großen, glatten Steine bezeichnet man als Findlinge, auch deswegen, weil man, wenn man im Sand buddelt oder das Feld umpflügt, solche Steine findet. Die müssen dann beiseite geräumt werden – angesichts ihrer Größe oft ein schwieriges Unterfangen.

»Stell dir vor, die Templer hätten in die Schätzelberge ein Loch für ihre Burg gebuddelt. Da sind sie garantiert auf etliche Findlinge gestoßen. Einige werden sie gleich als Baumaterial benutzt haben, aber bestimmt sind unpassende Felssteine übrig geblieben und die müssten jetzt irgendwo an der Oberfläche des Berliner Sandbodens rumliegen. Wenn wir nach Tempelhof fahren, müssen wir nach Findlingen Ausschau halten. Wenn wir irgendwo einen Haufen runder Felssteine finden, können wir genau dort nach der unterirdischen Burg suchen.«

Gesagt, getan. Sophia und Max verabredeten sich zum gemeinsamen Ausflug. Max holte Sophia in Woltersdorf ab. Er hatte eine passende Lederkombi und einen Extrahelm dabei. Das glänzende Leder betonte Sophias aufblühende weiblichen Formen. Ihre langen blonden Haare hatte sie zu einem Pferdeschwanz gebunden, damit sie besser unter den Helm passten. Dann sattelten die schwarzen Reiter auf. Sie verwandelten sich buchstäblich in die Ritter vom Schwarzen Stein und düsten davon – die Pferde hatten sie allerdings gegen eine schwarze Sportmaschine ausgetauscht, die die Kraft von weit über hundert Pferden auf den Asphalt prügelte. Die Kraft der Pferde spürten sie selbst im Erzittern ihrer Schenkel und im röhrenden Getöse, das ihr Kommen und Gehen verkündete.

Kaum hatte das Motorrad seinen Weg auf die Stadtautobahn gefunden, fing Max an, unter seinem Helm aus voller Kehle zu singen: »Am Sonntag rasen wir zu zweit den Gummi auf dem Asphalt breit …«

Sophia bekam kaum Luft unter ihrem Helm. Der Fahrtwind saugte das Lebenselixier aus der kopfumhüllenden Plastikschale ab. Doch Zeit zum Nachdenken blieb ohnehin nicht, denn schon setzte Max zum Bremsen an. Sie hatten die Ausfahrt Oberlandstraße südlich des Flughafens Tempelhof erreicht. Gleich hier fing die Komturstraße an. Offenbar waren sie in einem Industriegebiet gelandet. Kräne ragten zwischen den langen Fabrikgebäuden empor, zwischendurch folgte mal ein alter Klinkerbau. Industrieklassizismus. Auf der anderen Straßenseite tummelten sich kleine Bungalows in einer Kleingartenanlage. Und als sie gerade die Brücke über den Teltowkanal überquerten, bemerkte Sophia auf der linken Seite riesige Findlinge, alle um ein gewaltiges Glas-Beton-Bürohaus einer Pharmafirma drapiert. Max fuhr weiter. Die Straße ging hier kaum merklich bergauf.

Vor dem Friedhof in der Gottlieb-Dunkel-Straße hielt Max an. Sie stiegen ab, bockten die Maschine auf und machten sich daran, die Gegend per pedes zu erkunden. Der Friedhof war gepflegt – mehr Park als Grabsteinsammlung – und der Frühling beglückte sie mit gleißendem Sonnenlicht und freundlichem Amselgesang. Hinweise auf die Templerburg konnten sie allerdings nicht finden. Am anderen Ende des Friedhofs landeten sie an einer großen Straße, in die sie nach links einbogen. Am Straßenrand verwitterten brachliegende Gewerbeflächen, über ihnen brummte in mehreren Etagen das Autobahnkreuz und unter ihnen schlängelten sich erst eine Eisenbahnschiene und dann der Teltow-Kanal hindurch. Auf der anderen Seite der Mussehl-Brücke fanden sie hinter einem Gitter eine kleine Treppe, die zum Kanal hinunter führte. Die Pforte stand einladend offen. Fliederbüsche überdachten die Uferböschung, deren frisch geöffneten Blüten einen betörenden Duft von aufplatzendem Frühling verströmten. Ein Nachtigallenmännchen trällerte sein aufregendes Lied und fiepte dabei bis an die Grenze hörbarer Kilohertzwellenlängen, um auch dem letzten Nebenbuhler sein Revier und einer netten Dame seine Bereitschaft anzuzeigen.

Grau erhob sich auf der anderen Uferseite ein Haus, ein Berliner Mietshaus, das über Straßenniveau seine typischen fünf Etagen aufzuweisen hatte. Einsam streckte es sich an seinem bejammernswert lauten Standort empor. Der Kanal bot dem Haus seine ruhige, besänftigende Seite und obgleich menschengemacht, legte er dem Haus etwas Natur zu Füßen. Vor den Fenstern der oberen Stockwerke donnerte die Autobahn über mehrere Brücken. Vor den Kellerfenstern hatte die Eisenbahn ihren Platz und der Verkehr auf der Mussehl-Brücke hüllte daneben eine fast vergessene Kneipe zu ebener Erde in dichte Abgaswolken.

Sollte hier wirklich ein Tempel gestanden haben? Gut, in siebenhundert Jahren kann sich einiges verändern. Dafür sprach immerhin, dass das gegenüberliegende Ufer deutlich höher lag als die Seite, auf der Max und Sophia standen. Auch machte der Kanal hier einen leichten Bogen, um sich dem Nordrand der Schätzelberge anzuschmiegen. Das Auffällige am Haus war seine Größe. Vom Straßenniveau aufwärts sah es, wie gesagt, ganz gewöhnlich aus. Doch als Sophia und Max das Haus nun von der Rückseite betrachteten, fiel ihnen auf, dass es unten mindestens noch einmal so viele Stockwerke in den Berg hinein gab, bis das Haus auf dieser Seite endlich das Uferniveau erreichte. Das Mauerwerk hier unten war deutlich älter. Das Haus war also mindestens in zwei oder sogar drei Zeitperioden entstanden. Die untersten Ziegelsteine sahen sehr alt aus. Fenster gab es dort nicht. Aber unter dem Gestrüpp wild wuchernder Pflanzen entdeckte Sophia eine Steinplatte. »Siehst du die Steinplatte da drüben am Fuß des Hauses?«, fragte Sophia und wies mit der Rechten in Richtung der Platte.

Max nickte. »Du meinst, sie könnte möglicherweise einen vergessenen Zugang versperren?«, fragte er. »Sieh mal, kurz über der Platte hat das Mauerwerk eine Rundung. Sieht wirklich wie ein verschlossener Eingang aus. Allerdings schließt sich weiter oben einer der drei Türme des Hauses an. Die Fenster in den Türmen sind schräg. Das sind die Treppenaufgänge. Wahrscheinlich hat der eine Turm eine Treppe, die bis nach unten zum Ufer führt, möglicherweise als Notausgang. Also gibt es hinter der Steinplatte wohl doch keinen Eingang zu einer unterirdischen Burg. Das hätten die Mieter ja auch schon längst bemerkt«, überlegte Max laut.

Die beiden schwarzen Ritter schlugen sich weiter durch das Unterholz am Kanalufer entlang, um nach weiteren Zeichen zu suchen. Doch bis zur Komturbrücke war das Ufer beidseitig nur mit Industriebauten dekoriert.

»Hier, die Findlinge habe ich vorhin schon beim Vorbeifahren bemerkt!«, platzte Sophia heraus, als sie die Komturbrücke erreicht hatten.

Sie waren am Zaun angekommen, der Neugierige wie sie von dem Pharmaunternehmen fernhalten sollte. Das große Pharmagebäude stand auf einer gewaltigen Betonplatte, deren Rand die wuchtigen Findlinge säumten.

»Die Findlinge können auch erst beim Ausheben des Fundamentes für diesen modernen Bau beiseite geräumt worden sein und nicht schon vor hunderten von Jahren«, überlegte Max. »Und bei den Grabungen für das Fundament wäre man sicher auf die Burg gestoßen, wenn sie hier gestanden hätte.« Max schien angestrengt nachzudenken. »Und selbst wenn hier, wie der Straßenname vermuten lässt, der Komturhof gestanden hätte, wäre er durch den meterdicken Beton für immer unerreichbar für uns. Wir müssen woanders weitersuchen! Das Interessanteste, was wir gesehen haben, war wohl wirklich das Haus an der Mussehl-Brücke.«

Sophia stimmte ihrem Onkel zu. Mehr konnten sie heute nicht unternehmen, aber Sophia hatte nun einen besseren Eindruck von der Landschaft oder besser gesagt Stadtschaft, als nur durch den Blick auf den Stadtplan. Und sie war enttäuscht. Denn die Besiedlung der letzten hundert Jahre hatte wahrscheinlich alle Spuren von vor siebenhundert Jahren einfach zugedeckt.

Die ganze Euphorie, die Sophia noch während der Motorradfahrt verspürt hatte, war verflogen. So hatte sie sich die Gegend nun wirklich nicht vorgestellt. Anstelle einer mittelalterlichen Burg war sie auf das Dröhnen und Stampfen einer Großstadt gestoßen. Selbst wenn die Kommende hier gewesen wäre, hätte sie keine Möglichkeit, in den mit Beton versiegelten Höhenzug einzudringen, um die unterirdische Burg aufzuspüren. Der einzige Lichtblick war höchstens das merkwürdige Haus, das offenbar auf alter Bausubstanz aufgebaut worden war. Wenn man sich jedoch den Stadtplan genau anschaute, lag das Grundstück bereits jenseits der Tempelhofer Bezirksgrenze.

Bibliothek

In den alten Gemäuern der Berliner Staatsbibliothek gibt es im zweiten Stock den Kartenlesesaal – ein ehrwürdiger, etwas verstaubter Doppelraum. Vorn saß eine ältere, mitverstaubte Dame am Computer, beäugte durch ihre starke Brille die spärliche Leserschaft. Alles war ruhig. Zwei, drei Leute saßen an riesigen Tischen, auf denen alte Kupferstiche ausgebreitet lagen. Und dann, hinter zwei gewaltigen Globen aus dem Mittelalter mit seiner merkwürdigen Weltvorstellung, eröffnete sich das Heiligtum. Auf zwei Ebenen reichten, die mit Kupferstichen handgezeichneten oder handkolorierten Karten und letztlich gedruckten Bögen prall gefüllten Regale bis unter die Decke.

Sophia wandte sich mit ihrem nagelneuen Bibliotheksausweis an die Grauhaarige: »Ich suche alte Karten von Tempelhof.«

Die Alte schmunzelte durch ihre Goldrandbrille und schob Sophia einen grün eingebundenen Katalog über den Tresen. »Hier finden Sie Berlin und seine Stadtteile. Die ersten Kupferstiche gehen etwa 1650 los. Für jede Karte müssen Sie einen dieser Bestellscheine ausfüllen.«

Sophia setzte sich an den ihr zugewiesenen Kartentisch und studierte den Katalog. Bis 1800 gab es hauptsächlich Kupferstiche von Stadtansichten in Berlin-Cölln. Da lag die Templersiedlung Tempelhove noch inmitten von Wald und Feld, weit vor den Toren der Städte Berlin und Cölln. Endlich fand sie zwei Karten mit der Bezeichnung »Berlin und umliegende Gegend«. Eine war von 1769 im Maßstab 1:35.000, die andere von 1838 in 1:8.000. Sophia studierte beide gründlich und dann, plötzlich, war alles ganz klar. Es gab eine weite grüne Waldfläche mit kleinen Ansiedlungen auf dem Schöneberg, dem Kreuzberg und genau südlich an der Straße nach Trebbin: Tempelhof. Entlang des Dorfangers lagen parallel die Bauerngehöfte. Sie entdeckte einige Seen und auf einer Halbinsel stand die nach Jerusalem ausgerichtete Kirche. Auf dem westlichen Ende der Halbinsel war eine zweiflügelige Anlage mit einem dreieckigen Anbau eingezeichnet. Das musste der Komturhof sein. Schnell fertigte sie eine Skizze an. Von der altväterlichen Bibliothekarin ließ Sophia sich einen aktuellen Stadtplan aushändigen. Sie verglich die alte Karte mit dem heutigen Stadtplan und entdeckte Alt-Tempelhof. Da hätte sie auch früher draufkommen können! Die Straße nach Trebbin ist heute die B96: der *Tempelhofer Damm.* Die Seen muten erheblich kleiner an, sind zum Teil verlandet, und vom alten Dorfanger war die breite baumbestandene Allee *Alt-Tempelhof* übriggeblieben. An der Stelle des zugeschütteten Grundpfuhls liegt heute der *Reinhardtplatz.*

Und das erstaunlichste an all dem ist, dass sich der Ort über sechshundertfünfzig Jahre eigentlich kaum verändert, geschweige denn vergrößert hatte. Es gab noch immer die Bauerngehöfte um den Anger und die Kirche mit dem Komturhof, dem späteren Gutshof. Die Besiedelung Tempelhofs hatte erst mit der allgemeinen Industrialisierung Berlins Ende des neunzehnten Jahrhunderts begonnen. Da war das verschlafene Dorf zur selbständigen Stadt explodiert und schließlich zu einem von vielen Stadtteilen Berlins geworden, der Hauptstadt des Deutschen Reiches und der heutigen Bundesrepublik. Die Stelle, die sie zuvor mit Onkel Max an den Schätzelbergen besichtigt hatte, war nur ein Wald gewesen, keine Ansiedlung, höchstens ein Feld, vielleicht sogar von den Mönchen bewirtschaftet, aber niemals ein Bau oder gar eine Templerburg. Den unterirdischen Bau musste sie in Alt-Tempelhof suchen.

Vom viel befahrenen Tempelhofer Damm bogen Max und Sophia diesmal nach Alt-Tempelhof ab. Ein fetter Mittelstreifen, dessen Laubbäume der Mai mit zartem, frischem Grün überzogen hatte, stellte sich als Hort ausschweifender Fortpflanzung unterschiedlichsten Getiers heraus. Mit jedem Meter nahm der Straßenlärm ab. Und dann, zwischen den niedrigeren Mietshäusern, stand da ein altes Bauernhaus, offenbar aus vergangener Zeit übrig geblieben. Sie bogen in die Reinhardtstraße ein und stellten das Motorrad auf dem Platz ab. Sophia und Max zogen die Helme von den Köpfen und schon erfüllte sie die frische Frühlingsluft mit Lust und Laune. Der leidenschaftliche Entdeckungsdrang der beiden Motorradfahrer war geweckt.

»Sind wir nicht zu schnell gefahren?«, fragte Sophia mit schelmischem Lächeln.

»Zu schnell?« Max beantwortete seine rhetorische Frage gleich selbst: »Nein, zu schnell sind wir nicht gefahren! Höchstens schneller als erlaubt. Aber wie sagt dein Großvater, der mein Vater ist, immer so schön? ›Man muss jeden Tag etwas Verbotenes tun‹. Und bietet sich nicht gerade der Straßenverkehr an, diesem Motto Folge zu leisten und sogar einen Vorrat an Verbotsüberschreitungen anzulegen, sozusagen als Depot für kommende schlechte Tage, an denen man nicht die Gelegenheit hat, im überregulierten Deutschland ein Gesetzchen oder wenigstens einen Moralkodex zu brechen?« Max grinste, zog den Schlüssel aus dem Zündschloss, warf ihn in seinen Helm, stopfte den Helm mit seinen Motorradhandschuhen aus, klemmte ihn schließlich unter seinen linken Arm und war bereit zu gehen. Er bot seiner Nichte seine Rechte an und gemeinsam stapften sie vom Parkplatz Richtung Templerkirche und Park.

Vom Platz ging es die Böschung hinunter zum Klarensee, an dessen Ufer Mammutbäume standen. Aus den Büschen trällerten nicht nur Nachtigallen, auch Amsel, Drossel, Fink und Star mischten sich zum großen Frühlingschor und euphorisierten die Stimmung der Menschen. Vom Platz führte der gepflasterte Weg zum Kirchhof, der hinter einer dicken Mauer ruhte. Sie traten durch das Tor in den Kirchgarten. Alte Gräber säumten ihren Weg. Die Kirche war schlicht, eine Dorfkirche eben, erbaut aus behauenen Felssteinen mit einem Fachwerkturm, auf dessen Spitze eine goldglänzende Messingfahne mit ausgestanztem Templerkreuz im Wind quietschte. Von der westlich gelegenen Turmseite aus gelangten sie in das Innere der Kirche. Die Wände waren weiß getüncht, ein paar Bildchen unbedeutender Künstler hingen an den Wänden. Das Taufbecken aus der Templerzeit war durch eine hilflose Kopie ersetzt worden. Vom einstigen Reichtum der Templer keine Spur mehr. Max studierte eine Zeittafel. »… um 1200 Errichtung der Kommendenkirche vom Orden der Tempelritter auf Betreiben des askanischen Markgrafen Otto II., … 1944 Zerstörung der gesamten Kirche, einschließlich ihrer Glocken aus dem 13. Jahrhundert durch 27 Brandbomben, … 1954 Beginn des Wiederaufbaus im romanischen Stil auf den Grundmauern der historischen Templerkapelle …«, las er. »Der Ort ist richtig, nur scheint nichts mehr aus der Zeit der Tempelritter übrig geblieben zu sein. Es gibt keine Grabplatten oder andere

Eingänge, die in ein unterirdisches Gewölbe führen könnten«, seufzte Max mit Bedauern.

Auch Sophia war enttäuscht. Sie hatte sich den Zugang zur unterirdischen Templerburg doch etwas einfacher vorgestellt. Man konnte sich nicht irgendwo hinstellen und anfangen zu buddeln. Alles Land war bebaut, sie standen mitten in einer Dreimillionenstadt, obgleich Kirchhof und Park im Dauerpuls der Großstadt eine betörende Ruhe verströmten. Dort, wo einst der Komturhof gestanden haben mochte, den Sophia immerhin noch auf der Karte von 1838 gesichtet hatte, befand sich jetzt ein Spielplatz. Tagsüber bevölkert mit Müttern und Kindern, abends mit Halbstarken, die heimlich Joints rauchten, Bier soffen. Im Sand lag auch noch eine Einwegkanüle herum – wohl von vergangener Nacht. Der Kirchhof allerdings war immer verschlossen, nur donnerstags von 14 bis 18 Uhr konnte die Kirche besichtigt werden. Da hatten sie also gleich am Anfang Glück gehabt. Dennoch, der Kirchhof stand still und fest, reckte sich in seinen Doppelmauern hoch über den Spielplatz, der auf viel niedrigerem Bodenniveau zwischen den Tümpeln lag.

»Was ich gar nicht verstehen kann, ist der höher gelegene Weiher, der mal auf dem Hügel und nicht in einer Senke wie die anderen Teiche gelegen haben muss, da, wo jetzt der Parkplatz ist. Erst Ende des 19. Jahrhunderts wurde der Weiher zugeschüttet, um dort einen Marktplatz zu errichten.«

Max und Sophia liefen den Pfad vom Kirchhof zum Park hinunter. Auch hier säumte eine Handvoll riesiger Findlinge den Weg. Die Kirche stand links, unten lag der Klarensee, der Überrest eines alten Grabens.

»Die Templer waren ja Künstler im Anlegen von Gräben und Weihern. Aus verschiedenen Tonarten haben sie als Untergrund für ihre Weiher wasserdichte Schichten angelegt – fast wie Beton. Und die Weiher brauchten sie für die Fastenzeit, um die Fische zu verspeisen, die zu dieser Zeit nicht verbotene Speisen waren. Übrigens wurde der damals weit verbreitete Elbbiber, ein im Wasser lebendes Säugetier mit Schwanzflosse, von den Mönchen eilfertig zum Fisch abgestempelt, damit sie ihren Speisezettel in der ach so harten Fastenzeit bereichern konnten. Auch die Templer wussten, wie man Verbote geschickt umgeht.« Max grinste, während er sprach.

»Aber war nicht Wasser auch ein guter Schutz, um etwas zu verstecken? Schließlich war das Schwimmen nicht so weit verbreitet, und das Tauchen dürfte eine gänzlich unbekannte Tätigkeit gewesen sein. Ebenso das Fliegen, von dem die Menschheit schließlich fast bis in die heutige Zeit geträumt hat.«

»Ja, und genau deswegen haben die Templer nicht nur Karpfenzuchtteiche angelegt, sondern ihre Kommenden oft mit einem Wassergraben umgeben. Mannshohe Mauer und mannstiefer Wassergraben boten den besten Schutz vor Angreifern dar. Die Findlinge hier werden vom Ausheben der Gräben übrig geblieben sein.«

Inzwischen wanderten Max und Sophia die stellenweise doppelt angelegte Mauer ab, die den Kirchhügel einfasste. Hier alte, glatt behauene Felssteine, dort ein paar rote Klinkerstützen aus neuerer Zeit. An den Seiten war die Doppelmauer zugeschüttet und bepflanzt. Hinten, an der tiefsten Stelle zum Spielplatz hin, öffnete sich ein Eingang mit Treppe. Die robusten Steinstufen führten zum Kirchenportal hinauf. Eine versteckte Tür war jedoch nicht zu finden.

Unversehens blieb Sophia stehen. Der Ring, den sie vom Großmeister erhalten hatte, verändert sich. Er schien von innen her zu glühen. Sie stand jetzt ungefähr vier Meter neben der Treppenpforte, vor sich die große Felssteinmauer. Hinter ihr befand sich der Spielplatz. Sie trat näher an die Mauer heran. Dickes Moos wucherte über die verbauten Findlinge. Sophia strich mit der Hand über das Moos. Ein stechender Schmerz durchbohrte ihren Ringfinger. Sie kratzte das Moos von der Mauer und legte eine Steingravur frei. »Ein Templerkreuz!«, flüsterte sie und konnte ihre Aufregung kaum zurückhalten. »Wir sind angekommen!«

Doch bis zu ihrem achtzehnten Geburtstag am Freitag, den Dreizehnten, war es noch ein bisschen hin. Und solange musste der Ort unberührt und geheim bleiben. Niemand durfte etwas erfahren. Sie wollte auch nicht Gefahr laufen, dass die Spielplatzkids und Halbstarken ihr zuvorkamen. Sie deckte die Steine wieder mit Moos ab, so gut es eben ging, und lief mit Max zum Motorrad zurück. Der Ring hatte sich wieder beruhigt.

Achtzehnter Geburtstag

Endlich war es soweit. Freitag der Dreizehnte war Sophias lang erwarteter Geburtstag. Heute, das wusste sie, würde sich alles ändern. Von dem, was genau geschehen würde, hatte sie nicht die geringste Vorstellung. Aber auf diese Vollmondnacht hatte sie sich fünf Jahre lang vorbereitet.

Johanna hatte eine Torte für Sophia gebacken. Schon Tage vorher drängelte sie ihre Tochter, ihr die Anzahl ihrer Schulfreundinnen zu nennen, die zu ihrem Geburtstag kommen würden. Doch Sophia hatte sich merkwürdig verhalten. Ihre sonst so offene und gesellige Tochter machte irgendein komisches Gewese um ihren Geburtstag. Und dann flatterte ein Brief aus Polen ein: Marek, der Junge, den sie im Urlaub vor fünf Jahren getroffen hatten, kündigte seinen Besuch an.

»Hatte sich zwischen den beiden etwas abgespielt? Etwas, das ich nicht mitbekommen habe?«, fragte sich Johanna. Klar war er ein netter Junge gewesen, aber so plötzlich hier auftauchen zu wollen. Das konnte Johanna nicht so richtig verstehen.

»Wir werden nur ein kleines Geburtstagsfest machen – Marek zu Ehren sozusagen. Und es soll auch nicht so lange gehen. Onkel Max will mit Lukas, Marek und mir heute Abend noch ausgehen«, notschwindelte Sophia.

Mutter Johanna kam aus dem Staunen nicht mehr heraus. Irgendetwas wurde ihr verheimlicht. So kannte sie ihre Tochter nicht.

Pünktlich am Freitag traf Marek zum Kaffee in Woltersdorf ein. Johanna öffnete die Tür und konnte ihre Augen von dem, was sie vor sich sah, nicht mehr abwenden. Ein junger Mann füllte den Türrahmen aus. Sein muskulöses Körperrelief zeichnete sich unter dem T-Shirt ab. Sie erkannte den Jungen von damals kaum wieder. Nur seine prächtigen dunklen Locken und wunderschönen Augen waren geblieben.

Sie bat ihn herein. Sophia wartete hinter der Tür schon auf den Neuankömmling, und nachdem ihre Mutter zur Seite getreten war, erblickte auch sie den stattlichen Mann. Sie eilte auf Marek zu und umarmte ihn. Er hatte kaum Zeit gehabt, seine Reisetasche abzustellen. Mit einem kräftigen Rumps plumpste sie zu Boden. Dann verfingen sich seine Hände in den ellenlangen blonden Haaren seiner einstmaligen Sommerbekanntschaft, die durch das gemeinsame Abenteuer zu einer unzertrennlichen Freundschaft geworden war. Marek spürte Sophias kräftige Brüste auf seinem Busen, und Mutter Johanna beeilte sich, die jungen Leute schnell an den Kaffeetisch zu schieben.

Am Tisch wurde nicht viel gesprochen. Johanna versuchte immer wieder, das Gespräch in Gang zu bringen, doch Marek, Sophia und Lukas musterten sich nur gegenseitig mit vor Erregung geweiteten Augen. Die Wiedersehensfreude schien groß, aber da war noch etwas Unausgesprochenes, etwas, das Johanna nicht zu ergründen vermochte.

Am frühen Abend traf Onkel Max ein, diesmal nicht mit dem Motorrad, sondern mit dem Auto. Trotzdem trug er eine Cargo-Lederhose mit vollgestopften Taschen und einen Lederblouson, in dessen obere Tasche er gerade seine Sonnenbrille schob. Sein Grinsen gab kräftige Zähne frei, die Haare waren wie immer kurz geschoren, helmgerecht eben, wie sich der Motorradfahrer Max immer ausdrückte.

Johanna versuchte ihren Bruder zu umgarnen. »Wo fahrt ihr denn hin?«

Max schmunzelte. »Nach Tempelhof.«

»Immer Tempelhof. Ich kann das bald nicht mehr hören. Was gibt es da nur?«

»Es ist das letzte Mal!«, beschwichtigte Max seine Schwester.

So, wie er sie anblickte, wusste Johanna, dass ihre Fragen unbeantwortet bleiben würden und sie die jungen Leute ohnehin nicht von ihrem Unternehmen abhalten könnte. Eine Mutter spürt Gefahren. Und heute kribbelte es besonders in Johannas Bauch. Ihr war gar nicht wohl zumute. »Pass auf die Kinder auf!« Sie drückte Max' Hand fest zusammen. Ihre Kinder waren ihr Leben.

Und obgleich Max ein Abenteurer war, hatte er ihre Sorge verstanden. Max und die drei dem Kindesalter längst entwachsenen Jugendlichen waren für die heutige Nacht gut vorbereitet, doch ob überhaupt etwas passieren würde, davon hatten weder Max noch seine Schützlinge eine Ahnung. Nur dass es sein musste und ganz wichtig sei, das hatten alle vier begriffen.

Es war bereits dunkel, als Max das Auto auf dem Reinhardtplatz parkte. Der Mond, silbern, voll und wunderschön, legte scharfe Schatten hinter die vier Eingeschworenen, die sich gerade am Kofferraum des Wagens zu schaffen machten. Max hob eine Tasche aus dem Wagen. Zu seinem Equipment für die mitternächtliche Aktion zählten Hammer, Meißel, Seil, Bergmannslampe. Sophia nahm den Picknickkorb, den ihre Mutter gepackt hatte. Marek hatte ebenfalls seine Tasche dabei und Lukas war nur mit einer Stirnlampe bewaffnet. Einer nach dem andern stiefelten sie zur Mauer, die den Kirchhügel einfasste, und an die sich der Weg hinab zum Spielplatz schmiegte.

Von hier oben schauten sie auf einen Silbersee aus purer Watte hinunter. Der gesamte Park einschließlich Spielplatz war von dichten Nebelschwaden zugedeckt. Hintereinander schritten die vier Gestalten in den Nebel hinein. Der Mond gab ihre Schatten auf. Nebel verdrängte die laue Frühsommerluft, legte sich kühl und feucht um die Körper und verschluckte die Geräusche aus der Ferne. Eine merkwürdige Stille setzte ein, die durch das Treten der Füße auf den Kies des Pfades orchestriert wurde. Ein aufgeschrecktes Käuzchen vervollständigte das Gruselklischee mit seinem durchdringenden Schrei. Der Schrei war schaurig und furchteinflößend. Das Käuzchen verschwand lautlos im Nebel – wie zum Auftakt für eine Welt von Sagengestalten, die sich in die Köpfe der Wanderer schlich. Und auch der Nebel hatte sein Gutes: Er schärfte die Sinne für das nächtliche Vorhaben. Sophia ging voran. Schließlich hatte sie die Stelle gefunden. Zwischen den Zweigen der Bäume stand nun wieder der volle Mond und warf bizarre Schatten auf die vier Konspiranten. Sophia stand vor der Mauer des Kirchhofhügels und machte einen Schritt in das Gebüsch hinein. Ihr Fuß landete in etwas Weichem.

»Eh, Alte, pass doch auf, wo du hintrittst!«, lallte es ihr entgegen.

Erschrocken wich sie zurück und rief um Hilfe. »Lukas, komm, leuchte mit deiner Lampe …, schnell, hier liegt jemand!«

Lukas leuchtete in die Büsche und erblickte einen Junkie, der in seinen schmierigen Klamotten auf der Erde lag. Er war offenbar völlig zugedröhnt. »Eh, du Wichser, verpiss dich, wir haben hier zu tun.«

Der Junkie hielt sich mühsam die Hand vor das Gesicht, um nicht vom Lichtkegel geblendet zu werden. Er reagierte, aber sehr langsam.

Lukas wiederholte seine Aufforderung: »Mach Mücke! … Hopp, hopp!«

Der Junkie wälzte sich langsam auf den Unterarm, um sich zu stabilisieren. »Eh, Alter, dreh nicht so am Rad!«, blökte er zurück. »Ick wollt hier bloß 'n bisschen rumliegen, kann och um die Ecke jehn, wenn's euch so wichtig is.« Mehr auf allen Vieren als auf den Füßen schleppte er sich fort und gab den Weg zur Mauer frei.

Schnell fand Sophia die vertraute Stelle. Sie kratzte das Moos beiseite, der Ring leuchtete feuerrot. »Da ist das Templerkreuz. Hier muss der Eingang sein«, stellte Sophia fachmännisch fest. Onkel Max kramte in seiner Tasche nach Hammer und Meißel. Er wollte den Steinquader aus der Mauer herauslösen. Marek erinnerte sich an den Baphomet aus dem unterirdischen Labyrinth der Marienkirche in Malbork. »Vielleicht muss man den Stein in die Wand drücken, so wie wir damals in Feuchtwangens Grabkammer das Baphomet-Gesicht in die Wand gedrückt haben«, schlug er vor. Er drückte mit aller Kraft gegen den mit dem Templerkreuz markierten Stein, doch der wollte einfach nicht nachgeben.

Sophia erinnerte sich an Molays Worte: »Nehmt diesen Ring und bewahrt ihn gut auf. Er ist der Schlüssel zur Baphomet-Kapelle in der Tempelhofer Kommende. Ihr werdet ihn an Eurem achtzehnten Geburtstag brauchen.« Dieser Moment war nun gekommen. Fünf Jahre hatte sie gewartet, studiert, recherchiert. Die Spannung war unermesslich groß, selbst der Vollmond schien neugierig herabzublicken. »Mach mal Platz,

Marek!« Sophia drängte Marek von der Mauer weg. Sie nahm Molays Anweisung wörtlich und drückte den Bragança-Diamanten des Ringes auf das Templerkreuz. Wie von Geisterhand bewegt, schlug die Kirchglocke und der Stein wich zurück. Das Wandstück vor ihnen verwandelte sich in ein fideles Spiel. Rasant bewegten sich die Steinquader hin und her, wechselten ihre Positionen, formierten sich neu – wie in einem Computerspiel. Bald hatten sie einen Rundbogen gebildet, eine Pforte, die einen Gang in das Innere des Hügels, in das Innere der unterirdischen Templerburg offenlegte.

Es dauerte einen Augenblick, bis die vier wieder in der Lage waren, ihre heruntergeklappten Kinnladen zu schließen. Als Erster erlangte Max die Fassung zurück. Er band sich seine Bergmannslampe professionell um die Stirn und reichte Sophia eine kleine Taschenlampe.

»Siehste, so einfach geht das!«, schmunzelte Sophia. Sie vertuschte damit selbst ihr Erstaunen über das Wunder, das sie mit ihrem Ring ausgelöst hatte. Schließlich griff sie tollkühn nach Mareks Hand, nicht nur, um vor der nächsten Überraschung besser gewappnet zu sein. Mit Licht und etwas Reisegepäck drangen sie gemeinsam in den Tempel ein.

Die Wand des Eingangstunnels war mit bunten Fresken geschmückt. Sie stellten die Geschichte der Tempelritter dar. Der Ort war viel heiliger als das Tunnelsystem unter der Marienburg. Dort hatte es keine Fresken gegeben. Sophia betrachtete die Wandbemalung genau. »… hier der Kreuzzug gegen Jerusalem, der Felsendom auf dem Salomo-Tempel, die Tempelburg, der Sitz der Tempelritter in Jerusalem …«, kommentierte sie. »Und dort die Schale, das muss der Heilige Gral sein.« Begeistert folgte sie der Geschichte, die sie sich mühselig aus Bibliotheken und dem Internet zusammengesucht hatte.

»Wir haben nicht mehr so viel Zeit und noch eine gewaltige Aufgabe vor uns! Die Fresken können wir später noch untersuchen«, drängte Onkel Max.

Er hatte recht, und sie drangen tiefer in die Burg ein. Endlich endete der Tunnel in einem riesigen Gewölbe, in dessen Zentrum ein goldener Drudenfuß[9] im Fußboden eingelassen war.

»Seht, ein Pentagramm! Das soll wohl den Mephistopheles aus Fausts Alchimistenlabor fernhalten«, schmunzelte Sophia. Sie wies auf den Boden und war zugleich von der nächsten Attraktion eingenommen. Vis-à-vis stand auf einem Altar aus fein gemasertem Travertin ein gewaltiges Kruzifix. Fast lebensgroß hing der Gekreuzigte daran, fast real wirkte seine Färbung.

»Der sieht richtig echt aus. Ich meine so, als ob er lebte!«, staunte Lukas. Die anderen traten hinzu.

Schließlich sah sie es auch. Erst traute Sophia ihren Augen nicht, doch dann entwich ein Aufschrei des Staunens ihrer zugeschnürten Kehle. Immer noch skeptisch deutete sie auf den Gekreuzigten. »… der Jesus … der Jesus blutet wirklich!«

Und dann sahen es die anderen auch: Blut tropfte aus den Wunden an Händen und Füßen des Gekreuzigten und sammelte sich zu großen Flecken auf dem Altar. Marek preschte vor, und ohne lange zu überlegen steckte er seinen Zeigefinger in eine der roten Lachen. Erschrocken zog er seinen Finger zurück: »Es ist noch warm!«

Es gab noch zwei weitere Nischen im Gewölbe, eine links und eine rechts von dem Eingang, durch den sie eingetreten

---

9 Drudenfuß: Pentagramm, fünfzackiger Stern, in der Antike Symbol der Venus, im alten Babylon Ideogramm der Göttin Ištar, bei den Gnostikern Symbol der fünf Urkräfte, im Mittelalter Symbol für die fünf Wunden Jesu Christ, auch als Bannzeichen gegen das Böse, Abwehrzeichen gegen Dämonen, invertiert im Okkultismus für Satanismus oder als Siegel des Baphomet

waren. Den Altar zur Rechten schmückte eine alte Malerei. Böse, gierig und mit stechenden Augen schien der lebensgroß dargestellte Mann fast aus dem Bildnis steigen zu wollen.

»Asmodeus, der hinkende Teufel und Wächter des Tempels!«, entwich es Marek.

Als fühlte er sich angesprochen, huschte ein Lächeln über die uralte Malerei. »Habt ihr das gesehen?«, fragte Marek.

Keiner antwortete, alle blickten nur mit offen stehenden Mündern und angstgeweiteten Augen auf das Bild, das zu leben schien. Vor dem Bild lehnte falsch herum ein Kreuz, als sei es mit Missachtung dahingestellt worden. Die vier wichen zurück. Doch ihre Neugier war so groß, dass sie ihre Angst überwanden. Immerhin mussten sie noch die linke Nische untersuchen. Und dort – auf dem dritten Steinaltar stand sie – die Figura! Die Goldstatue, die über Jahrhunderte als verschollen galt, die Figura, an deren Existenz gezweifelt worden war. Das güldene Doppelgesicht schleuderte das Taschenlampenlicht zurück und blendete die vier Eindringlinge. Ein männliches und ein weibliches Gesicht wurden durch einen Zopf zusammengehalten. Der Zopf hielt das Doppelgesicht hoch empor und verschmolz unten zu einem Fuß, der auf einem goldenen Sockel stand. Im Fuß erkannte man ein drittes Gesicht mit Zickenbart.

»Baphomet!«, hauchten Sophia und Marek fast gleichzeitig. Ihre Hände hatten wieder zueinander gefunden und drückten sich aufgeregt.

Der Sockel der Figura funkelte an allen Ecken und Enden. Er war dicht mit großen Edelsteinen besetzt. Der Zickenbart endete in einem Griff. Ein Schubfach zum Herausziehen! Das war sie! Die Figura-Baphomet-Maschine.

»Es gibt sie wirklich!«, musste nun auch Max verblüfft feststellen.

Sophias Ring leuchtete. Das Leuchten schien sich über ihren gesamten Körper auszudehnen. Die drei Männer standen wie angewurzelt im Halbkreis und staunten nur noch. Sophia umrundete die goldene Statue wie ein fluoreszierendes Tiefseegetier. Mit ihrer Rechten befasste sie das goldene Metall. Es war kalt. Die Edelsteine brachen das Taschenlampenlicht in das Spektrum des Sternenhimmels. Sophia trat näher an die Statue heran und streckte ihre Hand nach dem Zickenbarthenkel aus. Sie zog die Lade auf. Ein Knabenchor hob an, hallte durch das Gewölbe, zart, dennoch durchdringend. Ein sakraler Gesang, so inbrünstig und doch ohne Ursprung, wie eine Aufnahme aus einer anderen Zeit. Als Sophia ihre Hand in das Fach steckte, erklomm der Knabenchor sensationelle Höhen. Sie holte eine Jaspis-Schale und einen gewaltigen schwarzen Korund heraus. Die Schale hatten sie gerade noch zuvor auf den Fresken erblickt – es war der Heilige Gral, der Kelch, aus dem Jesus zum Abendmahl getrunken, der Kelch, mit dem Joseph von Arimathäa das Blut Christi aufgefangen hatte. Das Staunen der drei Männer wollte kein Ende nehmen, nicht nur, weil sie eben den Heiligen Gral entdeckt hatten – ja, es gab ihn wirklich! – und nicht nur in Eschenbachs *Parzival*, sondern auch über das merkwürdige Verhalten von Sophia. Mit der allergrößten Selbstverständlichkeit hantierte Sophia mit den sakralen Instrumenten, als würde sie etwas Alltägliches tun. Unvermittelt folgte sie ihrer Eingebung, wandelte mit der Schale zum Gekreuzigten und fing das heraustropfende Blut in der Schale auf, genauso wie Joseph von Arimathäa es zweitausend Jahre zuvor getan hatte.

Mit der blutgefüllten Schale kehrte sie zur funkelnden Maschine zurück. Auch die drei Männer, die bis eben wie versteinert dagestanden und Sophias Handlungen beobachtet hatten, lösten sich aus der Anspannung. Jeder wusste plötzlich, was als Nächstes zu tun wäre. Es folgte eine Symphonie gemeinsamen Handelns, so als hätten alle den Ablauf lange vorher einstudiert. Marek zog einen Kamm aus seiner Hosentasche und fing an, Sophias goldenes Haar zu kämmen. Sophia hatte sich auf eine steinerne Sitzfläche mit dem Rücken zur Figura gesetzt. In der Linken hielt sie den Kelch, in der Rechten den hexagonalen Korund. Ihre Haare fingen an zu leuchten, eine unglaubliche Aura gelbgrünen Flimmerns umgab ihren ganzen Körper. Marek schnitt die Haarspitzen gerade. Die abgeschnittenen Haarspitzen legte er behutsam in den Gral und vermischte sie mit dem Blut Jesu Christi. Dann scheitelte er Sophias langes Haar und teilte es in zwei Hälften. Er umhüllte den Heiligen Gral in ihrer linken Hand mit der einen Haarhälfte und den Schwarzen Stein in der rechten mit der anderen Hälfte. Zuletzt zog Max eine silberne Krone mit goldenen Olivenblättern aus der Lade und setzte sie seiner Nichte, der Jungfrau Sophia, auf den Kopf. Schließlich presste Sophia die einstudierte Hymne aus ihrer Brust:

Aus dem Licht des Mondes,
aus dem Dunkel der Nacht,
kommst Du herbei,
Schwester Isai',
die Du immer uns gesehen,
die Du immer stets gedacht.[10]

Das Flimmern, die Aura um Sophia nahm zu. Es änderte seine Farbe von gelblichgrün nach dunkelrot und schließlich violett. Die Gesänge schwollen weiter an und erreichten Frequenzen, die die Ohren kaum auszuhalten vermochten. Doch

10 Hymnus der Herren vom Schwarzen Stein

der Höhepunkt war noch nicht erreicht! Marek nahm Sophia den Heiligen Gral ab, schob ihn zusammen mit Sophias Haaren in die Schublade und verschloss sie. Den Schwarzen Korund mit der anderen Haarhälfte legte er in die passende Vertiefung zwischen das männliche und das weibliche Gesicht auf der Maschine. Über eine Bohrung durch die Statue hindurch traten die beiden Kristalle in Kommunikation, ein Strahl schoss in die Maschine hinein. Es war das ultraviolette Licht der Schwarzen Sonne, der Koppelung zwischen Leben und Tod, zwischen Gegenwart und Vergangenem, zwischen Alpha und Omega in die jenseitige Parallelwelt. Ein heftiger Donner zerbarst die Ohren der Anwesenden. Und die Erde erbebte, und die Felsen zerrissen, und die Grüfte öffneten sich, und viele Leiber der entschlafenen Heiligen wurden aufgeweckt.[11] Das Pentagramm zerriss in zwei Stücke – von oben an bis unten aus. Wie paralysiert und handlungsunfähig standen die drei Männer und starrten auf den aufgebrochenen Boden des Gewölbes. Sophias Augen öffneten sich und das Licht der Schwarzen Sonne schoss aus ihren Pupillen auf die aufgestoßene Pforte. Das Licht illuminierte das Innere der Erde. In einem Chor aus Glucksen und Fiepen, aus Ächzen und Stöhnen erstanden auf Großmeister Jacques de Molay, Siegfried von Feuchtwangen, Komtur Hermannus von Tempelhove sowie die anderen Brüder, die sie vor sechs Jahren kennengelernt hatten. In der seltsamen Illumination dieses unwirtlichen Ortes erschienen sie dagegen nicht mehr so blass und grau, und sie wirkten auch nicht so eingestaubt wie damals. Nein, sie wirkten jugendlich, frisch und angefüllt mit saftigem Leben.

Molay wandte sich unversehens unter heftigem Rascheln seiner ausladenden Tunika dem Mittelaltar zu, hielt sich mit

11 Matthäus 27, 52

der Rechten an der Altarkante, kniete sich vor dem Gekreuzigten nieder und hob an, ein wunderschönes Arioso zu singen. Abwechselnd hauchte und schmetterte es aus seiner Brust:

Alsdenn vom Tod erwecktest mich,
Dass meine Augen sehen Dich
In aller Freud, o Gottes Sohn,
Mein Heiland und Gnadenthron!
Herr Jesu Christ, erhöre mich,
Ich will Dich preisen ewiglich! [12]

Johanna und Karsten saßen zu Hause in Woltersdorf. Der Geburtstag ihrer Tochter hatte sich in einen stillen Abend ohne Tochter und Trubel verwandelt. Eine gewisse Leere machte sich breit und gab einen unangenehmen Hauch vom kurz bevorstehenden Auszug der Kinder frei. Draußen leuchtete pittoresk der Vollmond. Und während die beiden Eltern still in sich gekehrt ihren trübsinnigen Gedanken nachhingen, zog sich der Himmel urplötzlich zu. Schwere, schwarze Wolken knipsten den Vollmond aus. Dann zuckten Blitze aus der schwarzen Wolkenwatte auf die Erde. Kein Regen erst, nur ein Grollen, doch schnell kam Sturm auf. Er peitschte ein Kerzenlicht am offenen Fenster aus und zerschlug augenblicklich die Scheibe. Das Unwetter schreckte die beiden aus ihrer Schwermut auf. Dann platzte der Regen sintflutartig hernieder. Pragmatisch wie eh und je holte Karsten ein Brett aus dem Keller und nagelte das zerbrochene Fenster zu.

Der Schrecken verformte Johannas Gesicht zu einer Fratze. »… die Kinder, wo sind die Kinder?« Etwas Unfassbares war

12 Text nach Martin Schalling (ca. 1567), verwendet als Choral in der Johannes-Passion von Johann Sebastian Bach, BWV 245, 40

geschehen und ihre Kinder waren darin verwickelt. Das fühlte sie, das fühlte die Mutter.

Die Schwarze Sonne hatte Sophia ihre Jugendlichkeit geraubt. Erschöpft stand sie auf. Sie war reifer geworden, aber auch müde. Als Medium hatte sie ganze Arbeit geleistet. Stolz trat sie auf die fünf Mönche zu. Ihre langen Haare bekleideten sie gleich den Tuniken der Mönche, ließen eine Zugehörigkeit erkennen, die ihren drei Mitgefährten fehlte. Zwei Epochen standen sich gegenüber, wie sollten sie zusammenkommen?

»Jungfrau Sophia, mit Hilfe Eurer Freunde habt Ihr uns sintemal aus siebenhundertjähriger Knechtschaft befreit! Wir sind Euch zu tiefem Dank verpflichtet. Wir möchten Euch für Eure tapfere Tat belohnen. Wählet selbst, jeder Einzelne für sich, wählet zwischen Gold, Wissen oder ewiger Jugend. Gleichwohl, nur einen Wunsch kann ich jedem von Euch gewähren!« Molay verjüngte sich sichtbar weiter, als er auf die vier zutrat und jedem tief in die Augen schaute.

Sphärisch umschloss das Gewölbe eine Chance, die es in der realen Welt nicht gegeben hätte. Aber hier war alles anders. Würden sie nach der heutigen Nacht wieder in das normale Leben zurückkehren können? Lukas und Marek sahen sich an. Sie waren sich einig. Ohne viel zu überlegen hatten sie ihre Entscheidung längst getroffen. Sie wählten Gold. Ihre Augen funkelten schon, als sie vom Reichtum träumten, der gleich über sie kommen und den Alltag zerstreuen helfen würde.

Sophia hatte in den letzten Jahren so viel über die Templer gelesen, recherchiert, studiert, gesucht. Doch je mehr sie gelesen hatte, desto mehr neue Fragen hatten sich ihr gestellt. Immer konnte sie nur eine Nadel aus dem Heuhaufen des menschlichen Wissens ziehen. Und nicht nur, weil Wissen auch Macht sein kann, dachte sie … nein die Befriedigung ihrer unendlichen Neugier war die treibendste Kraft, die in ihr wohnte, das hatte sie jetzt begriffen. Wissen war mehr wert als alles Gold der Welt. Und Jugend, die hatte sie doch, sie wollte erst einmal älter werden.

Auch für Max stand die Entscheidung fest: Mit dreißig hatte er sich von der Jugend verabschieden müssen, mit vierzig war dreißig so wunderbar gewesen, nun ging es nur noch bergab. Die Mitte des Lebens hinter sich wissend, lechzte er nach dem, was noch vor zehn Jahren gewesen war. Er hing am Leben und wollte mit aller Kraft … mit der Kraft eines jungen Gottes wollte er das Leben voll ausschöpfen, das war es, was man sich mit Geld nicht erkaufen konnte. Viel zu spannend waren seine Abenteuer, als dass man sie nur noch aus der Erinnerung wieder auferstehen lassen wollte. Nein, auch in der Zukunft sollte noch Kraft und Zeit für neue Abenteuer bleiben, ohne körperliche Einschränkungen. So musste es sein!

Die Kirchturmglocke schlug eins. Und wie von Geisterhand bewegt, hörte das Unwetter genauso schnell auf, wie es um Mitternacht angefangen hatte. Johanna war müde, wollte sich endlich ins Bett legen, doch ihr Vorhaben wurde vom Läuten des Telefons unterbrochen.

»Mami, kannst du Marek und mich bitte in Alt-Tempelhof an der Dorfkirche abholen? Wir haben viel zu tragen. Wir kommen hier sonst nicht weg.«

»Ja, aber kann euch Max denn nicht mit dem Auto zurückbringen?«, fragte Johanna verdutzt.

»Nein, Max und Sophia haben noch etwas ganz Wichtiges vor.«

»Das finde ich aber nicht in Ordnung, Sophia ist erst siebzehn …« Johanna stockte. »Ich meine, gerade mal achtzehn und auch, wenn es ihr Geburtstag ist, muss sie allemal ins Bett.«

»Ich fürchte, du verstehst das nicht, Mami. Sei kein Unmensch, hol uns hier schnell ab. Es ist wichtig.«

Die Eindringlichkeit, mit der ihr Sohn sprach, ließ bei Johanna Angst aufkommen. Was führten ihre Kinder nur im Schilde? »Ich schicke euch euren Vater! Wo soll er genau hinkommen?«

»Er muss den Tempelhofer Damm bis nach Alt-Tempelhof fahren und dann links zum Reinhardtplatz einbiegen. Wir warten direkt vor der Tempelhofer Dorfkirche.«

Sie verabschiedeten sich und Johanna schickte Karsten mit dem Auto los, um die Jungen abzuholen.

Schon im Scheinwerferkegel seines Autos sah Karsten Marek und Lukas vor dem Tor der Kirchgartenmauer am Ende des Reinhardtplatzes stehen. Zu Mareks Reisetasche hatten sich noch zwei kniehohe Säckchen aus grobem, festem Leinen dazugesellt. Wahrscheinlich wollten sie mit diesen Kartoffelsäcken nicht in der U-Bahn auffallen, dachte Karsten. Andererseits war die Bahnverbindung um diese frühe Stunde bis nach Woltersdorf auch kein Kinderspiel. Karsten parkte das Auto direkt vor den Jungen und stieg aus.

»Mach' mal jetze den Kofferraum auf, Papi. Die Säcke sind verdammt schwer!«

Karsten folgte der Anweisung seines Sohnes und beugte sich über den Fahrersitz, um den Hebel für den Kofferraum zu betätigen. Dann sah er, wie sein Sohn versuchte, den ersten Sack anzuheben. Er mühte sich ab, als sei es ein Zementsack, dabei war der Leinensack doch viel kleiner.

»Lukas, mach nicht so'n Theater. Du wirst ja wohl noch einen Sack in den Kofferraum hieven können.« Karsten hatte immer gewollt, dass aus seinem Sohn mal ein kräftiger Bursche würde, der sich gut durchsetzen kann und sei es mit der Faust. Sportlich war sein Junge auch geworden und kräftig, dabei war er aber immer sensibel geblieben. Dass er nun aber so einen Lärm um nichts machte, wegen eines kleinen Leinensäckchens, das konnte Karsten nicht verstehen. »Was ist denn da drin? Das muss ja mindestens Blei sein, bei dem Gepruste, das du hier ablässt!«, stichelte Vater Karsten weiter.

»Du hast es erfasst: mindestens Blei!«, erwiderte Lukas, der sich von seinem Vater so schnell nichts mehr sagen ließ. Er war ja schließlich kein kleiner Junge mehr, sondern ein erwachsener Mann. Er musste aber doch grinsen, weil er es geschafft hatte, sein Geheimnis noch nicht zu lüften. Damit wollte er noch warten, bis sie wieder zu Hause angekommen waren.

»Wo sind denn Sophia und Max?«, fragte Karsten nun doch verantwortungsbewusster.

»Die sind in der Kapelle, haben noch viel zu tun. Mach dir da mal keine Sorgen, die werden schon kommen, wenn sie fertig sind.«

»Was machen sie denn in der Kirche …?«, fragte Karsten. »… nach Mitternacht«, setzte er verdutzt hinzu.

»Du kennst doch die beiden. Max will jünger werden, und Sophia will alles wissen.« Lukas grinste seinen Vater an. Es machte ihm Spaß, die Wahrheit so zu sagen, dass man sie nicht für bare Münze nehmen konnte. Karsten ärgerte sich, dass sein Sohn ihn offenbar an der Nase herumführte, aber er wusste, dass er seinem halbstarken Jungen nicht mehr ganz gewachsen war. Also setzte er sich ohne Erwiderung ans Lenkrad und steuerte den Wagen sicher durch die Nacht.

In Woltersdorf angekommen schleppten Marek und Lukas ihre Leinensäcke ins Haus und schleuderten sie mit Karacho auf den eichenen Küchentisch. Der Tisch ächzte.

»Seid doch vorsichtig!«, schimpfte Johanna. »Wir sind doch keine Dukatenscheißer. Als könnten wir uns jeden Tag einen neuen Tisch kaufen!«

»So würde ich das nicht sehen, Mami!«, entgegnete Lukas und freute sich über die Vorlage, die seine Mutter ungewollt gegeben hatte. Er riss die Schublade des Tisches auf, holte ein scharfes Küchenmesser hervor und stach bühnengerecht seinen festen Leinensack auf. Hunderte venezianische Dukaten, spanische Dublonen, Goldgulden mit der Lilie als Wappenzeichen der Stadt Florenz auf der Rückseite, französische Moutons mit dem Goldhammel und andere Münzen, alle aus funkelndem Gold, verteilten sich auf dem Tisch. Sie reflektierten das Küchenlicht und tauchten den Raum in einen unwirklichen goldenen Glanz. Karsten und Johanna fielen die Kinnladen herunter, sie kamen aus dem Staunen nicht mehr heraus.

Sofort machten die Jungen sich daran, die Münzen zu zählen. Nach kurzer Zeit blickte Lukas seine Mutter triumphierend an: »1728 Stück … 1728 Goldmünzen!«, wiederholte er beeindruckt mehr für sich selbst.

Johanna fasste sich zuerst. »Ich glaube, ihr seid mir eine Erklärung schuldig!«

»Du erinnerst dich doch an unsere Polenfahrt«, fing Lukas also an. »Im Brunnen von Mareks Opa habe ich ein geheimes Pergament gefunden. Sophia hat es entschlüsselt, und es hat uns zu einem Geheimgang geführt. Genau genommen haben nur Marek und Sophia den richtigen Geheimgang gefunden, ich bin in die Falle getappt. Ich stieg in eine Traumwelt ein und stieß irgendwann auf Ribaldo. Ribaldo war ein ganz ekelhaftes Biest. Er erzählte mir, was für ein kleiner, dummer Junge ich doch sei. Viel Klügere vor mir hätten es nicht geschafft, den Schatz der Templer zu finden. Er führte mich durch die unterirdischen Gänge an den ganzen Skeletten alter Schatzsucher vorbei. Weil ich ihm etwas von den Krautpiroschki der polnischen Oma abgeben konnte, hat er mich mit einem Dukaten belohnt, der ja noch in meiner Faust lag, als ich sozusagen tot war. Schließlich kamen wir an eine Art unterirdischen Brunnen. Ganz überraschend stieß Ribaldo mich hinein, ich schluckte Wasser, verschluckte mich und ertrank. Der Brunnen war offenbar mit dem Fluss verbunden, so dass mich der Fischer aus dem Wasser ziehen konnte, den Rest kennst du ja.«

Johanna schaute ihren Sohn ungläubig an. »Und wo sind jetzt Sophia und Max?«

»Du wirst die beiden so schnell nicht wiedersehen. Sophia hat sich mit den Templern verbündet, und Max paktiert mit dem Teufel. Der Teufel ist ja auch ein Engel, nur eben ein Gefallener.«

Johanna, die Ärztin und somit auch Naturwissenschaftlerin, konnte dem keinen Glauben schenken. »Für alles gibt es eine logische Erklärung, ein Teufel hat da keinen Platz!«, entgegnete sie fest, war sich nach dieser unglaublichen Geschichte nun aber doch nicht mehr so sicher. »Es *muss* für alles eine Erklärung geben!«, wiederholte sie, mehr für sich selbst, um nicht den Sinn ihres ganzen bisherigen Lebens in Zweifel ziehen zu müssen.

Marek sah die Zweifel, die Johanna nicht verbergen konnte. »Ich sollte wohl den Rest der Geschichte erzählen. Der richtige Geheimgang führte Sophia und mich zu einem unterirdischen See. Dort trafen wir auf die Geister der Templer. Sie erteilten Sophia die Aufgabe, die unterirdische Burg Tempelhove in Berlin zu finden und diese heute, äh gestern, am Freitag, den dreizehnten Mai, an Sophias achtzehntem Geburtstag, zu öffnen und die Templer von einem Fluch zu befreien. Der Schlüssel zur Burg war der Ring, den sie ihr geschenkt und der Lukas auch wieder zum Leben erweckt hatte. Und heute Nacht haben wir eben das getan, worum sie uns gebeten hatten, wir haben die Tempelritter befreit. Daraufhin haben sie Lukas und mich mit Gold belohnt. Sophia und Max haben sie mitgenommen – ich weiß auch nicht wohin. Aber wie Sie sicher mitbekommen haben, hatten Sie ihre Tochter nicht erst heute, sondern bereits in Polen verloren. In den letzten Jahren hat sie nur noch für die Tempelritter gelebt.«

Johanna krampfte es das Herz zusammen, ihre geliebte Tochter … einfach verschwunden in einer unglaublichen Geschichte. Tränen rollten über ihre Wangen. Sie wusste, Lukas würde sich bald eine eigene Wohnung suchen, Sophia war verschwunden – das Haus, ihr Leben war plötzlich so leer.

Als sich am nächsten Tag weder Sophia noch Max meldeten, wurde Johanna immer unruhiger. Sie rief Max jetzt bestimmt zum zehnten Mal auf seinem Handy an, aber immer flötete ihr die automatische Ansage denselben Text ins Ohr. »Der Teilnehmer ist zur Zeit nicht erreichbar.«

»Lukas, komm, wir müssen zur Polizei gehen und eine Vermisstenanzeige aufgeben!«

Nachdem Johanna beim Polizeipförtner ihren Ausweis vorgelegt hatte, mussten Johanna und Lukas noch eine halbe Stunde warten, bis sie endlich zu einem Beamten vorgelassen wurden. Auf dem Revier gab Lukas an, seine Schwester gegen Mitternacht in der Templerburg verlassen zu haben.

»In der Templerburg? Von dem Club habe ich noch gar nichts gehört. Wo soll der denn sein?«

»Das ist kein Club. Es ist eine richtige Burg, eine unterirdische Burg.«

»Eine unterirdische Burg«, wiederholte der Beamte und zog die Augenbrauen hoch. »Und wo soll diese Burg sein? Doch wohl nicht in Berlin?«

»Na, in Tempelhof.«

»Ha, du meinst, weil Tempelhof *Tempelhof* heißt, muss dort auch eine Templerburg stehen«, witzelte der Beamte und verdrehte die Augen in Richtung seines Kollegen, der sich schon vor Lachen den Bauch hielt.

»Ja!«, darauf bestand Lukas.

»Na, dann zeig uns mal deine Burg!«, frotzelte der Beamte. »Aber wenn es keine Burg gibt, dann trägst du die Kosten für den Einsatz«, setzte er noch schnell hinzu.

»Na, wenn es weiter nichts ist. Dann können wir jetzt losfahren«, entgegnete Lukas dem Beamten selbstsicher.

Lukas und seine Mutter stiegen in den Streifenwagen ein und Lukas dirigierte den Beamten nach Alt-Tempelhof. Der Streifenwagen hielt vor der Kirche.

»Das sieht mir wie eine Kirche und nicht wie eine Burg aus«, stellte der Polizist neunmalklug fest.

»Nicht die Kirche. Die Burg ist untendrunter. Kommen Sie, ich zeig es Ihnen.« Lukas führte die Beamten und seine Mutter in den tiefer gelegenen Park hinter der Kirche. Dann stand er vor der Ummauerung des hochgelegenen Kirchgartens, an der Stelle, an der sie am Abend zuvor den unterirdischen Bau betreten hatten.

»Ja und?«, prustete der Polizist los, als er vor der Hecke stand, die die Mauer einfasste.

»Hier ist es gewesen. Die Burg ist hinter dieser Mauer!«, bestand Lukas weiter auf seiner Aussage. Der Beamte trat an die Wand heran. Sie war mit Moos überwachsen, von einem Eingang war nicht die kleinste Spur zu sehen. Nur unter seinem Fuß spürte er etwas Hartes. Es sah aus wie ein Meißel, doch der könnte dort schon ewig liegen.

»Ich glaube, jetzt werden die Einsatzkosten fällig!«

»Ich versteh das nicht! Hier sind wir gestern reingegangen.« Lukas begriff, dass die Polizei der falsche Ansprechpartner war. Anstandslos griff er in seine Hosentasche, zog eine seiner

Goldmünzen heraus und reichte sie dem Beamten. »Das wird ja wohl reichen!«

Der Beamte untersuchte die antike Münze und guckte den Jungen nun doch verblüfft an. »Wo hast du die denn her?«

»Na, aus der Burg. Molay hat sie mir geschenkt!«

»Ah, geschenkt?«, fragte der Beamte ungläubig.

»Ja, na klar. Glauben Sie etwa, ich habe sie geklaut?«, empörte sich Lukas.

»Und wer, bitteschön, ist dieser Herr Molay?«

»Na der, mit dem meine Schwester verabredet war!«

»Na bitte, da sind wir doch in der Ermittlung endlich einen Schritt weiter. Weißt du denn auch zufällig, wo der Herr Molay wohnt?«

»Sie verstehen überhaupt nichts. Herr Molay ist tot.«

»Also auch noch ein Mord!«

Jetzt musste Lukas doch lachen. »Da haben Sie in gewisser Weise Recht. Er wurde hingerichtet.«

»Also jetzt wird mir das aber zu bunt! Ich glaube, wir müssen Ihren Sohn einem Psychologen vorstellen. Der weiß ja nicht mehr, wovon er redet.«

Johanna merkte, dass die Situation aus dem Ruder zu laufen drohte. Ihren Sohn dem Polizeipsychologen übergeben, das kam überhaupt nicht in Frage. Und dass an der Geschichte mehr dran sein könnte, als sie früher vermutet hatte, wurde nicht zuletzt durch die beiden Säcke voll Gold bewiesen. »Herr Kommissar, ich danke Ihnen für Ihre Bemühungen. Aber ich glaube, ich werde meine Tochter auch ohne Ihre Hilfe finden.« Sie drehte sich geschwind auf dem Absatz um, griff Lukas' Hand und zerrte ihn von den Polizisten weg.

Wieder standen den beiden Beamten die Münder offen, dann überwand der eine seine Sprachlosigkeit. »Sind die beiden bekloppt, oder haben wir wirklich einen Fall?«

Lebenszeichen

Nicht nur zur Beruhigung der Mutter flatterte schon ein paar Tage später eine Karte in den Briefkasten:

Liebe Mami, lieber Papi, hi Dukaten-Luki,
macht Euch um Gottes Willen bitte keine Sorgen. In der Geburtstagsnacht habe ich eine unglaubliche Studienreise angeboten bekommen. Ich konnte nicht widerstehen und musste sofort aufbrechen. Im Moment bin ich im Languedoc, in Südfrankreich. Es ist wunderschön und meine Begleiter tun alles für mich. Heute steht eine romanische Kirche auf dem Programm. Ich melde mich bald wieder.
Ich hab Euch ganz lieb
Eure Sophia

Johanna drehte die Postkarte um und blickte auf eine romantische uralte Kirche. Rennes-le-Château stand in der rechten Ecke geschrieben. Ein wunderbares Lebenszeichen! Mutter Johanna war fast glücklich, als sie die Postkarte in der Hand hielt. Das erste Lebenszeichen nach der erfolglosen Polizeiaktion. Nur von Max fehlte weiter jede Spur.

Polizeiermittlung

»Herr Professor Weise, bei einem unserer ungeklärten Fälle ist eine alte Goldmünze aufgetaucht. Wir hätten gern gewusst, was das ist.«

»Kein Problem, Herr Kommissar, schicken Sie einfach einen Beamten mit der Münze vorbei. Das Münzkabinett befindet sich im Bode-Museum auf der Berliner Museumsinsel.«

Gesagt, getan. Der Kommissar war zu neugierig, um einen Kollegen abzustellen. Er setzte sich gleich selbst in seinen geleasten Dienst-BMW und machte sich auf den Weg.

Professor Weise holte Kommissar Schulz beim Museumspförtner ab und geleitete ihn in seine Schatzkammer. »Herr Schulz, richtig?«, fragte der Professor den Kommissar.

Dieser nickte stumm.

»Haben Sie gewusst, dass Berlin über eine der größten Münzsammlungen verfügt?« Der Professor eilte voraus, von Gang zu Gang. »Die Sammlung geht auf den Großen Kurfürsten zurück, er war ein Liebhaber antiker Münzen«, beantwortete er seine Fragen gleich selbst, denn er war es gewohnt zu dozieren. »Die Preußischen Könige vererbten, dokumentierten und vergrößerten sie. Die Sammlung erhielt eigene Räume im Berliner Schloss und bekam einen eigenen Vorsteher.« Er schmunzelte. »Mein Vorgänger, sozusagen«, raunte er dem

Kommissar zu. »1830 wurde sie im Alten Museum der Öffentlichkeit zugänglich gemacht«, dozierte er sogleich weiter, »und mit dem Neubau des Bode-Museums kam sie 1904 in den Großen Tresor.« Es musste sein Standardvortrag sein, denn sie standen nun vor einer großen alten Stahltür, die zwischenzeitlich mit elektronischen Schlössern ausgestattet worden war. Der Professor kurbelte die gewaltige Panzertür auf und vor dem Kommissar eröffnete sich ein sechzig Meter langes Depot mit Galerie und hunderten Münzfächern zu seiner Rechten. »Nun zeigen Sie mal her, was sie dem Täter abgenommen haben!«

Der Kommissar überreichte die glänzende Münze. Der Professor hatte schon in seine Tasche gegriffen und sich mit einer enormen Lupe bewaffnet, als sich seine Augen aufhellten. Er erkannte die Münze mit bloßem Auge. »Ein wunderschönes Exemplar, fast prägefrisch würde man meinen, dabei ist die Münze etwa …«, er hielt kurz inne, um nachzurechnen, »sie ist über siebenhundert Jahre alt! Sehen Sie, hier, auf der Vorderseite, der König mit dem Zepter, das hat der Münze ihren Namen gegeben. Es ist der *florenus ad sceptrum*, praktisch die erste französische Goldmünze des Mittelalters. Auf dem Gebiet des heutigen Italien hatte es ja die bedeutenden Handelsstädte Venedig, Genua und Florenz gegeben. Wegen ihrer starken Handelsbeziehungen im Mittelmeerraum bis hin ins Schwarze Meer hatten sie sozusagen als austauschbaren Wert den Goldstandard eingeführt und den Raum südlich der Alpen mit Münzen mit einem Feingehalt von 3,5 Gramm Gold überschüttet. Sie kennen ja sicher den Florentiner *Fiorino d'oro* und den Venezianer *Ducato d'oro*?«

»Ja, Dukaten habe ich schon mal gehört«, murmelte der Kommissar, obgleich die Ausführungen des Professors nicht gerade in seinen eigentlichen Wirkungsbereich fielen, wie

Drogenkriminalität oder Messerstechereien zwischen Großfamilien mit Migrationshintergrund. Gold war ihm bisher nur als schmaler Ring um seinen Ringfinger bekannt gewesen und dieser hatte seine Liebe zum Gold nicht wirklich entfacht. Das war nicht verwunderlich, wenn man bedenkt, wie sehr dieses Ereignis ihn bis heute bedrückt, und zwar nicht nur am über die Jahre fett geworden Ringfinger. Er fragte sich ernsthaft, ob die Beringung nicht Glück und Freiheit seiner Jugend drastisch beschnitten, wenn nicht sogar endgültig beendet hatte.

Während der Kommissar noch über seine armselige Ehe sinnierte, hatten die beiden einen Karteiordner erreicht. Professor Weise zog eine Schublade auf und murmelte nun seinerseits vor sich hin: »Florenus ad sceptrum, Regalis ad massam, hier haben wir es. Objektnummer: 18205207. Folgen Sie mir.«

Der Professor hielt erneut vor einem der Münzschränke inne und zog ein Schubfach auf, in dem sich etliche Goldmünzen befanden. »Schauen Sie selbst. Hier haben wir einen Genueser und dort einen Florentiner Gulden und hier schließlich die Zeptermünze von König Philipp IV., der übrigens der Schöne genannt wurde und hoffnungslos bei den Tempelrittern verschuldet war. Schon seine Zeitgenossen hatten ihn als Falschmünzer verpönt. Sie sehen ja, die Münze ist etwa doppelt so groß wie die danebenliegenden Gulden und Dukaten und wiegt 6,94 Gramm, allerdings bei einem Goldanteil von nur 3,5 Gramm. Das war übrigens der Grund dafür, dass Philipp 1307 in einer Nacht- und Nebelaktion quasi den gesamten Templerorden hat auslöschen lassen. Der Neid auf die unermesslich reichen Templer hatte an seinem Ego genagt und sich so in kriminelle Energie umgewandelt. Leider blieb sein Versuch, an das Templergold zu gelangen, weitestgehend erfolglos, denn die Templer hatten geahnt, was ihnen blühen würde und weite Teile ihres Schatzes in Sicherheit gebracht. Er wurde bis heute nicht gefunden!« Nachdem der Professor seinen Vortrag beendet hatte, wandte er sich an den Kommissar. »Reichen Sie mir nochmals ihr Exemplar!« Er nahm die Münze und geriet ins Schwärmen. »Eine unglaubliche Erhaltung! Sehen Sie, wie abgegriffen mein Exemplar ist? Lange nicht so schön wie das Ihre.«

Der Kommissar meinte, etwas Neid im Unterton des Professors zu vernehmen, als der Professor ihm beide Münzen zum Vergleichen aushändigte. »Nun müssen wir nur noch herausbekommen, ob es sich um eine echte oder gefälschte Münze handelt. Dazu muss ich einige Tests durchführen. Ich rufe Sie dann an.«

»Einverstanden. Eins möchte ich allerdings jetzt schon wissen. Angenommen, die ist echt, was wäre sie dann wert?«

»Das ist eine schwierige Frage. Die Goldpreise sind in den letzten Jahren dramatisch gestiegen. Heute, im wirtschaftskriselnden Europa, zahlen Sie für 1 Gramm Gold knapp vierzig Euro. Die Münze müsste etwa 3,5 Gramm Feingold enthalten, der Materialwert beläuft sich also nach Adam Riese auf …«, wieder stockte sein Vortrag, während er nachrechnete. »… auf gut einhundertvierzig Euro. Aber ein Sammler ist gerade bei diesem Erhaltungszustand gern bereit, ein Vielfaches des Materialwertes zu zahlen. Das kann dann schnell in die Tausende und mehr gehen!«

ORMUS

Max hatte sich für die Jugend entschieden. Molay öffnete die Baphomet-Lade und hob den Gral vorsichtig heraus. Er reichte Max den Becher mit dem aufgefangenen Blut. »Trinket vom Blut des Herrn!«, lautete die knappe Anweisung. Max griff nach dem Becher. Zweifel durchzuckte ihn. Sollte er wirklich das Blut trinken? Das Abenteuer lockte ihn zu sehr und sein Verstand war in der Tempelhofer Templerburg ohnehin ausgeschaltet. Er führte den Becher an die Lippen, roch das Blut. Noch bevor sich der Ekel Platz schaffen konnte, setzte er an und schüttete klebriges Blut in seinen Rachen. Schnell schluckte er, um den metallischen Nachgeschmack loszuwerden. Heiß lief es in seinen Körper hinein und es schien rasend schnell bis in die letzten Glieder vorzudringen. Es rüttelte ihn und bebend trat er auf das Ölbild mit dem lächelnden Asmodeus zu.

»Nur wenige Minuten ist das Tor für den, der vom heiligen Blut getrunken hat, geöffnet.« Molay schob Max energisch weiter.

Mit seiner Rechten tastete Max nach dem Bild, aber das Bild war kein Bild mehr, sondern fühlte sich an wie eine Wasserscheibe. Kälte umfasste seine Fingerspitzen, als er sie in das Bild hineintauchte. Er drehte sich noch einmal um. Alle starrten ihn voller Erwartung an: die Mönche genauso wie Sophia. Dann trat er vollständig durch das Bild hindurch. Sophia konnte es nicht fassen. »Onkel Max …«, flüsterte sie ihm noch gedankenverloren hinterher, aber Max war schon verschwunden. Hatte er wie *Doctor Faustus* seine Seele dem Teufel verkauft?

Unter den befreiten Mönchen befand sich auch der sagenumwobene Saint Germain. Der nicht alternde Mann tauchte an allen Königshöfen des monarchischen Europas auf, spann geheimnisvolle Intrigen, verführte große Damen und spielte überhaupt grandiose Rollen. Er muss über Jahrhunderte gelebt haben, niemand kennt sein genaues Geburts- oder Sterbedatum. Saint Germain war eine stattliche Erscheinung. Unter seinem mit Gold- und Silberfäden durchwirkten Kaftan lugte stets ein nicht ganz knielanger Kamsol[13] hervor. Dieses vornehme Männergewand war aus Damast und Seide gearbeitet. Der Kaftan überlappte den Kamsol. Der Goldbrokat des Kaftans war mit silberner Spitze und goldenen Stickereien verziert, selbst Edelsteine funkelten an den breiten Ärmelaufschlägen und den geschwungen Patten der Taschen. Der Kaftan hatte keinen Kragen, da seine schulterlange Allongeperücke dieses Kleidungsaccessoire ohnehin mehr oder weniger verdeckt hätte. Dafür umkränzte das gesamte Gewand eine silbern gestickte Girlande aus stilisierten Blumen. Unter dem Kaftan lugten nicht nur sein Kamsol, sondern auch die Kniebundhosen hervor, die den champagnerfarbenen Seidenstrümpfen ausreichend Platz boten, sich zur Schau zu stellen und selbst metallisch changierten. Die Schuhe besaßen einen breiten leichten Absatz und eine Schnalle, wie sie der Mode des beginnenden achtzehnten Jahrhunderts in Frank-

13 Kamsol: unterm Kaftan getragener Leibrock, kürzer als Kaftane und enger geschnittene Arme

reich entsprach, und waren aus derselben Seide als Obermaterial gefertigt wie die Kniebundhosen. Weiches, helles Ziegenleder umspannte hauteng Saint Germains feingliedrige Hände und verströmte einen betörenden Duft nach Moschus, Sandelholz und feinem Tabak, gepaart mit einer delikaten Armagnacnote. In der Rechten hielt er Hut und Stock, dessen silberner Knauf eben noch die LEDs von Max' Stirnlampe reflektiert hatte.

Nun löste er sich aus der Gruppe der eher einfach und uniform gekleideten Mönche, folgte nun selbst Max in das Asmodeus-Bildnis hinein. War er der Geweihte, der Max auf seinem Weg in die Jugend begleitete, oder webte er eine weitere Intrige, die diesmal Max ins Verderben befördern könnte?

»Graf Rákóczi, was für eine Freude! Wo warst Du so lange? Wir haben Dich eine Ewigkeit nicht gesehen!« Der bärtige Mann trat auf Saint Germain zu, um ihn wie einen alten Bekannten zu begrüßen. »Was hast Du dich herausgeputzt. Seht nur seine Kleider! Golddurchwirkter venezianischer Tomask[14] und ein Gefunkel und Geglitzer, als hätte man ihn mit einem Eimer Brillanten überschüttet.«

Max kam aus dem Staunen nicht mehr heraus. Nachdem er das Bild durchschritten hatte, war er in einem gigantischen Kellergewölbe gelandet. Es war ein riesiges Tonnengewölbe, eine unterirdische, fensterlose Höhle, dick mit schwarzem Kellerschimmel wattiert. Flackernde Fackeln tauchten den Raum in ein mittelalterliches Licht. Aber mehr noch als der Haufen zerlumpter Männer, die mit ihren langen, struppigen,

---

14 Tomask: Damast, ein aus Baumwolle und Seide gefertigter Stoff, bei dem die Webtechnik einfarbigen Stoffen Muster verleiht. Lucca und Venedig waren Herstellungszentren für diese Stoffart, die vorwiegend dem Adel und kirchlichen Würdenträgern vorbehalten war.

ja, ungepflegten Haaren eher wie Räuberhäuptlinge aussahen, verwirrte ihn der betörende Duft, der allgegenwärtig den Raum beherrschte. Es war ein Duft nach Honig, getrockneten Feigen und Aprikosen, süß und schwer. Jeder Schmeckriechologe kannte diesen Duft. Aber woher kannte Max ihn nur? »Botrytis!«, schlüpfte es wie ein Aha-Erlebnis aus seinem Mund.

»Ganz recht, Max.« Saint Germain versuchte, sich von der Bande zu lösen. »Das ist der ehrenwerte Herr Max, mein Gast, ich habe ihn aus Berlin mitgebracht«, begann er zur allgemeinen Erheiterung. »Er hat es verdient, an der uralten Phiole zu nippen.« Mit einer schwungvollen Bewegung hatte er Max den Umstehenden vorgestellt, der zwischen den alten Gewändern wie ein Außerirdischer aussah.

»Saint Germain, Ihre Freunde nennen Sie Graf Rákóczi?« Max war verwundert. »Ist es das, wofür ich es halte?«, überlegte er laut weiter.

Saint Germain lächelte Max an. Er glaubte zu verstehen, doch um sich ganz sicher zu sein, schloss er an: »Und wofür haltet Ihr es?« Mit einer großen Armbewegung nährte er sich Max' Schulter, um ihn weiter in den Kreis seiner Freunde zu drängen.

»Als ich das letzte Mal hier war, standen da in der Mitte lange Tische und Bänke und nette ungarische Mädchen verteilten aus Körben verschiedene Flaschen Tokajer.«

»So wird es wohl in ein paar Jahrhunderten sein«, schmunzelte Saint Germain. »Wir stehen hier im Rákóczi-Keller, denn ich bin Fürst Ferenc Rákózi II.! Ich besitze die größten Weinberge in Tokaj-Hegyalja, habe den Türken Kara Hassan niedergeschlagen und gemeinsam mit den Kuruzen unser Land und unseren Wein vor den Habsburgern sicher gemacht.« Mit gewohnt ausschweifender Armbewegung, die wirklich etwas

Herrschaftliches an sich hatte, deutete er auf seine langhaarigen Freunde.

»Weißt du noch, Sándor, wie wir Hassan eins auf den Deckel gehauen haben?«, erinnerte sich der, mit dem Saint Germain zuvor gesprochen hatte.

Sándor hielt sich stolz den Bauch, als er an die blutige Schlacht zurückdachte. Sabber tropfte in den unsauberen Bart, aus dem nur eine rote Knollennase herauslugte. Seine Augen waren vom Lachen zu schmalen Schweinsritzen geworden, aus denen er Saint Germain ermunternd ansah.

»Dann ist es wirklich der Rákóczi-Keller, wie ich es mir gedacht habe«, murmelte Max mehr zu sich selbst. »Aber, ... wenn Rákóczi gerade gegen die Türken gekämpft hat ... welches Jahr schreiben wir dann?«, verblüfft schaute sich Max um. Er wollte nicht wahrhaben, was er schon gewusst hatte, als er diesen Raum betrat.

»Ja, welches Jahr schreiben wir?«, nahm Saint Germain Max' Frage auf und wandte sich an die schmuddeligen Ganoven.

»Wir schreiben das Jahr anno Domini 1706«, kam von dort prompt die Antwort.

»Dreihundert Jahre« – ging es Max durch den Kopf: »kein Motorrad, kein Kühlschrank, keine Technik. Die industrielle Entwicklung des neunzehnten und zwanzigsten Jahrhunderts gab es hier noch nicht. Die Straßen, die Europa zerfurchten, waren keine Hochgeschwindigkeitsautobahnen, es waren die alten Handelswege. Wege aus Schlamm und Sand, hier und da mal mit knochenbrecherischem Kopfsteinpflaster befestigt. Die wenig gefederten Kutschen katapultierten die Reisenden von Schlagloch zu Schlagloch – ein unangenehmes Reisen, wenn man die Vorzüge des einundzwanzigsten Jahrhunderts kannte. Für Berlin–München musste man nicht sechs Stunden, sondern mindestens sechs Tage kalkulieren, wenn das

Wetter und die Straßenräuber es zuließen. Schon ein zerbrochenes Wagenrad konnte die Reise für mehrere Tage unterbrechen.«

»Max!« Saint Germains Stimme holte Max aus seiner Versunkenheit zurück. »Wir müssen das Elixier suchen. Nachdem Ihr das Blut getrunken habt, bleibt uns nicht mehr viel Zeit, sonst … Ich sage nur: Meergotts Unruh!«

»Meergotts Unruh? Was soll denn das bedeuten?«

»Ihr Menschen aus dem einundzwanzigsten Jahrhundert habt überhaupt keine Ahnung. Beschäftigt ihr Euch nicht mit Sprache, Philosophie und Alchimie? Das ist das Ende, der Untergang von Mütterchen Erde. Kommt jetzt, ich will es Euch erklären«, sagte Saint Germain und wandte sich zur linken Stirnseite des Rákóczi-Gewölbes. Eine Öffnung tat sich auf, die in ein gewaltiges, in den Berg getriebenes Gangsystem führte. »Über eintausend Ruten[15] messen die Gänge durch den Hegyalja, den Unterberg des Eperjes-Tokajer Gebirges«, raunte Saint Germain, als sie den ersten Gang betraten.

Der Botrytis-Duft wurde immer stärker. Auf dem schleimigen Fußboden lag ein Fässchen neben dem anderen. Saint Germain beobachtete Max, der neugierig die Fässer betrachtete, denen der betörende, süßliche Duft zu entweichen schien. Er deutete mit seiner Fackel auf ein Fass. »Das sind die berühmten Göncer Fässer, in denen der Tokajer reift. Sie fassen zehn Kaschauer Köböl«, dozierte er.

Max überlegte, wie viel Liter wohl in einen Kübel passen würden. Ein Wassereimer fasste vermutlich zehn bis fünfzehn Liter, dann müssten in diese Fässer einhundert bis einhundertfünfzig passen. In den Fässern steckten gewaltige Korken, die eine Öffnung in der Mitte verschlossen. Außen perlten

---

15 Rute: altes Längenmaß, eine Rute entspricht zwischen 1,5–5 Klafter = 3–9 m, die Österreichische Werkrute beträgt etwa 3,80 m

kleine Tropfen über die Holzplanken. Die Fässer schwitzten. Der fruchtig-süße Duft weckte Max' Verlangen, eins der Fässer zu öffnen, um an den bernsteinfarbenen Saft zu gelangen. Doch Saint Germain preschte voran. »Wir haben noch etwas Weg vor uns und die Zeit drängt. Es ist ein überaus interessantes Präparat, das ich Euch verabreichen werde. Ich selbst nippe von Zeit zu Zeit an jener Phiole, die mir die Kraft und die Schönheit der Jugend zurückbringt, so konnte ich schon viele Jahrhunderte überdauern, ohne die lästigen Zipperlein im Kreuz zu spüren, oder im Spiegel überzählige Falten einer schlaff gewordenen Haut entdecken zu müssen. Aber es ist auch Vorsicht geboten …«, plauderte Saint Germain weiter, während sie immer tiefer in das Labyrinth eindrangen, mal nach links, dann wieder nach rechts abbogen, einem geheimen Plan folgend, der dem Eindringling ein Verwirrspiel gewesen wäre. »Wie bei jedem Elixier muss man auch hier auf die Dosis achten! So hat einmal eine etwa siebzigjährige Dame durch den übermäßigen Genuss des edlen Saftes nicht nur die verlorene Jugendfrische zurückgewonnen, nein sie wurde allmählich wieder in den Zustand embryonaler Existenz zurückversetzt. So halten wir's wie bei Eures Goethes ›*Faust*‹ …«, sprach er und hielt abrupt inne.

Sie waren in einer Sackgasse gelandet, die in einen runden hohen Raum endete. Im Zentrum des Raumes stand ein großer Experimentiertisch mit diversen Gläsern, Brennvorrichtungen und kupfernen Apparaturen. Eine dicke, eingestaubte, in dunkles Leder gebundene Schwarte lag aufgeschlagen.

Max wollte gar nicht wissen, was für Rezepturen und Anleitungen sich in diesem Folianten verbargen. Eben war er noch mit den Kindern seiner Schwester in Tempelhof vorgefahren, jetzt befand er sich in der Hexenküche eines Alchimisten Anfang des achtzehnten Jahrhunderts, dem die Wehmut über seine unsterbliche Jugend anzumerken war. Doch da Max schon vom Blute Christi genippt hatte und offenbar am Ziel angelangt war, wollte er den Zauber auch vollenden. »Also: zieh deinen Kreis, sprich deine Sprüche, Und gib mir eine Tasse voll! Mach als Arzt einen Hokuspokus, damit der Saft mir wohl gedeihen kann[16]«, forderte er Saint Germain in Anspielung auf die von ihm eingebrachte goethesche Vorlage auf.

Saint Germain schmunzelte verschmitzt. Geschwind griff er nach der kristallenen Phiole, die mit einer trüben goldfarbenen Flüssigkeit gefüllt war. »Ormus«, raunte er. »Zurück zu dem Gefasel an der Eingangspforte: Meergotts Unruh oder Gruenhut Saint Omer – keine Ahnung, wovon ich spreche? Ihr modernen Leute habt den Sinn hinter dem Sinn vergessen, kennt nicht das Wort im Wort? Wo sind wir hier, sind wir hier nicht zurück in der Zeit von Mystik und Alchimie? Ich bitt' Euch junger Herr, tretet in den Kreis und nehmt diesen Löffel voll. Jetzt sogleich! Bevor es ist zu spät!« Saint Germain hatte aus einer Falte seines Kaftans einen goldenen Löffel hervorgezaubert, hielt ihn als Messinstrument unter den schlanken Hals der angekippten Phiole und goss langsam den unbezahlbaren Saft in die Löffelmulde. »Da, nehmt und trinkt!«, pathetisch hielt er Max den Löffel hin und dieser schlürfte den Saft.

Augenblicklich ging es heiß und kalt – oder kalt und heiß (die Reihenfolge vermochte Max nicht zu bestimmen) – durch seinen Körper. Noch stärker als beim Blute Christi schon drückte sich sein Inneres gegen sein Äußeres, entschlafften sich die Wandungen von Röhren und Kapillaren in seinem Körper, straffte sich das Elastinskelett seiner Unterhaut. Eine ungekannte Kraft und klar strukturierte Gedan-

16 Anspielung auf: Goethe, J. W.: Faust. Der Tragödie erster Teil, Reclam, Verlag Phillips Reclam jun. Leipzig, 1973, V. 2530ff.

kengänge bewegten nun den Körper, der einst Max gewesen war. Es ging ihm gut, blendend wie nie zuvor.

Saint Germain schmunzelte, als er die Veränderungen in Max' Körper beobachtete. Er sah, wie sich Max' *Gluteus maximus* unter seiner Lederhose hob und straffte. »Ein echter Taubenhintern, saftig und prall!«, pfiff er schließlich bewundernd. Er hatte die Hand gehoben und eine Kurve durch die Luft gezogen, als streiche er über die Kurve einer perfekten Körperform.

»Was hat es nun mit dem unruhigen Meergott auf sich?«, lenkte Max ab.

»Ein Anagramm! Es ist ein Anagramm: Meergotts Unruh oder Ormus geht unter, alles das Gleiche. Ein Buchstabenspiel. Aber wir haben es geschafft, Ormus ist nicht untergegangen, Ormus hat noch gewirkt.«

»Ormus? Was ist das?«

»Die geheimwissenschaftliche Sektion der Templer, der Ordre de Sion, nannte sich ab 1288 Ormus. Nachdem sie die alten ägyptischen Schriften entziffert hatten, kannten sie das Geheimnis des Steins der Weisen und das Elixier des langen Lebens. Aus dem Wasser des Toten Meeres bereiteten sie eine Art weißes Goldmus. Or steht für Gold und schon hast Du die Erklärung: Or-Mus. Du hast eben davon getrunken und es ist dir hervorragend bekommen!« Saint Germain wandte sich zum Gehen.

Max folgte ihm.

Kuruzenaufstand

Der Tisch war reich gedeckt. In der Mitte thronte ein Fasan auf einer gewaltigen Silberplatte. Der irisierende Federbausch am Schwanz des Vogels ragte weit über die Platte hinaus. Die Augen des saftigen Bratens waren durch schillernde Flussmuschelperlen ersetzt, die Krallen des Vogels hauchdünn mit ausgeschlagenem purem Gold bedeckt. Exotische Früchte drapierten den Rand des kostbaren Silbers. Die üppige Tafel war für mindestens zwei Dutzend Gäste gedeckt. Goldgefasste Fayenceteller wurden von einer ganzen Batterie glänzenden Tafelsilbers flankiert, aus silbernen Flöten wallte der hefige Duft fein sprudelnder Schaumweine. Kurzum: Die zeitgereisten Gäste erwartete eine ziemlich mondäne Fresslandschaft.

Der sich zusehends verjüngende Max und der auf ewig verjüngte Saint Germain traten aus einem Spalt in der Wand in den glanzvollen Raum. Sie waren sofort verzückt von der reich gedeckten Tafel, die sich unter der Last üppiger Speisen bog, opulente Odeurs, die schwer durch den Raum zogen, taten ein Übriges. Angezogen vom überreichen Wohlgeruch und dem Funkeln des gebratenen Vogels näherten sich beide der Stirnseite der Tafel. Plötzlich wurde mit heftigem Krachen das gegenüberliegende Eichentor aufgestoßen und eine waffenrasselnde Bande versuchte in den überladenen Speisesaal einzudringen. Ohne Einladung, soviel war sicher!

Die raubeinigen Hausherren, die Max und Saint Germain im Rákóczi-Gewölbe empfangen hatten und nun in der Nähe des Tores saßen, sprangen von ihren Stühlen auf – nur, um sogleich von Säbel und Schwertern durchbohrt wieder darniederzusinken. Es war ein vollkommen sinnloses Auf und Ab, ein Aufbegehren, das mit dem sofortigen Tod bestraft wurde. Einer der Getroffenen fiel hintenüber mit dem Kopf auf die Tafel. Der Aufprall des Schädels auf einen Tellerrand katapultierte ein gesottenes Täubchen, das eben noch zum Verzehr bereitgelegen hatte, quer durch den Raum und streckte einen der unzähligen Eindringlinge nieder. Aus der aufgeschlitzten Kehle des Gefallenen sickerte dickes Blut in pulsierenden Strömen auf den opaken Teller, dem nun der Taubenbraten fehlte.

Immer noch schreiben wir das Jahr anno Domini 1706. Die Habsburger trachteten den rebellischen Ungarn nach dem Leben. Rákóczi oder Saint Germain, wie immer sich Max' Begleiter nannte, erfasste augenblicklich die Situation und zog den frisch verjüngten Max zurück in den Spalt, aus dem sie soeben hervorgetreten waren. Eiligen Schrittes drängte Saint Germain Max zurück in den Rákóczi-Keller; zurück in die Nische mit dem rückwärtigen Bildnis des Asmodeus, das sich als Zeittunnel erwiesen hatte. Allerdings war die Rückseite des Bildes nicht mit dem Torwächter bemalt, sondern mit einem Gerippe, das dem Betrachter mit seiner knöchernen Hand schelmisch eine Sanduhr entgegenstreckte: eine Vanitas-Allegorie.

Max war sich nicht ganz sicher, wofür die Sanduhr stehen mochte. Stand die Allegorie für Vergänglichkeit? Sollte seine neu erworbene Jugend nur von kurzer Dauer sein? Auf jeden

Fall hatte sie mit dem Lebensalter zu tun und ganz gleich, ob die Uhr nun vorwärts oder rückwärts tickte oder besser gesagt sandkörnelte, was geschehen war, war geschehen und wenn er nicht eiligst zurück ins einundzwanzigste Jahrhundert fand, würde er hier im Handumdrehen mit einem Schwert im Rücken verenden. Schnell traten sie zurück in die unterirdische Templerburg und hatten augenblicklich dreihundert Jahre hinter sich gelassen.

Die Krypta stand stockfinster und leer. Max beförderte aus einer seiner Cargotaschen eine LED-Stirnlampe. Im Lichtkegel erschienen: gegenüber die Baphomet-Maschine, links der Gekreuzigte und rechts der Gang, durch den Max mit den Kindern eingetreten war. Max fröstelte. Es war kalt, viel kälter als noch vor ein paar Stunden, als sie ihre Reise in die Vergangenheit angetreten hatten.

In der Krypta hatten sie ebenso wenig zu suchen gehabt wie im Rákóczi-Keller. Max drängte also Saint Germain in den Gang, der in den Park führte. Doch warum sollte auch immer alles einfach gehen? Der Gang endete abrupt. Sie standen vor einer glatten Wand. Der Eingang zur Templerburg hatte sich wieder verschlossen und obgleich Max alle möglichen Tricks ausprobierte, den Öffnungsmechanismus wieder in Gang zu setzten, wusste er es schon in diesem Moment ganz genau: Die Wand ließ sich nur mit Sophias Ring öffnen. Dieser war der Schlüssel und den hatten sie natürlich nicht. Also begaben sich die beiden wieder zurück in die Krypta und begannen erneut, die einzelnen Nischen zu untersuchen.

Dann hörte Max plötzlich ein Geräusch, das ihm sehr bekannt vorkam. Es kam näher, war ganz gegenwärtig, um sich dann wieder zu entfernen. »… ein Zug, ein Zug ist hier gerade vorbeigefahren!«, platzte er heraus, »Natürlich, hier muss doch irgendwo der U-Bahntunnel sein!«, dachte er laut weiter.

»Vorne an der Straße ist doch die U-Bahnstation ›Alt-Tempelhof‹ der U6. Und das Geräusch war so dicht, gleich hinter der Jesus-Nische muss der Tunnel sein.« Mit der Taschenlampe bewaffnet untersuchte Max nun eingehend die Wand hinter dem Kruzifix. Sie hatte Risse, die ihm vorher noch gar nicht aufgefallen waren. Er klopfte die Wand ab. Und wirklich, sie klang hohl. Er schlug mit der Faust dagegen und schon bröckelten die ersten Steine heraus. Wo hatte er nur Hammer und Meißel gelassen? Sie waren nicht mehr in seiner Tasche. Es dauerte nicht lange, und er hörte, wie sich der nächste Zug näherte. »Saint Germain, hilf mir die Wand einzubrechen! Hier ist ein U-Bahntunnel, und da die Züge so oft fahren, muss es schon früh am Morgen sein«, schlussfolgerte Max und warf sich mit der Schulter gegen die Wand. »Ich weiß, dass du keine Ahnung hast, was eine U-Bahn ist, aber glaub' mir, hinter dieser Wand befindet sich ein Gang, der uns ans Tageslicht führt.«

Saint Germain kroch in seinem teuren Kaftan zu Max hinter den Altar und stemmte sich gegen die bröselige Wand.

»Und eins, und zwei …«, Max versuchte, ihre Kräfte im Rhythmus zu vereinen.

Schließlich gab die Wand nach.

»Uh, was für ein ekelhafter Gestank!«, jaulte Saint Germain auf.

Auch Max musste sich sofort die Nase zuhalten, leuchtete dabei aber vorsichtig in die Öffnung. Ein U-Bahntunnel war hier nicht zu sehen. Gemauerte Backsteine wölbten sich einen engen Tunnel entlang. Der glitschige Boden stand knöcheltief mit übelstinkendem Schlamm bedeckt. Max hob sein rechtes Bein durch die Öffnung und versuchte, im Schlamm Halt zu finden. »Scheiße!«, rutschte es ihm heraus. »Ich hoffe, es ist nicht das, wofür ich es halte!«

Doch die durch Fäulnis verpestete Luft belehrte ihn eines Besseren.

»Das ist die Berliner Kanalisation. Hier sammeln sich die Exkremente aus den Aborten der Stadt und vermischen sich mit dem Regenwasser aus den Rinnsteinen. Widerlich! Aber es gibt sicher irgendwo einen Ausgang!« Da war sich Max sicher.

»Max, das ist ja ganz abscheulich. Müssen wir da wirklich durch?«

»Ich fürchte, wir haben keine andere Wahl. Aber zu Hause habe ich eine Waschmaschine«, entgegnete Max, als er mit seiner Stirnlampe auf Saint Germains feine Seidenstrümpfe herabblickte. Dieser schob vorsichtig sein erstes Bein durch die Öffnung und tauchte in die faule Brühe ein. Max musste nun doch grinsen. Er reichte Saint Germain die Hand, damit dieser vollständig in den Abwasserkanal eintreten konnte, ohne gleich in den Dreck zu fallen.

Wieder hörten die beiden einen Zug vorbeifahren, deutlicher als zuvor. »Hier muss irgendwo der U-Bahnschacht sein, wir müssen nur dem Geräusch folgen.«

Schon wenige Meter gangabwärts versperrte eine Betonwand den Weg.

»Das muss die U-Bahnröhre sein. Da kommen wir nicht rein!« Max untersuchte die Wand mit seiner Stirnlampe. Da entdeckte er eine Metallklappe, die fest mit einem Eisenrad verriegelt war. »Saint Germain, hilf mir, das Rad aufzudrehen!«

Gemeinsam kurbelten sie am Rad, bis sich die Luke quietschend öffnete. Sie schlüpften durch das Loch auf die U-Bahnschienen. Von der linken Seite drang Licht vom nächsten Bahnhof. »Beeil Dich!«, trieb Max seinen Begleiter an. »Wir müssen den Bahnhof erreichen, bevor der nächste Zug einfährt.«

»Was ist denn ein Bahnhof?«, fragte Saint Germain. Doch statt die Antwort abzuwarten, tat er wie ihm geheißen, obgleich er nicht im Geringsten verstand, wo er sich befand. Über den Steinboden schlängelte sich zu seiner großen Verwunderung in zwei Strängen blitzendes Eisen. Nahe der grauen Betonwand bahnte sich in Kniehöhe eine weitere Eisenschiene ihren Weg dem Bahnhofslicht entgegen. Gerade wollte er das blanke Metall berühren, da riss Max ihn unsanft zurück.

»Bist du wahnsinnig? Nicht anfassen, da sind 750 Volt drauf!« Max hatte Saint Germain gerade noch das Leben gerettet. Und dann erst begriff er, dass Saint Germain natürlich von der Industrialisierung nichts mitbekommen hatte und daher gleich in eine völlig neue Welt eintreten würde. »Ich erklär's dir später. Jetzt müssen wir uns aber beeilen, zum Bahnhof zu kommen ... den kannst du dir vorstellen wie eine Schenke, bei der man die Pferde tauscht, um seine Reise fortzusetzen. Und auf einer Reise befinden wir uns doch, oder?«

Saint Germain erblickte einen riesigen, hell erleuchteten Raum. Der langgestreckte Saal war so groß wie der Tanzsaal in Versailles, nur weniger hoch und partout nicht prunkvoll eingerichtet. Doch woher kam das Licht? Es gab weder Fenster noch Kandelaber. Der Saal war voller Menschen. Doch die Leute tanzten kein Menuett, obgleich von irgendwoher eine Querflöte bekannte Melodien wundersam in den Raum trällerte. Max und Saint Germain mischten sich in die merkwürdig gekleidete Menge. Berlin war ein Ort, an dem jeder sein Image irgendwie durch sein individuelles Outfit zur Schau trägt. Der golddurchwirkte, altmodische Aufzug von Saint Germain mitsamt den schlammbeschmierten Füßen ging daher im Ensemble der Wartenden glücklicherweise nahezu unter.

»Lass uns von hier verschwinden. Oben auf dem Parkplatz steht noch mein Auto.« Max führte Saint Germain zur Treppe. Heißer Wind kam ihnen entgegen. Als sie den Gehweg erreicht hatten, war es nicht nur taghell, sondern die Straße war in gleißendes Licht getaucht. Ein trockenheißer Sommertag begrüßte die Untergrundler. Das Wetter war so ganz anders als gestern am lauen Frühlingsabend, da hatten die Bäume noch in saftigem Grün gestanden und die Vögel ihre Stimmen zu Hochzeitsmelodien verrenkt. Nun lagen die Bäume unter einer Staubkruste und der Vogelgesang war vom quietschend-polternden Straßenlärm der Großstadt verdrängt.

»Über Nacht ist es Sommer geworden! Und die Sommer werden von Jahr zu Jahr intensiver. Jetzt kriegt man schon im Mai böse Sonnenbrände, das hat es früher wirklich nicht gegeben. Das soll am Treibhauseffekt liegen. Aber diese Wetterveränderung von gestern zu heute kann nicht in einer Nacht passiert sein. Was für ein Datum haben wir heute?«, fragte Max zunehmend fassungslos in das Großstadtgetöse. Schnell war er mit Saint Germain am Parkplatz, wo er gestern sein Auto geparkt hatte. Er fand es ziemlich verdreckt, aber unversehrt wieder. Als er nach dem Autoschlüssel in seiner Cargotasche griff, ertastete er auch sein Handy. Die Batterie war immer noch randvoll. Schnell tippte er die Nummer seiner Schwester ein.

»Max, endlich … endlich bist du wieder da! Wo hast du gesteckt? Wir wollten schon eine Vermisstenanzeige aufgeben, aber die Polizei hat uns abgewiesen.«

»Aber ich war doch nur eine Nacht unterwegs.«

»Was redest du da Max? Eine Nacht? Zwei Wochen sind inzwischen seit eurer mysteriösen Unternehmung vergangen!«

Mit offenem Mund steckte Max den Autoschlüssel ins Schloss.

»Was ist das für ein Wunderapparat? Und der da?« Saint Germain kam aus dem Staunen nicht mehr heraus. Abwechselnd schaute er auf die Tabatière, die Max sich ans Ohr hielt, um sich mit ihr zu unterhalten, dann auf die viel zu klein geratene Droschke, der ordentliche Wagenräder und vor allem schnaufende Pferde fehlten. Auch der Weg war ganz anders beschaffen, als er es gewohnt war. Die Straße zog sich gerade bis zum Horizont, mit einer Oberfläche, die glatt und eben wie der Basaltboden in der Küche seines Sárospataker Schlosses war. Kein vom Pferdegetrappel zerwühlter Sandweg mit Stock und Stein oder Schlammloch, in dem schon so manche Kutsche verreckt war.

Max hatte inzwischen die Wagentüren geöffnet und stieg in den Wagen ein, ohne vorher eine Trittleiter auszuklappen. Das Gefährt war deutlich zu niedrig. Der Schalensitz sog Saint Germain in sein bequemes Lederpolster. Nur Max hatte einen schlechten Platz erwischt, vor ihm ragte eine Art Ersatzwagenrad heraus. Außerdem konnte Saint Germain keinen Kutschbock, geschweige denn einen Kutscher entdecken, der sie nun an ihr Ziel hätte kutschieren können.

»Alles in Ordnung?«, grinste Max, der das Befremden seines Nachbarn bemerkte.

»Äh …«, stammelte Saint Germain.

»Mach dir keine Gedanken, wir fahren jetzt erst einmal in ein Wirtshaus, um ein deftiges Frühstück einzunehmen.«

Das hörte sich gut an! »Aber wo sind die Pferde?«, platzte es endlich aus Saint Germain heraus.

»Da mach' dir mal keine Sorgen. Direkt vor uns unter der Motorhaube sind hundertfünfzig Stück eingesperrt!«

Saint Germain konnte dem Scherzen seines Begleiters nicht folgen.

Max hatte mittlerweile den Schlüssel im Zündschloss gedreht und ein Zittern ging durch den Wagen. Erschrocken hielt sich Saint Germain an dem fest, was er zuerst zu greifen bekam und zog die Handbremse noch fester an. Max versuchte, ihn zu beruhigen, nahm seine Hand von der Bremse, löste diese und trat auf das Gaspedal. Dann parkte er den Wagen rückwärts aus, was den Grafen abermals verblüffte. Max hatte indessen das Wagenrad vor sich mit beiden Händen umfasst und bald begriff Saint Germain, dass das Gefährt den Lenkbewegungen dieses Rades folgte.

Mit unglaublicher Geschwindigkeit und ohne hüh und hott reihte Max sein Auto in den fließenden Straßenverkehr zur Stadtautobahn hin ein. Die Menge bewegter Fahrzeuge und das Dröhnen vorbeizischender Reiter auf zweirädrigen Stahlrossen ließen Saint Germains Blutdruck in schnellem Wechsel steigen und wieder fallen. Gerade noch dem Tokajer Gemetzel in letzter Sekunde entkommen, hatte er sich der Zukunft zugewandt. Seine Erwartung von Ruhe und Ordnung der Zukunft war mit dem chaotischen Puls einer Großstadt des beginnenden einundzwanzigsten Jahrhunderts konfrontiert, von dem sein Hirn in seinen kühnsten Träumen nicht die geringste Ahnung gehabt hatte. Wofür er sich entschieden hätte, wenn er eine Wahl gehabt hätte, konnte er im Augenblick nicht in Worte fassen. Aber hatte er überhaupt eine Wahl gehabt? Das Häusermeer, die Menschenmassen, der atemberaubende Verkehr, ja überhaupt, die Flut der Sinnesreize des einundzwanzigsten Jahrhunderts prasselten ungebrochen auf ihn ein. Doch war nicht seine Neugier immer ein stärkeres Argument gewesen als seine Ängste?

Rennes-le-Château

Hauteng spannte sich die rosafarbene Hose über den prallen Popo. Nur am oberen Rand wurde sie von einem T-Shirt überdeckt, das außerdem noch die ausladenden Brüste zu halten hatte. Die korpulente Frau schob ihre Sonnenbrille in ihr welliges Haar, als sie aus dem grellen Licht der heißen Sommersonne in die dunkle Kirche von Rennes-le-Château trat. »Honey, come on, move your butt!«

Ein kleiner Junge beeilte sich, seiner Mutter in die Kirche zu folgen. Die Kirche war voller Touristen: sechs Amerikaner, fünf Japaner und ein französisches Pärchen. Das waren schon eine Menge Leute für diese kleine Dorfkirche am Fuße der französischen Pyrenäen im Languedoc. Und noch mehr Leute standen gleich links im ehemaligen Pfarrhof neben dem Eingang zur Kirche an einer Kasse an, um auch das Marie Dénarnaud-Museum zu besichtigen. Rennes-le-Château war zu einem Wallfahrtsort oder besser zu einem Touristennepp mutiert. Souvenirläden und Postkartenstände säumten die steile Gasse, die zum Kirchhof führte. Die fünf Mönche hatten Sophia in ihre Runde aufgenommen. Zusammen besuchten sie nun den ehrwürdigen Ort. In ihren weißen Kutten gaben die Mönche ein Bild ab, das zwar ausgezeichnet zu dem Gemäuer des alten Ortes passte, jedoch nicht zu den sonstigen Besuchern, die deutlich eine andere Zeit repräsentierten.

Molay, der von Tag zu Tag jünger zu werden schien, und Sophia traten als erste durch das Portal. Hier entdeckte Sophia eine Inschrift. »Terribles locus iste …«, las sie murmelnd vor.

»Dieser Ort ist schrecklich«, übersetzte Molay. »Das ist nicht die Kirche, die ich kenne«, raunte er seiner jungen Begleiterin zu.

Sophia stand im Eingang vor der Weihwasserschale, die ein roter Teufel auf seinen schafsähnlichen Hörnern trug. »Und was für eine Blasphemie!« Des Teufels Linke ruhte auf seinem entblößten Knie und streckte dem Betrachter seine Krallen entgegen. Grimmig stierte die feuerrote Gestalt mit knallblauen Augäpfeln auf den Fußboden. Bekleidet war der Teufel mit einer grünen Tunika. Über ihm schwebten vier Engel.

»Par ce signe tu vaincras«, las Molay und schmunzelte. »Er hat unsere Pergamente gefunden und verstanden. Auf dem Schriftband steht: ›Durch diese Zeichen wirst du ihn besiegen.‹ Die Engel stellen die vier Elemente dar: Feuer, Wasser, Erde und Luft. Sie sind hier, um den Dämon Asmodeus zu beschwichtigen. Er ist der Hüter der Geheimnisse und hat den Schatz im Tempel Salomos beschützt. Mit Hilfe der vier Elemente erlangten wir Zugang zu den alten Geheimnissen!«

»Und was für Geheimnisse sind das?« Sophia wollte es genau wissen.

»Nicht so schnell, junge Dame. Wir wollen doch erst einmal Zeichen lesen. Wie ich sehe, war Pfarrer Saunière auch ein Freund von Zeichen und verschlüsselten Botschaften, was uns ja soeben hier mit Asmodeus bestätigt wurde.«

Molay verjüngte sich nicht nur in seinem Aussehen, auch seine Sprache passte sich zunehmend der modernen Welt an. Außerdem schien er über eine scharfe Auffassungsgabe und ein Wissen zu verfügen, wie Sophia es noch bei keinem Menschen der heutigen Zeit erlebt hatte.

»Was steht denn dort auf den Pergamenten geschrieben?«, fragte er neugierig und bat Sophia, einen der Flyer vom Kircheneingang herbeizuholen.

Sophia suchte die deutsche Übersetzung und las vor: »Pfarrer Saunière erhielt eine gute Ausbildung. 1879 wurde er zum Priester geweiht und später in Narbonne zum Professor berufen. Als junger rebellischer Mann widersetzte er sich althergebrachten einschränkenden Regeln für Priester. Daraufhin wurde er all seiner Ämter enthoben und 1885 nach Rennes-le-Château strafversetzt. Hier wohnte er mit seiner Haushälterin Marie Dénarnaud im Pfarrhaus (links neben dem Kircheingang). In seiner Amtsperiode als Dorfpfarrer war es sein Bestreben, Kirche, Pfarrhaus und das Dorf zu renovieren. Dazu gab er umgerechnet knapp vier Millionen Euro aus, die er als Pfarrer nie verdient hätte. Die Streitigkeiten mit der Kirche verschärften sich: 1909 trat Saunière von seinem Priesteramt zurück. 1911 wurden ihm sämtliche priesterlichen Funktionen aberkannt. 1915 wurde er wegen ›Handelns mit Messen‹ verurteilt. Am 17. Januar 1917 erlitt er plötzlich einen Herzanfall. Der für die letzte Beichte herbeigerufene Pfarrer kam leichenblass aus dem Sterbezimmer und weigerte sich, Saunière die letzte Ölung zu erteilen. Der Sarg für Saunière war allerdings schon am 12. Januar 1917 bestellt worden, als er noch völlig gesund war.«

»Na, hier wird jetzt ein Komplott unterstellt, das wahrscheinlich gar nicht stattgefunden hat. Die Auftragsbestätigung beim Sargmacher war ja sicher handgeschrieben, und Sie wissen ja selbst, wie unterschiedlich Handschriften sind. Da kann schnell eine Sieben für eine Zwei gehalten werden oder umgekehrt. Oft wollen die Menschen mehr sehen, als es wirklich gibt. Der Hang nach Mystik befreit den Menschen von den Alltagssorgen. Die Wunschtraumwelt ist sozusagen autogene Psychotherapie. Lesen Sie bitte weiter, Sophia!«

»Als Saunière die Kirche renovieren ließ, hatte er in drei versiegelten Holzröhren mehrere Pergamente entdeckt. Zwei waren offenbar im Jahr 1781 von seinem Amtsvorgänger Antoine Bigou angefertigt worden, zwei weitere waren Testamente aus den Jahren 1244 und 1644. Die Pergamente enthielten den Stammbaum des Grafen von Razes und eine Geheimschrift, die wie folgt entschlüsselt wurde: *A DAGOBERT II ROI ET A SION EST CE TRESOR ET IL EST LA MORT*. Zu Deutsch: König Dagobert II und Sion gehört dieser Schatz und er ist der Tod.«

Molay hielt sich den Bauch vor Lachen. »Das ist zu komisch. Wenn man es wortwörtlich übersetzt, ist es richtig. Aber wenn man den Sinn kennt, hat es eine völlig andere Bedeutung!«

Sophia blickte fragend vom Flyer auf.

»La Mort ist nicht der Tod!«, fuhr Molay fort. »Es bezeichnet eine Stelle hier in der Gegend. Und Sion steht ganz sicher für das Haus Gottes. Demnach könnte man besser übersetzen: König Dagobert II. hat den Schatz aus Sion in La Mort. Genau dort müssen wir hin! Doch, liebe Sophia, lest bitte zu Ende!«

Sophia fuhr fort: »Die Rollen steckten in den hohlen Altarsäulen. Der Altar selbst stammt aus der Zeit der Merowinger[17] und ist viel älter als die Kirche selbst. Saint Rheda, das heutige Rennes-le-Château, war damals die südliche Hauptstadt des Merowingerreiches …«

»Heute ist davon nur noch ein Sechzig-Seelen-Dorf übrig«, warf Molay bitter ein.

17 Merowinger: ältestes bekanntes Königsgeschlecht der Franken, 751 von den Karolingern verdrängt

»Während der Bauarbeiten entdeckten Arbeiter unter einer Grabplatte einen unterirdischen Gang. Saunière soll die Arbeiter nach Hause geschickt haben, um den Gang selbst zu inspizieren. Was er dort gefunden hat, wissen wir bis heute nicht. War es der sagenumwobene Schatz der Templer?«,

Molay lachte kurz auf, offenbar wusste er es besser.

»War es der Schatz der Westgoten oder der Schatz der Merowinger?«, fuhr Sophia fort. »Saunière hat jedenfalls nach dieser Entdeckung viel Geld für Immobilien und deren Renovierung ausgegeben. Seine Haushälterin Marie Dénarnaud erbte alles.« Sophia verstummte und schaute Molay mit großen fragenden Augen an. »Und was ist nun wahr an dieser Geschichte?«

»Alles und nichts! Aber nicht so schnell, Sophia, wir müssen die Zeichen lesen, die uns der Dorfpfarrer hinterlassen hat.«

Langsam schritten sie über das Schachbrettmuster der Bodenfliesen und drangen tiefer in das geheimnisumwobene kleine Kirchlein ein. Der ehrwürdige Molay in seiner Mönchskutte und die gescheite Sophia, die nach ihrer Rolle als Figura-Medium in Tempelhof immer noch von innen heraus zu strahlen schien, gaben ein merkwürdiges Paar zwischen all den einfältigen Touristen ab. Ein Tourist, der offenbar schon alle Zeichen kannte, die Saunière in seiner Kirche hinterlassen hatte, knipste mit seinem Fotoapparat wild herum. Der Asmodeus funkelte im Blitzlicht auf, ebenso eine Statue der Maria Magdalena an der Westwand der Kirche.

Molay wandte sich der Statue zu. Maria Magdalena war in goldenem Kleid und rotem Umhang dargestellt. Mit ihrer Rechten umfasste sie ein schwarzes Kreuz, das aussah, als sei es verkohlt. In der Linken hielt sie einen silbernen Becher. Zu ihrem linken Fuß lag ein aufgeschlagenes Buch, das mit einem

Schädel drapiert war. »Er hat doch einiges herausgefunden!«, murmelte Molay erstaunt.

Blanchefort stand dicht hinter Molay und schaute konsterniert in seine Richtung.

Molay drehte sich zu seinen Brüdern um. »Bruder Bertrand, Ihr seid aus dieser Gegend. Keiner kennt Rennes-le-Château besser als Ihr. Schaut Euch das an! Ist Euch die Figurengruppe mit Maria und Josef aufgefallen, die jeweils ein Kind in den Händen hält?«

Blanchefort schaute zum Altar. Links auf einem Sockel der Apsiswand fußte die Holzfigur Josefs mit Jesuskind in seinen Händen, gegenüber stand Maria, ebenfalls mit Jesuskind.

»Zwei Jesuskinder?«

»Zwillinge! So, wie es die erste Schrift offenbarte, die Hugo einst im Tempelberg ausbuddelt hatte!«

»Jesus und sein Zwillingsbruder. Das war Teil unseres Geheimwissens! Hier schreit ein Pfaffe aus dem neunzehnten Jahrhundert unser Geheimnis jedem Besucher offen ins Gesicht! Und das ist noch nicht alles. Habt Ihr auch die anderen Zeichen entdeckt, die dieser verruchte Pfarrer hier anbringen ließ?«

»Regt Euch nicht auf, wir kennen schließlich die Geheimnisse. Ein Grund mehr zur Eile, bevor jeder Tunichtgut unseren geheimen Hort entdeckt. Eilet Euch, wir müssen hinunter zum Fluss!«

Sophia war ratlos, als sich ihre Weggefährten plötzlich in einer ihr unverständlichen Sprache unterhielten. Auch bemerkte sie, wie erregt ihr neuer Meister war. Was war so Besonderes an den Figuren?

Entdeckung

Wie immer – gleich nach Arbeitsbeginn um 7:45 Uhr – klingelte das Telefon. Wie immer um diese Zeit griff der Kommissar zum Hörer und meldete sich mit leicht genervtem Unterton: »Kommissariat Tempelhof, Sie sprechen mit Kommissar Schulz, was kann ich für Sie tun?«

»Berliner Verkehrsbetriebe, Müller, guten Tag. Gestern Abend ist einem unserer Mitarbeiter bei der routinemäßigen Kontrollbegehung der Gleisanlagen der Linie U6 ein ekelhafter Gestank aufgefallen. Bei genauerer Untersuchung entdeckte er eine geöffnete Schleuse, die zu einem stillgelegten Stauraumkanal führt. Dieser Kanal wurde beim U-Bahnbau in den 60er-Jahren durchstoßen und schien keine Funktion mehr zu haben. Neugierig, wie der Kollege war, betrat er den Kanal und entdeckte in unmittelbarer Nähe ein Loch in der Mauer des Kanals, gerade groß genug, dass ein Mensch hindurchpassen würde. Vielleicht schicken Sie die Spurensicherung, denn äh …« Der Mann kam ins Stocken. »Dahinter befindet sich ein Raum. Sieht aus wie ’ne Kapelle mit einem blutbefleckten Altar. Vielleicht unterrichten Sie auch gleich das Landesamt für Archäologie.«

Der Kommissar glaubte, seinen Ohren nicht zu trauen und platzte gleich heraus. »Haben Sie die Leiche des Herrn Molay entdeckt?«

»So genau haben wir noch nicht nachgeschaut. Wir haben die Stelle jedenfalls gesichert und wollten die Untersuchung dann den Fachleuten überlassen.«

»Wo genau kann ich Sie treffen, Herr Müller?«

»Am besten kommen Sie zum Südeingang der Station Alt-Tempelhof!«

Aufgeregt knallte der Kommissar den Hörer auf die Gabel. Wo hatte er nur die Adresse von dem Jungen mit dem Goldgulden gelassen? Dann besann er sich auf seinen Museumsbesuch. Er griff abermals zum Hörer und schon hatte er Professor Weise am Apparat. »Herr Professor Weise, geben Sie sich keine Mühe. Der Gulden, den ich Ihnen neulich vorbeigebracht habe, ist ganz sicher echt. Haben Sie nicht Lust, sich den Fundort anzuschauen? Ich glaube, es wird noch mehr Überraschungen geben. Kommen Sie am besten sofort zur U-Bahnstation Alt-Tempelhof, Südeingang. Ich warte dort auf Sie.«

Der Professor antwortete mit einem knappen »Jawohl!« Offenbar hatte ihm die Spannung, die in dieser Geschichte plötzlich aufkam, die Sprache verschlagen. Etwas Großes schien sich dahinter zu verbergen. Aber was hatte ein Goldgulden aus dem dreizehnten Jahrhundert in einem U-Bahntunnel zu suchen? Eigentlich gab es darauf nur eine Antwort. Ein Ganove einer arabischen Clan-Familie musste ihn nach seinem letzten Bruch dort verloren haben.

Es war noch keine neun Uhr morgens, als die in weißen Tyvekanzügen steckenden Forensiker im Leichenwagen, der Kommissar in seinem noch unzerkratzten BMW, etliche weitere Beamte in Streifenwagen und der Professor mit der

U-Bahn an der Station ankamen. Herr Müller von den Verkehrsbetrieben nahm die Polizisten in Empfang.

»Nicht schon wieder! Müssen sich die Leute immer im Berufsverkehr vor die Bahn schmeißen?«, raunte ein Passant, der gerade die Treppe hinuntereilte.

Zunächst musste der U-Bahnverkehr unterbrochen werden, dann rückten die Beamten in Tunnel und Kanal vor. Der Kommissar und der Archäologieprofessor betraten zuerst die von Polizeilampen beleuchtete Krypta. Sie drängten sich am Altar vorbei und fuchtelten mit ihren Taschenlampen durch die Gegend. Auf dem verstaubten Boden waren etliche Fußspuren zu sehen.

»Ganze Horden müssen hier durchgelatscht sein«, fluchte Kommissar Schulz ärgerlich. Da die Fußspuren offensichtlich nichts hergaben, suchte der Kommissar nun den Rest des Raumes systematisch nach weiteren Spuren ab. Auf dem Altar gab es etliche Blutflecke. Außerdem stand dort ein Abendmahlskelch, der noch Blutreste und Haare zu enthalten schien. Kommissar Schulz fasste ihn mit Gummihandschuhen an und verpackte ihn in eine Plastiktüte, damit sich die Forensik darum kümmern konnte. Die Spurensicherung rückte nach, weitere Scheinwerfer wurden aufgestellt.

Dann stand Professor Weise vor dem Alkoven mit der Figura darin. »Es gibt sie also wirklich!«, staunte der alte Mann.

»Klären Sie mich auf, Herr Professor!«, forderte der Kommissar den Archäologen neugierig auf.

»Der große Heinrich Schliemann hat danach gesucht!«

»Der, der Troja ausgegraben hat?«, unterbrach ihn der Kommissar.

»Genau der. Und auch die Nazis haben danach gebuddelt und es nicht gefunden.«

»Und was ist das?«

»Die Figura ist das Kultobjekt der Geheimorganisation innerhalb der Tempelritter. Da sich die SS die Tempelritter als strukturelles Vorbild genommen hatte, hat sie natürlich danach gesucht. Sie haben das ganze Tempelhofer Feld umgegraben, da, wo der Flughafen Tempelhof war. Die Figura wurde von den Templern in der Blutgasse, ihrer Wiener Residenz, vergöttert und noch lange vor der Zerschlagung des Templerordens am Schwarzen Freitag, den 13. Oktober 1307, in Sicherheit gebracht. Sieben Jahre nach der Zerschlagung wurde der letzte Großmeister Jacques de Molay hingerichtet und aus war's mit den Tempelherren.«

»Was sagten Sie da – Molay? Der Junge hat was von Molay gefaselt. Er sagte, er hätte die Münze von Molay geschenkt bekommen und Molay wäre tot. Dann hatte der Junge also recht.«

»Ja, wie gesagt, vor siebenhundert Jahren verbrannt. Seine Asche ist vom Winde verweht.«

»Aber wie kann Molay dem Jungen die Münze geschenkt haben, wenn er seit siebenhundert Jahren tot ist?«

Krimi-Intermezzo

Kommissar Schulz presste die Ohrmuschel des Hörers an sein linkes Ohr. Das Klingelzeichen dröhnte in seinem Kopf. Endlich nahm jemand ab.

»Professor Prekop, Gerichtsmedizin. Guten Tag.«

»Hier ist das Kommissariat Tempelhof, Schulz am Telefon. Ich wollte mal vorsichtig nachfragen, ob es schon etwas Neues bezüglich des Abendmahlsbechers gibt.«

»Ja, ja, da gibt es einige interessante Dinge zu berichten, über die Sie sich gleich den Kopf zerbrechen dürfen …« Ein trockenes Lachen war durch die Ohrmuschel zu vernehmen. »Wir haben drei Proben abnehmen können: eine Blutprobe, eine Haarprobe und eine Speichelprobe vom Becherrand. Offenbar wurde aus dem Becher getrunken. Die Haarprobe stammt von einer weiblichen Person, die Speichelprobe von einer männlichen. Die DNA-Sequenz beider Proben stimmt zu 98,2 % überein. Das lässt auf ein enges Verwandtschaftsverhältnis schließen, also Bruder, Schwester oder etwas in der Art. Zu beiden gibt es keine Referenzproben, sie sind also noch in keiner Täterdatei erfasst.«

Dann hörte der Kommissar, wie der Forensik-Professor tief Luft holte. Ein Atemholen, das ihm helfen sollte, etwas Unglaubliches, selbst noch nicht Verkraftetes herauszustellen.

»Die Blutprobe ist menschlich, würde ich sagen, allerdings habe ich so etwas noch nie gesehen. Wenn Sie sich die einzelnen Banden einer DNA-Sequenz anschauen, gibt es stärkere und schwächere, je nachdem, welches Gen gerade an- oder ausgeschaltet ist. In dieser Probe leuchten alle Banden mit einer unvorstellbaren Intensität. Ich habe so etwas noch nicht gesehen«, wiederholte er, »und ich habe schon viel gesehen! Und so etwas dürfte es eigentlich auch gar nicht geben«, setzte er nach. In seiner Stimme schwangen Zweifel, aber auch Überzeugtheit hinsichtlich der Richtigkeit seiner Untersuchungen mit. Dann holte er zur Erklärung aus: »Wir haben die Tests jetzt mehrmals wiederholt, aber immer das gleiche Ergebnis erhalten. Sie müssen sich das ungefähr so vorstellen, als würden auf Ihrem randvoll gepackten Computer alle Programme gleichzeitig laufen – selbst der stärkste und neueste Prozessor würde dabei hoffnungslos zusammenbrechen. Natürlich gibt es auch zu dieser Probe keine Referenz. Und dann die Schale. Ich habe sie zur weiteren Untersuchung in unser Labor für forensische Archäologie gegeben. Die bisherigen Ergebnisse sind eindeutig: Die Schale besteht aus Jaspis und wurde vor über zweitausend Jahren hergestellt. Der Stein stammt aus dem Hochland von Abessinien in Äthiopien.«

Kommissar Schulz bedankte sich und die beiden verabschiedeten sich voneinander. »Alle Programme aktiviert … Bruder und Schwester«, ging es dem Kommissar durch den Kopf. Aber einen Reim konnte er sich darauf nicht machen. Zumindest noch nicht, das hoffte er zumindest.

Dann hatte er eine Idee: Er musste diesen Bengel finden, der die Vermisstenanzeige aufgeben wollte und mit seinem Goldgulden die ganze Geschichte ins Rollen gebracht hatte. Warum hatte er sich nur keine Notizen gemacht und den Fall ernster genommen, anstatt alles als Jungenspaß abzutun?

Aber halt. Der Junge war mit seiner Mutter auf dem Revier vorgelassen worden, da musste es doch einen Pförtnereintrag geben. »Wann war das nur?«, grübelte der Kommissar. Es war ganz sicher nach dem Vollmondwochenende, da hatten sie so viel um die Ohren gehabt. Er hatte nicht richtig schlafen können. Deshalb hatte es ihn ja so aufgebracht, mit so einer an den Haaren herbeigezogenen Geschichte am Montagmorgen von einem Jungen gestört zu werden. Es musste also der Montag vor vierzehn Tagen gewesen sein. Sofort rief er beim Pförtner an und ließ sich die Daten der Besucher zwischen neun und zehn Uhr morgens durchgeben. Da gab es zwei türkisch klingende Namen, zwei Männer und um 9:12 Uhr eine Frau mit dem wunderschönen Vornamen Johanna. Das musste die Mutter sein. Er ließ sich sofort die vollständigen Personalien und die Adresse der Familie heraussuchen.

Nachdem er in Woltersdorf an die Tür eines verträumten Einfamilienhäuschens angeklopft hatte, öffnete der Junge, an den er sich noch gut erinnern konnte. Geschickt verschaffte sich Kommissar Schulz ohne Durchsuchungsbefehl Einlass – in solchen Sachen war er schließlich Profi. Dass die Mutter nicht zuhause war, gereichte ihm ebenfalls zum Vorteil. Unter dem Vorwand einer angeblich schwachen Blase gewährte er sich Zutritt zum Bad des Hauses und fand, was er suchte: blonde Haare in einer Bürste, die vor einem großen Toilettenspiegel auf die Übertretung der Dienstvorschriften eines Polizisten warteten. Mit einer Pinzette hebelte er einige Haare in ein dafür vorgesehenes Plastiktütchen. Er freute sich, so schnell zum Ziel gekommen zu sein und seinen Gerichtsmediziner wieder beschäftigen zu können. Bei seinem schnellen Abschied überreichte er Lukas seine Visitenkarte. »Und ich bitte deine

Mutter eindringlich, mich sofort anzurufen, wenn sie wieder nach Hause kommt. Richte ihr das bitte aus!«

So schnell wie der Kommissar aufgetaucht war, war er auch wieder verschwunden. Lukas wunderte sich nur. Er wusste nicht, was der Kommissar gewollt hatte. Die Visitenkarte legte er in einer Schale ab. Seine Mutter würde er allerdings heute nicht mehr sehen. Mit Marek hatte er schließlich etwas Besseres vor, als Anweisungen eines Bullen zu befolgen.

Flucht nach vorn

Der strahlendblaue Himmel war von Flugzeugen kreuz und quer zerkratzt. Weiß zogen sich die Wasserdampfwölkchen durch das Blau des Firmaments, lösten sich an ihrem dicken hinteren Ende langsam auf, um gleich darauf von neuen ersetzt zu werden, die ein weiteres Flugzeug ausstieß. Marek und Lukas saßen auf der Flughafendachterrasse und verfolgten das Kreuz und Quer über sich. Das Leben am Himmel hatte irgendwie den langen grauen Winter abgelöst und wie um den Sommer einzuleiten, schienen sich die Flugzeuge in der Luft zu erfreuen. Der Sommerflugplan verlockte mit neuen Urlaubsfreuden und rief deutlich mehr Gäste auf den Schirm.

Marek schlürfte an seinem Espresso. »Warum hat Deine Schwester nur kein Handy mitgenommen?«, wandte er sich an Lukas. »Wir haben uns doch sonst ständig SMS geschickt! Wie konnte sie nur so unvernünftig sein!«

»Wir werden sie schon finden«, beschwichtigte Lukas, war sich seiner Worte aber nicht so sicher. Die beiden jungen Männer hatten das einzig Richtige getan, so glaubten sie zumindest: Sie hatten ein paar Goldmünzen bei eBay verhökert und waren nun solvent genug, um Sophia hinterherzueilen. Der Flieger nach Carcassonne würde gleich mit ihnen abheben und auf diese Weise hoffentlich nicht nur die jungen Herren mit Sophia wiedervereinen, sondern auch die beiden wichtigsten Templerorte nach der Vertreibung aus dem Heiligen Land miteinander verbinden: Berlin-Tempelhof und Rennes-le-Château.

Im Park

Die Wiese stand saftig und grün. Die filigranen Ästchen der Gräser fingen seinen Blick ein wie das Bambusrohr den Luftzug im Windspiel der Veranda. Die kurzen Halme wiegten sich sanft über einem dichten Teppich aus Moosen, Spitzwegerich, Sauerklee, Tausendschön, dem satten Gelb eines Hahnenfußes und obendrein dem erträglichen Pink einer pfenniggroßen Nelkenblüte. Ringsum rieben saftgrüne Schenkel an Chitinpanzern und aufdringliches Zirpen drängte sich in sein Ohr wie der Wurm eines unvergessenen Schlagers. Der Sommer hätte so schön sein können, würde nicht der Lärm einer Hauptstraße hinter ihm das Idyll vor ihm zersägen, flögen Flugzeuge so lautarm wie Vögel und hätte er sich nicht unweit einer Maschine platziert, die unaufhörlich vor sich hinsäuselte.

Es war Montag – ein ganz gewöhnlicher Arbeitstag, zumindest für das Gros der Menschen, die in dieser Stadt lebten. Max hatte Saint Germain im Glienicker Park spazieren geschickt. Er selbst rastete bäuchlings auf einem unter sich ausgebreiteten Handtuch. Helm, Kombijacke und T-Shirt lagen neben ihm, das Laptop vor ihm in der grünen, zirpenden Wiese. Er musste wieder Geld verdienen, einen Beitrag für eine Tageszeitung schreiben. Schreiben war immer ein Hobby gewesen – ob nun für einen wissenschaftlichen Artikel oder publikumswirksamer in einem weiter verbreiteten Medium. Eine alte Schulfreundin hatte es immerhin in die Redaktion des *Tagesspiegels* gebracht, eine Beziehung, die er gewinnbringend wieder aufgewärmt hatte. Nun lag er da, glotzte den flimmernden Bildschirm an, den Kopf voller Erlebnisse. Doch welches davon konnte er zu einem Artikel machen?

Und dann war es soweit! Er hatte eine Idee. Doch kurz darauf umrundete eine kleine rote Ameise das U kletterte zur 7 und verschwand schließlich unter der F5-Taste im Gehäuse seines Computers. Wann würde sie einen Kurzschluss auslösen, der die Festplatte verkohlen könnte und die Idee zerstören würde, die er gerade einfing und in seinen Laptop klopft?

Unterirdische Krypta in Tempelhof entdeckt

Als die Templer das Heilige Land verloren hatten, mussten sie sich nach anderen Machtbereichen umsehen. Das 13. Jahrhundert war ein Jahrhundert der Kolonisierung. Nicht einmal Europa gehörte den Christen allein. Spaniens Küsten waren immer noch in maurischer Hand und der Nordosten Europas gehörte den Heiden. Diese hatte der Deutsche Orden schon erheblich zurückgedrängt oder konvertiert. Das Baltikum lag ausgedehnt im Machtbereich des Ordens, so dass es Zeit war, die Machtzentrale von Venedig nach Marienburg an die Ostsee zu verlegen …

Eine Blattwanze stürzte von einem Grashalm und landete rücklings auf dem Touchpad. Mit ihren sechs kurzen Beinchen ruderte sie durch die Luft, schaffte es dabei, sich selbst in Rotation zu versetzen, erreichte jedoch nicht ihr Ziel: den Beinen festen Boden unter den Füßen zu verpassen. Immerhin bewirkte das Turteln in Rückenposition eine Fortbewegung auf dem Touchpad. Endlich fiel das Vieh über die Touchpadkante und damit zurück in die Wiese. Seine Beine ergriffen einen Halm, die Flügel kamen frei und schon sauste die Wanze auf und davon.

Doch das konnte Max nun alles nicht mehr abhalten. Der Schreibfluss war ausgebrochen, seine Finger hüpften über die Tastatur, gleich würde er die Redakteurin vom Feuilleton anrufen und schon würde sein Artikel erscheinen. Nachdem er sich über Macht und Reichtum der Templer ausgelassen hatte, kam er auf Tempelhof zu sprechen:

... zwei Tempelrittern wurde in Karthago offenbart, sie sollen im Land der Mitternacht ein Refugium für ein heiliges Objekt bauen. Land der Mitternacht war Norddeutschland, mit den langen Winternächten. Hier herrschte der Slawenfürst Jakob auf der Burg Copnic auf einer Insel in der Spree. Die christlichen Kolonisten hatten schon Magdeburg und Brandenburg zu Bischofssitzen erhoben und eine gewaltige Befestigungsanlage an der Mündung der Spree in die Havel gebaut. Diese später zur Zitadelle Spandau avancierte Feste war idealer Ausgangspunkt, um den Slawenfürst in die Zange zu nehmen. Die Kolonisten spannten zu diesem Zweck zwei Schenkel – nördlich Richtung Eberswalde-Finow und südlich entlang des Flüsschens Nuthe. Ein Kloster wurde neben das andere gesetzt, um das Netz dichter zu spannen. Die Klöster Chorin, Lehnin und Zinna zeugen noch heute von der Bautätigkeit. An der Südlinie eroberten die Templer den Höhenzug Teltow, gründeten dort eine Kommende, einen befestigten Hof, und siedelten Bauern an. Kurz nachdem der Tempelhof befestigt war und die Templerkirche auf einem kleinen Hügel die weiten Ländereien der Bauern überblickte, konnte 1225 die Burg Copnic eingenommen und später durch das Köpenicker Schloss ersetzt werden. Die Offenbarung legte dem Tempelhofer Komtur Hermannus jedoch noch eine

andere Aufgabe ans Herz: das Refugium für das Heiligtum zu bauen – ein unterirdisches Gewölbe!

Nichts davon ist neu, alles Geschichte. Allerdings war die Krypta seit Übergabe der Kommende 1318 an die Johanniter nur noch als Legende vorhanden. Nicht einmal Heinrich Schliemann konnte sie finden. Letzte Woche wurde sie zufällig entdeckt, als in einem Abwasserkanal unmittelbar am U-Bahntunnel der U6 eine Wand einstürzte ....

»Haben Sie das gelesen?«, wutschnaubend schmiss Kommissar Schulz die druckfrische Zeitung auf seinen Schreibtisch und durchbohrte mit blutunterlaufenen Augen seinen Kollegen, mit dem er sich den Schreibtisch teilen musste. »Da weiß ein Fatzke von der Zeitung wieder mal mehr als wir. Und wer ist überhaupt dieser Max Steinbein, haben Sie schon etwas von dem gelesen, gehört, gesehen?« Sein Ausbruch verhallte an seinem ungerührten Gegenüber, der solche herzunfreundlichen Eruptionen seines Kollegen offenbar gewohnt war. Ohne ein Wort zu sagen, senkte der unbeeindruckte Berufsgenosse sein Haupt, um sich wieder einer langweiligen Akte zuzuwenden. »Ein unterirdisches Heiligtum aus dem dreizehnten Jahrhundert ... das kann ich selber sehen!«, schnaufte der Kommissar weiter. »Was gab es da schon zu sehen: ein steinerner Altar mit einem blöden Becher, ein paar Fresken und diese doppelgesichtige Statue, wahrscheinlich aus vergoldeter Bronze. Und von dem Blut, von dem Mord, unserem Fall schreibt er nichts, dieser halbwissende Zeitungsgott Max Steinbein.« Der Kommissar legte den Zeigefinger wieder an den Artikel an und erleichterte sich so das Lesen Zeile für Zeile für seine inzwischen schwächer gewordenen Augen. »Das ist ja nicht zu fassen!«, platzte er plötzlich heraus und ließ seinen Mitarbeiter abermals auffahren. »Er schreibt, die *Figura Bapho-*

met – diese zweigesichtige Statue – soll in Wien aus purem Gold hergestellt worden sein. Selbst die Nazis hätten das Ding gesucht! Oh Gott, wenn das wahr ist, sind unsere Sicherungsmaßnahmen im U-Bahnschacht enorm unzureichend. Sonst sind solche Figuren doch höchstens mit Blattgold belegt!«

»Oder feuervergoldet«, mischte sich Horst, der Kollege, nun doch in das laute Nachdenken von Kommissar Schulz ein. »Pures Gold kann nicht sein, eine solche Figur müsste ja Tonnen wiegen, wie sollte man die im dreizehnten Jahrhundert von Wien nach Berlin transportiert haben, und das auch noch ungesehen! Wie groß, sagtest du, ist die Statue?«

»Das Ding ist etwa einen Meter zwanzig hoch, oben und unten so dick wie ...«, er formte mit den Händen einen Kreis, »na ja, so dick wie zwei zusammengepappte Köpfe und in der Mitte so dick wie ein Unterarm. Und der Fuß war etwas breiter als der Kopf.«

Er holte ein Lineal aus der Schreibtischschublade und rechnete: Die Köpfe vielleicht 30 cm Durchmesser, das Mittelteil 7 cm, der Fuß vielleicht 35 cm. Höhenmäßig machen Kopf und Fuß jeweils ein Viertel und den Rest der armdicke Zopf aus. Was sagt Dir das?« Der Kollege hatte indessen in seinem Lexikon unter Gold nachgesehen: »Gold hat ein spezifisches Gewicht von 19,3 g/cm^3. Aus deinen Angaben können wir das Volumen der Figur schätzen und daraus auf das Gewicht schließen!«

Ein Aha war alles, was dem Kommissar dazu einfiel.

»Also Kreisfläche ist gleich π mal Radius zum Quadrat und für das Volumen muss man alles mit der Höhe multiplizieren«, murmelte er vor sich hin und tippte schnell die geschätzten Zahlen in seinen Rechner. »... Durchmesser 30 macht Radius 15 zum Quadrat ist 225 mal π macht 706 und ein paar Zerquetschte und ein Viertel von 1,20 m macht 30 cm, also mal 30 macht 21.205 cm^3 allein für den Kopf und für den Zopf etwa 2.310 und für den Fuß noch mal 28.863 cm^3, summa summarum: gut 50.000 cm^3. Das bedeutet, bei einer Dichte von gut 19 müsste das Ding aus reinem Gold etwa 1.000 kg wiegen! Das wäre ja eine Tonne! Das ist unmöglich. Aber natürlich haben wir auch nicht die genauen Maße. Und wenn das Gold mit anderen Metallen legiert ist, sinkt auch die Dichte. Außerdem bleibt die Frage, ob die Figur etwa ein massiver Gussling oder ein geschmiedeter Hohlkörper ist.« Er hielt inne. »Nee, massiv kann das Ding auf keinen Fall sein«, grübelte er weiter. »Ich glaube, bis heute hat man überhaupt erst 190.000 Tonnen Gold gefördert. Das meiste davon wahrscheinlich in den letzten einhundertfünfzig Jahren – seit dem Goldrausch am Clondike River in Alaska. Die Figur ist garantiert hohl, wenn sie denn überhaupt aus Gold ist.«

Das Klingeln des Telefons riss die konsternierten Beamten aus ihren recht erstaunlichen Kalkulationen. Wieder hatte der Kommissar Professor Prekop an der Strippe. Wieder näselte die Stimme des Gerichtsmediziners durch den Apparat und wieder verblüffte der Mann mit seinen Ergebnissen. »Sie haben mir da mehrere Haare untergejubelt. Die stammen von zwei unterschiedlichen Personen: einer männlichen und einer weiblichen. Die DNA-Proben weisen wieder auf ein enges Verwandtschaftsverhältnis hin, wie bei Geschwistern oder Eltern und Kind. Und was Sie sicher interessieren wird, ist, dass die weibliche Haarprobe mit der Haarprobe aus dem Blutkelch identisch ist!«

Jetzt klappte dem Kommissar doch der Unterkiefer herunter. Er schaffte es gerade noch, ein »Danke« herauszupressen, bevor er den Hörer auf die Gabel schmiss. Seine kleinen grauen Zellen ratterten. »Dann sind die Haare im Kelch aus der unterirdischen Krypta also die Haare von Lukas' Schwester, die nach dem Melderegister Sophia heißt und gerade achtzehn Jahre alt geworden ist. Und das Blut«, überlegte er weiter, »müsste dann von dem toten Molay stammen. Demnach hat also wirklich ein Verbrechen stattgefunden. Aber zu wem gehört die Speichelprobe, wenn sie nicht Lukas zuzuordnen ist und die beiden keine weiteren Geschwister haben? Wohin ist diese Sophia nur verschwunden?« Mehr denn je wartete Kommissar Schulz auf einen Anruf, doch Mutter Johanna meldete sich nicht.

Orakel

Plötzlich bemerkte Sophia einen alten schwarzen Mann in einer der vorderen Kirchenbänke. Sein weißes Haar war zerzaust und seine dunklen Augen blutunterlaufen. Er wirkte erregt, und als er sie sah, streckte er ihr den Arm entgegen. Doch dann starrte er Sophia entsetzt an, als sei ihm soeben der Tod begegnet. Eindringlich flehte er sie in einer fremdartigen Sprache an.

Molay, der in der Nähe stand, schmunzelte leicht in seinen Bart.

»Was hat er gesagt?«, fragte Sophia aufgeregt.

»Er hat Euch um Vergebung gebeten!«

»Aber ich bin nicht Gott. Und auch kein Priester. Ich kann ihm nicht vergeben«, murmelte sie betreten zu Molay gewandt.

Der Alte griff fest nach ihrem Handgelenk, kniete sich vor ihr nieder und steigerte noch die Intensität seiner Rede. Blankes Entsetzen war in sein Gesicht geschrieben.

Sophia verstand nicht. »Was soll ich jetzt machen?«, ging es ihr durch den Kopf. Plötzlich begann sie, seine Worte doch zu verstehen.

»… göttliche Frau, lasst die Geschicke von Mutter Erde nicht aus den Händen gleiten!«

Sophia begriff nun überhaupt nichts mehr.

»Vergebt mir, segnet mich, bevor ich von Euch gehe!«

Wie von innerer Eingebung geleitet, legte Sophia ihre Hand auf die Stirn des Mannes. Der Bragança-Diamant glühte unerwartet auf und der alte Mann zerfiel vor Sophias Augen zu Staub. Sophia zuckte erschrocken zusammen. Eben hatte sie noch die Stirn des Mannes berührt, jetzt stak ihr Arm einfach in der Luft. Kein Mann mehr zu sehen, kein Leben mehr, nur noch ein Häufchen Staub. Am anderen Ende der Kirche trat ein neuer Tourist ein. Das Aufschlagen der Tür verursachte einen Windzug und von dem Häufchen war keine Spur mehr zu sehen. Versteinert, ja regelrecht entsetzt, blickte sie Molay an. »Ich dachte, der Ring hat heilende Wirkung? Jetzt habe ich jemanden ermordet!«

»Ihr habt niemanden ermordet. Der Mann war schon lange tot, Ihr habt seine Seele befreit.«

»Hier gibt es nichts weiter zu finden! Eilt Euch und lasst uns endlich zur Flussgabelung hinuntergehen!«, wandte sich Blanchefort ungeduldig an Molay und Sophia. Die anderen Mönche hatten die Kirche bereits ausgiebig in Augenschein genommen und warteten nun gespannt am Ausgang. Molay folgte der Aufforderung, griff nach Sophias Arm, der eben noch die Luft zerschnitten hatte, und rüttelte sie aus ihrer Fassungslosigkeit auf. Er forderte sie auf, den Mönchen nach draußen zu folgen.

Mit greller Kraft schleuderte die Sonne der kleinen Menschengruppe ihre geballte Hitze entgegen, als sie die kühle Kirche verließen. Die hellen Kalksteine der alten Gebäude, die die schmalen Gassen von Rennes-le-Château säumten, reflektierten die Sonnenstrahlen und die mediterrane Hitze kroch unter die wollenen Mönchskutten der Gotteskämpfer. Die sengende Luft ließ Landschaft und Gebäude in der Ferne flimmern. Wären sie durch die Wüste gewandert, hätten sie mit Sicherheit eine Fata Morgana gesehen. Zum Glück war es nicht die Wüste, noch nicht zumindest, und es ging bergab. Das Sechzig-Seelen-Dorf lag bald hinter ihnen und sie blickten hinab in das Tal, durch das sich wie ein grüner Bindfaden ein Bach seinen Weg suchte. Am gegenüberliegenden Hügel wurzelten die Ruinen einer vergangenen Burg, was zu einem Weh und Ach unter den Mönchen führte, die sie wohl noch in voller Blüte gekannt haben mussten.

»Die Sommer werden immer heißer, die Sonne immer intensiver«, stellte Sophia fest. »Was stimmt mit unserer Welt nicht mehr?«, fragte sie Molay, ohne wirklich eine Antwort zu erstreben.

»Es ist nicht unsere Sonne allein! Sie steht nicht fest, sie dreht sich mit ihrem ganzen Planetensystem um eine höher stehende Zentralsonne und diese abermals um die nächst höhere.«

»Um eine höhere Zentralsonne?«, fragte Sophia erstaunt. »Davon habe ich noch nie etwas gehört! Wo soll die denn sein?«

»Unsere nächste Zentralsonne ist Alkyone im Zentrum der Plejaden, dem Siebengestirn. Ein Gestirn, das schon im Altertum genau beobachtet wurde, etwa von den Ägyptern und Babyloniern. Jedenfalls sind wir bereits in den Photonenring von Alkyone eingetreten, was wiederum zu einer verstärkten Sonnenaktivität unserer Sonne führt und drastische Klimaveränderungen auf der Erde nach sich ziehen wird. Ein kompletter Zyklus um Alkyone wird übrigens seit der Antike *Großes Platonisches Jahr* genannt und dauert etwa 26.000 Erdenjahre. Selbstredend ist solch ein *Weltenjahr* wieder in Tierkreiszeichen unterteilt, allerdings durchwandert die Präzession die Tierkreiszeichen in rückwärtiger Richtung. Aus zwölf Tierkreiszeichen folgen also etwa 2160 Erdenjahre für die Länge eines Weltenmonats, des sogenannten Äons. Da wir uns justament in der Vollendung eines kompletten Umlaufs befinden, verlassen wir nun das Fischerzeitalter, um in das Wasserkrugzeitalter einzutreten. Unser Fischer, Herr Jesu Christ, läutete das Fischerzeitalter ein, das demzufolge bald zu Ende gehen wird. Übrigens ist es noch gar nicht so heiß. Auf unserer Zugfahrt nach Rennes-le-Château habe ich in der Zeitung gelesen, dass die Temperaturen der vorigen Warmzeit vor etwa 128.000 Jahren bis zu zwei Grad Celsius höher lagen als heute, und das war vor ungefähr fünf Umrundungen, da standen Alkyone und die Erde fast in der gleichen Konstellation wie heute. Noch ein paar Jährchen, und dann ist es wieder soweit.«

Sie verließen die heiße Asphaltstraße und marschierten direkt durch die hochsommerliche Maccia hinunter zum Fluss. Schon bald hatte sich eine beträchtliche Menge vertrockneten Gestrüpps mit seinen Widerhaken und Stechinstrumenten an die Kutten der Mönche geheftet. Das machte den Abstieg nicht einfacher. Immerhin ließ die Steigung allmählich nach und die von der Kirche aus gesehen noch als grüner Schnürsenkel erscheinende Struktur in der weiten Ebene entpuppte sich mehr und mehr als Waldsaum, der das Flüsschen begleitet. An der Waldkante angekommen, schwenkte der Trupp nach rechts und folgte dem Flusslauf weiter durch das unwegsame Gelände. Der Weg wurde immer wieder von aus dem Boden ragenden Felsen oder Vorsprüngen unterbrochen. Dann gabelte sich plötzlich der Fluss. Ein Wasserfall umspülte einen riesigen Felsen, der sich wie ein Zuckerhut in den Himmel reckte und den Fluss in zwei Läufe teilte. Blanchefort stoppte den Trupp und Sophia hatte Zeit, das wunderbare Wasserspiel im gleißenden Sonnenlicht zu betrachten.

»*La Mort*! So nannte man die Gegend hier.« Blanchefort deutete mit seiner Rechten auf den geteilten Wasserfall. »Dahinter muss es sein! Wir müssen durchs Wasser gehen, eintauchen, die Luft anhalten und, wie ich befürchte, uns vollständig nass machen.«

Sophia hatte damit kein Problem, sie fing an, sich die Sachen auszuziehen und stand schon kurze Zeit später in Schlüpfer und BH vor den alten Männern. Diese schauten etwas verwirrt, denn zu ihrer Zeit fand Baden in einem Holzzuber und nicht sehr oft statt, und das ausgelassene Schwimmen in Seen und Flüssen, gekoppelt sogar noch mit einer ausgiebigen Hingabe des wenig oder gleich gar nicht bekleideten Körpers an die Sonne, war eine Mode, die erst viele Jahrhunderte nach dem Tod der alten Männer aufgekommen sein musste. Doch dann zögerten sie nicht lange und einer nach dem anderen legte seine lange Mönchskutte und darunter befindliche Harnischteile in die vertrocknete Wiese nahe dem Ufer ab.

Bertrand Blanchefort trat ans Ufer und tauchte seinen Fuß vorsichtig in das kalte Nass des Flusses ein. Mit einiger Überwindung war er es, der voranschreiten musste, denn nur er kannte die genaue Stelle, an der sie gefahrlos in die unterirdische Höhle eintreten konnten. Wie auf einem unsichtbaren Trampelpfad wateten die Mönche mit der Jungfrau in ihrer Mitte durch das beintiefe Wasser, das schon bald Sophias Bauchnabel umspülte. Dann schlüpfte Blanchefort unter dem vom rechten Wasserfall gebildeten Wasservorhang hindurch und verschwand. Einer nach dem anderen folgte.

Der kleine Raum hinter dem Vorhang war mit Moosen dick bewachsen. Die eigenartige Akustik des abgeschlossenen Raumes fiel Sophia sofort auf und natürlich das Licht, das kristallklar durch die Wasserwand hindurch schien und sich an den Rändern des Wasserfalls in den Farben des Regenbogens brach. An einem Steinquader, der Sophia sogleich an einen Sarkophag erinnerte, betätigte Blanchefort einen verborgenen Mechanismus. Dann öffnete sich ein Spalt in der Felsmauer und die Gruppe fand Einlass in eine Höhle. Zwei dicke Fackeln gleich hinter dem Eingang der Höhle flackerten wie von Geisterhand entzündet auf. Trotzdem mussten sich die Augen erst an das relative Dunkel gewöhnen, denn draußen war es durch die gleißende Nachmittagssonne sehr hell gewesen. Die Höhle war nicht besonders groß, bot aber allen bequem Platz. Sie war fast kreisrund und wölbte sich über ihnen in luftiger Höhe zu einem wunderbaren Dom, aus dessen Zentrum ein winziger Strahl von Tageslicht zu kommen schien. Die Kuppelwand leuchtete vom orangeroten Schein der Fackeln. In der Mitte der Höhle stand ein hoher, steinerner, aber trotzdem filigraner Schemel auf einer geschliffenen Steinplatte. Vor dem Schemel war in der Steinplatte ein Gefäß wie ein umgestülpter Blumentopf eingelassen, der am oberen Ende mit einem Steinstopfen verschlossen war. Am Rand der Höhle erkannte Sophia eine umlaufende Steinbank, auf der die Mönche sich nun niederließen. Rasch waren Sophia und Blanchefort die Einzigen, die noch standen.

Blanchefort wandte sich an das Mädchen. »Sophia, Ihr seid nicht nur unsere Befreierin, Euch stehen noch viel schwierigere Aufgaben bevor. Ich bitte Euch nun, auf diesem Schemel Platz zu nehmen und als Orakel die Aufgabe zu finden, die uns allen bevorsteht.«

Ein bisschen verdutzt schaute Sophia Blanchefort schon an, aber sie vertraute ihm. Und hatte sie nicht in Tempelhof schon einmal eine ähnliche Aufgabe erledigt? Gehorsam nahm sie erneut als Medium auf dem Schemel Platz. Als Sophia es sich einigermaßen bequem gemacht hatte, beugte sich Blanchefort nach vorn und öffnete den Stopfen in der Steinplatte. Sofort umnebelte Sophia ein eindringlicher Erdgeruch. War es der Hauch des Hades, der ihr sofort zu Kopfe stieg? Sie konnte es nicht sagen, denn das selbstständige Denken ließ augenblicklich nach. Sie fühlte sich so … ja, im wahrsten Sinne des Wortes benebelt.

Blanchefort hatte sich unterdessen zu den anderen Mönchen gekauert. Eine gewisse Erregung schien sich unter den angejahrten Herren breitzumachen, als sie beobachteten, wie Sophia deutlich ihr Aussehen veränderte. Sie begann aufzuquellen. Ihre feinen Züge verrannen und sie glich mehr und mehr einem Wesen, das mit viel zu vielen Hamburgern aus irgendeiner Fastfood-Bude gefüttert worden war. Mit einem ohrenbetäubenden Knall zerfetzte es ihren BH, als ihre Körperformen drastisch zu wachsen anfingen. Es dauerte nicht lange, bis die Wampe, inzwischen dick wie bei einer hochschwangeren Frau, Sophias Slip lautstark wegsprengte. Ihre Augen wölbten sich vor, die weißen Augäpfel traten nach außen und jäh drängte sich aus ihrer Vulva der Kopf eines Etwas, das sich seinen Weg durch die fett gewordenen Schenkel suchte.

Die Mönche erzitterten, als sie ihres leibhaftigen Baphomet ansichtig wurden. Entsetzen machte sich unter ihnen breit. Solches hatten sie in ihrem langen Leben noch nicht zu Gesicht bekommen – und wahrlich, sie hatten schon einiges gesehen.

Plötzlich fing der zickenbärtige Medusenkopf in Sophias Schoß an zu sprechen. Eine tiefe dröhnende Stimme hauchte sich unter der Domwandung der Höhle entlang und erreichte die auf der Steinbank sitzenden Mönche von hinten. Wie im Würgegriff sphärte es in die Mönchskörperchen. »Ihr habt mich siebenhundert Erdenjahre lang verlassen …« Ein statisches Knistern zerfetzte die dumpf klingenden Worte. »Siebenhundert Jahre …«, wiederholte es sich. »… Ich hatte Euch zu Solvenz und Macht verholfen, damit ihr mir dient, doch mit Eurer ignoranten Leidenschaft habt ihr alles verwirkt.« Wieder ein Knistern. »Gier nach Reichtum, Machtbesessenheit und Benommensein von unersättlicher Fleischeslust hat Euch stellvertretend für alle Erdmenschen ins Verderben geführt. Ihr habt die Glut des Hasses geschürt, der die Menschheit heute mehr denn je spaltet. Nur eine Chance kann ich Euch noch gewähren, damit ihr den Auftrag doch noch erfüllt.«

Ihr Gott, den sie Jahrhunderte lang als Plastik aus Stein, Holz oder Metall in geheimen Schreinen angebetet hatten, war ihnen nun lebendig im Orakel erschienen. Hugo von Payens erinnerte sich wieder daran, wie er mit sechzehn Jahren im Heiligen Land tief im Inneren der Ruinen des alten Salomo-Tempels das erste Mal auf Baphomet gestoßen war. Er hatte den Auftrag erhalten, den Templerorden zu gründen und die Menschen zu führen, bis er neue Anweisungen von Baphomet erhalten würde. Doch mit ihrer Gier nach Land, Gold und Macht hatten die Templer die Raffgier weltlicher Herrscher geweckt, wie die von Philipp dem Schönen, König von Frankreich, der dem Templerorden am Schwarzen Freitag, den Dreizehnten im Oktober anno Domini 1307 ein abruptes Ende bereitet hatte.

Auf dem Kirchberg

Lukas und Marek standen auf dem Friedhof der Kirche in Rennes-le-Château. Alte Steine deuteten auf vergangenes Leben. Im Reiseführer wurde auf eine Grabplatte hingewiesen: Marquise d'Hautpoul, letzter Spross der Blancheforts, starb hier am 17. Januar 1781 und soll dem damaligen Pfarrer Antoine Bigou kurz vor ihrem Tod ein Familiengeheimnis anvertraut haben. Und dem Bekanntesten des Geschlechts – derer von Blanchefort – waren die Jungs nun schon zweimal begegnet: auf dem unterirdisch versteckten Schiff in den Geheimgängen von Marienburg und bei seiner Befreiung durch Sophia in der Tempelhofer Burg. Bertrand Blanchefort, der vierte Großmeister der Templer! Marek versuchte die Inschrift zu entziffern: »›Et in Arcadia Ego.‹ Was soll das bedeuten?«

Lukas zuckte mit den Schultern und wandte sich ab. Ihm waren die alten Grabsteine zu langweilig. Er schlenderte hinüber zur Umfriedung, die den Friedhof einfasste und vor dem steil abfallenden Tal schützte. Von hier aus reichte der Blick über das ganze Land. Links lagen die Ruinen der Burg von Cassaignes und im Tal flossen mehrere Flüsschen aus den Bergen kommend zusammen: die Agly, die Sales und die Blanque. Zur Rechten erhob sich ein gewaltiger Berg in die Höhe: Pic de Búgarach. Dort begannen die Pyrenäen.

Als Lukas in Gedanken versunken den Berg im Dämmerlicht des scheidenden Tages betrachtete, schoss plötzlich ein gewaltiger Lichtstrahl aus seinem Inneren hoch in den Himmel. Es sah aus, als hätte jemand eine überdimensionale Laserkanone auf das Firmament gerichtet. An der Spitze des Strahls leuchtete eine Feuerkugel wie eine Qualle, bis diese schließlich medusenhaft ins Universum entschwand.

Mit offenem Mund stand Lukas da. Er versuchte Marek das Lichtphänomen zu zeigen. Doch der stand immer noch murmelnd über die Grabplatte gebeugt und bekam von alledem nichts mit. »›Und in Arkadien bin ich‹ – und was soll das bedeuten?« Als er endlich zu Lukas hinüberschaute, war von dem Spektakel längst nichts mehr zu sehen.

Potsdam

Saint Germain war ein Spieler, ein Charmeur, ein Magnat der Gesellschaft und zugleich Hansdampf in allen Gassen. Gewohnt, der Königsgattin den Gesellschaftsschmalz aus der Nase zu ziehen, dieser und jener Baroness am Rockzipfel zu zupfen, um gleichzeitig ein geschicktes Geschäft mit dem Hausherrn unter Dach und Fach zu bringen, war er weit über Frankreichs Grenzen hinaus bekannt. Wiedererwacht im einundzwanzigsten Jahrhundert hatten sich seine Gewohnheiten und Bedürfnisse nicht gewandelt. Die Zeit war eine andere geworden, ja. Die Vergnügungen von einst hatten neue Formen und Entartungen gefunden, trotzdem blieb das Bedürfnis nach gesellschaftlichem Glanz dasselbe. »Wir gehen aus!«, schlug Max vor. »Meine Cousine gibt ein Hauskonzert in Potsdam. Da sind wir dem alten Königshof ganz nahe und du wirst deine Freude haben, Saint Germain!«

Nach der Wiedervereinigung war in den 90er-Jahren der preußische Adel nach Potsdam zurückgekehrt. Voran S.K.H. Prinz von Preußen, gefolgt von den Nachfahren der einst im Dienste seiner Majestät stehenden hochgeadelten Beamten: derer von Puttkamer, Armin, Tiesenhausen, Bismarck, Meibom, Knobelsdorff, Hardenberg und viele mehr. Sie hatten sich ihre Schinkelvillen wiedergeholt und sie aus dem Dornröschenschlaf seit dem Zweiten Weltkrieg erweckt. Nun erstrahlten die Anwesen im Glanz der vom Heiligen See reflektierten Abendsonne. Florierende Immobiliengeschäfte mehrten ihr Geld. Engagement für Stadt, Kunst und Kultur hatten sich die Rotarier auf die Fahnen geschrieben; eine Konzertreihe für junge Künstler galt als Sprungbrett und wurde zirkulierend in diesen Villen abgehalten. Heute stand Max' Cousine mit einem Klavierrecital auf dem Programm. Max hatte sich in Schale geworfen und mit der Wahl eines Joop-Anzugs immerhin Lokalpatriotismus bewiesen, da der Designer genau auf der anderen Seite des Sees residierte. Vom Balkon der Villa, der zu einer Raucherpause nach dem Konzert einlud, konnte Max mit seinen scharfen Augen gerade am Marmorpalais vorbei über den See hinweg bis zur Joop-Villa hinübersehen, die zu Zeiten des Kalten Krieges die Britische Militärmission beherbergt hatte.

Die frühklassizistische Villa, in der nun gerade das wunderbare Klavierkonzert seiner Cousine nicht nur die Paneele des Saals zum Schwingen gebracht hatte, blickte ebenfalls auf eine spannende Geschichte zurück. Der neue Besitzer war nicht nur stolz auf seine ausgesuchte Sammlung von Werken der Romantik und des Impressionismus, bei deren Anblick sich die Spezialisten von Sotheby's und Christie's die Hände gerieben hätten, nein, der Kulturgegenstand, der die Brust des Besitzers ausnehmend schwellte, stand im Badezimmer und hatte die Form einer schäbigen Emaillebadewanne. Da sich das Haus nach dem Krieg im Besitz des KGB befunden und als dessen Gästehaus gedient hatte, konnte die Wanne auf eine kleine Sensation zurückblicken: Einst hatte sie Badewasser und Körper des russischen Präsidenten Leonid Breschnew in sich aufgenommen, der, stockbesoffen vom Wodka, das Badewasser wohl mit seinem eigenen getrübt hatte.

An die hundert Gäste tummelten sich jetzt im Saal und am Buffet in der Küche. Das Gemurmel der sektgefetteten Stimmen erreichte bald denselben Pegel, den zuvor die Pianistin auf dem Steinway produziert hatte. Geschäfte wurden gemacht, Garderobe und Schmuck zur Schau gestellt und Siegelringe an den kleinen Fingern der edlen Gäste verrieten ihre Familienzugehörigkeit.

Den Gesprächsfetzen entnahm Saint Germain, dass hier die eigentlichen Drahtzieher der Macht zusammengekommen waren.

»… die Bundeskanzlerin hat doch ihre Regierung nicht in der Hand, während eine Kriese die nächste jagt!«, donnerte es von links.

»Wir zahlen für die Misswirtschaft korrupter EU-Länder«, antwortete der Herr rechts daneben.

»Mein Portfolio hat sich auch von einem mächtigen Folianten in einen Dreigroschenroman verwandelt. Dank meiner Gattin haben wir zum Glück in *Blue Chips* investiert. Vermögenswerte auf dem Kunstmarkt zu kaufen hat auch den Vorteil, dass man sich Kunst an die Wand hängen und genießen kann. So ein Liebermann überm Schreibtisch ist schon ganz ansehnlich, oder was meinen Sie, lieber Cousin?«

»Ganz recht, ganz recht. Ich habe meine Moneten rechtzeitig aus meiner Investmentbank abgezogen und in meine Porzellansammlung investiert. Haben Sie die schon gesehen, lieber Cousin? Ich habe das Wasser aus meinem Swimmingpool abgelassen und meine Sammlung dort unter einem Glasdach untergebracht. Wenn die Sonne hineinstrahlt, funkeln die goldenen Radierungen auf den Nymphenburger Vasen und Petersburger Zitronenkörben! Meine Frau ist außerordentlich begeistert. Wirklich wunderschön und auf jeden Fall aus dem Einzugsbereich des Fiskus gerettet!«

All die schwarz gekleideten Herren unterhielten sich abfällig über die regierende Bundeskanzlerin. Sie musste so etwas wie die Königin von Deutschland sein, dachte Saint Germain. Auch interessierten sich die Gäste, wie es schien, für die Entfaltung der Städte Potsdam und Berlin, schließlich hatten sie sich anständig am DDR-Kuchen bedient. Dann folgten Gesprächsfetzen wie: »Die Rothschilds und Rockefellers haben ihr Geld auch nur mit Erdöl und Anleihen gemacht. In Russland ist es genau das Gleiche, nur, dass die Oligarchen hundert Jahre später die Chance hatten, noch einmal mit Öl, Stahl und Diamanten in die Liga der ganz Reichen aufzusteigen und das, nachdem der Westen lange aufgeteilt war.«

Saint Germain fiel auf, dass er der Anstecknadel, die einer der Männer trug, heute Abend schon mehrmals begegnet war. Viele der alten Herren trugen in ihren Revers dieses klitzekleine, aber doch sichtbare Abzeichen, das wie ein achtspitziges Kreuz geformt war. »Eine Loge. Eine Geheimorganisation«, ging es ihm durch den Kopf. Fast wie das Templerkreuz, das seine Freunde auf ihren Mänteln trugen. Saint Germain war es gewohnt, auf geheime Zeichen zu achten, denn nichts Anderes hatte man bei Hofe im frühen achtzehnten Jahrhundert getan, um eine politische Gesinnung, eine ausgefeilte Intrige oder die extravagante Offerte einer Hofdame zu erkennen. Hier konnte er lediglich die Zugehörigkeit der Träger zu einer stockkonservativen Gesellschaft erkennen. Wie Tempelritter sahen die Männer in ihren dunklen Anzügen und bunten Krawatten dagegen nicht aus. Er musste sich mehr mit den Moden der Zeit auseinandersetzen, in die er hineinkatapultiert worden war. Alles war viel komplexer geworden. Weiße Seidenstrümpfe galten beispielsweise als Zeichen französischer Gesinnung und rote Beinkleider, wenn sie nicht gerade als Bestandteile des Kardinalsornats getragen wurden, standen für die Spanienfreundlichkeit. Solche kleinen Zeichen schienen in der Sinnesflut des einundzwanzigsten Jahrhunderts unterzugehen. Auch wurde die Mode offenbar nicht mehr mit Bedacht getragen. Gerade in Berlin schien alles möglich, das war ihm schon bei seiner Ankunft im U-Bahnhof »Alt-Tempelhof« nicht entgangen.

Schließlich entdeckte Saint Germain Max wieder, der mit einem General a. D. der Bundeswehr im Türrahmen des Balkons stand und ins Gespräch vertieft war. Der hochgewachsene grauhaarige Herr von Sowieso verbreitete einen gehörigen Enthusiasmus, als er plötzlich über den Johanniterorden ins Schwatzen kam. Der Johanniterorden, ebenfalls in Jerusalem gegründet, aber noch lange bevor die Templer von sich Reden machten, sei der größte protestantische Orden und mit Brandenburg tief verwurzelt. Max konnte sich des Eindrucks nicht erwehren, dass der General zwar von Brandenburg sprach, aber eigentlich Preußen meinte. Und Saint Germain freute sich, dass er mit der Deutung des achtspitzigen Kreuzes gar nicht so verkehrt gelegen hatte, auch wenn die Ritter nicht mehr wie die Ritter von damals aussahen. Dann brannte es ihm doch auf der Seele. »Waren die Johanniter nicht die Nachfolger der Kommende Tempelhof?«

»Ja, nach der endgültigen Zerschlagung des Templerordens im Jahre 1312 stellte sich der Komtur von Tempelhof unter den Schutz des askanischen Markgrafen Waldemar, so dass die Besitzung erst 1318 an uns überging. Der Komturhof wurde dann 1344 mit einem johannitischen Komtur ausgestattet, aber schon 1435 haben wir den Hof an die Stadt Berlin verkauft.«

»Haben sie denn nicht nach der unterirdischen Burg und dem Templerschatz gesucht?«

»Davon ist mir nichts bekannt und der Gutshof warf nicht viel ab. Ich hielt die unterirdische Burg für eine Nazilegende. Allerdings habe ich letzte Woche von der Entdeckung einer unterirdischen Krypta in der Zeitung gelesen. So recht kann ich allerdings nicht glauben, dass die Krypta aus der Templerzeit stammt. Wahrscheinlich wurde sie erst viel später angelegt, die Tempelhofer Kirche wurde ja öfters umgebaut«, wandte der General ein, doch Saint Germain und Max wussten es besser. Max musste sogar schmunzeln, da der General offenbar nicht wusste, dass er selbst den Zeitungsartikel verfasst hatte, doch aufklären wollte er ihn nicht. Der General a.D. sprach inzwischen von den Johanniterkrankenhäusern in Brandenburg und den Hilfsprojekten in Namibia.

»Namibia – war das nicht Deutsch-Südwest?«, fuhr es Max still durch seine Synapsen, während er vom Geistesblitz äußerlich ungerührt in seiner Zuhörerpose verweilte. Von der Unfallhilfe lenkte der General sein Referat zum Orden, der natürlich immer noch ein Ritterorden war: der *Ritterliche Orden Saint Johannis vom Spital zu Jerusalem*. Der General war nicht nur ein Offizier der Bundeswehr, er war tatsächlich ein echter Ritter, auch wenn er nicht mit Schild und Schwert, sondern nur mit Anstecknadel daherkam. Aber Ritter hatten eine Struktur und als Max erfuhr, dass der Chef des Johanniterordens der Herrenmeister S.K.H. Prinz von Preußen war, fiel es ihm plötzlich wie Schuppen von den Augen: Die ganzen hochadligen Herren hatten sich in einem Ritterorden zusammengerottet und weinten immer noch einer verlorengegangenen Monarchie hinterher.

»Aber was hat die Monarchie ins Wanken gebracht?«, überlegte Max. »Die Serben? Die Muslime?« Hatte er nicht vorhin in der angeschwollenen Halsschlagader eines Mannes eine von religiös bis nationalistisch gefärbte Hitzigkeit bemerkt, als sich eine vorbeiziehende Gesprächsrunde mit der Ausländerproblematik auseinandersetzte? Hatte nicht vor allzu langer Zeit Papst Benedikt XVI. den Kaiser Manuel II. Palaeologos aus dem Byzanz des vierzehnten Jahrhunderts zitiert, der die Kreuzzüge gegen den Islam rechtfertigte? Hatte sich überhaupt so viel verändert an der religiösen Glut vom vierzehnten bis hin zum einundzwanzigsten Jahrhundert?

Max' Überlegungen wurden abrupt durch einen gellenden Schrei unterbrochen. Einer der Gäste auf dem Balkon starrte in den Himmel. Max folgte dem Blick und sah, wie er zunächst glaubte, eine Sternschnuppe. Das Komische daran war allerdings, dass der Meteor nicht zur Erde herabstürzte, sondern sich der Lichtschweif von der Erde zu entfernen schien. Bei diesem Anblick beschlich Max ein ganz merkwürdiges Gefühl. Es umkrampfte sein Herz, so, als wäre jemand, der im sehr nahe stand, in ernste Gefahr geraten.

Arkadien

Der Feuerstrahl hatte das Medium mit sich fortgerissen. Die Mönche drückten sich unbehaglich auf ihrer Steinbank hin und her. Vor ihnen stand der Steinschemel, leer, alles schien wie seit Jahrhunderten unberührt. Nur, dass eben noch Sophia genau dort gesessen hatte. Doch weder von Sophia noch von dem medusenhaften Baphomet gab es eine Spur. Beide waren verschwunden.

Die Mönche, die von der Steinbank aufgesprungen waren, warfen sich auf die Knie, streckten die Arme weit vor sich, beugten sich nach vorn und küssten den Boden. Auf und ab wippten ihre Oberkörper und allmählich fanden sie dabei einen gemeinsamen Rhythmus. Im Gleichtakt berührten ihre Lippen rund um den verlassenen Steinschemel den Boden, immer wieder aufs Neue.

»Sophia, oh, Sophia, wo bist du hin?«, fing irgendwann Blanchefort zu wehklagen an. »Arkadien ist nicht mehr in Griechenland, das Schäferland befindet sich direkt hier, zu unseren Füßen. Der Pastor, der Hirte, unser Herr hat uns zu sich gerufen. Oh, Baphomet, du hast uns Sophia genommen. Von deiner Wartestatt hast du sie hinfortgerissen. Du hast das Portal geöffnet und uns Sophia genommen. Sophia, oh, Sophia!«

Immer noch wippten die Mönche auf dem Fußboden. Schließlich stellte Molay sein rechtes Knie auf und wandte seine Brust dem leergefegten Schemel zu. Mit vertrauter Musikalität hauchte er eine intonierte Lobpreisung an die Stelle, an der sich eben noch ihr Gott gezeigt hatte:

Macht hoch die Tür, die Tor' macht weit,
Es kommt der Herr der Herrlichkeit,
Ein König aller Königreich',
Ein Heiland aller Welt zugleich,
Der Heil und Leben mit sich bringt;
Derhalben jauchzt, mit Freuden singt:
Gelobet sei mein Gott,
Mein Schöpfer, reich von Rat![18]

Und so sehr sich die Kirchenväter auch immer gesträubt hatten, das Pergament des Assassinen aus dem Tempel Salomos anzuerkennen, stand es doch schon in den Evangelien geschrieben:

Und siehe, es geschah ein großes Erdbeben. Denn der Engel des Herrn kam vom Himmel herab, trat hinzu, und wälzte den Stein von der Tür, und setzte sich darauf. Und seine Gestalt war wie der Blitz und sein Kleid weiß als der Schnee.[19]

Und war der Engel nicht gerade wie der Blitz hochgefahren und hatte Sophia mit sich gerissen? Und war Matthäus nicht einer der zwölf Apostel, der noch leibhaftig miterlebt hatte, was er später aufschrieb? Wie ein schwerer Mantel legte sich

18 Text von Georg Weissel (1590-1635) in: Erster Theil Der Preussischen Fest-Lieder, [...] Discantvs, Elbing 1642, Bl. A 2b (Nr. 2)
19 Matthäus 28, 2–3

Melancholie auf die versonnenen Mönche und Molays Lobpreisung zerriss im letzten Hauch. Die Melancholie durchbohrte sein Herz wie der Pfeil eines treffsicheren Kriegers. Mit getrübtem Blick und Tränen in den Augen hob er abermals an und stahl sich in die Herzen seiner Mitbrüder:

Können Tränen meiner Wangen
nichts erlangen,
o, so nehmt mein Herz hinein!
Aber lasst es bei den Fluten,
wenn die Wunden milde bluten
auch die Opferschale sein.[20]

Als wäre eine Fackel auf ein unerwartetes Harzreservoir gestoßen, flackerte es zu Molays Rechten auf. Als er seinen Blick zur Quelle der Störung seines Gedankenflusses wendete, musste er jedoch feststellen, dass es keineswegs die Fackel war, die seine Aufmerksamkeit erregt hatte. Aus einem Spalt in der Wand, den er zuvor nicht bemerkt hatte, drang urplötzlich ein wackeliger Lichtschein in den Dom hinein.

20 Text von Christian Friedrich Henrici (1700–1764), verwendet als Arie in der Matthäus-Passion von Johann Sebastian Bach, BWV 244, 52

Berlin

»Eine wunderschöne Arbeit! Sehen Sie den Schliff des Jaspissteins. Nicht einfach hingeschludert, wie man es von vielen modernen Kunstmärkten kennt. Nein, fein poliert und das vor zweitausend Jahren. Und der Fuß: schlicht, aber aus Dreifarbgold. Ich frage mich, ob er erst später angefügt wurde, etwa um auf die Trinität, die Dreifaltigkeit, hinzudeuten: Vater, Sohn und Heiliger Geist. Und dann die drei Steine, jeder auf seinem eigenen Goldgrund, groß und glänzend: ein an die Augen eines Neugeborenen erinnernder dunkelblauer Saphir, ein dem Aderlass gleicher blutroter Rubin und ein, die saftigste boreale Wiese einfangender, tiefgrüner Smaragd. Wenn mich mein Gefühl nicht täuscht, stammt der Smaragd aus König Salomos Bergwerken und hat gewiss den Namen Adar eingeschnitten.« Professor Weise konnte seine Begeisterung kaum zügeln.

Der Kommissar hingegen wurde ungeduldig. Schließlich hatte er noch eine Leiche aufzuspüren – und zwar die von Molay, oder wem auch immer das Blut in der Schale zuzuordnen ist.

Doch Weise war so fasziniert von dem Becher, dass er die eindringlichen Blicke des Kommissars auf seine Armbanduhr entweder tatsächlich nicht wahrnahm oder geschickt missachtete. »Adar ist nach der jüdischen Kabbala der dritte Name Gottes: der Herrliche. Und ist dieser Becher nicht wirklich herrlich? Haben Sie übrigens die ebenso herrliche Fabergé-Ausstellung im Schloss Charlottenburg besucht? Die berühmten Ostereier der Zaren, die sich der russische Oligarch Viktor Wekselberg unter den Nagel gerissen hat. Die filigranen Eier wurden von Jahr zu Jahr immer opulenter und prunksüchtiger, manche sagen sogar kitschig. Auf jeden Fall wurden sie immer kostspieliger, denn es wurden immer mehr Edelsteine, Gold und Platin verarbeitet, die Emaille wurde aufwendiger und die Überraschungen im Ei prächtiger gestaltet. Nur das erste, das Zar Alexander III. 1885 seiner dänischen Frau schenkte, bestach durch schlichte Eleganz. Es sah noch aus wie ein Hühnerei: außen weiße Emaille, innen eine Goldkugel als Dotter. Natürlich gab es innen schon damals eine Überraschung: Im Dotter befand sich eine Henne, gefertigt aus Vierfarbgold mit zwei kleinen Rubinen als Augen. Aber damit nicht genug. Wie bei einer Matrjoschka steckte eins im andern und aus dem Bauch der Henne lugte, nachdem man ihr den rechten Flügel hochgeklappt hatte, eine winzige Zarenkrone hervor, an der zwei noch winzigere Rubin-Eier baumelten. Die Verwendung verschiedener Goldlegierungen für das berühmte Vierfarbgold der Fabergé-Werkstatt erinnert sehr an diesen Fuß, den ich gerade in der Hand halte, auch wenn hier nur drei Goldtöne verarbeitet sind.«

Dem Kommissar reichte es schon lange, was hatten irgendwelche Eier, und seien sie noch so kostbar, mit seinem Fall zu tun? Ungeduldig unterbrach er den Redefluss des Professors. »Ja, was sagt uns das alles? Woher kommt die Schale? Wem hat sie gehört? Wie kommt sie ausgerechnet in mein Revier nach Tempelhof?« Alles Fragen, die Kommissar Schulz lieber jetzt als später beantwortet haben wollte, denn später waren weitere Fragen zu dem Fall zu klären und überhaupt, kamen jeden Tag neue Fälle hinzu. Keine Zeit also, Gedanken an die orientale Prunksucht der Russen zu verschwenden. Da reichten ihm schon die Machenschaften der heutigen Mafia, die ihre blutjungen Schönheiten im überdimensionierten SUV an den Ku'Damm schickte, damit sie sich mit durchweg unrechtmäßig und steuerfrei erworbenem Geld hoffähig christiandiorten.

»Nur die letzte Frage kann ich Ihnen einigermaßen beantworten, soweit es unsere ersten Untersuchungen zulassen. Die Kammer, die Sie entdeckt haben, stammt aus dem beginnenden dreizehnten Jahrhundert und ist somit vermutlich wirklich die unterirdische Templerburg, die schon Heinrich Schliemann suchte, nachdem er Troja ausgegraben hatte. Was für ein Zufall, dass sie nicht gefunden wurde, als man den U-Bahntunnel in den 1960er anlegte. Gerüchte über einen unterirdischen Gang von der Tempelhofer Dorfkirche zum Krughaus hatten sich damals nicht bestätigt. Anno dazumal wurden lediglich das Kellergewölbe des Krughauses sowie ein Entwässerungskanal der alten Chaussee nach Mariendorf angeschnitten, der, wie sich nun herausstellte, sage und schreibe vierundzwanzig Zentimeter an der Burg vorbeiführte. Das Bauwerk gibt uns einige Rätsel auf. Wir konnten bisher keinen Eingang finden. Das Gerücht des unterirdischen Ganges bekommt jetzt neues Futter, da ein solcher Zugang vonnöten ist, um auf das Niveau der Burg zu gelangen. Diese Burg – oder Kapelle eigentlich – hat die Form eines Kreuzes. Alle vier Enden führen ins Nichts: In der westlichen Nische befinden sich wunderschöne Fresken, die von den Archäologen noch gedeutet werden müssen. Gegenüber liegt der Altar mit dem Kruzifix, der an den U-Bahn-Tunnel stößt. Rechts steht die goldene Statue mit dem Janusgesicht und links das

Ölgemälde, das vermutlich Asmodeus darstellt. Das Gemälde steckt zwar in einem Rahmen, ist aber nicht auf Leinwand gemalt, sondern wurde offenbar auf die Wand gepinselt. Die Malstile und Techniken dieses Ölgemäldes sind grundsätzlich verschieden zu denen der Fresken im Westgang des unterirdischen Gebäudes. Wenn man den Fresken folgt, erfährt man einiges zur Jesus- aber auch zur Tempelrittergeschichte. Nicht alles ist aus dem Neuen Testament bekannt und vieles muss, wie gesagt, noch gedeutet werden. Auffällig ist jedoch die Szene, in der offenbar Joseph von Arimathäa das herabtropfende Blut des Gekreuzigten mit einer Schale auffängt. Vergleicht man die Freskendarstellung mit dem Becher, der hier vor uns steht, fällt eine frappierende Ähnlichkeit auf.«

»Das ist ja alles sehr interessant, Herr Professor, aber was sagt uns das? Wo ist unsere Leiche? Welches Verbrechen muss ich aufklären?«, unterbrach ihn der korpulente Kommissar abermals, dem nun schon Schweißperlen auf seiner rosafarbenen Stirn hin- und hertanzten.

»Herr Schulz, wie bereits mehrfach erwähnt, müssen wir gewiss noch eine Reihe von Tests durchführen. Aber wenn Sie meinen Ausführungen aufmerksam gefolgt wären, hätten Sie erkannt, welche Tragweite der Fund hat!«

Der Kommissar war nun wirklich perplex. Da schwafelte der Professor stundenlang, aber von einer Tragweite im Gesagten konnte nun wirklich nicht die Rede sein.

»Was ich hier in den Händen halte, ist der Abendmahlsbecher, aus dem Jesus Christus symbolisch Wein als sein Blut verteilte und den außerdem Joseph von Arimathäa gebrauchte, um das Blut des Gekreuzigten aufzufangen. Im Mittelalter ging dieser Becher als Heiliger Gral in die Sagenepen von Robert de Boron und Wolfram von Eschenbach ein. Die ganze

Menschheit hat ihn wegen seiner sagenhaften Kräfte gesucht und Sie, Herr Schulz, haben ihn gefunden!«

Der Professor glaubte, eine leichte Röte zunehmender Durchblutung auf den wächsernen Wangen des Kommissars zu erkennen. Seine Ungeduld hatte sich offenbar in Stolz verwandelt, obgleich sein einfacher Charakter sicher noch immer nicht die Tragweite der Entdeckung erfasst hatte. »Und was macht nun dieser Heilige Gral?« Denn wissen wollte er es schließlich doch, sei es nun aus Diensteifer oder Eitelkeit.

»Er soll seinem Besitzer irdisches und himmlisches Glück verleihen. Aber nur, wenn der Besitzer rein ist. Ich glaube, die gängigen moralischen Verfehlungen der Jetztmenschen machen Sie und mich nicht empfänglich für diese Kräfte, denn ich kann nichts spüren, wenn ich den Becher berühre. Er wird übrigens auch mit ewiger Jugend in Verbindung gebracht und in Eschenbachs ›*Parcival*‹ wird ein Ritterordenskult um den Gral beschrieben. Vielleicht müssen Sie in solch einem Kreis nach ihrem Verbrechen suchen. Wenn man bedenkt, dass Blut und Haare im Becher vermengt gefunden wurden, wird der okkulte oder esoterische Zusammenhang sofort offensichtlich. Es ist bestimmt eine gute Idee, sich in der Eso-Szene umzuhören. Ach, übrigens, der Becher muss gar nicht über Zauberkräfte verfügen. Ist es nicht der Glaube, der Berge versetzen kann? War es nicht der Glaube an ein Wunder, wie etwa blutende Hostien, der Leute wieder heilte? Vielleicht auch, weil sie sich zuvor mit ihrer Wallfahrt zum Ort des Wunders einer körperlichen und geistigen Reinigung unterzogen hatten?«

Der Kommissar bedankte sich und verließ Professor und Museum. Nun musste er zunächst einmal die mysteriöse Kost verdauen. Sein nun doch noch aufgekommenes Schmunzeln hielt weitere zwei, drei Ampelkreuzungen lang an, dann senkten sich seine Mundwinkel wieder und er verfiel in die gewohnte, Trübsal blasende Kommissarsmimik.

»Blutende Hostien, Wunder, Glaube«, dachte der Kommissar. »Alles Quatsch. Ich glaube nur an meine Gehaltsabrechnung. Und für die vielen Überstunden, die ich schieben muss, gibt es nicht mal mehr Geld!« Dennoch erinnerte er sich, in einem Brandenburger *Coffee Table Book* gelesen zu haben, dass Bad Wilsnack, ein Dorf im Nordwesten Brandenburgs, zu Zeiten der Pest solch ein Wallfahrtsort gewesen war, wie ihn der Professor beschrieben hatte. Irgendein Pfarrer hatte selbstblutende Hostien entdeckt und die Kunde verbreitete sich wie ein Lauffeuer durch Mitteleuropa. Sogar aus Ungarn kamen Scharen an den verträumten Ort im rauen Norden. Natürlich war die Kirche viel zu klein, um die Massen an Pilgern in jener Zeit aufnehmen zu können. Daher fingen die Leute nach ihren langen Fußmärschen an, den roten Backstein der Kirchenwand mit Münzen auszuhöhlen. Das so gewonnene Pulver nahmen sie als Medizin selbst ein oder nahmen es für einen Verwandten mit, der so krank war, dass er die beschwerliche Pilgerfahrt nicht hätte antreten können. Und wie ein Wunder heilte der rote Backstein viele Menschen. Ein Placebo, dem der Glaube zur Wirkung verholfen hatte. Und hatte sich daran etwas bis zum heutigen Tag geändert? Nein! Jetzt heißen mit grünem, rotem oder braunem Pulver angefüllte Kapseln Nahrungsergänzungsmittel und machten vor allem die Pharmaindustrie reich.

»Schluss! Aus!«, dachte der Kommissar. »Gibt es nun eine Leiche oder nicht? Und wenn ja, ist es nicht die vermisste Tochter, die darüber Auskunft geben könnte? Und ist sie nicht obendrein vermutlich noch die gesuchte Mörderin?« Ohne die Tochter kam er in seinem Fall einfach nicht weiter. Er überlegte noch kurz, mehr, um seinem Zögern freien Lauf zu lassen, dann griff er abermals zum Telefonhörer und wählte die Woltersdorfer Nummer.

Johanna verbrachte ihren freien Mittwochnachmittag zu Hause, als das Telefon klingelte. Sie griff im Flur nach dem Telefonhörer und stellt sich mit ihrem Namen vor. Doch was dann folgte, war ungeheuerlich.

»Ich muss mit ihrer Tochter reden.«

»Aber, Herr Kommissar, wir sind bei Ihnen gewesen, um eine Vermisstenanzeige aufzugeben. Und Sie haben uns für verrückt erklärt und uns abgewiesen. Ich wünsche mir nichts sehnlicher, als meine Tochter zurückzuhaben. Und wenn Sie sagen, es könnte ein Verbrechen geschehen sein, dann ist das meine Meinung von Anfang an. Nur dass meine Tochter nicht die Täterin, sondern das Opfer ist. Also setzen Sie sich endlich auf Ihren Hosenboden und finden Sie sie! Das letzte Lebenszeichen ist eine Woche alt und liegt hier direkt neben meinem Telefon. Es ist eine Postkarte aus Südfrankreich, aus einem Örtchen mit dem wunderschönen Namen Rennes-le-Château, und die Handschrift ist die meiner Tochter. Das erkenne ich auch ohne Brille und ohne graphologisches Gutachten. Und falls es Sie interessiert: Mein Sohn ist auch verschwunden! Er ist nach Ihrem letzten Besuch ohne Umschweife seiner Schwester hinterhergefahren. Aber da er mittlerweile volljährig ist, ist er für sein Handeln selbst verantwortlich.« Erregt und außer sich knallte Johanna den Hörer auf die Gabel, ohne den Kommissar weiter zu Wort kommen zu lassen.

Abgebügelt, die Kinnlade gesenkt, den vor sich hin tutenden Hörer immer noch in seiner Rechten, saß Kommissar Schulz auf seinem Amtssessel und musste erst einmal wieder zu sich kommen. Langsam schien wieder etwas Blut in sein Gehirn aufzusteigen und der frische Sauerstoff brachte die grauen Zellen allmählich wieder auf Trab: »Rennes-le-Château, Frankreich, Amtshilfeersuchen«, ratterte es durch seinen Kopf. Was sollte er amtsersuchen? Sie hatten ja nicht einmal eine Leiche! Rennes-le-Château kreiste von der linken in die rechte Hemisphäre und wieder zurück. Zeit zu googeln, klickte es endlich in seinem Tatendrangzentrum. Er setzte sich vor den Bildschirm seines Computers und klapperte via Tastatur den Namen in die Suchmaschine ein – 4.160.000 Einträge. Eine Menge für ein Dorf mit sechzig Einwohnern. Ein Dorf am Rande der Pyrenäen, las er weiter. Bundeskanzler Gerhard Schröder war vor Amtsantritt 1998 mit seinem französischen Kollegen Jaques Chirac in Rennes-le-Château. Es folgten Seiteneinträge wie: **Rennes-le-Château** le Dossier ou la vie etonnante de Bérenger … **Rennes-le-Château** Rätsel in den Pyrenäen. Eine Entdeckungsreise zu den verlorenen Schätzen der Templer und Katharer … Mysteries of **Rennes-le-Château** and the Prieure du Sion … Die Spuren des Mysteriums führen zu den Schätzen der Katharer und Tempelritter – und zu den Anfängen des Christentums. Befindet sich die Bundeslade … Die kleine Dorfkirche Sainte Marie-Madeleine in **Rennes-le-Château** wurde 1059 eingeweiht. … Rennes-le-Château; UFO Identification … Befinden sich die Bundeslade, die Menora oder der Heilige Gral in **RLC**? … und so weiter und so fort.

Ein Wirrwarr des Mystizismus. Alle ungelösten Rätsel schienen in Rennes-le-Château oder RLC, wie es liebevoll genannt wurde, ihre Antwort zu finden. Aber hatte nicht gerade der Professor behauptet, er, Kommissar Schulz, habe den Heiligen Gral gefunden? Und das war nicht in Frankreich, in RLC gewesen, stumm ließ er die Buchstaben auf seiner Zunge zergehen, sondern in Berlin-Tempelhof. Es gab eindeutig zu viele Spinner im Internet, aber irgendetwas musste es mit diesem RLC doch auf sich haben. Amtshilfeersuchen, überlegte er. Das reicht nicht, er musste selbst den Ort sehen, die Mystik durch die eigene Nase einsaugen und verdammt noch mal die beiden frechen Gören stellen, um diese Geschichte endlich zum Abschluss zu bringen. Er zog einen Urlaubsantrag aus seiner Schublade: eine Woche Südfrankreich! Er füllte ihn aus: guter Wein aus dem Languedoc, das wird den Geist schärfen! Noch mal easysurfing und schon hatte er etwas easyjettiges gebucht. Hätte es den Flughafen Tempelhof noch gegeben, wäre er dort abgeflogen – was für eine Koinzidenz, nun musste er nach Schönefeld fahren.

Abflug

Es ging auf Mitternacht zu, als Max und Saint Germain die Villa verließen. Und obgleich Max genug getrunken hatte und sich emotional eigentlich in Hochstimmung befand, musste er an die Erscheinung am Himmel zurückdenken. Abermals beschlich ihn ein ungutes Gefühl und dann stand sein Entschluss fest. »Wir fahren Sophia hinterher!«

Am nächsten Morgen quetschte sich Saint Germain in die schmale Sitzreihe eines Airbus A 319 einer Billigfluggesellschaft. Max hatte ihm den Fensterplatz zugewiesen. Immerhin hatte ein Mann aus dem Mittelalter die Erde noch nicht aus der Vogelperspektive gesehen. Dann rollte der Vogel holpernd zur Startbahn. Es war ein langer Weg und nicht so spannend wie Autofahren, wo man unmittelbarer Verkehrsteilnehmer ist. Immerhin wurden die Passagiere durch das obligatorische Ballett der Flugbegleiter amüsiert. Der muskulöse Mann im Mittelgang verströmte einen betörenden Duft, überhaupt sah er aus wie einem Modejournal entsprungen. Dann knickten seine Handgelenke zur Seite, um auf die bei Druckabfall aus den *overhead compartments* herausplatzenden Sauerstoffmasken hinzudeuten. Eine Bewegung, die so gar nicht zu seinem Muskelrelief passen wollte und das Ballett noch mehr ins Komische zog. Zu guter Letzt stülpte sich der junge Mann mit den wieder zurückgeknickten Händen den orangenen Plastikbecher über sein schönes Gesicht. Und um nicht auch noch seine durchgegelte Frisur zu verunstalten, deutete er das Befestigen des Bechers vor den Atemorganen mit einem ausgeleierten Schlüpfergummi lediglich an. Ein kaum wahrnehmbarer Gongschlag ließ die Flugbegleiter auf ihre Sitze eilen, und endlich war es soweit. Die Turbinen heulten auf. Maximaler Schub presste die Passagiere in die Sitze, und Max beobachtete, wie Saint Germain seine Hände um die Armstützen krallte und die Augen verdrehte. Um ihn von dem mulmigen Gefühl in der Magengegend abzulenken, deutete Max auf das Fenster. Die Häuser und Straßen wurden kleiner, die Autos auf der Autobahn bewegten sich wie Ameisen durch die Landschaft und schienen keine Bedrohung auslösen zu können. Und plötzlich verschwand alles im Nebel.

»Was ist das für eine Höllenmaschine? Katapultiert sie uns ins Paradies oder fahren wir direkt zur Hölle?«, wandte sich Saint Germain unsicher an Max.

»Keine Bange, Gott wird dir gleich die Augen öffnen«, schmunzelte Max.

Schneeweiß und watteweich schien der Boden, über den das Flugzeug nun schwebte. Bei diesem Anblick breitete sich innerlich der Wunsch aus, sich in die absolut rein und weich scheinende Wolkenmasse hineinzustürzen. Ein unglaubliches Licht durchtränkte den azurblauen Himmel. Alles war wunderbar und vollkommen.

»Das ist das Paradies!«, frohlockte Saint Germain und schaute zu Max herüber, der sich gerade mit dem Stewart unterhielt.

Aus seinem Wägelchen holte der Schöne zwei Piccolofläschchen und zwei Plastikbecher hervor. Max bedankte sich beim saftwagenschubsenden Flugbegleiter und widmete seine Aufmerksamkeit wieder seinem Reisebegleiter aus der fernen Vergangenheit. »Mach dir das Paradies noch paradiesischer!«, zwinkerte er und reichte ihm den Champagner. Schon nach dem ersten Schluck pulsierte der Alkohol prickelnd durch die Adern und euphorisierte das Wohlgefühl.

Drei Reihen hinter den beiden saß ein korpulenter Herr. Fest in den Sitz gepresst schlürfte er ein Bier und freute sich auf das Cateringsandwich, das in wenigen Augenblicken vor ihm auf dem Tablett liegen würde. Mit seiner harten Arbeit an diesem Kriminalfall hatte er sich einen kleinen Imbiss redlich verdient.

RLC

Ein Dunstschleier hing über dem Tal der Agly. Es war früh am Morgen. Max war voll in seinem Element, als er mit Saint Germain auf dem Sozius des Mietmotorrads durch die Serpentinen kurvte. Die Sonne kletterte langsam dem Zenit entgegen, löste den Dunst auf und machte die Schatten des Motorrads auf dem hellen Asphalt kürzer. Die Felsvorsprünge, die sich nackt aus dem wenigen Grün des dürftigen Bewuchses hervorschoben, reflektierten die Sonnenstrahlen und blendeten Max immer wieder, obwohl sein Helm mit einem dunklen Visier ausgestattet war. Über ihnen kreisten einige Adler, die vermutlich ganz oben in den Bergklippen ihren Horst hatten. Ihr Angst einflößender Schrei begleitete sie in der Schlucht, die sie gerade durchfuhren. Endlich öffnete sich das Tal. Der Fluss machte hier einen Bogen und gab rückwärtig von einem Aussichtsplatz eine atemberaubende Sicht frei.

Max parkte das Motorrad am Rande der Umfriedung, die den Besucher vor dem Absturz in die tiefe Schlucht bewahren sollte. Saint Germain und Max stiegen ab und traten an das Geländer, um diese wunderbare Aussicht zu genießen.

Auf halber Höhe war ein uralter Felssteinbau wie ein Schwalbennest an der Steilwand des Ufers angeheftet. Max zog ein Fernglas aus seinem Rucksack und betrachtete die Hütte genauer. »Das ist die Behausung eines Eremiten«, stellte er zufrieden fest und reichte das Fernglas seinem Begleiter. »Ich frage mich, ob der Bau noch aus der Zeit der Templer stammt. In dem karstigen Kalkstein soll es viele unbekannte Höhlen und Gänge geben. Vielleicht findet sich hier ein Geheimgang, der sogar bis nach Rennes-le-Château führt. Immerhin ist die *Schlucht von Galamus* eine strategisch äußerst wichtige Formation. Wer von Süden kam, musste durch diese Schlucht wie durch ein Nadelöhr hindurch. Ein Vorposten an dieser Stelle konnte viel Unheil verhindern.«

Saint Germain reichte das Binokular aufgeregt an Max zurück. »Schau noch einmal hindurch. Der Baum, der sich hinter dem Haus erhebt, verdeckt der nicht einen dunklen Fleck in der Steilwand? Für mich sieht das aus wie der Eingang zu einer Höhle!«

Max fixierte die bezeichnete Stelle und musste Saint Germain zustimmen. »Und wenn mich nicht alles täuscht, führt ein schmaler Trampelpfad bis dort hinüber. Lass uns das mal genauer untersuchen!« Max nahm das Fernglas von den Augen und prüfte mit bloßem Auge die Landschaft vor sich, bis er ganz am Rande des Aussichtsplatzes den Zugang zu einem Trampelpfad entdeckte. »Na klar, hier haust immer noch ein Eremit, und der muss sich ja auch irgendwie versorgen oder versorgt werden!«, murmelte Max mit zunehmender Begeisterung. Und der einzige Zugang hinauf zur Straße und hinaus aus dem Tal war der Vorsprung, auf dem sich ihr Aussichtspunkt befand. Saint Germain zwinkerte Max zu, auch er hatte für Abenteuer immer etwas übrig, und es mussten ja nicht immer Abenteuer amouröser Art sein, die er am Hofe Ludwig XV. und der Marquise von Pompadour mit so viel Raffinesse in Szene gesetzt hatte.

Max schnappte die Helme und kettete sie am Soziussitz fest. Das »kleine Handwerkzeug« verstaute er in seinem Rucksack und deutete dann auf den Pfad.

Mit einer Wasserflasche in der Hand schritt Saint Germain voran. Schnell hatten sie die Einsiedelei erreicht. Niemand zeigte sich ihnen, also stapften sie weiter und fanden hinter dem Haus den Eingang in eine Höhle.

Max griff in seinen Rucksack. »Da hast du was für die andere Hand.« Grinsend reichte er Saint Germain eine Stabtaschenlampe und setzte sich selbst eine Stirnlampe auf.

Dann verschwanden sie aus dem grellsonnigen Nachmittag in das Dunkel des Berges. Immer tiefer verschluckte sie der Berg und der unwegsame Gang schien kein Ende nehmen zu wollen. Hinter einer der vielen Biegungen wurde plötzlich das Licht ihrer Lampen so stark reflektiert, dass Max und Saint Germain zurückschreckten. Das hatten sie noch nicht gesehen! Ein erstauntes Raunen löste sich aus ihrer Brust und übertönte ihr lokomotivenhaftes Schnaufen, das dem beschwerlichen Höhlenweg geschuldet war. Die Wände der Höhle funkelten wie von abertausenden Diamanten.

Max erkannte den Quarz, der stellenweise armdicke Kristalle von unerhörtem Glanz bildete. »Bergkristall!« prustete er heraus. »So eine gigantische Magmablase habe ich noch nie gesehen. Als würden wir uns im Innern einer riesigen Kristallkugel aufhalten. Und so wunderschön!« Max kam aus dem Staunen nicht heraus.

Saint Germain war näher an die linke Wand herangetreten und strich liebevoll über die kalte glatte Fläche eines ausladend großen Prachtstücks, das weit in den Raum hineinragte. »Das wäre endlich ein anständiger Ausgangsstoff für einen repräsentativen Kristallleuchter über meiner Tafel«, stieß Saint Germain hervor, den Kristall immer noch liebevoll tätschelnd.

Hinter der irisierenden, zur Höhle ausgeweiteten Gesteinsblase verschluckte die beiden wieder der pechschwarze Schlund eines nicht enden wollenden Tunnelsystems. Immer weiter stapften sie, über loses Geröll stolpernd und von Mutter Erdens heißem Atem schwitzend. Zweifel bohrte sich beharrlich in die Schädel der Protagonisten. Würde der Weg irgendwo enden? Sollten sie nicht doch besser umkehren, solange sie den Plan des Labyrinthes noch einigermaßen rekonstruieren konnten?

Plötzlich hielt Max inne. »Stimmen. Hast du die Stimmen gehört?«

Saint Germain blieb stehen, hielt seine Hand an sein rechtes Ohr und lauschte. »Nein, ich höre nichts!«

»Warte, ich glaube es kam von dort.« Max wies in eine Richtung und Saint Germain drehte den Kopf wie ein Uhu, um besser in die angegebene Richtung lauschen zu können. Gerade als er sich wieder abwenden wollte, hörte er es auch.

Max leuchtete die Höhlenwand genauer ab, dann entdeckte er den Spalt, aus dem die Stimmen zu kommen schienen. »Die Spalte ist ja kaum größer als ein Dachsbau!«, untertrieb Max, dem klar wurde, dass er den Spalt nicht entdeckt hätte, wäre er nicht von den Stimmen verraten worden. Sie mussten ein bisschen klettern, um in den Spalt hineinzugelangen und jäh standen sie in einem Raum, über den sich ein hoher Dom wölbte und in dem es sehr erdig roch. Saint Germain traute seinen Augen nicht, als er seine fünf Weggefährten wieder erblickte, die ihn in Tempelhof verlassen hatten.

Max beschlich ein ungutes Gefühl. Er hatte sich nun schon zweimal um seine eigene Achse gedreht, doch außer den fünf Mönchen schien niemand weiteres anwesend zu sein. Mit bebender Stimme brachte er die murmelnde Gruppe zum Schweigen: »Wo, in Gottes Namen, ist Sophia?«

Grabesstille umgab ihn. Max' Blick wanderte von einem zum anderen und immer, wenn er das Gesicht des Nächsten traf, senkte sich dessen Blick. »Wo zum Teufel ist Sophia?«, wiederholte er mit fast kreischender Stimme die unbeantwortet gebliebene Frage. Plötzlich sah er in der Mitte des Gewölbes einen roten BH aufleuchten, der dort garantiert nicht hingehörte. Dann heftete sich sein Blick an den leergefegten Steinschemel im Zentrum der Stätte, dem ein eigenartiger Duft zu entströmen schien. Angezogen von der Witterung trat er näher. Der Erdgeruch, den er beim Betreten der Höhle wahrgenommen hatte, wurde überwältigend. Doch da war noch mehr. Wie ein flehmender Hirsch sog Max die Luft durch seine bebenden Nasenflügel ein. Die Starre seines Körpers schloss jede überflüssige Bewegung, Anstrengung oder Wahrnehmung aus. Allein der Olfaktorius arbeitete auf Hochtouren, gurgelte die Gase in seinen Choanen[21] hin und her wie ein vom 1945er Mouton Rothschild begeisterter Oenologe. Bis man schließlich meinte, das Einrasten der Synapsen im olfaktorischen Kortex hören zu können.

Dann löste sich Max' Körperstarre. Es lagen Spuren von Feuer und Sperma in der Luft, die er sich nicht erklären konnte, gar nicht erst erklären wollte. Mit verbittertem Gesicht hob er den Kopf und noch fragender als zuvor wandte er das Gesicht den Mönchen zu. Es bedurfte keiner Worte, um deutlich zu machen, dass Sophia auf immer verschwunden war. Die Mönche waren müde. Sie hatten immerhin die letzten vierundzwanzig Stunden in tiefer Meditation verbracht.

Blanchefort fand als Erster die Fassung wieder. »Auf unserem Weg sind wir an einem Gasthaus vorbeigekommen. Ich glaube, eine Kleinigkeit zu essen und ein guter Languedoc

---

21 Choanen: hintere Nasenöffnung, in der Gerüche analysiert werden

kann uns jetzt nichts schaden. Dort können wir uns in aller Ruhe den Kopf über Sophias Verbleib zerbrechen.«

Es war dunkel geworden. Lukas und Marek suchten die einzige Herberge auf, die das kleine Örtchen zu bieten hatte. Sie mieteten sich erst einmal für eine Nacht ein, dann schlenderten sie in die Gaststube. Lukas traute seinen Augen nicht, als er am gegenüberliegenden Tisch den unerwünschten Besucher von gestern wiedererkannte.

Dem Kommissar erging es nicht anders. Der Wein hatte seine Wangen bereits gerötet und seinen Blick getrübt, aber den Bengel, der alles ins Rollen gebracht hatte, den erkannte er sogleich.

»Ein schöner Urlaubsort, finden Sie nicht auch, Herr Kommissar?« Lukas versuchte, seine Überraschung zu verbergen. Wegrennen wäre jetzt eh unmöglich gewesen, also blieb Angriff die beste Verteidigung. »Ich wusste gar nicht, dass Sie Urlaub haben. Ich dachte, Sie hätten in Berlin einen wichtigen Fall zu lösen. Jedenfalls schienen Sie es gestern ziemlich eilig zu haben!«, stichelte Lukas weiter.

Der Kommissar zögerte kurz, dann hatte er sich seine Taktik bereitgelegt. Freundlich lächelte er den Jungs zu und hob einladend den Arm. »Setzt euch zu mir«, murmelte er mit rotweingefärbter Stimme. »Die Franzosen machen hier einen ausgezeichneten Wein! Neben dem überteuerten Bordeaux gibt es auch bezahlbare aus der Region. Das hier ist eine wunderbare Komposition aus den Rebsorten Granache, Syrah und Mourvèdre. Ein GSM wie ihn die Australier fabrizieren. Die sind ja inzwischen Profis bei der Herstellung moderner Weine und reisen mit ihrem Knowhow und Kit um die ganze Welt, um alte Weingüter aufzupäppeln – sogar hier in Frankreich.« Dann erst wurde ihm die Jugendlichkeit seiner beiden Tischnachbarn bewusst. »Ihr seid doch schon volljährig, oder?«, setzte er sicherheitshalber nach.

»Keine Angst, Herr Kommissar, es wird nicht das erste Fläschchen sein, das wir in uns hineinschütten.«

Schon saßen die beiden dem Kommissar gegenüber und der Alte deutete dem Wirt an, zwei weitere Gläser zu bringen. »Jetzt mach mich doch erst einmal mit deinem Begleiter bekannt!«, forderte der Kommissar Lukas auf.

Lukas deutete eine Verbeugung an, wies auf Marek und spielte kurz den Förmlichen. »Darf ich bekannt machen: Das ist Marek, ein strammer Junge aus Polen, der sich unsterblich in meine Schwester verliebt hat …«, sein Arm schwenkte zum Kommissar, »und das ist ein diensteifriger Kommissar aus Berlin, der sich weigerte, meine Schwester zu suchen und mich für den Mörder von Molay hält.«

»Molay ist tot?«, platzte Marek entsetzt heraus.

»Naja, seit siebenhundert Jahren«, schmunzelte Lukas.

Da hatten sie wieder ihr Versteckspiel. Und der Plan, wie das Gespräch mit dem Kommissar zu führen sei, war den beiden sofort klar. Marek gaukelte Erschrockenheit vor. »Da wird ja von dem Armen gar nichts mehr übrig sein«, entgegnete er.

Der Kommissar fühlte sich verschaukelt und schlug mit der Faust auf den Tisch, so dass die Gläser erzitterten. »Ich bitte euch doch um etwas mehr Ernst. Ihr wisst ja gar nicht, was in den letzten Tagen alles passiert ist.« Und dann platzte er von sich selbst überrascht heraus: »Ich habe den Heiligen Gral gefunden!« Doch kaum war es ausgesprochen, bereute er es schon wieder. Er konnte einem oder nun sogar zwei Verdächtigen doch nicht seine geheimzuhaltenden Untersuchungsergebnisse anvertrauen.

Doch Marek war schneller. »Soso.« Er zog das Wort anerkennend in die Länge und nickte dabei etwas mit dem Kopf.

»Lassen Sie mich raten«, trumpfte er dann auf. »Es handelt sich dabei um eine Jaspisschale mit einem Fuß aus Dreifarbgold, an der jede Goldseite mit einem Edelstein versehen ist: einem grünen Smaragd, einem roten Karfunkel und einem blauen Saphir …« Marek beobachtete, wie dem Kommissar ganz langsam die Kinnlade herunterrutschte, wobei aus den Mundwinkeln noch etwas vom roten Languedoc sabberte.

Dann setzte Marek sein Estoque[22] zielsicher wie ein Matador: »Und sie war angefüllt mit Blut und blonden Haaren!«

»Aber …«, war alles, was dem verdutzten Kommissar dazu einfiel.

»Ja, ja ich weiß. Ich selbst habe Sophias Haare dort hineingelegt«, fuhr Marek fort. Er bemerkte, wie das zarte Rosa allmählich aus den Wangen seines Gegenübers wich und einem wächsernen Weiß Platz machte.

Kommissar Schulz blieb stumm, doch seine Gedanken ratterten wie wild. »Da beschäftigen sich ein ganzes Forensikerteam, die Archäologen der Staatlichen Museen zu Berlin und ich, der bedeutendste Kommissar der 5. Mordkommission der Hauptstadt, mit einem Verbrechen. Es werden teure Steuergelder für komplizierte und kostspielige Testverfahren verschleudert und dann kommt dieser polnische Rotzlöffel daher, kennt nicht nur den Heiligen Gral, sondern besitzt auch noch die Frechheit, die DNA-Untersuchungsergebnisse sozusagen vorwegzunehmen, weil er selbst, dieser Bub aus dem Nachbarland, die Haare seiner Liebsten in den Becher geschnippelt hat …«

Die hochkochende Wut des Kommissars erhielt neue Nahrung, als sich die gegenüberliegende Eingangstür geräuschvoll öffnete. Gerade noch hatte er nach einer Strategie gesucht, wie

---

22 Estoque: Degen des Matadors

er die beiden Jungs am besten aushorchen, oder besser gesagt, verhören konnte, da traten wie in einem schlechten Theaterstück fünf Mönche in langen weißen mit einem roten Kreuz versehenen Kutten in die Gaststube. Sofort machten die neuen Gäste sich daran, Marek und Lukas zu begrüßen. Und der Streich wollte kein Ende nehmen, denn hinter der Geistlichkeit erschienen noch zwei Gestalten, die gegensätzlicher nicht hätten sein können: Der eine schien aus einem Kostümfilm entsprungen zu sein, während der andere wohl eher auf dem Nürburgring zuhause sein dürfte. Beide unterhielten sich angeregt, obwohl sie doch so offensichtlich völlig verschiedenen Welten angehörten.

Lukas kreuzte den Blick des Kommissars mit der Hand, um ihn aus seiner Versunkenheit zu befreien. Dann nahm er sich die Freiheit, die Herren einander vorzustellen. Als er bei Molay angekommen war, konnte der Kommissar nun gar nichts mehr verstehen. »Ich dachte, Sie sind tot«, platzte er endlich heraus. Zeigen Sie mir doch gleich mal Ihren Pass!« Der Kommissar streckte Molay seine Hand entgegen, doch dann fiel ihm ein, dass seine polizeilichen Vollmachten in Frankreich keinen Sous wert waren. Hätte er doch bloß ein Amtshilfeersuchen eingeleitet. Er bereute sein voreiliges Handeln, andererseits wäre er auf dem langsamen Amtsweg nie so schnell zum Ziel gelangt. Molay blinzelte dem Kommissar, der seine Hand lange zurückgezogen hatte, wissend ins Gesicht. Aber da er schließlich nichts zu verlieren hatte, griff Molay in die Falte seines Umhangs, zauberte ein gesiegeltes Pergament hervor und reichte es dem Amtmann.

Auch wenn das Dokument ganz sicher nicht zu seiner Vorstellung eines Passes der Europäischen Union entsprach, der mit allem Sicherheitsschnickschnack bis hin zur Erfassung biometrischer Daten ausgestattet war, griff der Kommissar nach dem Pergament und faltete es fasziniert auseinander. Des Lateinischen leider nicht mächtig, blieb das Einzige, was er entziffern konnte, immerhin der Name *Jacques de Molay* und das Datum neben einem Siegel, das zwei Männer auf einem Pferd und mit einem Schild zeigte. Als er sich dem Datum zuwandte, machte sich sein Staunen mit einem lang gezogenen »Ah« Luft. Geschrieben stand: *anno Domini 1294*.

»Eine Fälscherbande!«, ging es ihm durch den Kopf. Er war von vorne bis hinten von einer Truppe fahrender Gaukler auf den Arm genommen worden. Andererseits machte das Pergament nicht den Eindruck, in einer billigen Theaterwerkstatt hergestellt worden zu sein. Es war alt, die Schrift stellenweise verblasst und am Rand standen merkwürdige Zeichen, die für eine Filminszenierung wahrscheinlich unbedeutend gewesen wären. »Herr Molay«, fragte er den Besitzer des Papiers wissbegierig, »wenn ich auch nicht glauben kann, dass Sie es sind, weil 1294 mehr als siebenhundert Jahre her ist und wir Menschen es heute höchstens bis auf achtzig, allenfalls einhundert Jahre bringen, erklären Sie mir doch bitte einmal, was diese Zeichen hier bedeuten sollen!«

Molay beugte sich vor. »Ich weiß nicht, wie gut Sie über den Templerorden informiert sind, aber wir haben damals das entwickelt, was sie heute Bankwesen nennen. Und weil zu unserer Zeit Fotografien noch völlig unbekannt waren, mussten wir Zeichen auf unseren Kreditbriefen anbringen, um den Inhaber zu identifizieren, wenn dieser zum Beispiel im Heiligen Land über sein Geld verfügen wollte. Schließlich haben wir alle wichtigen Dokumente mit solchen Erkennungsmerkmalen versehen. Das Papier weist mich übrigens als Großmeister des Templerordens aus.«

»Großmeister, ach«, platzte es aus dem Kommissar ungläubig heraus, »dann muss ich Sie wohl jetzt mit *Eure Exzellenz* anreden. Ich bin übrigens Kommissar, Hauptkommissar genau genommen, aber es reicht, wenn Sie mich mit Euer *Kommissar Schulz* anreden.« Der Kommissar hoffte, so eine Gleichrangigkeit hergestellt zu haben, war sich da aber nicht ganz sicher. Die Mönche strahlten doch eine gewisse Würde aus, die man erst durch jahrelange Erziehung und im Umgang mit einer Welt erreichte, zu der der Kommissar keinen Zugang hatte, geschweige denn, je haben würde. Es mussten schon ganz verruchte Ganoven sein, die ihr Verhalten derart umzuformen in der Lage wären. Die Mönche verkörperten jene Art Mensch, dem man einen Kartoffelsack überstülpen konnte, ohne dass die Würde, das Hochwohlgeborensein, das sie ausstrahlten, verloren ginge. Kleider machen Leute, ist eben nur die halbe Wahrheit. Dass er, Kommissar Schulz, nicht in diese Welt eintreten würde, zeigte ihm Molays Reaktion unmissverständlich.

»*Eure Eminenz* ist der *Terminus Technicus*. Und ja, Herr Hauptkommissar Schulz, es beliebt mir, mit vollem Titel angesprochen zu werden.«

In die Enge getrieben, besann sich der Kommissar wieder auf sein Hiersein. »Also, Eure Eminenz, Großmeister des Templerordens, einer Mutter in Berlin ist ihre Tochter abhanden gekommen. Wir haben handfeste Beweise, dass hier ein Verbrechen vorliegt. Sophia wurde entführt und Herr Molay ermordet …« Er blickte Molay tief in die Augen, als ihm bewusst wurde, dass der Ermordete ja direkt vor ihm stand. Die Automatismen seiner Rede waren jedoch vorgezeichnet und wurden durch derlei Geistesblitze nicht unterbrochen. »Ich würde gerne ihre Aussage aufnehmen.«

Molay antwortete kurz. »Ja, sicher wurde ich ermordet und auch wir suchen Sophia, die Jungfrau. Sie hat uns bis gestern begleitet, ist uns dann aber leider ebenfalls verloren gegangen.«

Siebengestirn

Auch wenn der Kommissar die Geschichte, die ihm die Anwesenden serviert hatten, nur schwer verdauen konnte, hatte sich sein Aufenthalt in RLC gelohnt. Nach dem toten Molay musste er nun nicht mehr suchen. Nur die Sache mit dem Blut, das angeblich aus dem Kruzifix ausgetreten sein sollte und im Gral aufgefangen worden war, schien ihm einem mittelalterlichen Aberglauben entsprungen zu sein. Und auch wenn alles schlüssig klang, konnte er schlecht in seinem Polizeibericht notieren: »Sechs nicht identifizierte Personen aus dem Mittelalter sind vom Tode wieder auferstanden.« Das hätte nicht nur Ärger mit seiner Dienststelle oder dem Melderegister, sondern vermutlich auch noch mit dem Vatikan gegeben. Was sollte er also tun?

Und bei so viel Hokuspokus der ihm gerade aufgetischt worden war, hatte sich zwar das Fehlen der Leiche des Herrn Molay aufgeklärt – ein Fall, der bei der rasanten Ermittlungstätigkeit sowieso eher hypothetisch aufgestellt worden war, denn das Blut hätte schließlich auch durch einen Unfall oder einen rituellen Akt in den Becher gelangt sein können. Indes hingen Anfang und Ende der bisherigen Geschichte immer noch mit dem Verschwinden Sophias zusammen. Nun ja, im eigentlichen Sinne war es ja keine Geschichte, sondern immer noch ein Fall, sein Fall im Übrigen, auch wenn nun, wie er derweil gelernt hatte, Sophia anfangs nicht verschwunden war, sondern als Volljährige sozusagen eine geheime Reise angetreten hatte. Vorausgesetzt, wie gesagt, man glaubte der Geschichte der Anwesenden. »Verflixt noch mal, was mache ich nur mit diesem Kriminalmärchen und dem verschwundenen Mädchen darin?«

Der Kommissar ließ den Kopf hängen, griff nach seinem Glas, schluckte den Roten herunter, ohne ihn überhaupt zur Kenntnis zu nehmen, geschweige denn, sein feingliedriges Bouquet zu erschnuppern, sein Potential zu erkennen, und versuchte, klarer als zuvor, die Fäden zusammenzufügen. Allein das Stadium, in das er sich einstweilen hineingetrunken hatte, ließ seine Gedanken nur noch nebulöser durch seine Hirnwindungen torkeln. »Das Mädchen … bringt mich an den Ort, an dem das Mädchen zuletzt gesehen wurde!«, lallte er in seinen Bart, aber die Anwesenden hatten ihn lange allein gelassen und labten sich am Nachbartisch an der deftigen Küche des Gastwirts: mit Trauben und Feigen gefüllte Lammbrust an Rosmarinkartoffeln.

Nun war es Lukas, der nicht mehr an sich halten konnte. »Was ist nun mit meiner Schwester?«, fragte er in die schmatzende Runde. »Ich weiß nicht, ob Du sie je wiedersehen wirst, aber sie ist ständig auch bei Dir«, antwortete Molay bedächtig.

»Wie kann sie bei mir sein, wenn ich sie nicht sehen kann?« Lukas hielt seine Gabel mit der ganzen Hand umfasst. Das aufgepiekte Stück Lammbraten zitterte etwas am Gabelende, als eine Diskussion entbrannte, der er erst nicht folgen konnte.

Molay begann zu rezitieren:

»ER ist am dritten Tag auferstanden nach der Schrift und aufgefahren in den Himmel. ER sitzt zur Rechten des Vaters und wird wiederkommen in Herrlichkeit zu richten die

Lebenden und die Toten; seiner Herrschaft wird kein Ende sein.«[23]

Für Außenstehende blieben seine Worte Rätsel, aber die anderen Mönche nickten zustimmend.

»Vierzig Tage nach seiner Kreuzigung soll Jesus, wie schon vor ihm der Prophet Elija in den Himmel aufgestiegen sein – letzterer übrigens in einem feurigen Wagen«, erklärte Blanchefort.

Hugo de Payens räusperte sich. »Brüder«, fing er an, »wie Ihr wisst, bin ich der Einzige in dieser gereiften Runde, der bei der Offenlegung des Geheimnisses des Tempels dabei war. Wir haben uns die Anbetung Baphomets zur Gewohnheit gemacht, weil wir die Einzigen waren, die damals im Tempel nach eintausendjähriger Geschichte des Christentums den wahren Gott kennenlernten. Und Ihr, Blanchefort, seid Ihr nicht der Einzige in der Runde, dessen Blut auf gottgemachtes zurückblicken darf?«

Der erlauchte Blanchefort schmunzelte. »Wie wir alle in der Kirche von Rennes-le-Château gesehen haben, hat es der Pfarrer Saunière ebenfalls herausgefunden, und es ist so wahr, wie ich hier stehe: Jesus, ein übermenschliches Wesen aus dem Siebengestirn, konnte am Kreuz nicht sterben. Er ging über Erde und Wasser und mit Feuer durch die Luft, er war Herr über die vier Elemente. Dennoch war er menschlicher als die Menschen selbst; sein liebster Jünger war ihm Maria Magdalena, mit der er eine Tochter hatte. Mit List entriss er sie dem Einflusskreis der Juden und verbrachte sie nach Frankreich, wo sich sein Geschlecht zu den Blancheforts fortsetzte. Die letzte Blanchefort wollte das Geheimnis nicht mit ins Grab nehmen.

---

23 Römisches Glaubensbekenntnis aus dem 3. Jahrhundert, auf dem ersten Konzil von Nicäa (325) und dem ersten Konzil von Konstantinopel (381) beschlossen und in die christliche Liturgie aufgenommen

So wichtig war es ihr einerseits, so sensibel war es aber andererseits, dass sie es unmöglich frei herausposaunen konnte. So gab sie, die Marquise d'Hautpoul, unser Familiengeheimnis an ihren Beichtvater weiter. Die Last des Geheimnisses wog schwer in der Seele des gottesfürchtigen Vaters, und er schrieb es auf ein Pergament. Dieses Dokument versteckte er an dem heiligsten Ort, der ihm zugänglich war: dem Altar von Rennes-le-Château. Sein Amtsnachfolger Pfarrer Saunière fand es mit weiteren Dokumenten bei Renovierungsarbeiten und versah daraufhin die Kirche von Rennes-le-Château mit Hinweisen, die seinen Fund verschlüsselt den Nachgeborenen hinterlassen sollten: Maria Magdalena mit dem Buch und dem Schädel zu ihren Füßen soll auf die Ahnenreihe hindeuten: die vier Elemente am Eingang der Kirche, die verschiedenen Gesichter Jesu und so weiter und so fort. Wir waren die Hüter dieses Geheimnisses, bis es durch Saunière vor gut einhundert Jahren an die Öffentlichkeit drang.«

»Schön und gut, aber was hat das alles mit meiner Schwester zu tun?«, brauste es hitzig aus Lukas heraus.

»Ihr wollt es nicht verstehen. Dabei ahnt Ihr es selbst, seid Ihr doch von demselben Blut. Zwar endete die Linie der Blancheforts mit dem Tod der Marquise d'Hautpoul, doch hatte es schon davor Seitenlinien gegeben, Jesus hatte einen Zwillingsbruder, wie Ihr in der Apsis der Kirche von Rennes-le-Château gesehen habt! Seine Linie hat sich bis heute erhalten!« Bedeutungsvoll neigte Blanchefort seinen Kopf und schaute Lukas tief in die Augen. Doch der wollte es einfach nicht begreifen.

Hugo von Payens setzte fort: »Jesus fuhr ins Siebengestirn auf und wurde auf den Platz zur Rechten Gottes erhoben. Der rechte Platz gebührt seit der Antike dem Thronfolger. Der linke Platz blieb einen Weltenmonat lang verwaist. Ich fürchte, mit Anbruch des neuen Weltenmonats, jetzt im einundzwanzigsten Jahrhundert, hat der Herr ein weiteres Mal sein Blut zu sich genommen. Unsere Aufgabe ist damit erfüllt.«

Das Klirren eines zerspringenden Glases holte Lukas und Marek aus der angespannten Situation heraus. Am Nachbartisch bot sich ein Bild der Verwüstung. Der puterrote Schädel des Kommissars war auf die Tischplatte gesaust. Durch den Aufprall hatte sich sein Weinglas, aus dem er offenbar etwas zu viel geschlürft hatte, vom Tisch verabschiedet und war auf dem Boden der Herberge zerborsten.

Die Mönche hatten sich inzwischen von der Tafel erhoben und vor ein Kruzifix an der Ostwand der Herberge niedergekniet. »*Non nobis Domine, non nobis, sed nomini tuo da gloriam!*«[24], murmelten sie mit gefalteten Händen im Chor.

Kommissar Schulz war vom Aufprall wieder erwacht. Seine blutunterlaufenen, kleinen Schweinsäuglein blinzelten zu Max und den Jungen hinüber. Es war Zeit, den Fall der abermals verschwundenen Sophia an seine französischen Amtskollegen zu übergeben. Die konnten sich schließlich auch mit den französischen Mönchen abgeben, überlegte der Kommissar, und suchte den Raum mit den Augen nach den ehrwürdigen Herren ab. »Wo sind die Mönche hin?«, lallte er den Jungs entgegen. Lukas und Marek deuteten unisono auf die Ostwand der Herberge. Der Kommissar wandte den Kopf. »Ja was, da ist nur ein Kreuz!«, rief er zornig. Nun schauten auch Max, Saint Germain und die beiden Jungen zu dem Kreuz herüber. Doch dort, wo eben noch die Mönche gekniet hatten, lag nur noch ein Häufchen Asche.

---

24 »Nicht uns, o Herr, nicht uns, sondern Deinem Namen sei Ehre.« Motto der Tempelritter

III

MEILENWEIT

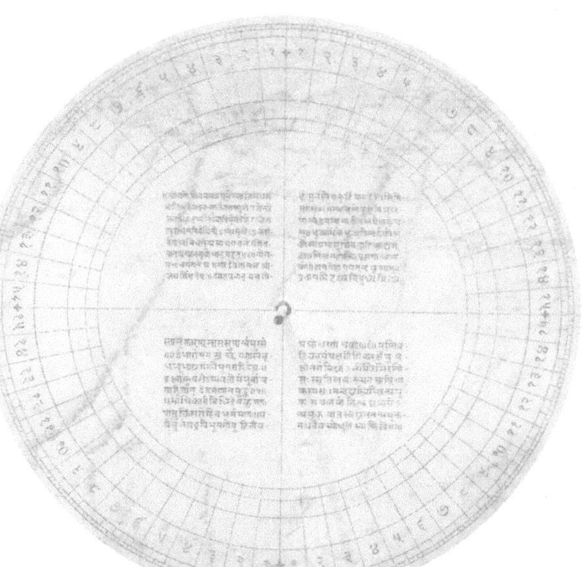

Meiner Urururururgroßmutter, die einen Diamanten der Eroberung Konstantinopels vorzog

Er war gekleidet in einen Rock,
..., einen fürchterlichen Panzermantel,
und trug auf seinem Haupt (eine Krone)
... schrecklichen Glanz. [25]

Berlin

Lukas hakte seinen Karabinerhaken an der Fassade des Bode-Museums ein. Sein Gurt saß straff an den Oberschenkeln. Der Blutstau erfreute sein Geschlecht, einer der Gründe, sich für diesen adrenalintreibenden Beruf entschieden zu haben. Und natürlich der Blick, die Aussicht von den ungewöhnlichsten Positionen auf ansonsten allbekannte Orte. Unter ihm holperte die Berliner S-Bahn auf einer Brücke über die Spree, zerschnitt die Museumsinsel quietschend in zwei Teile. Die Sonne spiegelte Lukas und Marek in den Scheiben des vorbeiratternden Zuges.

»Hast Du noch einen Karabiner übrig?«, brüllte Lukas durch den Lärm hinüber zu Marek, der etwa zehn Meter von Lukas entfernt ebenfalls in den Seilen an der Fassade hing.

Zwischen den jungen Männern flatterte eine Großleinwand im Wind.

»Nee, brauch ich selber!«

Die frischgebackenen Industriekletterer hatten den Job nicht umsonst bekommen: Schließlich war es gewissermaßen ihre Ausstellung, die sie mit dem Plakat bewarben. Noch wellte sich der Heilige Gral in der aufgefalteten Leinwand, aber

---

25 Enūma eliš. 4. Babylonische Keilschrift-Tafel, ca. 1100–700 v. u. Z.

wenn die goldene Herbstsonne eine Falte günstig traf, fegte ein Funkelschauer über das trübe Wasser der Spree, die hier durch den Kupfergraben rann.

Wie ein Schlachtschiff ragte das Bode-Museum aus dem Wasser. Sein Bug zierte oben eine gewaltige Kuppel und zu seinen Füßen die frisch wieder aufgebaute Brücke, die das verrostete Nachkriegsprovisorium endlich abgelöst hatte. Gleich hinter dem Wasser lief Prof. Weise im 60 Meter langen Münztresor des Bode-Museums auf und ab. Erregt fuhr er mit seiner Rechten durch sein etwas zerzaustes Haar, das sich nicht entscheiden konnte, ob es noch dunkelblond oder schon grau gefärbt war. Grübelnde Falten hatten sich in seine hohe Stirn gegraben und wollten partout nicht weichen. Da umgab ihn eine der bedeutendsten historischen Münzsammlungen der Welt. Eine Sammlung, die auf die Besessenheit des preußischen Königshauses zurückging und dessen Goldgiganten er erst kürzlich, als die Wirtschaftskrise der Industrienationen den Goldpreis in schwindelerhöhende Regionen peitschte, in einer vielbeachteten Ausstellung zur Schau gestellt hatte. Und doch war zwischen all den Schätzen, die er seit Jahrzehnten behütete und wissenschaftlich aufarbeitete, nichts so bedeutend gewesen, wie das, was ein paar Gören Anfang des Jahres mitten in Berlin ans Tageslicht befördert hatten.

Er war quasi von Anfang an dabei gewesen: Zuerst war da ein beleibter, immer leicht schwitzender Kommissar der Mordkommission, der ihm einen Golddukaten aus dem Mittelalter vorgelegt hatte, um ihn auf seine Echtheit zu prüfen. Eine Goldmünze, die, wie sich später herausstellen sollte, von einem Blondschopf stammte, der nun vor seinem Fenster an der Fassade des Museums baumelte und die neue Werbefläche installierte. Die Münze noch nicht einmal richtig untersucht, wurde er, der Professor, vom gleichen Kommissar in einen

U-Bahnschacht in Berlin-Tempelhof zitiert, hinter dessen Schachtwand sich die sagenumwobene unterirdische Kapelle der Tempelritter auftat, nach der so lange gesucht worden war. Nachdem die ganze Stadt nach der deutschen Wiedervereinigung zur neuen Hauptstadt komplett umgebuddelt worden war, jede Straße erneuert, U-Bahn-Tunnel, Kabelschächte, Wohnviertel, Wolkenkratzer neu gebaut wurden, glaubte niemand mehr wirklich an diese sagenhafte Geschichte aus dem Mittelalter. Dennoch, wie ein Wunder, tauchte pünktlich zum 700. Jahrestag des Untergangs des Ordens der Tempelritter plötzlich diese Kapelle wie aus dem Nichts auf! Doch bedeutender noch als das Bauwerk selbst war sein Inhalt. Und er, Prof. Weise, war nun der vielbeachtete Kurator des Berliner Templerschatzes! Ergriffen strich sich Prof. Weise abermals durch sein doch eher ergrautes Haar. Er stand auf dem absoluten Höhepunkt seiner Karriere. Pure Freude wischte die Plastizität seiner Grübelfalten hinfort.

Ausstellung

Weise hatte sich in einen Smoking geworfen. Ein Kleidungsstück nicht nach seinem Stil, sondern nach seinem Anlass: klassisch schwarzer Anzug, weißes Hemd. Konservativer ging es nimmer, wenn man nicht mit den albernen Schwänzen eines Fracks ans Rednerpult gewedelt kommen wollte. Nicht mal bei der Wahl der Krawatte gab es Spielraum. Das zum Smoking gehörige Accessoire war die schwarze Fliege, *black tie*, wie die Briten sagten. Eigentlich war er ja Archäologe und steckte nicht in jedem Archäologen das Abenteuertum eines Howard Carter oder Heinrich Schliemann, der mit Tropenhelm, nassgeschwitztem Khakihemd und Ledergamaschen sich den Bürden der Tropen, Pharaoflüchen, Skorpionen und sonst was ausgesetzt sah? Nein, heute war es viel schlimmer. Heute standen ihm Mitglieder von drei Königshäusern gegenüber, deren Wohlwollen er, Prof. Weise, Kurator an den Staatlichen Museen zu Berlin Preußischer Kulturbesitz, Würde zollen musste. Zum Glück war der Vatermörder aus der Mode gekommen, der steife Kragen, der seinen Namen wohl daher hatte, dass ein Sohn bei der Umarmung seines Vaters mit der gestärkten Kragenspitze das Auge des Vaters ausgepiekt hatte. Nicht vorzustellen der Skandal: *deutscher Professor piekt spanischem König das Auge aus* … Weise sollte sich zusammenreißen, gleich hatte er den vermutlich größten Auftritt seines Lebens. Er musste sich sammeln, kurz die Augen zusammenkneifen, tief durchatmen, bei etwas mehr Zeit hätte man das wohl Meditieren genannt, seine Gedanken schweiften immer wieder ab, Begrüßungsformel und dann endlich Vorstellung des Unerhörten. Der Heilige Gral, nein gleich DREI von ihnen!

Roter Teppich, Scheinwerferlicht, Medien. Alle waren gekommen: der Bundespräsident, Berlins Regierender Bürgermeister, der Generaldirektor der Staatlichen Berliner Museen, der Generaldirektor der Stiftung Preußische Schlösser und Gärten, die Kulturstaatsministerin, alles, was in einer Hauptstadt Rang und Namen hatte, aber auch der Herrenmeister des Johanniterordens S.K.H. Prinz von Preußen und seine Counterparts aus Österreich Großmeister des Ordens vom Goldenen Vlies Maximilian von Wolfsburg-Lothringen mit Gattin Franzi, die zur Furie wurde, wenn sie in ihrer Kaufsucht nicht jede Woche wenigstens ein neues Bild für ihre Sammlung ergattern konnte, sowie König Fernan VI. von Spanien, auch Ritter des Ordens vom Goldenen Vlies, mit Gattin Cecilia und Spaniens Kulturminister im Gefolge. Anwesend waren nicht nur die Vertreter des Mastbürgertums, sondern auch die Protagonisten unseres Romans: Marek mit den dunklen Wuschelhaaren aus Polen, sein Freund der Blondschopf Lukas mit Onkel Max aus Berlin, die gemeinsam mit Sophia das unterirdische Gewölbe der Tempelritter in Berlin-Tempelhof überhaupt erst entdeckt hatten. Nur die smarte Sophia, die Hauptakteurin, deren ungeheuerliche Geschichte weit über Prof. Weises rationales Denkschema hinausreichte, blieb spurlos verschwunden. Ihr hätte heute alle Ehre gebührt.

In der prächtigen Kuppelhalle des Bode-Museums gleich hinterm Eingangsportal hatten sich die Gäste in Abendroben mit Sektglas in der Rechten am Reiterstandbild des Großen Kurfürsten verschanzt und lauschten den Worten des Professors:

»… Seither ist die Diskussion und Legendenbildung um den Heiligen Gral nicht abgerissen und die Literatur schier uferlos. Wir stellen Ihnen heute gleich drei Exemplare vor: den neuesten, Anfang dieses Jahres entdeckten, mit Verlaub, wir nennen ihn den *Tempelhofer Heiligen Gral*, sein Gegenstück aus Spanien, der Santo Cáliz, der seit 1437 in einer gotischen Kapelle der *Iglesia Catedral-Basílica Metropolitana de la Asunción de Nuestra Señora de Valencia* verehrt wird …«, hier unterbrach sich der Professor und lugte zum spanischen König herüber: »Ich hoffe ich hab' das jetzt richtig ausgesprochen.«

Die schöne Cecilia und der großgewachsene, feingliedrige Fernan VI. nickten wohlwollend zurück und so waberte ein allgemeines Lächeln und Nicken durch den Kuppelsaal.

Der Professor fuhr erleichtert fort: »Der Legende nach soll dieser Gral aus der Kathedrale in Valencia von Jesus zum Abendmahl mit seinen Aposteln benutzt worden sein. In der Vergangenheit hat er einen großen Pilgerstrom angezogen und soll Wunder, wie spontane Heilungen, gewirkt haben.«

Nun, dem pausbäckigen Maximilian von Wolfsburg-Lothringen zugewandt, brachte Prof. Weise seine Rede auf den dritten Gral: »Mit Stolz kann ich Ihnen verraten, dass Sie heute nicht zuletzt die Achatschale aus der Schatzkammer der *Hofburg zu Wien*, die aus einer Höhle unter dem Kreuzigungshügel *Golgat*a stammt, besichtigen werden. Während die Wiener Achatschale zwar das größte, aber auch bescheidenste Objekt zu sein scheint, sind sowohl der Tempelhofer als auch der Gral aus Valencia aus verschiedenen Teilen zusammengesetzt, die unterschiedlich datiert worden sind. Nur eines ist allen drei Schalen gleich, sie bestehen aus Halbedelstein: Achat, Karneol oder Jaspis, alle unzweifelhaft vor 2000 Jahren hergestellt, lediglich die Füße des Tempelhofers und des Valencianischen Kelches stammen aus dem Mittelalter – als die Gralslegende ihren Höhepunkt in der Literatur fand. Die Karneol-Schale aus Valencia trägt eine arabische Inschrift, deren Bedeutung umstritten ist und die vermutlich später hinzugefügt wurde. Jesus, verehrt als *Isa ibn Maryam*, Sohn der Maria und nicht der Sohn Gottes, gilt immerhin auch als einer der wichtigen Propheten im Islam. Zweifel an der Echtheit der Schalen hat es immer gegeben, weil niemand einen Halbedelstein einem Profangefäss aus dem Besitz eines Heilers und Wanderpredigers, denn nichts anderes war schließlich Jesus von Nazareth, zugeordnet hätte.

…

Nach der *Acta Pilati*, einem apokryphen Evangelium, das seinerzeit nicht in die Vulgata[26] aufgenommen wurde, gab es tatsächlich eine Schale aus der Provenienz Joseph von Arimatäas, mit der die Blutstropfen bei der Eröffnung der Seite Jesu durch den römischen Hauptmann Longinus bei der Kreuzigung aufgefangen worden sein sollen. Welche der drei Schalen zu welchem Zweck fungiert haben mag, überlasse ich Ihrer Phantasie, zur wissenschaftlichen Aufarbeitung wird sich wohl noch so manche Mondphase über den Schreibtisch der Gelehrten ziehen.

…

Wir sind heute stolz, ein Kapitel Europäischer Geschichte aufzuschlagen, die unsere Kultur in 2000 Jahren christlich ge-

26 Vulgata: erste lateinische Übersetzung der Bibel (ab 4. Jhd. in Rom und ab dem 7. Jhd. in allen lateinischen Kirchen). In den Kanon des Neuen Testamentes wurden nur vier Evangelien (Matthäus, Markus, Lukas, Johannes) aufgenommen, über 80 sind bis heute bekannt. Die nicht aufgenommenen Schriften nennt man Apokryphen.

formt, ja uns aus Stroh- und Lehmhütten über gotische Kathedralen zu einer wegweisenden Weltkultur aufleben lassen hat und heute mit der Materialisierung einer Legende neues Identitätsfutter für die Europäische Gemeinschaft liefert. Ein wichtiges Kulturgut wird am heutigen Abend im Herzen Europas und nicht etwa am *Metropolitan Museum of Art* in New York oder im *Getty Center* in Los Angeles präsentiert. Und auch wenn wir noch nicht die Zauberkräfte, die zu ewiger Jugend oder allumfassender Weisheit hätten führen sollen, freigelegt haben; und glauben Sie mir, ich habe an allen drei Exponaten eifrig gerieben, geleckt und sonst was angestellt …«, begeistertes Lachen schallte durch den Korpus der erlauchten Gäste, bevor Prof. Weise sein Rede fortsetzen konnte. »… so scheint mir der Erfolg darin zu bestehen, dieses Kultobjekt zur Identitätsfindung und damit Einigung Europas in diesen krisengeschlagenen Zeiten zu führen. Sehr verehrte Gäste, ich bitte Sie nun, die Objekte der Ausstellung ganz persönlich in Augenschein zu nehmen!«

Applaus hallte durch die Kuppel und die Neugier drängte die geladenen Gäste zum Skulpturendurchgang, hinter dem sich die Ausstellung eröffnete. Die hochherrschaftlichen Herren schritten voran und wurden in das magische Ambiente der nachgebildeten Tempelhofer Kapelle mit Fresken förmlich eingesogen. Der Kuppelraum enthielt wunderbar in Licht gesetzte Schaukästen mit den drei Kelchen, von denen zumindest einer der wahre Heilige Gral sein sollte.

»Mein lieber Cousin, Sie müssen doch zugeben, dass unsere Valencia-Schale der tatsächliche Heilige Gral ist! Welche Wunder wurden schon durch Eure Wiener Schale gewirkt?«, provozierte König Fernan VI. seinen entfernten Verwandten Maximilian von Wolfsburg-Lothringen. »Mir scheint die Wiener Schale die ursprünglichste zu sein. Mit Gold und Edelsteinen hat sich Jesus Christus sicher nicht gerühmt, als er mit seinen Jüngern den Wein teilte!«, trumpfte Maximilian von Wolfsburg auf.

Insgeheim dachte er allerdings, dass die Spanier ihre Krone noch hatten und Österreich mit Ausrufen der Republik 1919 den Adel abgeschafft hatte. Was für eine Schande! Wäre das auch so gekommen, wenn seine Familie den richtigen Kelch in der Hand gehabt hätte? Und ist der Kelch aus Tempelhof vielleicht der richtige? Was würde passieren, wenn er jetzt den Tempelhofer Kelch in den Händen hielte? Doch die Zeit hatte eigentlich alle Monarchien überholt, leider! Kein Gral hatte bisher die sogenannten Demokratien aufgehalten, ganz gleich wie oft Prof. Weise noch an den Kelchen reiben oder mit seiner ausgetrockneten Zunge lecken mochte. Schade eigentlich! Andererseits schlummerte der Tempelhofer Gral 700 Jahre in einem Berliner Dreckloch und niemand konnte seither seine Kräfte ausprobieren!

Als Marek und Lukas den Schaukasten mit der *Figura Baphomet* erspähten, verschnürten sich die Herzen der jungen Männer. Was war aus der lieben Schwester, was aus der geliebten Freundin geworden? Ihr Tod schien so unwahrscheinlich, so unfassbar. Wo war sie hin? Es hatte ja nicht einmal eine Leiche gegeben! Gab es doch noch irgendwelche unbekannten Kräfte zwischen Himmel und Erde, die den Tod wieder rückgängig machen konnten? Was hatte man mittlerweile nicht alles entdeckt! Wurmlöcher, die Zeitreisen zumindest theoretisch erklären konnten, oder das göttliche Higgs-Teilchen, das erst kürzlich im CERN nachgewiesen wurde.

Plötzlich kam Marek ein zündender Gedanke: »Lukas, was hat die *Figura Baphomet* in Tempelhof gemacht?«

»Sie hat die Tempelritter ins Leben zurückgeholt!«

Lukas, immer leicht begriffsstutzig, wusste nicht, worauf Marek hinauswollte. Er war schließlich selbst dabei gewesen, als sie das Ding mit Sophia in Gang gesetzt hatten.

»Richtig! Und warum sollte sie das nicht noch einmal tun?«, langsam klickerte es bei Lukas: »Du meinst, wenn man das Gerät noch einmal in Betrieb nehmen würde, könnten die zu Staub zerfallenen Mönche wieder zum Leben erweckt werden?«

Ein Beobachter zwischen den geladenen Gästen hätte förmlich spüren können, wie die Erkenntnis in Lukas aufloderte.

»Genau! Und dann könnten sie uns vielleicht helfen, Sophia wiederzufinden. Schließlich sind die Tempelritter an Sophias Verschwinden schuld!«

»Ja, genau, Du hast recht Marek ...«, langsam schlussfolgerte Lukas: »... vielleicht holen wir mit der Maschine sogar Sophia selbst zurück. Das wäre was!«

»Vielleicht!«, antwortete Marek nachdenklich, während er versonnen seinen Nasenrand zwischen Daumen und Zeigefinger nach eingetrocknetem Nasenschleim absuchte. »Auf jeden Fall sollten wir es ausprobieren!«

»Aber wie sollen wir das anstellen? Es müsste ja um die Mitternachtsstunde sein«, dachte Lukas laut.

»Genau, und da stören dann auch die ganzen Leute nicht mehr!«

Marek wies mit seinem Wuschelkopf auf den mit geladenen Gästen vollgestopften Ausstellungsraum und rollte das Ergebnis seiner Sondierung zwischen Daumen und Zeigefinger solange, bis es von alleine auf das Parkett des Museumsbodens herabfiel.

»Ach Herr Kommissar, gut, dass ich Sie hier treffe!«

Der Kommissar mit seinem runden, durchäderten Gesicht, dem man den exzessiven Konsum deutscher Schweinemastprodukte förmlich ansah, schwenkte nach links, aus der die ihm bekannte Stimme herüberklang. Stattlich stand Prof. Prekop mit wippendem, schlohweißem Haar vor ihm.

»Wir haben die Ergebnisse von unseren französischen Kollegen erhalten! Und stellen Sie sich vor, was die herausgefunden haben«, sprudelte es aus dem Forensikprofessor heraus, als er seine Hand vorstreckte, um die Hand des Kommissars zur Begrüßung zu schütteln.

»Ich grüße Sie auch!«, grinste der Kommissar und setzte fort: »Na dann mal raus mit der Sprache!«

»Die französischen Forensiker haben die Höhle im Innersten des *Pic de Búgarach* untersucht, in der Sophia verschwunden war. Es scheint sich wirklich um einen rituellen Ort zu handeln. Der Steinschemel, auf dem Sophia gesessen hatte, befindet sich genau unter einem Loch in der Höhlendecke. Vor dem Schemel liegt eine Steinplatte, die eine Öffnung im Boden verdeckt. Genaugenommen sieht das Szenario genauso aus wie im griechischen Tempel von Delphi, wo einst die Orakel gesprochen wurden.«

»Sie meinen Sophia ist von den Tempelrittern als Orakel-Medium benutzt worden?«, wandte der Kommissar ungläubig ein.

»Könnte gut sein, denn zu allem Überfluss strömt Ethylen, das gleiche Gas wie in Delphi, aus der Erdöffnung aus. Das Gas hatte offenbar Pythia, die griechische Priesterin, in Trance versetzt und so die Orakel provoziert.«

»Das haben also die Templer mit Sophia gemacht! Das erklärt aber noch nicht ihr Verschwinden!«

»Das ist wohl war, aber die Franzosen haben noch etwas festgestellt: Wenn Pythia in Delphi ein Orakel gesprochen hatte, wurde zuvor eine Ziege geopfert. Also haben die Franzosen nach Blutspuren gesucht.«

»Und welche gefunden!«, schlussfolgerte der Kommissar wie ein Fuchs.

»Ja und nein!«, platzte der Professor heraus: »Sie haben Blut- und Spermienproben sichergestellt. Und jetzt kommt der Clou: Die DNA der Blutspuren ist mit der DNA der blonden Haare aus dem Abendmahlsbecher identisch und also mit ziemlicher Sicherheit Sophia zuzuschreiben. Es wurden nur sehr wenig Blutstropfen gefunden, was auf alle Fälle gegen ein Verbluten des Opfers vor Ort spricht.«

»Aber von einer Leiche gibt es nach wie vor keine Spur?«, hakte der Kommissar nach.

»Korrekt!«, entgegnete der Professor. »Interessant wird's aber erst jetzt!«, fuhr er fort. »Die DNA der Spermien ist identisch mit der DNA des Bluts im Tempelhofer Kelch, welches, wie wir damals feststellen konnten, so eine Art Überblut ist, da alle Gene der DNA volles Signal zeigten, was sonst bei keiner menschlichen oder auch tierischen Zelle je gefunden wurde.«

»Sie meinen also, dass wir es jetzt mit so einer Art göttlichem Sperma zu tun haben?«

»Wenn Sie so wollen, auch wenn ich als Atheist an keinen Gott glauben möchte.«

Der Professor raufte sich sein schütteres, schlohweißes Haar und hielt gedankenversunken diese Pose viel zu lange ein.

Langsam erwachte der Professor wie ein vom ersten Sonnenstrahl erwärmter Salamander aus seiner Starre und wandte sich erneut an den Kommissar: »Es gibt da noch etwas, was ich Ihnen sagen muss. Manchmal sind die Priesterinnen in Delphi nicht mehr aus der Trance erwacht. Wenn die Konzentration des Erdgases zu hoch war, sind sie verstorben.« Nach einer bedachtsamen Pause fügte er schmunzelnd hinzu: »Aber wie Sie ja schon richtig bemerkt haben: Wir haben keine Leiche!«

Inzwischen hatte sich auch Professor Weise den beiden genähert. Die beiden Professoren und der Kommissar standen nun genau am Schaukasten mit dem Tempelhofer Gral. »Ist unser Kelch nicht wunderschön? Nachdem wir ihn von Blut und Haaren befreit und noch einmal richtig überarbeitet haben, funkeln nicht nur die Edelsteine, sondern auch die Jaspisschale selbst, die ja der eigentliche Heilige Gral ist, wenn ich das so sagen darf!« Auch die Augen des Archäologen schienen sich in das Funkeln des Grals mit einzureihen.

»Ein Wunder! Ein Wunder ist geschehen!«, hallte es durch den Ausstellungsraum. Die Besucher drehten sich nach der Stimme um und strömten ihr im wirren Durcheinander entgegen. Ein Mann stand völlig fassungslos vor dem Altar, den man aus dem Tempelhofer Gewölbe ins Museum geschafft hatte. Niemand konnte die Fassungslosigkeit des Mannes begreifen.

Plötzlich zeigte ein Kind in Richtung Altar und sprach: »Der Jesus blutet ja.« Jetzt sahen es die anderen Besucher auch: Vom Kruzifix auf dem Altar tropfte rotes Blut. »Ein Wunder.«

»Ein Wunder«, wogte es durch den Raum und schwoll an wie das Getöse eines sich hochschraubenden Herbststurmes. Geistesgegenwärtig zückte Prof. Prekop ein Eppendorfröhrchen aus seinem Jackett und ließ etwas Blut von der Jesusfigur in das sterile Probengefäß tropfen.

Festival of Lights

Das kaltgewordene Berlin feierte zum zigsten Mal sein *Festival of Lights*. Gerade abends wurde es schon empfindlich kühl und Mäntel und Schals gehörten wieder zum Pflichtprogramm des nächtlichen Getümmels. Zu Massen drängten sich Berliner und Touristen um kunstvoll illuminierte Gebäude. Die Quadriga des Brandenburger Tors erstrahlte in einem kühlen Ultramarin und thronte dabei lässig auf orangenen Säulen. Aufflackernde Schriftbänder scrollten über den Sims des Gemäuers. Herden, bewaffnet mit Fotoapparaten, Stativen, Camcordern oder einfach nur mit ihren Smartphones, drängten sich vor dem, was tagsüber sandsteingrau oder allenfalls in Ocker die Retina des Betrachters eher wenig in aufflackernde Nervenimpulse verwandelt hätte.

Doch Ende Oktober, wenn die Illuminationen die Nacht zum Tag machten, zog es selbst noch den größten Faulpelz hinterm warmen Ofen hervor, raus auf die Berliner Straßen. Menschenmassen drängten *Unter den Linden* entlang. Menschenmassen, die tagsüber nicht einmal der Weihnachtskaufrausch mobilisiert hätte. Eine Ausnahmesituation, eine kolorierte dazu. Nicht anders sah es am Fuße des Berliner Fernsehturms aus, dessen graue Betonsäule nun in allen Farben des Regenbogens schillerte. Die größte Ansammlung von Schaulustigen fand man jedoch *Am Lustgarten* vor dem Berliner Dom. Der ganze Platz stand voller Menschen, die gebannt den wechselnden Projektionen auf das ehrwürdige Gemäuer folgten. Was wohl die versunkenen Könige, Prinzen und Prinzessinnen dazu gesagt hätten, die der Tod dazu verurteilt hatte, in der Gruft hinter der spektakulären Domfassade zu schlummern? Vom gleichen Standort leuchtete auch die Vorhalle des Alten Museums in tiefrotem Rubin dem geneigten Betrachter entgegen. Nur eine Kopfwendung genügte, um den Augenhintergrund erneut mit feuriger Glut zu füttern.

Die immer neuen Projektionen auf die Domfassade heizten den Menschenkorpus an, in ständig neue Ohs und Achs auszubrechen. Plötzlich jaulte ein noch größeres Staunen durch die Massen, setzte sich von links nach rechts durch das Publikum, wie eine sich brechende Welle in der Brandung des Ozeans. Doch diesmal schien nicht die Domprojektion der Auslöser zu sein. Leute stießen sich gegenseitig an, um den gebannten Visus weg vom magnetisierenden Domspektakel nach links hinter das Alte Museum zu lenken. Dort schoss augenblicklich eine gewaltige Lichtsäule in den Himmel und hüllte die nächtlichen Besucher kurzzeitig in gleißendes Licht – wie heller, lichter Tag. Der absolute Hingucker, der Höhepunkt des Abends, darüber war man sich augenblicklich einig. Nur der eine oder andere fragte sich verwundert, was für eine Lichtquelle eine solche Helligkeit für weit länger als die Zuckung eines Blitzes erzeugen könnte? Niemandem war vermutlich überhaupt aufgegangen, dass jene Illumination nicht zum Programm des Lichtfestivals zählte. Nur Lukas und Marek wussten es besser.

Potsdamer Platz

Zeitgleich: Im *Facil* schaukelten vier Kellner ovale, vorgewärmter Teller an den Tisch mit dem besten Blick auf den Platz. Fingerdickes Risotto hielt auf seiner Turmspitze mit Vanillearomen beschäumte Nachtigallenzungen. Der ganze Gang verlor sich auf dem ausladenden Weiß des Porzellans und versteckte sich zu allem Überfluss hinter einer Orchideenblüte, die zugegebenermaßen ebenfalls zum Verzehr gedacht war. Synchron senkten die Bediensteten die kunstvolle Komposition vor den Gästen ab, während sich Maximilian, Franzi, Fernan und Cecilia mit dem viel zu schweren *Robbe & Berking*-Tafelsilber auf den filigranen Haufen des dritten Ganges nach dem Gruß aus der Küche stürzten. Mit einem bernsteinfarbenen Tropfen eines gut gealterten Madeiras spülten die vier Edelleute die servierten rosaroten Züngchen hinunter, so wie es schon Selbstverständlichkeit am Zarenhofe Alexander II. gewesen sein musste.

Als Franzi das Reistürmchen auf der Gabel den sich auf die Gaumenfreuden öffnenden roten Lippen zuführte, ging plötzlich ein Beben, gerade so, als hörte ein Laster nicht auf, auf der Straße vorbeizufahren, durch das Restaurant, so dass das Türmchen in sich zusammenstürzte, den Mund nicht erreichte und stattdessen seinen Weg in das Dekolleté des weißen Hosenanzugs der Kunstmäzenin suchte.

Aufgeregt griff sie zu ihrer Serviette, als ihr Blick durch das Fenster einen Lichtimpuls gewahrte und sie zu einem Aufschrei hinreißen ließ: »Kommt jetzt doch noch der verspäte Weltuntergang der Mayas über uns?«

Cecilia, die mit ihrem Rücken zum Fenster saß und so des Lichtstrahls nicht ansichtig war, lenkte ein: »Immer diese Weltuntergangsgedanken. Mal im Ernst Franzi, die Ausstellung ist doch wirklich ein gelungener Wurf, ganz gleich, welcher Gral nun der echte ist.«

König Fernan VI., der sich bisher ganz seinen Gaumensinnen hingegeben hatte, lächelte seiner Angetrauten zu, nahm ihre Hand zärtlich in die seine: »Du hast recht, Schatz!«

Sein Blick wanderte von seiner wundervollen Cecilia zu seinem grobschlächtigen Cousin: »Ganz gleich, ob nun Dein, mein oder der Neue Gral der echte ist, Fakt ist: Jetzt sind hier gleich drei Grale in einem Raum und zwar in einem ausgesprochen schönen Ambiente, wenn ich das so sagen darf, zusammengekommen. Und ist es nicht erstaunlich, dass dies ausgerechnet alles hier in Berlin passiert?«

»Das finde ich nicht, mein lieber Cousin! Kein Ort wäre prädestinierter!«

Franzi sah sich unterdessen völlig überrumpelt. Sie rümpfte ihre viel zu spitze Nase, die wie ein Zeigefinger aus ihrem ovalen Gesicht herausstach. Was faselte ihre Tischgesellschaft von den drei Gralen. Hatte denn niemand dieses Beben, den Lichtstrahl wahrgenommen? Manchmal glaubte sie wirklich, die Sinne spielten ihr einen bösen Streich, doch das in ihrem Dekolleté versenkte Nachtigallenzüngchen belehrte sie eines Besseren.

»Merkt denn niemand, was hier los ist?« Alle starrten sie an.

»Du meinst es ist nicht klar, warum ausgerechnet Berlin Ort der drei Grale geworden ist?«

»Nein, ja …«, keiner wollte sie verstehen, aber als umtriebige Kunstmäzenin konnte sie immerhin diese Frage sofort beantworten: »Das ist doch ganz klar. Wer hat die drei Becher unter ein Dach gebracht?«

Ohne die Frage im Raum stehen zu lassen, beantwortete sie diese lieber gleich selber: »Richtig: Weise ist der Mann der Stunde!«

»Ja und?«, schien es aus allen drei Gesichtern, die Franzi fixierten, zu plätschern. »Wo hat Weise studiert? In München. Wer war damals Erzbischof in München? Georg Ratzinger! Beide kannten sich natürlich und was hat Ratzinger – alias Benedikt XVI. als Erstes getan, als er Papst wurde? Er ist nach Valencia gereist!«

»Richtig!«, erinnerte sich nun auch König Fernan VI. »Er hat eine heilige Messe mit dem Heiligen Gral von Valencia abgehalten. So wichtig war ihm das Ding – und nicht nur ihm, ich glaube über eine Million Menschen haben damals der Messe beigewohnt. Schließlich wird der Santo Caliz nicht jeden Tag ans Sonnenlicht getragen. Sein Vorgänger, der alte Wojtyla hatte ihn auch schon mal rausgeholt, beide standen sich ja schon immer nahe, Gott hab' ihn selig!«

»Stimmt, genau genommen sind die Grale niemals viel gereist, geschweige denn jemals zusammen ausgestellt worden. Unsere Wiener Schale war da schon ein bisschen mehr unterwegs, als Reichskleinodie des Römischen Reichs Deutscher Nation ist sie viel auf Wanderschaft gewesen. Lag dann lange in der Nürnberger Burg, bis sie vor Napoleons Truppen flüchten musste und es 1800 in die Wiener Hofburg schaffte. Da verblieb sie bis zum Anschluss!«

»Stimmt, böse Zungen behaupten sogar, Hitler hätte den Anschluss nur erwirkt, um an die Reichsregalien zu gelangen. Und das war dann auch seine erste Amtshandlung: Er ließ den Schatz nach Nürnberg zurückbringen. Die im Konvolut mit enthaltene Heilige Lanze, so glaubte er, sollte ihm Macht und vor allem Unbesiegbarkeit bescheren. Bekanntermaßen haben die Amis nach dem Krieg alles wieder fein säuberlich in Wien abgeliefert.«

»Auf jeden Fall brauchte Weise keinen Napoleon, Hitler oder Spanischen Bürgerkrieg, um an die Becher zu gelangen, ihm reichte einfach der Segen des Heiligen Vaters, der nun gerade mal ein Deutscher gewesen war und offenbar zum Bekanntenkreis eines Prof. Weise zählte.«

»Ja, und was für ein Papst, der es schaffte, bei Lebzeiten abzutreten und einem Jüngeren Platz zu machen, nur, weil er genau wusste, dass seine greisen Moralvorstellungen der nötigen Erneuerung der Kirche im Wege standen. Hatte Franziskus eigentlich schon Zeit, seine Messe in Valencia zu lesen, oder muss er sich nun gleich um alle drei Schalen kümmern?«

Franzis üppiger Busen fand unter ihrem Lachen einen wippenden Rhythmus, der das Nachtigallenzüngchen hoffentlich in eine günstige Position beförderte, unsichtbar für ihre Tischnachbarn, und auffindbar bei ihrer Abendtoilette, bei der sie dann doch noch in den Genuss des Hauptgangs kommen könnte. Zuversichtlich blickte sie dem Abgang aus dem *Facil* und der Ankunft im Hotel *Ritz-Carlton* entgegen. Dann hob Maximilian sein Glas, ohne sich dessen bewusst zu sein, dass der alte Madeira kurz zuvor vom Beben im Glas gerade so geschwenkt worden war, um noch mehr von seinem süßlichen Bukett in die erlauchte Runde zu hauchen. Die vier prosteten sich auf den gelungenen Abend zu.

Bode-Museum

Die Plakataktion noch in den Kletterbeinen schlichen Lukas und Marek unter dem Viadukt der S-Bahn zur Fassade des Bode-Museums. Sie hatten ihre frisch gebügelten Hemden von der Ausstellungseröffnung wieder gegen ihre *Dienstkleidung* getauscht: Funktionskleidung, Schrittgurt, Karabinerhaken, Kletterleine am Gurt, Stirnlampe und noch ein paar nützliche Dinge, die ihnen einen unerlaubten Einstieg in ein Gebäude erleichtern sollte. Außerdem hatte Blondschopf Lukas seine neue Flamme im Schlepptau. Sie war das ganze Gegenstück zum nordischen Burschen. Mediterran hatte sich ihre pechschwarze Haarpracht leicht gekräuselt um das ebenhäutige Gesicht gelegt. Ihre dunklen Mandelaugen waren zum Verführen geschaffen, und die fast schwarzen, aber fein gezogenen Augenbrauen ließen weder Nord- noch Südmann unbeeindruckt. Kleopatra war allenfalls ein billiger Abklatsch von dem, was sich da gerade unter der zugigen Unterführung der Museumsfassade annäherte. Lukas hatte die Jura-Studentin Kaisea in der *Ostblock*-Kletterhalle kennengelernt, als er ihr das Bouldern beizubringen versuchte. Sie waren nicht nur zu engen Kletterfreunden geworden.

»Wo sollen wir den Einstig wagen?«, fragte Marek Lukas.

»Wir müssen durch die Kuppel einsteigen. Auf das Dach kommen wir direkt über unsere Leinwand hier vorne. Über der Leinwand habe ich noch die Haken stecken gelassen, da wir das Plakat nach der Ausstellung wieder abhängen sollten.«

»Prima, dann geht's hier lang.«

Marek schob die schöne Kaisea mit ihren im Wind tanzenden Haaren an der Fassade des Bode-Museums entlang, direkt an die Häuserecke, die zum Spreegraben führte. Dort war ein Sicherungsseil der Ausstellungsleinwand befestigt, das sie gleich zum Klettern nutzen konnten. Wie drei dunkle Katzen krochen die drei Gestalten im Schutz der Dunkelheit die Fassade empor und hatten, geübt wie sie nun einmal waren, auch schnell das Dach des Museums erreicht. Dann folgte alles wie in einem typischen *Tom Cruise*-Film: Glasschneider am Kuppeldach, Saugnapf zum Entfernen der Scheibe, Abseilen ins Museum. Und auch der Rest war quasi eingeübtes Ritual. Die Räumlichkeiten waren ihnen wohl bekannt, noch ein kurzer Griff in den Sicherungskasten zum Abschalten der Alarmanlage und schon standen die drei zwischen den Ausstellungsobjekten der Sonderausstellung, deren Urheber sie selbst gewesen waren.

Gegenüber der drei Kelche, von denen sie genau wussten, welche der echte Heilige Gral war, thronte die Baphomet-Maschine mannshoch auf einem Steinsockel. Nicht einmal Prof. Weise schien herausgefunden zu haben, wozu diese Maschine tatsächlich in der Lage war. Ihr Geheimnis hatten sie bisher für sich behalten. Nur als Medium konnte heute nicht die blonde Jungfrau Sophia fungieren, diesmal musste das ganze Gegenteil genügen: Kaisea mit langen schwarzen Haaren. Und ob Kaisea noch Jungfrau war, sollte der geneigte Leser jetzt auch nicht so genau hinterfragen. Und ob der Jungfrauenstatus Kaiseas für das Gelingen ihres Experimentes vonnöten gewesen wäre, würde sich gleich in praxi zeigen.

Lukas drängte zur Eile: »Marek, nimm die Schale aus der Lade und füll sie mit dem Jesusblut!«

Dieser zauderte keinen Augenblick, zog die Lade an der Baphomet-Maschine auf, griff nach der Schale, eilte zum Altar, tropfte etwas Blut von der Jesusfigur in die Schale. Lukas hob den Korund in die Öffnung zwischen den beiden Köpfen der Figura, versenkte die Haarspitzen von Kaisea in der Blutschale und setzte sie zurück in die Lade.

Eine Aura von fluoreszierendem Schimmer umwaberte Kaisea wie einst Sophia im unterirdischen Gewölbe in Tempelhof. Ein himmlischer, fast sphärisch anmutender Gesang hallte durch den kirchenartigen Raum, der hier nur Museum war. Und plötzlich schoss ein Lichtstrahl durch den Korund in die Kuppel des Museums. Unter Donnern und Dröhnen, sodass einem fast die Ohren abfielen, brach ein Teil des Fußbodens ein und gab den Blick in das Kellergewölbe des Museums frei. Marek leuchtete mit seiner Stirnlampe in den Keller: das Mumienkabinett. Riesige Regale standen im Magazin, in der noch verbundene und schon ausgewickelte Mumien, Mumien mit Blattgold beschichtet, Sarkophagdeckel aus Ägypten und allerlei Zeug aus dem Tal der Könige am Nil herumzuliegen schien. Nur von den Tempelrittern gab es diesmal keine Spur.

Lukas war stolz auf Kaisea, die als Medium wunderbar funktioniert hatte. Er befreite sie fürsorglich aus den Fängen der *Figura Baphomet*, zog sie fest an sich heran und schon fand seine Zunge den Weg zwischen ihre Lippen. Kaisea erwiderte seinen Kuss und stieg langsam in die Welt der Menschen zurück.

»Auweia …«, platzte es plötzlich aus Marek heraus, der immer noch am Rande der Kelleröffnung stand. »Ich glaub', mich laust der Affe!«

»Was ist los?«, fragte Lukas, der immer noch Kaseia fest in seiner Umarmung hielt. »Da sind ägyptische Mumien im Keller!«

Lukas ließ Kaisea fahren und stürmte zu Marek: »Ja, und?«

»Eine bewegt sich!«

Ritz-Carlton

Franzi hatte es endlich in ihr Boudoir im *Ritz-Carlton* geschafft. Endlich konnte sie ihren Hosenanzug abstreifen und endlich konnte sie ihren BH öffnen, der ihr heute Abend schon lange zu eng geworden war, und endlich rutschte das Nachtigallenzüngelchen aus ihrem Busen in ihren Schoß, verfing sich im Schamhaar. Immer noch neugierig auf diese ungewohnte Gaumenfreude griff sie mit ihren Fingern nach dem Bröckchen und schob sich die Nachtigallenzunge in den Mund. Butterweich und immer noch einen Hauch von Vanille verströmend, zerdrückte sie das Züngchen mit ihrer eigenen, muskulösen Zunge am Gaumen, schloss ihre Augen, um den Happen voll genießen zu können.

Aus dem Nachbarzimmer hörte sie, wie ihr Mann telefonierte: »Ich weiß, dass die Wiener Schale nicht der richtige Gral ist! Aber nun sind zwei andere aufgetaucht und ich möchte wissen, welcher der richtige ist und ich möchte ihn auf meinem Tisch haben. … Ich weiß nicht, was daran so schwer zu verstehen ist. Sie gehören zu unserem Orden und sind mit solchen Aufgaben vertraut. Bringen Sie mir den Gral! Und zwar den richtigen! Und so schnell wie möglich!« Maximilian von Wolfsburg-Lothringen schmiss den Hörer auf die Gabel. Monarchisches Blut wallte in ihm auf, als er darüber sinnierte, welche Macht ihm der rechte Gral bringen würde.

Die Wiener Schale hatte den Untergang des Heiligen Römischen Reiches Deutscher Nation nicht aufgehalten, hatte die Wolfsburger von ihrer einst führenden Rolle in Europa ins totale Abseits getrieben, sie zum Gespött deutscher Touristen gemacht, die über die österreichischen Bergdörfer nur lächelten und das ›*… ja gnäd'ge Frau, hier geht's zum Fiaker,*‹ oder, ›*ob der Herr Kommerzienrath Schlagobers auf den Strudel zu belieben wünschen …*‹, als Lächerlichkeit abtaten oder allenfalls als touristisches Spektakel honorierten, nicht aber einen Herrschaftsanspruch, den er, der letzte Spross der Wolfsburger und sein Orden zum Golden Vlies, mit Gottesgnaden jetzt endlich wieder anmelden sollte!

Knut

Der Mann im dunklen Anzug zog seine hauteng anliegenden Handschuhe fester über seine Handgelenke. Seine stahlblauen, etwas zu dicht stehenden Augen fixierten mit stechendem Blick noch den Hörer, als er schon die nächsten Schritte in seinem kahlrasierten Kopf durchdachte. Er musste nach Berlin. Sofort. Die Hawker-Beechcraft des Konsortiums stand augenblicklich in einem der beiden Hangar des neuen VIP-Terminals des Wiener Flughafens.

Der Mann im dunklen Anzug und mit dem Gesichtsausdruck eines Berufskillers streckte seine behandschuhte Rechte abermals zum Hörer aus und drückte in schneller Folge die Tasten des Telefons. Er kannte die Nummer wie aus dem ff, und obgleich er sie auch aus dem Speicher des Telefons hätte abrufen können, tippte er die Zahlenfolge manuell ein. Er sah es als Training für sein Gehirn an. Sich Zahlenfolgen akkurat merken zu können, machte ihn auch unabhängig von einem bestimmten Telefon oder Standort.

Eine verschlafene Stimme meldete sich am anderen Ende. Er hatte den Piloten aus dem Bett geholt. Er gab ihm eine Stunde, dann wollten sie sich am VIP-Terminal treffen. Zufrieden stiefelte Knut ins Bad, öffnete den Spiegelschrank und packte nacheinander nicht nur Zahnputzzeug und Nassrasierer, sondern außerdem eine ganze Palette von Plastikdosen mit Nahrungsergänzungsmitteln in sein Necessaire: Proteine, Fettburner, indizierte Anabolika. Er zog eine Schublade auf, holte eine partyübliche Abpackung heraus, öffnete das Tütchen und schüttete das weiße Pulver auf einen offenbar extra für dieses Ritual bereitstehenden Spiegel. Aus seinem Portemonnaie kramte er seine Amex und begann sofort, die weißen Klümpchen auf dem Spiegel zu feinem Pulver zu zerstoßen. Genüsslich leckte er den bitter schmeckenden Kartenrand mit der Zunge ab, bevor er die Plastikkarte ins Portemonnaie zurückschob. Aus einer Anzugsinnentasche zog er ein schmales Lederetui heraus, öffnete es, griff nach dem mit funkelnden Brillanten besetztem Goldröhrchen, steckte es in ein Nasenloch, beugte sich vorn über, bis das Röhrchen das eine Ende des langgezogenen Pulverhaufens erreichte. Tief zog er das Pulver ein. Dann befriedigte er sein zweites Nasenloch, gab einen quietschenden Laut von sich und verließ das Bad. Jetzt konnte die Nacht weichen, auch wenn die Sonne nicht vor dem Hahnenschrei aufgehen würde. Doch nicht nur sein Hirn brannte sich nun kristallklar durch die Nacht, auch Lust verspürte er zwischen den Beinen, ohne dass sein Glied sich bewegt hätte. Ein unangenehmer Beigeschmack des Kokskonsums, den er besser mit einem zweiten Mittel abfangen sollte. Gingen nicht auch die Papuas am Sepik[27] mit übergestülpter Kalebasse auf Jagd, schnippten sie nicht aufgeregt mit den Fingern auf die Penishülse, um mit gestärktem Glied dem Leistenkrokodil in die Augen zu sehen, bevor sie es mit dem Speer nächtens durchbohrten?

---

27 Sepik: Fluss in Papua-Neuguinea, Heimat der Krokodil- und Insekten-Menschen, gern auch als Amazonas der Südsee bezeichnet; Wissenschaftliche Expedition 1912/13 zu den indigenen Stämmen mit ausgesprochenen Fruchtbarkeitsritualen

Noch ein Griff in das Spiegelschränkchen und schon hielt Knut die Dose mit den *Tripower*-Kapseln in seiner Rechten. Hätte er das Kleingedruckte gelesen, wüsste er um die Kraft des *Maca*[28]-Wurzelextraktes der Inkas, der *Yohimbe*[29]-Rinde der Massai und der Hawaiianischen Holzrosensamen[30] der Krokodilmenschen vom Sepik. Das würde seine Leistungsfähigkeit weiter steigern, die Beckenbodendurchblutung mit allem, was daran hing und hoffentlich bald stand, optimieren, sowie seinen Körper überhaupt mit Euphorie und wohltuendem LSD-Kribbeln überziehen.

Kraftvoll schnappte sich Knut das Necessaire, schob es auf dem Weg zum Ausgang in einen bereitstehenden Aktenkoffer und verließ sein Wiener Appartement.

Knut bewegte seinen durchtrainierten Körper geschmeidig wie ein schwarzer Panther über das Vorfeld. Der Pilot hatte die Maschine bereits aus dem Hangar manövriert und die Hawker-Beechcraft stand zum Einstig bereit.

Die Beechcraft ist der Mercedes unter den Kleinflugzeugen. Sie ist für sieben Passagiere ausgelegt und verfügt über Turboprop-Triebwerke, die die Maschine auf über 800 km/h bringen kann. Damit kann sie es auf kurzen Strecken allemal mit einem Passagierflieger aufnehmen. Und wenn man die Abfertigungs- und Sicherheitsprozeduren bedachte, die die para-

---

28 Maca (*Lepidium meyenii*): Kresse, die in den peruanischen Anden als Heilpflanze seit über 2000 Jahren angebaut und als Aphrodisiakum benutzt wird

29 Yohimbe-Baum (*Pausinystalia yohimbe*): immergrüner Baum aus dem Kongogebiet, dessen Rindenextrakt potenzsteigernde Wirkung hat; die Massai benutzen es gekocht mit weiteren Pflanzen und Blut zur Initiation mit Induktion von Epilepsie und Horrorvisionen; Aphrodisiakum

30 Hawaiianische Holzrose (*Argyreia nervosa*): windenartige Pflanze aus dem tropischen Asien (Indopazifik); die Samen (*Hawaiianisches Babies*) erzeugen einen LSD-artigen Rausch mit leicht psychedelischen Visionen und anschließendem angenehmen Kribbeln im Körper; Aphrodisiakum

noiden US-Behörden der ganzen Reisewelt nach 9/11 aufgedrückt hatten, war man mit einem Privatjet allemal schneller als der Holzklassereisende.

Museumsausstellung

» …«

Benommen torkelte die blattgoldbelegte Mumie durch die Ausstellungshalle und blieb vor Lukas stehen, der es kaum gewagt hatte, seine vom Staunen etwas dümmlich geöffnete Gusche wieder zu schließen. Leider verstand er kein Wort von dem, was die Mumie vor sich hin faselte. Wie sollte er auch, selbst, wenn er sieben Sprachen sprechen würde, wie seine studierte Freundin, die immer noch an der Baphomet-Maschine klebte, hätte er keine Chance gehabt. Die Worte, die die Mumie von sich gab, hatten ihren Sinn vor Jahrtausenden verloren.

Marek, den das Staunen ebenfalls in eine Handlungsstarre versetzt hatte, fand als Erster zu sich. Als Kind einer Generation, dem ein Smartphone mehr am Herzen liegt als jede göttliche Instanz, hatte er wie automatisch nach seinem Spielzeug gegriffen. Wie von selbst rutschte sein Daumen über das Display und schon lud das Handy die gesuchte App, die wohl irgendein IT-freak mehr aus Spaß als aus alltäglicher Zweckmäßigkeit programmiert hatte, auf sein Phone.

Er zog das Handy wie zum Telefonieren vor seinen Mund und fing zu sprechen an: »Herr Pharao, ich habe sie nicht verstanden, bitte wiederholen Sie und sprechen Sie in dieses Gerät!«

Das Smartphone übersetzte die Worte Mareks in eine unverständliche, blecherne Sprache und der kleine, verschrumpelte Mann blickte den großen, glatthäutigen Marek verwundert aus seinem goldenen Gesicht an.

Dann wiederholte die Mumie ihren Salm und das Smartphone übersetzte prompt: »Wer hat mich nach zweieinhalbtausend Jahren Schlaf gerufen? Welche Sternenkonstellation haben wir heute?«

In der zweiten Etage des Nachbarmuseums, dem berühmten Berliner Pergamon-Museum, platzte eine Basaltfigur auseinander. Die vor nahezu 3000 Jahren blankpolierten Steine plumpsten mit Wucht auf den Museumsboden und brachten die Halle zum Erzittern. Brocken mit Keilschriftzeichen, Brocken mit der Gravur einer Menschengestalt mit Flügeln und einem Armband, das einer Uhr glich, stürzten zu Boden. Dann schüttelte sich aus dem Inneren des Blockes eine Menschengestalt frei: Eine Gestalt mit dem Antlitz eines Herrschers, dem geflochtenen Bart eines Babyloniers und dem schrecklichen Glanz einer Krone auf dem Haupt.

Die Mächte der Welt

Die Landung in Berlin-Tegel weit nach Mitternacht war sanft wie das Fell des Kaninchens, das gerade noch in seinen Bau nahe der Landebahn gehoppelt war. Offenbar hatten Knuts Auftraggeber wieder einmal für eine Sondererlaubnis gesorgt, normalerweise hat Tegel Nachtflugverbot, und dann heißt es nach 22 Uhr basta, aus für den Flugbetrieb, höchstens Militär und die Flugbereitschaft der Bundesregierung mochten da eine Ausnahme genehmigt bekommen. Aber der Einfluss seiner Auftraggeber schien bis in die höchsten Kreise zu reichen, und so stand auch gleich eine schwarze Limousine bereit, als die Beachkraft ihre Außenposition erreicht hatte. An den Absperrungen des Flughafengeländes vorbei rollte das Fahrzeug in das nächtliche Berlin, das sich schon bald von seiner farbenprächtigsten Seite zeigte.

»Mensch Berlin ist ja eine richtig geile Stadt, so viele Häuser sind ja voll krass beleuchtet!«, staunte Knut aus seinen merkwürdigen Augen.

»So ist das hier nur eine Woche lang! Berlin hat einmal im Jahr das sogenannte *Festival of Lights*, ein Spektakel, das in den jetzt schon kalten Tagen nachts mehr Leute auf die Straße drängt als tagsüber«, erwiderte der freundliche Limofahrer.

Das Auto hatte sich inzwischen am bunt illuminierten Schloss Charlottenburg vorbeigedrängt, rollte auf das Blau und Gold der Siegessäule zu, um kurz vor dem Brandenburger Tor, dessen Projektionen Hundertschaften von Schaulustigen angelockt hatte, abzubiegen und sich durch die Touristenmassen der Nacht in die Friedrichstraße einzufädeln. Vor dem Hotel *Melia* stoppte die Limousine und Knut verabschiedete sich von dem freundlichen Fahrer.

Knut checkte zusammen mit seinem schwarzen Aktenkoffer, der keine Sicherheitskontrolle am Flughafen absolviert hatte, in das Hotel ein und genoss den Blick auf die Spree, die sich pechschwarz direkt vor seinem Zimmer dahinwälzte. Gleich um die Ecke stand mächtig – wirklich wie eine schwere Galeone – das Bode-Museum auf einer langgezogenen Insel im Fluß. Im Licht der Kuppel hätte man die Silhouette des Kapitäns auf der Brücke erwartet. Doch das Bode-Museum gab keinen Mucks von sich, es lag totenstill im Wasser der Spree.

Die Pläne des Museums ausgiebig auf seinem Tablet im Flieger studiert, wollte Knut nicht viel Zeit verstreichen lassen. Ortsbegehung mit erreichbarem Endresultat. Drei Heilige Grale warteten auf ihn und es gab aus seiner Sicht keinen Grund, sie länger warten, geschweige denn am augenblicklichen Ort ruhen zu lassen.

Knut verstaute sein Waschzeug im großzügigen Bad seiner Unterkunft, schmiss bei der Gelegenheit nochmals von den bunten Pillen ein, die ihn schon in Wien so knallhart aufgeputscht hatten, griff sein schwarzes Köfferchen mit dem nötigen Werkzeug und ließ die Zimmertür ins Schloss schnappen.

Das Bode-Museum schien nicht Teil des nächtlichen Illuminationsspektakels zu sein. Ruhig stand der Koloss im Wasser. Eine Brücke führte zum mächtigen, wilhelminischen Portal, zwischen dessen Säulen eine Leinwand aufgespannt war, die

die Objekte seiner Begierde leicht im Wind flattern ließ. Nun wusste er immerhin, wie die Grale genau aussahen, von denen er gedachte, in Kürze den Begehrlichen einem Besitzwechsel zuzuführen.

Dass nachts der Haupteingang verschlossen war, verstand sich von selbst, das brauchte er nicht zeitaufwendig überprüfen. Er war auf den Einstieg über das Dach vorbereitet. Wie kurz vor ihm unsere drei Protagonisten gewahrte er am hinteren Ende der Gebäudeseite eine Ankündigungsleinwand, deren Bespannung sich ausgezeichnet für einen Aufstieg zum Dach eignete. Geschwind wie eine Raubkatze kletterte Knut, der aufgeputschte Barbar, und erreicht schon bald den Dachfirst. Er schwang sich auf das Dach und staunte nicht schlecht, als Licht aus den Glaskuppeln zu dringen schien.

»Hatten die Museumsleute die Beleuchtung nachts nicht abgeschaltet?«, dachte Knut.

Das schien ihm im Energiewahn des 21. Jahrhunderts doch sehr unwahrscheinlich. Noch erstaunter war er allerdings, als er eines der Dachfenster nicht nur geöffnet vorfand, sondern auch noch ein Seil in die Tiefe baumeln sah. Knut war nicht allein! Der Nervenkitzel stieg. Aber wenn man nur so larifari ins Haus hineinspazieren gekonnt hätte, hätte man einen Knut auch nicht beauftragen brauchen! Die zugeführten Chemikalien mischten sich mit dem neu ausgeschütteten Adrenalin in seinem Körper und brachten sein Blut förmlich zum Überschäumen. Der Kick, den er brauchte, um sein nächstes Werk zu vollbringen, den hatte er jetzt absolut erreicht. Er hielt es für überflüssig ein neues Seil anzubringen und glitt gemächlich mit seinem fix eingeklinkten Petzl-Abseilgerät hinab. Unten angekommen brauchte er nur dem Lichtschein folgen, um den gesuchten Ausstellungsraum zu erreichen. Im Schatten der mittelalterlichen Statuen pirschte er sich zum Saal. Doch was er dann zu sehen bekam, verschlug ihm das erste Mal seit Jahrzehnten, ja eigentlich seit ihn sein Vater mit einem Kleiderbügel das erste-und-letzte Mal windelweich geprügelt hatte, den Atem.

Alt und klapprig stand die Mumie da, so als ob die Baphomet-Maschine nur halbe Arbeit geleistet hätte. Goldene Brösel bröckelten ihr beim Sprechen aus dem Knittergesicht. Zwar hatte Marek mit seinem Smartphone eine Unterhaltung zustande gebracht, aber so richtig war aus der Mumie nichts herauszuholen, ihr Gespräch war genauso vertrocknet wie die Mumie selbst, und natürlich hatte sie von Sophia noch nie etwas gehört, geschweige denn gesehen. Plötzlich hörten sie Schritte.

»Ab in den Mumienkeller, da kommt jemand!«, flüsterte Lukas zu Kaisea und Marek gewandt.

Mit einem kühnen Sprung landeten die drei im Mumienkabinett, gerade als Knut durch die Flügeltür schritt, seine Heckler & Koch P7 fest im Anschlag.

Nachdem Knut den alten Opa kaltblütig abgeknallt hatte, wunderte er sich über die totale Verwüstung des Museums. Zum Glück entdeckte er die drei unversehrten Becher, identifizierte den Tempelhofer Gral und hielt sich nicht länger als nötig vor Ort auf, um den Becher unversehrt und flink aus dem ehrwürdigen Gebäude zu schaffen. Um kein weiteres Risiko einzugehen, nahm er den gleichen Weg aus dem Museum heraus, den er gerade beim Einstieg getestet hatte.

»Das war einfach«, dachte er, als er schon wieder in der Lobby seines Hotels stand.

Lukas, Marek und Kaisea schreckten auf, als über ihnen der Schuss knallte, noch mehr Goldflakes aufwirbelte und sein Echo schroff von den nackten Museumswänden in ihr Versteck geworfen wurde. Aus Angst um das eigene Leben krochen sie immer tiefer in das Mumienkabinett hinein. Buntbemalte riesige Sarkophage mit vergoldeten Detailarbeiten standen in übergroßen Magazinen wie auf einem Baumarkt herum. Dann gab es wieder Arbeitstische, auf denen in ollen Baumwollstreifen eingewickelte Körper lagen. Marek entdeckte eine ausgewickelte und komplett mit Blattgold belegte Kindermumie.

»Ist die nicht schön!«, flüsterte er Kaisea zu, die nur traurig antworten konnte: »Das arme Ding. Hat sicher vom Leben noch nicht viel mitbekommen.«

Lukas schreckte zusammen, als er im nächsten Regal einen abgetrennten Mumienkopf erblickte, der seine schwarzvertrocknete Zunge weit aus dem Rachen zwischen seinen intakten Zähnen hindurchgeschoben hatte. Der Gesichtsausdruck hatte etwas sehr Gequältes und ließ noch einmal einen kalten Schauer über Lukas' Rücken laufen. Dann endete das Kabinett und ein weiterer Gang schien tiefer in den Museumskeller zu führen.

Als die drei sich endlich in Sicherheit glaubten, hastete vor ihnen ein Schatten, eine düstere und fremdartige Gestalt, und verschwand geschwind in der Finsternis des Kellers. Wie zu Salzsäulen erstarrt blieben alle drei stehen, versuchten zu sehen und zu lauschen. Keinen Atemzug wagten die drei, keinen Mucks von sich zu geben. Vor ihnen bewegte es sich wieder und hinter ihnen im Ausstellungsraum tobte irgend so ein wütender Killer herum. Sie waren wie Fische in einer Reuse in die Falle getappt.

Marek fummelte schon wieder an seinem Smartphone herum, er wollte unbedingt wissen, welchen Waffen sie diesmal ausgesetzt waren. Er schaltete die Taschenlampenfunktion ein und leuchtete in den Gang. Der Schattenumriss nahm eine erschreckende Gestalt an. Keine verschrumpelte Mumie wie oben im Ausstellungsraum. Eine feste Gestalt materialisierte sich im Schein seines Handys: Federbusch und schwarze Ringellocken auf dem Haupt, geflochtener, spitz zulaufender Kinnbart, muskulöse Oberarme, eine merkwürdige Uhr am linken Handgelenk, eine metallene Handtasche in der Rechten, der Oberkörper frei, Gesäß und Beine von einem derben Lederrock bekleidet. Tiefschwarze Augen erschreckten die drei in die Ecke gedrängten Freunde. Und die fiese Gestalt kam auf sie zu, unerschrocken, kriegerisch und handlungsbereit.

Noch ein Restaurant

Nicht ganz so üppig wie die adligen Museumsbesucher hatte Prof. Weise Prof. Prekop und Kommissar Schulz in ein nahegelegenes Restaurant ohne Sternekoch eingeladen. Immerhin hatten die beiden Mithelfer die Ausstellung erst möglich gemacht, die ihn heute in den Museumshimmel hob. Erfolg, auf den er lange wartete und nun endlich kurz vor seiner Emeritierung erlangte.

»Meine Herren, meine Mitstreiter, wenn ich so sagen darf, lassen Sie uns das Glas auf den Erfolg der Gralsausstellung erheben!«

Förmlich hob Weise sein Glas in die nächtliche Tischrunde. Die fortgeschrittene Stunde und Anspannung hatte sich in sein Gesicht gezeichnet. Die Tränensäcke des Mannes waren von dunklen Augenringen gezeichnet, die mit seinen ebenso dunklen, buschigen Augenbrauen ein Kreisrund um die Augen bildeten, so, als hätten eben noch zwei Bierhumpen auf seinem Gesicht geruht. Während die drei auf ihr Essen warteten, eröffnete Weise seinen beiden Gästen ein Geheimnis, das er bisher für sich behalten hatte.

»Ich bin der Überzeugung, dass weder der Wiener, der Valencia, noch der Tempelhofer Gral der echte Gral ist. Ich fürchte fast, der Gral wird immer nur eine Legende des Mittelalters bleiben.«

»Aber …«, wollte der Kommissar entsetzt widersprechen. »Ruhig, lassen Sie mich fortfahren!«

»Aber«, unterbrach ihn der Kommissar abermals. »Max Steinbein und Saint Germain sind doch offenbar jünger geworden!«

»Ach papperlapapp Herr Kommissar, Sie glauben doch nicht im Ernst, dass das Lecken am Becher die Herren verjüngt hat, ich habe es immerhin selbst probiert und machen wir uns nichts vor, es ist und bleibt ein Märchen des Mittelalters! Wahrscheinlich waren die Herren in der Meo-Klinik und haben sich das Doppelkinn abschneiden und die Augenfältchen mit Botox behandeln lassen. So macht man das schließlich heute! Und jetzt Ruhe – ich will davon nichts mehr hören.« Warum war er nur auf die tollkühne Idee gekommen, diesen einfältigen Kommissar mit in diese Runde einzuladen. Der war doch echt zum, …, zum Scheißen zu dämlich. Kein Wunder, dass er es bis heute nicht geschafft hatte, diese Göre Sophia wiederzufinden! Prof. Weise raufte sich die zwischen aschblond und grau changierenden Haare und versuchte, wieder die Oberhand über seine Gefühle zu gewinnen. Als er sich einigermaßen beruhigt hatte, fuhr er fort: »Das, was ich eigentlich sagen wollte, ist, dass wir beim Ausbau der unterirdischen Kapelle in Tempelhof noch etwas anderes entdeckt haben!«

»In der Ausstellung ist mir nichts aufgefallen, was ich nicht schon kannte«, entgegnete Prekop erstaunt.

»Richtig! Ich wollte das Augenmerk der Ausstellung vom mittelalterlichen Mythos nicht wegführen. Auch wenn die Grale meiner Meinung nach nicht über die Kraft verfügen, die man ihnen nachsagte, beflügeln sie doch die Fantasie der Ausstellungsbesucher und gerade der Mythos um diese Becher macht die Ausstellung zum Magneten. Das, was ich gefunden habe, lockte heute vermutlich keinen Spatzen mehr hinterm Ofen hervor – doch das wiederum war im Mittelalter genau anders herum!«

Weise verwirrte seine Gäste immer mehr. War es nun bedeutend oder nicht, was er da gefunden hatte. Prekop und der Kommissar schauten Weise jedenfalls ungläubig an und wussten nicht, was sie von seiner Rede halten sollten. Sie warteten auf seine Erklärung.

»Als wir den Altar auseinandernahmen, auf dem die blutende Jesusfigur stand, stellte ich fest, dass eine Standsäule hohl war.«

»Ein Geheimfach!«, stieß der Kommissar heraus. »Genau, ein Geheimfach. Und was in einem Geheimfach versteckt ist, wird ja wohl bedeutender sein als das, was auf dem Tisch steht, sei es nun der Gral oder ein Kruzifix, oder?«

»Das klingt plausibel …«, mischte sich nun auch Prekop ungeduldig wieder in die Unterhaltung ein. »… aber spannen Sie uns nicht auf die Folter!«

»Ein Pergament!«

»Ein Pergament? Was soll denn an einem Pergament so spannend sein?«, platzte der Kommissar ungläubig hervor. »Zum Beispiel sein Alter!«, konterte Weise. »Sein Alter?«

»Zweitausend Jahre ist es alt, die Tempelhofer Kapelle jedoch erst 800 Jahre!«

»Alles zweitausend Jahre alt, die Kelche, das Pergament, das hat doch eine Bedeutung!«, staunte Prekop nicht schlecht.

»Ja, na klar, der Machtanspruch der Römisch-Katholischen Kirche! Sie gründet ihre Existenz auf der Jesusfigur, dem Wunderknaben, der es den Juden gezeigt hat. Fein aufgeschrieben in den vier Evangelien: Markus, Lukas, Matthäus und Johannes.«

»Ja und?«, stutzte der Kommissar und zog seine Schweinsaugen noch weiter zusammen.

Er wollte die Bedeutung einfach nicht verstehen.

»Was steht denn nun drauf, ist es eine Schatzkarte oder was?«

»Nee! Das Pergament ist auf aramäisch verfasst und hebt die Bedeutung von Johannes dem Täufer als Lehrer der Gerechtigkeit hervor. Er spreche die Worte aus dem Munde Gottes. Jesus wird als Lügenprediger abgetan.«

»Ja, das kennen wir doch von den Schriftrollen aus Qumran[31]!«, entgegnete der allwissende Prekop.

»Ja schon, aber die Qumran-Rollen wurden erst im 20. Jahrhundert entdeckt! Da hatte es schon die Aufklärung gegeben, da war die Macht der Kirche schon lange gebrochen, Staat und Kirche getrennt und das Finanzkapital regierte die Welt! Im Mittelalter hätte so eine Aussage noch dazu auf einem Pergament aus dem Heiligen Land und zu allem Überfluss auch noch von den Tempelrittern entdeckt, eine völlig andere Bedeutung gehabt! Es hätte die Existenz der römisch-katholischen Kirche, ihren politischen Machtanspruch und ihre Herrschaft als legitimierter Vertreter Gottes auf Erden mehr als nur infrage gestellt. Und außerdem muss man bedenken, dass es im Mittelalter weder Fernsehen noch Internet gab. Musik wurde noch selbst gesungen. Bücher wurden auf Tierhäuten in Form von Pergamenten von Mönchen in Skriptorien vervielfältigt. Da war man schon mit der Produktion von Bibeln voll beschäftigt und außerdem konnte eh nur eine

---

31 Qumran: antike Ruinenstadt am Toten Meer, 68 u. Z. von den Römern eingenommen und zerstört; in 11 Felshöhlen wurden 1947–1956 knapp 1.000 Schriftrollen in Tonkrügen entdeckt, die aus der Zeit 800 v. u. Z. bis ins Jahr 68 u. Z. stammten. Die Schriften sind auf Hebräisch, Aramäisch, Nabatäisch und Griechisch verfasst und werden u. a. zu den Apokryphen (Texte, die nicht in den Kanon der Bibel aufgenommen wurden) gezählt.

Handvoll Menschen lesen und schreiben. Und quasi nur aus diesem Buch – der Bibel – wurde vorgelesen, und zwar in den Gottesdiensten, eine flächendeckende Indoktrination und Machtdemonstration der Kirche, die mit ihrer Jesusgeschichte ihre Schäfchen in Schach hielt, nur, um kontinuierlich ihren Zehnten einzuheimsen. Dieses Pergament hätte das Ende der Kirche bedeutet und den Moslems schon damals in Europa Tür und Tor geöffnet.«

Aus einer versunkenen Welt

Das Licht erlosch, die drei schreckten zurück. Den Einstieg ins Museum hatten sie sich doch anders vorgestellt: Einsteigen, Baphomet-Maschine anstellen, Sophia ins Leben zurückholen. Stattdessen hatten sie das Museum verwüstet und irgendwelche Mumien zum Leben erweckt, die im 21. Jahrhundert weiß Gott nichts zu suchen hatten und obendrein noch gefährlich werden konnten.

Wieder bewegte sich die fies aussehende Gestalt vor ihnen und richtete diesmal ihre alberne metallene Handtasche vor sich.

Marek schrie: »Deckung!« Lukas, Kaisea und Marek ließen sich auf den Boden fallen.

Ein Blitz zuckte durch den Gang. Sie standen einem Krieger, einem bewaffneten Krieger gegenüber. Ein Krieger mit einer unbekannten Waffe, aus einer unbekannten Zeit, ein Krieger, der keinen Spaß verstand. Erneut blitzte es auf und Marek schrie wie ein Schwein, dem man auf der Schlachtbank gerade das scharfe Messer in die Aorta gestochen hatte.

Blut durchnässte sein funktionales Kompressionsshirt. Eine barbarische Fleischwunde lugte aus dem Shirt heraus. Die Funktionalität des Shirts hatte versagt. Marek unterdrückte weitere Schreie und griff mit seiner Rechten auf die Bauchdecke, aus der das Blut herauspulsierte.

Eines war allen dreien augenblicklich klar: Die Wunde war kein Fall für ein kleines Pflaster aus dem Verbandskasten. Marek brauchte einen Notarzt. Kaisea riss sich ihr Tuch vom Hals und presste es Marek auf den Bauch, um die Blutung der klaffenden Wunde zu stillen.

»Wir müssen hier raus und Marek sofort ins Krankenhaus bringen!«

Marek wollte protestieren, doch schon beim Aufrichten wurde ihm schwarz vor Augen. Dann spulte sich alles ganz schnell vor ihm ab. Marek spürte seinen Körper nicht mehr. Es war ihm, als hätte ihn alles verlassen: sein Körper, seine Gedanken. Er wandelte sich zu einer weißleuchtenden Röhre, die sich in rasender Geschwindigkeit durch sich selbst bewegte, sich selbst verschlang. Die weißen Bilder wurden durch schwarze Fenster unterbrochen, die das Weiß in immer schnellerer Folge zerhackten. Dann blieb alles schwarz.

Das Monster war wie vom Erdboden verschluckt. Es hatte seine drei vermeintlichen Kontrahenten mit einem einzigen Schuss aus seiner Wunderwaffe derart abgelenkt, dass sie nicht bemerkten, wohin der antike Krieger verschwunden war.

»Marek, drück das Tuch fest in die Wunde, wir tragen Dich hier raus.«

Doch Marek reagierte nicht mehr. Er war bewusstlos. Lukas und Kaisea schulterten Marek auf, folgten dem Gang und erreichten einen Notausgang. Beim Öffnen der Tür ging die Alarmanlage los. Eilig entschwanden sie in die Gassen Berlins, legten Marek an einer Straßenecke ab. Kaisea zückte ihr Handy und rief den Notarzt.

In der Notaufnahme der Charité untersuchte der diensthabende Unfallchirurg die Wunde.

»Das war kein Durchschuss! Die Wundränder sind ganz glatt, das Gewebe dahinter fusioniert. So etwas habe ich noch nicht gesehen, und ich habe schon viel gesehen«, setzte der Arzt nach. »Teile der Abdominalmuskulatur, des *Peritoneums,* die rechte *Kolonflexur*, das Ende des rechten Leberlappens und die Gallenblase sind zu einer grünschillernden Kugel verschmolzen. Der Verdauungsapparat kann so nicht mehr funktionieren, denn für *Faeces* gibt es nun keinen Durchgang mehr. Ich schlage vor, wir belassen die Plasmakugel an Ort und Stelle und verbinden das Ende des *Kolons* mit den Wundrändern zu einem künstlichen Darmausgang. Wenn alles gut geht und der Körper die Kugel resorbiert hat, könnte man in einem zweiten Schritt den auf- und absteigenden Teil des Darms wieder zusammenfügen und den *Anus praeter* wieder verschließen.«

Lukas und Kaisea hatten bereits ihren x-ten Kaffeebecher aus dem Automaten gezogen. Am Ende des Flures, auf dem sie warteten, krabbelte das Morgenrot die riesige Fensterscheibe empor. Stunden mussten seit der Einlieferung Mareks bereits verronnen sein. Endlich trat ein Mann in grüner OP-Kleidung auf sie zu. »Sie sind die Angehörigen von Marek?«

»Naja, kann man so sehen.«

»In welchem Verhältnis stehen Sie zu dem Patienten?« Lukas antwortete dem Arzt, der seine linke Augenbraue nach oben gezogen hatte: »Marek kommt aus Polen und ist mit meiner Schwester liiert.«

»Dann kann ich höchstens ihrer Schwester Auskunft geben.«

»Das wäre sehr schön, denn wir suchen sie schon seit einigen Monaten! Ich fürchte, ich bin der nächste Angehörige in Deutschland, dem sie im Augenblick Auskunft geben könnten.«

Der Arzt grübelte, wollte aber mit seinem Werk, das er an Marek vollbracht hatte, nicht hinterm Berg halten.

»Also gut, erklären Sie mir bitte noch einmal was passiert ist!«

»Marek wurde angeschossen.«

»Lügen Sie mich nicht an, die Wunde ist keine Schusswunde!«

»Trotzdem wurde er angeschossen! Es war eine Waffe, die ich noch nie gesehen habe, ein Blitz zuckte auf und traf Marek am Bauch.«

»Es gibt auch keine Verbrennungen, die inneren Organe: Muskel, Bauchfell, rechter Leberlappen, Teile des Dickdarms und der Gallenblase sind miteinander verschmolzen. Das macht auch kein Blitz. Ehrlich gesagt, habe ich solch eine Verschmelzung von Geweben noch nie gesehen.«

»Mir kam die Waffe auch ein bisschen Science-Fiction-mäßig vor«, erwiderte Kaisea. »Wir haben die Wunde versorgt, einen künstlichen Darmausgang geschaffen und hoffen, dass sich das verletzte Darmende regeneriert und der künstliche Ausgang in ein paar Monaten wieder verschlossen werden kann.«

»Können wir jetzt zu ihm?«

»Sie können ihn sehen, aber wir haben ihn in ein künstliches Koma versetzt, damit die Wunde schneller heilen kann.«

Lukas und Kaisea stiefelten dem Arzt hinterher. Schon der klinische Geruch der Intensivstation schlug ihnen auf den Magen.

»Bitte desinfizieren Sie sich die Hände und legen Sie einen Mundschutz an.«

Der Arzt wies auf eine Box und einen Desinfektionsspender am Eingang zum Krankenzimmer. Lukas schaute Kaisea in die dunklen Mandelaugen, denen man ansah, wie sie ihre Tränen zurückhielten.

»Wir müssen jetzt stark sein, Kaisea!«

Lukas griff ihre schmale, fast zerbrechlich wirkende Hand und zusammen betraten sie den Raum. Der Anblick war furchtbar. Geräte piepten, auf Bildschirmen oszillierten Kurven, die Herz-Lungen-Maschine pumpte. Zwischen dem Hokuspokus moderner Intensivmedizin lag Marek im Krankenhausbett. Schläuche steckten ihm in Rachen und Nase, Verweilkanülen hatten seine Venen penetriert. Marek schlief, seine Gesichtsfarbe unterschied sich nicht allzu sehr von der Decke, die seinen Körper zudeckte. Kaiseas Augen konnten das Wasser nicht mehr zurückhalten.

»Es ist viel schlimmer als im Fernsehen. Dort guckt man wie durch ein Fenster in eine nicht reale Welt. Man weiß, dass alles nur für den Film arrangiert ist und der Kranke im Bett ein geschminkter Schauspieler ist, der nach dem Dreh wieder aufsteht, seinen Kaffee trinkt oder zur Party eilt. Doch hier liegt unser Freund Marek halbtot zwischen Geräten, die Summen und Surren, um ihn am Leben zu halten.«

Sie stockte, schluchzte, zog ihre Nase hoch, fingerte in ihrer Tasche nach einem Tempo, um ihr verheultes Gesicht zu trocknen. Dieser Krankenhausgeruch, das Brennen des Alkohols auf den Händen und Marek, das ist alles echt. Wo hat uns das Abenteuer hingebracht?

Das Tempo immer noch an die Nase haltend, blickte sie vom Komapatienten auf zu Lukas.

»Wir müssen Sophia und ihren Ring finden. Der hat mir schließlich damals in Polen das Leben gerettet. Er wird es bei Marek auch tun!«

Obgleich Lukas versuchte, seine Stimme kraftvoll zu modulieren, steckte wenig Überzeugung in dem, was er sagte. Er nickte dem Arzt zu, griff Kaiseas Linke und zog sie aus dem Krankenhaus heraus.

Einbruch

Sein Auto hatte Prof. Weise auf dem Mitarbeiterparkplatz des Museums stehen gelassen und stattdessen ein Taxi nach Hause genommen. So viel Wein war noch in der Nacht geflossen, dass der Adrenalinspiegel vom Ruhm seiner erfolgreichen Ausstellung dem Alkoholpegel des Wirtshauses gewichen war und Weise nun schnell in die süße Traumwelt seiner Bettstatt abdriftete. Noch immer schien ein Schmunzeln auf seinem Gesicht zu schlummern, als ihn das Telefon unsanft aus dem Bett klingelte.

»Herr Professor raus aus den Federn, vor der Tür wartet ein Streifenwagen auf Sie, der sie umgehend ins Museum fahren wird«, schallte die laute Stimme des viel zu wachen Kommissars durch den Hörer.

»Was …«, stammelte Weise.

»Ihre Ausstellung sieht aus wie ein Schlachtfeld, das ganze Museum ist verwüstet, Sie hatten einen Einbruch!«

Prof. Weise fiel nichts Besseres ein, als nochmal »Was?« in den Hörer zu brüllen.

Er glaubte, sich komplett verhört zu haben, stand auf, lugte aus dem Fenster. Tatsächlich wartet ein Streifenwagen vor seiner Tür.

Schnell schlüpfte er in seine Sachen, stiefelte die Treppe zur Straße hinunter und öffnete die Beifahrertür des Streifenwagens. »Prof. Weise?«, fragte der Beamte hinterm Steuer.

»Ja«, antwortete der komplett verdatterte Professor.

»Schnell, einsteigen!«, kommandierte der Polizist, startete den Wagen, schalte das Blaulicht ein und ließ ab und zu das Martinshorn durch den verschlafenen Sonntagmorgen tröten, als der Streifenwagen viel schneller als erlaubt durch die Stadt raste.

Als der Fahrer vor dem Museum in die Eisen ging, wartet schon eine ganze Fahrzeugarmada vor dem Haupteingang des Museums: Polizisten aller Rangstufen, Kriminaltechniker, das ganze Programm. Weise stieg aus dem Wagen und konnte seinen Augen nicht trauen. Er eilte durch den Kuppelsaal, in dem er erst gestern seine glorreiche Rede gehalten hatte, dem Ausstellungsraum entgegen und konnte das, was er dort zu sehen bekam, einfach nicht fassen: Ein riesiges Loch prangte im Fußboden, als wenn dort gerade eine Bombe niedergegangen wäre. Die Ausstellungskästen waren teilweise umgestoßen, der – nein, sein – Tempelhofer Gral fehlte, die *Figura Baphomet* stand nicht mehr in ihrer Vitrine, sondern auf dem Altar neben dem Kruzifix. Der Altar war über und über mit Blutflecken besudelt. Ein Bild des Grauens! Doch das Loch im Fußboden setzte allem die Krone auf. Mit welcher kriminellen Energie und Gewalt mussten die Einbrecher durch den stark gesicherten Keller und vermutlich mit Plastiksprengstoff sich Einlass in den Ausstellungsraum verschafft haben. Weise war einfach nur sprachlos, als sich der Kommissar ihm näherte.

»Die Einbrecher sind über das Dach eingestiegen«, begrüßte ihn der Kommissar.

Seine Halsschwarte schmiegte sich sanft an seine Kinnpartie und bebte beim Lachen lustvoll mit, als er die Verwunderung des Professors provozierte.

»Was?«, stutzte Weise mit dem einzigen Wort, das er heute Morgen nach all dem Alkoholkonsum herauszubekommen schien.

»Aber …«, begann er den nächsten Satz, doch sein Arm, der schon Richtung Loch im Boden wies, konnte offenbar schneller sprechen als seine verkaterten Stimmbänder.

Der Kommissar kam ihm zuvor: »Ja, das ist ein ganz großes Mysterium! Unsere Kriminaltechniker haben nicht eine Spur von Sprengstoff gefunden, kein konventionelles Dynamit, kein PETH, kein Hexogen, also C4-Plastiksprengstoff, einfach nix. Es gibt auch keine Spuren eines Presslufthammers, der typische Marken im Beton hinterlässt – das Loch ist einfach da. Sie müssen mal ihre Ausstellung durchgehen – aber soweit ich das beurteilen kann, fehlt lediglich Ihr Becher, die anderen beiden Heiligen Grale sind unversehrt und der goldene Koloss, den Sie *Figura Baphomet* nennen, hat zwar seinen Platz in der Vitrine verlassen, steht aber dort auf dem Altar. Einem Dieb, der nach Werten, also Geld aus gewesen wäre, hätte man mehr zugetraut, oder aber der oder die Diebe sind gestört worden.«

Der Professor näherte sich dem Altar, um sicher zu gehen, dass die Figura Baphomet nach dem nächtlichen Einbruch unversehrt geblieben war. Augenscheinlich schien das auch der Fall zu sein, allerdings lugte die Lade am unteren Ende der Maschine etwas hervor.

»Herr Kommissar, einen Gummihandschuh bitte!«

»Heute mal ganz in Blau, L ist Ihnen genehm?«, schnaubte der Kommissar, als er dem Professor einen blauen Latexhandschuh reichte.

Der Professor achtete nicht auf die Bemerkung, zerrte das Gummi flink über seine Rechte und zog die Lade auf. Wieso verwunderte es ihn nicht zu sehen, dass darin eine blutgefüllte Schale stand, aus der noch ein paar Haarreste herausragten.

»Die Maschine wurde letzte Nacht benutzt, ich glaube wir kennen unsere Täter!«

Natürlich dachte er sofort an Lukas, Marek und Max, die den Tumult um den Tempelhofer Gral überhaupt erst in Gang gesetzt hatten.

»Ich vermute mal, dass unsere Grals-Protagonisten immer noch auf der Suche nach Sophia sind. Schließlich haben Sie, Herr Kommissar, diese Aufgabe bis heute nicht gelöst!«, stichelte der Professor.

»Aber diese ganze Verwüstung hier …«, entschuldigte sich der Kommissar, »passt in der Tat nicht zu unserer Abenteurerclique, die nur die verlorene Schwester bzw. Freundin zurückholen möchte.«

»Und der Tempelhofer – Ihr – Gral mit Verlaub, wo ist der abgeblieben?«, gab der Kommissar zu bedenken.

»Ich habe keine Ahnung! Am besten, Sie fahnden sofort nach den Jungs, die können uns sicher weiterhelfen. Ich hoffe, Sie müssen diesmal nicht wieder nach Frankreich fliegen!«, feixte der Professor und blickte dem Kommissar tief in die Augen.

Das konnte er so nicht stehen lassen: »Ich glaube, diesmal sind wir einen Schritt weiter, denn wir haben da noch etwas!«

Er sah dem Professor tief in die Augen und verlängerte seine rhetorische Pause, um die folgenden Worte noch besser wirken zu lassen.

»Eine Leiche sozusagen!«

»Was, Sie haben Sophia gefunden?«

»Nein, die Leiche ist männlich und alt, sozusagen!«

»Was soll immer dieses ›sozusagen‹? Haben Sie nun eine Leiche oder keine, ist der Mann nun alt oder nicht?«

»Urteilen Sie selbst!«, forderte der Kommissar den Professor auf und deutete an, ihm zu folgen.

In der Nähe des überdimensionalen Lochs im Boden lag ein weißes Tuch, das Prof. Weise bisher noch nicht bemerkt hatte. Mit einem Ruck schlug der Kommissar das Tuch zurück, wirbelte dabei ein paar Goldflocken auf, und ließ den Anblick auf den Professor wirken.

»Das ist nicht möglich!«, verdattert guckte Prof. Weise auf die menschlichen Überreste, die vor ihm lagen. »Das ist Amasis. Es wundert mich nicht, dass er tot ist. Er starb schließlich vor über 2500 Jahren und kam erst Anfang des 20. Jahrhunderts in einem vergoldeten Sarkophag nach Berlin.«

»Ich glaube, ich muss Ihnen widersprechen, Herr Professor! Diese Leiche wurde erschossen und hat eine Menge Blut verloren, das macht auf mich nicht den Eindruck einer vertrockneten Mumie.«

Jetzt bemerkte Prof. Weise auch die rotbräunlich klebrige Masse, die offenbar unter der Leiche lag und nur hier und da etwas hervorlugte.

Auf einmal kam ein Knistern und Zischen von der Mumie, als bahnte sich eine Lunte ihren Weg zum Sprengsatz.

»Hören Sie das?«

Auch der Kommissar meinte, nun ein deutliches Knistern zu vernehmen, das aus dem Inneren der Mumie zu kommen schien.

»Lebt sie etwa noch?«

»Nein, unmöglich. Prof. Prekop hatte bereits den Tod festgestellt.«

Noch während die beiden über den leblosen Körper vor ihnen sinnierten, zerfiel dieser plötzlich zu Staub.

»Jetzt kriegen wir nie heraus, was das für eine Leiche war – was haben Sie gemacht?«, vorwurfsvoll schaute der Kommissar den Professor an.

»Ich? Sie! Sie haben eine der bedeutendsten Artefakte unserer Ägyptensammlung zerstört!«

»Sie Trottel«, wollte Weise noch hinzusetzen, konnte es sich aber gerade noch einmal verkneifen.

»Ich? Wenn, dann war es ja wohl der Mörder!«, trumpfte der Kommissar auf, dessen deutlich angestiegener Blutdruck ihm die Röte ins Gesicht peitschte.

»Bleiben wir bei den Fakten«, beruhigte ihn und sich selbst der Professor. Wenn Sie die Gerichtsmediziner dazu bringen, hier aus den Resten noch einen DNA-Test hervorzuzaubern, können wir das Ergebnis mit unserer Datenbank von den Mumien abgleichen. Zum Glück wurden alle Mumien in unserem Museum – soweit es ging – einer DNA-Analyse unterzogen. Wenn ich mich recht entsinne, war die von Amasis auf jeden Fall brauchbar!«

Weise blickte wieder in das Loch im Boden, welches das Mumiendepot freigab.

Mit seiner Rechten wies er auf die Öffnung und begann laut zu überlegen: »Alles deutet darauf hin, dass unsere Jungs letzte Nacht die Baphomet-Maschine in Betrieb genommen haben, wahrscheinlich, um Sophia ins Leben zurückzuholen. Anstatt Sophia ist vermutlich Amasis auferstanden, wie damals die Tempelritter in Tempelhof. Der Schusswaffengebrauch passt aber so überhaupt nicht zu unseren Abenteurern. Und das mit Sophia wäre ja auch Ihre Aufgabe gewesen, Herr Kommissar!«

Eine Anmerkung, die die rote Beize im Gesicht des Kommissars nicht zu verdrängen vermochte.

»Ach hören Sie mir auf, von dieser Göre zu schwatzen. Sie wissen doch, wie das ist.«

Das nächste Wort zog der Kommissar lasziv in die Länge: »Südfrankreich! Ich sag Ihnen, wie es war: Erst hat sie sich in dieser Höhle am *Pic de Bugarach* rituell durchknallen lassen, und dann ist sie mit ihrem französischen Stecher durchgebrannt.« Inzwischen hatte sich die Beize im Gesicht des Kommissars von wut- nach lustrot gewandelt, bis sie allmählich zu weichen drohte und den Kommissar wieder fokussierte: »Den Schauplatz überlassen wir jetzt erst mal der Spurensicherung. Sie machen als Erstes eine Liste von den Objekten, die fehlen, und ich werde diesem dämlichen Max Steinbein einen Besuch abstatten.«

Kaisereiche

Die Sonne ging auf und er wurde vom Gurren der Tauben geweckt, die auf seinem Schlafzimmerfensterbrett herumturtelten. Er hörte das Kratzen der Krallen, wenn das Taubenweibchen auf dem Zinkblech hin-und-herrutschte, weil der Tauber gerade auf ihr aufsaß und unter zunehmendem Gurren seine Kloake an die weibliche drückte. Das orgiastische Zusammenschlagen der Flügelspitzen erzeugte klatschende Geräusche, deren Frequenzsteigerung das Fortschreiten des sekundenschnellen Aktes andeutete. Das zeitgleich anschwellende Gurren ließ in ihm die Vorstellung eines puterroten Kopfes aufsteigen, wären da nicht die Gesichtsfedern gewesen, die das Sichtbarwerden der zunehmenden peripheren Durchblutung vereitelten. Der finale gutturale Aufschrei verriet die erfolgreiche Übertragung des Ejakulats, und das erneute blecherne Kratzen den flinken Abstieg des Taubers von der Partnerin, die strauchelnd auf dem Fensterbrett nach Halt suchte. Fünfmal hatte das Taubenpärchen heute schon getäubelt, davon konnte er nur träumen und rollte seinen Kopf auf die andere Seite und schaute seinem Tauber in das schlafende Gesicht. Unsanft wurden beide von der Haustürklingel aus ihren philosophischen Morgengedanken gerissen.

Völlig verschlafen und wenig bekleidet öffnete Max seine Wohnungstür an der Kaisereiche.

»Sie schon wieder! Haben Sie solche Sehnsucht nach mir? Wir haben uns doch erst gestern auf der opulenten Museums-Vernissage gesehen.«

»Was ist los, Max?«, klang es aus den Tiefen der Wohnung.

Der Kommissar schielte an der stattlichen Figur von Max vorbei und erblickte Saint Germain, der gerade mit seinen pompösen Seidenstrümpfen zu kämpfen schien.

»Der Kommissar will uns offenbar einen Frühstücksbesuch abstatten. Anscheinend hat ihn wieder jemand in die Spur geschickt.«

Max hatte seinen Kopf nach hinten gedreht, um seinem barocken Liebhaber zu antworten.

»Was haben Sie letzte Nacht gemacht?«, wollte der Kommissar nun doch genauer wissen.

»Aber Herr Kommissar, das wollen Sie sicher nicht … es könnte sein, dass es Ihnen die Röte ins Gesicht treibt.«

Der Kommissar ging gar nicht auf die Anspielung ein: »Waren Sie letzte Nacht im Museum?«

»Aber natürlich Herr Kommissar, wir alle waren doch da und haben uns schließlich gemeinsam köstlich amüsiert.«

»Werden Sie nicht spitzbübisch! Ich meine natürlich nach der Veranstaltung.«

»Nee, da hatten wir weiß Gott was Besseres zu tun«, diesmal schmunzelte Max in Richtung Schlafzimmer, in dem Saint Germain immer noch mit seinen Strümpfen kämpfte. Irgendwie hatte der Kommissar das Gefühl, an die falsche Tür geklopft zu haben.

»Wissen Sie denn wenigstens, wo Ihr Neffe Lukas und sein polnischer Freund Marek sind?«, wagte der Kommissar einen weiteren Vorstoß.

»Nee, wir haben uns noch auf der Ausstellungseröffnung verabschiedet. Ich könnte mir vorstellen, dass die Jungs noch das *Festival of Lights* genossen haben, immerhin sind die jungen Burschen viel nachtaktiver als unsereiner im fortgeschrittenen Mannesalter«, griente Max und setzte fort: »Wollen Sie mir nicht endlich verraten, was passiert ist?«

»Ich darf nicht … naja steht wahrscheinlich sowieso schon in der *BZ*, es ist eingebrochen worden, man hat ins Bode-Museum eingebrochen und die Ausstellung verwüstet!«, wiederholte sich der verzweifelt dreinschauende Kommissar.

»Und da kommen Sie zu mir, der die Ausstellung erst möglich gemacht hat!«, schnaubte Max, dem sein Entsetzen ob der Dreistigkeit des Kommissars tief ins Gesicht geschnitten lag.

»Ich glaube, da müssen Sie woanders suchen! Und jetzt lassen Sie uns bitte gemütlich frühstücken, da freue ich mich immerhin schon den ganzen Morgen drauf.«

»Ich muss Sie trotzdem bitten, die Stadt nicht zu verlassen.« Der Kommissar wollte sich schon abwenden, als ihm einfiel, seine Forderung mit einem Amtsakt zu würzen. »Ach, vielleicht könnten Sie mir noch Ihre Pässe aushändigen, damit ich sicher sein kann, dass Sie meinen Anweisungen Folge leisten. Sie erhalten diese so schnell wie möglich zurück, ich meine, bis ich Sie als Täter hundertprozentig ausgeschlossen habe.«

»Das ist jetzt nicht Ihr Ernst, Herr Kommissar?«

»Ich fürchte doch.«

Das, was ein schönes Frühstück hätte werden können, wandelte sich augenblicklich in einen nach bitterer Galle schmeckenden Albtraum. Was war bloß in den Kommissar gefahren, sie mit solch harten Auflagen zu belegen. Anscheinend gab es aber momentan keinen Ausweg.

Während Max auf seinem Schreibtisch nach dem Dokument suchte, wandte er sich an Saint Germain und wiederholte: »Der Kommissar möchte Deinen Reisepass …«, als ihm einfiel, wie blödsinnig dieses Anliegen war, da doch Saint Germain bereits 1784 verstorben war.

Saint Germain, der indessen nicht nur seine Seidenstrümpfe und Schnallenschuhe, sondern auch seinen barocken mit Edelsteinen besetzten Kaftan übergezogen hatte, quietschte vor Vergnügen: »Frappant, Passeport, selbstverständlich mit Verlaub.«

Max hob verdutzt eine Augenbraue, als Saint Germain ein vergilbtes Papier aus der Innentasche seines Rocks beförderte. Nun begrüßte auch Saint Germain den Kommissar überschwänglich und überreicht das Papier. Genauso verdutzt wie Max blickte der Kommissar auf den Wisch, den ihm der Lackaffe da entgegenhielt. Schließlich siegte die Neugier. Der Kommissar griff nach dem Papier und faltete es auseinander. Er glaubte seinen Augen nicht zu trauen, die Geschichte, in die er seit einem halben Jahr hinein verwickelt worden war, nahm immer bizarrere Züge an. Auf dem Papier, das Saint Germain wahrscheinlich gerade in irgendeinem Antiquariat erstanden hatte, stand oben rechts: »Für das Ausland«. In der Mitte darunter war das Preußische Wappen abgedruckt, darunter zentriert in großen Lettern:

Wir Friedrich II.
von Gottes Gnaden König von Preußen und Kurfürst von Brandenburg
Passeport für das Ausland

Für: *Le Comte de Saint Germain*	Geburtsjahr: *um 1710*
	Statue: *5 Fuß 10 Zoll*
Beschäftigung: *Célèbre Alchimiste*	Gesicht: *oval*
	Haare: *grau*
	Augen: *braun*

wohnhaft zu: *Eckernförde* besondere Kennzeichen: *keine*

eigenhändige Unterschrift: *Saint Germain*

Es werden alle Behörden geziemend ersucht, ungehindert durchreisen zu lassen.

ausgestellt: *24. April 1781*
Departement für Äußeres, Siegel, Unterschrift, etc. …

»Das soll wohl ein Scherz sein, Herr Comte Alchimiste!«, sprudelte es aus dem Kommissar heraus, wobei er das Comte verächtlich betonte.

»Herr Kommissar, ich darf doch wohl bitten! Wie reden Sie mit einem Mann von Adel?«, entrüstete sich Saint Germain. »Schließlich bin ich extra nach Potsdam gereist, um mir dieses Dokument bei Hofe ausstellen zu lassen.«

»Wenn ich einer Hundertjährigen in die Augen schaue, dann wackelt die mit dem Kopf und faselt vielleicht noch: ›Der liebe Gott hat mich vergessen‹ und das war's dann auch. Wenn ich Ihnen ins Gesicht schaue, sehe ich einen stattlichen Mann im besten Alter, der weiß Gott nicht aussieht wie eine 350-jährige Mumie. Für meinen Geschmack sind das heute auch ein paar Mumien zu viel.«

Er ließ das Papier verächtlich auf den Boden fallen.

Anrufe

Maximilians Handy klingelte im Ritz-Carlton, als er gerade dabei war, die Koffer zu packen. Mit barscher Stimme meldete er sich: »von Wolfsburg.«

»Ich habe die Ware!«

»Gut, sehr gut!«, sein Gesicht hellte sich auf und hätte es einen Beobachter gegeben, wäre ihm der Hauch eines Lächelns auf den Pausbacken des Aristokraten aufgefallen.

»Allerdings waren wir nicht die Einzigen, die nachts etwas im Museum zu erledigen hatten. Es gab auch einen Kollateralschaden, ich musste einen alten renitenten Mann in seine Grenzen weisen.«

»Ich hoffe, Sie haben keine Spuren hinterlassen!«

»Seien Sie unbesorgt.«

»Das will ich hoffen, wir treffen uns dann wie verabredet in Wien. Danke Knut!«

Ein weiteres Handy spielte eine absurde Melodie – Segen und Fluch der Moderne.

»Kommissar Schulz am Apparat«, meldete sich eben dieser genervt.

»Die PCR-Analyse von der Blutprobe unter Ihrem Staubhaufen hat ergeben, dass es sich dabei tatsächlich um die Mumie des Pharao Amasis handelt. Ich fürchte, Sie haben keinen Mordfall mehr Herr Kommissar, allenfalls Störung der Totenruhe, und die können Sie schließlich auch allen Archäologen anhängen.« Kommissar Schulz glaubte deutlich ein Grinsen am anderen Ende der Leitung zu vernehmen und konnte nur noch ein »danke, Weise!« herauspressen, bevor sein Daumen mehrmals den Beenden-Button berührte, um das Gespräch endlich abzubrechen.

Der Kommissar plumpste zurück in seinen Schreibtischstuhl und überlegte laut: »Was haben wir? Keine Leiche, einen geklauten Gral, ein verwüstetes Museum mit einem Statikproblem und eine verlorengegangene Göre mit dem schönen Namen Sophia, was so viel bedeutet wie Weisheit.«

Das hatte ihm zumindest der ach so kluge Prof. Weise einmal ins Ohr geflüstert. Wenn das stimmte, konnte wahrscheinlich nur die Göre selbst den Fall lösen, doch da biss die Maus keinen Faden ab, die Göre blieb verschwunden. Der Kommissar drehte sich im Kreis, er hatte keinen Clou, wie es weitergehen sollte.

Pläne

Nachdem der Kommissar Max und Saint Germain verlassen hatten, beendeten sie ihr Liebesspiel. Die Cosplayer aus der Manga-Halle der Leipziger Buchmesse hätten ihre Freude gehabt. Doch nun saßen sie beide erschöpft auf der Bettkante.

»Wir sollten Pläne schmieden! Sophia ist immer noch verschwunden und ich glaube, dass wir sie weder in Berlin noch in Südfrankreich finden werden. Beide Versuche sind jämmerlich gescheitert, und ich habe keine hilfreiche Idee zu liefern.«

Max biss sich auf die Lippen und schaute Saint Germain gedankenversunken an. Was sollten sie jetzt tun? Er war schließlich verantwortlich gewesen für seine Nichte Sophia. Aber sie musste ja auch ihren Kopf durchsetzen und mit den Tempelrittern nach Südfrankreich durchbrennen. Dort wurde sie von Baphomet in die Luft, in den Äther geschossen und ist seitdem fort. Mittlerweile war aus Frühjahr und Sommer schließlich Herbst geworden, doch Sophia blieb verschwunden. Immer noch glotzte Max verbittert in Saint Germains Gesicht, ohne es zu bemerken.

Saint Germain strich Max behutsam über seinen muskulösen Schenkel und versuchte, ihn aus seinen ernsten Gedanken zu reißen.

»Ich besitze diesen wunderbaren Reisepass, ausgestellt von seiner Königlichen Hoheit. Was macht man mit einem Pass?«

»Reisen!«, war die prompte Antwort von Max und sein ernstes Gesicht bekam wieder freundlichere Züge.

»Ja wir sollten Reisen …«

An das *Ende der Welt*, kam es ihm in den Sinn. Dort gibt es auf alles eine Antwort: den Sinn des Lebens, vielleicht auch das Verbleiben von Sophia.

Laut schloss er an: »Ich fürchte, Du hast den Schlaumeier von der Bullerei nicht richtig verstanden. Dein Dokument ist hier mit Verlaub, zumindest im Reiseverkehr, keinen Pfifferling wert. Das mag im Antiquariat wohl anders aussehen, aber zum Reisen ist der Wisch schon vor Jahrhunderten abgelaufen. Und da der Scheißkerl mir meinen Pass eingezogenen hat, kommen wir nicht weit, … es sei denn …« dachte er laut, »es sei denn, wir umgehen die Grenzkontrollen!«

Saint Germain konnte richtig mitverfolgen, wie die Grübelfalten neuen Visionen wichen, die Max' eher kantiges Gesicht unter seinen kurzen, blonden Haaren zum Leuchten brachten.

»Doch erst einmal sollten wir uns mit einem kräftigen Frühstück stärken.«

Max verschwand gut gelaunt in der Küche und Saint Germain, der verträumt aus dem Balkonfenster auf die Straße schaute, wurde vom Küchenlärm: klappernde Töpfe, Kaffeemahlwerk, Saftpresse empfindlich gestört.

Saint Germain setzte sich an den gedeckten Tisch, faltete seine Serviette auf, drapierte sie akkurat auf seinem Schoß und widmete sich dem frisch gebrühten Kaffee. Er liebte diesen modernen Café Crema, bei dem ganz im Gegensatz zu dem ihm wohl bekannten Türkengesöff keine Kaffeemahlreste zwischen den Zähnen hängenblieben oder gar ans Zäpfchen gespült, unerwarteten Hustenreiz hervorriefen. Außerdem brachten die modernen Hochdruckbrühverfahren viel mehr Aromen an den Gaumen als das Aufgießen sprudelnden Wassers auf lieblos zerstampfte Kaffeebohnen.

Zwischen weichgekochtem Frühstücksei und handgepresstem Orangensaft fing Max schmatzend an, in einem auf dem Küchentisch liegendem bunten Magazin zu blättern. Alles, was aus Luthers Norm: *In der Woche zwier, macht im Jahre hundertvier, schadet weder mir noch dir*, herausfiel, landete Anfang des 20. Jahrhunderts noch auf Sigmund Freuds Psychoanalyse-Couch. Heute lebt die Werbeindustrie von dem, was vor 100 Jahren noch puritanisch als Krankheit abgetan wurde. So auch in Max' Hochglanz-Männerjournal, das nebenbei auch die ach so wichtigen Spielzeuge des Mannes in erotischen Fotos, mit einem Hauch Lebensgefühl untersetzt, trendig vorstellte. Die Werbungen gaukelten dem Leser vor, nur dazuzugehören, wenn er, Mann von Welt, wenigstens seine Breitling lässig am Arm trägt, während er dazu nonchalant in einem Cabrio bestenfalls die Côte d'Azur entlang cruiste, um anschließend mit wenig bekleideten Damen einen Rum-Cocktail am Sonnenstrand zu schlürfen, Augenaufschlag und Torbogenreflex inbegriffen. Versteht sich! Max blätterte also mit seinen butterbeschmierten Fingern um und fing an, wie ein kleiner Junge zu strahlen, dem man endlich sein Lieblingsspielzeug zum Geburtstag geschenkt hatte. *Fliegen – solange die Sonne scheint!*

»Das ist doch mal ein ansprechender Werbeslogan! Und weißt Du, was sich dahinter verbirgt?«

Max blickte dem kaffeeschlürfenden Saint Germain ins Gesicht und lieferte seiner rhetorischen Frage die Antwort gleich mit: »Es ist ein Drohnensatz, der solarbetrieben fliegt. Wenn wir uns vier solcher Drohnen kaufen und sie an den Ecken eines Teppichs befestigen, haben wir endlich den lang ersehnten und nun nicht mehr märchenhaften Perser. Die Drohnen wären sozusagen der Geist von Aladins Wunderlampe. Wir könnten vorbei an Grenzkontrollen, vorbei an all dem Scheißverkehr, wie Aladin durch die Luft flattern bis ans *Ende der Welt* oder zum *Wald der Glückseligkeit*. Mit Sonne und Wind und der innovativen Technik des 21. Jahrhunderts reisen wir *Tausendundeiner Nacht* bei Tageslicht hinterher. Na, was hältst Du davon?«

Saint Germain stellte sein Porzellantässchen behutsam auf der dazugehörigen Untertasse ab. Das unbenutzte Silberlöffelchen, das bereits auf der Untertasse ruhte, nahm die Schwingung der abgesetzten Kaffeetasse auf und klirrte leicht vor sich hin. Er setzte zu einem Monolog an, der seine Position in besseren Tagen pointierte: »Ich weilte an allen großen Höfen Europas, lag bei der vollbusigen Pompadour[32] im Bett, der alten Transe, kann ich Dir sagen …«, St. Germann wippte wissend mit dem Kopf und schaute dabei Max tief in die Augen.

Dann setzte er fort: »… spielte dem Prinzen von Wales mit meiner Amati-Geige[33] auf, schmiedete mit Marschall von Belle-Isle[34] in Paris Invasionspläne gegen England, verkaufte Prinz Orlow[35] in St. Petersburg funkelnde Juwelen, gründete eine Manufaktur für Brüsseler Spitze, kämpfte in Tokaj

---

32 Madame de Pompadour (1721–1764): Mätresse von Ludwig XV. mit politischem Einfluss; setzte sich für die Gründung der Porzellanmanufaktur Sèvres ein, um das sächsische Porzellan (Meißen) zu übertrumpfen

33 Amati-Geige: Die Familie Amati war eine Cremoneser Geigenbauerdynastie, bei der auch Antonio Stradivari sein Handwerk erlernte; Sammelstücke sind fast so wertvoll wie Stradivari-Geigen selbst

34 Armand Fouquet de Belle-Isle (1693–1747): Kriegsminister von Frankreich

35 Grigori G. Orlow (1734–1783): Russischer Fürst und Geliebter von Zarin Katharina II., der Großen; schenkte ihr den berühmten Orlow-Diamanten (189 ct.), der dann in das kaiserliche Zepter (Kronjuwelen) eingebaut wurde

gegen die Kuruzen. Habsburger, Bourbonen, die Medici, alle habe ich gekannt, alle hinters Ohr geführt! Aber das, was hinter Europa liegt, kenne ich nur aus den wundersamen, morgenländischen Erzählungen *Tausendundeine Nacht* oder aus Marco Polos *Le Livre des merveilles du monde*, dem fantastischen Buch von den Wundern der Welt. Von der venezianischen Festung Sudak auf der Krim über das Schwarze Meer segeln, auf dem Kamel von Karawanserei zu Karawanserei durch endlose Wüsten reiten, mit in der Wüstensonne erglühenden Juwelen, handbedruckten Seiden, speicheltreibenden Gewürzen, feingewebten Orientteppichen und opulenten Goldgeschmeiden handeln, danach trachtete mir mein Sinn schon seit Jahrhunderten. Mit Verlaub, ich bin überreif für die Wunder der Welt. U-Bahn, Autos, Flugzeuge aus Deiner Welt haben mir den Atem genommen, aber der Appetit nach dem Morgenland ist ungestillt wie nie. Du hast mich aus der Klaftertiefe befreit, lass uns nun meilenweit reisen, meinetwegen, um Sophia zu finden.«

Saint Germain seufzte, sein barockes Gewand erzitterte unter dem Beben seiner Brust, als er über seine Sehnsucht sinnierte.

Aus der Erinnerungsschleife gerissen, hob er erneut an: »Als ich seinerzeit in Venedig weilte, rollte das Gefolge von Schah Abbas[36] seine Teppiche im Dogenpalast aus. Vasen, Lebensbäume, Jagdszene auf Medaillonteppichen mit schwingenden Arabesken im Randdekor belebten plötzlich die kalten Fliesen des Palastes. Eine Pracht, die fest in meiner Erinnerung haften geblieben ist, obwohl der Besuch des Schahs einige Jahrhunderte zurückliegt. Es muss so um 1595 gewesen sein.«

---

36 Abbas der Große (1571–1629): Schah von Persien von 1587–1629

»Du musst nicht gleich heulen wie ein Schlosshund. Bei mir liegen ja auch ein paar Teppiche aus Persien rum. Schau, der hier scheint mir die richtige Größe zu haben.« Max war vom Küchentisch aufgesprungen und ins Wohnzimmer gewandert, Saint Germain folgte ihm. »Da hast Du Deinen Medaillonteppich mit floralen Mustern und Arabesken im Randdekor. Der ist aus Täbris und hat sogar eine Signatur, sieh hier unten im Rand. Pah, dort sind sogar ein paar flatternde Vögel drauf. Dann muss der auch fliegen können! Den nehmen wir, kaufen die Drohnen dazu und fertig ist unser Wunderwerk! Du gibst Prinzessin *Bedrulbudur* und ich mach den Bräutigam dazu!«

Max war zufrieden mit seiner Idee, reinigte sich seine fettigen Hände und fummelte, zurück am Frühstückstisch, an seinem iPad herum.

»Mal schauen, ob wir diesen Drohnensatz irgendwo preiswert finden. Schon Klasse diese weltweite Vernetzung.«

Seine Finger hopsten über den Touchscreen, als er die Daten aus der Magazinanzeige ins iPad übertrug. »Gefunden! Superbewertungen! Scheint wirklich das Beste auf dem Markt zu sein. Hier ein Dealer mit guter Referenz und heute günstigstem Preis!«

Er klickte noch zwei-, dreimal auf den Enter-Button. »Bestellt, bezahlt, gekauft. In drei Tagen wird geliefert!« Saint Germain hatte schon lange aufgehört, sich über die Innovationen des 21. Jahrhunderts zu wundern. Beeindruck war er dennoch jedes Mal.

»Bis zur Festung Sudak auf der Krim ist es ganz schön weit, da werden wir Tage, vielleicht Wochen mit unserem Teppich unterwegs sein. Und wenn wir Pech haben, werden wir im Konfrontationsgebiet zwischen Ukraine und Russland abgeknallt. Und die Seidenstraße, die ging in Sudak erst so richtig los.«

Am liebsten hätte Max den ersten Sprung doch lieber mit einem schnelleren Fahrzeug genommen: Flugzeug, Bahn oder gar Motorrad. Doch jene Reisearten verlangten Pass und Visum, diesen Plan hatte ihnen der Kommissar versaut. Und so mussten sie wohl erst eine ganze Weile mit dem Teppich durch die Lüfte flattern, bevor der eigentliche Spaß losgehen konnte.

»Wir könnten durch das Tor reisen!«

»Durch welches Tor?«

»Na, das Asmodäus-Gemälde, wo wir vor einem halben Jahr zu mir ins alchimistische Labor nach Tokaj gejagt sind.«

»Du meinst, wir sollten noch einmal Asmodäus in der Templer-Kapelle aufsuchen? Doch dann landen wir wieder in Tokaj.«

»Nein, das Tor öffnet sich nach dem Wunsch des Reisenden und kann Raum und Zeit überwinden.«

»Du meinst, wir sind nach Tokaj von 1706 gereist, weil Du in Dein Alchimistenlabor wolltest, das heute nicht mehr existiert?«

»Frappant, nicht wahr!«

Saint Germain freute sich wie ein kleines Kind, dem man ein volles Glas Schokoladenaufstrich in die Hand gedrückt hatte.

»Dann sollten wir uns von Asmodäus gleich hin zum Aufenthaltsort von Sophia wünschen!«

»Ich weiß nicht, ob das funktioniert: Wir kennen ja leider nicht ihre Position.«

»Aber einen Versuch ist es allemal wert! Jetzt müssen wir nur noch einmal in diese inzwischen leider wiederverschlossene und versiegelte unterirdische Templer-Burg einsteigen.«

Max kratzte sich am Kopf und überlegte. Sehr intelligent sah er dabei allerdings nicht aus.

Asmodäus

Den Zugang zum unterirdischen Gewölbe in Tempelhof im U-Bahnschacht der U6 hatte man nach der archäologischen Aufarbeitung, dem Ausräumen und Ausstellen im Bode-Museum wieder verschlossen. Für den Öffnungsmechanismus an der Kirchbergseite hatte nur Sophia den Schlüssel gehabt, und verschwunden wie sie war, würde sich diese Tür wohl nicht wieder öffnen. Max war verzweifelt, als er darüber nachdachte, wie sie abermals in das Gewölbe gelangen könnten.

Als hätte Saint Germain Max' Gedanken gelesen, platzte er heraus: »Die erste Begegnung mit Deiner Welt, war ja nicht der U-Bahn-Tunnel, sondern dieser verstunkene, unterirdische Abwasserkanal, in dem ich mir mit Verlaub meine frisch aus Paris importierten Seidenstrümpfe besudelt hatte. Kein ziemender Empfang für eine Person meines Standes, wenn ich das mal so ergänzen darf. Angst und Schrecken sind mir augenblicklich durch meine Knochen gefahren, ich konnte ja nicht ahnen, dass sich hinter dieser Abgeschmacktheit eine Stadt verstecken würde. Und was für eine! Frappant, so viele Menschen hatte ich in meinem langen Leben bis dato noch nie auf einem Haufen gesehen!«

»Naja Du bist ja auch vor fast 350 Jahren in der Ostsee abgenibbelt, dass wir Dich noch einmal zurückgeholt haben, grenzte schließlich an ein Wunder! Und Wunder brauchen wir jetzt, um Sophia zu finden!«

»Als Wunder würde ich eher das Licht bezeichnen, mit dem Eure Städte die Nacht zum Tage machen oder den Verkehr, der auf glattgeschliffenen Straßen Automobile oder Motorräder von einem Ort zum anderen katapultiert, dass einem dabei schwindlig wird.«

»Ja und Flugzeuge, die über die Ozeane düsen und damit beweisen, wie rund die Welt tatsächlich ist«, äffte Max seinen neuen Freund nach.

»Und wenn wir schon bei den Wundern sind, war für mich unsere Reise zu deinem alchimistischen Labor durch den Timetunnel etwas bis dahin Unvorstellbares, wenn auch ein äußerst ersehntes Wunder, welches ich gern noch einmal wiederholen würde. Diesmal allerdings nicht mit dem ausdrücklichen Vorsatz, abermals von deinem *Aqua benedetta* zu kosten und infolgedessen jünger zu werden, sondern, und wie oft soll ich das jetzt noch sagen, um Sophia wiederzufinden!«

Max' Halsschlagadern schwollen etwa in der gleichen Weise an wie die Lautstärke seiner Stimme.

»Also, wage ich zu sagen, müssen wir noch einmal Asmodäus aufsuchen, damit er uns diesmal den Weg zu Sophia zeigt.«

Geifernd schraubten sich die beiden in Erwartung des nächsten Abenteuers impulsiv in luftige Höhen: »Und wo finden wir Asmodäus?«

»Im Templergewölbe in Tempelhof!«

»Und wie kommen wir da rein?«

»Durch den Abwasserkanal!«

Dieses Wortduell hatte beide in Rage gebracht, pumpte Blut sichtbar in ihre puterroten Köpfe und transportierte wohl ein Quäntchen mehr Sauerstoff als gewöhnlich in ihre Hirnrinden.

Auf einmal schwebte es vor Max' Augen: »Durch den Abwasserkanal, da muss es doch einen Gullydeckel oder irgend so ein vergessenes Ding als Einstig geben.« Laut setzte er hinzu: »Wir müssen noch mal nach Alt-Tempelhof!«

»Wann?«

»Am besten gleich. Komm, wir nehmen das Motorrad!«

Während sich Saint Germain seine barocken Schnallenschuhe über seine Seidenstrümpfe streifte, entledigte sich Max seiner Jeans und stieg in seine schwere, einteilige Motorradkombi, die er sich vor über 20 Jahren einmal nach Maß hatte anfertigen lassen. Nach seiner Verjüngungskur konnte er sie endlich wieder tragen. *Aqua benedetta* hatte nicht nur die Falten weggebügelt, sondern auch den Bauchansatz weggeschliffen und seine Arschbacken angehoben und mit neuer Kraft versehen. Das schwarze Leder saß knackig wie einst. Die eingearbeiteten Protektoren gaukelten noch mehr virile Muskulatur vor und der Kontrast zu Saint Germain, der einem verstaubten Theater entschwunden zu sein schien, wuchs weiter beträchtlich an. Max hievte zwei Helme mit verdunkelten Visieren von der Hutablage der Garderobe, schnappte sich den Schlüssel und zog Saint Germain auf die Straße. Vor der Tür parkte sein Straßensportler, eine BMW S1000rr. Beide setzten ihre Helme auf und konnten dabei trotzdem nicht verbergen, dass nun zwei ausnahmslos verschiedene Zeitepochen auf dem Gefährt unterwegs sein würden.

Dann startete Max die Maschine, setzte sich auf die Sitzbank, klappte die hinteren Fußrasten herunter und bedeute Saint Germain, hinter ihm aufzusteigen. Er zeigte ihm, wie er Max zu umfassen hatte, um sich an ihm festhalten und am Tank abstützen zu können. Mit einem Klick rastete der Ganghebel ein, der Motor heulte auf. Sie rollten vom Bürgersteig auf die Straße. Ohne das Gas wegzunehmen schaltete Max in den zweiten und schon standen sie an der Kreuzung »Kaiserei-che«. Bei Grün sausten sie den nachfolgenden Autos davon, die Saarstraße bergauf und bogen links auf die Stadtautobahn ab. Noch viel zu langsam, wie Max fand, aber schneller als erlaubt, rasten die beiden um die Autofahrer herum, nahmen die Autos nur noch als Pylonen auf einer Slalomstrecke wahr und hatten schneller als die Dauer eines Wimpernschlags die Ausfahrt zum Tempelhofer Damm erreicht. Etwas langsamer nun düsten sie den ausladenden Damm bis über die Kreuzung Alt-Tempelhof hinweg, um schlussendlich rechts in die Luise-Henriette-Straße abzubiegen. Auf dem Reinhardtplatz angekommen, stoppte Max die Maschine, klappte den Seitenständer aus und bedeute Saint Germain mit einem leichten Klaps auf den Schenkel als Erster abzusteigen.

Reinhardtplatz, der Platz, der vor einem halben Jahr ihr Leben so dramatisch verändert, der Platz, unter dem Sophia den Heiligen Gral und die Baphomet-Maschine – den Schatz der Tempelritter gefunden hatte.

Ortsbegehung: Nachdem beide von der Maschine abgestiegen waren, stiefelte Max voraus und Saint Germain trippelte hinterher. Der langgezogene Reinhardtplatz ist heute ein Parkplatz, der die Reinhardtstraße aufspaltet. Rechts, zum Tempelhofer Damm hin, stehen große Mietshäuser aus der Gründerzeit. Links ging eine Böschung zum Lehnepark hinunter. Hier hatte ihr Abenteuer im Frühjahr begonnen. Von der Frühlingssonne und dem quirligen Vogelgesang balzender Vögel war nichts mehr geblieben. Der Herbst hatte alles mit seinem grauen Mantel überzogen.

Max und Saint Germain standen nun mitten auf dem Parkplatz, der mit Autos in drei Reihen akkurat zugeparkt war. Von einem Gullydeckel war erst einmal nichts zu sehen.

»Genau unter uns muss das Templergewölbe sein, durch diese Mauer am Kirchberg sind wir mit Sophias Ringschlüssel eingestiegen und unterirdisch in nordwestliche Richtung gelaufen. Dort tat sich das Gewölbe auf.«

Max versuchte, die Räumlichkeiten oberirdisch nachzuvollziehen, indem er abwechselnd seinen rechten Arm in eine Richtung wies, dann in Gänze wieder ein Stückchen auf dem Platz entlanglief, um hier und dort nochmals den Arm zu schwenken.

»In der Westnische stand der Altar. Dort hatten wir die Wand zum Abwasserkanal durchbrochen, der uns zum U-Bahntunnel führte.«

Max stiefelte vor sich hin plappernd an die Südseite des Parkplatzes. Auf der Reinhardtstraße selbst gab es etliche Gullydeckel. Sie ruhten genauso in Reih und Glied wie die geparkten Autos auf dem Parkplatz.

»Also, die Gullys auf der Reinhardtstraße werden zur normalen Kanalisation und nicht zum Stauraumkanal gehören. Sie verlaufen alle in einer Linie und treffen hier gleich mit drei Deckeln auf die Kanalisation der Luise-Henriette-Straße. Die sind auch alle neu in den Asphalt eingelassen.«

Derweil hatten die beiden wieder den Ausgangspunkt erreicht, hinter ihnen nun die Luise-Henriette-Straße, von der sie gekommen waren, vor ihnen der Fußweg zur Dorfkirche und linker Hand eine Kopfsteinpflasterstraße, die zur südlichen Parkseite hinab führte und für den Durchgangsverkehr gesperrt war. Und genau dort, wo der Asphalt aufhörte und das Kopfsteinpflaster begann, genau an der Ecke Luise-Henriette-Straße und dem alten Sackgassenteil der Reinhardtstraße, lag ein Gullydeckel einsam und außerhalb der Achsen der anderen Gullys.

»Das könnte er sein! Da brauchen wir Werkzeug, langen Hebel, Stirnlampen und vielleicht sollten wir Marek und Lukas mit einladen, dort hinabzusteigen. Außerdem haben die Industriekletterer bestimmt das passende Equipment parat!«

Max freute sich über seine laut ausgesprochenen Gedanken und Saint Germain schien alles freundlich abzunicken.

»Komm, aufsteigen. Wir kommen wieder!«

Und schon schossen die beiden auf ihrem Feuerstuhl zurück zur Kaisereiche, an der Max und wohl nun auch Saint Germain zusammen wohnten.

Der Orden vom Goldenen Vlies

Das schmucklose Gewölbe stammte aus dem späten Mittelalter. Grob gehauene Steine bildeten Fundament und Säulen, denen ein Kreuzgewölbe aufsaß. Der Raum war von beachtenswerter Größe und glich im Grundriss einem gleichschenkligen Kreuz. Unter der von vier starken Säulen getragenen Vierung stand ein mächtiger runder Tisch aus grobschlächtigem Eichenholz. Die Säulen hielten lodernde Fackeln, die ihren warmen Schein auf den Tisch warfen. Die vier Nischen des Kreuzraumes dagegen verschwanden in endloser Dunkelheit. Einunddreißig lederbezogene Lehnstühle gaben Platz für die Ritter des Ordens vom Goldenen Vlies. Dreißig waren einer wie der andere, nur der einunddreißigste war mit Armlehnen ausgestattet und dem Ordenssouverän vorbehalten. Mitten auf dem Tisch stand ein goldenes Kreuz mit großen Rubinen wie Blutstropfen an seinen Enden. Das lange untere Ende des Kreuzes mündete in einem goldenen achteckigen Fuß wie von einem Pokal. Es war das Schwurkreuz des Ordens. Ein eifriger Museumsbesucher hätte dieses Kreuz schon in der Wiener Hofburg bewundern können. Heute Nacht stand es allerding im Versammlungsraum des Ordens auf eben diesem Tisch.

Die Ritter schritten murmelnd in das Gewölbe ein. Allen voran Maximilian von Wolfsburg, gefolgt von seinem Adjutanten Knut und den anderen Mitgliedern der eingeschworenen Gemeinschaft. Alle trugen eine goldene Kette mit einem herabhängenden, goldenen Widdervlies um den Hals. Dieses Ordensabzeichen, die sogenannten *Collane*, versah seinen Träger bei Hofe mit besonderen Privilegien.

Maximilian setzte sich auf den Stuhl des Souveräns, rechts neben ihm Knut, die anderen reihten sich desgleichen um den Tisch und fanden ihren vorgesehenen Platz. Maximilian legte einen schmalen, länglichen Kasten vor sich ab. Knut wickelte aus einem Lappen den entwendeten Tempelhofer Gral aus und versetzte die Ritter in ein achtenswertes Staunen. Der Anflug eines Schmunzelns huschte über Knuts Gesicht. Er hatte seinen Auftrag zufriedenstellend erledigt. Er reichte ihn seinem Souverän. Maximilian griff nach dem Kelch, sein Gesicht erhellte sich, mehr noch, stolze Freude durchzog seinen gesamten Körper, als er den lang ersehnten Heiligen Gral endlich in den Händen hielt. Er meinte schon zu spüren, wie sich neue Kraft in seinem Körper ausbreitete. Doch das Ritual verlangte mehr, als nur den Kelch in den Händen zu halten. Er stellte das Gefäß auf den Tisch und öffnete die bereitliegende Schatulle. In rotem Samt ruhte ein antiker Ritualdolch auf seinem Kissen und entblößte seine scharfe Klinge.

Von Wolfsburg erhob sich kraftstrotzend von seinem Stuhl. Mit irrem Blick griff er nach dem Dolch und schlitzte sich, schneller als man ihm folgen konnte, seine linke Handfläche auf. Geschwind legte er den Dolch auf das Polster zurück, griff den Gral und hielt ihn geschickt unter die blutende Hand. Im Kelch sammelte sich sein Blut, das Blut eines der größten Geschlechter Europas, die schon das Heilige Römische Reich zum Kaisertum Österreich geführt hatten. Und Macht und Ruhm sollte er durch diese rituelle Handlung zurückerhalten, Macht und Einfluss, den die Wolfsburger vor einhundert Jahren eingebüßt hatten. Dann zog er seine blutende Hand an sein Gesicht und leckte wie ein wild gewordener Hund an der Wunde, bis sie schließlich versiegte. Er schob Becher und Dolch weiter zu seinem linken Nachbarn, dem feine Schweißperlen über seine puterrote Stirn rannen. Knut grinste verächtlich, als er den Mann beobachtete, der seine mangelnde Beherrschung nicht verbergen konnte.

»Weichei«, dachte er.

Der Mann konnte Angst und Ekel einfach nicht überwinden, guckte ängstlich in die Runde.

»Jetzt reicht's!«, dachte Knut, sprang auf, umrundete Maximilian von Wolfsburg, griff exaltiert nach Dolch und Unterarm des zaudernden Ritters und schlitzte ihm grob die Handfläche auf. Blut spritze ungeziert aus der klaffenden Wunde, besudelte das Habit des Ritters, bis Knut den Dolch ordnungsgemäß zurückgelegt hatte und endlich den Gral greifen konnte, um das Blut des erschrockenen Ritters aufzufangen.

Der Mann, nun aschfahl im Gesicht und mit Schweiß von klebriger Konsistenz überzogen, sackte auf seinem Hocker zusammen. Nach getanem Werk reichte Knut das Blutgeschirr leicht überspannt an den nächsten Ritter in der Runde. Mit besserer Selbstbeherrschung, und ohne Knuts aufbrausendes Gemüt weiter zu reizen, folgten die restlichen Ritter Maximilians Vorbild, bis schließlich als letzter Knut selbst sich den Dolch in die Hand rammte, ohne dabei seine Miene zu verziehen. Einunddreißig Ritter, einer nach dem anderen, hatten ihr erlesenes Blut im Heiligen Gral vereinigt. Schließlich war der Kelch bis zur Hälfte mit dem purpurnen Lebenssaft angeschwollen.

Knut überreichte berauscht den Gral an seinen Meister. Wie vom Teufel besessen ergriff Maximilian den Becher, zog ihn vor seine Brust. Alchimistische Formeln vor sich hinmurmelnd, hob er den Becher in einem gestrafften Bewegungszyklus an Brust und Kopf vorbei in die Höhe, soweit es seine Arme zuließen. Als er geendet hatte, führte er den Kelch zurück an seinen Mund, kippte ihn und ließ das dickflüssige Blut in seine Kehle gleiten. Purpurne Nebenarme des Eingießsaftes suchten sich ihren Weg an den Lippen vorbei, rutschten über seine Kinn-Hals-Partie auf seine Brust, wo sie langsam von seiner Kleidung aufgesogen wurden. Ein Schrei der Befreiung hallte durch den Raum, als Maximilian den geleerten Becher mit Wucht auf den Tisch knallte.

»Geschafft!«, vermittelte sein irrer, blutbesudelter Gesichtsausdruck.

»Es ist an der Zeit, dass WIR, das ruhmreiche Geschlecht der Wolfsburger, das Schicksal von Europa, dem Heiligen Römischen Reich Europäischer Nationen, gottgegeben in die eigenen Hände nehmen. Da haben die Deutschen so lange über die Welt nachgedacht, bis ihnen die Welt aus den Händen entglitten ist, alles merkelsiert wurde. Das wird nun anders werden und ihr, meine treuen, meine eingeschworenen Mitstreiter, werdet maßgeblich an der Umgestaltung Europas teilhaben. Unsere Partei, die Paneuropäische Partei Österreichs, sammelt täglich neue Mitglieder und gewinnt an nie dagewesener Stärke. Mit dem Heiligen Gral und dem vollzogenen Ritus wird sich uns niemand mehr, auch kein Juncker, Merkel, oder Draghi, ernsthaft in den Weg setzen können. Ich freue mich schon jetzt auf unsere zurückgewonnene Machtposition!«

Er erhob herrschaftlich seine Linke, winkte seinen Ordensrittern souverän in die Runde, drehte sich auf dem Absatz um und verließ von seinen Ideen besessen das Gewölbe.

Einstieg

Endlich hatte Max Lukas an der Strippe. Aufgeregt erzählte ihm Lukas von ihrem Museumsabenteuer mit dem bitteren Ende: Marek, schwerverwundet und nun im Koma in der Charité. Max konnte kaum glauben, was er dort hörte, fand es aber umso dringlicher, sich auf die erneute Suche nach Sophia zu begeben. Er hüllte Lukas in den Plan ein, noch einmal in das unterirdische Templergewölbe in Tempelhof einzusteigen. Gebrochenen Herzens, aber auch mit neuer Hoffnung verabredeten sie sich für den nächsten Tag.

Das Herbstwetter schlug um und präsentierte sich von seiner finstersten Seite. Die Sonne hatte sich schon seit Tagen nicht mehr gezeigt und zum Grau gesellte sich in der Nacht eine heftige Regenfront dazu. Eine Weltuntergangsstimmung legte sich über Berlin, und wer nicht unbedingt das Haus verlassen musste, schmiegte sich an einen warmen Ofen oder versuchte sich seinen Geist mit hochprozentigen Getränken an einen anderen Ort oder gar in eine andere Welt zu trinken.

Lukas fuhr am nächsten Morgen mit seinem VW-Bulli Pritschenwagen an der Kaisereiche vor. Es regnete immer noch, und das auf der Pritsche aufgeladene Werkzeug war nass geworden. Zum Glück verfügte der Bulli über den so genannten Tresor, ein abschließbares Fach unter der Pritsche, zwischen den Achsen. Dort lagerte Lukas Material, das trocken und sicher verstaut sein musste. Max und Saint Germain stiegen zu. Der Fahrgastraum war eng und die drei waren gezwungen, sich auf die einzige, die Fahrerbank zu quetschen. Das fiel besonders schwer, da Saint Germain mit einer Teppichrolle und Max mit einem XXL-Rucksack ausgestattet waren, die sie nicht auf die pitschnasse Pritsche legen, geschweige denn überhaupt aus der Hand geben wollten.

»Wolltet ihr jetzt zur Templerkapelle oder doch lieber zum Türkenmarkt fahren?«, stichelte Lukas und zeigte auf Saint Germains Teppichrolle, die sich im Fond des Fahrzeuges nicht recht wohl zu fühlen schien.

»Nee, den Teppich bringen wir gleich zum Fliegen!«, konterte Max und alle drei mussten Lachen.

Als sie sich endlich irgendwie hinter der Frontscheibe eingerichtet hatten, startete Lukas den Boxermotor und der VW setzte sich mit dem typischen Blubbern und Brummen des Motors in Gang. Lukas fädelte seinen Bulli in den Verkehrsstrom ein und nahm den gleichen Weg wie Max und Saint Germain am Vortag mit dem Motorrad. Die Fahrt durch den Regen dauerte im Auto deutlich länger. Die Scheiben beschlugen von innen, keiner konnte sich wirklich in der Enge bewegen und Lukas drehte das Gebläse auf volle Pulle, um überhaupt etwas sehen zu können. Eine Unterhaltung war unmöglich. Schweiß, Enge, die feuchte Luft, der eingeschränkte Visus hatte die drei fest im Griff und pumpte Adrenalin in die aufkommende Spannung. Dann kamen sie endlich am Reinhardtplatz an.

»Park' da vorne, da müsste gleich der Gully sein, wo wir den Einstieg versuchen sollten«, dirigierte Max Lukas an einen geeigneten Platz.

Zum Glück war der Gully nicht zugeparkt und sie konnten auch noch das Auto danebenstellen.

Lukas kroch aus dem Fond. Es regnete immer noch in Strömen. Er öffnete den Tresor und holte erst mal ein paar Gummistiefel heraus: »Deine Schnallenschuhchen sehen zwar ganz geil aus, aber wenn wir jetzt in die Kanalisation absteigen, solltest Du Dir lieber etwas Gummi überziehen.«

Lukas grinste Saint Germain an und reichte ihm ein Paar Gummistiefel. Der Mann in Seidenstrümpfen und barockem Gehrock sah mit den Gummistiefeln noch verschärfter aus – aber gleich würden sie sowieso unter der Erde verschwinden und niemand konnte mehr Saint Germains Outfit belächeln. Inzwischen hatten auch Max und Lukas ihre Stiefel übergezogen. Lukas hievte einen Stapel Verkehrskegel von seiner Laderampe, verteilte sie professionell um den Gully und rollte als Nächstes ein Schachtdeckelhebewerkzeug zum Öffnen des zentnerschweren Deckels über das Kopfsteinpflaster. Er hakte es ein, als würde er täglich nichts Anderes tun, hob den Deckel an und rollte ihn zur Seite: »Das war eine leichte Übung!«, grinste Lukas lässig durch den Regen.

»So Leute, Stirnlampen auf und abwärts geht's.«

Lukas verschloss das Auto, setzte sich seine Lampe auf und kletterte die alten verrosteten Eisenhaken hinab in die Tiefe. Während Max und Saint Germain folgten, fluchte Lukas bereits, als er unten im Stauraumkanal angekommen zu sein schien.

»Scheiße – im wahrsten Sinne des Wortes. Hier unten ist durch den Regen alles schon ordentlich vollgelaufen. Wir müssen uns beeilen, sonst saufen wir hier ab!«

Als alle drei unten angekommen waren, wateten sie durch den stinkigen Kanal: Lukas vorneweg mit einer zusätzlichen kräftigen Lampe in der Hand, Saint Germain mit der Teppichrolle auf der rechten Schulter und seinen Schnallenschuhen, von denen er sich nicht trennen konnte, in der Linken, Max mit aufgeschultertem Rucksack, aber freien Händen. Das Wasser reichte bereits bis an die Stiefelkanten und sie kamen nur schwer vorwärts.

Dann fluchte Saint Germain: »Himmel, Arsch und Zwirn, jetzt ist mein rechter Stiefel vollgelaufen und ich werden den Gestank aus meinen teuren Strümpfen nicht mehr los! … So ein Kummer, ich vermag das Unglück in meinem süßen Schicksal nicht mehr zu ertragen. Verdammt, jetzt auch noch der zweite!«

Bei jedem Schritt schmatzte das Wasser in seinen Stiefeln, die nun auch noch schwer wie Blei geworden waren.

»Was quiekt denn da vorne?«, fragte Max von hinten.

»Ich quieke nicht, ich fluche, verdammt noch mal!«, drehte sich Saint Germain exaltiert zu Max um.

Seine Zornesröte wurde von Max Stirnlampe reflektiert.

»Dich meine ich gar nicht! Irgendwo da vorne quiekt es doch, kannst Du das gar nicht hören?«, schmunzelte Max.

Lukas raunte nur lakonisch: »Das sind die Ratten. Die suchen nach einem sicheren Ausgang, bevor der Kanal zuläuft und sie jämmerlich ersaufen würden. Das kann uns übrigens auch ganz schnell passieren, also ein bisschen Tempo!«

»Ratten?«, jaulte Saint Germain cholerisch auf. »Bleibt uns denn gar nichts erspart. Müssen wir jetzt an der Pest sterben?«

»Wir sind ja nicht auf Madagaskar. In Deutschland hat es schon lange keinen Pestfall mehr gegeben«, beschwichtigte Max seinen erregten Freund.

Plötzlich rutschte Max auf dem glibberigen Untergrund aus. Nur weil er seine Arme frei hatte, lag er nicht der ganzen Länge nach im Dreck, sondern steckte nur mit beiden Armen tief im Schlamm.

»Verdammte Scheiße!«, fluchte nun auch er, hatte aber wenigstens seinen Rucksack gerettet – zumindest vorerst.

»Bloß nicht den Teufel an die Wand malen«, dachte er und musste schon wieder grienen, da der Einstieg ja eigentlich keinen anderen Sinn hatte, als dem an die Wand gemalten Teufel in der Templerkapelle einen Besuch abzustatten.

Fein in Reih und Glied kletterten die Ratten vorne links die Kanalwand hinauf und wurden irgendwo von ihr verschluckt. War da vielleicht die Öffnung, die Max und Saint Germain vor einem halben Jahr hineingedrückt hatten, um aus der Kapelle herauszukommen?

»Los, den Ratten hinterher!«, spornte Lukas seine Truppe an. »Ich habe keine Lust hier abzusaufen!«

Der Wasserspiegel war weiter angestiegen und ihre Gummistiefel hätten sich alle drei indessen sparen können.

Schließlich erreichten sie das Loch, und einer nach dem anderen kletterte in die Templerkapelle hinein. Die Museumsleute hatten ganze Arbeit geleistet. Das Gewölbe war komplett leer und trocken. Nur vorne am verschlossenen Eingang waren noch ein paar Fresken zu sehen, und in einer der vier Nischen klebte das Bildnis des Unterfürsten Asmodäus. Als die Lichtkegel ihrer Lampen über das Wandgemälde glitten, meinte Max ein aufflammendes Teufelslächeln wahrzunehmen: »Habt ihr das gesehen?«

»Was?«

»Na, das Lächeln.«

»Nee, mal nicht den Teufel an die Wand, ich glaube, hier gibt's nix zu lächeln!«

Saint Germain zerrte an seinen vollgelaufenen Gummistiefeln. Er ächzte, die Gummistiefel schmatzten. Dann mit einem lauten Superschmatzer, gefolgt von einem trockenen Plupp, fiel der erste Stiefel von seinem linken Fuß. Achtlos ließ er ihn auf den Boden plumpsen und bemitleidete sein im verdreckten Seidenstrumpf sitzendes Füßchen. Er schob seinen Schnallenschuh über den bloßgelegten Fuß, zerrte am zweiten Gummistiefel und wiederholte die Prozedur.

»Alles klar, Eure Durchlaucht?«, grinste Lukas und konnte sich vor Lachen kaum auf den Beinen halten.

Max mahnte zu mehr Ernst.

»Als wir das letzte Mal hier waren, hatte Sophia die Baphomet-Maschine in Betrieb genommen, die Tempelritter waren erschienen und Du und ich konnten durch das plötzlich irisierende Asmodäusbildnis in den Rákóczi-Keller reisen.«

Max schaute Saint Germain in die Augen und grübelte.

»Wie machen wir das diesmal?«

»Wie immer mit Alchimie!«, beteuerte Saint Germain, griff in seinen Rock, zog eine kleine Phiole heraus und besprenkelte das Wandgemälde. Nichts passierte.

»Natürlich passiert nichts, schließlich geht der erste Versuch, eine Geheimtür zu öffnen, im Abenteuerroman immer schief, wieso sollte es bei ihnen also anders sein«, laut setzte er hinzu: »Müssen wir vielleicht einen Zauberspruch aufsagen oder mit einem abgebrochenen Besenstil hektische Bewegungen durch die Luft fegen?«

Max konnte sich bei seinem Vorschlag nun auch nicht das Lachen verkneifen. »Frappant! Du hast recht! Erinnerst Du Dich? Nach dem Gesang von Sophia erschienen die Tempelritter und ein sphärischer Choral – wie aus dem Himmel daselbst – klang durch diesen Raum. Danach war das Tor natürlich geöffnet.«

»Also singen wir jetzt!«

»Und was sollen wir singen? Was hat Sophia, was hat der Chor damals gesungen?«

Lukas dämmerte es: »Ich weiß ja nicht mehr, wo Sophia diesen Song ausgegraben hatte, aber ich erinnere mich noch, den Text gemeinsam mit ihr eingeübt zu haben. Ich kann natürlich nicht so schön singen wie meine Schwester, aber ich versuch's mal.« Lukas brummte mehr, als dass er sang, aber man erkannte immerhin Text und Melodie:

Aus dem Licht des Mondes,
aus dem Dunkel der Nacht,
kommst Du herbei,
Schwester Isai',
die Du immer uns gesehen,
die Du immer stets gedacht.[37]

Max konnte sich das Lachen nicht verkneifen. Saint Germain hielt seinen Kopf etwas schief, so, als würde sich Lukas' Gesang wie eine Fräse in seinen Kopf bohren. Max schaute das Bild an, aber der Asmodäus glotzte starr und unverändert in seine Richtung. Er fuhr mit seiner Hand darüber, aber Asmodäus blieb das, was er war, eine angepinselte Wand. Nicht mehr und nicht weniger!

Das Dröhnen des Wassers aus dem Stauraumkanal hatte beachtlich zugenommen. Lukas blickte in Richtung des Durchbruchs, durch den sie das Gewölbe betreten hatten und stellte mit Schrecken fest, dass der Wasserspiegel die Unterkante des Raumes beinahe erreicht hatte. Gleich würde auch das Gewölbe volllaufen und dann wären sie hier gefangen.

»Wir sollten hier raus, so lange es noch geht. Wenn Ihr nicht sofort eine zündende Idee habt, müssen wir abbrechen!«

---

37 Hymnus der Herren vom Schwarzen Stein

»Wir haben auch noch das Blut aus dem Heiligen Gral getrunken«, fiel es plötzlich Saint Germain wie Schuppen von den Augen.

»Und wo sollen wir jetzt den Gral, geschweige denn das Blut hernehmen?«, platzte Lukas heraus. »Das ganze Zeug ist doch im Museum!«

»Vielleicht nicht das ganze Zeug!« Max hatte eine Idee und rannte wie von der Tarantel gestochen in die Nische, wo auch der Durchbruch war.

»Hier hat doch der Altar gestanden. Und als das Kruzifix anfing zu bluten, haben wir es im Gral aufgefangen. Aber der Jesus blutete immer weiter und da muss Blut auf den Fußboden gekleckert sein.«

Mit seiner Lampe leuchte Max den Fußboden ab.

»Hier sieht man noch die Umrisse vom Altar und Bingo! ... Hier sind bräunliche Flecken auf dem Boden. Vielleicht sollten wir mal daran lecken!«, Max grinste.

Ein bisschen überwinden musste sich Max allerdings schon, als er sich bückte und mit der Zungenspitze über den seit Jahrhunderten eingestaubten Fußboden leckte. Der Geschmack war wie zu erwarten voll staubig, jedoch im Abgang leicht metallisch. Es musste das Blut sein! Kaum löste sich das getrocknete Blut auf seiner Zunge, als wie aus dem Nichts dieser sphärische Himmelsgesang einsetzte, dessen Ursprung man nicht orten konnte.

»Volltreffer! Saint Germain, Lukas kommt und leckt den Boden ab!«

Mit seinem »Frappant!«, tat Saint Germain folgsam wie ihm geheißen. Lukas jedoch sträubte sich vehement: »Ich bleibe hier! Ich muss mich um den kranken Marek und Kaisea kümmern. Hier werde ich mehr gebraucht. Haut ab und bringt mir ganz geschwind meine Schwester zurück!«

Feuchtigkeit sammelte sich in seinen Augenwinkeln, bereit die Talfahrt über seine Wangen anzutreten.

Das Asmodäusbild änderte sich. Ein silbrig-glasiger Schleier umspielte die Figur und das Grinsen des Teufels wurde wieder sichtbar. »Los jetzt!«, drängte Lukas und schob die beiden zurück zum Wandbild. Max schulterte seinen Rucksack und Saint Germain die Teppichrolle auf. Dann berührte Max das Bildnis mit seiner Rechten. Die Wand war nicht mehr zu spüren. Kälte griff nach seiner Hand und zog seinen Körper hinterher. Das Tor war geöffnet. Beide traten hindurch.

Lukas stand allein im Gewölbe. Das Tosen des Wassers nahm dramatisch zu und seine Befürchtung erstarrte zu Gewissheit: »Hier komme ich nicht mehr raus!«

Das Wasser floss bereits in das Gewölbe. Was sollte er tun? Durch das kalte, dreckige Wasser tauchen? Wie lang war der Weg bis zum Gully? Mit dem Handy Hilfe holen? Schon hatte er sein Smartphone in der Hand, doch wie immer in solchen Situationen gab es selbstverständlich keinen Empfang. Er dachte an Marek und Kaisea. Sollte er sie verlassen und Max und Saint Germain doch folgen? Er berührte das Wandbildnis, doch die Wand stand starr und still. Das Tor war längst wieder verschlossen.

»Natürlich war es geschlossen!«, dachte er, denn er hatte ja auch nicht seine Zunge in den Dreck gebohrt wie sein abartiger Onkel mit seinem barocken Freund.

»Scheiße, Scheiße, Scheiße!«, fluchte er laut. Das Wasser erreicht den Platz, an dem sie vor wenigen Minuten das vertrocknete Blut gefunden hatten.

»Scheiße!«, fluchte Lukas erneut und bückte sich, um am letzten wasserfreien Blutfleck zu lecken. Plötzlich brach die Wand vor ihm ein und ein gewaltiger Wasserschwall spülte Lukas vom rettenden Blutfleck hinfort. Die Kraft des Wassers war unermesslich. Schon einmal war er schließlich ertrunken, damals, im Labyrinth unter der Marienburg, als ihn Ribaldo in den Brunnen gestoßen hatte. Lukas fand keinen Halt mehr. »Wie schnell die Erinnerungen am inneren Auge vorbeizogen«, wunderte er sich. Er wirbelte im Strudel durch das Gewölbe. Das Wasser riss seine Taschenlampe aus der Hand. Die Gewölbedecke kam näher. In wenigen Augenblicken würde der ganze Raum mit Wasser voll sein und ihm keine Luft mehr zum Atmen lassen.

»Sophia, wo bist Du?«, Lukas schluckte Wasser. Blut, Schlamm und Exkremente!

Zum Ekeln war keine Zeit, Wasser lief in seine Lungen. Lukas hörte schon wieder diesen Knabenchor. Hatte seine letzte Stunde wirklich schon geschlagen? Alles war so schnell gegangen, viel zu schnell. Er hatte noch so viele Pläne.

»Sophia, Kaisea, wo seid ihr? Helft mir! Vergesst mich nicht!«

Der Knabenchor schwoll an, dann war Lukas vollständig unter Wasser. Er hielt die Luft an, das letzte bisschen, das ihm noch blieb, riss die Augen auf, um sich unter Wasser zu orientieren. Das Wasser hatte ihn direkt vor das Asmodäus gespült.

»Teuflisches Ende!«, dachte Lukas und wollte es einfach nicht wahrhaben.

Er war doch noch viel zu jung, um hier jämmerlich abzusaufen! Und diese dämliche Satansfresse lächelte ihn an, als würde sie nichts sehnsüchtiger tun, als ihn vor Hades zu führen.

Charité

So ein heftiges Unwetter hatte Berlin schon lange nicht mehr gesehen. Das Wasser stand in den Straßen, Keller waren vollgelaufen. Die Kraft des Wassers spritze Fontänen meterhoch aus Gullydeckeln oder hob sie augenblicklich in Gänze an. Die Martinshörner der Feuerwehren waren allgegenwärtig. Und ein Ende des sintflutartigen Regens war nicht abzusehen.

Kaisea saß am Krankenbett von Marek. Sein Zustand hatte sich verschlechtert. Seit einer gefühlten Ewigkeit versuchte sie verzweifelt, abwechselnd Lukas oder Max zu erreichen.

Doch das einzige, was das Telefon ihr ins Ohr plärrte, war diese verdammte blecherne Computerstimme: »*Der Teilnehmer ist zurzeit nicht erreichbar.*«

Herzzerreißend griff sie nach der kalkweißen Hand von Marek, die sich viel zu kalt anfühlte. Sie wusste nicht, was sie als Nächstes tun sollte.

Lukas

Medusa hatte Lukas ausgespien – von dem vollgelaufenen Templergewölbe in die nächste unterirdische Halle. Eine Halle von gewaltigem Ausmaß. War das die Unterwelt, der Hades? Hunderte stark erodierter Sandsteinsäulen ragten in zwölf Reihen aus dem Wasser heraus bis unter die schweren Deckengewölbe, die sie hielten. Im Wasser standen die Säulen auf hünenhaften Postamenten. Die Deckengewölbe endeten in mächtigen Kapitellen, die den schmucklosen Säulenschäften aufsaßen. Die gemauerten Wände des Gewölbes waren tiefrot illuminiert und unterstrichen den Eindruck, den Lukas sofort hatte: *Das ist ein versunkener Palast*!

Das Wasser, welches Lukas bis zum Bauchnabel reichte, war klar und sauber, das ganze Gegenteil des Exkrementenschlamms vom vorangegangenen Raum. Pitschnass und schlammbeschmiert tauchte er noch einmal unter, plantschte ordentlich herum, um sich zu reinigen. Das fühlte sich jedenfalls ziemlich lebendig an. Als er auftauchte, blickte er in die steinernen Augen einer auf dem Kopf stehenden Fratze. Mit glitschigen Schlangen durchwirkte Haare bildeten hier das Postament für eine Säule mit quadratischem Querschnitt.

Nachdem sich Lukas vom ersten Schreck erholt hatte, stellte er fest, dass zwischen einigen Säulengängen Stege installiert waren. Er musste nicht mehr länger im Wasser verweilen. Er watete zum nächsten Steg und zog sich klitschnass aus dem Wasser.

Der Anblick kam für beide unerwartet. Das Kind schrie auf: »Mami, Mami, da ist jemand ins Wasser gefallen!«

Lukas schreckte zurück, konnte sich aber gerade noch so am Stegrand festhalten. Schließlich richtete er sich auf. Das abtropfende Wasser schwoll zu seinen Füßen an und sammelte sich alsbald zu einer beachtlichen Pfütze. Er fröstelte, obgleich die Luft hier deutlich wärmer schien als im vorangegangen Raum der Templerkapelle.

Das Kind rannte verschreckt den Steg zurück, suchte die Nähe seiner Mutter, die zwischen weiteren Menschen gespannt den Ausführungen eines Erzählers lauschte. Der Erzähler unterbrach seinen Redefluss, als er das erregte Kind mit seinen angstgeweiteten Augen gewahrte. Er löste sich aus der Gruppe, um den Ursprung der Aufgeregtheit des Kindes zu ergründen. Lukas stand pudelnass, aber kräftig wie ein Krieger, als sich der Mann ihm näherte. Schließlich stand der Mann mit wuscheligen, schwarzen Haaren, dem jemand offenbar eine ganze Flasche Dünger über den Schädel gegossen hatte, vor ihm. Bei Lukas angekommen, zog ein breites Lächeln über sein Gesicht, so als würde er einem alten Bekannten begegnen. In leicht gebrochenem Deutsch stellte er Lukas prompt eine Frage: »Sind sie ein Verwandter von Max Steinbein? Sie sehen ihm zum Verwechseln ähnlich, nur jünger eben.«

»Na klar, ich bin sein Neffe, und suche ihn gerade! Er muss vor Kurzem hier vorbeigekommen sein.«

Die aufgestauten Anstrengungen der letzten Stunden waren wie weggewischt. Ein Lächeln umspielte Lukas' bläulich gefärbte Lippen, die Geschichte, in die ihn ihr Unternehmen gerissen hatte, würde doch noch ein gutes Ende nehmen.

»Ömür», sagte der Mann und Lukas schaute ihn verdattert an. »Mein Name ist Ömür Doğan.«

»Angenehm, Lukas«, stellte sich nun auch Lukas akkurat vor.

»Kennen Sie meinen Onkel? Haben Sie ihn irgendwo gesehen? Er muss doch gerade hier durchgekommen sein!«

»Oh ja, ich kenne ihn schon lange. Wir haben uns mehrmals auf Porzellankonferenzen in St. Petersburg getroffen. Augenblicklich nimmt er an einem Seminar im Topkapı-Palast[38] teil. Ich bin Kurator am Topkapı Sarayı.«

Mit einem kurzen Strecken seiner Brust unterstrich Ömür stolz seine Position.

»Wir verfügen über eine große Sammlung historisch wertvoller, chinesischer Porzellane. Die Sultane mochten die Vasen. Da die Bilderdarstellung im Islam verboten ist, waren Vasen willkommene diplomatische Geschenke. Sie halfen, den mit floralen Mustern ausdekorierten Räumlichkeiten im Palast mehr Leben einzuhauchen.«

»Ein Kurator, der gleich zum Erklärbär wird«, dachte Lukas.

»Aber kommen Sie, Sie sind ja völlig durchnässt. Sind Sie hier etwa ins Wasser gefallen?«

»Das kann man wohl sagen! Wo sind wir hier eigentlich?«

»In der Yerebatan-Zisterne[39], nur einen Steinwurf vom Topkapı-Palast entfernt.«

»Und wo befinden sich diese Zisterne und der Topkapı-Palast?«

---

38 Topkapı Sarayı: Palastanlage und Sitz der osmanischen Sultane auf dem Goldenen Horn in Istanbul; nach der Einnahme des griechisch-orthodoxen Konstantinopels durch die muslimischen Osmanen 1453 (markiert das Ende des Mittelalters) errichtet und über Jahrhunderte erweitert, seit 1923 Museum

39 Yerebatan-Zisterne: unterirdischer Wasserspeicher, unter Kaiser Justinian im 6. Jhd. zur Versorgung für den Großen Palast errichtet

Ömür schaute Lukas etwas ungläubig an, hatte er es hier mit einem Vollidioten zu tun? Sein Onkel war doch ein ganz gebildeter Mann. Irgendwas war hier faul, aber das würde er schon noch herausfinden.

Er wischte seine Gedanken hinfort, lächelte Lukas freundlich an und sagte: »Na in Istanbul, junger Mann!«

»Und Onkel Max ist auf einer Konferenz?«, fragte Lukas ungläubig.

»Naja, es ist nur ein kleines Seminar.«

»Das kann nicht sein, ich war doch noch vor nicht mal einer halben Stunde mit ihm in Berlin-Tempelhof!«

»Aber junger Mann, das ist nun wirklich unmöglich! Von Berlin nach Istanbul fliegt man gut zwei Stunden, wenn man das Flughafentheater dazurechnet, kommen noch zwei Stunden hinzu. Plus Stadtfahrten hin und weg vom Flughafen mindestens nochmal zwei, das macht insgesamt sechs Stunden! Und dann waren Sie schon schnell unterwegs.«

»Bei mir hat es nur eine Minute gedauert«, dachte Lukas, hielt aber erst mal seinen Mund.

»Max ist schon seit zwei Tagen in der Stadt.«

Gemeinsam nährten sie sich der Reisegruppe.

»So meine Damen und Herren, das Wichtigste zur Zisterne habe ich Ihnen bereits erzählt. Schauen Sie sich noch ein bisschen um, da vorne befindet sich übrigens das auf dem Kopf stehende Medusenhaupt.«

Ömür wies mit der Hand in die Richtung, aus der Lukas gekommen war.

»Und schauen Sie dem abgeschlagenen Haupt der Medusa nicht zu tief in die Augen, sonst werden Sie womöglich noch zu Stein, in eine weitere Säule verwandelt«, grinste Ömür, bevor er fortfuhr: »Ich muss jetzt erst einmal für den jungen Mann ein paar trockene Sachen besorgen, sonst holt er sich noch den Tod. Meine Tour endet hier also, den Weg hinaus finden Sie alleine. Ich wünsche Ihnen noch einen angenehmen Aufenthalt in Istanbul. Und vergessen Sie nicht, auch bei uns im Topkapı-Palast vorbeizuschauen!«

Mit einer angedeuteten Verbeugung verabschiedete er sich von den etwas verdattert dreinschauenden deutschen Touristen und zog mit dem pudelnassen Lukas zum Ausgang. Sie stiefelten die Treppen hinauf und plötzlich standen sie mitten im sonnendurchfluteten Istanbul – was für ein Kontrast zum schmuddeligen Berliner Novemberwetter.

Trotz der Sonne fröstelte Lukas, doch Ömür hatte schon einen Plan. Er schob Lukas in eine kleine Gasse, die zur Fußgängerzone wurde. Vor einem unscheinbar aussehenden Haus blieb er stehen. Lukas ahnte schon, dass sich hinter dieser Fassade wieder etwas Opulentes verstecken könnte, so wie der Versunkene Palast, dessen Eingang man auf der Straße auch eher für ein Bushäuschen hätte halten können. Neben einem ranzig aussehenden Büffet pries ein Galgenschild das Cağaloğlu Hamamı an. Dem Touristen verriet das Schild weiter:

Three Hundred Years Old Turkish Bath
1741
1000 Places To See Before You Die

Ömür begrüßte den Mann an der Kasse, zahlte den Eintritt für Lukas und zwinkerte dem Kassierer zu.

»Jetzt wärm Dich im Hamam erst mal richtig auf und lass Dich ganz nach alter orientalischer Tradition zünftig vom *Tellak*[40] durchmassieren. Ich besorge Dir derweil ein paar trockene Klamotten.«

---

40 Tellak: Bademeister, Masseur im Hamam

»Aber ich habe gar keine Badehose dabei.«

»Die brauchst Du im Dampfbad nicht, da kriegst Du ein *Peştemal.*«

»Ein was?«

»Na so eine Art Lendenschurz. Das trägt man im Hamam.«

Ömür grinste den verdatterten Lukas an und verließ das Etablissement. Der *Tellak,* pausbäckig, kurzgeschorenes dichtes Haupthaar, stand mit nacktem, eingeöltem Oberkörper vor ihm und grinste Lukas an. Er bedeutete ihm zu folgen und in einer dafür vorgesehenen Kabine konnte er endlich seine klitschnassen Sachen ablegen und sich den Sabberlatz vor sein Geschlecht binden. Den Sinn dieses Gewandes verstand er allerdings nicht. Tarzans Lendenschurz war wenigstens auch noch von hinten geschlossen. »Voll krass«, dachte er, kramte sein zum Glück wasser- und stoßfestes Smartphon heraus, das er sich erst kürzlich zugelegt hatte, nachdem das alte ihm bei einer Kletteraktion aus über 100 Metern Höhe aus der leider unverschlossenen Hosentasche gefallen und am Boden zerschellt war. Er positionierte sich in dem Alabasterschuppen und knipste sein Selfie. Wie die Zeit vergangen war, früher hätte man einen Passanten gefragt, um vor irgendwelchen Touristenhighlights abgelichtet zu werden. Heute konnte man das selbst, überall und in jeder Position. Er betrachtete das Ergebnis und war zufrieden, zufrieden mit der Pose, seinem Körper und dem Ambiente. Die Industriekletterei hatte sein Skelett mit einem ausgewogenen Relief überzogen, nicht zu viel wie bei einem Pumper und nicht zu wenig wie einem braven Bürger. Nur der Schurz baumelte albern zwischen seinen Beinen, obgleich sich dahinter ein wohlgeformtes und gut durchblutetes Geschlecht viel lieber in Fotopose gestellt hätte als der schmutzig weiße Lappen. Mit dem Teilen-Button verschickte er sein Portrait an seine geliebte Kaisea, die wohl immer noch am Krankenhausbett von Marek saß, nicht wusste, wo er war und bestimmt etwas aufheiternde Abwechslung brauchte. Er nahm sich vor, nach dem Bad mit ihr zu WhatsAppen.

Der Dampf umnebelte und wärmte ihn, als er das Allerheiligste des Hamams betrat. Glatter Alabaster überall. In der Mitte ein riesiges, kniehohes Steinpult, warm und feucht, das zum Verweilen einlud. Lukas legte sich bäuchlings darauf und genoss die aus dem heißen Stein in seinen Körper eindringend Wärme. Die Anstrengungen des Vormittags hatten ihn müde gemacht und die angenehme Wärme trieb ihn in einen somnambulen Zustand. Er erwachte, als sich der *Tellak* mit einem riesigen Seifenbeutel über ihn beugte und anfing, seinen Rücken derb zu bearbeiten. Den ganzen Körper schrubbte er ab. Die Seifenbeutelanwendung nahm an Kraft zu und mehrere »Auas« entschlüpften ihm. An seinen Oberschenkeln arbeitete der hartnäckige *Tellak* so stark, dass Lukas fürchtete, hier nur mit blauen Flecken herauszukommen. Endlich ließ der Mann von ihm ab und Lukas entschlüpfte in die Dusche. Der warme Regen aus dem Duschkopf spülte nicht nur die Seife hinfort, sondern auch die Anspannungen der letzten Tage. Doch was hatte es nur mit Max und der Istanbuler Konferenz auf sich? Sein Onkel und der Graf konnten doch höchstens fünf Minuten vor ihm hier eingetroffen sein. Es musste irgendeine Verwechselung vorliegen, die sich vermutlich gleich aufklären würde! Er drehte den Hahn zu und fühlte sich frisch, wie neugeboren.

Mit einem Handtuch bewaffnet flanierte er zurück zur Umkleide, wo Ömür schon auf ihn wartete: »Ich habe Dir ein Paar Jeans und ein T-Shirt besorgt.«

»Danke Ömür!«, erwiderte Lukas, als der Museumsmann ihm die Sachen reichte.

Die Jeans passte wie angegossen, nur in der Beinlänge waren sie etwas zu kurz. Die Türken hatten eben einen robusteren Körperbau als die Deutschen, die wie alle Nordländer im Schnitt dafür länger waren als ihre mediterranen Nachbarn.

Gemeinsam schlenderten sie durch die sonnendurchflutete Altstadt an der imposanten Hagia Sophia[41] vorbei zum Topkapı-Palast. Eine tolle Stadt. Lukas war von der Architektur der orientalischen Welt beeindruckt. Ömür schleuste Lukas durch das Großherrliche Tor an den Kassen vorbei, durchquerte die ersten beiden Innenhöfe des Sarayıs und schon standen sie vor dem Administrationsgebäude.

41 Hagia Sophia: Heilige Weisheit; mächtigste Kirche des frühen Christentums und griechisch-orthodoxe Kathedrale, nach dem 4. Kreuzzug römisch-katholisch, nach der Eroberung durch die Osmanen (1453) zur Moschee umgebaut, unter Präsident Kemal Atatürk säkularisiert und 1935 als Museum eröffnet, 2020 von Präsident Recep T. Erdoğan als aktive sakrale Moschee wiedereröffnet; UNESCO-Weltkulturerbe, gerne als 8. Weltwunder der Antike bezeichnet.

Konferenz

Max war zufrieden. Sein gestriger Vortrag im Kreis der erlauchten Kuratoren war ein Erfolg. Heute stand ein Rundgang in den für die Öffentlichkeit immer noch geschlossenen Küchentrakt des Palastes an. Ömür würde seine Gäste durch die reichhaltige Porzellansammlung der Sultane führen. Die prachtvollen Porzellane, insbesondere diplomatische Geschenke aus China, bewegten Sultan Abdülhamid II. seinerzeit, eine eigene Produktion ins Leben zu rufen. Florale Muster bestimmten das weiße Gold des Sultans, allerdings war die Herstellung für die Osmanen zu teuer. Die Produktion wurde bereits nach 30 Jahren eingestellt. Doch nichts mehr mag ein Sammler als ein abgeschlossenes Sammelgebiet.

Max stand im Gespräch mit Oxana, einer Kuratorin aus der Ermitage in St. Petersburg, als sich die Tür öffnete und Ömür hereinschritt. Die Führung zum Küchentrakt konnte endlich losgehen.

Doch dann fiel ihm sein Unterkiefer herunter, als er sah, wen Ömür im Schlepptau hatte: »Lukas!«, staunte Max nicht schlecht und konnte seinen Mund kaum wieder schließen.

»Was machte sein Neffe in Istanbul und dann noch auf dieser Konferenz?«, wunderte er sich weiter.

»Schau mal, wen ich mitgebracht habe! Ich musste Lukas erst mal neu einkleiden. Ich habe ihn in der Zisterne aus dem Wasser gezogen. Es ist doch dein Neffe, oder?«

Die Verblüffung aus Max' Gesicht wollte einfach nicht weichen. Immer noch sprachlos drückte er Lukas zur Begrüßung an sich und fand endlich Worte: »Was machst Du denn hier?«

»Ich hatte mich entschlossen, Euch doch noch schnell hinterher zu reisen, das Wasser war so schnell gestiegen, dass es keine andere Möglichkeit mehr für mich gab.«

»Mir hinterher zu reisen? Woher wusstest Du überhaupt, dass ich in Istanbul zu einer Konferenz bin? Und was für Wasser?«

»Ja, klitschnass war er!«, mischte sich Ömür ein, der schon zuvor die Vermutung hatte, dass hier irgendetwas nicht mit rechten Dingen zuging. »Ich wusste nicht, dass Ihr in Istanbul gelandet seid. Wo ist eigentlich Saint Germain?«

»Wer?«, fragte Max verdutzt. »Na, Dein neuer Freund, der Graf!«

»Also Lukas, ich kenne keinen Grafen mit dem Namen Saint Germain, ich weiß nicht, von wem Du sprichst!«

»Na, ihr beide seid doch vor mir durch das Asmodäus-Bild gereist. Ich wollte nicht mitkommen, sondern bei Kaisea und Marek bleiben, aber die Kanalisation war so schnell mit Wasser vollgelaufen, dass ich nicht mehr zurückgehen konnte. Natürlich hatte Asmodäus seine Pforte schon wieder geschlossen, und als ich dann auch von dem heiligen Blut kosten wollte, brach ein Schwall Wasser über mir ein und spülte mich direkt hierher in die Istanbuler Zisterne. Ich dachte, Asmodäus hat Dich ebenfalls hierhergebracht«, sprudelte es aus Lukas.

Über Max' Gesichtszüge schauerten abwechselnd Verblüffung, Unverständnis und Erstaunen: »Ich habe keine Ahnung, wovon Du sprichst. Ich bin vor zwei Tagen ganz normal mit dem Flugzeug von Berlin-Tegel nach Istanbul geflogen – eben zu dieser Konferenz. Ich habe keine Ahnung, wer Saint Germain oder Asmodäus ist, geschweige denn eine Ahnung, was es mit der Kanalisation und dem heiligen Blut auf sich haben soll.« Jetzt schaute Lukas ungläubig. Doch auf einmal dämmerte es ihm, dass seine Reise möglicherweise nicht nur einen neuen Ort erreicht hatte. »Was haben wir heute für ein Datum?«, wagte er endlich zu fragen. »Es ist immer noch der 3. November.«

»Ja, aber welches Jahr?«

»Na das Jahr meines 45. Geburtstags! Da warst Du doch auch auf meiner Megaparty«, setzte Max stolz nach. »Dein 45. Geburtstag? Aber der war doch letztes Jahr!«, flüsterte Lukas schon fast abwesend und wusste augenblicklich, dass er sich mit seiner Vermutung nicht geirrt hatte.

»Letztes Jahr?«

Ömür und Max verstanden nicht, worauf Lukas hinauswollte. Irgendein Trauma musste den armen Neffen ereilt haben. Es würde sich sicher noch alles aufklären.

»Lukas, was Du da behauptest, ist unmöglich! Ich glaube, Dir ist irgendetwas widerfahren, wahrscheinlich stehst Du unter Schock oder so. Komm, hier gibt es einen beruhigenden Tee zu trinken und nimm auch etwas von dem köstlichen Gebäck. Vielleicht bist Du total unterzuckert und weißt nicht, wovon Du sprichst.«

Ömür und Max drängten Lukas an einen Tisch, der mit Teegläsern und Kannen bereitstand. Lukas folgte gehorsam. Er musste warten, bis er mit seinem Onkel allein war. Dann konnte er ihn endlich darüber aufklären, was im letzten Jahr alles passiert war, beziehungsweise für Max erst noch passieren würde. Also nahm er artig vom Gebäck und Tee, dem man ihm reichte.

Ömür verließ die beiden, um sich um seine Kollegen zu kümmern. Schließlich waren die Kuratoren für Keramik- und

Glaskunst der bedeutendsten Museen Europas seine Gäste und warteten sehnsüchtig darauf, den noch für die Öffentlichkeit geschlossenen Küchentrakt und das Depot zu besichtigen. Die Gesellschaft verließ zusammen mit Max und Lukas im Gefolge den Konferenzsaal und Ömür führte die Gruppe an den Unterkünften der Leibgarde des Sultans vorbei hin zum Küchentrakt.

»Hier rechts befindet sich die wertvollste osmanische Waffensammlung!«, raunte Max Lukas ins Ohr, als sie an den Räumlichkeiten der äußeren Schatzkammer vorbeiliefen. »Die megageilsten Teile sind allerdings in der inneren Schatzkammer im dritten Hof ausgestellt. Da gibt es den berühmten Smaragddolch, den man aus dem alten Hollywoodschinken mit Maximilian Schell und Peter Ustinov kennt. Dir würde vermutlich das körperlange Kettenhemd von Mustafa III. gefallen, das mit brillantbesetzten Goldschnallen versehen ist. Vielleicht finden wir später noch Zeit zu einer Besichtigung.«

»Gold und Diamanten sind ja sowas von zwanzigstes Jahrhundert!«, entgegnete Lukas und fuhr fort: »Du weißt ja wirklich immer eine Menge, aber manchmal sind Deine Ansichten doch etwas antiquiert. Klar, so ein Kettenhemd rüttelt die Mittelalterromantik eines jeden Jungenherzen wach, aber eigentlich wollen wir lieber unser Selfie beim Sprung vom höchsten Wolkenkratzer, der allen Mut von uns abverlangt, auf YouTube präsentieren. Unsere Prioritäten haben sich verschoben. Wir ziehen nicht mehr für unseren Landesvater in den Krieg, sondern sind bestimmt vom Hier und Jetzt und der Netz-Community, die unser halsbrecherisches Tun mit hunderttausenden *likes* honoriert.«

Max war erstaunt, dass er offenbar etwas den Anschluss an die jugendliche Denke verloren hatte.

Dann setzte Lukas noch eins obendrauf: »Und Diamanten lieber Onkel, die kommen mittlerweile auch nicht mehr aus Botswana, Südafrika oder Indien, sondern aus der Retorte und sind damit viel, viel günstiger zu haben und werden daher bald kein Ausdruck mehr von unglaublichem Reichtum sein. Überhaupt haben sich die Statussymbole sehr verändert: Der Klunker am Wurstfinger der Fleischersfrau wurde von Ethnoschmuck und Tattoo abgelöst, das Auto aus der Wirtschaftswunderzeit weckt heute Begehrlichkeiten in seiner Protzform allenfalls bei den Nachfahren der Kameltreiber. Unsere Generation legt viel mehr Wert auf ein schön designtes, funktionales Manufakturfahrrad und natürlich auf ein Smartphon. Denn das kann heute alles: filmen, fotografieren, Videos produzieren, auf online-webcams der ganzen Welt zugreifen. Selbst der Blick von der ISS auf unser kleines Erdenrund steht jedem Handy *life* zur Verfügung. Wir können shoppen, banken. Unser Handy ist uns Wecker, Kompass, Fön, Flugticket oder unsere Eintrittskarte. Wir können Pflanzen bestimmen, geographische Daten orten, nach dem Weg fragen oder uns anzeigen lassen, welcher Piepmatz sich da gerade seine Seele aus dem Leib trällert.«

»Ich weiß, was ein Smartphon alles kann. Und mir ist auch bewusst, dass die letzten Naturvölker den Sprung aus der Steinzeit in das 21. Jahrhundert genau mit dem Handy vollbracht haben, selbst an den entlegensten Winkeln unserer Welt, wo es immer noch keinen Strom gibt und die Männer nur mit Penishülse bekleidet um das Haus-Tambaran tanzen und die Frauen im Bastrock auf Fischfang gehen.«

Dass seinem Neffen das Smartphon *so* wichtig war, war ihm allerdings erst justament bewusst geworden.

»Max, das war jetzt aber politisch nicht ganz korrekt!«, neckte Lukas seinen Onkel, der genau wusste, was Max von politischer Korrektness und den mundgekaute Sandalen tragenden, Müslimuttis aus dem Prenzlauer Berg hielt.

»Ach hör mir auf, natürlich sind es Völker, die im Einklang mit der Natur leben – also Naturvölker. Diesen halsbrecherischen Terminus, den die politisch Korrekten benutzen: *nicht-industrialisierte Gruppen abgelegener Wildnisregionen mit naturverbundenen Subsistenzstrategien …*, da fällt einem ja das Gebiss aus der Gusche«, erregt setzte er nach: »Solche Konstrukte verwandeln unser Gehirn sofort wieder in das, wofür man es vor 200 Jahren noch gehalten hat: *in ein Organ zur Produktion von Nasenschleim.* Davon haben unsere Klugscheißer glaub ich zu viel: Nasenschleim«, näselte Max, um seinen Worten Nachdruck zu verleihen.

Sie blickten auf und gewahrten, dass Ömür seinen Kuratorentrupp bereits durch eine für Besucher verschlossenen Tür gedrängt hatte. Schnell eilten die beiden hinterher, um nicht den Anschluss zu verpassen.

»Doch nun geht's erst mal um Porzellan«, zischte Max und schob Lukas durch die geheimnisvolle Tür.

»Hier vorne haben wir gleich zwei wertvolle Bodenvasen aus der KangXi-Periode, Ende 17. Jahrhundert, ausgestellt. Neben der sonst weit verbreiteten Unterglasur-Blaumalerei bestechen diese beiden Prunkstücke durch den *famille verte*[42] Dekor, in dem hier der knorrige Pflaumenbaum von zwei bunten Paradiesvögeln kunstvoll umkreist wird. Achten Sie auch auf den Vasenhals mit Reserven in Form einer Magnolienblüte und einem Angler darin, der unter einer Kiefer sitzt und von einem Jungen massiert wird. Um den Lippenrand

42 famille verte: Porzellangattung der Kangxi-Epoche (1662–1722), die in hellen Schmelzfarben auf glasiertem Scherben verziert wurde. Neben den vorherrschenden grünen Tönen finden »trockenes« Rot und Schwarz Verwendung. Neben Blumendekor gibt es figürliche Darstellungen.

Spiralbordüre. Am Innenrand Mushikui[43].« Das »Hm« und »Ah« der Kuratoren deutete Begeisterung an.

Nach geschlagenen drei Stunden hatten sie wirklich jede Vase gesehen, jeden Teller umgedreht und jede Marke inspiziert. So ein Museumsbesuch konnte schnell anstrengend werden, wenn man es mit Fachleuten zu tun hatte, die vom Hundertsten ins Tausendste kamen. Lukas hatte sich mit seiner Zeitreise inzwischen abgefunden, aber jetzt war es endlich an der Zeit, seinen Onkel in die zukünftigen Geschehnisse einzuweihen.

Als Max und Lukas schließlich alleine in einer Kneipe saßen und sich ein *Efes*-Pils genehmigten, begann Lukas eindringlich auf Max einzureden: »Du wirst es nicht glauben, aber ich komme für Dich aus der Zukunft!«, ungläubig schaute Max seinen Neffen an und wollte ihm widersprechen. Doch Lukas beschwichtigte ihn mit einer einhaltenden Geste und fuhr fort: »Zu Sophias Geburtstag im kommenden Frühjahr werden wir tatsächlich wie geplant in das unterirdische Gewölbe der Tempelritter in Berlin-Tempelhof einsteigen. Wir, das sind Sophia, ihr alter Freund Marek aus Polen, Du und ich. Wir werden eine Maschine, die sogenannte Baphomet-Maschine in Gang setzen und auf diese Weise die in der Mitternachtsstunde gefangenen Tempelritter aus Marienburg befreien und ins 21. Jahrhundert nach Berlin katapultieren. Im Gefolge befindet sich auch ein Graf, Saint Germain, ein Alchimist, der über das Geheimnis des ewigen Lebens verfügt. Ich weiß, es klingt wie ein Märchen, ist es aber nicht! Nachdem die Tempelritter befreit wurden, wird jedem von uns ein Wunsch gewährt. Wir können zwischen Reichtum, ewiger Jugend oder Wissen wählen. Marek und ich nehmen die Golddukaten, Du wirst mit

43 Mushikui: wurmfressender Käfer

Saint Germain in sein Alchimistenlabor reisen und vom *Aqua benedetta* kosten, um jünger zu werden, und Sophia wird die Weisheit wählen und sich mit den Tempelrittern nach Rennes-le-Château, ein Bergdorf in Südfrankreich, auf den Weg machen. Und genau das musst Du unbedingt verhindern! Sophia darf auf gar keinen Fall mit den Tempelrittern nach Frankreich reisen. Sonst wird sie in einer Höhle unter dem nahe von Rennes-le-Château gelegenen Pic de Bugarach von den Rittern als Medium benutzt. Nachdem das geschehen war, ist Sophia nämlich verschwunden. Kommissar Schulz von der Berliner Mordkommission wird vergeblich nach ihr suchen. Prof. Weise von den Staatlichen Museen zu Berlin geilt sich an den Artefakten in Tempelhof auf und wird im Herbst nächsten Jahres eine weit oben angebundene Grals-Ausstellung im Bode-Museum organisieren.«

Lukas legte eine kurze Pause ein, um einen kräftigen Schluck von seinem Bier zu nehmen.

»Heute früh sind wir, also Du und Saint Germain, mit dem Du Dich inzwischen sehr gut angefreundet hast«, hier zwinkerte Lukas Max zweideutig zu, »und ich noch einmal in das Tempelhofer Gewölbe eingestiegen, um weiter nach Sophia zu suchen. Im Gewölbe gibt es nämlich ein Wandgemälde mit Asmodäus darauf, ein Gemälde, das sich unter bestimmten Voraussetzungen als Tor in eine andere Welt entpuppt hatte. Ich habe Euch beiden heute früh den Zugang zum Gewölbe verschafft und wollte eigentlich bei dem verletzten Marek und meiner neuen Flamme Kaisea bleiben. Nachdem Ihr durch das Tor gereist ward, konnte ich allerdings nicht mehr umkehren, weil ein Starkregen in Berlin das Gewölbe plötzlich komplett unter Wasser gesetzt hatte. Also dachte ich, Euch durch das Tor zu folgen, aber es war bereits wieder verschlossen. Das Wasser stieg so schnell an, dass ich fast ersoffen wäre. Doch plötzlich öffnete sich das Raum-Zeit-Tor nochmals und ich wurde aus dem Berliner Templergewölbe hierher in die Istanbuler Zisterne und darüber hinaus offenbar in die Vergangenheit gespült. Wo Du und Saint Germain heute früh gelandet seid, weiß ich nicht, aber ich habe da ein ganz ungutes Gefühl. Den Rest kennst Du ja. Du musst also auf jeden Fall verhindern, dass sich Sophia den Tempelrittern anschließt, das wäre gewissermaßen ihr Untergang!«

»Für mich hört sich das an wie eine fantastische Geschichte«, zweifelte Max. »Wenn Marek nicht halbtot im Krankenhaus liegen würde und Sophia nicht ins All geschossen worden wäre, würde ich auch sagen, dass sich da ein billiger Romancier irgendetwas Fantastisches ausgedacht hat, aber leider ist das wirklich alles genauso passiert und Du bist der Einzige, der das vielleicht noch aufhalten könnte. Also, falls man die Vergangenheit überhaupt ändern kann. Aber Du musst es irgendwie probieren, sonst habe ich keine Schwester mehr und Du keine Nichte!«

Lukas schien verzweifelt und die Nachdrücklichkeit, mit der er seine Geschichte vorgetragen hatte, ließ nun auch Max grübeln. Beide lehnten sich zurück und begossen die Geschichte mit einem weiteren *Efes*. Dann versicherte Max: »Ich fliege morgen sowieso nach Berlin zurück und werde sehen, ob sich die Geschichte tatsächlich so entwickelt, wie Du es beschrieben hast. Und möglicherweise kann ich Sophia dann auch davon abhalten, nach Frankreich zu fahren. Wie kommst Du wieder nach Hause? Sollen wir versuchen, noch ein Flugticket für morgen zu ergattern? Dann könnten wir zusammen nach Berlin fliegen.«

»Wenn Du dafür sorgen kannst, dass Sophia in Berlin bleibt, wird sich die Geschichte ändern! Dann wird auch Marek nicht verunglücken, und alles ist wieder gut! Ich bin so neugierig zu sehen, ob das alles geklappt hat und kann nicht noch ein Jahr warten. Ich versuche auf dem gleichen Weg wie ich hierhergekommen bin, nach Tempelhof zurück zu gelangen«, nach kurzer Überlegung setzte er nach: »Falls sich das Tor allerdings nicht noch einmal öffnet, muss ich sowieso mit Dir mitfliegen.«

PEPÖ

Von Wolfsburg stand am Rednerpult. Seine glühende Rede echote von den Wänden des Saals wider, der mit etwa 200, 300 Leuten angefüllt war. Im Mittelgang stand eine Kamera vom ORF und schnitt die Rede fleißig mit. Eine Leinwand hinter dem Redner zeigte das neue Logo der PEPÖ. Paneuropäische Partei Österreichs stand in grauen Lettern darunter.

»… ich kann nicht mit ansehen, wie Deutschland seine Machtposition weiter festigt und die Führung Europas übernimmt. Europa ist viel größer als Deutschland. 28 Mitgliedsländer umfasst die Europäische Union, vom kleinsten, Zypern, bis zum größten Flächenstaat, Frankreich, vom hohen Norden, jenseits des Polarkreises, bis an die Nordkante Afrikas … Wir müssen uns jetzt entscheiden, wie es mit Europa weitergehen soll, ehe uns die momentane Entwicklung die Entscheidung abnimmt!«

Der Kameramann zoomte an von Wolfsburg vorbei hin zum neuen Logo der Partei, das hinter ihm auf der Wand prangte. »Was hatte es mit diesem Kelch im Logo der Partei auf sich?«, fragte sich der Mann hinter der Kamera und lauschte weiter den Tiraden des Redners.

Jantar Mantar

»Iban Al Hasir, Chefastrologe von Jantar Mantar«, stellte sich der Mann vor, der wie aus dem Nichts zwischen den steinernen Apparaturen eines Freiland-Observatoriums erschienen war. Ockertöne dominierten das warme Farbenspiel. Meterhoch türmten sich in Sandstein gehauene Treppen in den azurblauen Himmel auf, die im Nichts endeten. Die Sonne glühte.

»Wo sind wir gelandet? Wofür waren diese Himmelsleitern gemacht«, sinnierte Max.

Skalen in kreisförmigen Viertelstücken zierten die Seiten der Stufen. Die Treppe warf einen Schatten auf die Skala.

»10:28 Uhr!«, riss ihn der Mann mit zottligen Haaren und einer schief sitzenden Brille, die seine Augen in den Gläsern wie glibberige Ölsardinen erscheinen ließen, aus seinen Gedanken. Max guckte den Mann mit seinem runden Gesicht ungläubig an.

»Die Sonne zeigt die Zeit auf zwei Minuten genau an. Es ist 10:28 Uhr.« Der kleinwüchsige Mann wies auf seine Armbanduhr und anschließend auf den Schatten der Skala der größten Sonnenuhr der Welt. »10:28 Uhr!«, wiederholte er wie besessen. »Wann haben Geburtstag?«

»16. Mai«, antworte Max mechanisch. »Um wieviel Uhr?«

»Kurz vor 12 Uhr mittags glaube ich.«

»Wo geboren?«

»Berlin, Deutschland.«

»Moment bitte.«

Auf einem kleinen schmutzigen Zettel notierte Iban irgendwelche Zahlen, addierte, subtrahierte. Kleine Rechenoperationen.

»Ah!«, hauchte er seinen schmuddeligen Zettel an.

»Da haben Sie roten Stein. Ring tragen an vierte Finger. Schützt vor Feuer Ihres Sternzeichens. Macht 20.000 Rupien.«

»20.000 was?«

»20.000 Indische Rupien!«

»Ich bin doch kein Dukatenscheißer!«

»Sie brauchen zweiten Ring für Aszendenten!«

»Für Sie grün. Smaragd tragen an zweite Finger. Zusammen nur 30.000 Rupien.«

»Ich trage keine Ringe!«

»Müssen Ringe tragen, beschützt Sie bei der Suche nach Sophia.«

»Was, wie …?«, Max war verdattert.

Woher wusste dieser Iban von Sophia.

»Finden Sophia in Stadt des Lichtes?«

Max blinzelte in die viel zu grelle Sonne. Stadt des Lichtes. Was wollte der Mann von ihm? Woher wusste er um seine Vorhaben? So hell wie es hier war, konnte die *Stadt des Lichtes* nicht weit weg sein. Stadt des Lichtes, was für ein Kokolores.

»Ich bekommen 30.000 Rupien!«, beharrte der Mann mit seinem vollgefressenen Kugelbauch, den sein hellblau-dunkelblau gestreiftes Shirt mehr ausbeulte als ihm guttat.

»Ich habe keine Rupien!«

»Nehmen auch Euro!«, konterte Iban.

Der Zeigefinger des Mannes bohrte sich in die grauen Zotteln seines Haares und versuchte die Schädeldecke zu kratzen. »450!«, setzte er nach kurzem Grübeln nach.

»450 Euro!«, prustete Max heraus. »Für diese versifften Silberringe?«

»Rubin und Smaragd teuer«, rechtfertigte sich der Mann und grinste Max aus seinem verwitterten Knittergesicht an.

»Ich brauche keine Ringe, habe noch nie welche getragen.«

»Der Weg in die Stadt des Lichtes ist weit. Viele Gefahren. Brauchen noch viel mehr als Ringe. Aber Ringe guter Anfang! Und Vishnu wird beschützen.«

Max überlegte, wie er aus dieser Nummer wieder herauskommen könnte. Das war jetzt auch alles ein bisschen viel. Eben noch im grauen Berlin – jetzt offenbar in Indien. Ein Sprung durch den Tunnel der Tempelritter. Asmodäus hatte sie aus dem Templer-Gewölbe in Berlin durch einen blankpolierten Alabasterstein einer schiefstehenden, kreisrunden Sonnenscheibenuhr aus vergangener Zeit geschubst. In den Stein waren kreisförmig irgendwelche Symbole für Sterne, Planeten und Tierkreiszeichen eingraviert. Und schon stand dieser Iban vor ihnen. Iban ist doch ein arabischer Name. Das sind doch alles Händler. Er musste handeln, ging es ihm durch den Kopf.

»Okay, wenn Du darauf bestehst: 50 Euro für beide Ringe!«

»Kein Glas, Smaragd und Rubin!«, wiederholte der Mann. »Gute Qualität: 400!«

»Ich brauche diesen Quatsch nicht.«

Handeln war nicht seine Stärke, widersprach seinem nordischen Kulturkreis. Verärgert wandte sich Max ab. Der Astrologe schlich ihm hinterher: »Ich sehe Tod! Brauchen Ringe für große Aufgabe.«

Max war das Auftreten des Mannes nicht geheuer. Doch was, wenn der Mann recht hatte? Hatte Sophia nicht auch einen Zauberring von den Tempelrittern erhalten, der sogar Lukas schon das Leben gerettet hatte? Und mussten sie nicht Sophia auch deswegen finden, damit sie Marek aus dem Koma zurückholen konnten?

»… O.K. 100!«

Max blieb stehen und wandte sich wieder dem Mann namens Iban zu.

»300 – letztes Wort!«

Die Reise fing ja teuer an. 300 Euro war eine Menge Schotter.

»Ich habe nur 200«, beharrte Max in einem letzten Aufbegehren. »Da vorne ist ATM Max, 300 Euro, 22.000 Rupien, letztes Wort.«

Woher kannte der Mann seinen Namen? Langsam wurde es ihm unheimlich. Max griff in seine Tasche, zog sein Portemonnaies heraus und blätterte sechs Fünfziger in die Hand des weisen Mannes. Iban nickte freundlich, sein Blick wanderte an Max herunter. Dann musste er grinsen.

»Schöne Stiefel haben, brauchen hier nicht, Monsun erst wieder im Juni!«

Max guckte herunter zu seinen Füßen und musste selber lachen, als er die Gummistiefel gewahrte, in denen er immer noch steckte.

»Da haben Ringe: rote Ring auf vierten Finger der rechten und grüne, ist Glücksstein des Stieres, kommt auf zweite Finger der linken Hand.«

Der zottlige Mann schob den Rubin auf das Grundsegment des vierten und den Smaragd auf das Mittelsegment des Zeigefingers.

»Dort muss bleiben!«

Die Ringe passten wie angegossen und ein Schauer durchfuhr Max.

»Fast so wie damals im Alchimisten-Labor von Saint Germain«, dachte Max, als dieser ihm einen Löffel voll *Aqua benedetta* verabreicht und er damit sein Alter verloren hatte.

Als Max von seinen nunmehr beringten Fingern aufsah, war Iban spurlos verschwunden. Die Treppe hinter ihm ragte immer noch in den knallblauen Himmel. Eine Installation aus Quadern, Treppchen und Bögen. Vor ihm zeigte eine Kachel den Stier – sein Sternzeichen. Wie war er hierhergekommen und wo war die Stadt des Lichtes?

Das Murmeln einer Touristengruppe nährte sich. Der Führer sprach gebrochen Deutsch, ein bisschen besser als eben dieser Iban.

»Folgen sie mir nun in den City-Palast!«, forderte er seine Studiosus-Reisegruppe, bestehend aus deutlich ergrauten, dabei allerdings aufgetakelten Damen mit ihren schwitzenden Studienräten an der Seite auf.

»Der jetzige Maharadscha lebt dort immer noch mit seiner Familie, aber Teile des Palastes sind Museum und können besichtigt werden. Kommen Sie!«

Die Gruppe entfernte sich und verließ das Observatorium durch das Eingangstor. Max schnappte sich Saint Germain, der die ganze Zeit etwas abseits zwischen irgendwelchen Steinsäulen mit dem eingerollten Teppich über der Schulter ausgeharrt hatte.

»Wie es aussieht, sind wir in Indien gelandet. Du wolltest doch immer auf Marco Polos Spuren reisen. Vermutlich ging die Seidenstraße direkt am City-Palast des Maharadschas vorbei. Maharadschas waren die hinduistischen Fürsten des Mogulreiches bis zum Ende der britischen Herrschaft in Indien.«

»Britische Herrschaft in Indien?«, fragte Saint Germain verdutzt.

Max fiel ein, dass Saint Germains Geschichtsschreibung 1784 aufgehört und er daher weder etwas von Kolonialisierung, Weltkriegen, noch Globalisierung gehört hatte, geschweige denn überhaupt nur einen Hauch davon erahnte. Zu viel für eine Geschichtsstunde an einem astrologischen Observatorium, das vermutlich besser in Saint Germains als in Max' Vorstellungswelt passte. Also entgegnete er lapidar: »Ja, die englische Königin Victoria hat die Maharadschas um ihren Finger gewickelt und ihnen ihre Teeplantagen und Großdiamanten abgeluchst.«

Saint Germain hob demonstrativ die Teppichrolle von seiner rechten auf die linke Schulter.

»Okay, ich weiß, die Teppichrolle ist schwer, aber mein Rucksack mit den Quadrokoptern darin ist auch nicht minder leicht. Wir sollten der Gruppe folgen, denn ich weiß immer noch nicht, wo wir uns auf diesem Erdenrund befinden.«

»Ich denke, wir sind in Indien!«, erwiderte Saint Germain spitzbübisch.

»Schlaumeier! Indien ist zehnmal so groß wie Deutschland. Beeil Dich, ich will die Studienräte nicht verpassen.«

Zügig eilten sie zum Ausgang.

Der Lärm einer Großstadt empfing sie. Alles war unterwegs: Autos, Lieferwagen, Tuk-tuks, Mopeds, Fahrräder, Menschen in Hülle und Fülle und natürlich Kühe. Heilige Kühe! Mitten auf der Straße lungerten die Biester herum. Gleich am Straßenrand standen drei und fraßen genüsslich den Müll aus halboffenen Plastiktüten. Ein Bild des Chaos'. Gemächlich schritt ein stattlicher Elefant durch den Verkehr, ein Moped kam angesaust und umrundete mit einem gewagten Ausweichmanöver das kolossale Tier. Eine ganze Familie: Mutter, Vater, drei Kinder saßen dem motorisierten Zweirad auf. Ein Bild, welches man aus Europa so nicht kannte und das zuhause vermutlich das Flensburger Punkteregister zum Überquellen gebracht hätte. Und der Lärm, keiner, der nicht penetrant hupte. Und der Gestank! Bei einer Außentemperatur, die der Körpertemperatur nicht unähnlich sein durfte, vermehrten sich Bakterien auf den Abfallhaufen genauso geschwind wie in den Gedärmen eines jeden Warmblüters. Und der Smog! Dunst fing die Staubpartikel des Verkehrs, der nahen Wüste, den Ausstoß einer Großstadt ein und reicherte die Luft mit Smog an, so dass das Atmen schwerfiel. Die relative Ruhe des Observatoriums war der falsettesken Orchestrierung einer indischen Stadt gewichen.

»Los, der Gruppe hinterher!«, drängte Max zur Eile.

Die Touristen hatten sich schon den Weg über die Straße hin zum Eingangstor des City-Palastes gebahnt. Zwei Palastwachen mit gewaltigen Zeremonienstäben aus purem Silber bewachten in scharlachroten Kostümen und mit purpurnen Turbanen auf dem Kopf den Palasteingang. Sie waren wohl mehr Touristenattraktion als eigentliche Wachen, denn sie posierten mit Touristen für ein schnelles *ich-war-mal-hier*-Foto. Max und Saint Germain drängten sich vorbei und landeten vom Straßenlärm befreit im Gemurmel der Touristen des ersten Innenhofs der Palastanlage.

Endlich hatten sie die Gruppe eingeholt. Das Gutmenschentum der Studienrätegattinnen war offenbar beim Anblick der armen heiligen Rinder im Straßenverkehr in Wallung geraten.

Der Touristenführer setzte zur Erklärung an: »Die Kühe stehen am liebsten mitten auf der Straße und noch lieber auf den Kreuzungen. Da ist die Abgasdichte am größten …«

»Das ist ja entsetzlich!«, jammerte eine Dame mit einem feinen Seidenschal um den Hals. Mit Zornesfalte über der Nase und Träne im Augenwinkel konnte sie sich nicht zwischen Mitleid und Zorn entscheiden. »… und die Mückenkonzentration am geringsten. Es ist ein echter Schutz«, setzte der Guide lächelnd nach. »Außerdem sind die Kühe von den Abgasen so stark benebelt, dass sie keine schnellen und unerwarteten Bewegungen mehr machen und der Verkehr ruhig um sie herum driften kann. Nur selten gibt es verunfallte Kühe.«

»Aber sie fressen den Plastikmüll!«, empörte sich eine andere Dame, die ihren Seidenschal wohl im gleichen Touristengeschäft gekauft hatte.

»Sie werden auch gefüttert! Morgens gehen viele Hindus auf die Straße, füttern die Kühe, denn das erhöht ihr Karmakonto. Und wir brauchen viel Karma, um die Reinkarnation zu beenden und ins Nirvana eintreten zu können. Niemand will schließlich als Mücke wiedergeboren werden, um dann von einem achtlosen Touristen erschlagen zu werden.«

Der kleine Stich in Richtung der herzzerreißend schluchzenden Dame wurde mit einem Zucken ihrer Augenbraue beantwortet.

Mittlerweile war die Gruppe an zwei kolossalen Marmorelefanten vorbei in den zweiten Innenhof der Anlage vorgedrungen. Vor der Audienzhalle *Diwan-I-Am* aus purem Marmor stand ein weiterer Palastwächter im dunklen Rock, aufgesetztem weißen Turban und mit enormen Bart, der wohl an die Bartmode der Maharadschas erinnern sollte. Er griente den diversen Kameras und Handys zu, die auf ihn gerichtet waren. Die Gruppe blieb stehen und der Guide verwies auf zwei gewaltige Glasschaukästen hinter dem bärtigen Fotoobjekt und plapperte wieder seinen Touristensalm herunter.

»Als der Maharadscha von Jaipur 1901 nach England zur Krönungszeremonie eingeladen wurde, wollte er sich um Gottes Willen nicht mit dem dreckigen Themse-Wasser vergiften. Er ließ je 14.000 Silbermünzen einschmelzen und zwei Wasserkrüge aus purem Silber herstellen, um fast 20.000 Liter heiliges Gangeswasser mit auf seine Reise nach London zu nehmen.«

Die polierten Silberkrüge spiegelten die Touristen in ihren Bäuchen fischaugenartig wider. Es waren die wohl größten Silberkrüge, die die Welt je gesehen hatte.

Und dann war es Max wie Schuppen von den Augen gefallen: »Saint Germain, wir sind in Jaipur. Jaipur ist die Hauptstadt von Rajasthan. Jetzt müssen wir nur noch die *Stadt des Lichtes* finden.«

Als wäre es das einfachste von der Welt für seinen Barockgenossen, der gerade ins 21. Jahrhundert katapultiert worden war, entgegnete dieser lakonisch: »Frag doch mal Google!«

Natürlich! Das war eine gute Idee. Sein Handy hatte Max völlig im Abenteuer ihrer Reise vergessen. Mal sehen, in welches Märchen Google sie tragen würde.

Max zog sein Smartphone aus der Tasche, schaltete es ein und sprach ins Handy: »Okay Google: Stadt des Lichtes.«

Doch Google spuckte nur unbrauchbares Zeug aus: ›Willkommen in der Stadt des Lichtes – Stadt Lüdenscheid‹; auch Paris, Lissabon, Le Havre, Jena waren Städte des Lichtes. Und es gab eine Fantasy-Serie: *The 100 – Staffel 2.*

»Das bringt uns nicht weiter. Doch wenn Asmodäus uns nach Indien befördert hat, muss die Stadt des Lichtes auch in Indien sein«, grübelte Max und versuchte es noch einmal: »Okay Google: Stadt des Lichtes, Indien.«

»Varanasi«, antwortete sein Handy.

Kurz überflog Max den Eintrag: Stadt im Bundesstaat Uttar Pradesh, am Ganges, älteste Stadt Indiens, heiligste Stadt im Hinduismus. Hergeleitet aus den Wörtern *Kashi* = »die Leuchtende« oder »Stadt des Lichts« und *Anandavana* = »Wald der Glückseligkeit«.

»Volltreffer!«, jauchzte Max. »Wir müssen nach Varanasi! Wir haben unseren fliegenden Teppich nicht umsonst mitgebracht!«

Die angejahrten Damen drehten sich verdutz um, um zu sehen, woher der Freudenschrei kam. Dann wurden sie der beiden jugendlich anmutenden Gestalten gewahr. Der eine in schmuddeligen, wohl einst cremefarbenen Seidenstrümpfen mit goldenen Schnallenschuhen und in einen bordeauxroten und mit in der Sonne funkelnden Steinen besetztem Gehrock gehüllt, dunkle Haare, braune Augen, weiches, ovales Gesicht – südländischer Einschlag. Der andere: groß, blond und blauäugig, kantiges Gesicht – nordischer Einschlag, bekleidet mit einer unangemessenen Lederhose, lächerlichen Gummistiefeln und einem Kapuzenshirt. Ein Paar, das ungleicher nicht hätte sein können. Und offenbar völlig verrückt.

»Fliegender Teppich!«, pikierte sich eine der Damen. »Die sind wohl noch nicht dem Märchenalter entwachsen. Es ist ein Kreuz, das Bildungsniveau ist in den letzten Jahren so heruntergekommen. Die Jugend lebt nur noch in den Fantasy-Foren ihrer Handywelt, suchen sich neue Identitäten im Kostümspiel, schau sie Dir doch an: König Sowieso mit einer Teppichrolle auf der Schulter und Terminator mit einem Riesenrucksack, in dem er wohl gleich ein ganzes Waffenarsenal verstaut hat.«

Verächtlich kicherte die Dame.

Das konnte Max nun doch nicht so stehenlassen: »Na meine verehrten Damen, einer Fantasiekomödie sind wir nicht entsprungen, höchstens einem beachtenswerten Abenteuer, das die Welt noch in Staunen versetzen wird.«

»Lächerlich, aus dem Abenteueralter sind wir zum Glück schon lange herausgewachsen. Wir befinden uns schließlich auf einer Bildungsreise, um unseren Horizont stetig zu erweitern.«

»Ihr Ansinnen ehrt Sie, meine verehrten Damen. Aber auch im hohen Alter kann man sich noch auf Abenteuer einlassen.«

»Was wissen Sie schon von hohem Alter!«, entrüstete sich eine weitere Dame.

»Nun, unser Altersunterschied dürfte so gewaltig nicht sein, ich habe gerade meinen Fünfundvierzigsten gefeiert und mein treuer Begleiter Graf Saint Germain kann die Jahrhunderte nicht mehr zählen, die er auf seinem Buckel trägt, und vor allem schon durch diese Welt reist. Das nenne ich eine authentische Bildungsreise.«

Nun wurde es den Damen doch zu bunt. Was sollten sie sich mit diesen Landstreichern weiter abgeben, die offenbar völlig den Verstand verloren hatten.

»Traudel, schau doch mal in Deinem iPad, was Wiki über Saint Germain weiß!«

Traudel, mit spitzem Mund, der punktgenau jede Zielscheibe ins Schwarze zu treffen schien, zog aus ihrem Deuter-Rucksack das geforderte Werkzeug heraus und stach nun zwar nicht mit dem Mund, sondern mit ihren knallrot lackierten Fingernägeln, die vom gichtverformten Unterbau auch nicht ablenken konnten, auf das Display ein, bis sie das geforderte Ergebnis triumphierend präsentieren konnte: »Graf von Saint Germain, ca. 1710 bis 1784. Alchimist, Komponist und Hochstapler …«

»Siehst Du, da haben wir's: Hochstapler!«

»Aber warte, hier steht auch: In einem Brief an Friedrich den Großen aus dem Jahre 1760 beschreibt Voltaire St. German als einen Mann, der niemals stirbt und alles weiß!«

»Merkwürdig, aber gestorben ist er nach Wiki auf jeden Fall 1784!«

Triumphierend schaute die Dame, die Traudel zur Wiki-Suche animiert hatte, auf: »Nun Herr Graf, laut unseren Unterlagen sind sie aber schon vor 350 Jahren verstorben!«

»Und, mit Verlaub, dieses Jahr wieder auferstanden!«

Saint Germain grinste breit in die Runde. Nach so einem Spiel hatte er sich schon lange gesehnt.

»Aber Traudel, schau mal hier das Bild!«, flüsterte die Frau zu Traudel gewandt, piekte mit ihrem spitzen Finger energisch auf das iPad ein und schaute Traudel dann mit großen Augen an.

Traudel hob den Kopf, schaute zu Saint Germain, dann noch einmal verwundert auf das Bildnis des Grafen im Display und nickte der Frau erstaunt zu.

Eine andere Dame mit glatter Haut, festgefrorener Augenmimik und schlaffen Hautwülsten, die von ihrem Unterkiefer bulldoggengleich herunterhingen, ließ sich dennoch herab, den Dialog nicht abbrechen zu lassen: »Na das Geheimnis müssen Sie mir mal verraten, wie ein stattlicher Mann doppelt oder gar Jahrhunderte alt sein will, wie er aussieht! Seit zwanzig Jahren lasse ich mir regelmäßig Hyaluron[44] in meine Merkelfalten spritzen, aber jetzt schlägt die Gravitation erbarmungslos zu und Hyaluron hilft auch nicht mehr. Also …?«
Max prustete heraus: »Das Geheimnis heißt nicht Hyaloron, sondern *Aqua benedetta* …«

Saint Germain legte seine Hand beschwichtigend auf Max' Schulter, um ihm nahezulegen, nicht allzu viel von seinem alchimistischen Geheimnis preiszugeben.

---

44 Hyaluronsäure: langkettiges Polysaccharid, das außerhalb der Zellen im Bindegewebe gelegen ist und viel Wasser binden kann; der Glaskörper des Auges besteht aus Hyaluronsäure; beim Faltenunterspritzen wird weggealtertes Volumen durch Hyaluron wieder aufgefüllt und die Gesichtsfalte angehoben.

Max beruhigte sich und fuhr fort: »Es gibt eben noch einiges zwischen Himmel und Erde, was Sie auf einer Bildungsreise nicht lernen können, Dinge, die vermutlich jenseits ihrer monowestlichen Vorstellungswelt liegen und durch Ihre Ignoranz für Sie immer unsichtbar bleiben werden. Wir jedenfalls werden gleich unseren fliegenden Teppich ausrollen und in die heiligste Stadt Indiens fliegen – mit Navi auf dem Handy, versteht sich. Wir sind ja schließlich nicht von gestern.«

Damit drehte sich Max um, griff Saint Germain und wollte ihn von der Studiosus-Reisegruppe fortziehen. »Diesen Vorwurf kann ich so nicht stehen lassen! Na, dann zeigen Sie mir mal ihren fliegenden Teppich, ich lasse mich ja gerne eines Besseren belehren.«

Der arrogante Unterton der blasierten Sprecherin wollte einfach nicht weichen. Saint Germain musste grinsen, als sein Hirn die Vorstellung aufgeschreckter Hühner in einem Hühnerstall generierte, während er sich von den zeternden Damen nicht abwenden konnte.

Inzwischen war auch der Guide neugierig geworden.

»Das letzte Mal, dass ich von einem fliegenden Teppich gehört habe, war wohl, als mir meine Großmutter die Geschichte vom *Kleinen Muck* erzählte.«

Sein Gesicht hellte sich auf. Erst jetzt fiel Max auch die relative Hellhäutigkeit des Inders auf und er überlegte, ob er wohl zur Kaste der Bramahnen zählen würde.

»Sehen Sie, der Teppich ist in der Realität niemals wirklich geflogen, er stammt aus dem Märchen. Er spiegelt die jahrhundertealte Sehnsucht des Menschen nach dem Fliegen wider. Gegenwärtig will vermutlich niemand mehr ernsthaft mit dem Teppich durch die Lüfte flattern. Es gibt heutzutage viel elegantere, bequemere oder wenn man es mag auch tollkühnere Arten, sich in die Lüfte zu erheben. Aber es ist eben diese

Sehnsucht, die uns treibt, auch einen Teppich fliegen zu lassen. Ich bin gespannt, was die Herren uns vorführen werden. Also kommen Sie. Ich habe eine Idee. Folgen Sie mir!«

Der Guide wies in eine Richtung, wendete sich ihr zu und schritt der Gruppe zielgerichtet voran.

Max überlegte kurz. So hatte er sich den Abflug zwar nicht vorgestellt. Er dachte an ein ruhiges Plätzchen, aber das würde er in Indien so schnell sowieso nicht finden. Also warum nicht im Schutz der Touristengruppe aufsteigen und den angegrauten Herrschaften noch ein wundersames Erlebnis bescheren, wovon sie noch in Jahren, so sie sie erleben sollten, berichten würden.

Der Guide eilte zielsicher auf eine Tür des Palastes zu. Es handelte sich um eine dieser opulenten Flügeltüren, die mit goldfarbenem Blech beschlagen waren. Das Blech selbst war mit floralen Mustern ziseliert und aus den Kassetten der Tür ragten kurze kräftige Metalldornen heraus, die vermutlich einen Eindringling von seiner ureigenen Tätigkeit des Eindringens abhalten sollte. Im Türbogen waren bunt bemalte Pfauenfiguren plastisch eingelassen. Er stieß die unverschlossene Tür auf, drehte sich herum, prüfte, ob seine Reisegruppe ihm vollständig folgte und deutete mit einer überschwänglichen Bewegung an ihm nachzukommen. Ein enges, dunkles Treppenhaus im Inneren des Gebäudes empfing die Gruppe nicht gerade gastfreundlich. Die Augen mussten sich erst an die Dunkelheit gewöhnen, bevor sie die abgewetzten Marmorstufen erkennen und die Leute die Stufen erklimmen konnten. Auf dem obersten Treppenabsatz stieß der Guide eine weitere Pforte auf und die Reisenden überblickten eine weite Dachterrasse, die zum Verweilen unter der Sonne einlud. Von der Stadt schlug der Lärm herauf, dafür waren sie ansonsten gänzlich ungestört.

Max legte seinen Rucksack ab.

»Haben Sie Varanasi auf ihrem Programm?«

»Selbstverständlich!«, kam es wie aus der Pistole geschossen.

»Wie kommen Sie dahin?«

»Mit der Indischen Eisenbahn.«

Max zwinkerte den Herrschaften zu: »Na, vielleicht treffen wir uns dort wieder.«

Dann öffnete er seinen Rucksack und begann ihn zu entleeren. Auf der weitläufigen Terrasse steckte er ein Gestänge wie bei einem Zeltaufbau zusammen, montierte an den vier Ecken die jeweiligen Quadrokopter mit ihren Solarpaneelen und musste sich schon wieder die missmutigen Bemerkungen der Gruppenteilnehmer anhören.

»Das ist ja gar kein Teppich!«

»Doch!«, widersprach Max, als er fertig war.

»Saint Germain, bitte rolle jetzt den Perser aus.«

Saint Germain tat wie ihm geheißen, schulterte endlich den über die Stunden schwer gewordene Teppich ab und entrollte ihn auf dem Gestell zwischen den vier Quadrokoptern. Ein Seufzer der Erleichterung entwich dem barocken Mann.

»Das ist ja getrickst!«

»Na, was denken Sie denn. Sie haben wohl zu viel *Tausendundeine Nacht* gelesen, um zu glauben, dass ein Teppich ganz von alleine fliegen könnte.«

Max lachte, konnte sich aber nicht verkneifen nachzusetzen: »Schließlich habe ich *doch* in der Schule aufgepasst.«

Dann spannte er sein Handy in die Fernbedienung der Quadrokopter ein, öffnete die App und startete die Motoren seiner Fluggeräte. Im Schneidersitz ließen sich Saint Germain und Max auf dem Teppich nieder, dann zog Max den Gashebel nach vorne und der Teppich hob von der Terrasse ab.

»Wie gesagt, wir sehen uns in Varanasi!«

Noch einmal zwinkerte er der Reisegruppe zu, dann betätigte er den Schubhebel und der Teppich mit unseren beiden Protagonisten darauf schwebte über Jaipur – wie einst der kleine Muck – in Richtung Süden davon.

Unter ihnen staute sich der Verkehr einer indischen Großstadt. Das permanente Gehupe und Getöse brachte die Verkehrsteilnehmer nicht wirklich vorwärts. Und keiner hatte Zeit und Muße, aus dem Verkehrschaos aufzublicken. So flogen Max und Saint Germain relativ unbemerkt, aber frei von allen Staus aus der Stadt. Bei maximalem Schub erreichte der Flugteppich 67 km/h und war damit allemal schneller als jedes andere Verkehrsmittel am Boden. Selbst das schnellste Überlandgefährt, die Indische Eisenbahn, rollte nur mit einer Durchschnittsgeschwindigkeit von 65 km/h von Stadt zu Stadt. Aber, was nützten in Indien auch 300 km/h schnelle Bahnen, Autos oder Motorräder, wenn der langsamste Verkehrsteilnehmer eine vor sich hindösende gesellige Kuh war, die sich an den Abgasen labte und auf ihre Heiligkeit pochte.

Auch außerhalb der Stadt wollte die Luft nicht besser werden. Das Atmen in Indien fiel wirklich schwer. Das Land war dicht besiedelt, Kohleindustrie fraß sich ihren Weg durch die Landschaft, um den Energiehunger des Landes zu sättigen, und das aride Klima einer Halbwüste wirbelte viel Staub auf. Und dazwischen dieser hupende, stinkende, laute Verkehr, der die Tendenz hatte, jedes Nadelöhr unüberwindlich zu verstopfen. Aus der Luft sah das sehr lustig aus, trotzdem stießen die Lärmtiraden bis an die Teppichkante. Max suchte einen Weg, der größere Ortschaften und Straßen mied. Eine Landschaft mit den unendlichen Weiten trockener Felder breitete sich vor ihnen aus. Nur ab und zu stand ein grüner Baum – die Wüstenbohne, deren Früchte in dieser Region gern gegessen wurden.

Kommissariat

Kommissar Schulz saß an seinem Schreibtisch im Büro seiner Polizeiwache. Der Drehstuhl ächzte ein wenig, als er sich nach vorne lehnte, um besser in der Tageszeitung blättern zu können. Immer musste ihn dieser ausgeleierte Stuhl an sein nicht ganz optimales Körpergewicht erinnern. Reichte es nicht, wenn sein Trainer ihn bei den allmonatlichen Trainingseinheiten darauf aufmerksam machte? Zum Glück wurde er im normalen Polizeialltag immer an Tatorte gerufen, bei dem der Täter schon längst über alle Berge geflüchtet war. Nur die Ergebnisse des Täters Tuns lagen in der Regel für den Kommissar zur Untersuchung bereit. Da musste man gar niemandem mehr hinterherrennen. Da reichte das geistige Sezierbesteck. Und mehr noch als bei Tatortbegehungen verbrachte er seine Zeit auf eben diesem Schreibtischstuhl, um Herr über diese furchtbaren Aktenstapel zu werden.

»Die können jetzt auch erst mal warten«, dachte er, »schließlich muss man auch über das aktuelle Zeitgeschehen informiert sein.«

Er zog die Zeitung näher heran und begann zu lesen.

»Das glaub ich jetzt nicht. Horst, schau doch mal!«

Sein Gegenüber, Kollege Horst, der etwa in der gleichen Grundstimmung verweilt wie er selbst, hob langsam seinen

Kopf wie ein alter Pandabär bei der Suche nach der nächsten Bambusstange.

»Was gibt's?«, schnarrte es melancholisch aus seinem Gegenüber.

»Na, dieser Wolfsburg …«

»Welcher Wolfsburg?«

»Na, der Maximilian von Wolfsburg-Lothringen ist doch auch auf der Ausstellungseröffnung gewesen.«

»Ja und?«

»Mensch, der scheint die Wahlen in Österreich zu gewinnen. Ich wusste gar nicht, dass er da so ambitioniert war. Dann wird es in der Bildzeitung bald heißen: *Der Enkel vom letzten Kaiser, Maximilian I., wird neuer Kaiser in Österreich.*«

»Seit wann interessierst Du Dich denn für Politik?«

»Na, nun mach mal bitte halblang …«, aber so richtig konnte er auf die Frage dann doch nicht antworten.

»Wolfsburg ist offenbar Vorsitzender der PEPÖ.«

»Hab' ich noch nie gehört, was soll das für eine Partei sein?«

»Irgendeine Randpartei, die es plötzlich ganz nach oben geschafft hat: Paneuropäische Partei Österreichs.«

»Na, hoffentlich kriegt er nicht von Mutti Merkel gleich eins aufs Pepöchen«, grinste Horst über seinen eigenen Witz und wandte sich wieder angewidert seiner Akte zu.

»Nee, hier steht auch, dass letzte Woche die deutsche Bundeskanzlerin, der König von Spanien sowie von Wolfsburg zu einem Arbeitstreffen in Berlin zusammengekommen seien, um sich über die Zukunft Europas auszutauschen. Da haben sie aber einen Museumsbesuch, wo Prof. Weise und nicht unsere Politiker den Europagedanken getragen haben, gewinnbringend abgesetzt. So macht man das, ich muss auch noch irgendeine Dienstreise auf die Agenda setzen und abrechnen.«

Dabei zog Schulz das Wort Agenda in die Länge, als wäre es der Schlachtruf für seine eigene Wahl zum Polizeiminister.

Nach Feierabend saß Schulz mit seinem Bier zufrieden zu Hause auf seiner Couch. Ein Feierabendpils und ein Schnäpschen dazu, das war seine Welt. Nicht dieses exaltierte Weingehabe: tiefrote Farbe, in der Nase Brombeere und Schattenmorelle, im Abgang Noten von Vanille, Tabak und Leder. So ein Quatsch. Oder Cocktails. Nach dem dritten merkt man immer noch nix, und wenn man dann vom Stuhl aufstehen will, geht's nicht mehr. Außerdem viel zu teuer. Ein herbes Pils löschte schließlich den Durscht. Er griff zur Fernbedienung und schaltete seinen Fernseher ein. Tatortabend. Da würde es gleich wieder einiges zu lachen geben … und zum Weinen. Die ach so bewegte Kommissarin mit Vergewaltigungshintergrund muss den Sexualtäter fangen, und die ach so arme Sekretärin lebt alleine in ihrem geschmackvollen Penthaus, eingerichtet nach den Moden des letzten Schreis. Frauenkrimis. Die Realität sah weiß Gott anders aus. Selbst sein Blick aus dem Fenster bot allenfalls die traurig in den Hinterhof herabhängenden, kahlen Äste eines Herbstbaumgerippes feil.

Das Erste brachte die Tagesschau. Auch hier wurde von den politischen Entwicklungen in Österreich berichtet. Und dann stand Maximilian von Wolfsburg fast leibhaftig vor ihm, als ihn eine Moderatorin interviewte. Plötzlich sprang Schulz von seiner Couch auf, schlug mit der Hand auf den Tisch, dass das Bier vor Miterregung aus dem Glas schwappte und gab einen Urschrei von sich. »Das kann doch nicht wahr sein! Ich glaub, mich laust der Affe.« Doch es war nicht Wolfsburg selbst, der ihn so in Rage versetzt hatte, sondern eine Spiegelung in der hinter Wolfsburg stehenden Vitrine. In einer Lichtreflexion hatte er den vermissten Tempelhofer Gral gesehen. Wolfsburg hatte sich das Ding irgendwie unter den Nagel gerissen. Wolfsburg war versessen auf seine Reichsregalien, und nachdem Prof. Weise ihm klargemacht hatte, dass die Wiener Schale vielleicht nicht *der* Heilige Gral sei, sondern möglicherweise der Tempelhofer Becher, hat er ihn einfach mitgehen lassen und das Bode-Museum in ein Schlachtfeld verwandelt? Das konnte Schulz nun doch nicht glauben – aber wahrscheinlich Auftragsklau mit Kollateralschaden, überlegte Schulz. Aber wenn diese Reflexion wirklich der Tempelhofer Gral wäre, dann hatte er jetzt keinen Kriminalfall mehr zu lösen, sondern musste sich mit einem Politikum herumschlagen. Er musste sich die Sequenz noch einmal in der Tagesschau-Mediathek anschauen. Und von wegen Lesen der Tageszeitung während der Dienstzeit. Alles polizeiliche Ermittlung. »Und die Zeit, die ich jetzt vor der Glotze gesessen habe, sollte ich auch gleich in Rechnung stellen!«

Kaisea

Der Bauch von Marek war stark angeschwollen. Der Arzt wandte sich an Kaisea, die immer noch am Krankenbett saß und auch bei der Visite nicht von Mareks Seite gewichen war.

»Wissen Sie, ob Marek irgendwelche Allergien hat?«

»Nein, das weiß ich nicht«, war ihre monotone Antwort.

»Wir müssen ihn noch einmal ins MRT schieben. Damit sich die Gefäße besser darstellen lassen, injiziert man für gewöhnlich ein Kontrastmittel. Ich hoffe, er regiert nicht allergisch, das wäre in seinem Zustand noch dramatischer als bei einem normalen Patienten.«

Er grübelte vor sich hin.

»Und Sie, Sie sollten jetzt besser nach Hause gehen. Sie brauchen ein bisschen frische Luft und Abwechslung. Sie sind ja schon fast genauso blass wie unser Patient hier. Gehen Sie, wir kümmern uns derweilen um Ihren Freund.«

Kaisea nickte abwesend und verließ wie ihr geheißen das Krankenzimmer. Kraftlos und blass wie ein Gespenst wandelte sie den Gang zum Fahrstuhl hinunter. Wäre ihr ein Pfleger über den Weg gelaufen, hätte er sie vermutlich vorsichtig in ihr Krankenzimmer zurückgeführt. Sie war aber keine Patientin. Ein ›Bing‹ zeigte an, dass der Fahrstuhl ihre Etage erreicht hatte und öffnete auch sogleich seine Tür. Sie stieg ein, fuhr in das Erdgeschoss und trat auf die Straße. Riesige Pfützen fluteten Straßen und Gehwege, aber der Regen hatte endlich aufgehört. Die Luft war unerhört klar und tat Kaisea augenblicklich gut. Das war es, was ihr in dem stickigen Krankenzimmer gefehlt hatte: frische Luft. Und diese vom Regen reingewaschene Luft war klar wie selten in Berlin. Sie merkte richtig, wie ihr leerer Tank mit Sauerstoff neu befüllt wurde und Denkprozesse langsam wieder eine Chance bekamen.

Automatisch lief sie die Luisenstraße Richtung Friedrichstraße herunter. Sie musste überlegen. Ihre stundenlangen Versuche, Lukas oder Max auf dem Handy zu erreichen, waren immer wieder gescheitert. Sie sollte als Erstes zu Lukas in die Wohnung fahren. Immerhin waren sie derweil so fest befreundet, dass er ihr nicht nur einen eigenen Wohnungsschlüssel gegeben hatte, sie verbrachte mittlerweile die meiste Zeit mit Lukas in seiner Wohnung.

Sie bog links in die Reinhardtstraße ein.

»Es ist doch erstaunlich, dass in einer Stadt wie Berlin Namen nicht ausreichten, um alle Straßen unterschiedlich zu benennen«, dachte sie.

»Reinhardt musste nicht nur für diese Straße hier in Berlin-Mitte herhalten, sondern noch einmal für Straße und Platz in Tempelhof. Tempelhof …«, spannen sich ihre Gedanken weiter: »Dort hatte alles angefangen. Und hatte Lukas nicht in seinem letzten Telefonat, gestern als sein Scheißhandy noch funktionierte, erwähnt, dass er, Max und Saint Germain, noch einmal nach Tempelhof fahren sollten?«

Fast hätte sie die Kreuzung Albrechtstrasse überrannt, so tief war sie in ihren Gedanken versunken. Aber als sie vor dem kolossalen Hochbunker aus dem Zweiten Weltkrieg stand, den sich nach Zwischennutzung als legendärer Berliner-Nachwende-Party-Location inzwischen ein polnischer

Kunstsammler zu seinem Privatmuseum mit Penthouse auf dem Dach umsägen lassen hatte, wusste sie, dass sie zu weit gelaufen war. Sie überquerte die Reinhardtstraße und lief die zur Fressmeile verkommene Albrechtstasse zum Bahnhof *Friedrichstraße* hinunter. Die Fußgängerbrücke über die Spree führte sie direkt auf die Stadtbahn.

Sie stieg in die nächste S-Bahn Richtung Osten ein und fand sogar einen Sitzplatz. Über ihr flimmerte der Bildschirm mit den neuesten Katastrophenmeldungen aus der Stadt. Ganze U-Bahnlinien waren gesperrt, da verschiedene U-Bahnhöfe mit Wasser vollgelaufen waren. Auch die Straßentunnel auf der Bundesallee waren wieder einmal abgesoffen. Berlin stand vor einem Verkehrschaos, dessen Ausmaß seine Alltäglichkeit noch übertraf.

Endlich hatte sie die Wohnung von Lukas erreicht. Sie stiefelte die Treppen hinauf, die Wohnungstür war abgeschlossen und natürlich war niemand zu Hause. Sie schloss die Tür auf. Auf dem Küchentisch standen noch die Reste eines Frühstücks, aber von Lukas gab es keine Spur. Obwohl sie nichts Anderes erwartet hatte, war Kaisea verzweifelt. Dann riss sie sich ihre Klamotten vom Leib, schlenderte ins Bad und gönnte sich eine Dusche. Das heiße Wasser ran über ihren Körper, spülte Tränen und die Anspannung der letzten Tage ab, hauchte wieder Leben in ihre Glieder. Das war richtig gut, dankte ihr Körper. Sie drehte den Wasserhahn zu, stieg aus der Dusche und frottierte sich kräftig ab. Endlich war wieder Farbe in ihrem Gesicht. Ihr Lippenrot leuchte im Spiegelbild dunkel wie eine Rose. Eine Rose, die auf den Verehrer wartete, der seiner Angebeteten mit eben diesem Rosenrot seine Liebe erklären wollte. Sie föhnte ihre langen schwarzen Haare, applizierte diverse Kosmetika und suchte sich im Schlafzimmer neue Kleidung. Frisch hergerichtet fühlte sich Kaisea wieder wie ein Mensch.

In der Küche brühte sie einen frischen Kaffee auf und verspeiste, was der Kühlschrank noch so hergab. Zwischendurch rannte sie wie von der Tarantel gestochen zur Eingangstür. Am Schlüsselbrett suchte sie die Autoschlüssel von Lukas Bulli. Sie hingen nicht am Ort.

»Also war er immer noch in Tempelhof?«, schlussfolgerte sie. Die letzten Brotkrumen verdrückt, griff Kaisea abermals zum Handy, wählte automatisch Lukas' Nummer. Die blecherne Abwesenheits-Computerstimme hatte sie erwartet. Ein letzter Blick in den Flurspiegel erfreute Kaisea selbst an ihren vollen, tiefroten Lippen. Dann machte sie sich auf den Weg nach Tempelhof.

Bundi

Als sich langsam die Sonne senkte, taucht am Horizont eine Hügelkette mit einer kleinen Stadt auf. Am Hügelrand erhob sich ein altes Fort mit einem morbiden Maharadscha-Palast. Max lenkte den Teppich auf eine der weitläufigen Dachterrassen und landete sanft auf dem abgewetzten Steinfußboden des verlassenen Gebäudekomplexes.

»Ein Palast, wie für uns geschaffen!«

Saint Germain versuchte aus dem Schneidersitz in den Stand zu gelangen. Er stöhnte und ächzte, die Stunden in der ungewohnten Sitzposition hatten ihm zu schaffen gemacht, immerhin war er ja auch keine vierzig mehr, auch wenn er nach den Jahrhunderten dank seines *Aqua benedettas* immer noch so aussah.

»Jetzt könnte die Dienerschaft aber mit einem Erfrischungsgetränk herbeieilen – ein *Cristal* wäre angemessen. Den gab es bei Graf Orlow am Russischen Hof zu den Champagnerempfängen auch immer. Sehr prickelnd das Gesöff.«

Saint Germain steigerte sich in seine Vorstellung hinein, aber eine Menschenseele war weit und breit nicht auszumachen, geschweige denn eine Dienerschaft oder wenigstens das Hotelpersonal. Der Palast stand scheinbar einsam auf dem Hügel und offenbar abseits der üblichen Touristenpfade durch

Rajasthan. Sie genossen die spektakuläre Aussicht hinunter zu einem See, den ein mittelalterliches Städtchen säumte.

Nun, ganz so einsam wie beim ersten Eindruck schien der Palast dann doch nicht zu sein. Auf der hüfthohen Ummauerung der Dachterrasse neckten sich ein paar Meerkatzen, deren Silhouetten in der untergehenden Sonne bedrohlich anwuchsen. Sie schienen die eigentlichen Bewohner der Palastruine zu sein. Doch dann erhellte ein letzter Sonnenstrahl in einer entfernten Ecke ein menschliches Wesen, das offenbar von der imponierenden Teppichlandung der beiden völlig unbeeindruckt geblieben war. Max schlenderte in den Winkel, um zu erkennen, wer dort auf dem Boden säße. Uralt war die Frau, die dort in ihren fadenscheinigen und zerfetzten Lumpen hockte und ihn beäugte. Große Augäpfel mit schwarzen, stark geweiteten Pupillen darin kullerten durch ihr hutzeliges Gesicht, ein Augapfel dabei immer auf Max gerichtet, wie ein steinaltes Chamäleon. Baba Jaga aus dem russischen Märchen war ein Scheißdreck dagegen. Die knittrigen Wangen der Alten falteten sich wie ein Blasebalg zusammen, als sie an einem Zigarettenstummel sog. Der rot aufglühende Zigarettenkopf entließ einen aromatischen Duft, der Max nicht unbekannt war.

Er begrüßte das Mütterchen, wie er es aus den Bollywoodfilmen kannte mit einer leichten Verbeugung über seinen gefalteten Händen, begleitet von einem »Namaste!« Weiter reichte sein Indisch nicht. Die Alte nickte ein bisschen vor sich hin und es war nicht ersichtlich, ob sie Max' Begrüßung überhaupt wahrgenommen hatte.

Ihre riesigen Augäpfel kullerten emsig über ihr Gesicht und mal hatte ein Augapfel Max, dann wieder Saint Germain im Visier. Sie saugte buchstäblich noch einmal an ihrem Spliff, dann bedeutete sie mit einer einladenden Bewegung ihres langen, dünnen Ärmchens, dass sich die beiden setzen mochten. Max und Saint Germain, die sich vom anstrengenden Teppichflug erst mal die Beine vertreten wollten, erkannten an der Eindringlichkeit der Aufforderung, dass sie ihr Folge zu leisten hatten. Sie setzten sich gehorsam zu dem alten Weib auf den Steinfußboden der Terrasse in den Schneidersitz. Saint Germain fluchte unhörbar in sich hinein.

Aus einer dunklen, rückwärtigen Ecke zauberte die Alte ein Tablett hervor, auf dem sich ein riesiger Reiskegel türmte, der reich mit gesottenen Gemüsen, Nüssen und bunten Gewürzen überzogen war. Sie legte ihren Kippenstummel beiseite und fing an, mit ihrer reinen Hand aus dem Haufen mundgerechte Kügelchen zu formen und in ihren Mund zu stopfen. Abermals lud sie mit einer bewirtenden Geste ein, an ihrem Mal teilzuhaben. Die beiden gehorchten und formten nun selbst aus dem klebrigen Reis mit den Gemüsen und Gewürzen Klümpchen, die sie ihrerseits in den Mund schoben. Max erlebte augenblicklich eine Geschmacksexplosion an seinem Gaumen, die sich im darüberliegenden Hirn fortsetzte. Sein Visus schärfte sich, Geräusche drangen zielsicher an sein Ohr und obgleich sein Mund verschlossen blieb, entspannte sich eine transzendente Unterhaltung. Kristallklar, scharf vernahm er die Worte der Alten, ohne dass sich ihre Lippen auch nur einen Hauch bewegt hätten.

»Der Weg, der vor Euch liegt, ist lang und steinig. Labt Euch an meinem köstlichen Mahl, hier im Elefanten-Palast des Fürstentums Bundi. Ihr werdet spezielle Kräfte und Fähigkeiten aus meiner Speise erhalten, mit denen Ihr noch umzugehen lernen müsst. Richtig angewendet, wird der Pfad zu Buddhimatta sich erleuchten!«

»Buddhimatta?«, fragte es aus Max Hirn, ohne das Wort über seine Lippen geformt zu haben.

»Ihr kennt Buddhimatta als Sophia, was in Eurer Sprache so viel bedeutet wie Weisheit.«

»Meint Ihr meine Nichte mit Namen Sophia oder die Weisheit als Kardinaltugend?«

»Das kann ich nicht sagen. Esst von der Speise, schärft Eure Sinne, löst Euch von Anhaftungen, bettet Euch sodann zur Ruhe. Und Ihr werdet finden, wonach Ihr suchet.«

Gesättigt von der guten Speise verabschiedeten sich Max und Saint Germain von der merkwürdigen Alten, die wieder mit ihrer Umgebung zur Unsichtbarkeit verschmolz, und zogen sich auf ihren Teppich als Schlafstatt zurück. Träume suchten sich ihren Weg in die Schlafenden, während auf der Brüstung immer noch die Meerkatzen tanzten.

Ein sich in den Traum einschleichender Sprechgesang schwoll die Mauern des Palastes empor. Sanft erweckte der von den Klängen der Shrutibox begleitete Krischna-Gesang Max, der nicht wusste, ober er träumte oder wachte. Es dämmerte. Was waren die letzten Bilder seines Traumes? Hatte er nicht Sophia gesehen? Lächelnd, auf breiten Stufen sitzend, die zu einem Fluss hinabführten? Dann zerfiel der Traum in seine Einzelteile und Max gewahrte Saint Germain, der sich ebenfalls auf dem Teppich räkelte. Malerisch ging hinter den Fort-Mauern des Palastes der gigantische Feuerball auf, der einen weiteren, heiß glühenden Tag in Indien versprach. Max erhob sich und schaute sich um. Die alte Frau in ihrer Ecke und die Affen auf der Mauer waren verschwunden. Der meditative Gesang von unsichtbarer Herkunft bohrte sich wohlfühlend in seinen Körper. Ein Tässchen Kaffee hätte den Morgen vollkommen gemacht.

Gern würde er mehr über Krishna erfahren. Aber Hindi blieb ihm eine fremde Sprache und die Wirkung der Gewürze von letzter Nacht hatte leider nachgelassen. Vielleicht hätte eine Übersetzer-App auf seinem Smartphon geholfen. Doch schließlich gewann der Kaffeedurst Oberhand, und so beugte sich Max über seinen verschlafenen Gefährten.

»Los, steh auf, lass uns den Palast besichtigen und nach einem Frühstück Ausschau halten!«

Mit einem freundlichen Klaps auf sein Hinterteil entriss er auch Saint Germain seiner Traumwelt und beförderte ihn ins Hier und Jetzt.

Sie fanden eine kleine Treppe, die sie in das darunter befindliche Stockwerk führte. Arkaden leiteten zu Räumen, die mit wunderbaren Fresken in blaugrünen Tönen das Leben der ehemaligen Bewohner und Episoden von Krischna darstellten. Die Säulenkapitelle waren in Elefantenform gemeißelt. Das nächste Stockwerk darunter hatte einen noch breiteren Wandelgang, der einen Innenhof umrundete. Gegenüber dem Eingangstor stand ein marmorner, glattgesessener Hocker, breit wie eine Chaiselongue, mit durchbrochener Rückenlehne: der Thron des Maharadschas von Bundi.

Eine herrschaftliche Treppe führte sie hinunter in den Innenhof, der sie kühl und schattig empfing. Das Eingangstor war schlichtweg 10 Meter hoch. Eine Höhe, die ausreichte, den Herrscher zu Elefant und unter Baldachin bis in den Palastinnenhof einreiten zu lassen. Die insgesamt indo-islamische Architektur beflügelte Fantasien aus *Tausendundeiner Nacht*; auch wenn der Palast, vollständig ohne Interieur, wie ausgeraubt wirkte. Max und Saint Germain schritten durch das Tor auf eine breite Rampe zu, die sich den Berg hinab zum Ort heruntermäanderte. Unweit des Eingangs stand ein Kiosk an den Fels gelehnt.

»Der wartet bestimmt mit einem Tässchen Kaffee auf uns«, freute sich Max und legte gleich einen Schritt zu, um den Kiosk zu erreichen.

Saint Germain folgte. Von der Rampenmauer sprang ein Rhesus-Affe herunter, kreuzte ihren Weg und schwang rhythmisch sein aufgeschwollenes, knallrotes Hinterteil wie eine leicht bekleidete Dirne auf der Rue St. Denis in Paris. Dann mischte sich der Duft von brodelndem Fett in die trockene Luft der Gegend. Der Kiosk erwartete sie mit seinen Spezereien.

Als Kaffee gab es zum Bedauern von Max nur eine dunkle Brühe aus billigem löslichen Kaffee. Nicht, dass er wenig dafür bezahlt hätte, aber so war das eben in Ländern, die Kaffee zwar selbst produzierten, aber dann hauptsächlich exportierten. Dafür dampfte das aufgeblasene Bhatura, das der Kioskbesitzer mit dem Schaumlöffel aus dem siedenden Öl fischte, und mit *Chole*, einer Kichererbsenspeise, füllte.

»Lecker!«, schmatzte Saint Germain und grinste Max ins Gesicht, an dessen Mundwinkeln bereits Essensreste herunterrutschten.

Ausgeschlafen und gesättigt überlegten beide, wie es weitergehen sollte.

»Varanasi ist noch meilenweit entfernt. Wir müssen jetzt nur noch der aufgehenden Sonne entgegenreisen.«

»Also Richtung Osten!«, bestätigte Saint Germain.

Gestärkt und mit frischen Wasserflaschen unterm Arm schlenderten sie wieder zu Fuß und nicht traditionell im Elefantensattel die Rampe zum Palast hinauf. Oben auf den Zinnen turnten schon wieder die Meerkatzen mit ihren langen Schwänzen und Gesichtern, die menschenähnlicher nicht hätten sein können. Irgendwo hinter den Affen wartete ihr Teppich zum Weiterflug auf sie. Keine Gesichtserkennung, Körperkontrolle, kein Wechseln der Terminals, kein Anstehen am Gate, einfach nur auf den Teppich setzen und losfliegen.

Eine wunderbare Art des Reisens auf Wegen ohne Gegenverkehr oder unüberwindbarem indischen Verkehrschaos.

Kaum hatten sie jedoch die Dachterrasse erreicht, als urplötzlich eine Windhose über die Terrasse sauste, ordentlich Staub aufwirbelte und sich gefährlich dem Flugteppich nährte. Die Säule setzte sich auf den Perser, glücklicherweise ohne ihn in die Luft zu wirbeln, brach in sich zusammen und entließ aus ihrem Inneren einen pausbäckigen Mann mit einem merkwürdigen Gesicht, das dem der Meerkatzen nicht unähnlich war. Die Languren auf der Mauer tobten, quiekten, fletschten die Zähne, große Reißzähne, die man den schmalen Mäulern nicht zugetraut hätte. Max war einstweilen klar, dass er nicht mehr im rationalen Deutschland herumreiste. Indien war so anders, es verbarg sich hier zwischen Himmel und Erde noch so viel mehr, was er aus der Heimat nicht kannte, und *Tausendundeine Nacht* rückte zunehmen von seinem Märchenstatus ab.

»Wenn ich jetzt noch an der Wasserflasche reibe, erfüllt der Dschinn bestimmt auch gleich all meine Wünsche«, scherzte er und trat näher an seinen Flugapparat heran, auf dem der Mann unbefugt stand.

Wieder machte Max seine »Namaste«-Zeremonie, doch der Mann sah komisch aus, grinste aus seinem Affengesicht und entblößte unmenschliche Eckzähne. Auch seine Haare standen merkwürdig ab. Über der Stirn bäumten sie sich nach vorne wie das Schild eines Käppis. Eigentlich genauso wie bei den Meerkatzen, die auf der Umfriedung der Dachterrasse herumturnten.

»Was waren das für Meerkatzen?«, wunderte sich Max und fand die Antwort auch gleich selbst:

»Hanuman-Languren. Und Hanuman, das war doch irgend so ein Gott, ein hinduistischer Deva.«

Laut versuchte er die nächste Begrüßung: »Namaste Hanuman!«

Das Grinsen seines Gegenübers schien sich noch weiter aufzuhellen, aber antworten tat er nicht, zumindest nicht in irgendeiner Sprache. Im Gegenteil, der Tornado lebte wieder auf, hob Hanuman vom Teppich und setzte ihn daneben ab. Dann fühlte Max, wie Hanuman in seine Gedanken eindrang.

»Setzt Euch wieder auf Euer Flachgewebe. Ich werde Euer meilenweites Fortkommen etwas beschleunigen und darauf achtgeben, dass ihr Euch nicht im Grau einer Wolke verliert.«

So donnerten die Worte in Max' Gehirn, dann nahm das Tosen der Windhose drastisch zu und Hanuman samt Wind waren verschwunden. Die Languren spielten wieder ungerührt auf der Mauer.

Gully

Zum Glück war die U6 von der Überflutung nicht betroffen und Kaisea erreichte wohlbehalten Alt-Tempelhof. Von der Straße Alt-Tempelhof bog sie links in die Reinhardtstraße ein und schlenderte die Böschung hinunter zum Reinhardtplatz – ein Parkplatz. Rechts der Lehnepark, links die wunderschönen Gründerzeithäuser, vorne rechts, wie auf einer Halbinsel, die in den Park reichte, die alte Dorfkirche oder genauer gesagt die Kirche der Tempelritter.

»Wo könnten die drei sein? Wenn sie alle keinen Handyempfang hatten – vermutlich unter der Erde«, folgerte Kaisea logisch.

Doch wo war dieses unterirdische Templergewölbe. Sie war nie dort gewesen. Und soweit sie aus Erzählungen wusste, befand sich das Bauwerk nicht unter der Kirche, sondern irgendwo unter dem Reinhardtplatz, auf dem sie nun stand.

Etwas ziellos schlenderte sie über den Platz, als sie fast einen Freudenschrei ausgestoßen hätte. An der Ecke zur nächsten Straße, gegenüber der Gartenpforte des Kirchgartens stand der Bulli von Lukas. Sie nahm ihre Beine in die Hand und sprintete die letzten Meter zum Auto. Natürlich war niemand da. Doch vor dem Bulli entdeckte sie weiß-rote Absperrkegel, die um einen offenen Gully drapiert waren. Sie lugte hinein und ein Entsetzensschrei entwich ihrer Kehle. Der Gully stand randvoll mit Wasser.

Shere Khan

»Auf! Richtung Osten!«

Max und Saint Germain saßen wieder in der unbequemen Sitzposition auf ihrem Flugapparat und flatterten aus der Stadt hinaus. Viel Abwechslung gab es nicht unter ihnen, mal eine Siedlung, dann wieder unendliche Weiten von unterschiedlich geformten sandfarbenen Feldern, die sich wie eine endlose Patchwork-Arbeit über die Erde legte. So ging das stundenlang, so schwebten sie meilenweit. Die Sonne bretzelte auf ihre Häupter und die beiden waren froh, sich mit ausreichend Wasser eingedeckt zu haben. Obgleich das Fliegen auf dem märchenhaften Teppich per se spannend war, drängte sich nach dem langen Sitzen auf engem Raum und der eintönigen Landschaft unter ihnen auch Langeweile in ihre Gemüter. Irgendwann wurden die Felder grüner und sie nährten sich einem gewaltigen Fluss. Saint Germain beugte sich vorsichtig über die Teppichkante.

»Schau mal Max, die Leute da unten machen trotz der Hitze ein Lagerfeuer.«

Max lugte ebenfalls über die Kante und schmunzelte.

»Nee, das ist kein Lagerfeuer. Die Hindus verbrennen ihre Leichen und werfen anschließend die Asche in den Fluss. Nach ihrem Glauben soll es die Reinkarnation beenden. Das entspricht im christlichen Glauben, der Dir höchstwahrscheinlich geläufiger sein dürfte, dass man nicht in die Hölle, sondern in den Himmel kommt.«

Wie, als wenn man über eine Bordsteinkannte führe, hüpfte der Teppich auf und nieder.

»Oh je, jetzt sind wir über die Leiche geflogen!«, jammerte Saint Germain schockiert.

»Thermik!«, antwortete Max gelassen.

»Ja, ich weiß, dass die Leiche brennt!«, empörte sich Saint Germain.

»Nee, es ist nicht die brennende Leiche, es war der Fluss, den wir gerade überquert haben. Der Aufwind durch die Sonneneinstrahlung ist unterschiedlich groß zwischen trockenem Boden und feuchtem Fluss. Deswegen verändert sich die Thermik an jeder Wald- oder Flusskante.«

Ein bisschen Physikunterricht konnte seinem barocken Freund nicht schaden, dachte Max.

Auf der anderen Uferseite änderte sich das Bodenrelief. Sie flogen direkt auf eine unerwartete Bergkante zu. Durch das Erklären war Max abgelenkt worden, und er konnte nicht so schnell in die Steuerung der Quadrokopter eingreifen, wie es nötig gewesen wäre. Der Flugteppich raste unaufhaltsam dem Berg entgegen. Max war verwirrt, wusste nicht, welchen Hebel der Fernbedienung er zuerst betätigen sollte: den fliegenden Teppich nach oben reißen, nach links ziehen, oder den Schub stoppen? Für ein elegantes Flugmanöver war einfach keine Zeit. Immer noch sauste der Teppich mit 70 km/h auf den Berg zu.

»Halt Dich fest!«, schrie er Saint Germain an.

»Wir krachen gleich in den Berg und werden abstürzen!«

Plötzlich rauschte ein kleiner Wind heran und pustete den Teppich mit magischer Kraft galant über die Erhebung hinweg. Max war verblüfft und verwundert. Mutter Natur hatte offenbar helfend eingegriffen.

»Das muss Hanuman gewesen sein!«, schlussfolgerte Saint Germain, der viel empfänglicher für Dinge war, die zwischen Himmel und Erde passierten und nicht sofort naturwissenschaftlich erklärt werden konnten.

Nicht umsonst war er Alchimist. Max' abrupt in die Höhe geschossener Blutdruck senkte sich langsam nach der Erleichterung, die sich über ihn legte. Das Rot aus seinem Gesicht wich, und die angeschwollenen Adern an Hals und Schläfen zogen sich in tiefere Körperschichten zurück. Der Teppich flatterte unbeeindruckt weiter und erreichte bald ein ausgedehntes Waldgebiet, das mit mäandernden Fluss- und Bachläufen durchädert war. Die Sonne senkte sich und sie mussten erneut nach einem Platz für die Nacht Ausschau halten.

Eine Wiese an einem kleinen See mitten im Wald sah einladend aus. Max reduzierte Schub und Flughöhe und schon landeten sie sanft auf der Wiese, die allerdings kein grüner englischer Rasen, sondern das ganze Gegenteil davon war. Der Teppich sank in die strohige, ungepflegt daherkommende Vegetation ein und die Sicht, die eben aus luftiger Höhe noch so frei war, blieb auf einmal durch hohes Gras verstellt. Max erhob sich, blickte sich zur Orientierung um und sank augenblicklich wieder auf den Teppich zurück. Er hielt Saint Germain fest am Boden und bedeutete ihm mit dem Zeigefinger über seinen Lippen, ruhig zu sein.

»Psst! Ein Tiger!«, presste er zwischen seinen Lippen hervor.

Keinen Steinwurf entfernt lag ein ausgewachsener Tiger am See, Hinterleib im Wasser, der gewaltige Kopf und die Vordertatzen am Ufer. Und: Er blickte genau in ihre Richtung.

Sie mussten hier sofort weg. Max nahm die Fernbedienung und wollte die Quadrokopter starten. Nach einem kurzen Aufsummen verstummten die Motoren.

»Scheiße!«, zischte Max und wusste sofort, warum sie nicht mehr funktionierten.

Der Tag neigte sich, es dämmerte und das Licht reichte nicht aus, um den Photozellen ausreichend Energie für die Motoren zu entlocken. Vorsichtig erhob sich Max. Der Tiger lag nicht mehr im Wasser.

Schnell auf einen Baum, doch wo war der Tiger? In welche Richtung sollten sie sprinten? Die Gedanken sausten durch seinen Kopf, Adrenalin pumpte sich schon in seine Beine, um der Gefahr zu entkommen.

Er stand gänzlich auf und schaute dem Tiger direkt in die Augen! Es war zu spät.

»So ein schönes Tier«, dachte er, »doch leider fehlt der Zaun zwischen uns. So schnell kann ein Abenteuer zu Ende gehen.«

Nur wenige Meter trennten ihn von dem gefräßigen Raubtier, das dicht ins Gras gedrückt zum Sprung bereit vor ihm lag. Was einem alles für Gedanken durch den Kopf gehen, wenn man dem Tod in die Augen blickt. So süße Augen, denen man gar nichts Böses zutraut.

Der Schweiß floss ihm die Schläfen hinab. Jeder Baum war viel zu weit weg. Sein Hemd klebte nassgeschwitzt an seiner Haut. Ein Tiger konnte flinker auf einen Baum klettern als man selbst. Grausen. Saint Germain stand versteinert hinter ihm. Einer von beiden musste jetzt dran glauben. Bestürzung. Leider stand er selbst direkt als Erster vor dem Tiger. Angst.

»Scheiße! Nein, nein, nein. Ich will noch nicht sterben!«

Max seufzte und setzte nach: »Ich muss doch noch Sophia retten.«

Ausrede.

»Es gibt doch Reinkarnation!«, piepste es von hinten.

»Reinkarnation ist was fürs Volk. Es gibt nur Leben oder Tod! Und der, der steht direkt vor mir!«

»Das stimmt nicht Max, ich war auch fast 350 Jahre in der Mitternachtsstunde zwischen Leben und Tod gefangen, bis Du …, bis Sophia mich errettet hat!«

»Ach was, Reinkarnation ist Religion und Religion ist Opium für das Volk, so sagte schon der alte Maaarx.«

Er zog das a von Marx derart in die Länge, als der Tiger zum Sprung ansetzte. Erkenntnis. Jetzt ist es geschehen. Was hatte er noch alles vorgehabt. So schnell kann das Ende kommen. So, wie wenn man europäisch mit Vollgas gegen den Baum knallt oder orientalisch vom Tiger zerfleischt wird.

Mit angstgeweiteten Augen erwartete Max, dass sich die Krallen des Tigers in seine Kehle bohren würden. Doch dann geschah etwas völlig Unerwartetes. Wie aus dem Nichts schoss eine Meerkatze in die Sprungline des Tigers und opferte sich für Max.

Saint Germain und Max nutzten die Gunst der Minute, nahmen ihre Beine in die Hand, sprinteten zum Waldrand und kletterten auf den ersten geeignet erscheinenden Baum. Erst als sie ganz oben im Baumwipfel saßen, schauten sie nach unten und beobachteten, wie der Tiger den armen Affen zerfleischte.

»Hanuman hat uns erneut gerettet!«, stellte Saint Germain trocken fest.

Max verkniff sich eine weitere Bemerkung über seine Ansicht zu den Religionen.

Trotz der Errettung hatte Max ein ungutes Gefühl. Im Dschungel lauerten noch viel mehr Gefahren als nur ein Tiger. Ein Tiger, der ihnen immerhin fast den Kopf abgerissen hätte!

Unweit saß offenbar eine Zikade auf einem Nachbarast und fing an, die relative Stille des Waldes zu zersägen. Ihr monotones Zirpen bohrte sich immer tiefer in ihre Höhrgänge, und es gab kein Entweichen. An Schlaf war nicht zu denken. Äste bohrten sich in Max' und Saint Germains Rücken und Saint Germain fing an zu jammern.

»Was gäbe ich um den üppigen Busen der Pompadour, da lag ich weich und sanft und sie wiegte mich mit ihrem Herzschlag in süßen Schlaf.«

»Papperlapapp, romantisches Geschwätz, ... Pompadour, ... dass ich nicht lache. Schau der Realität ins Gesicht: Da unten zerfleischt ein Tiger mit einem kuschligen Fell einen Affen, ein Affe, der auch ich oder Du hättest sein können!«

»Dann wenigstens ein Seidenkissen ...«, jammerte Saint Germain weiter.

»Schieb Dir ein paar Blätter in Deinen alten Nacken und gib Ruhe, sonst bemerkt uns der Tiger wieder und ist schneller auf dem Baum als Dir und mir lieb ist!«

Max versuchte selbst, sich die Vegetation geschmeidig um seinen Körper zu arrangieren, allein ein Ast blieb, ein knöcherner Ast und bohrte sich in seine Weichteile. Was hätte auch er jetzt für ein Seidenkissen gegeben!

Im Herumflachsen bemerkten die beiden nicht die nächste Gefahr, die sich lautlos nährte. Grün wie die Blätter des Baumes, dünn wie sein letzter Ast, lautlos wie die Wüste bei absoluter Windstille schob eine Schlange ihren Körper unaufhaltsam vorwärts. Wie eine Peitsche stand sie im Geäst: ein daumendicker grüner Riemen mit einem faustgroßen Knauf aus dem zwei gewaltige gelbe Augen mit vertikalen langgezogen Pupillen Max direkt ins Gesicht starrten. Diese Schlange, konnte – anders als ihre Artgenossen – richtig gut sehen. Sie musterte Max, der zur Salzsäule erstarrt im Geäst des Baumwipfels hing, züngelte mit ihrer gespaltenen Zunge, die sie aus einem kräftigen Maul unter ihrer Rüsselnase hin- und herschob. Ohne den Kopf zu bewegen, zog sich der dürre Schlangenkörper unter ihr wie eine Spiralfeder zusammen. Lautlos schoss die Schlage nach vorne und Max hätte sich vor Angst fast in die Hose gemacht. Doch der Kopf der Schlange schoss haarscharf an Max vorbei und die Zikade hinter ihm sagte keinen Mucks mehr. Nachdem die Peitschenschlange weitergezogen und die Zikade gefressen war, versuchten die beiden irgendwie auf dem Baum einzuschlafen.

Und dann stürzten sich die eigentlichen Feinde des Menschen auf sie. Schlimmer als jede biblische Plage surrte es an ihren Ohren. Max zog sein Hoody über den Kopf und dachte:

»Hoffentlich ist das hier kein Malaria-Gebiet.«

Irgendwann schliefen beide dann aber doch ein.

Zerdrückt, zerkratzt, zerstochen und zerschunden erwachte Saint Germain.

»Mit Verlaub, diese Nacht war noch unbequemer als die letzte!«

»Mit Verlaub …« äffte Max Saint Germain nach und setzte fort: »… aber wir leben noch!«

Neugierig schaute er nach unten, um die Situation einzuschätzen.

Der Tiger war weg. Dafür blockierte ein anderer Koloss den Blick auf den Flugteppich. Tonnenschwer stand das Monstrum in der Wiese und dampfte vor sich hin. Zwischen seinen gewaltigen, nach innen gebogenen Hörnern ruhte ein Höcker wie eine Perücke auf seinem Kopf. Es sah so aus, als hätte der schwarze Koloss weiße Kniestrümpfe an. Max musste schmunzeln, in freier Wildbahn hatte er einen Gaur noch nie gesehen. Er kannte ihn nur von Zeichnungen aus Brehms Tierleben. In Natura sah dieses Rindvieh aber viel gewaltiger aus als auf der

Zeichnung in einem Buch. Plötzlich knatterte ein Jeep heran. Rettung war der erste Gedanke, der Max in den Sinn kam. Endlich Rettung! Er hatte noch gar nicht bemerkt, dass sich zwischen Wiese und gegenüberliegendem Waldrand ein kleiner Weg entlangschlängelte. Der Jeep bremste und zwei Safari-Touristen auf der Rückbank zogen ihre Ferngläser dichter vor die Augen, um den Gaur besser beobachten zu können.

»Saint Germain, ich glaube wir können jetzt herabsteigen. Solange der Jeep hier steht, sind wir auf alle Fälle in Sicherheit.«

Sie kletterten den Baum hinunter und standen völlig lädiert in der Wiese.

»What are you doing here? You are not allowed to be in the National Park without a guide! There are dangerous animals here! Especially here! This is a territory of a male tiger we were just searching for.«

»I know«, pflichtete Max bei.

»What do you mean, you know? You have no idea! People were killed here. A fine will apply!«

Der empörte Ranger stieg von seinem Jeep und nährte sich Max und Saint Germain.

»Was will er?«, fragte Saint Germain.

»Wir sind offenbar unerlaubt in einem Nationalpark gelandet und jetzt sollen wir eine Strafe bezahlen.« Zum Ranger gewandt antworte Max.

»Sorry Sir, we landed here by accident last night.«

»You landed here?«, fragte der Ranger ungläubig und setzte nach: »… last night? Where did you spent the night? And where is your vessel if I may ask?«

»Just next to the Gaur!«

Max deutete mit der Hand in Richtung des kolossalen Tieres.

»I don't see nothing.«

Der Ranger fühlte sich verarscht.

»You can't stay here. It's not safe to be outside a car. Please jump in immediately! I have to take you in anyway!«

»I can't leave my vessel unattended.«

Max drehte sich um und rannte über die Wiese in Richtung Teppich.

»Are you crazy?«, schrie der Ranger ihm völlig fassungslos hinterher.

»There are also poisonous snakes, crocodiles and further more!«

Der Gaur fühlte sich vom Gezeter am Waldrand gestört und stampfte langsam in den Wald zurück. Max erreichte den Teppich, der an einem Rand völlig mit dem Blut des Affen besudelt war, und startete die Quadrokopter. Er flog Richtung Saint Germain, ließ ihn zusteigen und wandte sich an den verblüfft dreinschauenden Ranger.

»That Sir, is my vessel!«

Die beiden Safari-Touristen ließen ihre Unterkiefer fallen und schauten dem Abflug der beiden hinterher.

»A magic carpet!«, posaunte der eine baff vor Erstaunen dem anderen zu. »Indeed, we are in India.«

»Yes, indeed!«, setzte der andere trocken nach.

Auch wenn sie bisher keinen Tiger gesehen hatten, hatte sich ihre Safari einstweilen voll gelohnt.

Gummistiefel

Verzweifelt setzte sich Kaisea auf die Bordsteinkante und konnte ihre Tränen nicht mehr zurückhalten. Die einzige Erklärung, die es gab, war, dass die drei dort eingestiegen und vom Wasser überrascht worden waren. Und dann …, sie konnte, sie wollte den Gedanken nicht zu Ende denken.

Sie zückte ihr Smartphon und wählte eine Nummer.

»Kommissar Schulz, guten Tag, was kann ich für Sie tun?«

»Kaisea, die Freundin von Lukas hier.«

»Wo ist Lukas?«, platzte der Kommissar gleich heraus.

»Gott sei Dank!«, dachte er, der Himmel schickte Kaisea, die ihm gleich verraten würde, wo sich dieses Einbrecherbürschchen verbarg.

»Das wüsste ich auch gern.«

Schulz sackte auf seinem Bürostuhl zusammen.

»Konnte nicht irgendetwas mal glatt laufen?«, dachte er, »Aber ich habe da eine ganz üble Vermutung.«

Sein Körper streckte sich erneut und sein Gesicht hellte sich wieder auf. Hoffnung.

Sie erklärte ihm, wo sie sich befand und dass sie vermutete, dass Max, Saint Germain und Lukas in die Kanalisation eingestiegen und durch den Regen entweder eingesperrt, das war ihre leise Hoffnung, die noch nicht ganz gestorben war, oder jämmerlich ertrunken seien. Sie schluchzte in den Hörer. Er beruhigte sie und bat sie zu warten, bis er einträfe. Er legte auf.

Sein Kollege guckte ihn mit großen Augen an.

»Hast Du eine neue Fitness-Übung? Du machst da so abgeschmackte Auf-und-Abbewegungen auf Deinem Stuhl.«

Horst grinste. Schulz war manchmal wie ein offenes Buch zu lesen. Er konnte seine Emotionen nicht immer verbergen. »Ganz schlecht für den Beruf, den der Kommissar ausübte«, dachte Horst.

»Und?«, setzte er nach. »Ich muss schon wieder nach Tempelhof!«

Er fand Kaisea immer noch auf der Bordsteinkante sitzend. Er begrüßte sie. Sie zeigte ermattet auf den Bulli von Lukas und das offene Loch vor ihr. Der Wasserstand war inzwischen etwas gesunken, aber einsteigen konnte man immer noch nicht. »Ich rufe mal die Kollegen von der Feuerwehr, die haben Berufstaucher für solche Fälle.« Er streichelte ihr väterlich über den Kopf und tätigte die nötigen Anrufe. Schon nach kurzem hörte man die Martinshörner näherkommen. Dann rückte ein ganzer Zug der Feuerwehr an.

Zwei Feuerwehrtaucher in Neoprenanzügen entstiegen einem LKW. Kommissar Schulz wies sie ein.

»Wir suchen drei Personen, die vermutlich heute Morgen hier eingestiegen sind und dann vom Regenwasser überrascht wurden. Wenn ich das richtig sehe, führt der Gully zu einem Stauraumkanal, der nach Osten hin auf die Röhre der U6 trifft. Linkerhand befindet sich ein unterirdisches Gewölbe, aus dem wir Anfang des Jahres einige Artefakte sichergestellt haben, die nun im Bode-Museum ausgestellt sind …«, hier kam sein Redefluss ins Stocken, die Ereignisse überschlugen sich schon wieder.

»… äh, waren.«

Dann setzte er fort: »Es gibt einen Wanddurchbruch zwischen Gewölbe und Kanal, etwa 1,50 mal 1,00 Meter. Ich vermute, dass die gesuchten Personen dort entweder vom Wasser eingeschlossen sind oder möglicherweise schon …«, hier stockte er abermals.

»… naja, sie müssen auf alles vorbereitet sein.«

Die Taucher nickten, schulterten ihre Pressluftflaschen auf und stiegen in voller Montur und mit Unterwasserlampen bewaffnet in den Gully ein. Jetzt hieß es abwarten. Kommissar Schulz setzte sich zu Kaisea, um noch ein bisschen mehr Infos aus ihr herauszukitzeln.

»Im Bode-Museum wurde eingebrochen und dabei ist erheblicher Schaden am Gebäude verursacht worden. Können Sie mir etwas dazu sagen?«

Kaisea schaute zum Kommissar auf. Sie hatte die Frage erwartet.

»Sehen Sie, ich studiere Jura. Ich werde keine Aussage machen. Aber wenn sie möchten, erzähle ich Ihnen eine Geschichte, über die Sie zwar nachdenken, sie aber nicht vor Gericht verwenden dürfen.«

Natürlich war Kaisea bewusst, dass er alles gegen sie verwenden konnte, aber sie wollte eine kollegiale Ebene zu ihm aufbauen und nicht als Kriminelle dastehen, die sie nicht war.

Der Kommissar nickte, er brauchte Hintergrundinformationen und ihm war klar, dass Kaisea nicht die Hauptverdächtige in seinem Fall war, sonst würde sie auch nicht hier oben, sondern vermutlich dort unten im Templergewölbe sitzen.

»Na, dann schießen Sie mal los.«

»Ich fange mal mit einem juristischen Problem an. Stellen Sie sich vor, Sie haben eine Waschmaschine. Sie beladen sie mit Wäsche, schalten sie ein und die Waschmaschine macht das, wofür sie konstruiert wurde: Sie wäscht die Wäsche. Im

Schleudergang rumpelt die Maschine diesmal jedoch kräftiger als sonst, so stark, dass der Fußboden wackelt und irgendwann nachgibt. Die schwere Waschmaschine saust durch die Decke hindurch in das nächste Stockwerk, macht Schaden, erschlägt vielleicht sogar einen Menschen. Wer hat Schuld? Sie selbst, der sie die Maschine in Betrieb genommen, der Hersteller der Maschine, der einen Konstruktionsfehler eingebaut, der Architekt, der die Statik des Hauses nicht richtig berechnet oder der Hausbesitzer, der das alte Haus nicht richtig instandgehalten hat. Oder wieder Sie selbst, der die Waschmaschine in nicht dafür vorhergesehener Weise belud?«

»Ich kenne diese Konstrukte. Aber damit müsst ihr Euch als Juristen herumschlagen. Ich muss nur die Fakten liefern, die dazu führen, dass es möglichst einen Schuldigen gibt, den man mit diesen Fakten in die Verantwortung nehmen kann. Über Schuld und Sühne muss dann das Gericht entscheiden.«

Kaisea gefiel, dass er sie offenbar als Juristin anerkannt hatte, also war sie geneigt, doch mehr vom Fall preiszugeben.

»Also gut, betrachten wir unsere Geschichte: Sophia trifft in Polen auf Tempelritter. Sie besitzen einige Dinge, die sie in einem Gewölbe direkt hier unter uns aufbewahren. Sie geben Sophia den Schlüssel zu dem verschlossenen Raum in Form eines geheimnisvollen Ringes, und beauftragen Sophia und Marek an einem bestimmten Tag die Tür zum Gewölbe zu öffnen, ein Gerät zu finden und es in Betrieb zu nehmen. Das Gerät, eine sogenannte Baphomet-Maschine, hat die Funktion, die untoten Besitzer der Maschine wieder ins fleischliche Leben zurückzuführen. Für diese Aufgabe gewinnen sie noch Lukas und Max und zu viert erledigen sie den Job.«

Kaisea legte eine Kunstpause ein und vergewisserte sich, dass ihr der Kommissar folgte.

»Sie und ein archäologisches Team betreten unerlaubterweise ein privates Gebäude, dieses Gewölbe unter uns, entdecken die Artefakte und entfernen sie, um sie zu untersuchen und ausstellen zu können. Sie haben sie gestohlen! Die Besitzer der Artefakte sind nun wieder verschwunden, vermutlich sind sie abermals in den untoten Aggregatzustand gefallen und haben dabei Sophia mitgenommen. Freund, Bruder und Onkel von Sophia waren in die erste Befreiungsaktion der Tempelritter involviert. Sie wissen, wo die Maschine ist und wie sie funktioniert. Sie wollen sie noch einmal einschalten, um Sophia und die Tempelritter wieder ins Hier und Jetzt zurückzuholen. Das Diebesgut, die Baphomet-Maschine, steht in einem öffentlichen Gebäude. Sie betreten das Gebäude während der Schließzeiten und schalten das Gerät ein. Das Gerät tut, wofür es vorgesehen ist: Es füllt Untote mit Fleisch, Blut und Leben, allerdings sind es diesmal nicht die erwarteten Tempelritter, sondern Leute, die ihre archäologischen Freunde sogar entführt haben – ein Pharao aus Ägypten! Plötzlich taucht ein echter Einbrecher auf und knallt den Pharao ab, ohne seine diplomatische Immunität zu wahren, nach dem sollten sie übrigens wirklich fahnden!«

Kaisea blickte wieder in das gespannt zuhörende Gesicht des Kommissars.

»Leider gibt es bei Inbetriebnahme der Maschine wie bei der eingangs erwähnten Waschmaschine einen Kollateralschaden. Der statisch labile Boden stürzt ein, zum Glück außerhalb der Öffnungszeiten. Stellen sie sich vor, der Ausstellungsraum wäre mit hunderten Besuchern – wie etwa bei der Ausstellungseröffnung selbst – angefüllt gewesen und der Boden wäre eingestürzt. Etliche Verletzte hätte es augenblicklich gegeben und die folgende Massenhysterie hätte die letzten Überlebenden auch noch in den Tod getrampelt. Also seien sie froh, dass der instabile Boden ohne Schaden an Menschen kollabiert ist. Nun wieder zur Schuldfrage: Ist der preußische König schuld, der Wilhelm Bode beauftragte, an eben dieser Stelle auf einer Insel in der Spree ein Museum zu bauen, ist der Hofarchitekt Ernst von Ihne, der den Baugrund im Berliner Urstromtal für solch ein kolossales Gebäude falsch einschätzte, schuld, ist sein Bauleiter Max Hasak schuld, der Eichenpfähle von falschem Durchmesser als Fundament verbaute, oder ist es die Kulturstaatsministerin, die eine dem Bund und den Bundesländern gehörende Stiftung des öffentlichen Rechts, zu dem das Bode-Museum zählt, verwaltet, schuldig, weil sie zu wenig Mittel für die Restaurierung des Gebäudes bereitstellte. Sie erinnern sich sicher an den Skandal um den Parkettkäferbefall des neu eingebauten Fußbodens. Oder ist es der mysteriöse Hersteller der Baphomet-Maschine, die ein so starkes Kraftfeld freisetzte, dass der Fußboden nachgab. Sind möglicherweise auch die Archäologen schuld, weil sie das Gerät an einem ungeeigneten Standort ausstellten, bin ich schuld, weil ich – und nicht Sophia – als Medium, als Stromstecker sozusagen, fungierte? Nun, die Ausstellung an sich ist ja unversehrt, es wurde nichts entwendet oder zerstört.«

»Da irren Sie sich! Der Tempelhofer Gral wurde gestohlen!«

Kaisea schaute dem Kommissar verwundert in die Augen.

»Dann müssen Sie nach dem Einbrecher fahnden, der den Gral gestohlen und vermutlich auch die Mumie erschossen hat.«

Dann setzte sie nach: »Wenn Sie mich jetzt festnehmen, bekommen Sie allerdings von mir eine Anzeige wegen Diebstahls aller Artefakte aus dem Templergewölbe. Ich nehme an, damit ist uns beiden nicht geholfen. Wir sollten zusammenarbeiten, um Sophia zu finden, Lukas, Max und Saint Germain zu retten und die Daumen drücken, dass Marek wieder aus dem Koma erwacht.«

»Marek aus dem Koma erwacht? Ich glaube, einen Teil der Geschichte haben Sie mir noch vorenthalten!«

»Offenbar hatte die Baphomet-Maschine nicht nur die Mumie des Pharaos aus dem Reich der Untoten geholt, sondern eine noch viel üblere Gestalt, die Marek mit einer unbekannten Waffe angeschossen hat. Dieser kriegerische Genosse dürfte auch noch in der Stadt unterwegs sein und wird vielleicht noch mehr Unheil anrichten. Fragen Sie mal die Museumsleute, welche Mumie sie noch vermissen!«

So unwahrscheinlich die Geschichte auch klang, war sie doch logisch aufgebaut. Kaisea wirkte nicht wie eine verwirrte Frau aus der Irrenanstalt, sondern schien eine kluge, gebildete Frau im Vollbesitz ihrer geistigen Kräfte und Sinne zu sein. Außerdem ging er sowieso nicht davon aus, dass die Finder des Grals ihn anschließend aus dem Museum rauben würden. Das hätten sie allemal schon in Tempelhof erledigen können. Er musste also wirklich nach dem anderen Einbrecher fahnden. Ein »hm« entwich seiner Kehle. Jetzt hoffte er nur, dass die Taucher die drei Herren unversehrt ans Tageslicht befördern würden, um die Geschichte weiter aufdröseln zu können. Diesem Max Steinbein traute er dennoch nicht über den Weg, der hatte noch nie mit offenen Karten gespielt.

Dann sagte er laut: »Wir suchen also Sophia, Bruder Lukas, Onkel Max, Freund Saint Germain und die fünf in Frankreich verlorengegangenen Tempelritter aus dem Reich der Untoten, einen unbekannten Einbrecher mit dem Tempelhofer Gral unterm Arm und eine Mumie mit einer Alien-Waffe. Habe ich das richtig verstanden?«

»Ja, finden Sie sie!«, Kaiseas Augen leuchteten.

»Na, wollen wir mal hoffen, dass wir wenigstens die drei Spitzbuben hier lebend herausbekommen.«

Kaisea fröstelte und beide erhoben sich von der kalten Bordsteinkante. Sie liefen hinüber zum Kleinbus des Einsatzleiters. Kommissar Schulz erkundigte sich nach dem Stand der Dinge. Kaisea wärmte sich unterdessen auf. Gemeinsam erwarteten sie die Taucher zurück. Nach einer geschlagenen Stunde war es endlich soweit und der erste Taucher hievte seine Pressluftflasche aus dem Gully. Der zweite Mann schmiss ein Paar Gummistiefel auf den Gehweg, bevor er sich selbst aus dem Gully hochzog.

Nachdem die Taucher sich von den lästigen Taucheranhängen befreit hatten, sagte der erste: »Außer einer toten Ratte, einer nicht wasserdichten Taschenlampe, einen Schlüssel und ein paar Gummistiefel nix!«

»Haben Sie das Gewölbe gefunden?«, erkundigte sich der Kommissar.

»Selbstverständlich! Alles genauso, wie Sie es vorher beschrieben haben: der Stauraumkanal, links der Durchbruch in ein Gewölbe mit einem teuflischen Wandgemälde. Ich habe mich richtig erschrocken und davor lagen Schlüssel, Gummistiefel und die Taschenlampe. Keine Personen. Weder tot noch lebendig.«

Die Feuerwehrleute verschlossen den Gully ordnungsgemäß, hievten Werkzeug und Absperrkegel auf den Bulli.

»Hier ist nichts. Ihre Leute müssen sie woanders suchen!«, verabschiedete sich der Einsatzleiter von Kaisea.

Sie schnappte sich die Autoschlüssel, probierte sie an der Fahrertür des Bulli aus. Sie passten. Gewissheit übermannte sie: Es waren Lukas Schlüssel, Gummistiefel und Taschenlampe. Sie konnte sich keinen Reim darauf machen. Völlig desillusioniert stieg sie in den Wagen ein und fuhr zurück in die Ungewissheit.

Wie schnell hatte sich ihr Leben von euphorischem Abenteuer in einen Albtraum verwandelt. Noch vor einer Woche war sie das verliebtest Mädchen in der Stadt gewesen, an der Seite eines geilen Jungen, der sich für nichts zu schade war, Interessen mit ihr teilte. Ein Studium, das voranging, hatte ihr den Weg gewiesen. Und selbst die Ausstellung der Tempelritter-Artefakte im Bode-Museum mit dem ganzen Brimborium drum herum hatten einen Thrill entwickelt, der ihr Leben spannend wie nie zuvor gemacht hatte; alles an der Seite von Lukas! Der Straßenverkehr vor ihr verschwamm unter den wässrigen Ablagerungen auf ihren Pupillen. Sie parkte den Wagen am Straßenrand, um keinen Unfall zu bauen. Dann strömten die Tränen in Sturzbächen ihre Wangen herunter. Kaisea war auf der Rückseite ihres Lebens angekommen.

Khajuraho

Wieder waren sie den ganzen Tag geflogen. Wieder hatten sie unter der Hitze gelitten. Nur die Landschaft war noch abwechslungsreicher geworden als den Tag zuvor: saftige Wälder, trockene Felder, reißende Flüsse, gewaltige Stauseen. Der Teppich musste über so manche Thermikkante hüpfen.

»Ich habe Rücken«, klagte Saint Germain.

»Den Franzbranntwein habe ich leider in der Eile unseres Aufbruchs vergessen«, tröstete Max und konnte sich das Grinsen wieder nicht verkneifen.

Dann Ortschaften, Straßen, Eisenbahnlinien, Flughäfen, wieder ein See mit Ansiedlung, Cafés, Restaurants, Hotelanlagen mit Swimmingpools.

»Nett hier«, dachte Max.

»Ein Fleck zum Verweilen, auf jeden Fall zum Übernachten, denn die Sonne stand schon lange nicht mehr im Zenit. Ein touristischer Ort.«

Er drehte eine Extrarunde bei der Suche nach einem geeigneten Landeplatz für seinen kleinen Flugperser und fand eine akzeptabel erscheinende Parkanlage mit diversen alten Tempeln darin. Das musste hier wohl die touristische Attraktion sein. Zum Glück chillten die Besucher schon in den Cafés, speisten in den Restaurants, labten ihre Körper in den Swimmingpools ihrer Hotels. Die eingezäunte Tempelanlage mit Kassenhäuschen am Eingang war für heute schon geschlossen. Ein idealer Ort, ungestört die nächste Nacht hier zu verbringen.

»Ich hoffe, wir erreichen spätestens morgen Varanasi. Noch ein paar Tage auf diesem Flachgewebe, und ich bin mausetot«, klagte Saint Germain, der jetzt eine Pause auf einer weichen Chaiselongue mit diversen stützenden Seidenkissen präferiert hätte, von Hunger und Durst ganz zu schweigen.

Sie landeten etwas abseits im Schutz einer Baumgruppe, im hinteren Teil des Gartens und konnten sich endlich erheben, die Beine vertreten und die Knochen ausschütteln.

Max hatte ein Einsehen mit seinem geschundenen Freund. Sie entdeckten eine Drehtür am geschlossenen Pförtnerhäuschen, schlüpften hindurch, querten eine indisch-belebte Straße und standen mitten in der Touristenmeile. *Art Center, Handicrafts, Silver Jewelery, Shambala Chill Out Restaurant*, und, und, und verkündeten die Schilder, vor denen Touristen und Straßenhändler herumstreunten, Geschäfte machten. Hinter einem Durchgang entdeckten sie ein ruhigeres, angenehmes Plätzchen, das mehrere gastronomische Einrichtungen säumte. Ein Platz zum Verweilen, zum Ausruhen und zum Auftanken.

Mit einem frisch gezapften *Kingfisher* spülten sie den Staub der Reise ihre Kehlen herunter. Der Hunger saß ihnen im Nacken – durchaus indisch ihre Reise mit dem heutigen Tagesfasten nach der Flucht aus dem Tiger-Nationalpark. Saint Germain studierte unschlüssig die Karte, kein Gericht kam ihm bekannt vor. Er wurde mit Worten bombardiert wie: *Dal, Samosa, Alu Gobhi, Palak Panir, Tandoori Chicken …*

»Nur Fremdworte hier, weißt Du, was das alles ist?«

»Nee, aber man kann experimentierfreudig sein. Augen zu, Finger auf die Karte und das wird dann bestellt und vor allem auch gegessen.«

»Nein, ich glaube, ich nehme lieber das Tandoori Chicken, da sollte zumindest Hühnchen drinnen sein!«

»Scharf wird hier jedenfalls alles werden. Ich bestelle mal ein paar Vorspeisen, dann könnten wir alles teilen. Reis und Naan gibt es sowieso dazu.«

»Naan?«

»Das ist so ein Fladenbrot, kann man zu allem dazu essen, Du wirst schon sehen! Es muss ja nicht immer Kalbsbäckchen in schwerer Mehlschwitzen-Sauce an durchgekochtem Gemüse sein.«

»Na hör mal, zu meiner Zeit kam gerade die *Nouvelle Cuisine* in Frankreich auf. Nicht mehr ganz so schwer wie zuvor, und das Gemüse war auch frisch und knackig. Und von Mehlschwitze kann überhaupt keine Rede sein! Wir haben schließlich schon Butter in die Sauce montiert«, empörte sich Saint Germain.

»Kennst Du eigentlich das Geheimnis der französischen Küche?«, setze er nach.

Max verneinte.

»Du wirst es mir bestimmt gleich verraten!«

»Aber gerne, so kannst Du auch mal was von mir lernen. Also: Man nehme eine halbe Kuh, schmeiße sie in einen Bottich Wasser und koche sie drei Tage lang aus. Dann nimmt man die Kuh aus dem Bottich, wirft sie weg und reduziert nun den Fond zu einem Teelöffel voll. Die köstlichste Essenz, die Du Dir nur vorstellen kannst, ist entstanden. Und daraus bereitet man die feine Sauce für meine Kalbsbäckchen!«

Saint Germain grinste, freute sich.

»Wir nennen diese Essenz einfach nur Brühwürfel«, schmunzelnd zog Max das Wort Essenz süffisant in die Länge und nahm dem Nostalgiker die Würze.

Schließlich stand der Kellner vor Saint Germain, um die Bestellung aufzunehmen.

»Ich nehme das Tandoori Chicken.«

Max bestellte wie geplant viele Kleinigkeiten zum Probieren. Dampfende Schüsseln bogen unter ihrer Last bald die kleine Tischplatte. Heißhungrig stürzten sie sich auf das fremdländisch duftende Mahl, das schnell die fünf Geschmackssinne der Zunge gustatorisch überforderte, sich auf die Riechhöhlen der Nasen ausweitete und die Augen zum Tränen brachte.

»Weißt Du eigentlich, was Tandoori bedeutet?«, fragte Max schmatzend.

»Du wirst es mir gleich verraten«, Saint Germain labte sich weiter an dem köstlichen Hühnchen.

»Das bedeutet, dass das Huhn in einem Tandur-Ofen zubereitet wird. Das ist ein runder Ofen, der von oben mit Holzkohle bestückt wird. Wenn er durchgeglüht ist, werden an seinen Wänden die Fladenbrote – wie dieses Naan hier – gebacken oder eben das mit Tanduri-Masala marinierte Huhn darin gegart, besser als jeder Weber-Grill und standardmäßig in jedem indischen Restaurant eingebaut.«

»Hört sich an wie die alten Backhäuser auf den Bauernhöfen. Nachdem das Feuer durchgebrannt und die Schamotte heiß geworden waren, hat man den Ofen mit einem feuchten Feudel von Glut und Asche befreit und sodann nacheinander halbe Schweine, Brot und zuletzt Kuchen darin gebacken. Die Temperatur wurde mit einem Topfdeckel reguliert, mit dem man den Schornstein des Backhäuschens zudeckte. Frappant, nicht wahr?«

Max' Kreditkarte zahlte nicht nur den Schmaus, sondern musste auch noch für ein kleines Hotelzimmer herhalten, das sie mit einem bequemen Bett für die Nacht versorgte. Nicht nur der Reiserücken und die von der doch unbequemen Sitzposition auf dem Teppich verbogenen Gliedmaßen hatten es nötig, sondern auch die Wäsche, für die es angebracht schien, sich in die Mangel des Hotelservice zu begeben. An Saint Germains Seidenstrümpfe, die bereits nicht unerhebliche Teile der Berliner Kloake aufgesaugt hatten, möchte der Autor den Leser besser gar nicht erinnern. Max hatte am Wegesrand noch einen Basar entdeckt, der Schuhe feilbot. So konnte er sich endlich seiner Gummistiefel entledigen und sie gegen spitz zulaufende Schuhe ersetzen. Dem kleinen Muck hätte das sicher gefallen, auch wenn Max' neues Schuhwerk leider nicht über märchenhafte Zauberkräfte verfügte.

Ein weiterer Luxus, den das kleine Hotel mit dem schönen Namen *Harmony* zu bieten hatte, war die hoteleigene Dachterrasse. Die Treppe endete auf der geräumigen Terrasse in einem winzigen blauen Häuschen, dem abermals ein Terrässchen wie eine Krone aufsaß. Die Klunkern der Krone waren vier Sitzgelegenheiten, die zum Sundowner und Chillen einluden.

»Komm, das müssen wir uns ansehen. Das Dachgärtchen ist kaum größer als unser Teppich. Das schreit doch nach Einladung, oder? Wir schnappen uns was zum Trinken und machen es uns da oben bequem.« Saint Germain nickte zustimmend. Max besorgte zwei *Gin Tonic* und sie kletterten die Stiege zur Freiluft-Sitzgruppe hinauf.

»Richtig wie im Urlaub!«

Max ließ sich in einen Sessel plumpsen, streckte die Beine weit von sich, betrachtete begeistert sein neues Schuhwerk und war glücklich. Saint Germain setzte sich etwas gezierter in seinen Sessel, erreichte aber trotzdem einen gewissen Grad an Entspannung wie schon lange nicht mehr.

Zeit für einen Trinkspruch: »Auf noch viele Reisen mit Dir Max, da wird einem wahrlich nicht langweilig!«

»Gerne Saint Germain. Auch wenn diese Reise eigentlich nur den Sinn hat, meine Nichte wiederzufinden. Auseinandersetzungen mit Tigern und indischen Göttern standen eigentlich nicht auf dem Plan. Auf Dich!« Beide erhoben ihre Gläser und prosteten sich zu, führten das köstliche Getränk an ihre Lippen: »Süß, bitter und kalt. Pure Erfrischung gerade hier in den Tropen, und der Alkohol öffnet Geist und Gusche. Die alte Queen Mum ist übrigens mit ihrem Gin-Abusus über 100 Jahre alt geworden. Wahrscheinlich hat ihr der viele *Gin Tonic* die Malaria vom Leib gehalten, als sie ihre Kolonien bereiste. Das Chinin im Tonic soll da helfen.«

»Bei der Sommerfrische in der toskanischen Sommerresidenz von Gian Gastone de' Medici[45] konnte so ein kleiner Limoncello ähnliche Wirkung erzielen. Wenn nach der Hitze des Tages langsam dem Park wohltuenderes Klima entströmte, traf man sich im Pavillon auf ein Gläschen. Das waren noch Zeiten. So opulent, so exklusiv, so gay. Mir scheint, heute können irgendwie alle alles machen.«

Saint Germain schwelgte in Erinnerungen und nippte abermals an seinem Glas. Max lehnte sich zurück und rutschte noch tiefer in das Sitzmöbel ein, das ihn fest umschlungen hielt und aus der Position heraus den Sternenhimmel betrachten ließ.

»Ja, alles ändert sich. Wie einfach war die Welt, als es noch ein Ende gab, man sich die Erde als Scheibe vorstellte, die irgendwo am Horizont abbrach und aufhörte. Gleichwohl haben die Menschen im kunstlichtlosen Scheibenalter in die unendlichen Weiten des Universums geschaut. Viel zeitintensiver als heute. Der Himmel war noch nicht lichtverschmutzt, es gab noch keinen exzessiven Medienkonsum und die Sümpfe des adoleszenten Untergrundes gaben auch noch nicht so

---

45 Gian Gastone de' Medici (1671–1737): letzter Großherzog der Toskana

viel Party mit Durchhaltedroge her. Sicher verfügt heute die Menschheit oder besser gesagt Militär, Industrie und Forschung über weit mehr technische Finesse, um dem Universum weitere Geheimnisse abzuringen, aber selbst zu Deiner Zeit war das Universum *allen* noch viel präsenter als heute in den Untiefen der Spaßgesellschaft.«

Max nahm einen weiteren tiefen Zug aus seinem Glas und starrte in den Nachthimmel.

Irgendwann setzte er nach: »Nicht, dass ich auch hin und wieder eine Durchhaltepille einwerfe und bis zum Morgengrauen im Berghain durchzapple, aber das mache ich nicht jedes Wochenende und das Wochenende hat auch keine fünf Nächte.«

Nach dem dritten oder vierten Glas des anregenden Gin Tonics legte sich der Alkohol vergnüglich über ihre Sinne, sie rutschten die Stiege herunter und suchten sich ihre kuschelige Bettstatt, die sie schneller als es ihnen lieb war gründlich beschnarchten.

Der nächste Morgen begrüßte sie mit frisch gewaschener Wäsche und einem fassettenreichen Frühstücks-Buffett. Nachdem sie aus dem Hotel ausgecheckt hatten, schlenderten sie zur Tempelanalage zurück, um ihren Teppich zu besteigen. Wenn sie nicht über den Zaun klettern wollten, mussten sie wohl oder übel Eintritt entrichten.

»Na, wenn wir schon bezahlt haben, sollten wir auch einen Blick auf die Tempel werfen«, schlug Max vor. Die Tempelanlage von Khajuraho trotzte dem Monsun und den prüden Religionen seit über tausend Jahren. Denn die göttergeweihten Tempel, derer sie sogleich ansichtig wurden, überschritten augenblicklich die bescheidene Vorstellungskraft einer christlich geprägten Wertegemeinschaft, der sie selbst entstammten. Und wenn man sich das Kamasutra als abgewetztes Comic-Schmuddelheftchen vorstellte, irrte man gewaltig, wenn man sich plötzlich vor lebensgroßen in den Sandstein gehauenen Figuren und Szene an den Außenwänden des Kamasutra-Tempels wiederfand.

Schon die *Shikhara*-Türme ragten phallisch in den Himmel empor, die Turmspitze von einer *Amalaka* umrundet, wie ein Eichelkranz. Prahlerisch thronten die verschiedenen Tempel auf übermannshohen Fundamenten, die die Gotteshäuser in den letzten Jahrhunderten vor jeder Überschwemmung behütet hatten. Saint Germain und Max erklommen die Stufen eines solchen Postamentes und blieben wie angewurzelt vor der Tempelfassade stehen. Mit etwas dämlich aussehenden, halbgeöffneten Mündern umschritten sie den Tempel und beäugten die tausendjährige Steinmetzarbeit aus allen Himmelsrichtungen.

Mann, Frau, Mann & Frau, Mann & Mann, Mann & Tier,
Tier & Frau, Tier & Tier
Monogamie, Bigamie, Polygamie
Übereinander, Untereinander, Miteinander
Von vorne, von hinten, von oben, von unten, von den Seiten
Gegrätscht, gebückt, gestreckt
Vertikal, horizontal, multilateral
Sodomie, SoIchDir, SoWirDir, SoderStier
Die Trompeter, die Krieger, die Elefantenreiter
Kraft und Schönheit der Jugend
Alter, Krankheit und Tod.

Die beiden staunten nicht schlecht, als sie die wichtigsten Positionen ausreichend geprüft hatten.

»Poesie, Skulptur, Felsmalerei …«, sinnierte Max, »… alles hat seinen Ursprung in der fleischlichen Lust: die Venusfiguren der Altsteinzeitleute, die 3000 Jahre alten Felszeichnungen der Buschleute mit den berühmten Penistänzen, die 2000 Jahre alten idealisierten nackten Skulpturen der Griechen und Römer, oder eben diese 1000 Jahre alte, wilde Orgie hier. Und dann kam die katholische Kirche steckte ihre Mitarbeiter in unansehnliche, grob gewebte Kutten und ließ die nackten Körper auf Michelangelos Gemälden in der Sixtinischen Kapelle bekleidend übermalen.«

Max wurde still, als er weiter über die Kirche grübelte.

»Schau mal wie dort die Nudel auf dem Weiberschenkel hartgerollt wird«, erfreute sich Saint Germain.

»Hm«, grunzte Max.

»Und dort die Frauengestalt, wie sie hinter vorgehaltener Hand auf die Pferdefickszene lugt. Etwas angewidert und doch neugierig. Sie will es nicht verpassen, diese Spannerin.«

»Also Saint Germain, lass Dich jetzt nicht weiter inspirieren. Ich glaube wir müssen weiter, der Weg nach Varanasi ist noch lang und ich fühle, dass Sophia auf uns wartet.

Max wendete sich vom Tempel ab, hielt seine Hand schützend über die Augen, um den Horizont der Anlage nach der Stelle abzusuchen, in der sie letzte Nacht ihren Teppich geparkt hatten. Er erspähte die gesuchte Baumgruppe und lief los. Saint Germain folgte ihm in die vorgegebene Richtung: Treppab, auf eine ausgedehnte Wiese, über gepflegte Fußwege, vorbei an weiteren Tempeln, bis sie endlich am Ende der Anlage die gesuchte Baumgruppe erreicht hatten. Was sich hinter den Bäumen allerdings nicht verbarg, war der Teppich, den sie gestern hier gelandet hatten.

»Man kann sogar noch die Druckstelle im Gras sehen, wo der Teppich lag!«, fluchte Max.

Auch Saint Germain sah bitter drein. Aber alle Grimassen, alles Suchen blieb erfolglos. Der Teppich war weg!

Buddhimatta

In kleinen Blütenkörbchen schaukelten brennende Kerzen auf dem Wasser. Ein trüber Lufthauch trieb sie dem Sonnenuntergang entgegen. Etliche Meter unter der verträumt scheinenden Idylle schleiften die eingewickelten Körper der Lepratoten über den Flussgrund, gelegentlich hart an Felskanten und Geröllsteinen aufschlagend. Irgendwann lösten sich die Hüllen und die zerschundenen Leichen wurden an Land gespült. Gefräßige Tiger erwarteten sie gierig mit ihren gefletschten Reißzähnen.

Auf dem Fluss cruisten mit Menschen vollbeladene Holzboote. Alle hatten einen Toten zu beweinen, so wie einst eben hier Gott Shiva weinte und den Strom mit seinen Tränen anschwellen ließ. Jetzt ist er die Hauptader und der heiligste Fluss Indiens, der Ganges, dessen westliches Ufer hier von aberhunderten Stufen, den Ghats, gesäumt wird. An einem der Ghats stand eine mächtige braune Kuh mit ausschweifend gebogenen Hörnern. Eine jener Kühe, die genau wussten, dass sie heilig waren. Eine Frau im roten Sari beugte sich vor zu ihrer Schnauze und küsste diese. Als sich ihre Lippen von der kalten Kuhschnauze lösten, wisperte sie die Worte: »Buddhimatta wird es richten!«

Indische Eisenbahn

Ohne Flugteppich stand plötzlich die wirkliche Ankunft in Indien bevor, der Urlaub war beendet. Im Urlaub mietet man sich üblicherweise Auto oder Wohnwagen, bereist ein fernes Land, klappert Küsten, Kneipen und Nationalparks ab, kommt nach zwei, drei Wochen zufrieden wieder zuhause an, steigt ins eigene geliebte Bett und denkt, dass man das Land, das man bereist hat, kennen würde. Dabei war die einzige Kommunikation in der Ferne die Bestellung in der Kneipe, das Bezahlen an der Rezeption oder der Einkauf in der Touristenpassage gewesen. Die Menschen, die das Land ausmachen, hat man auf solch einer Reise in der Regel nicht kennengelernt und ergo auch nicht das Land selbst, das man bereist hatte. Den Mietwagen sozusagen hatten Max und Saint Germain mit dem Verlust ihres Teppichs verwirkt. Nun hieß es, hinein ins wirkliche Leben, ohne Vorbuchung und Führer nach neuen Möglichkeiten suchen, um doch noch nach Varanasi zu kommen.

»Wir brauchen ein Tuk-Tuk. Als wir gestern hier eingeflogen sind, habe ich einen Flughafen und eine Eisenbahnlinie gesehen. Lieber Saint Germain, ich befürchte, wir müssen auf die öffentlichen Verkehrsmittel umsteigen, mit unserem Perser amüsiert sich irgendjemand anderes.«

»Vom Teppichfliegen habe ich sowieso die Nase voll. So im Schneidersitz ohne Polstergarnitur ist das Reisen auch nichts mehr für meine alten, müden Knochen«, gestand Saint Germain.

»Naja, fliegen kommt sowieso nicht in Frage, da wir eh keine Personaldokumente haben.«

Saint Germain sah das anders. Er griff schon wieder in die Innentasche seines Rocks, um dieses zerfledderte Dokument hervorzuzaubern. Max beschwichtigte ihn mit einer Handbewegung, als er sah, was kommen würde.

»Brauchen wir auch gar nicht, denn wir nehmen den Zug!«

Vor der Tempelanlage tummelten sich etliche Tuk-Tuks herum, die darauf warteten, die Touristen in ihre Hotels zurückzubefördern. Sie wählten das erstbeste aus, bestiegen das wacklige Gefährt, setzten sich zwischen den Metallbügeln auf die abgewetzte Rückbank, nicht wirklich eine Polstergarnitur, wie Saint Germain sofort prüfend feststellte. Max schrie dem Fahrer etwas von »Railway Station!« zwischen das Knattern des zum Dreirad umgebauten Motorrads zu. Saint Germain umfasste ängstlich den Haltebügel, als sich das Tuk-Tuk polternd in den Verkehr einfädeltet, oder besser gesagt Wege und Abkürzungen im indischen Verkehrschaos suchte, die Saint Germain um sein Leben fürchten ließen. Die beruhigende Wirkung des Bügels hielt sich über alle Maßen in Grenzen, als der Fahrer zwischen zwei Bussen hindurch zu preschen versuchte, die immer dichter zusammenfuhren. Saint Germain malte sich das schlimmste Szenario aus: Das Tuk-Tuk samt seiner noch lebenden Fracht drohte komplett eingequetscht zu werden. Er schrie auf dem Rücksitz, doch der Lärm von den ungedämpften Dieselmotoren der Busse und dem Knattern des Tuk-Tuks selbst waren nicht zu durchbrechen. Unbeeindruckt schlüpfte das Gefährt an der Spitze der Busse aus der Gefahrensituation heraus, um sich gleich die nächste zu suchen. Irgendwann erreichten sie auf wundersame Weise unversehrt den Bahnhof und Saint Germain stieg jammernd von dem Gefährt ab.

»Ich glaube, ich ziehe unseren Teppich dem öffentlichen Verkehr vor!«

Mit den Rüschen seiner Hemdsärmel wischte er sich verwegen den Angstschweiß von der Stirn.

»Tja, diese Option steht leider nicht mehr zur Disposition, und außerdem wolltest Du doch nicht mehr im Schneidersitz Teppich fliegen. Du kannst Dich auch nie entscheiden …«, machte sich Max über seinen Gefährten lustig.

Während er den Fahrer bezahlte, drängten Kulis auf die neu angekommenen Touristen zu, wollten ihnen das Gepäck entreißen. Allein Max und Saint Germain hatten keines. Völlig verdattert wendeten sich die Kulis von ihnen ab und ließen die beiden vor dem kitschig wirkenden Bahnhof zurück. Das langgezogene flache Gebäude stand in hellgelb mit roten Säulen durchbrochen vor ihnen. Die eigentliche Bahnhofshalle war mit Shikhara-Türmen geziert, denen allerdings die Kunstfertigkeit ihrer tausendjährigen Vorbilder fehlte. Sie glichen in ihrer billigen Pappmachékonstruktion eher einem Riesenplastikburger auf einem dieser Highway-Fressbuden in den ewigen Weiten Nordamerikas als dem ehrwürdigen Nachbau eines Weltkulturerbes. Würdevoll schritten die beiden in die Kulisse hinein.

Schließlich standen sie orientierungslos in der Wartehalle von Khajuraho. Eine elektronische Tafel zeigte Ankunft und Abfahrt an. Unter *Departures* fand Max endlich, wonach er suchte.

»Es gibt offenbar einen Direktzug nach Varanasi, allerdings erst um 23:40 Uhr. Der fährt die ganze Nacht hindurch und ist um 10:50 Uhr in Varanasi. Vielleicht kann man da Schlafwagen buchen. Komm, wir müssen zum Schalter!«, überlegte Max laut, griff Saint Germain, um ihn durch die Massen der Wartenden hindurch sicher zum Schalterraum zu führen.

»Ich habe uns die letzten beiden Liegeplätze im Schlafwagen ergattert. Sie befinden sich leider auf dem Gang und nicht in einem Abteil. Es sollte aber allemal bequemer sein als auf unserem entwendeten Teppich«, freute sich Max zu berichten, als er mit den Tickets in der Hand wedelnd vom Schalter kam.

»Nun haben wir allerdings noch den ganzen Tag in Khajuraho, und ich befürchte, die einzige Attraktion haben wir bereits besichtigt.«

»Mir knurrt der Magen. Ist es nicht Zeit für ein Mittagsmahl?«

»Du hast recht, lass uns zurück in die Stadt schlendern und ein nettes Lokal suchen.«

Eine unerwartete Stimme aus dem Hintergrund änderte ihr Vorhaben abrupt: »Was tragen Sie für einen wunderbaren mit Edelsteinen besetzten Kaftan? Darf ich fragen, mit wem ich die Ehre habe?«

Saint Germain fühlte sich sofort angesprochen, drehte sich auf dem Absatz seines Schnallenschuhs herum und schaute in ein wohlgeformtes jugendliches Gesicht, aus dem zwei neugierige dunkle Augen unter wallendem schwarzem Haupthaar hervorstachen. Der Mann war mit feinem blauen Zwirn bekleidet, ganz nach traditioneller indischer Mode: ein nahezu knielanges, schlankes Oberteil mit Stehkragen und buntem Einstecktuch. Bei Lichteinfall loderten seine Manschettenknöpfe in allen Farben des Regenbogens auf und ließen keinen Zweifel an ihrer diamantenen Herkunft zu. Verdattert schaute Saint Germain den jungen Burschen an, der so völlig aus der schmuddeligen Umgebung herausstach.

»Entschuldigung, ich habe mich selbst noch gar nicht vorgestellt. Man nennt mich Munshiram Singh, Maharadscha von Jaipur.«

Ein Lächeln huschte über Saint Germains Gesicht und galant erwiderte er mit einem angedeuteten, untertänigen Kratzfuß: »Eure Majestät, die Entschuldigung liegt ganz bei mir. Es tut mir leid, dass ich Ihre Majestät in Ihrem zivilen Aufzug nicht sogleich erkannt habe. Wenn es Eurer Hoheit beliebt, nenne Er mich Comte de Saint Germain oder Graf von Aymar, von Bellamare, oder auch Graf von Welldone. Ein langes Leben hat mir eine Vielzahl von Namen beschert.«

»Comte de Saint Germain, lassen wir die Manieriertheit vergangener Zeiten, nennen Sie mich einfach Munshiram!«

»Sehr wohl Eure Majestät, äh …, Munshiram. Saint Germain zu Ihren Diensten.«

»Wie ich sehe, haben Sie in Ihrem Rock eine feine Auswahl erlesener Edelsteine untergebracht. Sie müssen wissen, die Maharadschas von Jaipur haben mit dem Edelsteinhandel ihren Wohlstand erzielt. Heute sind unsere größten Abnehmer allerdings nicht mehr in Indien oder Großbritannien zu finden, sondern in Dubai.« Saint Germain ließ ein Entzücken vernehmen, während Max völlig deplatziert danebenstand.

»Oh da haben wir schließlich eine Gemeinsamkeit. Ich selbst war in dieser Branche tätig und habe seinerzeit den Russischen Zarenhof mit auserlesenen Diamanten, Rubinen und Smaragden beliefert. Der bekannteste Stein, der an meinen Händen vorbeiglitt und an Fürst Orlow veräußert wurde, war ein Diamant aus der Kollur-Mine in Patala, Indien, wenn ich mich recht erinnere.«

»Oh, die Geschichte des Orlow-Diamanten sollten wir später noch eingehender erörtern. Aber vorab müssen Sie mir noch Ihren Begleiter vorstellen, der uns da wie ein übergossener Pudel zuschaut!« Munshiram grinste Max ins verdatterte Gesicht. Saint Germain beeilte sich der Aufforderung nachzukommen.

»Darf ich vorstellen: Max Steinbein, ein Kunstfreund und Abenteurer aus Deutschland, wenn ich so sagen darf, der mich mit Verlaub in dieses verwirrende 21. Jahrhundert befördert hat. Mein Leben wurde einstweilen 1784 in eine Warteschleife versetzt und nun bin ich durch Max und vor allem Sophias Hände wiedergeboren worden. Ein Akt, der Ihnen in Indien ja nicht unbekannt sein dürfte«, ein Schmunzeln huschte über Saint Germains Gesicht, während sich Max und der Maharadscha ganz europäisch die Hände zur offiziellen Begrüßung schüttelten.

»Und was führt Sie nach Indien?«, fragte Maharadscha Munshiram Max.

»Wir sind auf der Suche nach meiner Nichte Sophia, die mit Hilfe einer geheimnisvollen Maschine der Tempelritter, der *Figura Baphomet*, unseren Freund Saint Germain hier aus der Mitternachtsstunde befreit hat. Leider ist Sophia seitdem selbst verschollen. Einer Prophezeiung aus Jantar Mantar nach könnte sie in der Stadt des Lichtes zu finden sein.«

»Varanasi?«, unterbrach ihn der Maharadscha verblüfft.

»Ja, ich hoffe Varanasi. Nachdem heute Nacht unser Fahrzeug gestohlen wurde, haben wir soeben Tickets für den Nachtzug nach Varanasi gekauft.«

»Ihr Fahrzeug wurde gestohlen? Wie sah denn Ihr Auto aus? Sie müssen wissen, begehrenswerte Autos sind für mich eine Passion.«

»Nun, unser Fahrzeug war weder teuer noch ein Auto.«

»Kein Auto?«, fragte der Maharadscha konsterniert.

»Nun, wir haben uns an ihre Märchen erinnert und ich habe einen fliegenden Teppich konstruiert …«

Der Maharadscha fing schallend an zu lachen.

»Ihr seid das gewesen? Ihr seid auf der Dachterrasse des City-Palastes von Jaipur gestartet. Mit Verlaub, das ist mein Palast, und ich habe das Überwachungsvideo gesehen, das mir mein Sicherheitspersonal prompt vorgespielt hat. Wir wollten schon den Fernsehsender anrufen und uns beschweren, weil der sich gar keine Drehgenehmigung eingeholt hatte. Wir dachten, Der *kleine Muck* würde neu verfilmt werden, oder etwas in der Art.«

Munshiram grübelte laut weiter: »Und der Teppich wurde Euch gestohlen! Und Ihr wollt nach Varanasi reisen!«

Nach einer kaum wahrnehmbaren, winzigen Denkpause setzte Munshiram nach: »Darf ich Euch einladen, meine Gäste zu sein? Wir haben das gleiche Reiseziel, und eine willkommenere Reisebegleitung kann ich mir kaum vorstellen!«

Mit einem breiten Lächeln schaute er das verdatterte Paar an und wartete auf ihre Zustimmung.

»Sie müssen mir auch noch die Geschichte vom Orlow-Diamanten zu Ende erzählen!«, ermunterte er die beiden weiter.

»Aber wir haben gerade Zugtickets erworben«, gab Max zu bedenken.

»Das macht überhaupt nichts, die können wir getrost zurückgeben. Außerdem werden wir desgleichen den Zug nehmen, es gibt schließlich kein bequemeres Reisegefährt – wenn man natürlich vom fliegenden Teppich absieht«, setzte er schmunzelnd nach.

Max fühlte sich überrumpelt, Saint Germain geschmeichelt. »Wir nehmen Ihre Einladung selbstverständlich dankend an!«, gab Saint Germain dem Maharadscha zu verstehen, denn er wusste, wie schwer es die Royals nahmen, wenn man ihnen einen Wunsch nicht gewährte. Max fühlte sich zwischen den erlauchten Herren etwas deplatziert, aber es gab jetzt wohl kein Zurück mehr.

»Wunderbar. Na, dann folgen Sie mir, mein Salonwagen erwartet uns auf Gleis drei.«

Zwei Palastwachen, mit opulenten, purpurnen Turbanen behauptet und mannshohen Silberstäben in ihren Händen, eskortierten gleichgültig den Salonwagen. Munshiram nickte ihnen freundlich zu, wies auf seine Gäste und bedeutete ihnen, dass sie für die nächsten 24 Stunden ungehinderten Zugang zu seinen Fazilitäten erhalten sollten. Dann bestiegen die drei Männer nacheinander das Reich des Maharadschas.

Barock pur. Vergoldete Sitzgelegenheiten, mit feinster Pariser Seide aus Indien bespannt, erinnerten an einen dieser französischen Sonnenkönige. Saint Germain fühlte sich sofort zuhause. Max hatte wieder so ein Museumsgefühl im Bauch, das Interieur war ihm allerdings auch bestens vertraut. Zu viele Sammlungen hatte er bereits besichtigt. Das meiste hingegen befand sich kuratorisch aufgearbeitet in öffentlichen Museen und Schlössern und nicht in der Hand eines Privatmannes, dem gerade der erste Flaum über die Oberlippe huschte.

»Als ich Euer Gespräch belauscht habe, wart Ihr gerade dabei, Euch nach einer Essgelegenheit umzuschauen. Ich gebe dem Koch Bescheid, dass er uns mit einer Kleinigkeit stärken soll.«

Ohne auf eine Antwort zu warten, zog Munshiram ganz altehrwürdig an einer Quaste und der Koch erschien augenblicklich. Beide beratschlagten sich, und nachdem der Koch unauffällig die Gäste in Augenschein genommen hatte, sagte er im Weggehen: »I add a European touch.«

Munshiram nickte wohlwollend. Dann setzte er sich den beiden gegenüber in einen bequemen Sessel und man spürte seine Vorfreude auf das Fortsetzen der Konversation. Er eröffnete auch sogleich das Gespräch: »Selbstverständlich reise ich nicht alleine nur mit meinem Salonwagen. Wir haben hier in Indien so eine Art Museumszug für betuchte Touristen, der ihnen ein bisschen das Flair des guten alten Indiens vorgaukelt. Es ist der sogenannte *Maharadscha-Express*. Die Gäste werden auf ganz bequeme Weise zu den historischen Highlights von Indien befördert. 21 Waggons purer Luxus, Präsidentensuite, Juniorsuite, Sie verstehen … Doch heute reist sogar ein zweiundzwanzigster mit! Mein persönlicher Salonwagen wird gleich angehängt werden, ohne dass die Gäste ahnen, dass diesmal ein echter Maharadscha mit an Bord ist.« Munshiram grinste wenig bescheiden, und seine Gäste vermuteten, dass der junge Maharadscha wohl geschäftlich in das Projekt mit involviert war.

Auf einem silbernen Tablett servierte der Koch kleine Köstlichkeiten, die wie Antipasti oder Tapas wirkten, aber weiß Gott nicht danach schmeckten. Das, was beispielsweise wie grüne Bohnen aussah, entpuppte sich als Wüstenbohne. Bitter im Geschmack, folgten am Gaumen opulente Gewürzmischungen, die wiederum von einer Tunke aus süßen in Olivenöl und Knoblauch angebratenen Tomaten abgefangen wurde. Mit dem typischen Baati-Brot aus Rajasthan neutralisierte man die Sinne für den nachfolgenden Genuss. Fein gedämpfte Blumenkohlspitzen besänftigten die Geschmacksknospen weiter, bevor ein Curry aus geräuchertem Axishirsch mit karamellisierten Schalotten die Geschmäcker begeisterte. Ein feiner Tee, der nicht eine Minute in einem vertrockneten Teebeutel gehaust hatte, begleitete das Mahl.

Nach der, gelinde gesagt, ersehnten Auffrischung der Kalorienspeicher setzte sich die Unterhaltung wieder fort.

»Wie war das nun mit dem Orlow-Diamanten, Saint Germain?«

Nachdem der junge Maharadscha seine kräftigen Lippen mit einer Damastserviette abgetupft hatte, schaute er Saint Germain erwartungsvoll ins Gesicht.

»Um die Geschichte des Steins ranken sich diverse Legenden, wie Sie vermutlich selbst wissen. Zum Beispiel die schöne Legende, in der ein desertierter französischer Soldat zum Hinduismus konvertierte, um beim Tempeldienst das diamantene Auge Brahmas zu stehlen. Er verschacherte den Diamanten für lächerliche 2.000 Pfund Sterling an einen englischen Seefahrer, der ihn natürlich weitaus gewinnbringender in Holland auf den Markt brachte …«

»Ja genau, so kenne ich das auch!«

»… ist zwar eine schöne Romanvorlage, bleibt aber eine Legende.« Saint Germain verschnaufte kurz.

»Als sicher gilt, dass der Diamant in der berühmten Kollur-Mine in Indien gefördert wurde. Um 1700 war er im Besitz des Großmoguls Schah Jahan, der in Agra das kostspielige Mausoleum *Taj Mahal* für seine Lieblingsfrau bauen ließ und daraufhin von seinem Sohn, der um sein Erbe fürchtete, eingekerkert wurde. In den folgenden Machtkämpfen riss Schah Nadir den Mogul-Schatz an sich und brachte ihn nach Isfahan in Persien.«

»Dorthin, wo unser wunderbarer Flugteppich geknüpft wurde?«, schluchzte Max etwas wehmütig.

»Genau dort!«, bestätigte Saint Germain.

»Der Schatz bestand übrigens aus vielen Edelsteinen, die zum Teil in den berühmten Pfauenthron eingefasst waren«, setzte nun der Maharadscha selbst fort.

»In einer Palastrevolte ermordeten die eigenen Offiziere ihren Schah und plünderten den Schatz. Die Offiziere zerlegten den goldenen Thron, um ihn untereinander aufzuteilen. Im Pfauenthron waren unter anderem der *Großmogul, der Koh-i-*

Noor und der große Tafeldiamant gefasst. Der *Großmogul* ist bis heute verschwunden! Der Tafeldiamant wurde zum *Daria-i-Noor* umgeschliffen und an die Mütze des persischen Schahs geheftet. Er liegt gegenwärtig in der Zentralbank in Teheran. Naja, und die Briten haben sich den Koh-i-Noor 1850 eingeheimst und ihn später in *Queen Mums* Mütze gepackt, die liegt jetzt im Tower von London. Wir fordern ihn seit Jahrzehnten von der britischen Regierung zurück. Aber von einem Orlow-Diamanten habe ich in diesem Zusammenhang nie etwas gehört«, seufzte Munshiram.

»Geduld junger Maharadscha«, setzte Saint Germain etwas oberlehrerhaft fort.

»Der Großmogul liegt heute als Orlow-Diamant im Kreml in Moskau.«

»Das müssen Sie mir genauer erklären!«, forderte Munshiram Saint Germain inständig auf.

»Fragen Sie mich nicht wie, aber der *Großmogul* tauchte wirklich wie in der eingangs erwähnten Legende irgendwann in Holland bei einem jüdischen Händler auf.«

Der Salonwagen setzte sich langsam in Bewegung und mit einem kleinen Bums rastete er in die Kuppelung des Maharadsch-Expresses ein. Der jugendliche Maharadscha saß stolz und aufrecht in seinem goldenen Sessel, lächelte in die Rund und nutzte die kurze Unterbrechung für eine Zwischenbemerkung. »Nun steht unserer Fahrt nach Varanasi nichts mehr im Weg.«

Sanft fuhr der Zug an, nahm langsam an Fahrt auf. Das erwartete meditative Rumpeln des Zuges auf schlechten indischen Schienen blieb allerdings aus. Als wenn er die Frage in den Gesichtern seiner Gäste abgelesen hätte, setzte Munshiram nach: »Besonders ausgetüftelte Federung. Ich glaube, die Federung des Maharadschas-Expresses ist von Siemens in Deutschland.« Max nickte wohlwollend. Doch nun wollte Munshiram den Fortgang der Geschichte erfahren: »Also lieber Saint Germain, ich bin ganz gespannt auf Ihre Fassung der Legende!«

Saint Germain fühlte sich geehrt und glücklich, dass seine Geschichte zum Orlow-Diamanten auf goldenen Boden fiel.

Er holte tief Luft und setzte fort: »Der indische Teil ist erzählt. Für den europäischen muss ich noch etwas ausholen. Zarin Katharina die Große kam …«, er hielt kurz inne, um das Unglaubliche auszusprechen, »aus ärmlichen Verhältnissen. Sie stammte aus Preußen. Sand, Torf, Kartoffeln, Sie wissen schon. Selbst die Paläste des Preußischen Herrschers, ihres Gönners, Friedrich des Großen, hielten weder mit Versailles, geschweige denn mit Russlands Prachtbauten mit. Katharina hatte den Duft der europäischen Aufklärung geatmet und erschien als Vierzehnjährige im Reich der orientalen Prunksucht ihrer Schwiegermutter Zarin Jelisaweta Petrowna, im ›*Reich der Fotze*‹, wie Friedrich der Große, der sich stattdessen selbst gern mit großen schlanken Männern umgab, seine Kollegin abfällig betitelte. Nachdem Katharina sich …«, hier hob Saint Germain seine linke Augenbraue und schaute Munshiram direkt in seine jugendlich funkelnden, dunklen Augen. »… mit einem der damals üblichen Palastmorde an die Macht katapultiert hatte, ging ihr das viele, barocke Schwiegermutter-Gold auf den Sack. So ließ sie vom Katharinen-Palast die überschwänglichen Goldschnörkeleien entfernen, schaffte aufgeklärte Linien in der Architektur für die Entfaltung eines freien Geistes. Sie hasste große Palastbälle. Kleine Tischrunden mit acht, zwölf Leuten, mit denen man gut, auch gern beim Kartenspielen, Gedanken austauschen konnte, lagen ihr deutlich besser. Dennoch hatte sie ein ausgesprochenes Faible für diese funkelnden Steine, für Diamanten. Sie sammelte Unmengen von brillantbesetzten Tabatieren, Broschen, Pektoralen. Selbst diese verstaubte Monomachmütze, die tatarische Ur-Krone der Zaren, reichte ihr zur Krönung nicht aus. Es sollte ein modernes, europäisches Modell, überschüttet mit abertausenden Diamanten, sein. Eine Zarenkrone, die in der Schweiz gefertigt wurde, es allerdings nicht zur Inthronisierung schaffte. Zum Glück gab es damals noch keine Fotoapparate. Die anschließenden Gemälde von Katharinas Inthronisierung vertuschten diesen kleinen Fauxpas.«

Saint Germain rückte sich aufrecht auf seinem Sessel zurecht.

»Und nun komme ich selbst ins Spiel! Jeder wusste um die Diamantensucht der russischen Regentin. Ein armenisch-jüdischer Händler namens Safras hatte sich mit reichlich Blutgeld in den Besitz eines riesigen Diamanten gebracht. Er gründete eine Bank in Amsterdam, wo er den sogenannten Amsterdam-Diamanten in Sicherheit brachte. Katharina war besessen von dem Stein und wollte ihn haben. Als Regentin konnte sie allerdings weder selbst in Verkaufsverhandlungen treten, noch konnte sie offiziell Staatsgelder für ihre Sucht ausgerechnet zu einer Zeit verschwenden, da die Staatskasse schwer gebeutelt war. Der Russisch-Türkische Krieg, gekoppelt mit einer Pestepidemie vor den Toren Moskaus, verschlang Unsummen. Sie schickte also ihren zwischen den Beinen sagenhaft ausgestatteten Liebhaber Graf Orlow als Unterhändler nach Holland. In Amsterdam traf ich mich mit meinem Freund Gregori Orlow und dem kaiserlichen Hofjuwelier, um mit Safras in Verhandlung zu treten. Das Engelsgesicht des Hünen Orlow konnte das Vakuum in seinem Schädel nicht wettmachen. Keine List war parat, Safras Forderung zu schmälern, 400.000 Rubel für den Stein zu kassieren. Ich konnte immerhin eine Zahlungskondition über sieben Jahre aushandeln. Denn schon in der Bibel steht, dass nach sieben fetten Jahren sieben magere folgen. Die Sieben wurde demzufolge meine magische Zahl für die Verhandlung.«

Hier lachte Saint Germain laut auf. Er nutzte die Unterbrechung, um seine trockene Kehle mit dem köstlichen Tee zu befeuchten.

Dann setzte er fort: »Um den Kauf des Diamanten durch die Zarin selbst zu vertuschen, schmiedeten Orlow und Katharina ein Komplott. Zu ihrem 45. Geburtstag überreichten alle Mitglieder des Hofstaats üppige Geschenke. Nur Graf Orlow erschien zur Verwunderung der Gesellschaft offenbar ganz ohne ein Mitbringsel. Irgendwann zauberte er urplötzlich aus seiner Westentasche zur Verwunderung der gesamten Hofgesellschaft den Amsterdam-Diamanten heraus und versetzte sie in exaltiertes Erstaunen. Jeder glaubte, dass der Diamant tatsächlich ein Geschenk des Grafen an seine Kaiserin sei. Von nun an hieß der Diamant der *Orlow-Diamant*.«

»Und warum soll der Orlow-Diamant der Großmogul sein?«, fragte Munshiram in die Runde.

»Es gibt eine Zeichnung aus der Hand des Reisenden Jean-Baptiste Tavernier, der die Großdiamanten am Hof von Agra besichtigen durfte. Die grünlichblaue Farbe, der seltene Rosenschliff in Form eines halben Taubeneis, ein Einschnitt und eine wolkige Stelle im Stein stimmen für beide Diamanten komplett überein, denn es ist und bleibt derselbe! Auf seiner geschichtsträchtigen Reise durch die Gier der Menschen ist der *Großmogul* bei seiner Metamorphose zum *Orlow* nur ein bisschen leichter geworden oder die Messinstrumente genauer oder die Prahlerei gemäßigter«, hier musste der Erzähler abermals Lachen, aber er selbst fand, dass er neben allen Legenden eine schlüssige Geschichte vorgestellt hatte.

Saint Germain war mit sich zufrieden. Soviel hatte er schließlich lange nicht mehr geredet und endlich hatte er wieder einen Platz, eine Rolle gefunden, die ihn ausfüllte.

»Und damit befindet sich also der dritte indische Großdiamant, eingearbeitet ins Zarenzepter, heute im Diamantenfond des Kremls in Moskau«, schlussfolgerte Munshiram.

»Alle drei Diamanten wurden den Indern geraubt und die Forderung nach Rückgabe ist mehr als gerechtfertigt. Sie sind noch heute Ausdruck der Gier der europäischen Kolonialmächte. Sie gehören unbedingt nach Indien zurück, damit auch mein Volk die Schönheit der Natur, die Kunstfertigkeit unserer Meister bewundern und noch mehr Menschen an einer neu angekurbelten Tourismusindustrie partizipieren können.«

Max stierte aus dem Fenster des Salonwagens, der gerade riesige vor sich hin schwelende Müllberge passierte. Gebückte Gestalten krochen über den stinkigen Berg und sortierten mit kleinen spitzen Sticheln den ätzenden Müll – die Kinder der Unberührbaren. Sein Blick wanderte angewidert vom Fenster weg, als er im letzten Moment aus den Augenwinkeln heraus einen ausgebreiteten Teppich mit Propellern auf der Halde erspähte. Er sprang aus seinem Sessel auf, riss den Kopf herum, doch der Zug war schon vorbeigefahren. »Unser Teppich, da war unser Teppich …«, jammerte er wehmütig, während er mit seinem Finger immer noch das Fenster zu durchbohren schien.

Irgendwann senkte er den ausgestreckten Arm und dachte: »Der Teppich hatte seine Zeit, trenne dich von Anhaftung, wir sind in Indien. Jetzt reisen wir aus Zufall oder Vorhersehung – wer weiß das schon – viel angenehmer in die Stadt des Lichtes.«

Saint Germain und Munshiram waren so sehr ins Gespräch vertieft, dass ihnen Aufschrei und Gestik von Max komplett entging. Als Max seine Aufmerksamkeit wieder auf seine Mitreisenden richtete, formulierte Munschiram gerade seine Ansichten zu Indiens Ansprüchen.

»… die stark angestiegene Mittelschicht Indiens interessiert sich neuerdings für ihre eigene Geschichte, und wenn Sie an meine Heimat Rajasthan denken, punktet mein Land mit der indo-islamischen Architektur der Paläste und Stätten, die am Ausgang des letzten Jahrhunderts hauptsächlich von westlichen Romantikern magisch angezogen wurden. Heute macht der westliche Tourismus allenfalls noch fünf Prozent aus, der Rest sind derweil einheimische und natürlich asiatische Touristen. Und was finden Sie in diesem geschichtsträchtigen …, in meinem Land vor? Ausgeraubte Paläste, die nur noch ihr zermartertes Gerippe zur Schau stellen können. Um die eigentlichen Schätze unseres Landes ansehen zu können, müssten sie ins Britische Museum nach London reisen oder gar in die Privatsammlungen von irgendwelchen reichen Fuzzis eindringen. Sie sehen, es gibt eine Diskrepanz, die nach einer Lösung und Neuordnung schreit. Die Zeit des Europazentrismus ist vorüber, wir haben unsere eigenen, berechtigten Ansprüche.«

»Da stimme ich Ihnen unbedingt zu«, erwiderte Max.

»Aber ich kenne auch das Argument, wenn Sie ein Kunstobjekt zurückbekämen, dann wollen alle anderen ihre bedeutenden Schätze auch zurückhaben, und dann wären das Britische Museum, der Louvre oder die Ermitage weitgehend leer. Deswegen bleiben die Europäer so hart in ihren Verhandlungen. Man müsste eine Lösung finden, die für beide Parteien profitabel wäre. Ich selbst bin ein Freund von Wanderausstellungen. Was hat es für einen Sinn, wenn ich in Museum A den Kopf einer Büste habe, in Museum B den Torso und in Museum C den Schmuck, den diese Person möglicherweise getragen hat. Eine angemessen kuratierte Ausstellung, die ein Thema außergewöhnlich abdeckt, dazu die entsprechenden Exponate aus der ganzen Welt zusammenbringt und in einem passenden Ambiente – beispielsweise Ihrem Palast – ausstellt, erreicht viel mehr Leute als eine verstaubte Dauerausstellung, an der man sich nach ein paar Jahren satt gesehen hat.« Munshiram wiegte den Kopf und gab zu bedenken: »Ich bin kein Freund von Wanderausstellungen, da kann schließlich etwas kaputtgehen oder gleich ganz und gar in die falschen Hände geraten.«

»Das ist alles eine Frage entsprechender Absicherung und Logistik«, untersetzte Max seine Ansicht. »Wurde nicht gerade auf der Museumsinsel in Berlin eine tonnenschwere Goldmünze geklaut?«

Nach dem Seitenhieb von Munshiram versuchte Max unkommentiert das Diamantenthema wieder aufzunehmen.

»Auch die Sache mit den Diamanten hat einen Haken. Das Blut, die Geschichte, die an ihnen klebt, die Mythen und Legenden, die sich um die kostbaren Stücke ranken, haben sie unbezahlbar gemacht und es kostet ein Vermögen, sie auszustellen und zu schützen. Wenn heute ein Oligarch seiner Frau einen Riesenklunker kauft, wandert der augenblicklich in einen sicheren Safe. Es wäre viel zu gefährlich, den Schmuck in der Öffentlichkeit zu tragen und Begehrlichkeiten zu wecken. Also: Wozu braucht er dann den Schmuck? Ein unlösbares Dilemma? Nein! Seine Gier wurde mit dem Original befriedigt, seine Frau bekommt eine Kopie! Ich habe von einem New Yorker Edelsteinschleifer gehört, wissen Sie, was Herr Hatletal macht?«

Bei dem Namen wurde Munshiram hellhörig. Seine schlanke Hand, eine Hand, die noch nie hart arbeiten musste, strich sanft über den Tisch vor ihm, als wischte sie eine Erinnerung wie einen vergessenen Brotkrumen herbei.

»Ja, von Herrn Hatletal habe ich auch schon vernommen. Wir hatten einen russischen Kunden, der unbedingt auf einem indischen Diamanten bestand, obgleich die Russen in Sibirien wunderschöne Steine erster Qualität selbst fördern. Nachdem er den teuren Stein erworben hatte, suchte er als erstes Hatletal auf, um seinen Diamanten kopieren zu lassen. Hatletal nimmt einen entsprechend großen Beryll von gleicher Farbe und schleift ihn nahezu in die Form des hochkarätigen Diamanten.«

»Beryll?«, warf Saint Germain fragend ein.

»Sie kennen ihn in der blauen Variante als Aquamarin, in grün als Smaragd, gelb als Heliodor und rosa als Morganit. Natürlich muss Hatletal die Schleifwinkel so anpassen, dass der Brechungsindex des Berylls im Vergleich zum Diamanten ausgeglichen wird. Exzellent geschliffe kann die deutlich günstigere Kopie nahezu mit der gleichen Brillanz aufwarten wie sein Vorbild. Auch Museen haben längst die Dienste von Herrn Hatletal in Anspruch genommen«, schloss Munshiram.

Dann grinste Max, als ihm die Einrichtung des Salonwagens bewusst wurde.

»Er sitzt übrigens – wie wir hier – auf einem vergoldeten, barocken Theaterstuhl in seinem Manhattaner Apartment und arbeitet seine Aufträge ab. Er hat schon den Koh-i-Noor kopiert und keiner weiß so genau, ob die ausgestellten Kronjuwelen tatsächlich noch die Originale sind.« Max und Munshiram hatten sich die Bälle im Dialog zugeworfen und Saint Germain hörte nun gespannt zu, nicht weil sie eine spannende Geschichte zu erzählen hatten, sondern weil es bei Diamanten immer gleich um Geld, Macht und im wahrsten Sinne des Wortes um Ansehen geht. Doch nur am Original hängt die blutige Geschichte, der Mythos eines Diamanten, deswegen fährt man nach London in den Tower und nicht etwa nach Flensburg zu *Robbe & Berking*, einer Silberschmiede, die alle bedeutenden Königskronen einstweilen kopiert hat.

»Und wenn dann der reiche Russe kommt, trifft er sich mit Hatletal im Central Park, die Bodyguards des Oligarchen mit Kalaschnikow im Anschlag. Hatletal fotografiert und vermisst das Original, Monate später wird sein Ergebnis an gleicher Stelle präsentiert. Dann nimmt Hatletal Original und Kopie in seine Hände, vertauscht sie hinter seinem Rücken und präsentiert beide Steine. Nun muss der Auftraggeber erraten, welcher der echte und welcher der kopierte Stein sei – das Ergebnis ist in der Regel so gut, dass die Entscheidung mehr ein Raten als ein Wissen bleibt. Böse Zungen behaupten sogar, Hatletal mache zwei Kopien und lasse bei dieser Aktion, den richtigen Stein hinter seinem Rücken in die eigene Tasche gleiten.«

»Hört sich nach einem schlauen Geschäftsmodell an. Nur kann er die Originale nirgends verkaufen oder ausstellen …«, sinnierte Munshiram.

Der Zug tuckerte mit seinen konstanten 65 km/h langsam in die Nacht hinein. Der Smog des Tages wurde von der Schwärze der Nacht abgelöst, was das Atmen nicht besser machte. Nach einem Abendessen und einem Gläschen Rotwein vom Feinsten geleitete Munshiram seine Gäste zu einer diesmal nicht vermieteten Juniorsuite des Maharadscha-Expresses. Hier durften Max und Saint Germain die Nacht ganz vornehm verbringen. Morgen würden sie Varanasi erreichen. Varanasi – die Stadt des Lichtes!

Radiologie

Mareks Bauch war aufgebläht wie bei einer hochschwangeren Frau, die mindestens Drillinge austrug. Der Radiologe hatte Schwierigkeiten, seinen dicken Bauch in die viel zu schmale MRT-Röhre zu schieben.

»Tierklinik?«, dachte er.

»Es wäre doch gelacht, wenn wir ihn hier nicht hineinbekommen.«

Dann hatte er eine zündende Idee: »Schwester, könnten Sie mir bitte das Gleitgel vom Ultraschall bringen?« Der Radiologe applizierte das Gel auf Mareks Bauch und ließ ihn unter Schmatzen in die Röhre gleiten. Unter heftigem Technosound-Gewummer fing das MRT an, die Bilder auf den Monitor im Kabüffchen nebenan zu generieren. Der Radiologe saß derweil am Schreibtisch und starrte mit geöffnetem Mund auf die Mattscheibe. Hinter ihm stand der Chirurg, der Marek operiert hatte.

»Das verstehe ich nicht. Dieser raumgreifende Prozess hat etwas tumorartiges, aber ganz sicher bin ich mir nicht. Diese Plasmakugel, wie Sie sie nennen, ist inzwischen stak mit Blut versorgt.«

Mit seinem Kugelschreiber deutete er auf die grauen Darstellungen, die der Bildschirm erzeugte.

»Sehen Sie dort die einschießenden Blutgefäße? Und wie groß sie bereits geworden sind! Und hier finden sich knöcherne Strukturen – wie bei einem Fötus. Eigentlich würde ich sagen: Raus damit!«

»Ich befürchte, der Zustand des Patienten ist so labil, dass wir einen weiteren Eingriff vorerst nicht wagen können«, überlegte der Chirurg laut.

»Mareks Freunde, die den Patienten eingeliefert hatten, behaupteten, er sei mit einer futuristischen Plasmastrahl-Waffe angegriffen worden. Dann interessiert mich auch, was aus dieser futuristischen Kugel wird!«

»Da bin ich ganz bei Ihnen«, antwortete der überlegende Radiologe.

»Also warten wir erst einmal ab, dass der Patient wieder stabiler werde. Dann schieben wir ihn nochmal ins MRT und entscheiden dann. Keine Eile Herr Kollege.«

»Genau! Abwarten und Tee trinken und hoffen, dass Mutter Natur dem Jungen wohlgesonnen ist. Wir können vorerst nichts weiter für ihn tun.«

Stadt des Lichtes

Der Zug fuhr im Morgengrauen im Hauptbahnhof *Varanasi Junction* ein. Sie verabschiedeten sich von ihrem ehrenvollen Gastgeber Maharadscha Munshiram und nahmen ein Tuk-Tuk in die Altstadt von Varanasi. Es war empfindlich kühl zu Tagesanbruch, und die Luft schien noch dicker zu sein als gestern in Khajuraho. Das war auch kein Wunder. An jeder Straßenecke saßen Leute an kleinen Lagerfeuern, um sich zu wärmen. Schaute man genauer hin, brannte hier aber nicht sachgerecht getrocknetes Feuerholz, sondern Plastikflaschen, Stoffreste, Pappgeschirr und weiterer Müll von der Straße. Die aufsteigenden Dämpfe schwängerten nicht nur die Luft, sondern ätzten die Bronchien dermaßen, dass die durchschnittliche Lebenserwartung der Inder inzwischen um Jahre gesunken ist. Ein Brandgeruch lag in der Luft, der nicht nur vom brennenden Plastik herrührte; vielmehr mischte sich ein süßlicher Odem von verbranntem Fleisch in das Gemisch, das sich mit jedem Atemzug in den Lungen ablegte. Sie waren nicht in der Stadt des Lichtes, sondern in der Stadt des Todes angekommen.

Den Tod inhalierend erreichte das Tuk-Tuk das *Durga-Ghat* am Ganges. Die mittelalterlichen Straßen entlang des heiligen Flusses waren für Autos zu schmal und für sie gesperrt. Von hier aus ging es zu Fuß weiter. Nur hupende Motorräder, beladen mit allem, was eine Stadt benötigte, bahnten sich bremsenquietschend den Weg durch die erwachende Altstadt. Max zahlte den Tuk-Tuk-Fahrer und stiefelte mit Saint Germain die Stufen zum Ganges hinunter. Sie bestiegen eines der vielen Holzboote, um sich einen Überblick über die Stadt vom Fluss aus zu verschaffen. Der Bootsführer ruderte Max und Saint Germain an den Ghats vorbei mit der aufgehenden Morgensonne im Rücken. Sie wurden Augenzeugen der erwachenden Stadt. Der breite Fluss strömte eine Ruhe aus, die ganz im Gegensatz zum Leben an seinen Ufern zu stehen schien.

An einem der nächsten Ghats standen Männer knietief im Wasser und schleuderten pitschnasse Kleidungsstücke auf einen vor ihnen liegenden Stein, als hackten sie Holz. Dahinter, die Stufen hinauf, lagen hunderte Tücher und Kleidungsstücke zum Trocknen ausgebreitet. Das Boot schwamm im Rhythmus des Ruderschlages an einer Szenerie vorbei, die nicht aus dem 21. Jahrhundert zu sein schien. Ein junger Mann hatte seinen roten Turban abgewickelt und stand auch sonst relativ unbekleidet auf der letzten Stufe vor dem Wasser. Dann tauchte er rituell im Ganges unter. Der Nächste grüßte mit einem Metallkrug in den erhobenen Armen vor sich die aufgehende Sonne und goss das heilige Wasser zum Gongschlag eines Hindutempels zurück in den Fluss. Der nächste Mann erhob sich bei den ersten Strahlen der Sonne von seiner Open-Air-Bettstatt und blinzelte unter seinem zerdrückten Turban dem Licht zu. Keine Diamanten mehr, nur noch große Augen überall, die dem heiligen Fluss sein Karma abringen wollten. Die Tränen Shivas überzogen die glänzenden Pupillen der Morgenanbeter. Alles hatte hier mit dem Tod zu tun: das Warten der Alten auf den Tod, die Hinterbliebenen und

Pilger, die einen Toten zu beweinen hatten, die Touristen, die sich am Tod nicht sattsehen konnten.

Das Ruderboot nährte sich dem *Manikarnika-Ghat* und verweilte traditionell an dieser Stelle, um dem Touristen Zeit zum Gaffen zu lassen. Weit ausladende Boote, mit Baumstämmen bis unters Himmelzelt beladen, säumten das Ghat, von dem immerwährende Schwele aufstieg. Sprachlos erhoben sich nun auch Max und Saint Germain, um besser schauen zu können. Doch was sie erblickten, ließ Saint Germain augenblicklich seinen Hemdsärmel vor seine Nase führen. Auf allen Stufen loderten orangene Flammen gen Himmel. Heilige Kühe fraßen Blumen, von den beiseite geworfenen Bambusbahren. Auf der untersten Stufe am Fluss lag ein mit goldenem Tuch eingeschlagener Körper mit seinen Füßen im Wasser. Zwei junge Männer hoben den Körper an seinen Tragestangen aus dem Wasser und legten ihn weiter oben auf den Stufen wieder ab. Die Sonne griff nach den nassen Füßen des Toten und trocknete sie. Daneben lagen bereits zwei große und ein kleiner Stoffballen in drei verschiedenen Farben: Mann, verheiratete Frau, Jungfrau. Blut sickerte durch den Stoff. Ein Tuk-Tuk-Unfall hatte eine ganze Familie ausradiert.

Die jungen Männer kauften derweil an einer Waage 200 kg von den Baumstämmen und stapelten sie an einem freien Platz auf den Stufen zu einem Scheiterhaufen auf. Sie befreiten den Leichnam von den saftig grünen Bambusstangen, dem Goldpapier und der Blumendekoration. Unberührbare eilten herbei, um den Verbrennungsprozess zu überwachen. Sie betteten den Körper des verstorbenen Vaters auf den Scheiterhaufen, bestreuten ihn mit wohlriechenden Spänen von Sandelholz. Die Söhne des Verstorbenen stiegen die Stufen zum Tempel hinauf, in dem die Priester das heilige Feuer seit über 3.500 Jahren hüteten. Sie kauften vom ewigen Feuer mit allem, was sie hatten. Ob das Feuer einen Silberling oder gar ein ganzes Anwesen wert war, entschied allein der Priester. Das brennende Reisigbündel trugen sie hinab und entzündeten den Scheiterhaufen. Das Feuer griff nach dem Hüllstoff, der fleischlichen Hülle, den Knochen. Als ein Knie durchgebrannt war, fiel der Unterschenkel des Toten auf die Stufen des Ghats. Der Unberührbare schob das Körperteil zurück in die Glut. Am Nachbarscheiterhaufen hatte das Feuer die Halswirbelsäule durchgebrannt. Der verkokelte Schädel schellte auf eine Steinstufe, teilte die Kalotte und entließ seine angekochte graue Substanz. Der Unberührbare kullerte die Schädelreste zurück ins Feuer.

Nach drei Stunden kam ein kleiner Junge mit einem Wassereimer herbeigelaufen und löschte die Glut. Die Hinterbliebenen nahmen von der Asche, um sie den Göttern des heiligen Flusses anzuvertrauen. Der gewaltige Rest des Aschehaufens wurde in riesigen Schüsseln auf dem Kopf der Unreinen ans Ufer balanciert und agglomeriert. Knietief im Wasser stehend, wuschen die Unreinen mit großen flachen Schalen das Gold aus der Asche – ihre Bezahlung. Rund-um-die-Uhr-Service, Kapazität maximal 250 Verbrennungen pro Tag, Ausbeute im Durchschnitt sieben Gramm Gold.

Diese Unmittelbarkeit der Körperbeseitigung versetzte auch Max und Saint Germain in schiere Erschütterung. Dann dachte Max laut: »Hat uns Asmodäus …, hat uns Indien hierhergeführt, um uns den Tod von Sophia anzuzeigen? Ich dachte, Varanasi sei die Stadt des Lichtes und nicht des Feuers!«

»Die Götter des Flusses müssen mehr zu bieten haben als den Tod«, meinte Saint Germain positiv denkend.

Der Ruderer nahm wieder an Fahrt auf, die Glut des Feuers verglühte am Horizont, der Hauch des Todes in der Atemluft nicht. An einem der nächsten Ghats entließ der Bootsfahrer die Suchenden in die Altstadt von Varanasi. Sie stiegen die Stufen an Wäsche waschenden Frauen vorbei, hinauf zu dem, was man andernorts wohl als Strandpromenade bezeichnet hätte. Sie mischten sich unter Touristen, Pilger, heilige Männer und Kühe, unter Tauben und Möwen, die aufgeregt zwischen Menschmassen und altehrwürdigen, von Rhesusaffen besiedelten Gemäuern umherflatterten.

Auf einem Podest unter einem zerfledderten, und von der Sonne jeder Farbe beraubten Baldachin saß ein Guru. Ein Tuch unbestimmter Farbe umschlang seine Lenden und verdeckte seine für Fortpflanzung und Körperausscheidungen vorgesehenen Körperteile. Seine Haut war von Wind und Sonne gegerbt und umspannte den ausgezehrten Körper. Von seinem Haupt wallte langes, verfilztes Haar, dem man vergessen hatte, eine Richtung anzugeben. Selbst ein Tornado hätte es nicht mehr richten können. Mit seinen nackten Füßen spann er einen Seidenfaden, auf den er zeitgleich mit den Händen geschickt Perlen auffädelte. Der Mann schien glücklich, ihn belastete kein Gepäck und keine Beziehung. Als er Max erblickte, deutete er eine Begrüßung an, so wie man einen alten Bekannten eben empfängt, und unter einem zugeneigten, breiten Lächeln entblößte er gesunde Zähne. Max grüßte freundlich zurück, obgleich er diesen Mann noch nie in seinem Leben gesehen hatte.

Ein Straßenhändler, der Getränke feilbot, versorgte sie mit frischem Wasser.

»Mal sehen ob das reicht, den Tod hinunterzuspülen und doch noch das Licht zu erblicken.«

Max setzte die Flasche an und nahm einen kräftigen Schluck gegen den Durst, gegen den Tod. Sie folgten dem Gassenlärm knatternder Motorräder – weg vom Verbrennungsort – hinein in die belebte Altstadt: Schmutz, Dreck, frisches, feilgebotenes Gemüse, dampfende Öltöpfe, Betelnusshändler, Milchverkäufer mit Bottichen und Messkannen, kleine Altäre mit Opfergaben an den Hauswänden, noch schmalere Passagen und Stufen, die zwar die Motorradfahrer fernhielten, nicht aber den Lärm, den sie produzierten. Immerwährendes Hupen, Bremsenquietschen, Motorenknattern war der allgegenwärtige Begleiter durch ganz Indien bis hinein in die letzten Winkel der holen Gassen.

Max und Saint Germain flüchteten über eine schmale, unter den Ablagerungen von Jahrhunderten versteckte Treppe hinauf zu einer nächsten Gasse. Dann standen sie plötzlich vor einem sandsteinroten Tempel mit einem riesigen phallischen Turm in seiner Mitte. Hindus pilgerten in die heilige Stätte. Für Touristen gab es ein Kassenhäuschen. Eine Einladung, der Max unbedingt nachkommen wollte, schon um dem chronischen Straßenlärm zu entkommen, auch wenn er selbst die tiefe Klangfarbe seiner eigenen BMW mochte. Doch der Sound einzelner Maschinen, die durch eine offene Landschaft oder selbst durch eine Straßenschlucht röhrten, hatte nichts mit der Kakophonie des indischen Alltags zu tun.

Sie hatten Glück, offenbar genehmigte ihnen das Zeitfenster, das sie zufällig getroffen hatten, unmittelbaren Einlass in den Tempel. Sie mischten sich unter die Menge bunt gekleideter Hindus. Es war ein besonderer Ort. Auf dem Ticket stand: *Kashi-Vishvanath-Tempel.*

»Da ist sogar ein QR-Code auf dem Ticket.«

Instinktiv griff Max in seine Hosentasche und zog sein Smartphone heraus. Er öffnete den QR-Code-Scanner, knipste den Code ab und eine Seite öffnete sich.

Max las laut vor: »Bei einem Streit darüber, wer der größere Hindugott sei, Brahma oder Vishnu, brach ein Licht-Linga aus der Erde hervor. Saint Germain hör mal, hier steht etwas von Licht! Brahma verwandelte sich in einen Eber und Vishnu in eine Wildgans. Der Eber wühlte sich tief in die Erde, die Gans erhob sich hoch in die Lüfte. Beide wollten das Ende des Licht-Lingas erreichen, jedoch ohne Erfolg. Wenn zwei sich streiten, freut sich der Dritte: Shiva geht als der allmächtige Gott aus diesem Streit hervor. Shiva veranlasste, dass das Linga klein werde, damit die Menschen es hier in diesem Tempel verehren können. Ein Blick auf das Linga genüge zur Seelenreinigung und bringe das Leben zurück auf den Weg von Wissen und Hingabe. Na, mein lieber Freund, sollen wir einen Blick riskieren?«

Saint Germain nickte gelassen, immerhin waren sie deshalb hierhergekommen.

Massen drängten durch das Eingangsportal. Bunte Saris, moderne Sonnenbrillen, Handys im Selfiemodus. Viele Hindus hatten Opfergaben dabei, die sie im Innersten des Tempels ablegen wollten: Blumen, Nüsse, Reis, Früchte, Gemüse, Zigaretten. Max und Saint Germain schwammen mit dem Besucherstrom mit, bis sie endlich im Zentrum des Tempels eine viereckige in den Boden des Tempels eingelassene Silberschale, die über und über mit bunten Opfergaben bedeckt war, erblickten. Vom Linga keine Spur, die Blütengaben in der Mitte der Schale ragten allerdings hoch aus dem Becken heraus. Darunter musste sich das Linga verstecken. Menschen knieten nieder, küssten den Fußboden vor dem Silberbecken, bevor sie selbst ihre Gaben ablegten. Die Atmosphäre im Tempel strahlte trotz des geschäftigen Betriebes etwas aus, das selbst der atheistische Max spürte. Es war wie eine Kraft, die durch seinen Körper drang und ihn glücklich machte, obgleich er des verehrten Objektes nicht einmal ansichtig wurde. Max, Glaube hin oder her, fühlte, dass er am richtigen Ort war. Nur verstehen konnte er nicht.

Natürlich gab es hier keine Sophia. Aber es musste doch irgendein Zeichen geben, das auf die vermisste Nichte hindeutete. Trotz des Glücks in der Brust fragte er Saint Germain verzweifelt: »Was machen wir jetzt?«

Auch Saint Germain hatte dieses Glücksgefühl im Bauch. Er strahlte Max wie eine aufgeplatzte Orchideenblüte an. Aber eine Antwort hatte er auch nicht parat.

»Max, Du bist zu Deutsch, zu schnell, zu effizient. Lass doch erst mal die Aura dieses wundersamen Ortes auf Dich wirken, lass uns ankommen in dieser Stadt, im Tempel des Lichtes!«

Max glotzte verdattert in die aufgeknospete Orchideenblüte und machte dabei selbst ein Gesicht wie ein mit Wasser übergossener Pudel. Doch dann keimte wieder dieses Glück in seiner Brust auf, kribbelte bis in die Fingerspitzen, und der begossene Pudel fing an zu strahlen.

»Schon besser!«, setzte Saint Germain nach, als er Max' Gesichtsentfaltung wahrnahm.

Sie waren viel zu sehr mit sich selbst beschäftig, als dass sie bemerkt hätten, wie sich eine Frau in einem scharlachroten Sari auf sie zu bewegte.

»Ich komme von den Ufern des Ganges, dort wo die Tiger die Toten verspeisen.«

»Tiger die Toten verspeisen?«, dachte Max.

Waren sie nicht erst vor drei Tagen den Klauen Shere Kahns entkommen, des Raubtieres, das sie nicht tot, sondern fast bei lebendigem Leib verspeist hätte? Und was hatte ein Tiger hier zwischen den Scheiterhaufen zu tun? Gab es denn immer irgendetwas, das der Entfaltung dieses wunderschönen Gefühls von Glück und Liebe an diesem andachtsvollen Ort entgegenstand? Er hatte sich Varanasi so anders vorgestellt. Genau genommen hatte er allenfalls eine Vorstellung von den GPS-Koordinaten der Stadt gehabt, nicht aber von einer

Stadt, die so dreckig, so göttlich, so stinkig, so heilig, so tödlich, so glücklich war wie Varanasi. Eine wunderschöne Frau mit großen dunklen Mandelaugen, prallen roten Lippen, die strahlendweiße Zähne entblößten, und langen, pechschwarzen, glänzenden Haaren, die sich ihren Weg unter dem Kleidungsstück hinaus an die Öffentlichkeit suchten, stand vor ihm. Kein Tiger jedenfalls, dachte Max, als er magisch auf das auserlesene Antlitz der Schönen starrte.

»Max, nicht wahr?«, fragte die wunderbare Dame rhetorisch und stellte sich sogleich selbst vor:

»Man nennt mich Buddhimatta, und ich habe eine lange Reise flussaufwärts getätigt, allein, um Euch hier anzutreffen.«

Max war total verdattert. Woher wusste diese Frau, wer er war? Die Frau begann langsam ihre charmanten, roten Lippen in die Breite zu ziehen und ihr schönes Gesicht mit einem noch schöneren Lächeln zu verzieren. Zeitgleich zog sie ihren linken Arm unter dem lippenfarbenen Sari hervor und wies mit einem Kopfnicken auf ihr Smartphone, das sie nun vom Kleidungsstück befreit ans Tageslicht befördert hatte. Max gaffte die geschmeidigen Bewegungen der Frau an, konnte gar nicht genug bekommen von dem angenehmen Wesen. Er verstand nichts mehr, dieses Glücksgefühl gepaart mit dieser großartigen Erscheinung, das war alles nicht von dieser Welt. Aber was machte sie da mit diesem irdischen Handy in ihrer Hand?

Budimatta löste die Verzauberung, in die Max gefallen war.

»Iban Al Hasir, der Astrologe von Jantar Mantar in Jaipur, hat mich angerufen und Euch angekündigt! Er hatte Dich und Saint Germain …«, sie unterbrach sich selbst, »so heißt doch Dein Freund?«, und nahm Max entgeisterten Gesichtsausdruck als Bestätigung, »… auf den Weg in die Stadt des Lichtes geschickt, also habe ich Euch hier erwartet.«

»Aber, woher weißt Du, äh wissen Sie, dass ich Max bin und nicht …?«

Max drehte sich herum, erblickte in der Besuchermenge ein weiteres europäisches Gesicht und wies mit dem Finger in die Richtung, »… und nicht zum Beispiel der Mann dort hinten?«

»Nun, das ist ganz einfach zu beantworten, Max. Du bist vermutlich der einzige in Indien, der eine Lederhose anhat. So etwas tragen wir in Indien für gewöhnlich nicht.«

Ihr Lachen wurde noch herrlicher und Max drohte schon wieder darin zu versinken.

»Wir sollten ein ruhiges Plätzchen suchen und uns unterhalten«, schlug Buddhimatta vor.

Obgleich Max zustimmend nickte, dachte er: »In Indien gibt es keine ruhigen Plätze und in diesem hallenden Tempel, im Gemurmel von aberhunderten Menschen, ist es allemal ruhiger als draußen vor den Toren dieses heiligen Lichthauses.«

Nachdem sie ausreichend vom Glück geatmet, ihre Seelen in einen Zustand innerer Zufriedenheit gebracht hatten, drängten die drei an den hereinströmenden Massen vorbei nach draußen. Lärm und Gestank der Stadt umfassten sofort wieder ihre Sinne, allein die andauernde Kakophonie bedrückte Max' Gemüt nun weit weniger als noch zum Zeitpunkt, da er in das Gebäude hineingetreten war. Der Tempel hatte ihn verändert.

»Ich kenne hier in der Nähe ein nettes Dachterrassen-Café. Wenn es nicht komplett überfüllt ist, könnten wir uns dort bestimmt in Ruhe unterhalten.«

»Wir sollten es auf jeden Fall ausprobieren«, stimmte Max freudig zu, der von Buddhimatta nicht genug bekommen konnte.

Eine schmale verdreckte Treppe mit ausgelatschten Stufen lud nicht wirklich zum Verweilen ein. Nur weil Buddhimatta ihnen voranschwebte, folgten die beiden Herren magisch von ihr angezogen hinauf zur Dachterrasse. Wider Erwarten waberte ihnen von den letzten Stufen bereits angenehmer Kaffeeduft entgegen. Sollte es in diesem Land doch noch einen feinen Röstkaffee geben? Weiche, bunt bestickte Kissen lagen auf dem Boden herum, die meisten hielten bereits junge Touristen in ihren Federn, die an großen Tassen mit dem köstlichen Getränk nippten. Sollte ihre Entbehrung endlich ein Ende finden? Sie entdeckten eine Sitzgruppe in einer abgelegenen Ecke, bestellten Kaffee und Gebäck und der Glücksschalter, der im Tempel angeknipst wurde, schien in Wirklichkeit ein Potentiometer zu sein, das soeben noch weiter hochgeregelt wurde.

Als jeder seine kaffeeduftende Tasse in der Hand hielt, grinste Max breit wie ein Schmalzkuchen. Dann setzte Buddhimatta vorsichtig ihre Geschichte fort.

»Haben Sie je von Reinkarnation gehört?«

»Ja,« zögerte er.

»Wiedergeburt«, erwiderte Max lakonisch.

Was wollte sie ihm jetzt von Wiedergeburt erzählen, so ein Esoterikscheiß, der in der materiellen Welt, aus der Max kam, keinen Platz hatte.

»Nach dem Glauben der Hindus ist die Seele des Menschen unsterblich. Wenn der Mensch stirbt, sucht sich die Seele einen neuen Körper: einen Menschen, ein Tier oder selbst einen Gott. Es ist das Bestreben der Hindus, diesen Zyklus zu unterbrechen und mit der Weltenseele zu verschmelzen. Bei Euch nennt man das wohl i*n den Himmel zu kommen.*«

Saint Germain nickte entgegenkommend. Buddhimatta schlürfte kurz an ihrem Kaffee, um dann fortzusetzen: »Um die Reinkarnation zu beenden, brauchen wir ein dickes Karmakonto; gute Handlungen, die wir im Laufe unseres Lebens vollbracht haben. Wenn Sie morgens durch Indiens Straßen wandern, werden Sie oft Menschen erblicken, die beispielsweise die heiligen Kühe oder Tauben auf der Straße füttern. Das schafft Karmapunkte, oder auch die Yogaübungen, die viele hier an den Ghats verrichten. Wenn es jedoch ans Lebensende geht, versucht man am heiligsten Ort der Hindus sein Ende zu finden. Reiche Hindus reisen nach Varanasi, kaufen sich hier ein Apartment, um hier zu sterben. Das peppt das Konto gewaltig auf. Wenn sie dann verbrannt werden und die Asche direkt hier in den Ganges geschüttet wird, ist die Wahrscheinlichkeit sehr groß, in diese Weltenseele einzutauchen.«

»Und arme Leute kommen nicht in den Himmel?«

»Doch natürlich! Arme Leute haben in der Regel schon zu Lebzeiten viel mehr gute Taten vollbracht als reiche«, hier musste Buddhimatta grinsen.

So war die Welt eben gegliedert.

»Wenn man stirbt, muss der Körper der Hindus innerhalb von 24 Stunden verbrannt werden, so schnell schafft das keiner nach Varanasi, der nicht direkt hier wohnt. Deshalb gibt es im ganzen Land Verbrennungsplätze. Später pilgern die Familien nach Varanasi, um hier die Asche des Verstorbenen dem Ganges anzuvertrauen. Sie können es natürlich auch an jeder anderen Stelle dieses gewaltigen Mutterflusses Indiens tun. Und falls sie keine Mittel für eine Pilgerreise haben, können sie die Asche auch in einen anderen Fluss schütten, da der auch im Ganges mündet, und wenn sie keinen Fluss vor der Haustür haben, dann müssen die Hinterbliebenen auf den Monsun warten und die Asche in eine Pfütze werfen, der Wasserkörper ist ja auf jeden Fall mit dem Ganges verbunden, so der Glaube der Hindus.«

Buddhimatta endete und Max fragte etwas verwirrt: »Interessant, schön und gut, aber was hat das jetzt mit uns zu tun?«

»Nicht immer gleich so enttäuscht sein, Max! Ich wollte Euch nur in unsere Mythologie einführen, damit Ihr versteht, was ich Euch jetzt zu sagen habe.«

»Und?«, setzte Max erwartungsvoll nach.

»Man nennt mich Buddhimatta, die weise Frau. Auch Sophia nennt man bei Euch die Weise.«

»Woher weißt Du von Sophia?«, platze Max nun doch sehr gespannt heraus.

»Sophia muss eine Nahtoderfahrung gemacht haben. Ihre Seele löste sich und wanderte in meinen Körper. Jedoch verweilte sie nicht lange in mir, sondern hat mich schon bald wieder verlassen. Die beste Vermutung ist, dass sie nicht gestorben ist und auf ihrer Seelenwanderung hoffentlich in ihren eigenen Körper zurückgekehrt ist.«

»Und hat die Seele Dir irgendetwas mitgeteilt?«

»Ja, und da kommt Ihr ins Spiel!«

Trotz des ganzen Seelen-Trallalas wandelte sich bei Max der dickköpfige Unglaube in Hoffnung und Neugier. Der berühmte seidene Faden, an dem alles hängt, spann sich zwischen die Neuronen seiner Hirnrinde.

»Ihre Seele verriet mir, dass Ihr eine Maschine besitzt, die Tote wieder ins Leben zurückbringen kann.«

»Die *Figura Baphomet* der Tempelritter!«, platzte es aus Max heraus, während Saint Germain nur ausgedehnt griente, schließlich war er selbst der Beweis für das Funktionieren der Baphomet-Maschine. Er reckte seinen Brustkorb, schwenkte ihn von links nach rechts und wieder zurück und dachte: »Ja, ein Leben saftiger denn je.«

»Zeit für einen Drink, Max!« Saint Germain hatte genug vom Kaffee und dachte an den wunderschönen Abend auf der Hotelterrasse in Khajuraho zurück, wo ihn die Drinks so leicht ums Herz gemacht hatten.

Max ignorierte seinen Gefährten und platzte heraus: »Aber das haben wir schon versucht, es hat nicht funktioniert. Im Gegenteil, diesmal ist Marek zu Schaden gekommen.«

»Nun, die Seele hat mir eröffnet, dass die *Figura Baphomet*, wie Ihr sie nennt, auch ein Licht-Linga erzeugt, einen Lichtbogen, auf dem Sophia zurückreisen könnte. Offenbar wurde die Baphomet-Maschine mit einem unpassenden Stein bedient. Ich nehme an, Eure beschwerliche Reise durch Indien hat Euch nicht ganz zufällig in den *Kashi-Vishvanath-Tempel* geführt. Es ist der Tempel des Licht-Lingas, der Tempel des Lichts von Indien!«

»Ja, und was bedeutet das jetzt?«, fragte Max, der das Gefühl hatte, die Pointe der Geschichte verpasst zu haben.

»Nun, als Shiva im Streit mit Vishnu und Brahma das Licht-Linga verkleinerte, damit es die Menschen verehren konnten, erhielt sie einen riesigen pinkfarbenen Diamanten, die Quelle des Lichtes von Indien, den *Hindu-i-Noor*.«

»Ich glaube, ich fange an zu verstehen …«

»Über den Streit der Götter zerbrach der Diamant in zwei Teile, die später als die zwei großen Indischen Diamanten in die Geschichte eingehen sollten: der allen bekannte Koh-i-Noor oder ›Berg des Lichtes‹ und der *Daria-i-Noor*, geläufiger als das ›Meer des Lichtes‹. Wenn ich die Seele richtig verstanden habe, müssen beide Diamanten in der *Figuara Baphomet* zusammengebracht werden, dann wird Sophia wieder befreit werden können.«

»Nichts leichter als das!«, platzte Max enttäuscht heraus.

»Haben Sie eine Vorstellung, wo sich die beiden Diamanten befinden?«

Max beantwortete seine rhetorische Frage gleich selbst: »Der Koh-i-Noor liegt im Londoner Tower und der Daria-i-Noor im sichersten Tresor der Zentralbank von Teheran. Es ist unmöglich, an diese Diamanten heranzukommen!«

»Lass den Kopf nicht hängen Max, es gibt immer eine Lösung. Du weißt doch: Der Morgen ist klüger als der Abend. Wir müssen darüber schlafen. Du hast doch sonst für alles eine Lösung, denke nur an Deinen fliegenden Teppich«, besänftigte Saint Germain seinen Freund.

»Und was hat es mit dieser *Figura Baphomet* auf sich?«, wollte Buddhimatta nun doch wissen, nachdem sie die unlösbare Aufgabe überbracht hatte.

»Baphomet war ein mehrgesichtiger Gott, den die Tempelritter heimlich verehrt haben. Sie haben aus purem Gold einen zweiköpfigen Baphomet gebaut, der über einen Zopf mit einer Lade verbunden ist. Wenn man zwischen die Köpfe den Korund legt, kann ein Licht-Linga erzeugt werden, das offenbar ein Tor zwischen irdischem Leben und der Totenwelt öffnet. Damit haben wir meinen Freund Saint Germain ins Leben zurückgeholt«, schloss Max tief in Gedanken versunken.

Von dem Glück, das sich in seiner Brust ausgebreitet hatte, als sie den Tempel betreten hatten, war nicht mehr viel übriggeblieben. Sie verabschiedeten sich von Buddhimatta.

»Wir danken Ihnen von ganzem Herzen, dass Sie den weiten Weg aufgenommen haben, uns in der Stadt des Lichtes zu empfangen und Kunde zu tun von unserer lieben Sophia. Ich hoffe, dass wir mit Ihren Hinweisen Sophia zurückbekommen werden!«

Max und Buddhimatta reichten sich gegenseitig beide Hände – nicht nur zur Verabschiedung. Sie hielten sich lange fest aneinander und ließen Wärme und Energie durch ihre Körper strömen. Ein Moment der Kontemplation und Nähe zu einem vermissten Menschen über ein Medium, das nicht nur Erkennen und Empfinden, sondern auch Schönheit ausstrahlte.

Mit den Worten: »Die Weisheit wird mit Dir sein!«, löste Buddhimatte ihre Hände.

Die Reise nach Indien hatte sie zwar bei der Suche nach Sophia weitergebracht, doch die letzte Aufgabe, die vor ihnen stand, schien unlösbar, und Sophia würde wohl für immer verloren bleiben. Die Flamme, die sie in der Stadt des Lichtes suchten, war ein letztes Glimmen, bevor das Streichholz erlosch. Selbst wenn Munshiram es schaffen würde, seine Diamanten jemals nach Indien zurückzuholen, würde er sie nie wieder aus der Hand geben. Und diese Note war schon seit über 70 Jahren auf dem diplomatischen Parkett anhängig.

Rückkehr

Lukas war wieder in das Wasser der Yerebatan-Zisterne gestiegen. Inständig hoffte er, dass der Berliner Gruß aus der Monsterwolke inzwischen versiegt und die unterirdische Kapelle der Tempelritter leergelaufen sei. Sonst würde er eine Überraschung erleben, wenn ihn Medusa zurück in einen mit Wasser und Kloake vollgelaufenen Raum ausspuckte und er doch noch jämmerlich ersaufen müsste. Das wäre schließlich auch eine Option für die Geschichte, in die er mit seiner Schwester Sophia vor Jahren in Marienburg hineingeraten war.

Inzwischen hatte er, im hüfthohen Wasser watend, das Postament mit dem kopfstehenden Medusenhaupt erreicht. Hierher war er erst heute Morgen aus Tempelhof nach Istanbul portiert worden. Nun hieß es den Heimweg antreten und sehen, wie die Geschichte weitergegangen war. Lukas tauchte komplett in das Wasser ein, umfasste die Schlangen am Medusenhaupt und zog sich dicht an die Augen der Meduse heran. In welches Jahr ihn das Raum-Zeit-Tor diesmal befördern würde, wagte er dagegen nicht laut zu denken. Doch wie sehr wünschte er sich, dass Max erfolgreich in das Geschehen eingegriffen hätte, und er nun seine geliebte Schwester Sophia wieder in den Arm nehmen könnte. Er würde sie lang und fest an sich drücken. Er würde ihr, Kaisea, Marek und Max von einem Abenteuer berichten, seinem Abenteuer, das alle anderen aber nicht erlebt hätten.

Lukas wusste nicht wie, aber das Medusen-Tor öffnete sich und er landete tatsächlich mit einem Schwall Wasser auf dem Fußboden der unterirdischen Templerkapelle. Er drehte sich um und schaute in das verschmitzte Asmodäus-Gesicht. Außer dem Wasser, was er aus Istanbul mitgebracht hatte, schien die Kapelle aber wieder furztrocken zu sein. Mit seiner Stirnlampe leuchtete er den Raum ab, er war leer, so wie er ihn heute früh vorgefunden hatte. Er suchte sich den Weg zum Stauraumkanal, folgte ihm nach rechts und erreichte bald die Eisenleiter, die ihn auf den Reinhardtplatz führen sollte. Doch über ihm war es stockfinster. Er kletterte die verrosteten Stufen hoch, doch oben angelangt, verschloss ein Kanaldeckel den Ausgang. Wer hatte ihn dort wieder hingeschoben? Mit aller Kraft stemmte er sich gegen den Deckel, doch er konnte ihn nicht bewegen.

»Verdammte Scheiße!«, fluchte er.

Wenn er hier nicht herauskam, würde er jämmerlich verrecken, wie die tote Ratte, die ihm eben noch in der Kloake einen Schreck eingejagt hatte. Er versuchte es abermals. Er schaffte es, ihn ein, zwei Zentimeter anzuheben, dann versagten seine Kräfte und der Deckel plumpste mit Wucht zurück in seine Öffnung.

Plötzlich hörte Lukas hinter sich Stimmen, wohlbekannte Stimmen: Max und Saint Germain! Jetzt bekam er Hilfe. Er rutschte erleichtert die verrosteten Stufen hinunter, platschte den Abwasserkanal zurück zum Templergewölbe. Er fand die beiden vor dem Asmodäus-Bildnis in der Dunkelheit fluchen.

»Wo habt ihr denn Eure Stirnlampen gelassen?«, fragte Lukas zur Begrüßung.

»Oh, das ist eine lange Geschichte!«, erwiderte Saint Germain und ließ in seinem inneren Auge die letzte Woche ihrer unerwarteten Indienreise passieren.

»So lang kann der Tag doch gar nicht gewesen sein«, Lukas hatte immer etwas zum Nachsetzen.

»Der Tag …?«, lachte Saint Germain leicht hysterisch.

»Ich weiß ja nicht, wo Du Dich inzwischen herumgetrieben hast. Aber wir hatten eine lange, unbequeme Reise durch Indien, die für meinen Geschmack einen Hauch zu ereignisreich, vielleicht zu halsbrecherisch, zu überbevölkert, zu blatternarbig und vor allem zu laut war. Dieser niemals endende Lärm steckt mir immer noch in den Gehörgängen wie ein dicker Pfropfen Ohrenschmalz, der sich nicht lösen möchte. Und achtzehn Stunden Fahrt in der Indischen Eisenbahn vom Totenreich am Ganges zurück nach Jaipur mit anschließender Tuk-Tuk-Fahrt durch das Verkehrschaos einer indischen Großstadt setzte allem noch die Krone auf. Es war die Hölle. Keine Tinkturen und Essenzen, die mich vor dem Dreck hätten retten können. Es juckt mich überall! Ich glaube, ich habe mir etliche Bettwanzen eingefangen. Zum Glück hat sich in Jantar Mantar das Tor an dieser Scheibensonnenuhr sofort wieder für uns geöffnet, sonst wären wir jetzt nicht hier. Frappant, für mich hat sich alles geändert! Schau Dir meine zerfetzen Seidenstrümpfe an, der Kampf mit Tigern und Göttern hat meine Haute Couture ruiniert. Schau mich doch an. Nein, tu es lieber nicht … ich muss zuerst zum Schneider.«

»Schneider?«, platzte Lukas prustend heraus.

»Heute haben wir Primark, H&M und C&A und allenfalls eine türkische Änderungsschneiderei, die Dir den Kaftan kürzen könnte. Pah, Schneider …«

Lukas fing an schallend zu lachen. Es war ein gestrecktes Lachen, das nicht enden wollte. Es war ein Befreiungsschrei, mit dem die Last der letzten Tage abfiel. Ein Lachen der Freude, Max und Saint Germain lebend wiederzusehen, nicht mehr allein zu sein. Ein Vorfreudenlachen zurück ins geliebte Berlin stiefeln zu können, Kaisea wiederzusehen und hoffentlich auch Marek und seine verlorengegangene Schwester Sophia.

Gemeinsam wateten sie durch das knietiefe Stinkewasser den Stauraumkanal zurück zum Gullyschacht. Saint Germain jammerte als letzter in der Reihe.

»Jetzt steh ich mit meinen vornehmen Strümpfen schon wieder in den berliner Fäkalien! Will das denn gar nicht aufhören?«

Lukas und Max erklommen die verrostete Eisenleiter hinauf zum Schachtdeckel. Mit gemeinsamer Kraft und unter lautem Stöhnen schafften sie es schließlich, den zentnerschweren Deckel anzuheben, über die Straßenkante zu hieven und schlussendlich beiseite zu schieben. Das gleißende Licht eines dunstigen Herbsttages blendete sie, die letzten vertrockneten Blätter an den Bäumen begrüßten sie nicht gerade freundlich. Sie waren zurück im Berliner Spätherbst. Was sie jedoch nicht begrüßte, war der Bulli, den sie erst heute früh genau hier geparkt hatten.

Lukas schaute auf sein Handy, natürlich war das Akku komplett leer. Keine WhatsApp-Antworten, keine Mailbox, keine Telefoniermöglichkeiten.

»Ich glaube, wir sollten wieder zurück in die Berliner Tunnel steigen«, flunkerte Lukas aus seinem dreckbeschmierten Gesicht.

Damit war er allerdings nicht alleine gesegnet.

»Der U-Bahn-Eingang ist gleich hier die Straße herunter.«

»Um Gottes Willen, schaut wie ich aussehe, so kann ich nicht in der Öffentlichkeit herumspazieren!«

Saint Germain fand das nicht mehr lustig. Er brauchte dringend frische Sachen nach hoffähigem Stande. Ein Zuber mit heißem Wasser – gespickt mit wohlriechenden Essenzen – täte jetzt auch nicht schlecht.

»Mach Dir nichts draus Saint Germain, es werden noch viel finstere Gestalten durch die Berliner U-Bahn krauchen als Du und vielleicht steckt Dir ja jemand aus Mitleid noch einen Euro zu«, kicherte Max, als er seinen Freund auf die Schippe nahm.

Die drei schmuddeligen Gestalten liefen die Luise-Henriette-Straße zum Tempelhofer Damm hinunter. In München hätten sie vermutlich verächtliche Blicke auf sich gezogen, hier in Berlin fügten sie sich angenehm ins Gesamtbild ein.

»Bist Du letztes Jahr eigentlich bei einer Porzellankonferenz in Istanbul gewesen?«, fragte Lukas etwas scheinheilig irgendwann Max.

»Na klar, da bist Du doch wie aus dem Nichts aufgetaucht!«

»Ich wollte nur wissen, ob meine Zeitreise tatsächlich stattgefunden hat – ich komme nämlich justament direkt von dort her!«

»Verrückt! Unglaublich, wie sich die Zeiten überschneiden. Leider muss ich gestehen, dass Dein Abstecher nach Istanbul nicht den erwünschten Erfolg gebracht hatte: Sophia ließ sich nicht davon abhalten, mit den befreiten Tempelrittern nach Süd-Frankreich zu ziehen. Sie war so besessen von ihnen und so ist sie immer noch verschwunden. Saint Germain und ich sind mit unserem fliegenden Teppich durch Indien gejagt, bis er geklaut wurde, haben ein Abenteuer nach dem anderen durchlitten und zuletzt in Buddhimatta eine Reinkarnation von Sophia gefunden, die uns einen aussichtslosen, ja unausführbaren Weg vorgestellt hat, Sophia doch noch mit der *Figura Baphomet* zurückzuholen.«

Einstweilen hatten sie den U-Bahnhof erreicht und staksten die Treppen zur U6 hinunter.

»Aber das hatten wir doch schon im Bode-Museum versucht und das Ergebnis war nicht das Wiedererscheinen von Sophia, sondern ein angeschossener Marek, der nun halbtot im Krankenhaus liegt!« Lukas schluchzte, all die Anstrengungen für Nichts!

»Wenn ich mich als betagter Gemmologe einmischen darf …«, mischte sich Saint Germain ein, »… Ihr habt den falschen Stein in der Baphomet-Maschine benützt. Für Sophia brauchte es nicht den simplen Korund, sondern für eine Frau von Sophias Format verlangt es nach dem *Licht von Indien*!«

»Das Licht Indiens?«, fragte Lukas verdutzt. Der Zug fuhr ein und während sie in die U-Bahn einstiegen, legte Max seine Hand väterlich auf Lukas Schulter und sagte: »Das erklären wir Dir später, lass uns zuerst nach Hause fahren und etwas frisch machen.«

Berlin – Wien

Der Kommissar grübelte. »Wenn der Gral tatsächlich bei von Wolfsburg im Arbeitszimmer steht, haben wir es hier mit einem Politikum zu tun. Von Wolfsburg ist gerade dabei, eine steile politische Karriere hinzulegen. Wenn wir ihm den Grals-Klau als großen Fall anhängen, ist es aus mit seiner Karriere. Wenn wir ihn freundlich bitten, den Gral zurückzugeben, hat er vielleicht ein Einsehen oder aber er leugnet alles, bringt den Gral in Sicherheit und er könnte für immer verschwunden bleiben. Dass die Österreicher immer so eine esoterische Ader haben mussten! Das wurde den Deutschen schon einmal zum Verhängnis! Man müsste von Wolfsburg also in seinem Arbeitszimmer überraschen und mit diesen Optionen konfrontieren. Unangemeldet, versteht sich.«

Ohne die Mithilfe eines österreichischen Kollegen konnte er sich diese Aktion allerdings abschminken.

Schulz blickte von seinem durchgesessenen Drehstuhl auf und guckte seinem stoischen Kollegen in die Augen.

»Sag mal Host, wir hatten doch vor ein paar Monaten so eine Kuschelrunde mit EU-Kollegen. Bildungsreise nach Berlin, persönliches Kennenlernen, besseres Zusammenarbeiten und gemeinsame Bierorgie. Kannst Du Dich noch an den Wiener Kollegen erinnern?«

»Du meinst den hageren Typen mit dem d'Artagnan-Kinnbart und den auffallend stechenden Augen?«

»Ja genau der! Wie hieß der noch, haben wir da nicht irgendwelche Kontaktdaten?«

»Hast Du Dir die Amtsmitteilungen wieder nicht durchgelesen? Also Herr Kollege!«

»Ich glaube, ich habe sie gleich wieder in Ablage P geschmissen, wir haben schließlich genug mit unserem eigenen Kram zu tun.«

»Manchmal schmeißt man leider auch ein wichtiges Dokument weg, das sollte Dir als Kriminalkommissar nicht passieren! Jammerschade, nicht wahr? Aber gab es dazu nicht auch E-Mail-Verkehr?«

Horst beugte sich lethargisch nach vorn, um besser in seinen Bildschirm zu schauen. Mit der Maus scrollte er sein Postfach durch, bis er die gesuchte E-Mail aufgespürt hatte.

Als er fündig geworden war, sagte er: »Da ist auch eine pdf-Datei angehängt.«

Er klickte die Datei an und wartete, bis sie sich genauso schwerfällig öffnete, wie Horst sich bewegte.

»Ah, hier haben wir es doch! Michael Fischer, Landeskriminalamt Wien, Leopoldgasse 18, Telefon: Vorwahl für Österreich 43, dann die 1 für Wien und die Direktdurchwahl 31310-62811. Kannst ihn gleich anrufen!«

»Wunderbar. Gib mal die Nummer her!«

Horst kritzelte die Nummer auf einen Fetzen Papier und schob ihn über den Schreibtisch auf Schulz' Seite.

Schulz wählte die Nummer. Am anderen Ende wurde abgenommen.

»Griaß Gott, Landeskriminalamt Wien, Sie sprechen mit Kriminalrat Fischer …«

Der breite österreichische Dialekt weckte sofort Erinnerungen an den Wiener Kollegen und legte ein Schmunzeln im fleischigen Gesicht des Kommissars frei.

»Herr Kollege Fischer, hier Schulz vom Kriminalkommissariat in Berlin. Ich weiß nicht, ob Sie sich noch an mich erinnern, aber wir haben uns doch Anfang des Jahres in Berlin auf einem EU-Kuschelmeeting getroffen …«

»Ja, ich erinnere mich sehr gut, Sie waren doch der, dem beim Anzapfen des Bierfasses der ganze Bierschaum auf das Oberhemd gespritzt ist.«

»Ja …«, gab Schulz kleinlaut zu.

Diese Peinlichkeit hatte er schon verdrängt und doch wusste er genau, dass sich die anderen immer nur an solche Missgeschicke erinnern würden, statt an seine fachliche Kompetenz.

»Wie dem auch sei, heute bräuchte ich Ihre Hilfe, Ihren Rat!«

»Schießen Sie los!«

»Vor einer Woche hatten wir hier im Bode-Museum eine hoch angebundene Ausstellungseröffnung mit Mitgliedern der Regierung und ausländischen Delegationen. Selbst der König von Spanien und Ihr Maximilian von Wolfsburg-Lothringen waren geladen. In der folgenden Nacht wurde in die Ausstellung eingebrochen, das Museum verwüstet. Aber nur ein Gegenstand wurde entwendet! Und genau den habe ich gestern zufällig im Fernsehen bei einem Interview mit Maximilian von Wolfsburg gesehen, der offenbar mit seiner PEPÖ eine steile Karriere hinlegt. In der Spieglung einer Vitrinenscheibe, vor der von Wolfsburg interviewt wurde, habe ich diesen Gegenstand wiedererkannt. Sie verstehen, es ist etwas heikel, ich kann den zukünftigen Kanzlerkandidaten von Österreich ja nicht mit einer Vermutung vor den Kadi ziehen. In erster Linie geht es mir auch um das Objekt selbst und nicht um ein Politikum, damit müsst Ihr fertig werden. Es war das Hauptstück der Ausstellung, ein mittelalterlicher Becher, den wir den *Tempelhofer Heiligen Gral* nennen. Er wurde erst Anfang des Jahres in Berlin-Tempelhof von ein paar Abenteurerkids entdeckt.«

»Soweit ich weiß, ist von Wolfsburg gerade in einen Seitenflügel der Wiener Hofburg eingezogen und hat dort sein Büro eröffnet. Da müsste man mal nachforschen! Posten Sie mir doch ein Foto von dem Kunstobjekt und ein ausgefülltes Prümer Standardformular zur Amtshilfe per Fax oder E-Mail zu, mal sehen, was ich für Sie tun kann.«

»Kommt sofort, und herzlich Dank im Voraus, Herr Fischer!«

Mit seinem breiten Wienerischen »Hab die E're«, beendete Kriminalrat Fischer das Telefonat.

Wiener Hofburg

Kriminalrat Fischer fuhr in seinem Dienstwagen am Nordende der Wiener Hofburg vor. Er parkte den Wagen nicht ganz akkurat direkt unter einem Halteverbotsschild an der Kreuzung Volksgarten Ecke Löwelstraße. Vorzug seines Amtes. Er stieg vor dem Leopoldinischen Trakt der Hofburg aus. Wie ein verlängerter Arm ragte der klassizistische Anbau aus dem Gebäudekonglomerat der über Jahrhunderte angewachsenen Wiener Hofburg heraus. Neben den Amtsräumen des Bundespräsidenten beherbergte der Trakt überdies die Polizeiinspektion der Hofburg sowie ein neu eingerichtetes Büro.

Ohne großes Aufheben stiefelte Fischer direkt in das Hauswachzimmer der Polizeiinspektion. Nachdem er sich ausgewiesen und sein Anliegen vorgetragen hatte, geleitete ihn ein Uniform tragender Beamter zu von Wolfsburg-Lothringens Büro. Fischer bedeute dem Beamten, vor der Tür zu warten und notfalls einzugreifen, falls er merkwürdige Geräusche vernehmen oder die Sitzung länger als eine viertel Stunde dauern würde. Dann klopfte er höflich an und folgte dem »Herein!«

»Griaß Gott, mit wem hab' ich die E're, was kann ich für Sie tun?«

»Griaß Gott Herr von Wolfsburg, Kriminalrat Fischer mit Name und Funktion.«

Wolfsburg, der zur Begrüßung aufgestanden war, plumpste in seinen Sessel zurück. Fischer sah sich im Raum um und konnte wie von Kommissar Schulz beschrieben den *Tempelhofer Heiligen Gral* augenblicklich hinter von Wolfsburg in einer Vitrine ausmachen. Der fixierte Blick des Kommissars auf den Gral entging Wolfsburg nicht und ließ ihn gleich noch kleiner in seinem Sessel erscheinen. Schon jetzt wusste er, dass das, was nun kommen würde, nicht nach seinem Geschmack wäre. Doch eine Lösung fiel ihm so schnell nicht ein. Warum hatte er den Gral auch so offensichtlich, so siegerstolz in der Vitrine platziert, fragte er sich und schimpfte sich ungehört einen kompletten Volltrottel. Vollidiot hätte es wahrscheinlich noch besser getroffen, war aber eine Vokabel, die Wolfsburg für sich selbst nicht vorgesehen hatte.

»Herr von Wolfsburg, ich glaube, Sie haben vergessen einen Leihvertrag zu unterschreiben. Ich bin daher von meinen Berliner Kollegen angewiesen worden, die, sagen wir, nicht offizielle Leihgabe da hinter ihnen, wieder zurück nach Berlin ins Museum zu überführen. Sie könnten ja mit Hilfe ihrer neuen politischen Position anregen, die Ausstellung aus dem Bode-Museum nach gebührender Zeit auch nach Wien zu holen. Dann könnten Sie ganz offiziell und ungeniert, wie jeder andere Besucher auch, vor dem Ausstellungskasten sitzen und den alten Becher traumversunken anstarren.«

Von Wolfsburg rückte etwas verstört seine Krawatte zurecht, räusperte sich, allein ihm fehlten die passenden Worte. Am liebsten hätte er den Sicherheitsdienst gerufen, um den ungebetenen Gast entfernen zu lassen. Allein die Polizei stand schon vor ihm und ihm fehlten die Argumente. Das war ihm in den letzten Tagen auf seinen Wahlkampagnen bisher nicht vorgekommen, im Gegenteil, von Wolfsburg war für seine Schlagfertigkeit und sein promptes Kontern bekannt. Würde das auch so bleiben, wenn er den machtvollen Becher nicht mehr in den Händen hielte? Ein Skandal um den Diebstahl des Kulturguts würde seiner Karriere auf jeden Fall ein abruptes Ende bereiten, dessen war er sich sofort bewusst. Doch war das Gefasel von Leihvertrag nicht ein Händereichen durch den Kriminalrat? Er hätte ja auch mit gezogener Waffe in sein Büro eindringen können. Und dann wäre es aus gewesen, für immer wahrscheinlich.

Als er alle Möglichkeiten ins Kalkül gezogen hatte, ging er auf das Spiel ein und antworte dann doch mit wiedergefundenem Scharfsinn: »Verzeih'n Sie Herr Kriminalrat Fischer. In den Wirren unserer Wahlkampagne ist mir der Leihvertrag ganz aus den Augen, aus dem Sinn gekommen. Ich werde das selbstverständlich bei nächster Gelegenheit nachholen.«

»Sehr angenehm Herr von Wolfsburg, einstweilen muss ich das Objekt allerdings konfiszieren und nach Berlin zurückstellen. Dann können Sie sich direkt an das Berliner Museum wenden, um die Leihanfrage aufzufrischen.«

Wolfsburg sah sich geschlagen, erhob sich, drehte sich zur Vitrine und öffnete sie. Er entnahm ihr den Heiligen Gral aus Tempelhof küsste ihn anmutig und überreichte ihn wiederwillig dem Kriminalrat.

»Hab die Eh're!«

Fischer griff den Becher, der sich nicht aus Wolfsburgs Griff lösen mochte. Als er ihn endlich in den Händen hielt, verabschiedete er sich mit einem einfachen »Tschüss«.

Allen Beteiligten war das jetzt viel zu schnell gegangen. Fischer wandte sich achtsam zur Tür, konnte vorerst aber keine Gefahr wittern. Von Wolfsburg stand wie angewurzelt hinter seinem Schreibtisch. Langsam zog er eine Schublade zu seiner Rechten auf. Kein gutes Geräusch dachte Fischer und seine Hand griff automatisch zum Holster, in dem seine Dienstpistole, eine Glock 19, in Brustnähe ruhte. Warum müssen die Leute immer ausrasten? So uneinsichtig. Selbst wenn ich jetzt hier zur Strecke gebracht werden würde, hätte die Polizei doch immer den längeren Arm.

»Herr von Wolfsburg, ich glaube das ist jetzt keine gute Idee. Lassen Sie die Waffe lieber dort, wo sie sich noch befindet!«

Auch das letzte Deeskalationstraining war wieder unzureichend gewesen. Langsam zog nun Fischer seine Glock aus dem Holster. Was sich sekundenschnell abspielte, kam ihm wie ein Ewigkeit vor.

»Oh nein, verstehen Sie mich um Gottes Willen nicht falsch. Mir ist gerade aufgefallen, dass ich nicht nur den Leihvertrag nicht unterschrieben, sondern auch vergessen hatte, die Leihgebühren zu entrichteten.«

Von Wolfsburg griff tief in die Schublade und holte einen prall gefüllten Umschlag hervor. Ein nicht genannt werden wollender Industrieller hatte ihm das Spendengeld zugeschoben, um der Wahlkampagne der PEPÖ mehr Wumms zu verleihen und nach erfolgreichem Ausgang selbst nicht in Vergessenheit zu geraten. Er schob den Umschlag über den Schreibtisch, Fischer schob seine Waffe zurück ins Holster und schaute Wolfsburg fragend an.

»Herr Kriminalrat Fischer, die Leihgebühr! Das Restgeld sollte genügen, das Kunstobjekt sicher und wohlbehalten nach Berlin zurückzubringen, und die Angelegenheit ungeschehen erscheinen zu lassen.« Fischer und von Wolfsburg schauten sich tief in die Augen. Dann griff Fischer den Umschlag, öffnete ihn, erblickte einen gewaltigen Batzen von etwas aus der Mode gekommenen 500-€-Scheinen. Er griff sich etwa die Hälfte des Geldes.

»Wieviel mochte das sein?«, ging es ihm bei der überraschenden Wendung durch den Kopf. Das Dach an seinem

Haus musste neu gedeckt werden … Er musste cool bleiben. Den noch halbgefüllten Umschlag schob er zurück über den Schreibtisch und verabschiedete sich von Wolfsburg.

»Das sollte Leihgebühr und Unkosten decken, Herr von Wolfsburg. Das Restgeld sollten Sie lieber in ihre nächste Kampagne stecken, damit wir Sie doch noch als neuen Bundeskanzler erleben dürfen. Hab die Eh're!«

»Fischer, ich werde Sie nicht vergessen. Hab die E're!«

Beide hatten ihr Gesicht gewahrt. Die knisternde Hochspannung im Raum war wegbezahlt worden.

Aber wie das mit Politikern so ist, tragen sie eine wendehälsige Mehrköpfigkeit auf ihren Schultern. Bei Maximilian von Wolfsburg-Lothringen war das nicht anders. Kaum schnappte die Tür ins Schloss, als er den Verlust seines machtbringenden Trumpfes mehr als nur bereute. Er schnappte den Hörer seines Telefons und hatte Knut sogleich an der Strippe. Die messerscharfe Stimme seines Adjutanten zeigte Maximilian an, dass Knut sich wieder mit Kokain und wer weiß womit sonst noch allem vollgepumpt hatte. Maximilian wusste aber auch, dass Knut in diesem Zustand besonders effektiv arbeitete.

»… ich will meinen Gral zurück!«, schnaubte er wie ein kleines Kind in den Hörer.

»Dieser Bulle Fischer hat mir soeben den Kelch abgenommen und ist damit zum Flughafen durchgebrannt, er will ihn nach Berlin zurückbringen.«

Knut hatte bereits seine Heckler & Koch ins Holster geschoben und die Schlüssel seines Porsches auf dem Weg zu seiner Wohnungstür gegriffen, als er mit einem kurzen und prägnanten: »Schon unterwegs!« das Gespräch beendete und gleichzeitig seine Wohnungstür verschloss.

Kriminalrat Fischer verließ derweil die Hofburg, setzte sich in seinen widerrechtlich geparkten Dienstwagen, blieb noch einen Moment auf dem Fahrersitz sitzen und ging die Szene in Gedanken noch einmal durch. So glatt und schnell wie der Deal eben gelaufen war, da musste irgendetwas faul an der Sache sein. Doch bei allem Hin und Her, er konnte sich darauf keinen Reim machen, denn schließlich hielt er tatsächlich den Tempelhofer Gral und einen Batzen Schotter in seinen Händen. Der Rest der Aufgabe bestand nun lediglich noch darin, das Artefakt zügig und wohlbehalten in Berlin abzuliefern. Er startete den Wagen und fuhr auf direktem Weg Richtung Flughafen.

Kurz vor seinem Ziel stand er plötzlich im Stau. Das konnte jetzt nicht wahr sein! Diese Stadt ist ein Graus. Immer hält sie in letzter Minute eine Überraschung bereit! Fischer fluchte wie ein Droschkenkutscher. Er wollte hier nicht im Stau verrecken. Also kurbelte er sein Fenster herunter, schob das Blaulicht mit dem Magnetfuß auf sein Dach und schaltete das Martinshorn ein. Schleppend wie bleierne Gänse bewegten sich die Fahrzeuge vor ihm zur Seite und öffneten eine Rettungsgasse. Langsam fraß sich seine Karosse durch den aufgerissenen Stau.

Am Ende angelangt, traf er auf den Verursacher des Verkehrschaos: Ein brummiger LKW versperrte die Fahrbahn. Er stand übellaunig und mürrisch im Verkehr und machte keine Anstalten sich weiterzubewegen. Fischer ertappte sich, wie er schon wieder fluchte, dann hatte er endlich zumindest das Heck des klobigen LKWs erreicht.

Hier gewahrte er auch den wahren Grund der Staubildung. Eine Traube schaulustiger Menschen hatte sich am LKW-Ende gebildet. Die Menschentraube öffnete sich, als sie sein Martinshorn näherkommen hörten. Unter dem LKW stand ein Porsche eingekeilt. Er musste mit viel zu hoher Geschwindigkeit unter den wahrscheinlich abbremsenden LKW geraten sein. Fischer stoppte seinen Dienstwagen und stieg aus. Unverkennbar war er der erste Beamte am Unfallort. Der Porsche sah nicht gut aus. Das Porschedach war vom Eisenrahmen unter der Ladefläche des LKWs einfach abrasiert worden.

Fischer nährte sich dem Unfallwagen. *Falco* trötete noch aus den Lautsprechern des Autoradios und intonierte die grauenvolle Szene. Ein Blick in das Innere des Autos reichte, um zu sehen, dass hier jede Hilfe zu spät kam. Hinter dem Steuer saß ein Mann im dunklen Anzug. Das, was ihm fehlte, lag auf dem Rücksitz. Der katanascharf abgetrennte Kopf schwamm wie nach einer Enthauptung in einem irisierenden See aus dickem Blut auf der ledernen Rückbank des Sportwagens. Das Haupt hatte einem Mann mittleren Alters mit kahlrasiertem Schädel gehört. Die rot geränderten, wahrscheinlich mit Drogen vollgepumpten Augen starrten Fischer unerschrocken ins Gesicht. Der stechende Blick des Toten war kalt und leer. Fischer kannte den Mann nicht. Nie wäre ihm in den Sinn gekommen, dass die Raserei des Mannes seiner hocheigenen Verfolgung gegolten hatte. Für ihn blieb der Mann im dunklen Anzug der dreizehnte Tote des Jahres, den Wien in sein Unfallregister aufzunehmen gedachte.

Fischer zückte sein Handy, um seine Kollegen zu informieren, doch im gleichen Augenblick zerschnitten schon die nahenden Martinshörner die letzten Töne, die *Falco* noch aus dem absterbenden Lautsprecher des Porsches hauchte. Ohne das Eintreffen seiner Kollegen abzuwarten, setzte er sich zurück in seinen Dienstwagen und bahnte sich seinen Weg weiter am LKW vorbei. Keine zehn Minuten später hatte er das Flughafenterminal erreicht. Er stellte seinen Wagen ab, wiederholte die Sache mit der Widerrechtlichkeit des Parkens und krabbelte erleichtert aus dem Fond des Wagens in die tiefstehende Sonne des Wiener Herbstes. In seinem Kofferraum entdeckte er eine alte Lidl-Tüte. Er stopfte den Gral in das Plastik, entledigte sich seines Holsters und ließ seine Dienstwaffe in den Kofferraum gleiten. Nunmehr, mit einem 500er aus seiner Jackettinnentasche bewaffnet, zog er in die Flughafenhalle ein, eilte zum *Austrian*-Schalter und ergatterte das nächste Flugticket nach Berlin. Er hatte Glück. Gerade noch genug Zeit, um seinen berliner Kollegen anzurufen und über den Fortgang seiner ›Ermittlungen‹ zu informieren. Kriminalrat Fischer mit Prümer Sonderauftrag nahm den nächsten Flieger nach Berlin, wo ihn Kommissar Schulz sehnsüchtig und glücklich zugleich am Terminal erwartete.

»Endlich mal ein Teil seines Falles der zügig zu einem erfolgreichen Abschluss gelangt war«, dachte Schulz. Er begrüßte Fischer herzlich und lud ihn auf ein verdientes Bier ein.

Direkt am Ausgang von Terminal A steht ein abgestellter Wagon der S-Bahn aus den 1920er Jahren, der in eine Berliner Kneipe mit dem fantasievollen Namen *EsS-Bahn* umgewandelt worden war.

»Hier gibt's Berliner Currywurscht und ein ordentliches Pils dazu! Das sollten wir uns genehmigen und vielleicht bleibt mein Oberhemd ja heute ausnahmsweise spritzfrei.«

Schulz lachte über seinen eigenen Witz und eilte mit Fischer im Schlepptau zur Lokation. Auf dem Weg dorthin zückte er sein Handy und wählte eine abgespeicherte Nummer.

»Hallo Herr Professor, wir können einen Ermittlungserfolg verbuchen! Wenn Sie sich umgehend aufmachen und direkt zum Flughafen kämen, könnten wir Ihnen die heiße Ware ganz frisch übergeben!«

Schulz bretterte einen Scherz nach dem anderen heraus, er war richtig gut gelaunt, so gut wie seit Wochen nicht mehr.

Weise hingegen hielt verdattert sein Handy ans Ohr: »Was für eine heiße Ware? Herr Kommissar, nehme ich an?«

»Ja Schulz hier, ich halte gerade Ihren Becher in der Hand. Kriminalrat Fischer hat ihn soeben aus Wien eingeflogen, und bevor ich den Gral irgendwo in der Asservatenkammer auf nimmer Wiedersehen verschwinden lasse, dachte ich, Sie hätten ihr Museum inzwischen soweit im Griff, den Becher gleich am Ort seiner Bestimmung sicher unterzubringen. Ich schicke Ihnen sofort eine Eskorte, damit wir Sie schnell durch den Berufsverkehr zum Flughafen jonglieren können. Oder wollten Sie auch wie mein Wiener Kollege den Gral in einer Lidl-Plastiktüte in den Öffentlichen durch die Gegend spazieren fahren?«

»Lidl-Tüte? Öffentliche?«, platzte Prof. Weise ungläubig und entsetzt zugleich heraus. »Um Gottes willen! Ich bin sofort bei Ihnen!«

»Warten Sie auf den Einsatzwagen, der bringt Sie dann direkt zur *EsS-Bahn* am Terminal A, wo wir uns gerade auf den Ermittlungserfolg ein wohlverdientes Pils gönnen.«

Zuhause bei Lukas und Kaisea

Lukas fand Kaisea zu Hause. Sie lag abwesend mit verheultem Gesicht auf dem Sofa. Sie hatte ihren Körper der Wärme verschiedener Decken anvertraut, die sie schützend umwickelten. Als sie Lukas unter dem Tränenschleier erblickte, glomm ein Licht der Hoffnung in ihr auf. Zu zweit ist man stärker als alleine.

»Ich habe mir solche Sorgen gemacht! Wo warst Du? Ich hatte schon die Befürchtung, dass Du in Tempelhof ertrunken seiest. Ein ganzes Polizeiaufgebot mit Tauchern habe ich aktiviert, aber keine Spur von Dir – außer Deinem Bulli, dem Autoschlüssel und ein paar Gummistiefeln!«

Ihre Worte quollen wie ein zäher, nicht enden wollender Lavafluss aus ihr heraus. Sie tat sich schwer, den Mantel der Angst abzulegen, jetzt, wo ihr Angebeteter direkt vor ihr stand. Und wie er vor ihr stand! In seinen Dreckklamotten. Wie ein baumstarker Mann. Voll Leben und so ganz anders als Marek, der ihr sofort wieder ins Bewusstsein geriet. Angst wandelte sich in Vorwurf.

»Du kannst doch nicht einfach abhauen und mich alleine lassen!«

»Entschuldige, ich hatte Dir doch gesagt, dass ich Max und Saint Germain nach Tempelhof fahre!«

»Ja, aber das war vor zwei Tagen!«

»Zwei Tage?«, fragte Lukas verdattert. Dieser Asmodäus bringt die Zeit wirklich andauernd durcheinander.

»Es waren ja auch nur Fahrt zur, und Einstig in die Tempelritterkapelle geplant. Leider wurden wir vom steigenden Wasser überrascht und ich musste auch durch Asmodäus hindurch in Sicherheit schlüpfen, sonst wäre ich vermutlich abgesoffen.«

»Du hättest mich anrufen können!«

»Habe ich ja versucht, aber weder in der unterirdischen Kapelle noch in Istanbul hatte ich Empfang.«

»In Istanbul?«, fragte sie entgeistert. Sie fühlte sich verschaukelt, und sprang wie von einer Tarantel gestochen auf. Diesem Impuls mochte ihr träges Deckengeschwader ganz und gar nicht folgen. Augenblicklich stand sie da, wie Gott sie geschaffen hatte. Ein Anblick, der Lukas drang, Kaisea fest in seine Arme zu schließen.

»Das ist eine lange Geschichte!«, setzte er beschwichtigend fort.

»Wollen wir nicht etwas zum Essen kochen, ich habe einen Mordshunger, dann erzähl ich Dir ganz in Ruhe, was passiert ist.«

»Gute Idee, aber vorher könnte ich eine heiße Dusche gebrauchen, mir ist so kalt und so wie Du aussiehst, wird *eine* Dusche bei Dir gar nicht reichen!«

Endlich huschte wieder ein Lächeln über Kaiseas Gesicht.

»Ich glaube, das mit einer gemeinsamen heißen Dusche ist keine schlechte Idee!«, stimmte Lukas triebgeweckt zu. Kurz darauf standen beide unter dem dampfenden Strahl der Dusche, seiften sich gegenseitig ein und taten, was frisch Verliebte für gewöhnlich unter einer Dusche treiben.

Beim anschließenden Kochen in der Küche guckte Kaisea Lukas irgendwann tief in die Augen und sagte:

»Ich habe solche Angst um Marek, sein Bauch wird immer dicker, er selbst immer bleicher und kälter. Lass uns nachher noch in die Klinik fahren!«

Lukas stimmte zu und Kaisea wurde es etwas leichter ums Herz; geteiltes Leid ist halbes Leid.

Zuhause bei Max und Saint Germain

Gepeitscht von Neugier, die Max immer wieder in die Ferne trieb, war der Sog eines Strudels, der ihn anschließend immer wieder zurück in die Heimat führte, die zweite Kraft in seiner Brust. Ganz gleich wie tief er auch in den Dschungel der Ferne eintauchte, war das Coca-Cola-Schild schon vor ihm da. *Die Ferne ist ein schöner Ort, doch war die Cola vor mir dort*, summte es durch Max' Hirn in der Melodie eines Songs von Tamara Danz, der so ähnlich anfing. Der Zauber des Neuentdeckens auf halsbrechirischen Abenteuerreisen aus dem 19. Jahrhundert war im 21. Jahrhundert zur Romanze verkommen. Dennoch hatten sie in Indien mit Hilfe der beiden Ringe des Astrologen von Jantar Mantar an der Hand viel mehr Abenteuer erlebt als der gewöhnliche TUI- oder Studiosus-Reisende und diesmal fürwahr den Odem von *Tausendundeiner Nacht* gespürt.

Wieder zu Hause angekommen, flitzte Max ins Badezimmer, um ein heißes Bad einzulassen. Er drehte das heiße Wasser auf, füllte Schaumbad in die Wanne und riss sich seine verdreckten Klamotten vom Leib. Max rief Saint Germain, ihm in die Wanne zu folgen. Umständlich entledigte sich Saint Germain seiner zerschlissenen Barockgarderobe. Dunkle Bänder um seine Waden deuteten die Wasserstandsmarken von Berlins Kloake an. Max musste grinsen. Schließlich versanken beide im langersehnten Schaum des heißen Bades und wuschen die Ereignisse der letzten Woche fort.

Abwechselnd tauchten beide ihre Köpfe unter Wasser. Max zog seine Beine an, um Saint Germain mehr Platz zu geben. So konnte er sich seine Haare besser schamponieren und komplett untergetaucht wieder ausspülen. Dann wechselten sie die Stellung und Max wusch sein Haupthaar. Ein Bad konnte so angenehm sein. Nach einer geschlagenen Stunde Entspannung im Badewasser stiegen die beiden Männer aus der abgekühlten Wanne und frottierten sich gegenseitig zärtlich ab. Im Kleiderschrank fanden sie frische Sachen. Saint Germain bediente sich an Max' Kleidervorrat und sah endlich wie ein moderner Mensch aus. So richtig wollte ihm das aber nicht gefallen, er war zu sehr an sein barockes Outfit gewöhnt.

»Ich brauche dringend neue Seidenstrümpfe und meine Schnallenschuhe bedürfen einer fachmännischen Überarbeitung durch einen Schuster.«

»Seidenstrümpfe sind etwas aus der Mode gekommen, vielleicht versuchst Du es mal mit Nylons.«

Max schmunzelte, mit seinen knackigen Lederhosen und frischem, körperbetonendem Shirt waren sie wohl das verschiedenartigste Paar, das man sich überhaupt vorstellen konnte.

In der Küche drückte Max auf den Einschaltknopf des Kaffeeautomaten. Unter den üblichen röhrenden Lauten produzierte er zwei Kaffee Crema, die nach der körperlichen Außenreinigung nun das Innere der beiden belebte.

»Köstlich!«, quiekte Saint Germain.

Die Kaffeekultur hatte sich in den letzten Jahren deutlich entwickelt. Während in den Kaffeeanbaugebieten die Einheimischen die getrockneten *Arabica*-Bohnen einfach auf einem glühendem Blech über offenem Feuer rösteten, anschließend im Mörser zerstampften und dann lieblos mit kochendem Wasser übergossen, charmierte man in Europa mit Rösttemperatur und -dauer, mélangierte die Bohnen nach Herkunftsgebiet und Höhe des Anbaus, mahlte die Röstware zu unterschiedlicher Körnung, spielte mit Filter- und Siebstruktur, schäumte schließlich das Getränk mit Hoch- und Niederdruck und verschiedenen Temperaturen auf, um sich anschließend dem köstlichen Duft und Geschmack des Getränkes labend hinzugeben.

Max fand im Kühlschrank eine Kollektion von ausgewählten Rohmilchkäsen, die sofort ihre fauligen Aromen in den wohligen Kaffeegeruch mixten. Im Froster entdeckte er noch ein paar Roggenbrötchen, die er geschwind im Ofen aufbuk. Ein Kaffee-Käse-Brot-Mix schwängerte die Luft. Pawlow hätte seine Freude gehabt, die Zunahme der Speichelproduktion bei seinen Probanden zu messen. Hungrig machten sich ihre Mahlwerkzeuge über die knusprigen Schrippen mit den unter der Brötchenhitze schmelzenden Käsen her. Ein SPA-Programm, dass nicht nur den Körper erneuerte, sondern auch den Geist reaktivierte.

»Ich fürchte, alleine kommen wir auf unserer Suche nach Sophia nicht mehr weiter. Wenn es noch eine Lösung geben sollte, brauchen wir professionelle Hilfe. Und auch wenn ich immer noch an der Kompetenz von Kommissar Schulz zweifle, sollten wir nach gemeinsamen Lösungen suchen«, überlegte Max laut.

Saint Germain, der gerade an seinem Kaffee schlürfte, nickte zustimmend.

»Ich rufe ihn an, mal sehen, was er so drauf hat!«

Die Gedanken laut formuliert, griff Max nach dem Smartphone und wählte den abgespeicherten Kontakt.

»Hallo Herr Kommissar, Max Steinbein hier.«

»Was ist los Herr Steinbein, sie klingen so erregt.«

»Ja, ich komme gerade aus Indien zurück …«

»Sie kommen woher?«

»Aus Indien!«

»Aber ich habe Ihnen doch verboten, die Stadt zu verlassen. Außerdem ist das unmöglich, ich habe ja immer noch ihren Reisepass.«

»Es gibt auch andere Wege zu reisen …«

»Aber soweit ich weiß, benötigt man für Indien ein Visum.«

»Das mag schon sein, aber wie gesagt, es gibt andere Wege! Und wir müssen uns treffen und Tacheles reden.«

»Wenn es zur Verbrechensaufklärung dient, bin ich gerne bereit, Sie zu treffen.«

»Außerdem sollten Prof. Weise und möglicherweise Prof. Prekop mit von der Partie sein.«

»Sagen Sie bloß, Sie wollen sich stellen?«

»Herr Kommissar, mir ist es wirklich ernst und ich glaube, zur Lösung des Falls müssen wir jetzt alle an einem Strang ziehen und …«

»Darauf warte ich schon lange!«

»… und möglicherweise einige Experimente durchführen.«

»Experimente?«

»Ja, da brauchen wir die Zustimmung der Professoren.«

»Na, dann schlage ich vor, wir treffen uns morgen um 10 Uhr in meinem Büro, ich werde die Professoren auch dazu einladen!«

»Nein! Wir sollten uns gleich am Tatort, im Museum treffen. Dann können wir uns höchstwahrscheinlich mit einem Experiment oder einer Demonstration besser erklären.«

»Wie Sie wünschen. Ich rufe sofort Weise und Prekop an. Dann bin ich auf Morgen sehr gespannt«, verabschiedete sich der Kommissar und legte auf.

Nach dem Telefonat mit dem Kommissar rief Max sogleich Lukas an und lud Kaisea und Lukas ebenfalls zum Treffen ins Museum ein.

Secret Intelligence Service

Alle waren pünktlich im Bode-Museum erschienen. Prof Weise empfing seine Gäste und geleitete sie in einen kleinen Konferenzraum. An einem langen Tisch platzierten sich Weise, Prekop und Schulz auf der einen Seite und Max, Saint Germain, Kaisea und Lukas ihnen gegenüber.

Schulz eröffnete das Treffen: »Herr Steinbein, Sie haben uns alle hierher geladen, wir sind sehr gespannt auf Ihre Ausführungen. Ich hoffe, das ist keine Zeitverschwendung.«

Max überlegte, wie er am besten anfangen sollte, dann begann er mit seiner Geschichte, die wie ein Märchen mit phantastischen Elementen klang, sich aber eben dennoch so abgespielt hatte:

»Ich vermute, dass Sie, Herr Prof Weise, den Artefakten aus der Tempelritter-Kapelle noch nicht alle Geheimnisse entlockt haben.«

Prof. Weise widersprach augenblicklich: »Wir haben sogar die offenbar geheim gehaltenen 2000 Jahre alten hebräischen Pergamente in einem Altarfuß entdeckt, die die Aufgabe der Tempelritter in einem völlig neuen Licht erscheinen lassen!«

»Das ist ohne Zweifel ein ganz wichtiger historischer Fund …«, erwiderte Max, »dennoch gibt es einiges, was Sie noch in Erstaunen versetzen wird. Die unterirdische Kapelle in Tempelhof ist nämlich weit mehr als nur der Aufbewahrungsort für die Artefakte, die Sie fein säuberlich ausgebaut und hier im Museum ausgestellt haben. Es ist auch weit mehr als ein Bet- oder Andachtsort für die Mitglieder eines kirchlichen Ritterordens gewesen. Genau genommen ist es ein Bahnhof!«

»Ein Bahnhof, wovon reden Sie!«, platze nun Kommissar Schulz heraus, der seinen Unglauben augenblicklich mit den beiden Professoren teilte.

»Ja, das einzige Objekt, das Sie nicht aus der Kapelle entfernt haben, ist das Bildnis des Asmodäus. Asmodäus wurden in verschiedenen Religionen und Zeitaltern diverse dämonische Funktionen und Mächte zugeordnet. Selbst in Goethes ›Faust‹ tritt er auf:

[…]
»Der Mensch ist ungleich, ungleich sind die Stunden.
Und niemand hat Erwünschtes fest in Armen,
Der sich nicht nach Erwünschterem törig sehnte,
Vom höchsten Glück, woran er sich gewöhnte;
Die Sonne flieht er, will den Frost erwarmen.
Mit diesem allen weiß ich zu gebaren,
Und führe her Asmodi, den Getreuen,
Zu rechter Zeit Unseliges auszustreuen,
Verderbe so das Menschenvolk in Paaren.«[46]

»Was im ›Faust‹ allenfalls auf das Liebesleben reduziert scheint, trägt in sich viel größere Bedeutung. Schon der erste Satz hat sich für mich am Tag der Entdeckung der Kapelle bewahrheitet. Mein Freund Saint Germain …«, hier klopfte Max

46 Goethe, J. W.: Faust. Der Tragödie zweiter Teil. Reclam 1986, V. 5372ff.

seinem Nachbarn gefühlsbetont auf die Schultern, »… reiste mit mir und Asmodäus' Hilfe zurück in sein alchimistisches Labor des Jahres anno Domini 1706, um mich von seinem *Aqua benedetta* kosten zu lassen, das mich augenblicklich biologisch verjüngt hatte. So knackig wie ich aussehe, bin ich nämlich gar nicht mehr!«, kokettierte Max und Saint Germain pflichte bei. »Mir sieht man die Jahrhunderte glücklicherweise auch nicht an«, kicherte und Max setzte fort:

»Das Bildnis von Asmodäus in Tempelhof hat sich als einen Art Reisemaschine entpuppt, die unter bestimmten Voraussetzungen Raum und Zeit überwinden kann. Heutige Physiker würden es vermutlich als Wurmloch bezeichnen. Ein Phänomen, das inzwischen wissenschaftlich nachgewiesen, in seiner Praktikabilität aber noch Unzulänglichkeiten zu haben scheint. Das vermutlich wichtigste Artefakt aus dem Mittelalter haben Sie meine Herren also noch gar nicht erkannt, untersucht und zum Glück auch nicht in ein Museum verfrachtet. Diesen ›Bahnhof‹ wird man wohl auch kaum ohne Funktionsverlust an einen anderen Ort versetzen können. Und meine Herren, das war erst der erste Streich. Der zweite folgt sogleich!«

Jetzt wendete sich Max erregtes Gesicht in Richtung Prekop.

»Um die verschiedenen Geräte anzuschalten, bedarf es allerdings einer Essenz, die Sie Prof. Prekop quasi schon identifiziert haben.«

Prekop guckte verwundert und fragend in die Runde. Und Weise staunte.

»Geräte, was für Geräte?«

»Eins nach dem anderen. Wenn ich richtig informiert bin, hat Herr Prof. Prekop das Kruzifixblut untersucht und vermutlich - als sagen wir - göttliches Blut erkannt.«

Der fragende Gesichtsausdruck in Prekops Gesicht hellte sich in ein wissenderes auf.

»Auch das zweite Gerät in der Kapelle wurde mit diesem Blut in Betrieb genommen. Das zweite Gerät benötigt zur Funktion allerdings auch noch ein Medium und einen Edelstein. Ich spreche von der *Figura Baphomet*. Hier handelt es sich nämlich nicht nur um einen Klumpen geformten Goldes, sondern um ein weiteres Gerät, um eine Maschine.«

Die gequälten Gesichtsausdrücke in seinem Gegenüber waren nun noch präsenter.

»Was wollte dieser Steinbein von ihnen?«, dachten Weise und Prekop gleichermaßen.

»Ich hatte vor, Ihnen die Funktionsweise in einem Experiment zu demonstrieren, aber auf Grund des ungewissen Ausgangs möchte ich jetzt doch lieber davon absehen und Ihnen stattdessen berichten, was beim letzten Mal passiert ist. In der Nacht nach der Ausstellungseröffnung sind Lukas, Marek und Kaisea über das Dach ins Museum eingedrungen und haben mit Kaisea als Medium die Baphomet-Maschine mit dem Ziel eingeschaltet, Sophia wieder zum Leben zu erwecken. Immerhin hatte Sophia mit der Maschine schon meinen 1784 verstorbenen Freund Saint Germain ins Hier und Jetzt befördert. Mit dem Korund aus der Lade wird ein kräftiges Licht-Linga aus den Tiefen der Erde bis hoch in den Himmel erzeugt, das offenbar in der Lage ist, Leben aus der Mitternachtsstunde zu lösen. Leider blieb der erwartete Erfolg diesmal aus. Anstelle von Sophia wurden eine ägyptische Mumie und ein assyrischer Krieger zum Leben erweckt.«

Schulz dachte: »Da hat Kaisea also wirklich die Wahrheit gesprochen«, und Prof. Weise ging ein Licht auf. »Das erklärt freilich, dass in ebendieser Nacht auch im benachbarten Pergamon-Museum ein Basaltklotz auseinandergefallen ist, der einen assyrischen Krieger mit Vogelkopf und Flügeln dargestellt hatte! Wo ist der Krieger jetzt?«, wunderte sich Prof. Weise.

»Ganz großes Fragezeichen, Herr Professor. Jedenfalls verletzte er Marek mit einer unbekannten Waffe krankenhausreif. Bei dieser Aktion wurden die drei außerdem von einem Killer überrascht, der offenbar erfolgreich dem Heiligen Gral hinterherjagte und bei dieser Gelegenheit die frisch wieder auferstandene Mumie kaltblütig abknallte, die sich ihm vermutlich aus Versehen in den Weg gestellt hatte. Kollateralschaden.«

Max machte eine kurze Atempause, dann setzte er fort: »Alle Artefakte entpuppten sich also als Geräte, Maschinen für einen ganz anderen Zweck als ihr Aussehen oder Erscheinen vermuten ließ.«

»Dann sind Sie also für den Schaden im Museum verantwortlich!«, entrüstete sich Prof. Weise.

»Hätten Sie die Baphomet-Maschine nicht aus der Kapelle entfernt, hätte das Licht-Linga auch nicht Ihren porösen Fußboden zerstört!«, konterte Lukas.

Kleinlaut setzte er nach: »Vielleicht kann man meine Berufshaftpflichtversicherung mit ins Boot nehmen?«

»Keine schlechte Idee«, pflichtete Weise bei.

»Wir wollen hier nicht über Schuld oder Unschuld sprechen, die vornehmliche Aufgabe sollte doch immer noch sein: Sophia und Marek zu retten!«, beschwichtigte Max.

Während Max im Folgenden ihr Indienabenteuer farbenreich schilderte, rühmte sich Saint Germain: »Ich war immerhin persönlich mit meinem Freund Fürst Grigori Orlow an dem Geschäft des Orlow-Diamanten für Zarin Katharina der Großen beteiligt.«

Dann endete Max: »Die letzte Chance, die ich sehe, ist noch einmal die Baphomet-Maschine, diesmal allerdings mit dem

›Licht von Indien‹ anzuknipsen, um Sophia doch noch zurückzuholen.«

»Wenn ich das richtig verstanden habe, ist das ›Licht von Indien‹ in zwei Großdiamanten zerfallen: den Koh-i-Noor in der Krone von Queen Mum und den Daria-i-Noor im Hutschmuck des letzten Schahs.

Wie sehen Sie die Möglichkeiten als Museumsmann, an diese beiden Objekte heranzukommen?«, fragte der Kommissar Prof. Weise.

»Nahezu unmöglich! Wir hatten schon einmal eine Kronen-Ausstellung von den bedeutendsten Kronen europäischer Dynastien. Aus Wien hatten wir die Reichs-Regalien des Heiligen Römischen Reiches Deutscher Nation mit der originalen Reichskrone ins Deutsche Historische Museum nach Berlin gebracht, wir ergänzten die Ausstellung mit Repliken weiterer Kronen aus der Manufaktur *Robbe & Berking*. Aus London erhielten wir schon damals keine Originale. Und Teheran stand bei europäischen Kronen nicht auf dem Programm.«

»Es könnte, wenn ich den Maharadscha richtig verstanden habe, auch sein, dass ein Edelsteinfälscher aus New York den Koh-i-Noor bereits kopiert und möglicherweise gegen den echten Stein heimlich ausgetauscht hat. Das würde bedeuten, dass die im Tower von London ausgestellte Krone nicht mehr den Koh-i-Noor enthalten würde. Und vermutlich haben Sie damals die Krone nicht zur Ausstellung erhalten, weil die Engländer den Verlust des Koh-i-Noors vertuschen wollten. Sie müssten also James Bond anrufen und fragen, ob der Koh-i-Noor noch an Ort und Stelle sei oder doch in New York vom Edelsteinfälscher versteckt gehalten werde. Als Zweites rufen Sie den Kulturminister im Iran an und erkundigen sich, was sich da von Museumsseite aus machen lässt.«

Max warf den gegenübersitzenden Herren einen harten Brocken zu, den sie erst einmal verdauen mussten.

»Ich kann doch nicht einfach den iranischen Minister anrufen«, platzte der Kommissar heraus.

»Doch!«, widersprach Lukas.

Er hatte die Angaben bereits in seinem Smartphon aufgerufen und las vor: »Ershad, Ministerium für Kultur und islamische Führung. Da gibt es den für Kunstangelegenheiten zuständigen stellvertretenden Kulturminister Herrn Ali Taherkhani, Telefon: +982166708777. Rufen Sie an!«

Der Kommissar zweifelte. Andererseits, hatte er nicht kürzlich auch beflissentlich seinen Kollegen in Wien angerufen? Warum sollte er nicht einfach mal eine Nummer im Iran ausprobieren, jetzt wo ihm dieser Jungspund quasi die Pistole auf die Brust drückte. Er wägte ab, sah, dass der Fall nur gelöst werden konnte, wenn die London- und die Teheran-Frage geklärt würde. Außerdem hatte er gerade Verstärkung durch die beiden Professoren an seiner Seite. In einem Anflug von Selbstüberschätzung zückte er sein Handy und wählte die Nummer, die Lukas noch einmal vorlas. An der anderen Seite wurde prompt abgenommen:

»سلام، شما با وزیر طوقخانی صحبت می کنید«

»Herr Minister Ali Taherkhani? Hier spricht Kriminalkommissar Schulz aus Berlin in Deutschland. Ungeachtet aller politischen und religiösen Animositäten, die unsere beiden Länder haben mögen, habe ich ein ganz menschliches Anliegen. Ich könnte jetzt den ganz offiziellen Weg über unsere Außenministerien gehen, aber das produziert lähmende Bürokratie und kostet Zeit, die wir nicht haben. Bitte hören Sie sich mein Anliegen an.«

»Ich bin ja schon mittendrin Herr Kommissar Schulz. Worum geht es?«, antwortete Taherkhani in fast akzentfreiem Deutsch.

»Damit Sie das verstehen, muss ich etwas ausholen. Anfang des Jahres haben ein paar Jugendliche mitten in Berlin ein unterirdisches Bauwerk aus dem Mittelalter entdeckt. Wie es scheint, handelte es sich um eine Art Kapelle der Tempelritter, die im Mittelalter energisch an den Kreuzzügen beteiligt waren.«

»Ich weiß, wer die Tempelritter waren, fahren Sie zügig fort«, klang es trocken durch den Telefonhörer.

»Ein Artefakt stach bei der Entdeckung besonders hervor: eine goldene Figur mit zwei Köpfen, die auf einem Zopf ruhen. Wir nennen sie die *Figura-Baphomet*. Die Jugendlichen wussten offenbar um das Geheimnis dieser Maschine. Sie betätigten die Maschine, und ob sie es glauben oder nicht, sie beförderten mit dieser Maschine eine Hand voll Tempelritter aus dem Totenreich ins 21. Jahrhundert. Sie waren 1314 in Frankreich hingerichtet worden.«

»Das klingt nach einem Märchen! Ich glaube, unser Gespräch ist hier beendet.«

»Warten Sie Herr Minister Taherkhani, ich verstehe Ihr Misstrauen. Jeder könnte Sie natürlich anrufen. Aber vielleicht nützt Ihnen eine Bestätigung des Vorgangs durch Prof. Weise von den Staatlichen Museen Berlin Preußischer Kulturbesitz. Er ist in diese Geschichte ebenfalls involviert und hat die gefundenen Artefakte wissenschaftlich untersucht und im Bode-Museum in Berlin ausgestellt.«

»Prof. Weise? Weise ist mir namentlich bekannt, er hütet in Ihrem Museum eine für uns sehr bedeutende Münze von Kalif Harun er-Rashid[47] aus dem 8. Jahrhundert. Der persische Kalif liegt im kulturellen Herzen Irans in Maschhad begraben. Die Münze gehört natürlich nach Teheran zurück!«

Endlich hatte Schulz den stellvertretenden Kulturminister, zuständig für Kunstangelegenheiten am Haken.

»Nun vielleicht kommen wir da fürwahr ins Geschäft. Aber lassen Sie mich bitte mein Anliegen zuerst zu Ende vortragen.«

»Bitte!«

»Das Mädchen mit dem Namen Sophia, das die Tempelritter befreit hatte, ist mit den Rittern nach Frankreich gezogen und wurde dort von ihnen an einem rituellen Ort als Medium missbraucht. Seitdem ist Sophia verschwunden. Wir nehmen an, dass sie in einem Zwischenreich auf ihre Befreiung wartet.«

»Na, da müssen Sie ihre Hokuspokus-Maschine noch einmal in Betrieb nehmen!«, lachte der Minister, der die Story immer noch für ein billiges Märchen hielt.

»Ganz genau Herr Minister, aber dazu benötigen wir Ihre Hilfe!«

»Meine Hilfe? Was habe ich mit dieser Märchenmaschine zu tun?«

»Nun, die Geschichte geht noch etwas weiter. Sophia hatte eine Reinkarnation in Varanasi in Indien. Dort hat die Reinkarnation preisgegeben, dass die Baphomet-Maschine nicht wie üblich mit einem Korund bedient werden solle, sondern mit dem ›Licht von Indien‹.«

---

47 Goldmünze Kalif Harun er-Rashid (786–809); Arabische Inschrift Vorderseite: *Mohammed ist der Gesandte Gottes. Er ist es, der seinen Gesandten mit der Reichsleitung und der wahren Religion geschickt hat, auf dass er sie siegreich mache über jede andere Religion. Rückseite: Im Namen Gottes. Dieser Dinar wurde geschlagen im Jahr 174.* (790 u. Z.); Münzkabinett Berlin, Objektnr. 18205161

»Licht von Indien? Herr Kommissar, Sie machen es mir wirklich schwer, an die Ernsthaftigkeit ihres Anliegens, welches Sie mir immer noch nicht verraten haben, zu glauben.«

»Herr Minister Taherkhani, Sie sind der Hüter des Lichts von Indien!«

»Was?«, platzte der Minister ungläubig hervor.

Nachdem das Gespräch beendet und alle noch über den erstaunlichen Fortgang der Ereignisse sinnierten, vergingen keine fünf Minuten, bis Schulz' Handy plötzlich klingelt. Schulz stöhnte, sie waren gerade so schön mit ihrer Arbeit vorangekommen, und er konnte jetzt keine Unterbrechung durch eine geklaute Handtasche oder U-Bahnschlägerei gebrauchen.

Widerwillig meldete er sich: »Tag, Sie sprechen mit Kommissar Schulz ...«

»Secret Intelligence Service, Smith am Apparat«, verdattert fragte Schulz nach: »Wer?«

»Smith vom UK-Geheimdienst, Vauxhall Cross, London.

Sie kennen mich wahrscheinlich unter dem Namen Bond, James Bond.«

Smith imitierte die Stimme des Schauspielers. »Aber mein Name ist belanglos und wird nie der richtige sein.«

»Ich dachte 007 arbeitet für den MI6?«, konterte Schulz.

»SIS und MI6 sind identisch. Neues Jahrtausend, neuer Name, Sie wissen schon. Was Sie vermutlich nicht wissen, ist, dass wir ihre Aktivitäten seit gut einer Woche genauestens verfolgen.«

»Sie tun was? Ist das nicht gegen alle Genfer-, EU- und sonstigen Konventionen?«

Kommissar Schulz war sprachlos und wusste nicht, wie er auf solch eine Aussage reagieren sollte.

»Aber Herr Kommissar, wo leben Sie denn. Allerdings hat Ihr Persönlichkeitsprofil auch eine gewisse Perseverationstendenz ergeben.«

»Eine was?«

»Genau das! Sagen wir eine Neigung zur Konsistenz. Aber lassen wir das, in dem Fall, den Sie bearbeiten, müssen wir jetzt alle zusammenarbeiten und wir sind sehr neugierig, ob die Baphomet-Maschine das kann, was Sie da behaupten. Sie können sich vorstellen, dass wir als Geheimdienstunternehmen ein besonderes Interesse an solch einem Apparat haben. Stellen Sie sich beispielsweise vor, wir beförderten einen Agenten, der bei der Übermittlung von Informationen ums Leben gekommen ist, zurück ins Leben und könnten dadurch eine verkackte Operation doch noch zum Ziel führen … Also bitte Ihre Frage, die Sie an uns richten wollten?«

»Wenn Sie schon alles wissen, wieso soll ich dann noch fragen?«

»Da haben wir wieder das Problem mit ihrer Konsistenz! Wie dem auch sei: die Frage!«

»Ist der Koh-i-Noor noch in der Krone?«

»Das ist wohl eines der am besten gehüteten Geheimnisse unseres Landes und ich kann Ihnen diese Frage leider nicht beantworten. Allerdings halten Sie jetzt mit meiner Herumdruckserei die Antwort schon längst in den Händen!«

»Ich verstehe Herr Smith. Wie können Sie uns helfen, an den Stein heranzukommen?«

»Ich vermute, die Ausführungen von Herrn Steinbein gehen in die richtige Richtung. Wir observieren Hatletal in New York City schon seit geraumer Zeit. Wir würden den Fall gerne alleine lösen, aber auf US-amerikanischem Territorium sind uns die Hände gebunden. Wir müssten mit dem FBI zusammenarbeiten. Aber dann bleibt unser Geheimnis nicht mehr geheim. Stellen Sie sich den Skandal vor, der umgehend durch die royale Boulevardpresse gehen würde: *Königin trägt fake-Krone auf dem Haupt …* oder: *Der Tower hat nicht mehr alle Klunkern im Schrank.* Sie jedoch haben das Geheimnis schon gelüftet, da kann ich jetzt auch nur auf Ihre Loyalität vertrauen.«

Schulz konnte förmlich fühlen, wie Schweißperlen am anderen Ende der Leitung die Hörmuschel herunterliefen.

»Trotzdem gäbe es für Sie, für Ihren Fall, ein Problem, an dem ich mir schon seit Stunden den Kopf zerbreche. Sobald wir den Stein in den Händen hielten, gäbe es für den Stein nur ein Rückreiseticket direkt in den Londoner Tower, ein Umweg über Berlin, um die Baphomet-Maschine auszuprobieren, wäre absolut ausgeschlossen. Damit wäre weder Ihrem Fall noch unserer Neugier geholfen. Machen Sie also etwas draus, aber halten Sie mich bitte auf dem Laufenden, auch wenn wir sowieso jeden Ihrer Schritte ab jetzt ganz genau überwachen werden. Und legen Sie mir bitte nach getaner Arbeit den Stein wieder auf meinen Tisch.«

»Selbstverständlich, Herr Smith. Obgleich meine Hoffnung nicht so sehr dem Klunker, wie Sie sagen, sondern der Wiedergeburt Sophias gilt. Ich danke Ihnen für die wichtige Info und hoffe, dass wir *beide* als Sieger aus unserer Story hervorgehen werden.«

»Danken Sie mir nicht, ich werde Ihnen auf den Fersen bleiben, schließlich muss ich royale und Landesinteressen vertreten.«

Smith legte auf, Schulz schaute verdattert in die Runde: »Ich muss einen Agenten nach New York schicken!«

UC Berkeley

Die schöne grüne Wiese Amerikas befindet sich nicht etwa vor dem Weißen Haus oder sonst irgendwo in Washington D.C., nein, die Wiese der freien Rede, des amerikanischen Traums von der grenzenlosen Freiheit, eben auch in Wort und Rede, befindet sich in *Bezerkeley*, wie manche die bedeutende Universitätsstadt Berkeley in Kalifornien verachtungsvoll titulieren. Denn Berkeley ist der Ort der Innovation gegen eine dumpfe Denke. Der immergrüne Rasen befindet sich natürlich auf dem Campus der Universität. Von hier gingen die Vietnam- und Irakkriegsdemonstrationen aus. Hier stehen jeden Tag erregte Redner erhöht auf einen Hocker – mit einer Flüstertüte vor der Schnauze und hochrotem Kopf – und schreien ihre Parolen den Passanten entgegen, ganz gleich ob sie es mögen oder nicht. Hier treffen rechte Ultras und linke Avantgardisten aufeinander, aber der Rasen, der bleibt grün. Und damit der Rasen schön grün bleibt, befeuchten automatische Sprinkler den Rasen mehrmals täglich mit frischem und manchmal sehr knappen Wasser unter der brennenden Sonne Kaliforniens. Ein mächtiger Bau mit einer römisch, fast mussolinisch anmutenden Fassade thront in einer Senke vor eben diesem Rasen – es ist das *Valley Life Sciences* Gebäude, ganz offensichtlich ein Bau aus den dreißiger Jahren für die grüne Zukunft unserer Erde.

Dr. Michael Marbitz – deutscher Associate-Professor am *Department of Integrative Biology* – steht allerdings nicht auf der Gehaltsliste der staatlichen Universität oder des Deutschen Akademischen Austauschdienstes – DAAD, nein, er wird vom militärisch-industriellen Komplex bezahlt. Während Flugzeuge sich immer noch am Vogelflug orientieren, sind Käfer und vierflügelige Hautflügler, also Bienen und dergleichen, Vorbilder für Mikrodrohnen und Pico-Quadrotoren. Das Militär träumt von ganzen Schwärmen autonomer Mikrofluggeräte, sogenannter MAVs[48] und kleiner unbemannter UAVs[49], die sich taktisch und operativ in sogenannten Krisengebieten in assassinenhafter Formation einsetzen ließen. Die Arbeitsgruppe des Entomologen und Biomechanikers testet nicht nur die kleinen Roboter, deren Flugeigenschaften sie den kleinen Viechern abgerungen haben, im Windkanal; sondern schafft auch die Voraussetzungen für Sensorik und Perzeption der Mikrodrohnen, die über eine App auf dem Smartphone angesteuert werden können. Soviel also zu Freiheit und Innovation im freiheitlich-grünen Berkeley.

Marbitz hatte heute Nachmittag einen Termin mit seinen Geldgebern. Doch der Mann, der erschien, kam alleine und aus Deutschland. Er war offenbar kein Verfechter des Teamgeistes. Durchtrainiert, festgegelter Flattop, harter Gesichtsausdruck mit tief eingeschnittenen Magenfalten – ein unter der sengenden Sonne aufgeplatzter Lehmboden war ein Scheißdreck dagegen. Der Mann musste vom Militär sein.

»Herr Dr. Marbitz, ich komme aus Deutschland und wir brauchen dringend Ihre Hilfe. Für einen Einsatz von höchs-

48 MAV: *Micro Aerial Vehicles*, Mikrofluggeräte

49 UAV: *Unmanned Aircraft Systems*, unbemannte Flugsysteme

ter Priorität für Deutschland und Großbritannien benötigen wir eine insektengroße Drohne für eine Aufklärungsoperation in geschlossenen Räumen. Sie werden verstehen, dass ich viel mehr Information zu dieser Geheimdienstoperation nicht preisgeben kann. Aber wie Sie selbst wissen, arbeiten BND, NSA und CIA eng zusammen. Böse Zungen behaupten sogar, dass in der Chausseestraße in Berlin mehr amerikanische als deutsche Agenten ein-und ausgehen.«

»Das ist ja gut und schön Herr …, wie war doch gleich Ihr Name?«

»Müller«, kam es wie aus der Pistole geschossen.

Es hätte auch Schulz oder Schmidt sein können. In dieser Branche spielten Namen keine Rolle, wie auch Dr. Marbitz wusste. Dennoch benötigt man als Mensch für sein Gegenüber einen Schubkasten, den man irgendwie beschriften muss. »Herr Müller also«, speicherte Marbitz ab.

»Herr Müller, meine Forschung wird vom amerikanischen Militär finanziert und kann nicht einfach an andere Unternehmen, sei es nun aus Deutschland, England oder den USA abgetreten werden.«

»Wenn ich richtig informiert bin, ist das hier eine staatliche Universität also eine landesunmittelbare Körperschaft des öffentlichen Rechts, wenn ich so sagen darf, und selbst wenn die Drittmittel für die Forschung vom Militär kommen, unterstehen sie in erster Linie der Jurisdiktion dieser Körperschaft und nicht des MIKs. Meine Arbeitgeber haben indessen die nötigen Papiere ausgefertigt, um eine der von Ihnen hergestellten Drohnen gegen einen angemessenen Mietzins für die Dauer des Einsatzes, sagen wir maximal eine Woche, auszuleihen. Wenn Sie bitte die Dokumente einsehen wollen.«

Müller überreichte dem Forscher einen Stapel von Papieren, die er so geschwind aus einer Aktentasche herausgezaubert hatte, dass Marbitz nicht einmal die Existenz der Tasche wahrgenommen hatte. Marbitz griff unschlüssig nach dem Stapel. Er konnte doch nicht einfach Militärgeheimnisse an den BND übergeben, selbst wenn es sich um befreundete Organisationen handeln sollte. Dass das Barometer der *Freundschaft* sekündlich genauestens abgeklopft wurde, war Marbitz natürlich auch bewusst. Diese gegenseitige Selbstkontrolle machte ja gerade die Ineffizienz dieser Systeme aus.

Als Agent Müller das Rattern im Kopf des Forschers bemerkte, zog er eine Entscheidungshilfe aus der Innentasche seiner Jacke, schob sie Müller zu und flüsterte dem prall gefüllten Umschlag hinterher: »Der Betrag oder einigen wir uns auf Mietzins, erscheint in keinerlei Büchern und versteht sich als Ihre persönliche Aufwandsentschädigung, die Ihnen und Ihrer Forschung weiteren Input und die nötige Unabhängigkeit verleihen möge.« Marbitz war hin- und hergerissen. Es war doch nur eine winzige Pico-Drohne, nicht die Forschung per se, sondern lediglich ein momentanes Zwischenresultat, dass ohnehin einer unbedingten Erprobung in der Praxis bedurfte.

»Okay Herr Müller, Ihnen ist klar, dass das so nicht geht. Meine Hände sind mir durch meine Geldgeber gebunden. Allerdings erwarten meine Auftraggeber ein funktionales und erprobtes Resultat von mir. Unsere *Robo-Fliege* muss einen Feldversuch durchlaufen, einen überschaubaren Einsatz in der Praxis, der uns Mängel dieses Unikates aufzeigt und ermöglicht, unseren Fokus zu optimieren. Ich habe gerade Extramittel erhalten«, dabei tippte Marbitz mit seinem schlanken Zeigefinger auf den Umschlag, der vor ihm lag, »und könnte meinen Mitarbeiterstab aufstocken, um diese Feldversuche durchzuführen.«

Er blickte dem Agenten tief in die Augen und überlegte deutlich sprechend weiter: »Oder das Projekt outsourcen, das spart Personalkosten und schafft Synergien. Also Herr Müller, ich erwarte Ihren Testbericht binnen Wochenfrist. Wir sollten keinen unnötigen Papierkram erzeugen. Handschlag?«

»Handschlag!« Konspirativ schüttelten sich die beiden Herren die Hände. Marbitz griff in den Umschlag, zog einen Schein heraus, es war ein *Franklin*, zog eine Augenbraue hoch, überreichte symbolisch den Schein zurück an Müller: »Ich nehme an, das genügt als Werkvertragshonorar.«

Breit lächelnd setzte Marbitz nach: »Sehen Sie, wie gewinnbringend ich die Extramittel in meine Arbeitstätigkeit einfließen lasse?«

Marbitz' Grinsen erlaubte es seinen schmalen Lippen nicht, sein Pferdegebiss wieder zu bedecken, als er seinerseits den nach wie vor prall mit 100-Dollar-Noten angefüllten Umschlag in die eigene Kitteltasche gleiten ließ. Müller zog seine rechte Augenbraue hoch und knüllte seinerseits das ›Honorar‹ für seine Robo-Fliegen-Expedition in seine Hosentasche.

»Kommen Sie, ich zeige Ihnen was Sie brauchen!«

Der Agent folgte dem Professor in einen angrenzenden Arbeitsraum, ließ sich die Funktionsweise der Robo-Fliege erklären und die Steuersoftware auf sein Smartphon installieren. Das Etui mit der Drohne war in Größe und Gewicht einer Streichholzschachtel nicht unähnlich. Er verstaute sie zusammen mit seinem Handy in seiner Jackentasche und verabschiedete sich gebührend vom Professor. Binnen Stundenfrist stand Müller in der Abfertigungshalle des Oakland International Airports und nahm den Nachtflug, operiert von *JetBlue Airways*, nach JFK in New York City.

Der Vorteil amerikanischer Flüge besteht in der uneingeschränkten Netznutzung aus luftiger Höhe. Mit der ebenfalls auf seinem Smartphone installierten Spionagesoftware *XKeyscore* hatte er nicht nur Zugriff auf die Metadaten, sondern ungehinderte Bemächtigung auf Hatletals kompletten Telefon- und E-Mail-Verkehr. Mehr noch: Immer, wenn Hatletal sein Laptop einschaltete, schaute er nicht nur seiner Zielperson direkt ins Gesicht, sondern auch in die Räumlichkeiten hinter ihm. Agent Müller kannte Hatletals Wohn- und Geschäftsräume inzwischen in- und auswendig. Fast bequem auf seinem Businessclass-Sessel verweilend, hatte Müller während des sechsstündigen Fluges ausreichend Zeit, seine Zielperson angemessen zu observieren.

Upper West Side

Ein ebenfalls durchtrainierter Kontaktmann der Operativen Aufklärung und Liaison des BND erwartete Müller am Flughafen JFK. Er chauffierte Müller in eine konspirative Wohnung, von der aus die beiden ihre nächsten Schritte planen und mit den nötigen technischen Finessen ausstaffieren konnten. Diese Wohnung befand sich strategisch günstig in unmittelbarer Nähe zu den Wohn- und Geschäftsräumen der Zielperson in der *Upper West Side* Manhattans – ein Bezirk, der von wohlhabenderen Künstlern gerne frequentieret wurde. Juilliard School, Metropolitan Opera, Lincoln Center for the Performing Arts und der Broadway reckten ihre Architektur nahebei in die Lüfte. Modemacher, Fotografen, Musiker, Tänzer, Schauspieler, aber auch der Edelsteinschleifer Hatletal hatten hier Quartier genommen. Der Central Park lag nur einen Steinwurf entfernt in der herbstlichen Morgensonne. Das Sonnenlicht verirrte sich in den morgendlichen Ausdünstungen vom Hudson River und dem Erdreich des Parks, der ein bisschen vom viel gerühmten *Indian Summer* preisgab. Das warme Licht spielte mit tauüberzogenen Spinnenweben zwischen dem bunten Laub der Bäume. Erwischte das Auge die Tautropfen im entsprechenden Winkel, glich der Funkelschauer dem Feuer eines ausgewachsenen Brillanten.

Die Limousine bog von Central Park West kommend in die 67. Straße ein.

Müller ließ keine Kartoffeln anbrennen. Nach den ersten Flugübungen mit seinem neuen Spielzeug in der konspirativen Wohnung öffnete er ein Fenster und entließ die Robo-Drohne in die frische Herbstluft Manhattans. Er steuerte ein gekipptes Fenster von Hatletals Apartment an und manövrierte das Fluggerät über sein Smartphone hinein in das Reich des Edelsteinschleifers. Müller setzte die Robo-Fliege auf einer Gardinenstange ab und wartete. Die frisch installierten Monitore der Operativen Aufklärung visualisierten den Blick der Kameras der Drohne genauso wie von Hatletals Laptop und Handy. Hatletal stand momentan offenbar in seinem Bad und nahm eine ausgiebige Morgendusche. In seinem Arbeitszimmer stand ein barocker Sessel wie ein Thron vor einem ebensolchen Tisch mit kräftigen, geschwungenen Füßen, die fett mit Blattgold überzogen waren. Eine Mischung aus Schlosskitsch und verzerrter Selbstdarstellung. Auf dem Tisch ruhte Heiligtum und Arbeitsmittel des Künstlers: eine ausgetüftelte Schleifmaschine, die hungrig auf den nächsten Rohdiamanten wartete.

Rechts, hinter dem Tisch fugenfrei in die Wand eingelassen, prangte eine kompakte mit mächtigen Hebeln und Rädchen versehene Stahltür. Das war das Objekt der Begierde – nicht nur von Agent Müller, sondern einer Berliner Familie, den Kuratoren der Staatlichen Berliner Museen Preußischer Kulturbesitz, der englischen Queen, einem indischen Maharadscha und wer weiß von wem noch alles. Müller steuerte seine Drohne herunter von der Gardinenstange hinüber auf den kolossalen Barocktisch und suchte ihr eine unauffällige Parkposition. Die Robo-Fliege verschmolz mit herumliegendem Werkzeug auf der Tischplatte und genoss die Aussicht auf die

Tresortür. Gefühlte Stunden später passierte endlich das, worauf der Agent so lange gewartet hatte. Der Nachtflug steckte ihm noch in den Knochen, und das ewige Starren auf die Monitore hatte seinen Augen inzwischen ein fieberrotes Aussehen verpasst. Er kroch förmlich in den Monitor hinein, als die Zielperson sich endlich der Stahltür näherte. Vorsichtig manövrierte er die Drohne um Hatletal herum und genoss bald beste Sicht auf das Rädchen, nach dem Hatletals Hand gerade griff. Er drehte den Zahlenknopf nach links, bis die 38 unter der Öffnungsmarke stand, nach rechts folgte die 53, dann die 83, schließlich letzte Drehung bis zum Anschlag. Dann presste Hatletal seinen rechten Mittelfinger auf einen Fingerabdruckscanner, den Agent Müller noch gar nicht wahrgenommen hatte. Zuletzt betätigte er den großen Hebel mit beiden Händen und die schwere Tür schwang auf. Der Bildschirm wurde plötzlich schwarz. Die Robo-Fliege übermittelte kein Bild mehr. Müller kontrollierte die Steuer-App auf seinem Handy. Das Drohnenakku war leer. Aber zum Glück hatte er, was er brauchte und notierte sich sicherheitshalber die Zahlenfolge auf einen Zettel.

Müller stand auf. Er war müde, Nachtflug und Observierung hatten seine ganze Kraft aufgezehrt. Sein Mitarbeiter schaute ihm ernst ins Gesicht.

»Scheiße!«, sagte Müller. »Ich hab zwar die Kombi, aber wir brauchen noch Hatletals Fingerabdruck!«

»Kein Problem«, besänftigte ihn sein Kollege. »Ich durchsuche mal schnell die Fingerprint-Datenbanken. Heute werden doch quasi überall die Fingerabdrücke genommen: beim *DMV*[50] für den Führerschein, bei der Ausstellung eines Passes

---

50 DMV: *Department of Motor Vehicles*, Führerscheinstelle der USA

oder bei der Einreise durch das *U.S. Department of Homeland Security*, um nur die üblichen Stellen zu nennen.«

Er setzte sich an seinen Computer und durchsuchte die nicht öffentlich zugänglichen Datenbanken.

»Na wer sagt's denn, da haben wir ihn. Alle zehn Finger. Welchen brauchst Du?«

Müller fiel sichtlich ein Stein vom Herzen.

»Kannst Du eine Silikonkopie vom rechten Mittelfinger anfertigen?«

»Nichts leichter als das«, schoss es wie aus der Pistole.

»Super! Ich hau mich erst mal auf's Ohr. Ich muss eine Mütze Schlaf nachholen. Danach können wir unserm Nachbarn mal einen Besuch abstatten.«

Der Einbruch war ein Klacks für die BND-Profis. Müller und sein Kollege standen in der menschenleeren Wohnung von Hatletal und hatten schnell sein Arbeitszimmer gefunden. Aus der Nähe sah der Raum noch barocker aus als über den Drohnenblick. Über dem vergoldeten Mobiliar schwebte ein opulenter Kristallleuchter und gab dem Ambiente das richtige Finish.

Vor ihnen prangte der Tresor. Müller drehte am Rad ebenso, wie es Hatletal heute früh im Beisein der Pico-Drohne gemacht hatte. Nachdem das Rädchen eingerastet war, rief er seinen Kollegen: »Den Silikonfinger bitte!«

Er hielt den Finger auf den Sensor, dann betätigte er erwartungsvoll den großen Hebel. Der Hebel gab nach und die schwere Stahltür sprang endlich auf. Das war eine leichte Übung gewesen! Der Stahlschrank entblößte drei Fächer. Das unterste Fach war mit Geschäftsordnern angefüllt, im mittleren Fach lagen hunderte Plastikschachteln. Selbstredend waren sie mit Edelsteinen angefüllt. Unerfreulicherweise war nicht einer von ihnen geschliffen. Allesamt waren Rohsteine unterschiedlicher Struktur, Farbe und Größe. Die Steine warteten auf die Hand des Meisters, der ihnen das beste Feuer erst noch entlocken musste.

Das oberste Fach allerdings war bis unter den Rand mit Geldscheinen zugestapelt. Das Handwerk von Herrn Hatletal fiel offenbar auf goldenen Boden. Nur vom Koh-i-Noor gab es keine Spur! Entweder hatten sich die Berliner Kollegen geirrt, oder Hatletal hatte sich für seine entwendete Ware törichterweise ein besseres Versteck ausgesucht. Vielleicht ein sicheres Bankschließfach, anstatt dieses Haustresores hier, oder …?

Agent Müller trat entgeistert vom Tresor zurück und grübelte. »Wo konnte der Diamant, der die Gemüter seit Jahrhunderten nicht zur Ruhe kommen ließ, bloß sein?«

Plötzlich knackte es unter seinem rechten Hacken.

»Scheiße!«, ging es ihm durch den Kopf. Nicht, dass er jetzt einen der wertvollsten Diamanten zertreten hatte? Automatisch ging Müller in die Hocke, seine rechte Hand griff nach hinten, während sich sein Fuß auf die Spitze stellte und das zertretene Objekt freigab. Agent Müller griff unter seinen Hacken und hielt die zertretene Robo-Fliege in der Hand.

»Ups!«, war das Einzige, was er dazu sagen konnte. Dann ließ er die zertretene Elektronik in seine Hosentasche gleiten.

»Wo ist nur der Diamant?«

Er zerrte die Geldbündel aus dem obersten Fach und ließ sie achtlos auf den Boden fallen. Doch außer den sich endlos vermehrenden Scheinen verbarg sich nichts weiter in diesem Fach. Er durchwühlte die Geschäftsordner, überflog selbst ihm bekannte Namen, die sich lasen wie eine Liste der Reichen und Schönen aus der ganzen Welt. Hierbei handelte es sich offenbar um eine Art Kundendatei – aber ansonsten auch hier kein Hinweis zum Objekt der Begierde. Der Koh-i-Noor blieb verschwunden!

Bundespräsidialamt

Prof. Weise hielt den Hörer seines Diensttelefons etwas verkrampft in der Hand. Schließlich telefonierte er nicht täglich mit dem Bundespräsidialamt.

»Guten Tag, Bundespräsidialamt, Referat 20, Grundsatzfragen der Außenpolitik, Sie sprechen mit Ministerialreferentin Feldbusch. Was kann ich für Sie tun?«

»Prof. Weise, Kurator an den Staatlichen Museen. Ich grüße Sie Frau Feldbusch. Ihr Begrüßungssalm ist ja noch länger als meiner. Aber Spaß beiseite, ich benötige Ihren Rat, vielleicht Ihre Hilfe.«

»Worum geht es Herr Professor, schießen Sie los!«

»Das ist eine längere Geschichte, mit der ich Sie vorerst gar nicht langweilen möchte. Vielleicht nur zur Kulmination der letzten Tage. Kommissar Schulz hat in meinem Beisein gerade mit Herrn Minister Taherkhani aus dem Kultusministerium im Iran telefoniert. Für ein dringendes Anliegen unsererseits fordert er im Gegenzug von der Bundesrepublik Deutschland die Rückgabe eines Kunstgegenstandes. Dabei handelt es sich um eine etwa 4 Gramm schwere persische Goldmünze von einem für Persien bedeutenden Kalifen. Als Kurator betreue ich unter anderem eine der bedeutendsten Münzsammlungen der Welt, umfangreich wie sie ist, kann selbstverständlich immer nur ein winziger Teil im Museum ausgestellt und der Öffentlichkeit präsentiert werden. Es gibt eine kleine Dauerausstellung, die je nach Zeitgeist mit temporären Ausstellungen untersetzt wird – wie beispielsweise unsere letzte Sonderausstellung zu den Goldgiganten. Wie Sie vermutlich der Presse entnommen haben, endete diese Ausstellung allerdings mit einem Desaster: dem Verlust unseres megaschönen Goldgiganten – einer 100 kg schweren Münze aus reinstem Gold. Mitglieder einer libanesischen Großfamilie aus Neukölln haben sich am größten Objekt der Ausstellung bereichert. Ein Skandal, der nicht wieder gut zu machen ist. Die vielleicht historisch wertvolle kleine Münze aus Persien hatte es bisher in keine Ausstellung geschafft, es ist eben nicht die Nofretete. Kurz und gut, die Rückgabe dieser Kalifen-Münze ist für unsere Sammlung vertretbar, wenn sie zu Völkerverständigung beiträgt und für uns eine wichtige Gegenleistung erbringt, die ohne die Iraner undenkbar ist.«

»Sie sind ein Geschenk Gottes. Der Bundespräsident möchte schon seit einiger Zeit dringend in die Islamische Republik Iran reisen. Sie wissen schon – Menschenrechte und so. Wir zerbrechen uns schon seit Tagen den Kopf, einen geeigneten Anlass zu finden. Die Rückgabe einer kleinen alten Goldmünze kann man doch zu einem kulturellen Großereignis auswalzen. Etwas Wohlwollen und Annäherungspolitik braucht der Globalisierungsprozess mehr denn je! Ganz großartig! Doch erzählen Sie mir noch etwas mehr zu der Geschichte und was Sie vom iranischen Kulturministerium begehren!«

»Frau Feldbusch, das ist wirklich eine lange Story. Sie hängt mit dem kürzlich entdeckten Tempelhofer Schatz zusammen. Wir hatten gerade eine groß angelegte Ausstellungseröffnung im Bode-Museum, zu der übrigens Ihr Chef auch anwesend war.«

»Warum haben Sie ihn bei dieser Gelegenheit nicht gleich selbst angesprochen?«, unterbrach ihn die Ministerialreferentin verwundert. »Erst ein Einbruch, dass scheint langsam Mode zu werden in unserem Museum …«, unterbrach sich Weise selbst, »in der Nacht *nach* der Ausstellungseröffnung hat in den letzten Tagen zu einer dramatischen Entwicklung geführt.«

Weise weihte Frau Feldbusch detaillierter in die Ereignisse um Sophia und die Baphomet-Maschine ein, als er ursprünglich vorgehabt hatte, doch die Ministerialreferentin stellte sich als sympathische Gesprächspartnerin heraus. Dann endete er.

»Es geht also nicht zuletzt um das Leben eines deutschen Staatsbürgers.«

Ministerialreferentin Feldbuschs esoterische Ader hatte sich an den Ausführungen Weises gelabt. Doch schließlich hielt sie ausreichen Informationen in der Hand, um den Bundespräsidenten viel schneller als erwartet in den Mittleren Osten zu schicken.

Hatletals Apartment

»Erinnerst Du Dich noch an Hitchcocks letzten Film?«, fragte es plötzlich hinter Müller.

»Nee, was interessiert mich jetzt und überhaupt so ein Hollywoodschinken!«

»Egal, aber in dem Film mit dem wunderschönen Titel *Familiengrab* gibt es die Figur des Juweliers Adamson. Und der versteckte seine hochkarätigen Brillanten auch nicht im Tresor, sondern im Kronleuchter seines Hauses.«

»Das ist doch viel zu offensichtlich. Absurd!«

»Als absurd würde ich allenfalls diesen Kronleuchter hier bezeichnen. Und die Amis, die lieben ihre Hollywoodschinken. Schon der alte Krimiprofi Edgar Alan Poe meinte, dass man etwas, was versteckt werden soll, ganz offensichtlich hinlegen müsse. In einer seiner Kurzgeschichten beschreibt Poe, wie ein Brief, nach dem gesucht wurde, mitten auf einen Tisch platziert wurde, weil niemand vermutete, dass der begehrte Gegenstand für alle Augen sichtbar, also offensichtlich herumliegen würde. Also lass uns doch einen Blick riskieren!«

Müller gab sich geschlagen und kletterte auf den Barocksessel, der direkt unter dem kolossalen Kristallleuchter platziert war.

Er beäugte die Lüsterkristalle und konnte es selbst nicht fassen: »Mein Gott, hier sind etliche Brillanten verbaut! Unglaublich, ich weiß gar nicht, was ich sagen soll. Doch welcher ist der Koh-i-Noor?«

»Der größte natürlich!«, platzte sein Kollege heraus.

»Recht hat er«, dachte Müller.

Und da hing er auch schon! Mitten im Leuchter war er platziert! Müller kletterte vom Sessel herunter, sein Kollege rief die Wikipedia-Seite zum Koh-i-Noor auf.

»Sieht er so aus? Ich finde, er hat einen ganz leichten pinkfarbenen Glanz«, er drehte das Display seines Smartphones in Richtung Müller.

»Schwer zu sagen. Aber hier steht was von 21,12 Gramm. Gibt's hier irgendwo eine Waage?«

»Sowas hat doch jeder Edelsteinfuzzi.«

Müller beugte sich über den Arbeitstisch und fand bald das, was er suchte. Die Waage sah aus wie ein Taschenrechner. Er klappte sie auf, schaltete die Elektronik ein und legte den Diamanten auf die Miniwaagschale. Im Display las er: 35,89 g.

»Nee, das ist er nicht, der ist ja noch größer als der Koh-i-Noor! Vielleicht ist das sein Bruder, der Daria-i-Noor. Hat er den doch kopiert und die Iraner wissen gar nichts davon?« Müller kletterte abermals auf den Stuhl und fand dort, wo er den ersten Diamanten abgenommen hatte, einen zweiten von gleicher Farbe. Er reichte ihn an seinen Kollegen.

»Hier, versuch mal den.«

Der Kollege legte den Stein auf die Waage. »21,12 Gramm! Das ist er!«

Erleichtert stieg Müller vom Sessel und steckte beide Diamanten in seine Hosentasche.

»Komm, lass uns verschwinden! Wir haben, was wir brauchen!«

Als die beiden Agenten Hatletals Apartment verließen, fiel die Eingangstür wuchtig ins Schloss. Ein dabei erzeugter Windstoß hob die weitläufig auf dem Fußboden verstreuten Geldscheine kurz an, bis sie schließlich ihren endgültigen Platz vor der weit geöffneten Tresortür gefunden hatten.

Bode-Museum

Agent Müller hatte ganze Arbeit geleistet. Er legte die beiden Steine auf Prof. Weises Schreibtisch. Der hielt die beiden Steine begeistert vor seine Augen. Der Funkelschauer, wenn das Licht günstig auf die Diamanten fiel, war überwältigend. Mehr aus Spaß und natürlich auch, um ganz sicher zu gehen, kramte er in seiner Schreibtischschublade nach einem Diamantentester. Er hielt das Gerät zuerst an den Koh-i-Noor und das grüne LED-Lämpchen signalisierte wie erwartet den diamantenen Aufbau des Steines. Wie groß war aber seine Enttäuschung, als das Gerät am Daria-i-Noor partout seine LED-Leuchte nicht von Rot nach Grün färbte. Er glitt mit dem Sensor des Gerätes über jede nur erdenkliche Stelle des Diamanten, der keiner zu sein schien. Hatletal hatte ganze Arbeit geleistet und eine perfekte Kopie des Originals gefertigt. Legenden haben eben manchmal lange Beine. Um eine Reise nach Teheran zum echten Daria-i-Noor kamen sie demzufolge nicht herum. Er legte den Koh-i-Noor zurück auf seinen Tisch und knipste eine Halogenlampe an. Der Diamant präsentierte sein Feuer.

»Herr Professor, könnten Sie aus ihrem Schreibtisch vielleicht noch einen Luftpolsterumschlag hervorzaubern?«

Müller – immer noch etwas zerknittert von seinem Transatlantikflug – schaute Weise fragend an.

»Selbstverständlich, das ist das Geringste, was ich für Sie tun kann!«

Agent Müller nahm den Umschlag, griff in seine nicht mehr ganz frische Hose, holte die Überreste der zertretenen Drohne aus der Hosentasche heraus und ließ das Wrack in den Umschlag fallen.

»Zettel und Stift?«

»Hier, bitteschön!«

Müller nahm den hingereichten Zettel und schrieb:

»Akkulaufzeit unzureichend«, faltete ihn und steckte den Wisch ebenfalls in den Briefumschlag. Er klebte den Umschlag zu und beschriftete ihn mit der Adresse von Dr. Marbitz.

»Bitte schicken Sie den mit der Dienstpost an die Uni in Berkeley. Danke Herr Prof. Weise.«

Weise guckte Müller verdutzt an, nahm den Brief und legte ihn in das Körbchen mit der Aufschrift: Postausgang, und sagte: »Selbstverständlich Herr Müller.«

Erst jetzt bemerkte er, wie müde der Mann aussah.

Mittlerweile beugten sich Max, Prof. Prekop und Kommissar Schulz neugierig über den Tisch und ließen sich vom funkelnden Diamanten hypnotisieren.

»So viel Theater um so einen kleinen Stein«, ging es wohl allen Anwesenden durch den Kopf. Dann nahm Max das Wort: »Maharadscha Munshiram hatte die wundersame Geschichte erzählt, dessen Anfang Sie bereits kennen: Als sich Brahma und Vishnu stritten, schoss dieses Licht-Linga aus den Tiefen der Erde. Obgleich sich der eine als Eber verwandelt in die Erde bohrte, um das untere Ende des Lichtes zu erreichen, und der andere als Wildgans aufstieg, das andere Ende zu erreichen, schafften es beide nicht. Shiva erschien, schlichtete den Streit der beiden und verkleinerte das Licht-Linga, damit es die Menschen verehren konnten. Dabei entdeckten sie den Ursprung des Lingas in einem riesigen pinkfarbenen Diamanten, das Licht von Indien, den Hindu-i-Noor. Über den Streit der Götter zerbrach der Diamant in zwei Teile, den Koh-i-Noor und den Daria-i-Noor. Meine innerste Hoffnung bleibt, dass die Gier des Menschen um diese funkelnden Steine nicht wie in der Vergangenheit üblich abermals in abscheulicher Gewalt endet. Denn, um einen Besitzerwechsel zu erzwingen, wurden diese geblendet, gewaterboarded, gesteinigt, vergiftet, zu Tode gefoltert, in Öl verbrannt, mit geschmolzenem Blei gekrönt, von ihren Genitalien befreit oder von Mitgliedern ihrer eigenen Familie zum Tode erdolcht. Mit Prof. Weise, Lukas und Saint Germain haben wir überlegt, ob diese Todessteine nicht stattdessen auch Leben zurückbringen könnten. Wenn beide Diamanten tatsächlich einmal ein Stein gewesen waren, wie die Legende und ein Sanskrit-Epos behaupten, könnten sie wiedervereint vielleicht Leben anstatt Tod schenken. Lasst uns nach Teheran aufbrechen und beide Steine vereinigen!«

Prof Weise nickte: »Der Bundespräsident warte schon!«

Die »Theodor Heuss«

Es war ein erhabenes und aufregendes Gefühl, in die Regierungsmaschine »Theodor Heuss«, eine nagelneue A340-300 der Bundeswehr mit der Kennung 16+02 einzusteigen. Der Regierungsflieger ist mit Täfelungsoptik und Lederausstattung zeitlos elegant und sowohl mit Intensivstation für alle Fälle als auch einem Laser-Raketenabwehrsystem ausgestattet: vorne Suite und Arbeitszimmer des Bundespräsidenten, hinten Businessclass für die Mitreisenden. Keine Holzklasse, bequeme Sessel anstatt.

Der Bundespräsident beugte sich zu Prof. Weise und Kommissar Schulz vor, die beide nebeneinander am Tisch des Arbeitszimmers saßen.

»Und Sie glauben tatsächlich, dass es eine gute Idee ist, mit einem Flugzeug voller begehrlicher Kunstschätze in ein Land zu reisen, das vom Auswärtigen Amt als nicht ganz sicher eingestuft wird?«

Nach jedem Komma machte der Bundespräsident wie üblich seine Kunstpause, wie man sie aus seinen abgehackten Ansprachen im Fernsehen kennt.

»Ich bin der Meinung,« antwortete Weise, »dass die Verbindung zwischen Iran und Europa unter überspitzen Mediendarstellungen und amerikahöriger Politik sehr gelitten hat, wenn ich das gegenüber einem Politiker anmerken darf.«

»Wie meinen Sie das?«

»Nun zum Beispiel: Was halten sie von der Aussage, dass die Benzinpreise im Iran über Nacht um 100% gestiegen seien.«

»Ich würde sagen, da haben sich die Benzinpreise über Nacht verdoppelt!«

»Stimmt, also denkt der autobesessene Deutsche: Benzin kostet bei uns etwa 1,40 €, also kostet es im Iran jetzt 2,80 €. So funktioniert die Medienindoktrination. Dass das Benzin vorher 15 Cent und nun 30 Cent kostet, wurde wissentlich verschwiegen. Für alle Beteiligten wäre es vermutlich besser gewesen, daraus überhaupt keine Tagesschau-Schlagzeile zu machen, die allein darauf abzielte, den Klassenfeind, oder sagen wir: ein anderes Geschäftsmodell in den Dreck zu ziehen. Kurz und gut, ich bin sehr gespannt, wie wir in Teheran empfangen werden!«

»Wir sollten …«, mischte sich Lukas in die Gesprächsrunde ein »das ganze Unterfangen als große Chance sehen. Der Iran wurde von der sogenannten Völkergemeinschaft soweit an den Rand gedrängt, dass es an der Zeit wäre, insbesondere die ravende Jugend des Landes, die ihre House-Partys mit einheimischen DJs heimlich in der Wüste feiert, oder mit Karacho die Skipisten im Elburs-Gebirge ins Tal saust und den verknöcherten Alten die Stirn bietet, anzunehmen. Mit Couchsurfing öffnen sie ihre private Sphäre, um mit ausländischen Touristen in Kontakt zu kommen. Sollte unser Unternehmen von Erfolg gekrönt sein, stände Sophia beispielgeben für die Jugend der Welt. Ich glaube, im Iran herrscht momentan eine Aufbruchstimmung, etwa so wie zur Zeit der Wende.«

»Da stimme ich Ihnen zu. Meine Aufgabe als Oberhaupt unseres Staates ist es insbesondere für Völkerverständigung und Annäherung einzutreten, auch wenn der Iran von Zensur und Religionspolizei geprägt ist.«

Der Bundespräsident hatte sich derweil auf seinen Stuhl gesetzt und ihn in Richtung Lukas gedreht. Er musterte ihn aufmerksam durch seine schwarzgeränderte Brille, dessen Gläser dem Betrachter immer eine Nummer zu klein erschienen.

»Sie haben recht: Kulturaustausch bahnt den Weg zu einem freundlicheren Umgang miteinander.«

Nach einer verlängerten Kunstpause setzte er nach: »Ich habe Minister Taherkhani als guten Verhandlungspartner kennengelernt. Wir hatten kürzlich zusammen mit dem Direktor des *Teheran Museum of Contemporary Art* eine Ausstellung seiner lange unter Verschluss gehaltenen Sammlung westlicher Moderne für Deutschland verhandelt. Wir werden ihn wohl mit Werken von Pollock, Bacon, Johns und Warhol unterm Arm in Berlin empfangen und die Neuen Nationalgalerie nach Renovierungsabschluss mit dieser Leih-Ausstellung wieder eröffnen. Das wird eine Sensation werden!«

Stolz auf seinen Mut warf nun Kommissar Schulz in die Runde ein: »Sehen Sie, ich habe ganz unvoreingenommen mit Taherkhani telefoniert, gleich alle politischen Animositäten ausgeräumt, denn es geht schließlich in unserer Mission nicht um Politik oder Religion, sondern darum, einen Menschen und ich vermute, einen ganz außergewöhnlichen Menschen zu retten. Ich selbst hatte noch nicht die Gelegenheit, Sophia, ihre Schwester …«, und hier wanderte sein Blick weg vom Bundespräsidenten hin zu Lukas, »… kennenzulernen. Für mich ist Sophia nur als Vermisstenanzeige bekannt. Aber dieser Fall hat indessen so viel ins Rollen gebracht, dass es mir in den Fingern juckt, wenn ich nur daran denke, diesem Mädchen zu begegnen. Und mit Verlaub, da sind mir Schätze wie die Kalifen-Münze, die *Figura Baphomet* aus purem Gold und selbst der Koh-i-Noor an Bord unserer Maschine herzlich Schnuppe. Wir brauchen wieder Helden, und wenn es jetzt in Teheran zum Erfolg kommt, Sophia wieder unter uns weilte, dann hätten wir für Völkerverständigung und Frieden vermutlich mehr getan, als alle Regierungschefs zusammen.«

Ein bisschen rot in seinem schwammigen Gesicht holte der Kommissar tief Luft und wuchs über sich selbst hinaus.

»Selbst, wenn ich als Kriminalbeamter schon oft eines Besseren belehrt wurde, glaube ich hin und wieder doch an das Gute im Menschen. Und hängt nicht oft das Recht dem Zeitgeist viel zu lange hinterher, verfolgt Taten, die morgen keine Strafwürdigung mehr finden würden?«

Max stimmte nickend zu.

»Falschparken, schneller als erlaubt unterwegs sein, etwas Gras rauchen, sich von einer Frühreifen verführen lassen …, wir sind ja allesamt Schwerverbrecher!«

Sie hatten die Reisehöhe lange erreicht, düsten in 11 km Höhe mit 900 km/h über Grund. Die netten Stewardessen in ihren unförmigen Bundeswehruniformen schoben die Trolleys mit den Getränken heran. Den trockengeredeten Kehlen dürstete es dringlich nach einem Cocktail, den die Stewardessen geschickt zusammenmixten und den Gästen lächelnd überreichten. Zeit, die Politik an den Nagel zu hängen und sich neuen Themen zuzuwenden.

Nachdem die Cocktails alle Passagiere etwas entsteift hatten, wurden alte Anekdoten herausgekramt.

Der Bundespräsident konnte mit folgender Geschichte aufwarten: »Wussten Sie, dass der Vorgänger der *Theodor Heuss*, übrigens ein alter A310 der Interflug, an den Iran verschachert wurde? Zwar über Umwege, aber das war 2011 auf dem Höhepunkt der Atomkrise ein ziemlicher Fauxpas. Vielleicht treffen wir in Teheran auf unsern Vorgänger.«

Max konnte nur spöttisch einwerfen. »Na, wenn das keine Vorsehung ist. Dann vereinigen wir nicht nur zwei Diamanten temporär, sondern auch noch zwei Regierungsflieger.«

Er feixte und schlang zum Zeichen der Vereinigung seinen Arm um Saint Germain. Der Bundespräsident zog unter seiner zu klein geratenen Brille die Augenbrauen zusammen und ermahnte Max und Saint Germain: »Die Intimität muss jetzt aber aufhören! In Teheran steht da immer noch die Todesstrafe drauf. Da könnte ich nicht mal als Bundespräsident intervenieren.«

Teheran

Nach viereinhalb Stunden setzte die *Theodor Heuss* in Teheran auf dem alten Mehrabad International Airport zur Landung an. Er lag genauso inmitten der Stadt wie Tegel in Berlin, der kommerzielle Flugbetrieb wurde aber inzwischen zum größten Teil vom modernen Imam-Khomeini-Flughafen 30 Kilometer außerhalb der Stadt abgefertigt. Da war Teheran Berlin eindeutig einen Schritt voraus gewesen. Aus dem Flugzeugbullauge betrachtet, erwuchs vor den Augen der Passagiere eine gewaltige Metropole vor dem Hintergrund der verschneiten Südhänge des Elburs-Gebirges. Nach lässigem Touchdown auf dem Runway suchte die Regierungsmaschine zügig ihre Parkposition vor dem VIP-Terminal des Flughafens auf. Die Gäste des Bundespräsidenten wurden angewiesen, noch einen kleinen Augenblick in der Maschine zu verweilen, damit der Bundespräsident vom Gastgeber in allen Ehren empfangen werden konnte.

Lukas lugte aus dem Bullauge und verfolgte das Treiben auf dem Vorfeld: roter Teppich, von Militär eskortiert, begrüßte der Iranische Präsident den Bundespräsidenten an der Gangway. Gemeinsam schritten die beiden das Musikkorps des iranischen Militärs ab, welches vermutlich gerade die Nationalhymnen in die vergilbte Luft Teherans schmetterte. Kameras, Limousine, Motorradeskorte und weg war der ganze Staatszauber. Endlich konnten alle aussteigen. Ein VIP-Bus der iranischen Regierung stand einstweilen vor der Gangway und nahm die Reisenden wohlwollend auf, während am Bus-Heck zeitgleich das Gepäck verfrachtet wurde. Zu guter Letzt fuhr ein Gabelstapler beladen mit einer frisch vernagelten Holzkiste heran und lud sie ebenfalls in den Bus ein: Die *Figura-Baphomet* wartete auf ihren Einsatz. Nachdem der Bus das Flughafengelände verlassen hatte, wurde Max sofort an Ostberlin vor der Wende erinnert. Die meisten Gebäude waren grau und ein eigenartiger Personenkult kroch über die Häuserwände. Chāmene'is übergroße Konterfeis straften die Passanten mit finsterer Miene. Die Mittelinseln der Boulevards waren mit Abbildern von in den Kriegen am Golf, im Irak oder Syrien gefallenen Soldaten zugepflastert. Allesamt plakative Schönlinge, Kämpfer, Märtyrer auf grünen Grund gepinselt. Grün – die Farbe des Islam. Der vom IS enthauptete Märtyrer Hojaji lächelte aus seinem sympathischen Jungengesicht zwischen Schriftbändern wie *Down with USA* oder *Der Zionismus wird keine 25 Jahre mehr überleben* hindurch.

Mit jedem weiteren Kilometer Busfahrt änderte sich allerdings das Stadtbild Teherans rasch in eine moderne über-10-Millionen-Metropole: dicke Luft indischer Städte, Riesenboulevards schnellgewachsener Großstädte, vier- bis siebenspurigen Staus, die die Stadtteile miteinander verbanden. Doch auch saftige Parkanlagen und Grünflächen säumten geräumige Plätze, Straßen und die typischen Wolkenkratzer asiatischer Großstädte. Gleich hinter dem Flughafen schrumpfte der VIP-Bus im Vergleich zur Größe von Platz und Azadi-Tower auf matchbox-Größe zusammen, als er sich den Weg aus dem Kreisverkehr um diese weitläufige Landmarke hin zur nicht kleiner werden wollenden Azadi-Straße suchte. Nach einer halben Stunde stop-and-go an Baukränen, Beton und Glas vorbei verjüngte sich die Magistrale, bröckelten die Fassaden, um doch immer wieder Platz für schicke neue Boutiquen und Restaurants zu machen. Schließlich erreichte der Bus den Ferdowsi-Platz und bog rechts in die Ferdowsi-Avenue hinein. Dann tauchte rechter Hand die alte zweiflüglige Anlage der Zentralbank der Islamischen Republik Iran – CBI auf.

Hier wurden seit den 1990er Jahren wieder die wertvollsten Kronjuwelen des alten Persischen Reichs, darunter auch der Daria-i-Noor, ausgestellt. Obgleich das Museum nur nachmittags für den Publikumsverkehr geöffnet wird, ist es wohl der bedeutendste Touristenmagnet Teherans.

Lukas lugte aus dem Fenster und platzte heraus. »Das glaubt mir jetzt auch wieder keiner, die Deutsche Botschaft befindet sich gleich schräg gegenüber vom Museum!«

Der Bus hielt vor dem Gebäude als zeitgleich eine schwarze Limousine mit Begleitfahrzeug vorfuhr. Ein kleiner Mann mit rundem relativ haarlosem Kopf und Nickelbrille stieg aus dem Wagen. Die Brillengläser vergrößerten seine braunen Augen, denen man nicht wirklich über den Weg trauen wollte. Ansonsten war sein Auftreten ganz staatsmännisch. Er eilte zum Bus, stellte sich als Taherkhani, stellvertretender Kulturminister der Islamischen Republik Iran vor und begrüßte jeden aus der deutschen Delegation persönlich und mit Handschlag.

Kurz nachdem der Regierungsflieger in Teheran gelandet war, setzte noch ein weiteres Flugzeug zur Landung an – eine Privatmaschine aus Indien. Munshiram Singh, Maharadscha von Jaipur stieg geschwind in eine bereitstehende Limousine um, und ließ sich ebenfalls zur CBI chauffieren.

Den Smog, den sein Fahrzeug durchschnitt, kannte er gut aus seiner Heimatstadt. Es war seine erste Reise nach Teheran, aber unter den sogenannten persischen Kronjuwelen gab es einige, die seiner Meinung nach bedingungslos nach Indien gehörten. Dass er heute keine Handhabe erlangen würde, war ihm selbstverständlich klar. Aber sehen wollte er die Diamanten zumindest einmal mit eigenen Augen. Oft war das Gewese um die alten historischen Großdiamanten sowieso deutlich übertrieben.

Es war die Geschichte, aus der die Steine hervorgingen und die Geschichte, die die Steine selbst erst induziert hatten, die ihr Begehren ausmachte. Meistens war ihr Schliff sogar unzureichend und es fehlte ihnen an Feuer und Glanz. Heute hätte man mehr auf Feuerfunkeln und Lupenreinheit als auf Größe geschliffen. Dennoch blieb Munshirams Neugier auf die historischen Steine ungebrochen. Neugier peitschte ihn überdies zu sehen, was seine deutschen Freunde, der Beweger Max und sein esoterischer Antipode Saint German ins Rollen gebracht hatten.

Und last but not least wollte er auch die geheimnisvolle Maschine der Tempelritter in Aktion sehen. Und Gott weiß, was dann passieren würde! Inschallah!

Charité

»Ich muss den MRT-Termin für den polnischen Patienten absagen. Marek ist spurlos verschwunden. In seinem Zustand, im Koma zumal, konnte er unmöglich die Intensivstation verlassen – aber sein Krankenbett ist und bleibt verdammt noch mal leer! Wir verstehen das alle nicht. Eine Krankenschwester eilte sofort in sein Zimmer, nachdem die Monitore keine Lebenszeichen mehr übermittelt hatten. Sie rechnete mit dem Schlimmsten, piepte mich noch auf dem Weg zum Krankenzimmer an, aber was sie vorfand, als sie das Zimmer betrat, ließ ihr genauso wie mir den Mund offenstehen, wenn ich das mal so sagen darf. Das Bett war einfach leer.«

Der Radiologe konnte die sprudelnde Aufregung des Chirurgen förmlich durch seinen Telefonhörer mit einatmen.

»Das ist ja furchtbar! Er kann doch nicht allein sein Bett verlassen haben.«

Nach kurzer Pause wechselte der Radiologe pragmatisch das Thema: »Andererseits trifft sich das gut. Dann habe ich jetzt eine halbe Stunde Extrazeit und kann das Monstrum in die Röhre schieben.«

»Was für ein Monstrum?«

»Die Museumsleute haben offenbar im Mumienkeller des Bode-Museums eine alte assyrische Leiche entdeckt – halb

Mensch, halb Vogel. Ich soll sie mal von innen betrachten. Eine ganz merkwürdige Kreatur, ich bin gespannt wie ein Flitzbogen, das können Sie mir glauben!«

CBI

Die deutsche Delegation, jetzt in der Obhut von Minister Taherkhani, wurde in einen Konferenzraum geführt. Sie platzierten sich um einen runden Konferenztisch gemäß der Namensschilder, die für alle aufgestellt worden waren. Das Bankpersonal verteilte Tee in kleinen Gläsern und Gebäck auf massiven Silberschalen. Der Minister musterte seine Gäste durch seine kreisrunde Brille. Sein Sekretär stand ihm in Habachtstellung zur Seite.

Vorstellungsrunde: neben Taherkhani saß Prof. Weise. Das lange Untersuchen von archäologischen Objekten hatte seinen Augen etliches abgerungen und so fokussierte er seinen Gastgeber ebenfalls durch eine Brille, allerdings durch ein mehr eckiges Modell.

»Sie stehen also für die Geschichte gerade, die Kommissar Schulz ins Rollen gebracht hat?«, überraschte Taherkhani in einem fast akzentfreien Deutsch den Professor.

»Ich fürchte, wir sind nur temporäre, unwichtige Zeitzeugen eines kulminierenden Ereignisses, das sich über Jahrtausende angebahnt hat. Wir haben die letzten tausend Jahre immer nur nach dem Heiligen Gral gesucht, uns von ihm ewige Jugend, Gesundheit, Weisheit, vielleicht sogar Reichtum erhofft, doch in den letzten Wochen ist mir klargeworden, dass der

Gral allenfalls Teil eines Ganzen ist, den die vermisste Sophia mit Hilfe ihrer Freunde«, Weise schwenkte mit dem Arm hinüber zu Lukas, Kaisea, Max und Saint Germain, »Anfang des Jahres in Berlin ans Licht befördert hat. Die meisten Objekte aus der entdeckten Tempelritter-Kapelle haben wir heute mitgebracht, denn sie wirken als Entität in ihrer Gesamtheit: die *Figura-Baphomet,* ein schwerer Goldkoloss, der vermutlich allein für sich der Jackpot eines Räuber gewesen wäre, der Heilige Gral aus Tempelhof, dem ich bisher keine Funktion entlocken konnte, ein Kruzifix, welches je nach Laune eigenständig Blut absondert, mit der die Baphomet-Maschine, wenn ich das richtig verstanden habe, sozusagen geschmiert werden muss, um sie in Funktion zu setzen. Und zu guter Letzt haben wir den Koh-i-Noor aus einer Edelsteinbude in New York sichergestellt, um ihn heute mit ihrem Daria-i-Noor im baphometschen Showdown zu vereinen.«

Weise hob seine Brille an, rieb sich seine Augen. Die tausendfach gewälzte und viel zu trockene Luft im Regierungsflieger hatte seine Augen und Schleimhäute gereizt und trockengelegt. Fliegen war überhaupt ermüdend und gar nicht sein Ding, ein modernes Übel, mit dem man gewiss relativ schnell Zeitzonen überwinden konnte.

Plötzlich zuckte der Sekretär des Ministers zusammen, verrenkte seinen Körper auf dem Stuhl und fischte ein knallrotes Telefon aus seiner offenbar im Sitzen zu eng gewordenen Hosentasche hervor. Das *Rote Telefon* hatte mit seinen Vibrationen das Bedürfnis angezeigt, den Minister sofort sprechen zu wollen. Duckmäuserisch überreichte der Sekretär das knallrote Smartphone mit beiden Händen und gesenktem Haupt seinem Minister. Es war ihm offensichtlich peinlich, bereitete ihm nahezu körperliche Schmerzen, die Eröffnungsrunde mit dem *Roten Telefon* stören zu müssen. Taherkhani nahm ab und brummte etwas in das Handy, seine buschigen Augenbrauen schoben sich verwundert über den oberen Rand seiner Brille, als er dem Anrufer zuhörte. Er blickte auf, traf abermals die ermüdeten Augen des Professors und fragte: »Erwarten Sie noch jemanden?«

Weises Blick erschien genauso verwundert wie der des Ministers. Hilfesuchend schaute er zum Kommissar, dann zu Max und Lukas.

Da auch hier keine Reaktion erfolgte, erwiderte er: »Nicht, dass ich wüsste, wenn wir mal vom Bundespräsidenten absehen, den wir, wie Sie ja selbst wissen, natürlich sehnsüchtig erwarten.«

»Ein junger Mann, der sich als indischer Maharadscha ausgibt, steht in der Lobby und verlangt Herrn Max Steinbein zu sehen. Sagt Ihnen das etwas?«

Max' zurückhaltende Verwunderung wechselte in erfreutes Erstaunen: »Munshiram! Ohne sein Zutun wären wir heute nicht hier. Ich glaube, er hat alles Recht der Welt am Experiment, wenn ich so sagen darf, teilzunehmen.«

Der Minister brummte sein O.K. in das Handy und gab es vorwurfsvoll an seinen Sekretär zurück. Dann änderte sich abrupt seine Miene. Das *Rote Telefon* hatte ihn scheinbar auf eine Idee gebracht.

Er erhob sich von seinem Stuhl und verkündete: »Wenn ich Herrn Prof. Weise richtig verstanden habe, erwarten wir heute ein historisches Moment, dass für die Nachwelt unbedingt festgehalten werden sollte. Liebe Gäste, bitte erheben Sie sich und wenn es Ihnen nichts ausmacht, postieren Sie sich dort drüben an der Wand!«

Er selbst eilte voraus, und als alle ihre Position eingenommen hatten, gab er seinem Sekretär ein Zeichen, ein paar Fotos mit dem roten Smartphon festzuhalten. Während der Korpus der erlauchten Gäste noch in Cheese-Stellung dastand, wurde die Tür zum Konferenzraum vorsichtig von einem Bankbeamten aufgestoßen und der Maharadscha von Jaipur stand in seiner ganzen Pracht vor ihnen.

»Munshiram, komm herüber, wir machen gerade ein historisches Gruppenfoto.«

Eine Aufforderung seitens Max, die Begrüßung und Einladung zugleich war und die Kühle der Situation augenblicklich aufwärmte. Munshiram schwebte förmlich auf Max und Saint Germain zu, platzierte sich zwischen die beiden, und der Sekretär knipste den Speicher des *Roten Telefons* voll. Schließlich verstaute der Sekretär das heißgeknipste Handy wieder in seiner zu engen Hosentasche und das Foto-Shooting war beendet.

Nachdem am Ende alle Maharadscha Munshiram geziemend begrüßt hatten, nahmen sie wieder ihre Plätze am Konferenztisch ein. Ein weiteres Teeglas wurde gebracht und dem Maharadscha gereicht. Schleppend kam die Unterhaltung wieder in Gang als sich der Sekretär des Ministers abermals verrenkte, das *Rote Telefon* erneut aus seiner Hose fingerte und es ebenso demütig wie zuvor seinem Minister reichte. Taherkhani beendete das Gespräch diesmal mit erfreutem Gesichtsausdruck und legte es auf dem Tisch ab.

Er erhob sich erneut: »Liebe Gäste, Ihr Präsident ist soeben eingetroffen und es wäre mir eine außerordentliche Ehre, Sie gemeinsam mit Ihrem Präsidenten durch unsere Ausstellung der Persischen Kronjuwelen führen zu dürfen. Bitte folgen Sie mir!«

Während der Sekretär eilfertig nach dem roten Kommunikationsmittel griff, um es dienstbereit und akkurat in seiner Hosentasche zu verstauen, folgten alle Anwesenden ihrem Gastgeber hinaus aus dem Konferenzsaal durch Gänge und

Korridore des Juwelenmuseums, bis sie sich urplötzlich in den herrlichen Ausstellungsräumen wiederfanden. Der Minister nahm den Bundespräsidenten in Empfang und gemeinsam trottete die Delegation dem Paar, das sich schon aus jener Zeit kannte, da der Bundespräsident noch als Außenminister Deutschlands unterwegs gewesen war, artig hinterher.

Während sich die Delegation die filigrane Handwerkskunst zur Ausstaffierung der Macht prunksüchtiger, persischer Schahs erläutern ließ, fuhr am rückwärtigen Eingang des Bankgebäudes ein Gabelstapler die in einer Holzkiste verpackte Baphomet-Maschine herein. Zwei Arbeiter positionierten den Behälter in einem leergeräumten Lagerraum im Erdgeschoss des Gebäudes auf einem bereitstehenden Podest und befreiten sie mit Brecheisen von ihrer hölzernen Schutzhülle. Der brachiale Eisenhebel war eigentlich ein Werkzeug, mit dem weder ein Bankangestellter noch ein Museumsmann in seinem Arbeitsumfeld konfrontiert werden mochte. Hier erwies sich sein Einsatz dagegen als sehr effektiv.

Nachdem die Hüllen gefallen waren, blendete Baphomet die Arbeiter mit seinem goldenen Gewandt und versetzte sie prompt in Staunen und Ehrfurcht. Sie hatten schon so manchen Goldbarren durch die Tresore der Bank geschleppt, aber was waren schon 16 kg achtlos in Quaderform gegossene Bankbarren im Vergleich zu einer halben Tonne fein geschmiedeter Handwerkskunst aus purem mittelalterlichen Gold!

Die Arbeiter beruhigten sich allmählich und stellten Kruzifix und Gral neben der *Figura Baphomet* ab. Kaum hatten sie das mannshohe Kruzifix platziert, fing die Jesusfigur plötzlich an zu bluten. Die beiden erschraken und fürchteten sich dermaßen, dass sie fluchtartig den Lagerraum verließen und das Freie aufsuchten. Sie gesellten sich zum Gabelstapler, den sie hinter dem CBI-Gebäude geparkt hatten und keine Macht der Welt hätte sie heute wieder zurück ins Gebäude führen können. Ängstlich fingerte einer der beiden eine Packung Zigaretten aus seinem Blaumann. Beide sogen gierig an ihren Kippen, um sich zu beruhigen, doch so richtig wollten die Zigaretten ihre erwartete Wirkung nicht entfalten.

Ein Kombi fuhr auf dem rückwärtigen Hof vor und parkte neben dem Gabelstapler. Endlich waren die Arbeiter mit ihrer Furcht nicht mehr alleine. Der Wagen gehörte dem staatlichen Sender IRIB. Zwei junge Männer stiegen aus und entluden Kameraequipment.

Der Reporter wandte sich an die Arbeiter: »Wir sollen hier irgendein iranisch-deutsches Kulturprojekt filmen, könnten Sie uns bitte anmelden?«

Die beiden schauten den Reporter ehrfürchtig an, dann zog der Kleinere ein Walkie-Talkie aus seinem Blaumann und kündigte die Fernsehleute an. Kurz darauf erschien ein Bankangestellter und geleitete das Team in die Lagerhalle, die die Arbeiter, solange sich das Hexenwerk darin befand, auf keinen Fall mehr zu betreten gedachten.

Es dauerte nicht lange und das Walkie-Talkie gab knisternde Geräusche von sich. Widerwillig hielt sich der Kleine das Gerät ans Ohr und lauschte. »Wir sollen ins Museum kommen und einen Schaukasten öffnen.«

»Ich geh da nicht mehr rein!«, protestierte der Längere. »Wir gehen vorne durch den Haupteingang, da sind wir weit genug vom Teufelswerk entfernt«, entschied der Kleine.

Als sie das Museum betraten, fanden sie Minister Taherkhani begeistert auf eine Gruppe von Menschen einredend. Das muss hier heute wirklich ein großes Ereignis sein, wenn sogar der Minister und das Fernsehen anwesend sind, staunten die beiden nicht schlecht. Der Minister stand vor dem bedeutendsten Schmuckstück der Ausstellung: ein riesiger pinkfarbener Diamant im Tafelschliff, dessen Fassung mit einem Haufen weiterer Brillanten aufwendig verziert war. Der letzte Schah hatte den indischen Großdiamanten an seiner Uniformmütze getragen. Nun lag er geschickt illuminiert hinter Panzerglas und erfreute jeden Besucher. Der Kleine eilte in den IT-Raum und schaltete die Alarmanlage aus. Er kam mit einem Werkzeugkasten zurück und gemeinsam mit dem Langen schraubte sie die Frontscheibe von der Vitrine ab.

Die Umstehenden schauten gespannt und mucksmäuschenstill zu. Das Unbezahlbare lag zum Greifen nahe. Der Minister drehte sich nach seinem Sekretär um, der etwas dümmlich zurückschaute.

»Die Handschuhe!«, zischte der Minister und lächelte seine Gäste nach dieser kleinen Unpässlichkeit fast etwas kauzig an. Endlich reichte der Assistent ein Paar weiße Baumwollhandschuhe. Taherkhani streifte sie über seine zu dick geratenen Hände und griff in die Vitrine.

Er fasste das Schmuckstück, drückte vorsichtig den Daria-i-Noor aus der Fassung und hielt den Diamanten auch das erste Mal in seinem Leben in der Hand. Munshiram genoss den Augenblick mit leicht geöffnetem Mund, der sein adlig-fein gezeichnetes Gesicht um Kasten zurückwarf. Prof. Weise zauberte den in seiner Jackentasche sicher verwahrten Koh-i-Noor hervor. Er hatte das wertvolle Stück in ein reinweißes Tuch geschlagen.

Weise wickelte den Diamanten vorsichtig aus und hielt ihn an den Daria-i-Noor. Farblich passten beide Steine zusammen, als wären sie tatsächlich einem Stück entsprungen. Die gemeinsame Bruchstelle war natürlich schon lange weggeschliffen worden und konnte augenblicklich nicht nachvollzogen werden. Nur Max bemerkte, dass sich der Unterkiefer des Maharadschas noch weiter senkte, als der Professor den Koh-i-Noor aus dem Gewebelappen entließ und an seinen Bruderstein hielt. Niemandem blieb hingegen das Feuer verborgen, als die beiden Steine zusammengeführt wurden. Das Ergebnis war so überaus mehr als die Summe seiner Teile. Ein göttlicher Qualitätssprung.

Spannung verbreitete sich im Raum. Keiner wollte mehr Zeit verlieren. Wie auf glühenden Kohlen taperte die Gesellschaft vom Museum in die Lagerhalle. Was hingegen keinem auffiel, war das Zurückbleiben der beiden Arbeiter, die sich misstrauisch im IT-Raum verschanzt hatten. Als Taherkhani die Tür zum Lagerraum öffnete blendete ihn das Gold der Baphomet-Maschine.

Überwältigt und sprachlos vor Staunen war ihm prompt klar, dass er keinen Fehler gemacht hatte, als er einem popeligen Polizeibeamten aus Deutschland zugehört und infolgedessen diese Aktion genehmigt hatte. Kribbelte es ihm bereits in den Fingern, als er nach dem Schah-Diamanten gegriffen hatte, konnte er jetzt, selbst als routinierter Staatsmann, seine Aufregung kaum noch verbergen. Zum Glück bemerkte das niemand, denn jeder, der sich in diesem Raum befand, war von der gleichen Erregung ergriffen.

Die Gäste platzierten sich auf einer der Baphomet-Maschine zugewandten, langen Bank. Nur Kaisea und Lukas wandten sich der Maschine zu, um das Gerät in altbewährter Weise in Betrieb zu nehmen. Max sammelte indes die beiden Diamanten von Taherkhani und Weise ein. Er deponierte sie vorsichtig zwischen den beiden Köpfen Baphomets. Sie fügten sich genauso in die Vertiefung ein wie einst der Korund in Tempelhof. Lukas schnitt derweilen die Spitzen des wallenden, schwarzen Haares von Kaisea ab und legte sie in den bereitstehenden Tempelhofer Gral. Als er sich schließlich dem Kruzifix zuwandte, bemerkten die Gäste erst jetzt, dass es tatsächlich Blut absonderte. Ein hörbares Staunen entwich den Gästen und schaltete offenbar ein phonetisches Ergebnis ein, das alle in noch mehr Entzücken versetzte. Die Anwesenden schwebten einem Zustand entgegen, der nicht mehr von dieser ach so rationalen Welt war. Aus unbekannter Quelle drang ein hoher feinstimmiger Knabenchor. In den mittelalterlichen Duktus fügten sich geschmeidig orientalische Klänge ein. In so einer Phonetik hatten Lukas, Kaisea und Max diesen sphärischen Chor bisher noch nicht wahrgenommen. Mittlerweile saß Kaisea wie schon im Bode-Museum mit dem Rücken zur *Figura Baphomet*. Max setzte die mit Haaren und Blut gefüllte Schale in die Lade der Maschine und Lukas legte das ellenlange Haar Kaiseas in die vorgesehene Position an der Figura.

Der Chor schwoll an. Max und Lukas traten ein paar Schritte zurück. Kaisea erleuchtete in einem anschwellenden, nicht irdischen Licht. Plötzlich schoss das Licht-Linga aus der Figura, aus den wiedervereinten Diamanten empor in die Luft, durchbohrte die Decke des Gebäudes. Mit einem gewaltigen Donnerschlag öffnete sich der Boden.

Max flüsterte in die Runde »Ups, das hatte ich ganz vergessen zu erwähnen«, aber niemand verstand ihn im Getöse des vorgeführten Spektakels. Der zerbrochene Beton des Bodens gab einen Blick in den darunterliegenden Tresorraum frei. Hunderte von schweren Bankbarren lagen auf Paletten gestapelt im Tresor: die Goldreserve des Islamischen Staates von Iran. Zwischen den Barren tauchte plötzlich ein kahlrasierter Schädel auf. Die Gestalt, die sich vor ihnen materialisierte, hielt seine geladene Heckler & Koch P7 in der Rechten und zielte auf die Delegation.

IT-Raum

Der Kleine und der Lange hatten sich in der Computerzentrale des Juwelenmuseums verschanzt. Eigentlich waren sie nur dem Tross der Delegation nicht gefolgt, mit der sie ohnehin nichts am Hut hatten. Aber man konnte ja nie wissen, auf welche Ideen so ein Minister plötzlich kommen würde, wenn er einen arbeitenden Angestellten im Blaumann erspähte. Unsichtbar werden, war zuweilen eine hilfreiche Option.

Die beiden setzten sich an einen Schreibtisch, der mit Monitoren randvoll beladen war. Die meisten zeigten in raschem Wechsel die Aufnahmen von Überwachungskameras im Gebäude. Ängstlich, aber auch von Neugier getrieben, verfolgten sie aus sicherer Entfernung, wie sie meinten, das Geschehen im Lagerraum.

Als sich über Baphomet das Licht-Linga entwickelte, riss die Übertragung plötzlich ab und unter einem gewaltigen Getöse schoss die Lichtsäule vor den beiden aus dem Fußboden und schleuderte den Schreibtisch vor ihnen hoch in die Luft. Die Monitore wirbelten durch den IT-Raum wie Gummibälle, bis sie sich irgendwann splitternd und scheppernd auf dem Betonboden des Raums ein neues Plätzchen ausgesucht hatten und völlig demoliert zur Ruhe kamen. Wie durch ein Wunder blieben die beiden Arbeiter körperlich unversehrt. Ihren

Blick von der Lichtsäule, die immer noch dort war, wo eben der Schreibtisch gestanden hatte, konnten sie allerdings nicht abwenden.

Lagerraum

»Wo ist der Gral?«, schnaubte Knut durch den von Santurklängen begleiteten sphärischen Chor.

»Offenbar nicht hier!«, log Max.

»Nicht so vorlaut Bürschchen, sonst durchlöchere ich Dir nicht nur Dein schickes Lederhöschen. Also?« Die Eiseskälte, die sich plötzlich im Lagerraum ausgebreitet hatte, war nicht der Klimaanlage des Gebäudes geschuldet, sondern der Angst, die der Killer unter seinen Opfern verbreitete. Knut feuerte seine Waffe zur Warnung in Richtung Decke ab, um seiner Forderung mehr Gewicht zu verleihen.

Plötzlich rumpelte es im Tresor. Eine weitere Gestalt krabbelte zwischen den Goldbarren hervor.

»Langsam habe ich den Aufenthalt in diesen Katakomben satt, erst gibt es stapelweise Mumien, nun sind es stapelweise Goldbarren und immer ballert so ein Vollidiot wild um sich. Kann nicht alles so sein wie früher? Wie wunderschön waren die Sommerferien bei meinen Großeltern in Malbork, als wir am Lagerfeuer saßen, mit dem Fischer von der Nogat den Tagesfang grillten und ich Sophia das erste Mal begegnet bin. Sophia, meine liebe Sophia. Warum hast Du mich verlassen?«

Das pathetische Selbstgespräch, das da aus dem Tresor kam, passte Knut überhaupt nicht in den Kram.

»Schnauze da unten. Dieser kindische Salm ist ja unerträglich!«

Wieder ballerte er eine Kugel ab, diesmal in Richtung Tresorraum. Die Kugel prallte an einem Goldbarren ab, erzeugte einen hellen Glockenklang wie das Klingen des Glöckchens in den Händen eines buddhistischen Priesters, fand ihren Weg zum nächsten und übernächsten Barren, erzeugte im Ping-Pong-Gebaren, ein delikates Gamelanspiel, das sich aufrichtig in den anschwellenden Chor mischte. Dann endete das Spiel mit einem abrupten Aufschrei. Die abgeprallte Kugel hatte wieder Marek getroffen, war fast liebevoll in das Fleisch seines rechten Oberschenkels eingedrungen.

Marek fluchte: »Warum muss das immer mir passieren?«

Er setzte sich erschöpft auf eine Palette mit Goldbarren. Ein rubinrotes Rinnsal colorierte das glänzende Metall.

Sekundenschnell entwickelte sich das Drama unter den immer noch anschwellenden sphärischen Klängen, selbst das Licht-Linga nahm weiter an Stärke zu, blendete die Anwesenden messerscharf, so dass jeder seine Hand schützend vor die Augen halten musste. Das Diamantenpaar leistete ganze Arbeit. Dann zog sich die Lichtsäule langsam in die Diamanten zurück. Auf der Lichtspitze aber thronte eine weibliche Figur, gekleidet in einen Stoff wie Quecksilber, mit einem Faltenwurf, der Venus neidvoll erblassen ließe, gekrönt mit wallendem, blonden Haar. Sophia hatte alles Irdische hinter sich gelassen. Dann bog sich die Lichtsäule aus der Vertikalen in die Horizontale bis nach unten auf den Fußboden und entließ die göttliche Gestalt der jungen Frau zurück auf die Erde. Der sphärische Chor zog sich in die Untiefen des Universums zurück und gab Platz für die schrillen Sirenen der Alarmanlage, die das gesamte Bankgebäude durchdrangen.

Selbst Killer Knut, der sich nie für das andere Geschlecht interessiert hatte, wurde von dem Spektakel überwältigt und verlor kurzzeitig die Kontrolle über seine Waffe.

Die Tür wurde aufgestoßen. In den Hausalarm mischten sich die Martinshörner ganzer Hundertschaften von Polizisten. Ein SWAT-Team rückte in die Lagerhalle ein und umstellte alle Anwesenden mit Maschinenpistolen im Anschlag.

Minister Taherkhani schrie den Beamten zu: »Nehmen Sie den Glatzkopf mit seiner Waffe dort fest!« Schneller als erwartet löste sich eine letzte Kugel aus der P7 und durchbohrte die Brust des Ministers. Ein Kugelhagel aus mehreren Maschinenpistolen folgte und der kahlrasierte Killer brach in seiner Blutlache zusammen.

Keiner der Anwesenden hatte Knut jemals zuvor zu Gesicht bekommen. Selbst bei der Attacke im Bode-Museum hatten sich Lukas, Kaisea und Marek rechtzeitig im Mumienkeller verschanzt. Nachdem sich der erste Schock legte, erfolgten zeitgleich die skurrilsten Aktionen: Der Sekretär des Ministers fingerte das *Rote Telefon* in altbewährter Weise aus seiner nun auch noch feucht gewordenen Hose. Vor Angst hatte er sein Wasser gelassen. Er übertrat erstmals in seinem Dienstleben seine Kompetenz und wählte unaufgefordert die Nummer des Präsidenten, um ihn über den Tod des Ministers zu unterrichten.

Munshiram nutzte die Deckung des Durcheinanders und nahm den Diamanten aus der *Figura Baphomet* an sich. Doch wie staunte er, als er feststellte, dass die beiden Steine sich wieder vereinigt hatten, einfach miteinander verschmolzen waren. Er hielt Shivas Hindu-i-Noor in der Hand! Einen Koh-i-Noor und einen Daria-i-Noor gab es nicht mehr. Unbemerkt, wie er glaubte, ließ er ihn in eine Tasche seines Sherwanis gleiten.

Prof. Weise war Kurator. Und wie jeder andere Kurator war er getrieben von einer ausufernden Sammelleidenschaft. Als Mann eines staatlichen Museums konnte er sogar öffentliche Gelder für diese Begehrlichkeiten unter dem Deckmantel der Wissenschaft verschwenden, ohne dabei auf den Pfennig achten zu müssen, anders als ein kleiner Privatmann, den seine Gier verzehrte. Augenblicklich war er der einzige, der Zeuge wurde, wie Munshiram den Diamanten entwendete. Da er ohnehin wusste, wie sehr auch Indien seinen Kunstschätzen zugetan war, sie von den Kolonisten zurückforderte und darüber hinaus das gegenwärtige Ereignis größer war als alle politischen Querelen, die waren, sind und noch sein werden, erweichte sich sein Herz. Er schlich zu Baphomet und bugsierte Hatletals Kopie des Daria-i-Noor aus New York unbemerkt in die Vorrichtung. Selbst als Museumsmann gefiel ihm heute die Idee, dass nun die Eroberer mit den Kopien und die rechtmäßigen Besitzer mit den Originalen ausgestattet waren. Überdies war er so überwältigt, ja fassungslos, seine Ausstellungsstücke in einer Aktion erlebt haben zu dürfen, die er sich für seine ansonsten doch eher toten Sammlungsstücke nie und nimmer im Leben erträumt hätte.

Marek war inzwischen aus dem Tresorraum in den Lagerraum gekrochen. Als er Sophias göttlicher Erscheinung ansichtig wurde, vergaß er all seine Schmerzen. Seine Wiedergeburt durch Baphomet hatte die assyrische Plasmawunde in seinem Bauch ungeschehen gemacht, sattes Leben in seinen Körper zurückgehaucht. Mit seinem Finger griff er nun automatisch an den angeschossenen Schenkel und drückte das dicht unter der Oberfläche liegende Projektil wie einen Eiterpickel heraus. Als Sophia Marek erkannte, schwebte sie auf ihn zu, erwiderte sein Lächeln und strich mit ihrer heilenden Hand über seinen verletzten Schenkel. Die Wunde verschloss sich augenblicklich. Der Schmerz des Fleisches wich und machte dem Schmerz der Erkenntnis Platz. Sophia hatte eine Göttlichkeit erlangt, die für Menschliches wenig Platz ließ. Die Liebe pochte in seinem Herzen und würde wohl nie wieder so erwidert werden wie vor der Entdeckung der unterirdischen Kapelle der Tempelritter in Berlin-Tempelhof.

»Sophia!«, langgezogen presste er den Namen seiner Geliebten zwischen seinen Lippen hindurch und legte alles, was er geben konnte, in dieses eine Wort, als wäre es ein eigenständiger Roman.

»Sophia!«, wiederholte er, für mehr reichte es nicht.

Ein Krankenwagen spuckte Sanitäter und Ärzte aus, die ohne eine Minute zu verschwenden auf den toten Minister zueilten. Ein kurzer Blick genügte, um zu erkennen, dass das Projektil der Heckler & Koch den Brustkorb des Mannes durchschlagen und auf seinem Weg sein Herz zerfetzt hatte. Keine Hilfe der Welt hätte ihn retten können. Der Bundespräsident zog derweil alle Umstände in das Kalkül seiner Berechnungen und kam schnell zu dem Schluss, dass er und seine Delegation nunmehr wohl keine willkommenen Gäste mehr in diesem Land sein würden. Ein Plan für einen schnellen und sicheren Rückzug musste her.

Sophia verlies Marek und schwebte auf den toten Minister zu. Der Ring, den die Tempelritter ihr als Schlüssel zur unterirdischen Tempelhofer Kapelle anvertraut hatten, war mit magischen Heilkräften ausgestattet. Sie hatte ihn schon einmal erfolgreich bei der Rettung ihres Bruders Lukas damals in den Sommerferien in Malbork angewandt. Sie beugte sich über den leblosen Mann und strich mit ihrer Hand über die unansehnliche Wunde in seinem Brustkorb. Wie ein Wunder verschloss sich die Wunde augenblicklich, Taherkhani japste laut auf, schwang sich hoch, erblickte den von SWAT-Leuten umringten und zerschossenen Killer und fragte fast dümmlich: »Was ist geschehen?« Eine leichte retrograde Amnesie hatte die unangenehmen Momente dieser Veranstaltung aus seinem Gedächtnis unwiederbringlich gestrichen. Der Bundespräsident atmete auf. Der Sekretär versank in tiefer Scham ob seiner Übereifrigkeit in der Benutzung des *Roten Telefons.*

Der Kommissar wandte sich dem SWAT-Szenario zu, bückte sich und durchsuchte den Toten. Er fand einen Pass, der Knut als Österreicher identifizierte. Er zählte eins und eins zusammen und dacht nur: »Dass die Österreicher immer so einen Hang haben, die Weltherrschaft übernehmen zu wollen ...«

Sophia schwebte zur nächsten Leiche. Als sie den durchlöcherten Knut in seiner Blutlache betrachtete, dachte sie laut: »Zu viele Löcher, da werden meine Kräfte auch nicht ausreichen.«

»Ich denke, ein toter Killer ist besser als ein lebender!«, mischte sich der Bundespräsident ein. »Außerdem gebe ich zu bedenken, dass der wiederbelebte Killer der iranischen Gerichtsbarkeit unterläge und ihn dann vermutlich sowieso die Todesstrafe ereilen würde.«

Taherkhani erwiderte: »Nun, da offenbar niemand durch den Killer verletzt worden ist, könnte man ihn nur wegen unerlaubten Waffenbesitzes verurteilen. Da kommt er noch mit dem Leben davon.«

Offenbar war Taherkhani immer noch nicht bewusst, dass Knut ihn gerade abgeknallt hatte. So eine Amnesie hat manchmal wirklich auch ihr Gutes; ist von der Natur sicher nicht ohne Grund eingerichtet worden.

»Mit etwas Extrablut könnte ich es schaffen«, sinnierte Sophia immer noch beim Anblick des Toten. Dann gab sie Anweisungen.

»Marek, bring mir den Gral mit dem Jesusblut, das könnte helfen!«

Marek eilte wie von seiner Liebsten gefordert zur Baphomet-Maschine und holte den Gral aus der Lade. Der Heilige Gral war immer noch mit Blut vom Kruzifix und Haarspitzen von Kaisea gefüllt. Vorsichtig überreichte er ihn Sophia. Sie schütte das Blut aus dem Gral über den durchlöcherten Brustkorb, dann strich sie mit ihrer beringten Hand über seine Wunden. Sofort fing Knut an zu keuchen. Er kam zu sich, sah sich umringt von Menschen und SWAT-Leuten und griff mit seiner rechten automatisch unter sein Jackett. Leider steckte seine Heckler & Koch nicht mehr im Holster. Dann erblickte er den Heiligen Gral in Sophias Händen. Das Objekt der Begierde seines Herrn und Auftraggebers. Der Heilige Gral, der ihn hierher gerufen hatte! Knut verstand nicht, warum er auf dem Boden lag und schwang sich vom Fußboden hoch. Blitzschnell entriss er den Gral. Sophia, die mit dieser Aktion nicht gerechnet hatte, entwich ein empfindsamer Aufschrei. Knut rannte aus der Gruppe der Umstehenden heraus auf die Wand des Lagerraums zu.

Die schnelle Wendung hatte alle Anwesenden in eine absolute Handlungsstarre versetzt. Das Moment der Überraschung kam Knut augenblicklich zugute. Alle blickten dem Mann wie versteinert hinterher, der wie ein Wahnsinniger auf die weiße Wand des Lagerraums zurannte. Noch erstaunter waren die Anwesenden, als sich die Wand vor Knut plötzlich verfärbte. Die eben noch weiße Wand füllte sich ohne sichtbares Zutun mit roten, braunen, blauen Flecken. Je dichter Knut der Wand kam, desto komplexer, ja bildhafter wurde ihre Färbung.

Max erkannte es als Erster: »Asmodäus!«, entwich es mehr seiner Verblüffung als ihm selbst.

Dann tauchte Knut, den Heiligen Gral in seiner Hand schwenkend, in das Bildnis ein und war für immer verschwunden. Asmodäus grinste die Umstehenden noch einmal an. Eine Feuersalve löste sich aus der MP eines SWAT-Beamten, aber das Asmodäus-Bildnis war bereits am Verblassen. Eine Reihe schwarzer Löcher, wie eine schwunghafte Kaligraphie dahingepinselt, zierte die weiße Wand des Lagerraumes, an der eben noch das Asmodäus-Bildnis sichtbar gewesen war. Das Tor, wer weiß wohin, hatte sich wieder verschlossen. Knut hatte sich jeder Gerichtsbarkeit entzogen. Prof. Weise krampfte augenblicklich sein Herz zusammen: Dem Höhepunkt seiner Karriere, der Ausstellung des Berliner Tempelritterschatzes mit den drei Heiligen Gralen, war soeben *das* Ausstellungsstück abhanden gekommen.

»Marek! Du siehst, es ist nichts mehr wie es war. Ich habe jetzt ein neues Zuhause, bin die Hüterin des Licht-Lingas. Auf der Erde, wie Du sie kennst, ist für mich kein Platz.«

Sophia in ihrem anmutigen, aber auch sphärisch-futuristischen Quecksilberkleid aus ganz unglaublichem Nanogewebe hatte sich wieder Marek zugewandt, der sie schmachtend mit seinen weit aufgerissenen Augen zu verzehren schien.

»Aber …«, Marek kam ins Stocken, seine Augen füllten sich mit Wasser, als ihm bewusst wurde, was Sophia ihm da auftischte. »Ich liebe Dich doch! Haben wir denn gar keine gemeinsame Zukunft mehr?«

»Das hängt von Dir ab, Marek. In die Welt, in die ich zurückkehren werde, kannst Du Deine Freunde, Familie, Bekannten, das Leben, wie Du es auf der Erde gewohnt bist, nicht mitnehmen. Marek, Du weißt, dass mein Herz für Dich schlägt, aber meine Aufgabe ist eine weit größere, als die Liebe zu *einem* Menschen. Gerne hätte ich Dich an meiner Seite, aber das musst Du alleine entscheiden! Entweder das Leben, wie Du es gewohnt bist, in der sich sicher auch eine neue Zuneigung zu einem anderen Menschen entwickeln wird, oder das große Unbekannte an meiner Seite. Du musst Dich nicht jetzt entscheiden. Wir werden uns wiedersehen, immer wenn ein Licht-Linga die Erde berührt. Dann kannst Du Deine Entscheidung jedes Mal neu überdenken und mir möglicherweise später folgen. Doch vorerst empfehle ich Dir, das Erdenleben in vollen Zügen auszukosten. Vielleicht wirst Du dabei auch ohne mich glücklich.«

Als sich Marek etwas gefangen hatte, fragte er Sophia: »Wie ist es in Deiner Welt?«

»Leer und kalt, aber auch wunderschön! Den Göttern fehlt die menschliche Gemütlichkeit.«

Sophia trat an die Baphomet-Maschine zurück, entzündete das Linga erneut und entschwand auf dem Lichtstrahl ins Universum. Nachdem der ganze Zauber vorbei war, blieb Marek der eigentlich Gerettete. Doch glücklich war er mit diesem Umstand nicht.

Zuletzt griff Taherkhani in das Baphomet-Doppelgesicht und sicherte den vermeintlichen Daria-i-Noor. Dass der Koh-i-Noor nicht neben ihm weilte, entging dem Minister in Eile und Aufregung. Niemandem würde auch je in den Sinn kommen, dass der Daria-i-Noor inzwischen durch eine perfekte Fälschung ersetzt worden war.

Zurück in Berlin

Kommissar Schulz saß wie ein Kartoffelkloß auf seinem Bürostuhl und fühlte sich auch so. Da hatte er fast ein Jahr lang einen Fall begleitet, der so einige Abenteuer, Skurrilität und Sonstiges zu bieten hatte, um eine vermisste Person zu finden. Dann taucht diese Person in einer an die 1920er-Jahre erinnernden Séance in einem fernen Land auf, um sofort wieder zu verschwinden. Der eigene Wille der ›verlorenen‹ Person blieb erkennbar und selbst der Bundespräsident war Zeuge. Doch was sollte er jetzt zum Abschluss des Falls in den Akten vermerken?

Lukas vermisste seine Schwester und ihr Lebensweg war für ihn nur schwer zu fassen. Doch mit Kaisea an seiner Seite und der neuen gemeinsamen Wohnung war sein Leben momentan so ausgefüllt, dass die Existenz seiner Schwester immer mehr verblasste. Nur in manch' unruhiger Nacht erschien sie ihm in seinen Träumen, so plastisch und fassbar als träumte er nicht. Sie wanderten durch bekannte und fremde Welten, unterhielten sich über Alltägliches und Fremdartiges. Manchmal sehnte sich Lukas zurück in den Traum, der mehr als eine WhatsApp-Nachricht mit Foto war.

Max und Saint Germain genossen gemeinsam das Leben in vollen Zügen, wie es so schön heißt. Eines Tages jedoch, es muss kurz vor Weihnachten gewesen sein, flatterte die selten gewordene Spezies – ein *echter* Brief – in Max' Briefkasten. Keine Rechnung, keine Mitteilung des Finanzamtes, des Polizeipräsidenten oder sonstiger Behörden. Ein wirklicher Brief aus geschmackvollem, elfenbeinfarbenen Papier. Der Umschlag entließ feines, duftendes Büttenpapier und offenbarte eine Einladung. Die private Maschine des Maharadschas von Jaipur stünde in wenigen Tagen auf dem Flughafen Berlin-Schönefeld bereit, um Herrn Max Steinbein und Le Comte de Saint Germain – diesmal auf zeitgemäße Weise und direktem Wege – nach Indien zu fliegen. Munshiram Singh, Maharadscha von Jaipur erwarte sie zu einem außergewöhnlichen Ereignis.

Hindu-i-Noor

Auf dem Flugfeld des Jaipur International Airport stand der weiße Rolls Roys des Maharadscha bereit, um seine Berliner Gäste in den City-Palast zu chauffieren. Hier residierte der junge Maharadscha wie einst seine Vorfahren in den fast 300 Jahre alten Gemäuern. Auch wenn der vordere Teil der Anlage inzwischen als Museum genutzt und für die Öffentlichkeit zugänglich war, bot die Anlage noch ausreichend Platz zur privaten Nutzung – selbst durch einen Maharadscha.

Der Wagen nährte sich der Palastanlage und Saint Germain fing an zu grinsen. »Hier sind wir doch erst neulich mit unserem Teppich losgeflogen. Nun sind wir ganz offizielle Gäste des Palastes.«

Als hätte der Chauffeur Saint Germain vernommen, fuhr er demonstrativ an der Gasse zum *Virendra* Tor, dem Eingang für die sterblichen Museumsbesucher vorbei und bahnte sich seinen Weg durch Jaipurs Verkehrschaos hin zum *Tripolia* Tor, das ausschließlich der Herrschaftsfamilie vorbehalten war und direkt zum *Chandra Mahl*, dem Mondpalast, und eigentlichen siebengeschossigen Wohnpalast der Anlage führte. Die Palastwachen mit aufgesetzten roten Turbanen und silbernen Zeremonienstäben passten irgendwie nicht ins 21. Jahrhundert und ließen die Märchen aus *Tausendundeiner*

Nacht sofort wieder aufleben. Auch wenn für Max und Saint Germain der Anblick nicht neu war, hatte er heute für sie, als offizielle Gäste des Hauses, eine andere Bedeutung, als zuvor im Gewand eines profanen Museumsbesuchers, zumal im Gefolge einer Studiosus-Reisegruppe.

»Kannst Du Dich noch an die Dame erinnern, die mit ihren knochigen Fingern ihr i-Pad solange zerstach, bis sie ein Bild von mir im Netz gefunden hatte? Frappant, nicht wahr?«

Saint Germain schmunzelte bei seiner Erinnerung und auch Max konnte sich vor Lachen bald nicht mehr halten. Dann stand plötzlich Munshiram, der Hausherr, vor ihnen, als sie immer noch schallend lachend aus der Limousine kletterten.

»Dass wir uns so schnell wiedersehen, damit hatte ich nun wahrlich nicht gerechnet!«, begrüßte Max seinen erfreuten Gastgeber.

Munshiram stand auf der untersten Stufe des Eingangsportals. Er hatte die traditionelle Kleidung eines Maharadschas von Rajasthan angelegt. Ein mit Gold- und Silberfäden durchwirkter Stoff aus Rohseide, mit tiefroten Rubinen schillernd-pulsierenden Blutes und wiesengrünen Smaragden des Herbstes besetzt, bildete das fulminante Oberkleid des Maharadschas in Form eines Sherwanis. Als Beinkleid trug Munshiram ein Wickelgewand, ein Dhoti von gleicher Art und Farbe, das am unteren Ende von einer prachtvollen Bordüre abgeschlossen wurde. Am Gürtel hing ein ebenso mit Rubinen besetzter Dolch. Allerlei Orden prangten in Herzhöhe an seiner Brust. Saint Germain konnte sich an dem jungen Maharadscha gar nicht sattsehen, so sehr war die Mode nach seinem Geschmack, strahlte Macht und Würde aus, die bei ihm selbst leider Gottes etwas verblichen war.

»Jammerschade!«, bemitleidete er sich selbst. Da hatte sein *Aqua benedetta* zwar die biologische Jugend zurückgeholt, nicht aber Position und Ansehen im Zenit seiner Vita.

»Die Idee, Euch einzuladen, war mir noch in Teheran gekommen, allerdings musste ich erst zurück nach Indien, bevor ich die Einladung aussprechen konnte. Ich hatte nämlich in Teheran im Schutz der Wirren und sich einholenden Ereignisse unerlaubterweise den Koh-i-Noor aus der *Figura Baphomet* an mich nehmen wollen. Doch stellt Euch vor, plötzlich hielt ich nicht mehr den Koh-i-Noor, sondern den Hindu-i-Noor in der Hand! Denn, Ihr werdet es nicht glauben, der Koh-i-Noor und der Daria-i-Noor wurden durch die Baphomet-Maschine wieder zum ursprünglichen Stein, zum Hindu-i-Noor fusioniert.«

»Und das hat niemand bemerkt?«, fragte Max verdutzt.

»Doch, natürlich, allerdings nur eine, eine mir offenbar wohlgesonnene Person. Nachdem euer Museumsmann Prof. Weise meine Kompetenzüberschreitung bemerkt hatte, ersetzte er den von mir entwendeten Stein flink durch eine Kopie des Daria-i-Noor, und der iranische Kulturminister bemerkte den Austausch nach seiner Wiederbelebung augenscheinlich nicht. Es ist also heute für uns Inder ein ganz besonderer Tag, denn wir möchten den Hindu-i-Noor an *seinen*, an den angestammten Platz zurücklegen. Da dies ohne Euch nicht möglich gewesen wäre, seid Ihr heute meine, ja sogar die Ehrengäste Indiens!«

Mit einer einladenden Geste wies er auf den Mondpalast und geleitete Max und Saint Germain in das Innere des Palastes an eine reichhaltig gedeckte Tafel, damit sich seine Gäste vor dem fulminanten Ereignis noch schnell etwas stärken konnten. Außerdem erwartete sie jemand, der ihnen nicht unbekannt war: Iban Al Hasir, Hüter über Samrat Jantar, der größten Sonnenuhr der Welt. Er hatte sich ebenfalls in Schale geworfen. Das verschwitzte, quergestreifte Nicki von ihrer ersten Begegnung hatte der Astrologe gegen eine traditionelle indische Kurtas mit feinen Goldstickereien getauscht. Denn heute würde vermutlich auch der größte Tag in seinem Leben werden. Er begrüßte Max und Saint Germain an der Tafel des Maharadscha. »Ich sehe, Sie tragen immer noch die Ringe, die ich Ihnen vor einer Weile verkauft habe«, begrüßte er Max unter einem verschmitzten Feixen hinter seiner dicken Brille.

»Und offenbar haben die Ringe Ihnen auf Ihrer Reise hervorragende Dienste erwiesen und manch' schützende Götterhand über Sie gelegt. Andernfalls wären Sie heute vermutlich nicht hier!«

Sein Grinsen wurde immer breiter und auch wenn Iban Al Hasir unter seinem Gewand viel würdevoller aussah als bei ihrer ersten Begegnung, hatte sein breitgezogenes Lächeln immer noch dieses Orientalisch-Schmierige eines Verkäufers am Touristenstand.

Die Tafel war reich gedeckt, und der Einfluss der britischen Kolonialmacht war in der Tellerarchitektur unübersehbar. Der Tisch war mit feinem englischen Porzellan der Manufaktur *Wedgwood* gedeckt. Und schweres Tafelsilber ließ vermuten, dass man hier nicht mit den Händen essen musste. Die Düfte verzauberten die Sinne, die Küche war modern. Kein Vergleich zum Pamps, der einem nur zu oft an den Buffets der Touristenhotels feilgeboten wurde. Nachdem auch das Sorbet aus Passionsfrüchten endlich verspeist war, erhob sich Munshiram und geleitete seine Gäste wieder nach draußen.

Tausende Inder säumten die schmale Gasse, die vom Tor der Palastanlage bis zum Eingang des Jantar Mantar führt. Auch die kosmologische Anlage selbst war mit abertausenden Gläubigen angefüllt und ließ nur noch eine enge Passage für den Maharadscha und sein Gefolge frei. Der schmale Weg führte direkt zur Äquatorialscheibenuhr, die Max und Saint Germain gleich als *ihr* Tor wiedererkannten, das sie von Tempelhof nach Indien befördert hatte. Die Äquatorialscheibenuhr ist eigentlich ein ockerfarbenes Gebäude, eine Doppelsonnenuhr mit Winter- und Sommerscheibe, also mit zwei riesigen sandsteinroten Ziffernblättern daran. Sie sind nach der Neigung der Erdachse ausgerichtet, und erlauben so ein ganzjähriges Ablesen der Zeit. Nur zur Sommer- und Wintersonnenwende stehen beide Ziffernblätter im Schatten. Allein heute war genau so ein Tag: Der Tag der Wintersonnenwende, der 21. Dezember. Ein Tag, der in Indien kurz und kühl war. Eine leichte Brise ließ die Gewänder der Wartenden wie Fahnen am Mast flattern. Aufgeregt schwatzten die Menschen und eine völlig neuartige Geräuschkulisse schien durch Jaipur zu gehen, nicht mehr das ununterbrochene Perma-Hupen der Autos und Motorräder, das Aufbrausen der Motoren, der nie abflauende Straßenlärm an und für sich. Der heute stillgewordene Verkehr wurde durch das Murmeln der vielen Menschen in und um die Jantar-Mantar-Anlage ersetzt und verwunderte wohl auch die Einheimischen selbst, die sich ohne den hupenden Straßenlärm wie amputiert vorkommen mussten.

Dann verebbte auch das Murmeln in der Anlage, denn Munshiram, Iban Al Hasir, Max, Saint Germain und noch eine handvoll royale Familienmitglieder schritten würdevoll durch die enge Menschengasse in die Anlage ein. Iban Al Hasir trug demonstrativ ein kunstvolles mit Edelsteinen besetztes Kästchen hoch erhoben vor sich her. Alle schauten gespannt auf den prachtvollen Behälter und seinen erhabenen Träger. Denen, der der niedrige Sonnenstand einen Funkelschauer von der reich besetzten Schatulle zuwarf, entwich ein hörbares Staunen, das sich wellenförmig durch die Masse fortsetzte.

Alles reckte seine Körper, verbog seine Hälse, streckte seine Köpfe, um auch etwas von dem, was dort hereingeschritten kam, mitzubekommen. Es war eine unglaubliche Stimmung, selbst die Spatzen, die sonst auf den neunzehn Installationen der altehrwürdigen Sternwarte herumtollten, hielten gespannt ihre Schnäbel, vergaßen sogar, den Passanten ein paar Krumen aus ihren Proviantbehältern abzuluchsen. Dann erreichte Iban Al Hasir mit seinem Gefolge das Gebäude der Äquatorialscheibenuhr, blieb stehen, wendete sich der Masse zu und erhob demonstrativ den Schmuckkasten zur Freude aller Anwesenden. Noch mehr Sonnenstrahlen konnten sich in den geschliffenen Steinen der Box brechen und die Menschen beglücken. Ein allgegenwärtiges Glücksgefühl beherrschte den Korpus der Zuschauenden.

Munshiram und Iban Al Hasir erklommen nun gemeinsam die Steinstufen auf das niedrige Gebäude der Sonnenuhr hinauf. Nicht ganz in der Mitte hatte das Gebäude einen runden Aufsatz wie ein kleiner Schornstein. Munshiram übernahm das Schmuckkästchen und öffnete es. Absolute Stille umgab ihn, selbst das Atmen schienen die Menschenmassen unter ihm eingestellt zu haben. Dann griff Iban Al Hasir in die Schatulle und hob für alle sichtbar den Hindu-i-Noor heraus. Die Stille platzte abermals und Jubelrufe fegten über das Gelände wie ein Tornado. Iban Al Hasir deponierte den Diamanten an seinen angestammten Platz in die Öffnung der rohrförmigen Halterung. Ein Beben ging augenblicklich durch die Sonnenuhr und die gesamte Anlage, als risse die Erde auf. Dann schoss ein Licht-Linga aus dem Rohr der Äquatorialscheibenuhr so hell und weiß, dass es jeden blendete – wie den Schweißer der glühende Stahl. Hände wurden augenblicklich vor die Augen gerissen, um die Sehorgane zu schützen.

»Das Licht Indiens!«

»Wir haben das Licht Indiens zurück!«, frenetisch stießen die Massen Freudenschreie in die Luft.

Sie hatten das seit Jahrhunderten verloren geglaubte Licht Indiens endlich wieder zurück.

Plötzlich – wie gerade noch in Teheran – erschien Sophia im Licht-Linga, schwebte bedachtsam auf der Illumination zu Boden. Das Nanomaterial ihres Kleides leuchtete mit Quecksilberglanz und zitterte leicht im Wind. Die Masse war begeistert, jubelte und brach hör- und sichtbar in heller Freude aus, sie glaubten wohl, Sarasvati[51] selbst sei ihnen nun erschienen. Während sich die Menschen in Schlangen formierten, um an Sophia vorbeizuschreiten und Opfergaben an der Äquatorialscheibenuhr abzulegen, schritten Sophia, Munshiram und Iban Al Hasir das kleine Treppchen herunter zu Max und Saint Germain.

»Jetzt ist meine Aufgabe erfüllt! Das Licht-Linga ist wieder an seinen angestammten Platz zurückgekehrt, ich kann zurück auf die Erde treten und endlich wieder ein ganz normales Menschenleben führen«, stellte Sophia erleichtert fest und hatte auch gleich ihren ersten Wunsch auf den Lippen: »Lieber Onkel Max, bitte bring mich zurück zu Marek, bevor er in bitterlicher Vergrämung endet!«

Ihr Kleid verlor seinen sphärischen Quecksilberglanz, wurde irden. Die Nanostruktur gab vergleichsweise grobgewebter Baumwolle Platz. Dann hakte sie sich bei Max unter, damit er sie wieder nach Hause führe.

In der allgemeinen Aufregung hatte Max eine Idee. Warum sollte das mit dem südlichen Ziffernblatt der Äquatorialscheibenuhr heute nicht auch funktionieren? Schnell verabschiedeten sich Max, Saint Germain und die frisch gebackene Sophia

---

51 Sarasvati: indische Göttin der Weisheit, Frau des Gottes Brahma

vom einigermaßen verdatterten Munshiram. Dann wandten sie sich der Äquatorialscheibe zu, die Max und Saint Germain vor gar nicht allzu langer Zeit nach Indien und zurück nach Berlin katapultiert hatte. Max schob Sophia mit ihrem göttlichen Restleuchten vor. Sie griff mit der Hand an die Scheibe. Ihre Hand fand keinen Widerstand. Das Tor war geöffnet! Augenblicklich verschluckte die Scheibe die drei Gestalten, und fast schon routiniert spuckte Asmodäus seine Gäste in der unterirdischen Kapelle der Tempelritter aus.

Max fluchte: »Verdammte Scheiße, diesmal habe ich keine Taschenlampe dabei.«

Saint Germain fiel genauso fluchend ein: »Ich werde auf gar keinen Fall wieder durch diese Kanaljauche stapfen!«

Sophia leuchtete immer noch. Ein Restleuchten, das immer schwächer wurde, aber die Umrisse der Kapelle gerade noch so illuminierte. Sophia zwinkerte den beiden Männern zu und verschonte Saint Germain und Max galant vor dem Abwasserkanal. Unter breitem Lächeln öffnete sie mit ihrem geheimnisvollen Ring die verborgene Tür der Kapelle, durch die sie das erste Mal hereingetreten waren.

Eine Ewigkeit war das her. Nein, erst ein halbes Jahr! Der Lehnepark lag in trübem winterlichem Licht, das die kahlen Äste der Bäume herunterkroch. Kein warmherziger Empfang. Sie stapften durch das matschige Laub zur U-Bahn. Sie waren wieder zu Hause in Berlin. Aber, ist es zu Hause nicht doch am schönsten? Da konnten Diamanten noch so viele Licht-Lingas in den Himmel werfen, das Herz war mit der Heimat tief verwurzelt. Und als Sophia – Mensch und nunmehr ohne göttliche Kräfte – Marek traf, sprang dieser in die Luft wie ein kleines Kind. Er konnte vor Freude sein Herz kaum beruhigen, als er Sophia endlich wieder fest in seinen Armen hielt.

Epilog

Eine Beduinenkarawane zog auf ihren Kamelen von der Wüste Thar in Richtung Persien. Ausgetretene Handelswege, fast so alt wie die Menschheit. Die Kamele waren turmhoch bepackt. Grobes Gewebe umspannte die Waren wie schon vor hunderten von Jahren. Wüstensonne hatte die Gewebe ausgeblichen, Wüstensand seine Gewebeporen dicht gemacht. St. Germain hätte in seiner romantischen Art vermutet, dass die Karawane nach wie vor wertvolle Geschmeide, wohlriechende Gewürze und teure Seiden in den aufgetürmten Säcken transportierte. Von Maschinengewehren, Panzerfäusten und Munition hätte er noch nichts gewusst. Letzten Endes hätte ihm zumindest auch *ein* Kamel Recht gegeben. Es transportierte an seiner dem imaginären Betrachter zugewandten Seite einen aufgespannten Teppich, der an den Ecken mit Rotorblättern ausgestattet war. Der Anblick hätte bei St. Germain einen Freudenschrei des Wiedererkennens ausgelöst.

Die Karawane nährte sich dem alten Mesopotamien, der Wiege der Menschheit, der Beginn der kulturellen Evolution und ihr Ende. US-Söldner und IS-Truppen gaben sich an den alten Mauern der von der UNESCO zum Weltkulturerbe erklärten Ruinen-Metropole Aššur ein unerbittliches Gefecht. Sie schlachteten sich nicht nur gegenseitig ab, sie zerstörten in ihrer Wut die letzten noch nicht von gnadenloser Natur, britischen Kolonisten, Deutscher Orientgesellschaft oder profitgierigen Räubern vereinnahmten Gemäuer des assyrischen Reiches.

Als die Karawane ihr Ziel fast erreicht hatte, zerschmetterte justament eine Panzerfaust die Basaltsäule mit dem Abbild eines assyrischen Kriegers. Und wie schon im Berliner Pergamon-Museum befreite zwar nicht Baphomet, sondern das Bombardement einen dieser gefiederten assyrischen Krieger. Er reckte sich aus dem Gestein, schüttelte sich zurück ins Leben, entfloh dem Schlachtgemetzel und fand sich plötzlich vor der Karawane wieder. Der vorbeiziehende Teppich erregte die Aufmerksamkeit des antiken Kriegers. Flugs verpasste er dem Kamelführer mit einer merkwürdigen Waffe eine Plasmakugel und schnappte sich das persische Gewebe mit den aufmontierten Rotoren, postierte sich wie ein akkadischer Bogenschütze im Streitwagen auf dem Teppich, startete die Quadrokopter mit einer uns unbekannten Magie und flatterte durch die Lüfte, als hätte er zu Lebzeiten nie etwas anderes getan. Er sauste über das Schlachtfeld und ballerte jedem Söldner mit seiner Wunderwaffe eine Plasmakugel in die Gedärme, bis endlich wieder Ruhe über der Ruinenstadt einzog.

Er trug auf seinem Haupt einen Federbusch, wie eine Krone schrecklichen Glanzes. Das Ende des Weltenjahres – ein assyrischer Silvesterknall.

Ein fettes Dankeschön geht …

… an **Dich**! Ich danke Dir, dass Du Dich auf meine beflügelte Reisegeschichte eingelassen hast. So viel sie auch Märchen ist, liegt ihr doch die Sehnsucht nach der Ferne zugrunde, die schon durch meine lieben **Eltern** in frühester Jugend wachgekitzelt wurde. Die abenteuerlichen Reisen, die ihr, **Ati & Chrischi**, mit Euren Kindern unternommen habt, haben uns alle drei nachhaltig geprägt und unseren Lebensweg inspiriert. Auch dafür bin ich Euch unendlich dankbar.

… an Hansdampf **Jürgen Wedemeyer**, genannt Bunkermüller, der mich mit Taschenlampe und Gummistiefeln bewaffnet durch die Berliner Unterwelt getrieben hat: U-Bahnschächte, vergessene Bahnhöfe, Kanalsysteme, Gullydeckel, Nazi-Bunker. Dem **Verein Berliner Unterwelten e.V.** durfte ich meine Recherchen zum unterirdischen Bau der Tempelritter in Alt-Tempelhof vorstellen; Schaufel und Spitzhacke standen schon bereit …

… an meine Schwester **Uta** und meinen Schwager **Thomas**. Zusammen sind wir voll Neugier nach Malbork gereist, haben uns von der Marienburg des Deutschen Ritterordens verzaubern lassen. Überhaupt findet sich von meinen innig geliebten Schwestern **Siiri** und Uta und ihren Kindern **Alina** und **Samuel** viel mehr im Buch als ihnen vermutlich lieb ist. Ihr seid mir eine niemals enden wollende Quelle von Glück und Inspiration.

... an meine bessere Hälfte **Volker**. Gemeinsam jagten wir auf unseren **Motorrädern** durch die Pyrenäen ins Katharer-Land. Mehr noch als das verschlafene Rennes-le-Château sog uns die karge, zerklüfte Landschaft um den Pic de Bugarach in den Bann. Einen Schatz haben wir dennoch nicht gehoben, doch den hatte ich ja schon! Volker, ich möchte keine Reise mit Dir missen, selbst wenn sie nur mit einem kühlen Bier auf dem Balkon enden würde. Deine Musik hat mich verändert und euphorisiert. Danke! Danke auch dafür, dass Du meinen Ergüssen tapfer standhältst, um sie mir als leidiger Erstleser anschließend ordentlich um die Ohren zu hauen. In unserem Wohnzimmer liegt übrigens tatsächlich ein **Teppich** aus Persien. Flugversuche in seine Heimat scheiterten allerdings jämmerlich, und so musste ich die Teheranbeschreibungen den Weiten des Netzes und Dokus auf Arte & Co. entlocken.

... an den Gerichtsmediziner **Prof. Otto G. Prokop** († 2009) für seine atemberaubenden Sonntagsvorlesungen an der Humboldt Universität. Ich danke dem Kinderregisseur **Fred Noczinsky** († 2020), der mich zusammen mit meiner Schwester (zehn- und elfjährig) als Darsteller bei Dreharbeiten auf der Museumsinsel in die Magazine der Ägyptischen Sammlung im Untergeschoss des Bode-Museums und zu den assyrischen Kriegern im Pergamon-Museum lockte, Abenteuergeist weckte, sowie den Weg für eine lange Freundschaft zu Herrn **Deppert**, dem Restaurator der Sammlung, ebnete.

... an den Brahmanen **Anil Pandit** aus Jaisalmer (Indien), der mir sein Rajasthan öffnete. Wir ritten mit dem Kamel durch die Wüste Thar, auf dem Elefanten durch Jaipur, posierten für ein Fotoshooting der lokalen Tageszeitung im Elefantenpalast von Bundi und ergötzten uns an den überlebensgroßen Kamasutra-Skulpturen in der Tempelanlage von Khajuraho. Mit **Kerstin, Manfred** und Volker reiste ich gemeinsam an so manch entlegenen und abenteuerlichen Ort. Großen Dank! Erwähnt für dieses Buch sei unsere Reise mit der Indischen Eisenbahn nach Varanasi, eine Stadt, die wohl jeden Europäer nachhaltig beeindrucken würde. Und auch wenn uns die **Bengalischen Tiger** im Kanha-Nationalpark im offenen Jeep verschont hatten, blickten wir dem Tod am Ganges ununterbrochen ins Gesicht.

... an **Dr. Hülya Kalyoncu** (Istanbul Bilgi Universität, Fashion Design) für ihre Gastfreundschaft und das Kulturprogramm in Istanbul sowie **Ömür Tufan**, Kurator am Topkapı Sarayı Müzesi. Er lud mich auf einen Tee ins Direktorenzimmer der Palastanlage ein, führte mich als Ehrengast durch sein Reich.

... an **Elena M. Tarkhanova** (Helenika Center St. Petersburg) und **Madeleine I. Lüthi** (vormals schweizerische Honorarkonsulin, CJSC Swiss Center St. Petersburg), die mich als Nachfahren des Schweizer Architekten Leonhard Schaufelberger und des Chef-Designers der Kaiserlichen Porzellanmanufaktur St. Petersburg ausgebuddelt und immer wieder als Ehrengast auf die *Vinogradov Readings* eingeladen haben. Eine Freundschaft ist entstanden, die mich tief zu den russisch-schweizerischen Wurzeln meiner Familie geführt hat. Großes Dankeschön auch an meine unvergessliche **Großmutter**, die nicht aufhörte, ihrem Enkel die russischen Familienweisen einzuhauchen und den Glanz einer Epoche – in einer sich rasant ändernden Zeit – zu erhalten bedacht war. Was wir nur aus dem Museum kennen, hatte sie noch leibhaftig und in voller Aktion am Russischen Zarenhof erlebt.

… an die Museumsleute: Frau **Dr. Tatiana A. Tilevitch** (Generaldirektorin der Kaiserlichen Porzellanmanufaktur) empfing mich an historischem Ort, öffnete mir die Werkstätten der Manufaktur, an der schon mein Ururgroßvater wirkte. **Anna V. Ivanova** (Direktorin des Museums der Kaiserlichen Porzellanmanufaktur der Ermitage) präsentierte mir Schaufelbergers unveröffentlichte Originalentwürfe und Arbeiten. **Oxana Lopatina** (inzwischen Kuratorin am Puschkinmuseum in Moskau) lotste mich in das Diamantenzimmer der Ermitage. **Elena A. Yeremeyeva** ließ mich an einem besucherfreien Tag durch den leergefegten Ballsaal des Katharinen-Palastes in Zarskoje Selo (heute Puschkin) voranschreiten und brachte ein letztes Tröpfchen monarchischen Bluts zum Sieden.

… an Tante **Ira**, Onkel **George**, meine Cousinen **Babsi** und **Karen**, die viel mehr als nur meinen Weg nach Amerika ebneten.

… an meine Gastgeber in den USA: **Tom Colville** (Fine Art, LLC) überließ mir bei meiner ersten Reise in die Staaten seine Geschäftswohnung in der Upper East Side in NYC. Er rollte mir eine Matratze unter dem Flügel von Richard Wagner aus. Meine erste Nacht war der Horror, nicht nur wegen des Jetlags, nein, es war die Angst, in meinen wilden Träumen versehentlich einen unbezahlbaren Impressionisten von der

Wand oder dem Flügel ein Bein abzureißen. **Prof. George W. Barlow** († 2007) – danke für meine wunderbare Postdoc-Zeit bei Dir und anschließende Anstellung am *Department of Integrative Biology*. Ich habe viel gelernt, geforscht, erlebt. **Jason** (Doktorand, UC Berkeley) – Dank für unsere gemeinsame Lebenszeit: Liebe, Abenteuer, Perspektiven aus anderen Weltwinkeln. Das abrupte Ende unserer Beziehung bedauere ich noch heute, 20 Jahre danach. **Lois** (Übermutter), wir labten uns gerne an Deinem immer reichhaltig gedeckten Tisch und warmen Herzen.

… an **Volker, Uta & Thomas, Beate & Christian, Manfred, Paul, Robert & Kirsten** für das Zwischenlesen und die daraus resultierenden vielen Anregungen, ohne die ein Buch nie zustande gekommen wäre.

… an meine Lektorin **Renate Zeuner**, mit der ich eine gemeinsame Liebe zu Goethes »Faust« entdeckt habe. Mein Werk hat sie dagegen mit einer Unmenge an Kommata gepfeffert, auf dass mir Hören und Sehen verging.

… an **Ribana Klauke** für die gelungene Umschlaggestaltung.

… an meine Verleger, die sich vom Projekt begeistern ließen und mich mit den immerwährenden Worten: »Schreiben Sie!« am Ball hielten.

LESETIPP!

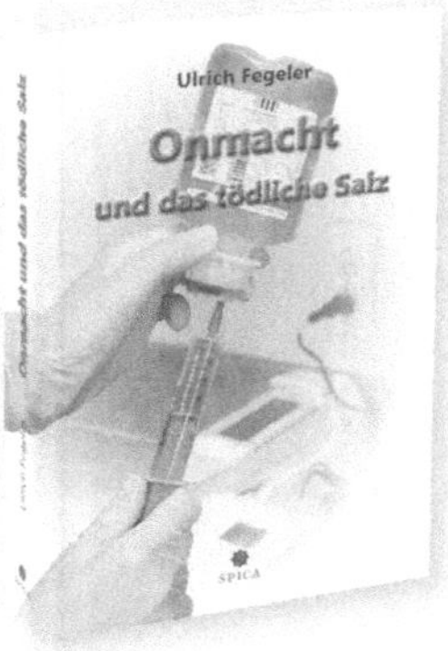

Ulrich Fegeler
Onmacht und das tödliche Salz

380 Seiten
13,5 x 20,5 cm
Softcover mit Klappen
ISBN 978-3-98503-009-5
14,90 € (D)

Im Kaiser August Viktor Klinikum herrscht Aufregung: Ein Patient und eine Krankenschwester sterben aufgrund einer Kaliumvergiftung. Wurden Infusionszusätze verwechselt? Waren vielleicht sogar Infusionsampullen fehletikettiert? Oder war es Absicht?
Prof. Dr. Otto Norbert Macht, kurz Onmacht genannt, und sein Leitungsteam der postoperativen Intensivstation beginnen eine gründliche Ursachenrecherche und stoßen auf Ungereimtheiten und Vertuschungen. Der örtliche Pharmariese hat kein Interesse, nähere Erkundungen am Ablauf seiner Abfüllanlagen zuzulassen. Andrea Zorn und ihre Kollegen vom Dezernat für Gewaltkriminalität ermitteln ein programmloses Programm. Der Krankenhausapotheker Dr. Wöst hat kein Interesse an gründlichen Medikamentenprüfungen. Prof. Gewaltig, der von Onmacht gefürchtete und verhasste Chef der Intensivstation des 2. Großklinikums der Stadt, sinniert über Chaos und Verwechslungen, entwickelt aber keine Theorien zum Ablauf der Kaliumvergiftungen. Erst 13 verborgene Stufen hinab in die Vergangenheit zeigen, wie einfach die Wahrheit sein kann, wenn alles gleichzeitig so ist, wie vermutet, und trotzdem völlig anders ...

LESETIPP!

Kai Horstmann
Tod im AKW

336 Seiten
13,5 x 20,5 cm
Softcover mit Klappen
ISBN 978-3-946732-01-3
14,90 € (D)

Im schleswig-holsteinischen Brunstorf wird Karsten Lecht, ein Mitarbeiter des Atomkraftwerkes Krümmel, umgebracht. Schnell wird der Sohn des Opfers verdächtigt, weil sich dieser, zusammen mit seiner Frau, klar als Atomkraftgegner zu erkennen gibt.
In seiner Not meldet sich Thomas Lecht bei seinem Berliner Freund, dem Rechtsanwalt Falk Kramer. Dieser versucht mit Hilfe der beiden Journalisten Michael Stern und Anna Timm den Fall zu lösen.
Doch schon bald müssen sie erkennen, dass der Fall sich nicht nur als schwierig, sondern auch als gefährlich erweist. Ein weiterer Mord zeigt ihnen, wie ernst es die Täter meinen. Fragwürdige Indizien führen die drei in die Masuren. Sie entdecken, dass das Mordopfer ein dunkles Geheimnis in sich trug. Sie stoßen auf kriminelle Machenschaften einer skrupellosen Allianz, in die auch ein Polizist mit verstrickt ist. Und plötzlich sind die drei selber in Lebensgefahr ...